SV

A. F. Th. van der Heijden
Tonio

Ein Requiemroman

Aus dem Niederländischen von
Helga van Beuningen

Suhrkamp

Titel der Originalausgabe: *Tonio. Een requiemroman.*
Zuerst erschienen 2011 bei Bezige Bij, Amsterdam.

Erste Auflage 2011
© by Adri van der Heijden 2011
© der deutschen Übersetzung Suhrkamp Verlag Berlin 2011
Druck: Pustet, Regensburg
Printed in Germany
ISBN 978-3-518-42259-5

2 3 4 5 6 – 16 15 14 13 12

Tonio

Give sorrow words: the grief that does not speak
Whispers the o'er-fraught heart, and bids it break.

Shakespeare, *Macbeth* (IV, 3)

Farewell, thou child of my right hand, and joy;
My sin was too much hope of thee, loved boy,
Seven years thou wert lent to me, and I thee pay,
Exacted by thy fate, on the just day.
O, could I lose all father, now. For why
Will man lament the state he should envy?
To have so soon 'scaped world's, and flesh's rage,
And, if no other misery, yet age!
Rest in soft peace, and, asked, say here doth lie
Ben Jonson his best piece of poetry.
For whose sake, henceforth, all his vows be such,
As what he loves may never like too much.

Ben Jonson, *On my First Son*

Prolog

Kein zweiter Name

»Tooooooo-niii-iooooo ...!«

Nie habe ich seinen Namen häufiger gerufen als in den knapp
vier Monaten seit dem Schwarzen Pfingstsonntag. Wenn ich
hinzufüge »mit der ganzen Kraft meiner Stimme«, so meine ich meine innere Stimme, die unendlich lauter klingt und
weiter trägt als das, was meine Stimmbänder im Zusammenwirken mit der vibrierenden Luft hervorzubringen imstande
sind. Äußerlich ist mir nichts anzusehen.

Vergleiche das mit Weinen. Ich schäme mich manchmal
Mirjam gegenüber, die sich, anders als ich, der Naturgewalt
eines plötzlichen Heulkrampfs hinzugeben vermag.

»Auch wenn du keine Tränen siehst, Minchen, ich weine
trotzdem mit dir«, habe ich ihr einmal erklärt (mit erstickter
Stimme, immerhin). »Bei mir äußert sich dieser furchtbare
Kummer wie eine innere Blutung. Er sickert oder strömt irgendwo *in* mir.«

Zu Beginn von Nabokovs Roman *Lolita* kostet der Erzähler
Silbe um Silbe den Namen seiner Geliebten: »Die Zungen-
spitze macht drei Sprünge den Gaumen hinab und tippt bei
Drei gegen die Zähne. Lo. Li. Ta.«

Der Name meines Sohnes *beginnt* mit einem solchen Antippen der Zungenspitze an die Rückseite der Schneidezähne
(T ...), wonach sich die Lippen öffnen, um den Vokal o in
seiner ganzen Vollheit der Luft preiszugeben. Der restliche
Atem bringt mit Hilfe der höher gelegenen Nasenhöhle einen leicht quietschenden Nasallaut hervor (niii ...) – kaum

mehr als eine kurze Unterbrechung im langgedehnten ooo, das nun aus dem nach wie vor geöffneten Mund ungehindert weiterhallt.

»*Tooooooo-niii-iooooo …!*«

Der ideale Rufname, dachten wir – auch im Wortsinn, wenn wir ihn später, ein draußen spielender Junge inzwischen, zum Essen hereinrufen wollten. Das zweite o ließe sich mühelos, anschwellend, bis zum Ende der Straße dehnen, notfalls bis zum Jacob Obrechtplein, wo er eines Tages mit seinen Freunden bei der Synagoge herumhängen würde.

Als Mirjam schwanger war, kam es uns nicht in den Sinn, mit Hilfe einer Ultraschallaufnahme das Geschlecht des Kindes feststellen zu lassen. Auch ohne Bestätigung durch die Medizintechnik waren wir beide überzeugt, es würde ein Mädchen – warum, weiß ich nicht mehr. Wir wollten es Esmée nennen, nach der Oper, die Theo Loevendie gerade komponierte und über deren Fortschritte er uns regelmäßig im Café Welling auf dem laufenden hielt.

Ein paar Wochen vor dem errechneten Stichtag kam Mirjam ins Badezimmer, wo ich verkatert in der Wanne lag. Sie stieß die Tür, die einen Spaltbreit offenstand, mit ihrem Spitzbauch ganz auf, und der schien durch die Art und Weise, wie sie beide Hände ins Kreuz stemmte, nur noch weiter vorzustehen.

»Und wenn es nun ein Junge wird?«

Mein Kopf schmerzte schon zu heftig, als daß ich ihn mir darüber noch hätte zerbrechen wollen. Seit Monaten lagen überall in der Wohnung Blätter mit Notizen für ein Referat, das Mirjam im Rahmen eines Niederländischseminars schrieb: eine vergleichende Untersuchung von Thomas Manns Novelle *Tonio Kröger* und dem Roman *Geur der droefenis* von Alfred Kossmann. Ich brauchte eines dieser Blätter nur von fern zu betrachten, schon sprang mir der Name Tonio Kröger ins Auge. Die ganze Wohnung bis hin zur Küche war übersät mit verschiedenen Ausgaben von *Tonio Kröger*, deutschen und niederländischen. Mirjam las mir Passagen aus ihrer Arbeit vor. Am Telefon hörte ich sie mit dem Dozenten, mit Kommilitonen darüber diskutieren. Immer wieder dieser vollmundige Name: »… wie es in *Tonio Kröger* heißt …«

»Ein Junge«, wiederholte ich, während ich einen schaumigen Arm nach Mirjam ausstreckte. »Der kann dann nur Tonio heißen.«

Ich bekam einen Klaps auf die Hand, daß die Flocken stoben. »Okay.« Mirjam watschelte wieder aus dem Badezimmer. Offenbar bedurfte es keiner weiteren Diskussion. Wir hielten nach wie vor an Esmée fest, aber jetzt hatten wir wenigstens einen Jungennamen in Reserve, für den undenkbaren Fall, *daß*.

3

Ein paar Tage nach der Badezimmerszene wurde, rund drei Wochen zu früh, unser Sohn geboren. Als ich vor dem Brutkasten stand, las ich von dem graurosa Pflaster auf seiner schmalen Brust wieder und wieder flüsternd seinen Namen ab, der mir immer besser zu gefallen begann.

To. Ni. Io.

Es hatte etwas von einer rollenden, brechenden, weiterrollenden Woge. *Ni.* Ein Name mit einer überwundenen Verneinung.

Na schön, es war ein Wagnis gewesen, aber wie sich herausstellte, paßte Tonio perfekt zu ihm. Als die Augen des kleinen blinden Mannes sich richtig öffneten, sahen sie einen genauso rund und konzentriert an wie die o's, die fettgedruckt auf der Geburtsanzeige standen.

Mein Kosename für ihn wurde wie von selbst Totò. Er lachte dann sabberiger, als wenn er seinen richtigen Namen hörte, deswegen würde er mich später also wohl nicht ermorden. Nachdem einige Jahre später der Mafiaboß Totò Riina auf Sizilien verhaftet worden war, sagte ein Besucher, der mich den Kleinen so ansprechen hörte: »Wie kannst du nur deinen Sohn nach einem Mafioso nennen.«

»Bis gestern hatte ich noch nichts von diesem Riina gewußt. Ich habe immer an Antonio de Curtis gedacht. Den neapolitanischen Komiker. Künstlername Totò. Er hat in *Uccellacci e uccellini* von Pasolini mitgespielt. Ein phantastischer Clown.«

Wenn Tonio in späteren Jahren irgendeinen Blödsinn angestellt hatte, nannte ich ihn Totò le Héros, nach dem Film von Jaco van Dormael. Dann lachte er noch lauter, allerdings auch etwas nervös, denn er wußte aufgrund meiner Erklärung, daß er als »Held« bezeichnet wurde, und das konnte alles mögliche bedeuten.

Mirjam hatte in der Anfangszeit ihren eigenen, eher an van den Vondels Werk erinnernden Kosenamen für ihn: Tonijntje. Wenn sie den aussprach, legte sie so viel Liebe in ihre Stimme, daß er wirklich nichts mehr zu befürchten hatte, und das wiederum ließ er uns selbstgefällig spüren.

»Na gut, noch fünf Minuten, Tonijn, aber dann mußt du wirklich kommen.«

»Ich bin traurig.«

»Wegen Runnertje bestimmt …« (Runner war sein Russischer Zwerghamster, den er vor Monaten tot in der Holzwolle gefunden hatte. Von Zeit zu Zeit, wenn es sich ergab, trauerte Tonio um ihn. So hatte er zusammen mit seinem Gitarrenlehrer ein kurzes Requiem für Runner komponiert.)

»Ich find es so schlimm, daß er *tot* ist.«

»Traurig, aber du mußt nicht weinen.«

»Ich spüre Tränen, die du nicht siehst.«

4

Bei all meiner Angst vor seiner Verletzbarkeit ist mir nie aufgefallen, daß die beweglichen o's, die mir so lebendig aus Tonios Namen zulachten, typographisch dieselben sind wie die, die mich aus der starren Kongruenz des Wortes »*dood*«, Tod, anstarren.

Als Mirjam und ich ihn das letzte Mal sahen, ragten zwei Drainageröhrchen aus seiner Stirn, ein kurzes und ein etwas längeres, wie Hörner. Sie waren dort einige Stunden zuvor angebracht worden, um die überschüssige Flüssigkeit aus seinem anschwellenden Gehirn abzuleiten. Bei allem, was mir in diesem Moment durch den Kopf ging, war in meinem eigenen Gehirn offenbar noch Platz für eine Szene aus dem Film *Camille Claudel*, den ich vor Jahren zusammen mit Mirjam gesehen hatte. Ich wollte sie daran erinnern, aber nein, nicht dort, nicht in dem Moment, unmöglich.

Der Bildhauer Rodin mustert eingehend eine kleine Nashornskulptur. »Es heißt Totò«, sagt eine der Claudel-Schwestern. »Wenn man es von vorn anschaut, hat man seinen Namen.«

Zwei verschiedene Hörner, zwei gleiche Augen. Obwohl das eine Lid ein wenig hochkroch, konnte man getrost sagen, daß Tonio die Augen geschlossen hielt, so daß das Bild nur zum Teil stimmte.

5

Mit »Antonio« durfte man ihm nicht kommen, aber ansonsten mochte er seinen Namen, inklusive aller Ruf-, Schmeichel- und Kosevarianten. Nur wenn er wieder einmal, bei einer Anmeldung in der Schule oder anderswo, nach seinen übrigen Vornamen gefragt worden war, kam er wütend nach Hause. Ein aufgebrachter Tonio kreuzte die Arme vor der Brust, in einer Art unvollständiger Verschränkung, bei der die gekrümmten Handgelenke wie zornige Buckel hochstanden.

»Warum hab ich nur einen Vornamen?«

»Ach, mein Junge, der Name Tonio ist schon so schön, so

perfekt … warum sollte man ihn durch einen zweiten verschandeln?«

»Adri, *jeder* hat zwei Vornamen. Manche Kinder in der Schule haben sogar drei. Ich nur einen. Du hast auch drei.«

»O ja, und dabei kann ich noch von Glück sagen, daß sie keinen vierten drangehängt haben. Maria war damals sehr in Mode. Besonders für Jungs.«

Eines Tages, als er schon etwas größer war, habe ich ihm die Sache mit dem einen Vornamen erklärt. »Es ist meine Schuld, Tonio. Es liegt an mir, daß du nicht mehr Vornamen hast.«

Eine Selbstbezichtigung seines Vaters, davon wollte Tonio kein Wort verpassen. Er war sofort Feuer und Flamme und strahlte vor Vorfreude. »Dann will ich das jetzt endlich mal hören.«

»Gott, was tu ich mir da wieder an. Nun gut. Mama und Tante Hinde, wie heißen sie hinten? Und jetzt nicht wieder so albern sein und Arsch sagen. Das kennen wir langsam.«

»Rotenstreich natürlich.«

»Was ist der Nachname von Opa Natan?«

»Rotenstreich natürlich.«

»Und du, Sohn von Mirjam Rotenstreich und Enkel von Natan Rotenstreich, wie lautet dein Nachname?«

Lachend: »Van der Heijden natürlich. Wie du.«

Tonio warf sein Kuscheltuch triumphierend nach oben, er wollte immer die Decke erreichen, was aber selten gelang. Es war sein liebstes Sabbeltuch, weiß mit roten Noppen, aus einer alten Baumwollbluse von Mirjam geschnitten. Dem Schnuller hatte er schon vor einiger Zeit abgeschworen, und auch für so ein Schmusetuch war er inzwischen zu alt, aber ganz ohne ging es noch nicht. Das Tuch fiel herunter und landete auf seinem Kopf. »Ups.«

»Wie viele Söhne hat Opa Natan?«

Tonio tat so, als zählte er sie an seinen Fingern nach, und

sagte dann: »Keinen. Nur zwei Töchter. Mama und Tante Hinde. Das sind Schwestern.«

»Opa Natan ist in den Achtzigern. Er besitzt nicht das ewige Leben. Und Mirjam und Hinde ... wir hoffen natürlich, daß die Schwestern Rotenstreich noch ganz lange unter uns weilen. Aber irgendwann ist Schluß. Dann ist der Name Rotenstreich ausgestorben.«

»Ja, wenn nämlich Tante Hinde und Onkel Frans Kinder kriegen, heißen die auch van der Heijden. Ihr seid zwei Brüder, verheiratet mit zwei Schwestern. Stimmt doch, Adri?«

»Deshalb gibt's auch doppelt soviel Krach in der Familie«, sagte ich. »Aber das ist ein anderes Problem.«

»Hat Opa Natan keine Brüder?«

Tonio ließ sein genopptes Tuch ganz schnell kreisen, in einer Schleuderbewegung. Er schaute mit zusammengekniffenen Augen dem imaginären Geschoß nach, das er wegkatapultierte. Treffer. Er ballte die Faust. »Yesss ...!«

»Brüder, nein. Er hatte mehrere Schwestern. Die sind im Zweiten Weltkrieg von den Nazis ermordet worden. Genau wie seine Eltern und der gesamte Rest der Familie. Jetzt tragen nur noch drei Menschen auf der Welt den Namen Rotenstreich.«

»Weißt du, Adri ... in der Schule ist ein Junge, der heißt wie seine Mutter. Er hat keinen Vater. Wenn Tante Hinde jetzt ...«

»Oh? Das wird Onkel Frans bestimmt gefallen.«

»Ups. War wohl nix.«

Tonio legte sich das Tuch über Kopf und Gesicht.

»Ich habe gerade auch einen Fehler gemacht«, sagte ich. »Etwas verschwiegen. Vor Jahren hat Opa Natan nämlich in alten Registern und so Nachforschungen über seinen Familiennamen angestellt. Er hat nur tote Rotenstreichs gefunden. Bis auf einen. Einen Professor Rotenstreich in Jerusalem. Opa Natan hat mit ihm telefoniert. Der Mann behauptete steif und fest, sie könnten nicht miteinander verwandt sein.

Er wollte auch keinen weiteren Kontakt. Also wieder eine tote Spur.«

Einen Moment lang war es still. Tonio hatte sein Tuch zurückgeschoben, so daß er aussah wie ein kleiner Pharao. »Adri«, schmeichelte er jetzt, »du wolltest mir doch erzählen, warum ich keine zwei Vornamen habe.«

»Du hast auch kein Fitzelchen Geduld! Ohne diesen Umweg über den Namen Rotenstreich würdest du überhaupt *nichts* kapieren. Ich steuere behutsam auf das Ziel zu.«

»Oh, 'tschuldigung.« Er ließ sich laut lachend zurückfallen und warf gleichzeitig das zu einem Ball zusammengeknautschte Kuscheltuch in die Höhe. Das Ding berührte lautlos die Zimmerdecke und kam dumpf wieder auf. »Yesss …!«

»Hör zu, Totò, ich erzähl dir jetzt, was für ein Trottel dein Vater ist. Das hörst du bestimmt gern.«

»Ja! Ja!«

»Von dem Moment an, als Mirjam schwanger wurde, haben wir gemeinsam nach Möglichkeiten gesucht, wie man diesen bedrohten Namen … Rotenstreich … mit dem unseres künftigen Kindes verbinden könnte.«

»Hä?«

»Heutzutage, bei all den exotischen Stammbäumen, wundert sich niemand mehr über einen merkwürdigen, langen Vornamen. Schon gar nicht, wenn es der zweite oder dritte ist. Als du geboren wurdest … ich weiß nicht, ob man damals schon Phantasienamen auf dem Einwohnermeldeamt angeben durfte. Wenn du was nicht verstehst, dann sag's ehrlich.«

»Ich weiß nicht, was ein Einmelder …«

»Wo wir alle registriert sind. Alle Einwohner von Amsterdam. Wo ich dich am Tag nach deiner Geburt angemeldet habe …«

»So ähnlich wie bei einem Hotel.«

»Einchecken, ja. Wir wollten es einfach mal probieren. Ein Verleger hatte uns geraten, die Sache in einem Brief an die

Königin anzusprechen. Majestät, haben Sie Erbarmen, es geht um einen seltenen Namen, et cetera, et cetera … Also, dazu hatten wir keine Lust. Ich wollte einfach aufs Einwohnermeldeamt gehen und sagen: ›Liebe Leute, hört her. Der neue Weltbürger heißt van der Heijden, Rufname Tonio, zweiter Vorname Rotenstreich. Vollständiger Name: Tonio Rotenstreich van der Heijden. Ohne Bindestrich.‹ Hauptsache, es stand erst mal auf dem Papier. Wenn es ein Mädchen geworden wäre, hätte es bis zur Hochzeit oder bis zum Tod den Nachnamen Rotenstreich van der Heijden führen können. Ein Junge hätte sogar noch seinen Kindern den Nachnamen Rotenstreich van der Heijden mitgeben können.«

»Ohne Bindestrich. Ulkig.«

»*Falls* sie darauf reinfallen würden. Am 16. Juni 1988, dem Tag nach deiner Geburt, ging ich zum Einwohnermeldeamt an der Herengracht. Mama und du, ihr wart noch im Krankenhaus …«

»Im Slotervaart«, sagte Tonio, ein wenig abwesend. »Ich mußte im Brutkasten bleiben.«

»Ja, wir hatten uns mal wieder was Minderwertiges andrehen lassen. Aber wir beschlossen, dich trotzdem zu behalten, also, am nächsten Tag … ich zur Herengracht. Siehst du mich da gehen, den stolzen jungen Vater?«

»*Jungen* Vater?« Wieder flog das Noppentuch in die Luft. Diesmal landete der Lumpen, sich im Fall ausbreitend, auf meinem Kopf. »Ups. War wohl nix.«

»Frischgebackener Vater dann eben. Wie du willst, du Wortklauber. Ich war morgens noch bei Mama auf der Entbindungsstation gewesen. Sie hatte mir bestimmt zwanzigmal auf die Seele gebunden, ich sollte versuchen, irgendwie … egal, wie … den Namen Rotenstreich auf den Geburtsschein zu kriegen.«

»Ohne Bindestrich.«

»Ich ging die Leidsestraat runter und über die Herengracht und sagte mir immer wieder vor: ›Tonio Rotenstreich van der

Heijden.‹ Ich fand, es klang immer schöner. Von wegen zwei Vornamen – ein doppelter Familienname. Es hatte etwas Adliges. Ich, Vater eines Sohnes? Eines blaublütigen Prinzen, oho. Da, der Eingang zum Einwohnermeldeamt. Ich die Stufen hoch. Jetzt konnte nichts mehr schiefgehen. Ich würde es so achtlos wie möglich von mir geben, als hätte ich noch anderes im Kopf. ›Ich möchte die Geburt eines Sohnes anzeigen. Tonio Rotenstreich van der Heijden. Gestern, ja, fünfzehnter Juni. Zehn Uhr sechzehn.‹ Wenn dieser Typ vom Einwohnermeldeamt fragen würde: ›Pardon, ist das ein Name, Rotenstreich?‹, dann würde ich antworten: ›Ja, in der Ukraine, wo mein Schwiegervater herkommt, war das vor dem Krieg ein häufiger Vorname.‹ Kam nur drauf an, den richtigen beiläufigen Ton anzuschlagen.«

Tonio lachte. »Ich glaub, ich weiß schon, wie es ausgegangen ist.« Er zog das Tuch hinter seinem Nacken hervor und drückte den kühlen Stoff an seine glühenden Ohren, die von Schläfrigkeit zeugten.

»Nicht so voreilig, mein Freund. Es lief alles anders, als ich mir vorgestellt hatte, ja. Hinter der Tür, wo ich hinmußte, war eine Art Vorraum, einen Quadratmeter groß, mit einem Plastikstuhl. Kein Mensch konnte sich da auch nur umdrehen. Sonst war da noch ein kurzer Tresen mit einem Computer drauf und ...«

»Gab's damals schon Computer?«

»Ja, irre, was? Computer, schon vor deiner Geburt. Antike Dinger mit Tretantrieb.«

»Und wieso weißt du dann immer noch nicht, wie ...«

»Irgendwann darfst du es mir beibringen. Hinter dem Computer auf dem Einwohnermeldeamt saß eine junge Frau, die mich freundlich begrüßte. Wahrheitsgemäß sagte ich: ›Ich bin gestern Vater eines Sohnes geworden, und jetzt ...‹ Es war die Zeit, als Beamte noch dazu angehalten wurden, den Bürger so zu behandeln, daß er sich wohl fühlte, also rief sie: ›Oh, wie *schö-h-ön*! Wie soll er denn heißen?‹

Ich dachte, der offizielle Teil der Anmeldung kommt noch, also habe ich, wieder wahrheitsgemäß, geantwortet ... na, was glaubst, was ich geantwortet habe?«

Tonio senkte seine Stimme und sagte verträumt: »Tonio.«

»Und die junge Frau wieder, beinahe singend: ›Was für ein schöner *Na-h-ame*‹ Es hätte mir auffallen müssen, daß ihre Fingernägel über die Tasten flitzten, aber ich war nun mal ein nervöser, junger ... ähm ... frischgebackener Vater und habe nicht aufgepaßt. Sie warf einen flüchtigen Blick in den Paß, den ich ihr hingelegt hatte, und tippte noch ein bißchen rum. Der Drucker spuckte ein Blatt Papier aus, auf den sie den Stempel der Gemeinde knallte. Sie faltete es zusammen, schob es in eine Plastikhülle, sah mich strahlend an und sagte: ›Ich wünsche Ihnen und Ihrer Frau und natürlich dem Baby Tonio ein glückliches Wochenbett.‹ Leicht schwindlig von der schnellen Erledigung stand ich kurz danach draußen an der Gracht. Irgendwas stimmte nicht ...«

»Adri, ich hab doch *gesagt*, ich weiß, wie es ausging.«

»Ja, lach du nur. Es betraf in erster Linie dich.«

»Wie konntest du nur ...«

»Genau, so was passiert einem als frischgebackenem Vater. Verstand futsch. Ich machte das Mäppchen auf. Van der Heijden, Tonio, geboren am 15. Juni 1988, gemeldet am 16. Juni 1988. Stimmte alles. Die dumme Kuh. Hätte sie bloß nach einem zweiten Vornamen *gefragt*, dann hätte ich's hingekriegt.«

»Warum bist du nicht zurückgegangen? Du hättest doch sagen können: Da muß noch was dazwischen. Rotenstreich. Ohne Bindestrich. Oder, Adri?«

Seine Stimme klang nun weich und kindlich. Jetzt fand er die Geschichte nicht mehr lustig. Seine Hände hatte er in das zusammengerollte Tuch geschoben wie in einen Muff.

»Ich hab mich nicht getraut. Wenn sie diesen sogenannten zweiten Vornamen nachträglich hörten ... ich hatte Angst, dann würden sie erst recht argwöhnisch.«

»Pech.«

»Ich mußte erst mal gründlich darüber nachdenken, wie ich weiter vorgehen sollte. Vielleicht doch ein Brief an die Königin.«

»Mama fand es bestimmt nicht so gut.«

»Ich zurück ins Krankenhaus. Auf der Entbindungsstation gab sie dir gerade die Brust. Sie sah mich an mit ... du kennst das doch ... diesen großen braunen, erwartungsvollen Augen, die so aussehen, als wüßten sie, was passiert. Daß ihr seltener Familienname wieder für mindestens eine Generation gerettet ist.«

Tonio schüttelte langsam den Kopf und schüttelte ihn noch einmal. Wenn ich einen Funken Schadenfreude bei ihm spürte, dann galt sie mir, nicht seiner Mutter.

»Ich hab Mama erzählt, was schiefgelaufen war. Glückliches Wochenbett? Alles andere als ein glückliches Wochenbett.«

»Adri, ich kapier nicht, daß du so blöd sein kannst.«

6

Es wird Zeit, daß ich ihm nachträglich seinen zweiten Namen beschaffe.

Erstes Buch

Schwarzer Pfingstsonntag

KAPITEL I

Hundert Tage

I

Die Türklingel, zweimal: erst kurz und zögernd, dann lang und nachdrücklich.

Das gellende Geräusch jagte den Norwegischen Waldkatzen jedesmal wieder einen fürchterlichen Schreck ein und ließ sie nach allen Richtungen davonstieben, um sich zu retten – ein Grund für Mirjam, an Wochentagen morgens, wenn der Postbote mit einem Päckchen klingeln konnte, die elektrische Klingel oft abzustellen. Die Katzen gingen vor. Heute, am Sonntag, war die Möglichkeit, daß jemand klingelte, so gut wie Null, zumal am frühen Morgen, also hatte sie den Kontakt nicht unterbrochen.

Das erste Klingeln hörte sich an, als habe ein Finger keinen Halt auf dem Knopf gefunden. Für die Katzen noch immer laut genug, die unterste Treppe hinaufzuflitzen. Sogar dort, wo ich mich befand, im Bett im zweiten Stock, konnte ich ihre kräftigen Pfoten auf den Stufen trappeln hören. Wahrscheinlich machten sie in der Treppenbiegung kurz halt, um nach dem zweiten, wesentlich lauteren Klingeln noch schneller nach oben zu rennen. Ihre Krallen kratzten über das Parkett im Flur der ersten Etage, worauf sie mit langen Sätzen die nächste Treppe in Angriff nahmen. Das Trommeln der Pfoten verstummte gleichzeitig mit dem Nachhall der Klingel, so daß Tygo und Tasja irgendwo auf halber Höhe der zweiten Treppe stehen mußten, die Ohren gespitzt, den buschigen Pelz gesträubt, gefaßt auf weitere Gewalt.

Pfingstsonntag, 23. Mai 2010. Die Turmuhr der Obrechtkerk hatte kurz zuvor neun geschlagen. Das störende Glockengeläute, das die Gemeindemitglieder zum Gottesdienst rief, würde erst etwas später kommen, um Viertel vor elf. Klassische Sonntagmorgenruhe in Amsterdam Oud-Zuid.

Ich lag auf dem Rücken im Bett. Das Kopfende der Matratze hatte ich mit der Fernbedienung in Leseposition gehoben. Die Vorhänge waren zur Seite geschoben, so daß ich von meinen Kissen aus sehen konnte, welch schöner Frühlingstag uns bevorstand. (Eine Zeitung hatte einen »frühsommerlichen Tag« vorhergesagt.) Die Sonne war noch hinter den hohen Häusern verborgen, doch deren Dachgesimse hoben sich messerscharf gegen einen schon jetzt tiefblauen Himmel ab. Wie sich aus der Struktur des herabströmenden Regens manchmal ableiten ließ, daß er den ganzen Tag lang fallen würde, so verriet der Himmel heute, daß er bis zum Abend wolkenlos sein würde.

Weil die Luft, die durch die halb geöffnete Balkontür ins Schlafzimmer drang, noch kühl war und Gänsehaut auf meinen nackten Schultern erzeugte, hatte ich gerade ein gelbbraun kariertes Holzfällerhemd übergezogen.

Ich las nicht wirklich. Das Buch, in dem ich eine bestimmte Passage hatte suchen wollen, lag, auf meinen Zeigefinger gespießt, auf der Decke. Darin geblättert hatte ich eigentlich nur, um mir das große Wohlbehagen noch bewußter zu machen, das mir an diesem Morgen zuteil wurde. Das reglose Liegen im Bett, der Absatz, der aufgespürt werden sollte, das Zählen der Glockenschläge … das alles diente einem überaus angenehmen Aufschub.

Auf dem langen Sortiertisch in meinem Arbeitszimmer, eine Etage höher, lag für die kommenden hundert Tage ein neuer Arbeitsplan bereit, der am Pfingstmontag in Kraft treten sollte. Danach galt der heutige Tag als Tag Null, der morgige als Tag Eins und der einunddreißigste August als Tag Hundert. Der erste September: Abgabetag.

Jedesmal diese Arbeitseinheiten von hundert Tagen … so ging es schon seit zwanzig Jahren. Aberglaube? Allüren? Zwanghaftes Festhalten an dezimalen Antriebsformen? Von allem etwas, denke ich, und dazu noch so einiges.

Ich hatte durch Zufall entdeckt, daß ein Plan von hundert aufeinanderfolgenden Arbeitstagen (eine großzügig bemessene Zeitspanne und dennoch übersichtlich) wie maßgeschneidert für mich war. Ende '89 war ich mit Frau und Kind für ein paar Jahre in die Veluwe gezogen. Ich machte mir weis, für mein neues Buch, das in Amsterdam spielte, sei es gut, für eine Weile auf Abstand zu der Romankulisse zu gehen. Tatsächlich, aber das gab ich nicht zu, hatte ich meine kleine Familie mit dem eineinhalbjährigen Tonio auf dem Land in Sicherheit bringen wollen. Wenn der Kleine alt genug für die Grundschule wäre, würden wir wohl wieder in die Stadt zurückkehren.

Bereits nach wenigen Monaten, im Frühjahr '90, gerieten wir in Konflikt mit dem Vermieter, dessen Haus durch eine Glasgalerie mit unserem verbunden war. Die Situation eskalierte zu der Art von psychologischer (und gelegentlich auch physischer) Kriegsführung, derentwillen ich wirklich nicht aus Amsterdam hätte wegziehen müssen. Um mein Buch zu Ende schreiben zu können, das im Herbst '90 erscheinen sollte, war ich gezwungen, mich anderweitig nach einem Unterschlupf umzusehen.

Ich entschied mich für De Pauwhof, eine alte Künstler- und Wissenschaftlerkolonie in Wassenaar, wo ich am 23. Juni mit der Endfassung von *Der Anwalt der Hähne* begann. Am ersten Oktober saß ich mit dem vollständigen Typoskript des verfluchten Buches im Taxi nach Loenen in die Veluwe, wo ich Frau und Kind abholen wollte, um sie nach Amsterdam zurückzubringen. Auf der Rückbank rechnete ich aus, wie lange ich in Wassenaar an der Fertigstellung des Romans gearbeitet hatte. *Nulla dies sine linea* – dafür hatten Panik und Schuldgefühl schon gesorgt. Ich kam exakt auf hundert Tage, inklusive der Wochenenden. Ein zwingendes Ritual war geboren.

Für die darauffolgenden zwanzig Jahre galt: Wenn ich für einen Roman zwei oder drei Fassungen benötigte, markierte ich zwei- oder dreimal hundert zusammenhängende Tage im Kalender. So hatte das Buch (*Kwaadschiks*), an dem ich seit dem Herbst 2009 arbeitete, bereits zweimal einen solchen Zeitblock verschlungen. Ende April hatte ich dem Verleger ein vorläufiges (aber komplettes) Typoskript überreicht. Während der letzten acht Maitage plus den sich anschließenden drei Sommermonaten würde ich die endgültige Fassung erstellen.

Die Ausarbeitung eines solchen Plans bedeutete, samt dem dazugehörigen Aberglauben: den Tagen Namen geben. Aus einem Kalender tippte ich hundert Daten ab und benannte sie. Tag 18, Tag 19, Tag 20 … Tag 92, Tag 93, Tag 94 … Einige erhielten Beinamen, je nach ihrem Verdienst für die Sache, aber erst im nachhinein.

Vorab Daten zu beanspruchen und beherrschen zu wollen, hieß das nicht, die Götter zu versuchen? Von dem Moment an, in dem ich sie numeriert hatte, waren sie als Blankozeit brauchbar, doch von neutralen Tagen konnte keine Rede mehr sein: Ich hatte sie annektiert.

Jeder neue Plan begann stets mit einem Tag Null. In diesem Fall war das der 23. Mai, heute, Pfingstsonntag. Eine herrliche Art Niemandsland in der Zeit. Damit am Morgen von Tag Eins keine Schwellenangst entstand, sorgte ich immer dafür, daß Tag Null im Hinblick auf die Produktion, ausgedrückt in der Anzahl der geschriebenen Seiten, bereits möglichst nahe an den angestrebten Durchschnitt herankam. Zugleich verpflichtete der Tag Null zu nichts: Er durfte sogar, ganz oder teilweise, mißlingen. Noch war ja nichts verloren.

So lag ich also, während halb Amsterdam seinen Pfingstrausch ausschlief, im Bett und genoß im voraus den mir bevorstehenden, mich zu nichts verpflichtenden Arbeitstag, dessen Beginn ich so lange hinauszögern konnte, wie ich wollte. Unten, in ihrem Zimmer im Erdgeschoß, saß Mirjam zweifellos bereits seit eineinhalb Stunden an ihrem Computer. Wochentags stand sie gegen sechs Uhr auf, um ins Fitneßstudio zu gehen, wonach sie sich gegen halb neun an die Arbeit machte, doch sonntags übersprang sie den Sport und gewann dadurch sowohl für den Schlaf als auch für die Arbeit eine Stunde. Ich hatte es nicht so eilig wie sie. Ihre Konzentration ließ für gewöhnlich um die Mittagszeit nach, während meine dann in Bestform war; ich ermüdete erst am Nachmittag.

Ich stellte mir vor, wie die Katzen unter dem Computertisch ihre Aufmerksamkeit auf sich zu lenken versuchten, indem sie ihr um die Beine strichen oder sich, falls das keinen Erfolg hatte, abwechselnd der Länge nach auf der Tastatur ausstreckten. Unsere Absprache lautete, daß ich Mirjam kurz anrief, sobald ich Lust auf Kaffee hatte, dann käme sie mit dem Frühstück nach oben. Ich wußte, wie das ablaufen würde. Nebeneinander aufrecht in den Kissen sitzend die Pläne für den Tag durchsprechen. Mitte der Woche war das Wetter auf einmal schön geworden. Wie an den vorangegangenen Tagen würden wir uns am späten Nachmittag auf der Veranda, unter dem Goldregen, einfinden, für ein Glas Fruchtsaft, denn vom Alkohol hielten wir uns schon seit Wochen fern. Es brauchte nicht gekocht zu werden. Tonio würde zum Essen kommen und hatte bereits zu verstehen gegeben, er hätte mal wieder Lust auf eine Portion Chow-Minh vom Surinamer.

Ich nahm mein Handy von der Matratze neben mir, legte es aber gleich wieder hin. Das Frühstück lieber noch ein bißchen hinausschieben. Der einzige Makel an meinem Wohlbehagen: daß mein Magen, für gewöhnlich ein nie rebellierender Held, ziemlich durcheinander war und so meinen Appetit beeinträchtigte. Mit Alkohol konnte das nichts zu tun haben. Ich versuchte mich zu erinnern, was wir am Abend zuvor gegessen hatten. Kalbfleisch, denn es hatte eine Soße mit Marsala gegeben – nein, für *Scaloppina marsala* verwendete Mirjam zur Zeit, aus ökologischen Gründen, Filets von Biohühnern. Als Vorspeise hatten wir *Spaghetti aglio olio*, mit vielen schwarzgedünsteten Knoblauchstückchen, und als Beilage einen überreichlich mit frisch gehacktem Knoblauch bestreuten Salat. Offenbar genau eine Knoblauchzehe zuviel, denn am frühen Morgen, irgendwann zwischen vier und halb fünf, hatte mich ein Magenkrampf geweckt, der von einer unstillbaren Speichelflut begleitet war. Senkrecht im Bett sitzend, hatte ich, unentwegt schluckend, gegen Übelkeit angekämpft, so lange, bis sie nachließ und ich mich wieder hinlegen konnte.

3

Jetzt, Stunden später, hatte sich mein Magen noch immer nicht ganz beruhigt. Ich konnte Mirjam natürlich nur um Kaffee bitten, viel Milch in wenig Espresso, doch ich beschloß, die Situation allein noch ein wenig weiterzugenießen. So war es gut. Ich sprach es Japi aus »Der Schnorrer« nach: Ich hatte mich immer zu sehr abgerackert. Seit wir im letzten Jahr vorzeitig aus Lugano zurückgekehrt waren, nach einem katastrophal verlaufenen Arbeitsaufenthalt, hatte ich mich zum Eigentümer meiner gesamten Zeit erklärt. Einen Teil davon wollte ich mit Mirjam verbringen (und mit Tonio, wenn ihm danach war), doch darüber hinaus konnte niemand mehr Anspruch darauf erheben. Genug Briefe geschrieben, Beiträge für Zeitschriften geliefert. Ich war es leid, die Stammtische verschiedener Kneipen mit den Ärmeln meines Jacketts blank zu reiben, ganz zu schweigen von all dem Text, der dort gratis und ins Blaue meinem

Mund entfleuchte und genausogut daheim zu Papier hätte gebracht werden können.

Und es funktionierte. Jeder Tag war ein Geschenk. Einmal war mir Mirjam gegenüber herausgerutscht, »die meisten Menschen kommen immer nur, um etwas zu holen, nie, um etwas zu bringen«. Es war aus spontaner Verärgerung gesagt, mehr nicht, aber nachdem es heraus war, wußte ich, es war die Wahrheit. Seitdem achtete ich darauf, daß bei mir nichts mehr zu holen war. Ich würde nicht damit aufhören, den Menschen dann und wann etwas zu bringen, aber alles zu seiner Zeit.

Ich dachte wieder an meinen Arbeitsplan, eine Etage höher auf dem langen Tapeziertisch. Er lag neben der Kopie des vorläufigen Typoskripts, das ich Ende April abgegeben hatte. Dazu gehörte auch eine Mappe mit hundertsechzig Seiten der endgültigen Fassung. Ich hatte sie in den vergangenen Wochen fast nebenher geschrieben, außerhalb jedes Hundert-Tage-Plans. Es gab also schon, sozusagen, ein Startkapital, mit dem ich die Fehlproduktion schlechterer Tage würde ausgleichen können.

Kurz und gut, es lief alles bestens. Fast schnurrend vor Wohlbehagen lag ich in meinen Kissen. Gleich würde ich Mirjam anrufen. Nach dem Kaffee und vielleicht etwas genüßlich-faulem Schmusen würde ich eine halbe Stunde lang auf den Hometrainer steigen, und dann mußte ich mich nur noch duschen, anziehen und diese eine Treppe hinaufgehen. Oben würde ich den richtigen Moment abwarten, um für die kommenden hundert Tage die angenehm gespannte Feder losschnellen zu lassen.

4

Und in dem Moment die Klingel. Einmal kurz, einmal lang. Laut und durchdringend. In der nachhallenden Stille das Treppaufgetrappel der Katzen.

Das laute Schrillen brachte mich wie immer auf die Palme (Herrgott noch mal, Mirjam, die Firma Brom sollte doch eine freundlichere Klingel installieren), jetzt aber war es auch Beunruhigung, die mich senkrecht sitzen ließ. Ich drehte den Kopf nach rechts, wo meine Armbanduhr auf dem Nachttisch lag. Zehn nach neun. Das mußte meine Schwiegermutter sein. Sie war in letzter Zeit häufiger mit dem Taxi vorgefahren, wonach wir sie verwirrt im Eingang fanden. Der Grund war meist, daß Mirjam nicht ans Telefon gegangen war oder von sich aus kein Lebenszeichen von sich gegeben hatte.

Ja, es konnte sich nur um Wies handeln. Aber ... wenn ich mir so sicher war, daß nur sie es sein konnte, nichts weiter als ein ärgerlicher Zwischenfall, warum krampfte sich mein ohnehin schon durcheinandergebrachter Magen dann vor Angst zusammen? Gelenkiger, als mein Rücken es eigentlich zuließ, schlüpfte ich aus dem Bett, um auf dem Flur zu lauschen, was los war. Ich machte den Umweg über das Badezimmer. Zunächst schien es, als sei wieder Stille im Haus eingekehrt. Mirjam hatte die Tür nicht geöffnet, und ihre Mutter war mit dem Taxi wieder weggefahren.

Mein Magen und mein Herz spürten nicht die Erleichterung, die ich mir einredete. Ich stand dort öfter, mit angehaltenem Atem horchend, ob die Tür geöffnet wurde. Der Postbote, und war Mirjam nicht zu Hause? Mußte ich jetzt selbst über die Gegensprechanlage auf das Klingeln reagieren?

An irgend etwas, vielleicht am Luftzug im Treppenhaus, merkte ich, daß die Haustür offen war. In der Stimme, die ganz schwach heraufklang, versuchte ich mit aller Macht, die meiner Schwiegermutter zu erkennen, aber ich *wußte*, es war eine Männerstimme. Aus dem, was ich Mirjam kurz und heftig sagen hörte (unverständlich), ließ sich noch die Hoffnung schöpfen, daß sie, wie häufiger in einer solchen Situation, ihre Mutter anfuhr. Meine Furcht sprach eine andere Sprache.

Dicht über mir streckten Tygo und Tasja ihre haarigen

Köpfe neugierig zwischen den Stäben des Treppengeländers durch. Unten klapperte die Glaszwischentür der Diele. Ein Stimmfetzen, unverkennbar von einem Mann, gefolgt von einem heulenden Aufschrei Mirjams. Die Katzen sprangen die Stufen hinunter und witschten auf dem Flur mit ihren dicken Schwänzen an meinen nackten Beinen vorbei, bevor sie auf den Ruf ihres Frauchens hin mit trommelnden Pfoten die Stufen hinuntersausten.

Im Schlafzimmer, hinter der geöffneten Tür, klingelte mein Handy. Es lag auf Mirjams Betthälfte. Ich stürzte mich über die eigene Matratze darauf. Zu spät. In dem Moment, in dem ich auf die Taste drückte, hörte ich ihre Stimme, laut, voller Panik, im Treppenhaus.

»Adri …! Es ist Tonio! Er liegt im AMC! In kritischem Zustand!«

Ich war in wenigen Schritten auf dem Flur. In der Treppenbiegung zwischen dem ersten und zweiten Stock stand, den Arm auf dem Geländer, ein junger Polizist, der mit unbewegter Miene zu mir hochschaute. Sein makellos weißes, kurzärmeliges Uniformhemd leuchtete im Dämmerlicht.

»Mijnheer, ich habe keine schöne Nachricht für Sie«, sagte er. »Ihr Sohn Tonio wurde angefahren und liegt in kritischem Zustand im AMC. Meine Kollegin und ich haben den Auftrag, Sie dorthin zu bringen. Unser Bus steht vor der Tür.«

Ich fühlte, wie ich in ein körnig wimmelndes Halbdunkel der Art versank, wie es oft einer Ohnmacht vorausgeht. Meine Organe wurden zusammengepreßt, und ich mußte mich fast übergeben. Es *kann* sein, daß im selben Moment eine wie ein Tier heulende Mirjam die Treppe hinaufschoß, sich erst an dem Polizisten vorbeiwand und dann an mir. Ich habe kein klares Bild davon zurückbehalten, nur die Wahrnehmung von etwas Wirbelndem, dem ein hohes Wimmern entstieg. Wenn es so war (Mirjam kann es nicht bestätigen, für sie ist dies ein noch größeres schwarzes Loch), dann ist sie über den Flur in Tonios ehemaliges Zimmer gerannt.

Dort befand ich mich auch auf einmal. Mirjam saß auf der Bettkante und zog sich, von einem Heulkrampf geschüttelt, Socken an. Ihr ratloses Gesicht.

»Tonio, in kritischem Zustand«, wiederholte sie ein ums andere Mal wie in keuchender Trance. »Er stirbt. Vielleicht ist er schon tot.«

Diese Socken, sie bekam sie beinahe nicht an. Sie blieben an ihren Zehennägeln hängen, und dann mußte sie wieder von vorn anfangen. Die plumpen Details, die es verstehen, sich trotz der scheinbaren Bewußtseinsverengung in einem einzunisten … später habe ich mich bitter darüber gewundert. So stand in einer Ecke des Zimmers ein Stativ, ohne Kamera, an dem ein silbriger Lichtschirm festgeschraubt war. Rings herum große schneeweiße Platten aus Styropor, die dem Fotografen zur Aufhellung gedient hatten.

Ich stand da in meinem langen Arbeitshemd, lediglich eine Unterhose darunter – wie versteinert, vielleicht nicht länger als einige Sekunden, für mein Gefühl wesentlich länger.

»So zieh dich doch *an*«, rief Mirjam heulend, fast schreiend. »Wir müssen zu ihm. Er stirbt.«

5

Auf dem Flur traute ich mich nicht, über das Geländer hinunterzuschauen, ob der Polizist noch in der Treppenbiegung stand. Vielleicht hoffte ich, sein Auftreten sei eine Vision gewesen, ein Traumbild, das mich über den Schlaf hinaus überschattet hatte. Nicht einmal in meinem Augenwinkel leuchtete sein weißes Poloshirt auf.

In kritischem Zustand. Viel zu lang (so kurz es möglicherweise auch war) stand ich im Schlafzimmer vor dem Stuhl mit meinen Kleidungsstücken, eine Socke in der Hand. Ich konnte nicht anders, als auf das gerahmte Foto über dem Heizkörper zu schauen. Eine venezianische Gondel mit Baldachin und Reklameschild: AMSTEL HOTEL. Sie schwamm

auf der Amstel vor der Hoge Sluis und diente dazu, Hotel-
gäste überzusetzen, von denen sich einige schon an Bord
befanden. Ihrer Kleidung nach zu urteilen stammte die Szene aus den zwanziger oder dreißiger Jahren. Tonio hatte das
Foto aus dem Internet heruntergeladen und für mich vergrößert, als Geschenk für dreißig Jahre *Een gondel in de Herengracht* (Eine Gondel auf der Herengracht), Ende 2008. So ein
Junge war er.

Ich hörte Mirjams rennende Füße auf dem Flur und gleich
danach auf der Treppe, deren Stufen ihrem hohen Heulton
einen gräßlichen Rhythmus verliehen. Ich schlüpfte rasch in
die fahle Trainingshose, die ich für langes Sitzen am Schreibtisch bereitgelegt hatte.

Socken. Schuhe. O Gott, laß ihn durchkommen. Nicht für
mich. Für Mirjam. Für Tonio selbst. Und ja, auch für mich,
selbst wenn ich es nicht verdiente.

Ein Klopfen an der Tür. Ich band mir gerade meine abgetragenen Hausschuhe zu, in denen ich mich normalerweise niemals auf die Straße gewagt hätte. Der Polizist wieder.
»Mijnheer, sind Sie soweit? Ihre Frau bittet Sie, schnell herunterzukommen.«

Seine junge, an der Polizeiakademie geschulte Stimme mit
dieser Spur von Mitgefühl.

»Ich komme.« Für einen Moment Irritation. Ich war gezwungen, ohne zu duschen äußerst schäbige Kleider anzuziehen, und jetzt hetzten sie mich auch noch, verdammt noch
mal. Was hatten sie denn erwartet? Daß wir wie aus dem Ei
gepellt, Paß in der Hand, ungeduldig hinter der Haustür warteten, um Bestätigung für die lang erwartete Unglücksnachricht zu bekommen? Was, wenn wir wie an früheren Pfingst-
wochenenden bis drei, vier Uhr nachts ausgegangen wären
und jetzt noch im Bett gelegen hätten, um unseren Rausch
auszuschlafen? Dachten sie vielleicht mal daran?

Während ich zur Tür stürzte, fiel mein Blick auf die Bunt-
stiftzeichnung über dem Bett. Tonios Doppelporträt seiner

Eltern, von 1994. Er war fünf, fast sechs, und hatte es in wenigen Minuten gemalt, während er auf dem Fußboden eines französischen Restaurants lag und sein Teller Pasta auf dem Tisch kalt wurde. Weil der Mann auf der Zeichnung einen Hut trug, was ich nie tat, fragte ich Tonio sicherheitshalber, wen die beiden auf dem Bild darstellten.

»Dich und Mama.«

»Da fliegen ja lauter rote Herzen aus unseren Köpfen.«

»Ja«, rief er lachend, »ihr seid doch verliebt …«

Es war soweit. Hundertmal hatte ich es mir vorgestellt, bis mir übel wurde. Wie die Polizei an die Tür kommen würde, um uns die denkbar schlechteste Nachricht zu überbringen. Ihr Sohn … Und dann waren wir Menschen auch noch imstande, unser der Angst aus Überbesorgtheit dargebrachtes Opfer als heilsames Beschwörungsritual zu betrachten. Wer sich ein Unglück so bis ins Detail auszumalen vermochte, würde davon verschont bleiben.

Letzten Sommer erst, als wir Tonio Geld für einen Urlaub auf Ibiza gegeben hatten, hatte ich mich Nacht für Nacht mit den fürchterlichsten Szenarien gequält, was ihm zustoßen könnte. Die Guardia civil hatte den leblosen Körper eines jungen Mannes in einer Felsspalte gefunden. Er trug keinen Paß bei sich, aber der Nachtportier eines Hotels in Ibiza Stadt erkannte ihn wieder … ob wir, bitte, kommen und ihn identifizieren würden …

Mirjam und ich hatten ihn in Schiphol abgeholt. Ich hatte erwartet, ein braungebrannter Tonio komme in der Ankunftshalle auf uns zu, aber er sah noch blasser aus als beim Abflug – vom nächtlichen Ausgehen und dem Schlafen tagsüber. Aber er war es, und er lebte. Siehst du wohl, es funktionierte: Die gefährliche Wirklichkeit kam nicht an gegen eine noch gefährlichere Vorstellungskraft.

Unten, in der Diele, stieß ich auf Mirjam, die unter der Obhut des Polizisten zitternd weinte. Die Katzen, die sich von ihrer anfänglichen Panik erholt hatten, saßen nebeneinander auf dem Flur und fegten mit ihren gesträubten Schwänzen unruhig den Fußboden. Sie blieben ängstlich nah an der offenen Tür zum Wirtschaftsraum, wo ihre Körbe und Freßnäpfe standen und sie notfalls durch die Katzenklappe in den Garten witschen konnten. Wenn es sehr lange und laut klingelte, flüchtete Tygo, der ängstlichere der beiden, manchmal in den Goldregen – so hoch, daß er sich von allein nicht mehr heruntertraute und von Mirjam mit Hilfe der Bibliotheksleiter gerettet werden mußte.

Normalerweise hätten wir Tygo und Tasja bestimmt in der Küche eingesperrt. Jetzt begnügte ich mich damit, die Glaszwischentür sorgfältig zu schließen, damit die Katzen nicht hinter uns herlaufen konnten.

Die Vorderseite des Hauses lag noch im Schatten, und doch wurden wir vom flach einfallenden, grellen Sonnenlicht angesprungen, das auf dem Weg über die Banstraat die Kreuzung und den kleinen weißen Polizeibus entflammte. Eine junge Polizistin, die wartend daneben gestanden hatte, kam mit besorgter, fast ängstlicher Miene auf uns zu und stellte sich vor.

»Mein Kollege und ich bringen Sie jetzt ins AMC«, sagte sie. Und mit ausgestrecktem Zeigefinger: »Dort steht der Bus.«

Offenbar in Erwartung eines warmen Tages trug auch sie ein kurzärmeliges Hemd, dessen Ausschnitt ein dunkelblauer Schal bedeckte. Sogar jetzt speicherte ich solche Details, und das auch noch mit dem beinahe durchtriebenen Hintergedanken an *Kwaadschiks*, in dem mehrere weibliche Polizeibeamten vorkamen. (Merken: Dekolleté bedeckt mit Schal. Auch Polizistin mit Unglücksauftrag trägt am Gürtel Handschellen neben Etui mit Pfefferspray.) Der kleine Bus, dessen Schiebetür offenstand, trug die bekannten roten und blauen Streifen, die Tempo suggerieren mochten. So war es in meinem Manuskript zu lesen.

»Sie steigen am besten hinten ein«, sagte die Frau.

Ich wandte mich an ihren Kollegen: »Wissen Sie, was *passiert* ist?«

»Soweit wir wissen, Mijnheer, ist Ihr Sohn heute morgen gegen halb fünf von einem Auto auf der Stadhouderskade angefahren worden. In der Nähe vom Max Euweplein. Man hat uns mitgeteilt, daß er in kritischem Zustand auf der Intensivstation des AMC liegt. Er wird im Moment operiert. Mehr wissen wir nicht. Außer daß der betreffende Autofahrer noch vernommen wird. Auf der Wache Koninginneweg. Von dort sind wir gerade losgefahren.«

»Dann kam er wahrscheinlich aus dem Paradiso«, sagte ich, mehr zu mir selbst. Und wieder zu ihm: »Kann es sein, daß er von der Fahrradbrücke da über die Singelgracht auf die Stadhouderskade gefahren ist?«

»Uns sind keine Einzelheiten bekannt, Mijnheer. Nur daß der betreffende Fahrer nach der Kollision nicht weitergefahren ist. Er hat sofort die Polizei gerufen.«

»Adri, steig jetzt *ein*, ich bitte dich«, sagte Mirjam kläglich. Sie saß bereits auf der Rückbank. »Sonst ist es vielleicht zu spät.«

Ich stieg ein und nahm neben ihr Platz.

»Wir bringen Sie so schnell wie möglich hin«, sagte die Polizistin, bevor sie die Tür zuschob. »Es ist noch früh, es wird also nicht voll sein auf der A 10. Obwohl ... jetzt zu Pfingsten ...«

Sie stieg vorn neben ihrem Kollegen ein, der hinters Lenkrad geschlüpft war. Ich zog die zitternde Mirjam an mich. Sie weinte jetzt hemmungslos.

»Unser lieber Tonio ... vielleicht ist er schon *tot*.«

D & KA. So lautete seit gut dreißig Jahren, ohne daß sie es wußte, mein ganz persönlicher Kode für die Frau, die ich hinten im Polizeibus an mich drückte.

»Wie kommen diese Reiskörner in die Pasta?«

Dieser Ausruf Mirjams an einem schönen Sommerabend '79 hatte alles in Gang gesetzt. »*Die Erinnerung ist wie ein Hund, der sich hinlegt, wo er will*«, schreibt Cees Nooteboom. In diesem Fall konnte es keine reine Willkür des Hundes sein, daß ich auf der Rückbank, diesen zitternden Leib in meinen Armen, an unsere erste Begegnung dachte. Die beiden Polizisten vorne hatten uns mehr oder weniger aus dem Bett geholt, weil es Tonio schlechtgehe – dem Sohn, der schließlich, neun Jahre nach den Reiskörnern in der Pasta, aus uns beiden hervorgegangen war. Das Kind, das sich jetzt in Not befand und zu dem wir in einem Irrsinnstempo schlingernd unterwegs waren.

Nach offizieller Lesart, die ich selbst in die Welt gesetzt hatte, begann alles auf ihrer Geburtstagsfete am 23. November 1979, drei Tage nachdem sie zwanzig geworden war. Wenige wissen, daß sie für mich bereits ein halbes Jahr zuvor die Bildfläche betreten hatte.

Vor Sommerende wollte ich einen kurzen Roman fertig haben. Ich hatte im Frühjahr damit angefangen, in Perugia, wo ich einer jungen Frau namens Mara in die Arme zu laufen hoffte, die ich im Sommer zuvor auf Sizilien kennengelernt hatte. Ich hatte ihre Adresse nicht, nur ihre Telefonnummer, traute mich aber nicht, sie anzurufen – so daß es darauf hinauslief, daß ich Mara zufällig auf der Straße begegnete. Daraus ergab sich viel zu eilig eine schlunzige Romanze, die zumindest meinem Buch schadete. Ich flüchtete auf eine kleine Insel im Trasimenischen See, mit 99 oder 102 Bewohnern, und machte mich an die Arbeit. Bis Ende Juni blieb ich dort. Sonntags kam Mara mit der Fähre. Das war in Ordnung, bis sie drängte, ich solle mit ihr und ein paar Freunden die Sommerferien auf Sardinien verbringen. Ich hatte nichts gegen Sardinien, nur gegen sechswöchiges Zwangsgammeln, und das, während der Verleger auf den Text wartete.

So nahm ich den Zug zurück nach Amsterdam und zurück in meine muffige Wohnung im Viertel De Pijp. Es wurde ein heißer Sommer. Abends saß ich vor der offenen Balkontür und arbeitete an meiner Geschichte, bis es zu dämmern begann, ich die Lampen aber nicht anmachen wollte, um keine Mücken anzulocken. Hinsichtlich späten Tageslichts hatte ich Glück: Wo man nach der architektonischen Logik dieses Viertels eine zusätzliche Parallelstraße zwischen der van Ostade, in der ich wohnte, und den Häusern am Sarphatipark erwartet hätte, erstreckten sich die niedrigen Schuppen aller möglichen Kleinbetriebe. Zwei Häuser weiter hatte man hinter einem besetzten Gebäude einen Schuppen abgerissen, und dort hatte sich aus Wildwuchs zwischen Schrott und verrottendem Bauholz so etwas wie ein struppiger Garten entwickelt. An warmen Abenden grillten dort die Hausbesetzer. Eine von ihnen war Hinde, die ich kannte, weil sie mir eines Tages als Dank, weil sie meine Wasserleitung anzapfen durften, einen großen Strauß rosa Teerosen gebracht hatte. Ich wußte, daß sie eine jüngere Schwester hatte, die ebenfalls in das besetzte Haus ziehen wollte, vorläufig jedoch nur ab und an zu Besuch kam.

An einem dieser nicht enden wollenden Sommerabende veranstalteten Hinde und ihre Mitbewohner wieder einen Grillabend, zu dem sie mich ebenfalls einluden. »Meine Schwester kommt auch«, hatte Hinde gesagt, aber ich wußte nicht, ob das als Anreiz gemeint war. Ich schlug die Einladung freundlich aus. Für Geselligkeit war ich nicht aus Italien zurückgekehrt. Ich hätte jetzt, verdammt noch mal, mit Mara und Ivana und den anderen auf Sardinien sein können. Aus der Arbeit wurde an dem Abend nicht viel. Der Grill, ein rostiges Dreibein, entwickelte viel Rauch. Es war, als fungiere mein Balkon mit der offenen Flügeltür wie ein Abzugsloch, so daß ich die ganze Zeit mit tränenden Augen über meinen Blättern saß.

»Eine Ratte«, rief ein Junge. »Ich hab eine Ratte gesehen … da, bei den Kisten.«

»Die kommt auf den Grill.« Hindes Stimme, ich erkannte sie bereits. Gelächter aus der Tiefe.

»Wie kommen diese Reiskörner in die Pasta?« Eine Stimme, die entfernt Hindes Stimme glich: Das mußte die Schwester sein.

»Aus dem Salzfäßchen«, rief Hinde. »Der Deckel ist abgegangen.«

Weil der Wind offenbar in meine Richtung wehte, machten mir vermutlich die Würstchen und Hühnerkeulen auf dem Grill den Mund wäßrig, aber es waren vor allem die hellen Stimmen in der Abenddämmerung, die mich bedauern ließen, nicht dort unten zu sein, wo es von Ratten und Mädchen wimmelte und ich mit Appetit ein Gemisch aus Makkaroni und Reis gefuttert hätte. Ohne ernsthaft etwas zu tun, hörte ich mir das Reden und Lachen an, das Gläserklirren beim Anstoßen, bis die Fledermäuse über den Schuppen herumflatterten und es ohne Lampe wirklich zu dunkel wurde, einen Buchstaben zu Papier zu bringen.

Möglicherweise spürte ich wegen der scharfen Manöver des Polizeibusses ein leises Gefühl von Übelkeit in meinem Zwerchfell, doch wahrscheinlicher ist, daß es von der Erinnerung an das Verlangen jenes Sommerabends verursacht wurde. Später hatte das Verlangen eine Zukunft bekommen: Mirjam und ich … ich, Mirjam und Tonio … Aber auch das war Teil jener Zukunft: daß wir jetzt auf dem Weg ins Krankenhaus waren, um zu erfahren, wie kritisch der Zustand unseres Jungen war. Ob er eine Chance hatte. Ob er noch lebte.

D & KA. Im Spätsommer oder Frühherbst '79 erhielt eine
der Grillabendstimmen aus dem Hintergarten ein Gesicht.

Das besetzte Haus, van Ostadestraat 205, grenzte an eine
Grundschule, an deren Rückseite ein Spielplatz war und an
der Vorderseite ein verbreiterter Bürgersteig, auf dem abho-
lende Mütter auf ihre Sprößlinge warten konnten. Hier sah
ich sie, wie sie sich mit einem Omafahrrad zwischen Grüppchen sich unterhaltender Frauen hindurchschlängelte, von
denen einige demonstrativ einen Schritt beiseite traten und
sie mißbilligend anstarrten. Den linken Fuß auf dem Pedal,
stieß sie sich wie auf einem Tretroller mit dem rechten Fuß
ab, was für die Fußgänger genausoviel Belästigung bedeutete
wie normales Fahrradfahren, für sie aber den Unterschied
machte, daß die Polizei sie nicht anhalten würde.

Ich zog gerade die Haustür von Nummer 209, wo ich
wohnte, hinter mir zu. Ich kann mich nicht erinnern, ob Nie-
derschläge drohten oder vorhergesagt waren, jedenfalls trug
das rollernde Mädchen einen Regenmantel, und der war ihr
um etliche Größen zu weit und zu lang. Das Kleidungsstück,
von männlichem Schnitt, mußte einmal beige gewesen sein,
war jetzt aber von einer erschreckenden Schmuddeligkeit, die
sogar in dieser Umgebung besetzter Abrißhäuser und halb
verrotteter Lieferfahrräder im Rinnstein auffiel. Vor allem
die Vorderseite war schmutzig, voller bizarrer Ringe, während der Stoff um die Knöpfe nahezu schwarz war, als habe
der Mantel einem Kohlenhändler als Schürze gedient.

Ich hätte achselzuckend darüber hinweggesehen, hätte
nicht über dem speckig glänzenden, ebenfalls fast schwarzen
Kragen, der ganz zugeknöpft war, so ein hübsches Köpfchen
gesessen. Offenes dunkles Haar um ein leicht gebräuntes
Gesicht, das dennoch den Eindruck von Blässe machte, vielleicht durch die dunklen, nicht einmal geschminkten Augen
(was bei so einem Mantel auch komisch ausgesehen hätte).

Wegen des viel zu weiten Kleidungsstücks konnte man ihre Figur nicht richtig erkennen, doch aus einer gewissen Rundheit von Kinn, Hals und Wangen ließ sich ableiten, daß das Mädchen eher mollig war.

Sie besaß keine auffallende Ähnlichkeit mit Hinde, und doch sah ich sofort, daß die beiden Schwestern sein mußten, wobei diese die jüngere war. Ich schätzte sie auf achtzehn. Als sie mich sah, glitt bloß ein schwacher Schatten des Erkennens über ihr Gesicht. Möglicherweise erkannte sie mich genausowenig wie ich sie und *glaubte* nur zu wissen, wer ich war, weil ich aus dem Haus kam, das dem besetzten Haus ihrer Schwester fließendes Wasser lieferte. Sie grüßte mich mit einem ebenso verlegenen wie distanzierten »hallo«, das ein wenig fragend klang und schlecht zu dem arglos breiten Lächeln (eher eine Art sanften Grinsens) paßte, das sie mir als Antwort auf meinen Gruß zusandte. Nach meinem Gefühl sah sie mich im Vorbeifahren etwas zu lange an (was bedeutete, daß ich das gleiche tat), wodurch sie, sich weiter mit einem Fuß abstoßend, etwas zu weit vorschoß und ihr Rad an der Wand von Nummer 207 abstellte.

Als ich mich, jetzt selbst über den verbreiterten Bürgersteig vor dem Schulgebäude gehend, noch einmal umsah, beugte sie sich über ihr Rad, um das Kettenschloß durch die Speichen zu ziehen. Die Vorderseite des viel zu weiten Regenmantels hing bis auf den Boden, tatsächlich wie ein Kohlensack, so schwarz und formlos. Diese Molligkeit, na schön, war etwas zuviel des Guten, hübsch war das Mädchen trotzdem. Aber dieser Sack, entschied ich, damit mußte Schluß sein. Sie beleidigte sich selbst damit – und mich dazu, obwohl sie noch lange nicht D & KA war.

Um so ärgerlicher, daß ich sie in den darauffolgenden Monaten nicht wiedersah. Jetzt mußte ich sie mir, zumal bei nassem Herbstwetter, in diesem schmutzigen Regenmantel vorstellen, ob ich wollte oder nicht.

Die Utrechtsebrug. So dreckig und unergründlich das Flußwasser bei tiefhängender Bewölkung aussehen konnte, jetzt, in der Morgensonne, wirkte die Amstel völlig glatt und wie silberbeschichtet. Das grelle Licht entzog der Umgebung die Farbe, wodurch alles im gleichen milchigen Blau badete.

Die Brücke war stets der letzte Meilenstein unserer Ferien im Süden gewesen. Oft hatten Tonio und ich schon bei der Abreise aus der Dordogne oder aus Lugano darüber gesprochen: Am anderen Ufer der Amstel ragte für ihn das mannshohe K'NEX-Riesenrad auf, das er, wenn er wieder zu Hause war, nachbauen wollte. Für mich verkörperte die Utrechtsebrug die Verheißung der baldigen Wiedervereinigung mit meinem Papierkram im dritten Stock. So konnten wir während der Hunderte von Kilometern langen Autofahrt, jeder für sich, diesen Zugang zur Stadt herbeisehnen.

Für Mirjam bedeutete die Brücke das Ende stundenlangen konzentrierten Chauffierens. Sie äußerte sich nie groß zu ihrem Leben nach einem Urlaub. Ja, wieder zu Hause sein, darüber ging nichts.

Auf der Vorderbank des Busses unterhielten sich die beiden Polizisten über den genauen Weg zum AMC – als ob sie den nicht blind gefunden hätten. Die Frau schärfte ihrem Kollegen ein, er solle auf das Schild mit der Ausfahrt AMC achten, aber bis dahin sei es noch ein ganzes Stück. Sie waren jung, noch nicht lange von der Polizeischule weg. Es war ihnen nur recht, daß sie ihre ganze Aufmerksamkeit auf den Verkehr richten konnten: So brauchten sie sich nicht um uns zu kümmern.

Zwischen ihren Sitzplätzen und unseren befand sich eine leere Mittelbank, hinter deren Rückenlehne wir leider nicht ganz verschwinden konnten. Mit beiden Armen hielt ich Mirjam bis zum Ersticken fest an mich gedrückt. Ich gab halbherzig beruhigende Laute von mir, wußte aber nicht, was ich sagen sollte. Daß es nicht so schlimm sein würde? Aus welchem Grund?

In kritischem Zustand. Ich war unaufhörlich, fieberhaft, damit beschäftigt, diese Aussage zu analysieren. Seit Mirjam diese drei Worte in Panik ausgerufen und der Polizist sie mit professioneller Ruhe wiederholt hatte, schwankte ihre Bedeutung ständig. Im einen Augenblick kündigten sie das Unvermeidliche an, im nächsten hatten sie auf einmal etwas Beruhigendes. Erst neulich war in den Fernsehnachrichten der Zustand eines Opfers als kritisch bezeichnet worden. Zwei Tage später berichtete eine Zeitung, es sei außer Lebensgefahr.

»Unser Tonio«, sagte Mirjam leise. »Vielleicht ist es schon zu spät.«

»Nein, Minchen, das darfst du nicht denken.«

Kritisch war kritisch und nichts anderes. Kritisch bedeutete nicht: tot. Nicht einmal: so gut wie tot. Kritisch hieß: Leben (solange das Gegenteil nicht bewiesen war). Kritisch, diesen Zustand galt es zu überwinden.

Mirjam schluchzte, aber es war kein hysterisches Weinen. »Ich *spüre*, daß wir zu spät kommen.«

»Ich verbiete dir, das zu sagen.«

10

D & KA: die und keine andere. Also los, nun, da ich mich für diese Frau (dieses Mädchen) entschieden hatte, würde ich ihr auch etwas zeigen. Schöne Dinge für sie machen: aufklappende Papierschachteln voller Visionen und Geschichten, aber ich würde damit auch tatsächlich existierende Welten für sie öffnen. Das hohe Gitter rund um das efeubewachsene Haus. Den Draht um den Champagnerkorken. Den Salzmantel um die rosa gebratene Lende.

Den Schlagbaum zum Paradies.

Als ich von ihren Eltern erfuhr, daß sie seinerzeit überlegt hatten, die zweite Tochter nach ihrer deutschen Großmutter »Minchen« zu nennen, probierte ich, anfangs neckend, diesen Namen immer wieder an ihr aus. Etwas zu oft vielleicht, denn mit der Zeit wollte er nicht mehr von meiner Zunge weichen. Es ist bei Minchen geblieben.

Allerdings ... etwas stimmte nicht, was mir noch bös aufstoßen könnte. Zu jung. Gerade mal zwanzig geworden. Ihre Jugend, um es feierlich zu sagen, hatte sich nicht austoben können. Eines Tages würde sie entdecken, daß sie sie *nur mit mir* geteilt hatte ... daß manche geheimen Dinge in ihr nicht zur Entfaltung gelangt waren ...

Das unstete Leben, das ich jahrelang geführt hatte, war nicht von heute auf morgen zu beenden. Amsterdam, das bedeutete rumgammeln, ausschlafen, wenig tun. Die Unannehmlichkeiten des Reisens, die brachten mich zum Arbeiten. Ich schrieb in Nachtzügen, in illegalen kleinen Pensionszimmern, auf zugigen Bahnsteigen zwischen zwei Paletten voller Kisten mit piepsenden Küken: ungewohnte Musik für den späten Abend.

Im Januar '80, kurz nach unserem Florentiner Abenteuer, nahm ich wieder den Zug nach Neapel und von dort die Fähre nach Ischia. Bei der Rückkehr im Februar, auf dem Hauptbahnhof, lernte ich die Lähmung kennen, die Mirjam bei einer Begrüßung nach langer Abwesenheit befiel (eine Wiederholung der Abschiedslähmung einen Monat zuvor). Das hing vermutlich mit der Verlassensangst zusammen, die ihre Familie permanent quälte, kleines Geschenk der Geschichte.

Ende März fuhr ich nach Kalabrien. Vom Zeh Italiens aus reiste ich die Küste entlang nach Norden, wobei ich jedes Dorf erkundete, bis ich in Positano an der Amalfiküste ein traumhaft gefliestes Hotelzimmer fand, bei dem ich das Gefühl hatte: *Hier gelingt es.* Jedes Telefongespräch mit Mirjam kostete mich zehntausend Lire.

»Minchen, Ende Mai hole ich dich ab. Dann bleiben wir hier noch einen Monat.«

Ging es nur darum, in der Abgeschiedenheit zu arbeiten? Oder war es schon damals so, daß ich mein Glück von Zeit zu Zeit aus großer Entfernung betrachten wollte, am liebsten durch ein umgedrehtes Fernglas? Wie dem auch sei, später wurde es zur Routine.

Wenn ich an mich zurückdachte in jener Zeit ... Immer mit umfangreichen Manuskripten zugange. Alles für sie. Der Größenwahn endete nicht beim beschriebenen und bedruckten Papier. Der junge Schriftsteller wollte *nach jedem Buch* besser wohnen. Es folgte ein langer Marsch durch die Architektur der angesagten Viertel – auf dem Weg zum Palazzo, zum Landhaus, zum spanischen Schloß. Ich führte ihr meine Kunststücke vor und machte offenbar etwas falsch. Ich griff zu hoch. Ich schüchterte sie ein wie ein Kind, das einen zu großen Bären aus dem Geschenkpapier wickelt.

Mit ihr gelang mir alles. Mirjam war eine Muse bis in die kleinsten Haushaltsdinge. Ohne ihr Zutun hätten wir nicht jedesmal ein besseres Haus gehabt. Ein Generalschlüssel, diese Frau, mit dem alle Schlösser aufgingen.

Sie sorgte dafür, daß ich meine Arbeiten abschloß, einfach durch ihre Gegenwart. (Mehr war auch nicht nötig.) Nur ein Kind, davon wollte sie nichts hören. Ich konnte bitten und flehen, soviel ich wollte.

»Wie alt bin ich denn? Laß mich doch erst mal mein Studium beenden.«

Obwohl die Ärzte nichts finden konnten, fühlte ich mich krank und erschöpft und schmeckte, wie Mozart es zuletzt ausgedrückt hatte, »den Tod bereits auf der Zunge«. Das Leben in ein Kind überströmen zu lassen wurde immer mehr zu einer Obsession. Ich tat ihr leid, das schon, doch selbst wenn ich tot zu ihren Füßen niederfiele, sie ließ sich nicht erweichen.

11

Im Frühjahr 1982 begegneten wir bei Spaziergängen im Vondelpark ein paarmal einer jungen Frau, die ich vom Sehen kannte und sie mich offenbar auch. Sie schob einen Kinderwagen vor sich her und grüßte ausdrücklich mich, nicht Mirjam. Ein Name wollte mir nicht einfallen, aber ich kam zu dem Schluß, daß ich sie aus meiner Studienzeit in Nimwegen kannte. Vielleicht hatten wir im selben Studentenheim gewohnt. Von Bedeutung war der Kinderwagen. Als ich bei einer dieser zufälligen Begegnungen neben Mirjam auf einer Parkbank saß, hatte ich beobachtet, wie die namenlose Bekannte sich liebevoll über das für uns unsichtbare Baby gebeugt und mit der Hand unter das Verdeck gegriffen hatte, möglicherweise um die Decke zurechtzuziehen. Ich schließe nicht aus, daß sie vor unserer Bank stehengeblieben war, um mit uns ins Gespräch zu kommen, doch das geschah nicht. Mit einem lächelnden Kopfnicken in meine Richtung ging sie weiter, überglücklich.

Als die Frau außer Hörweite war, brach alles noch einmal aus mir heraus: als welch ausgewrungener Spüllappen ich mir schon seit gut eineinhalb Jahren vorkäme, viel schlimmer, als ich ihr bisher zu gestehen gewagt hätte, und ein welch unerträgliches körperliches Verlangen, Vater zu werden, ich in mir wachsen fühlte. Meine krankmachende Müdigkeit habe die Erwartung in mir genährt, daß ein Kind mir meine Energie wiedergeben könne.

»Wenn es so um dich steht«, sagte Mirjam, »dann ist das wohl der denkbar schlechteste Grund, Vater zu werden.«

Ich wußte es. Ich drängte weiter – bis es ein Jahr später, ebenfalls im Frühjahr, mit meiner Gesundheit wieder aufwärts ging und die Rückfälle in die Hölle der Erschöpfung immer seltener wurden. Nachdem ich am ersten September ein Manuskript abgeliefert hatte, radelte ich auf dem Rückweg an meinem Haus vorbei, Richtung Amstel. Ich folgte dem Fluß bis Ouderkerk, radelte immer weiter, bis ich mich in unbekanntem Gelände, irgendwo an der Grenze zwischen Wald und Heide, verlor. Auf einmal war mir bewußt: Es geht mir besser. In mir gab es nicht einmal mehr den Hauch der alten Erschöpfung.

Dennoch dauerte es bis zum Sommer 1987, vier Jahre später, bis ich Mirjam erneut mit dem zu behelligen wagte, was in Kontaktanzeigen »Kinderwunsch« heißt.

Meine Sehnsucht nach Nachkommen war ebenso stark wie meine Angst davor. Es war die Art von Dilemma, die sich in Romanen und Filmen immer so gut macht. Mein Verlangen nach einem Kind befand sich in lähmender Weise im Gleichgewicht mit meiner Furcht, dieses Kind wieder zu verlieren.

12

Anfang Mai '87 fuhr ich, dem Sommer entgegen, in die Provence, um dort eine neue Romanidee auszuarbeiten (*Der Anwalt der Hähne*). Ich hatte noch immer von Zeit zu Zeit das Bedürfnis, »mein Glück aus der Entfernung zu betrachten«, aber zuvor vereinbarte ich mit Mirjam, sie solle einen Monat später nachkommen.

Im Zug nach Paris las ich in *de Volkskrant* eine Anzeige, die für die Sommermonate ein Landhaus bei Aix-en-Provence zur Miete anbot. Gleich nach meiner Ankunft in Paris rief ich an. Die Frau, die ich an die Strippe bekam, war eine Niederländerin namens Anneke, verheiratet mit einem französischen Sänger, der sich auf provenzalische Lieder spezialisiert hatte. Ja, ich könne auch nur einen Teil des Hauses mieten. Ich nahm eine Option auf die Monate Juni und Juli und versprach, sie wegen eines Besichtigungstermins anzurufen, sobald ich im Süden sei.

Nach ein paar Tagen Paris fuhr ich mit dem TGV nach Arles. Im Jahr zuvor war ich mit Mirjam dort gewesen. Ich hatte damals an einem heißen Tag in der alten Bibliothek im Zentrum, wo es angenehm kühl und ruhig war, Briefe geschrieben. Dort und nirgends sonst würde ich im kommenden Monat aus dem mitgeschleppten Material eine erste Fassung des Buches erstellen.

Jeden Morgen spazierte ich von meinem Hotel zu Füßen des Amphitheaters zur Bibliothek am Zentralplatz. Ich arbeitete. Ich beobachtete mein Glück aus großer Entfernung. Ich freute mich auf Mirjams Kommen.

Mitte Mai reiste ich über Marseille nach Aix, wo Anneke mich mit dem Auto vom Bahnhof abholte. Die Blondine im hellblauen Hosenanzug war noch jung. Zehn Jahre zuvor hatte sie als Teenager den zwanzig Jahre älteren Sänger auf dem Festival in Avignon kennengelernt, wo er seine provenzalischen Lieder sang. Inzwischen hatten sie zwei kleine Söhne.

Ihr Haus, die Villa Tagora, lag in der sogenannten »grünen Zone«, die unter der südlichen Frühlingssonne schon ordentlich ausgeblichen war und einen staubigen und bereits beinahe verdorrten Anblick bot. Der Garten um die Villa Tagora war verwildert, die Dornensträucher tunnelförmig ineinander verwachsen wie Rollen rostigen Stacheldrahts. Aber es roch dort intensiv nach Lavendel – ein violettes Feld, voller weißer Schmetterlinge. Die Grillen verliehen der Stille den richtigen Ton, der zu dieser Hitze gehörte. Im hohen Gras schlichen zwei mausgraue Katzen umher, die Mirjam alles Unkraut vergessen lassen würden. Ich zahlte Anneke die Kaution für das angebaute Apartment, zwei Zimmer und ein Bad, in dem sich auch der Kühlschrank und ein vierflammiger Gaskocher befanden. Juni und Juli würden wir bestimmt hier bleiben, doch sicherheitshalber nahm ich auch für den August eine Option.

Ende Mai reiste ich Mirjam nach Paris entgegen. Der Gare du Nord. Sie stieg aus dem grauen Zug in einem Sommerkleid, das ich nicht kannte. Sich heftig regende Verliebtheit – da sah man's mal wieder, wozu das gut war, dieses Betrachten des eigenen Glücks aus großer Entfernung. Gleich ins Hotel, danach Mittagessen auf dem heißen Trottoir des Boulevard St. Germain, knapp außerhalb des Schattens des Vordachs.

Zwei Tage später im TGV nach Arles. Anfang Juni richteten wir uns in der Villa Tagora ein. Glückliche Wochen, die wir zum großen Teil im Schatten des verlotterten Gartens verbrachten. Redend, schweigend. Lesend, schreibend. Wenn es mittags zu heiß wurde, zogen wir uns ins Schlafzimmer zurück für ein träges Geschmuse, das in eine Siesta mündete. Die offenbar wenig farbechten blauen Laken erhielten Batikmuster von all dem beißenden Schweiß, den wir in dieser Hitze produzierten.

13

»Woran denkst du?« fragte Mirjam an einem dieser Mittage, als ich, einen Ellbogen unter dem Kopf, mich in die Senkrechte hochstemmte.

»Oh, nichts, einfach nur so ein kleines Gedankenspiel. Morgen liegen wir hier wahrscheinlich wieder so. Mit einem angenehmen nachträglichen Kribbeln. Aber stell dir jetzt mal eine Welt vor, in der es dem Menschen nur ein einziges Mal vergönnt ist, das … diesen Paarungsakt, wie es in Naturfilmen immer so schön heißt … zu vollziehen. Eine Wiederholung ist ausgeschlossen. Dieses eine Mal, in dem müßte dann alles enthalten sein. Liebe, Zärtlichkeit. Entladung für ein ganzes Menschenleben … Wegen der Intensität würden schwächere Exemplare es nicht überleben. Dürfte ich mal den Herrn des Hauses sprechen? Nein, leider nicht, er kann nicht ans Telefon kommen. Es ist nämlich so … er ist gestern zum Höhepunkt gekommen, und jetzt muß er mindestens zwei Wochen lang das Bett hüten.«

»Vergiß die Befruchtung nicht«, sagte Mirjam. »Das muß

auch bei diesem einen Mal klappen. Sonst stirbt dein Völkchen in Null Komma nix aus.«

Ich notierte mir dieses Hirngespinst und vergaß es wieder. Als ich das Blatt Papier später wiederfand, stand unter der Zusammenfassung des Gesprächs: »Eintagswelt: Eintagsmenschen.«

Wenn es morgens noch nicht so heiß war, gingen wir manchmal die einspurige Straße entlang bis zu einem Vorort von Aix, wo wir den Bus ins Zentrum nahmen, um dort zu Mittag zu essen und einzukaufen. Auf dem Rückweg stellten wir dann in der Abteilung *gourmandises* unseres bevorzugten Supermarkts das Abendessen zusammen, das Mirjam dann nur noch aufwärmen mußte. So auch am neunundzwanzigsten Juni, doch am Tag darauf war es uns zu heiß, um über flimmernden Asphalt zu laufen. Unsere Vorräte brauchten nicht aufgefüllt zu werden, und von dem *Bœuf à la Normande* mit *Pâtes fraîches* vom Abend zuvor (was für ein Leben!) war noch die Hälfte übrig. Wir blieben in der Villa Tagora.

Wie sieht ein historischer Tag im Leben zweier Liebender aus? Nicht außergewöhnlich sensationell, in diesem Fall. In meinem Tagebuch notiere ich am Dienstag, 30. Juni 1987, daß wir gegen Viertel nach neun im Garten frühstücken. »Schauen Hummeln und Schmetterlingen zu, die sich die kegelförmigen violetten Blüten vornehmen. Die (weißen) Schmetterlinge erinnern mich an weißbekittelte Laborassistentinnen: mit spitzer Pipette von einem Reagenzglas zum nächsten. Ca. 9.30 Uhr setze ich mich zum Arbeiten an meinen Militärinvalidentisch in den Schatten auf die Terrasse. Unterlagenmappe Hans K. Notizen für *Der Anwalt* ...«

Gegen Mittag machte ich einen Spaziergang in der Umgebung. Während ich mich auf dem freien Feld hinhockte, an einem mit Gestrüpp bewachsenen, flachen Hang, fiel mir unter der mörderischen Sonne die gesamte Handlung des neuen Romans ein. Ich hatte weder Papier noch einen Stift bei mir und *mußte* dort, einen Sonnenstich riskierend, hokkenbleiben, bis der Plot bis zum Ende ausgedacht war.

Nicht, daß dieser Umstand den Tag zu einem historischen gemacht hätte. Ich sprach ja von *zwei* Liebenden.

Ich ging, von der Hitze erschlagen, zum Haus zurück und schrieb schnell alles auf, wobei mich ein Schwarm *mouches volantes* zwischen meinen Augen und dem Papier behinderte. Danach trank ich, wie in Ekstase oder um mich zu belohnen, fast einen Liter Wein zum Mittagessen, woraufhin Mirjam und ich das Schwitzkämmerchen aufsuchten. Aus einem tiefen Schlaf wachten wir erst um halb sechs auf. Mirjam hatte von Haien geträumt.

Im Schatten schrieb ich ein paar Briefe – bis Gijs, oder Gregory, vorbeischaute. Gijs war ein Schauspieler und Musiker aus Amsterdam, der in Frankreich, wo er sich Gregory nannte, Karriere gemacht hatte. Wegen seines kupferroten Haars (und seines Akzents) hatte man ihn als Vincent van Gogh für eine Fernsehserie über dessen Leben gecastet. Seine Heirat mit einer Regionalpolitikerin hatte ihn nach Marseille verschlagen, wo er sich jetzt, dank seiner Auftritte in Lokalsendern, allmählich zu einer örtlichen Berühmtheit entwickelte. Darüber hinaus fungierte er als fester Begleiter, Gitarre und Akkordeon, von Jean Nehr, dem provenzalischen Sänger und Ehemann unserer Vermieterin Anneke. Er war in die Villa Tagora gekommen, um mit Jean für eine Serie von Auftritten zu proben. In Kürze wollten sie auch eine Platte aufnehmen.

Gregory erzählte, er habe Heimweh nach Amsterdam. Wenn er die Chance hätte zurückzugehen, und sei es für noch so kurze Zeit, würde er sich sofort in den Billardclub über dem Kaufhaus Hema in der Ferdinand Bolstraat begeben, in dem er schon zu Jugendzeiten gespielt habe. Er versprach, mir zu gegebener Zeit in Amsterdam eine seiner Langspielplatten vorbeizubringen. »Wenn ich so ein Ding hier mit der

Post schicke, kann es sein, daß das Päckchen in irgendeinem überhitzten Lieferwagen in der Sonne liegenbleibt, und dann bekommst du zwei Tage später einen welligen Lakritzpfannkuchen.«

Mit diesem Versprechen verschwand er in ein kleines Nebengebäude hinter dem Haus für die Probe. Bald war das Stimmen einer Gitarre zu hören. Weil vereinbart war, daß wir am Monatsletzten die Miete für die nächsten vier Wochen bezahlen würden, bat ich Mirjam, Anneke das Geld zu bringen. Sie blieb lange weg: Anneke ließ sich ein Gespräch in ihrer Muttersprache nicht so schnell entgehen. Ich saß an dem kleinen Tisch auf der Terrasse, trank Var-Wein aus dem Karton, lauschte dem wehmütigen Akkordeon Gregorys, neben dem man Jeans unverstärkte Stimme kaum hörte. Mirjams Wegbleiben machte mich ungeduldig (ich wollte ihr meine Geschichte von dem Romanplot erzählen, der mittags unter der brennenden Sonne über mich gekommen war), und gleichzeitig hoffte ich, sie käme vorläufig nicht zurück (vielleicht war mir bewußt, daß meine Ekstase etwas Unechtes und Gefährliches hatte). Der Mond tauchte melonenfarben und unwirklich groß über dem Horizont auf. Die Musik, der Wein, der Mond – mehr brauchte ich nicht.

»Leer.« Mirjam schüttelte den Weinkarton, in dem nichts mehr gluckste. »Wo läßt du das bloß.«

Mehr Wein beim Essen. Die Musizierenden mußten ein Fenster oder eine Tür des Probenraums geöffnet haben, denn Jeans Stimme klang jetzt lauter. Die Worte waren sogar zu verstehen. Er sang, soweit ich dem Text folgen konnte, ein rabenschwarzes Lied über eine verhängnisvolle Liebe. Gregory begleitete ihn auf der Mandoline. Die Musik war schleppend und sehr melancholisch.

Ich versuchte, Mirjam die Handlung meines *Anwalts* zu erklären. Vielleicht hatte der glühende Ball am Himmel, im Zusammenwirken mit dem Plot, doch einen Sonnenstich in meinen Schädel gerammt: Ich bekam sie nicht mehr zu-

sammen, aber Mirjam zeigte sich entzückt über meine Fortschritte, auch wenn sie auf Kosten meiner Gesundheit gingen.

Das nächste Stück, von Gregory wieder auf dem Akkordeon begleitet, wurde in irgendeinem okzitanischen Dialekt
gesungen, von dem ich kein Wort verstand. Der Melodie
nach zu urteilen, in tiefem Moll, stand es in diesem Text
noch tragischer um die Liebe. Bei Kaffee und Cognac hörte
ich mich auf einmal ein altes Thema anschneiden. Es war so
lange nicht zur Sprache gekommen, daß ein schweres Tabu
darauf zu lasten schien.

14

Ein Kind. Das Kind. Unser Kind.

»Minchen, ich hab lange nichts von dir über Duweißt-
schonwas gehört. Das Unsagbare.«

Falls dies, durch die mühsamen Verhandlungen der zurückliegenden Jahre klug geworden, ein Versuch war, die
Sache etwas neckend anzusprechen, als nähme ich sie nicht
ganz ernst, so schlug er offenbar fehl. Vielleicht war ich den
ganzen Abend schon zu hochgestimmt für Scherze gewesen.

»Natürlich will ich gern ein Kind«, sagte Mirjam. »Aber ich
will auch etwas erreichen. Etwas tun.«

Einfach so, mit einemmal. Sie gab ihren Widerstand nicht
völlig auf, aber es war das erste Mal, daß sie ihren eigenen
Wunsch offen eingestand. Etwas federte in mir auf. Jetzt die
Situation konsolidieren.

»Ich würde sagen ... bekomm dann doch erst das Kind.
Beende während der Schwangerschaft dein Studium, fang an
mit dem Schreiben und so ... und schau zu, daß du danach,
wenn du nicht mehr stillst, einen Job findest. Dann kann ich
mich tagsüber um das Kind kümmern.«

Die einzige Lichtquelle, abgesehen vom Mond, war eine
Kerze auf dem kleinen Eßtisch. Obwohl Mirjam sich, so

weit es ging, zurücklehnte, machte die Flamme ihre Tränen sichtbar. Auf der Kerze waren aus irgendeinem Grund *Erdbeeren* abgebildet.

»Natürlich möchte ich das gern«, sagte sie. »Aber ich habe so eine Angst … so eine Angst, daß ich mich um alles kümmern muß. Vor allem wenn du wieder im Streß bist mit einem neuen Buch oder so. Begreif das doch.«

Sie weinte jetzt ungehemmt. Zwischen ihren Schluchzern konnte ich Jean Nehr a cappella singen hören, wobei er in Lachen auszubrechen drohte.

»Das Essen, Minchen, den Abwasch, das überlaß ich dir alles schamlos, wenn es mir in den Kram paßt. Aber ein Kind … da geht es um eine ganz andere Verantwortung. Hört, hört!«

»Adri, ich *will* nicht, daß mein Leben damit endet, daß ich ein Kind bekomme. Ich will etwas erreichen in der Welt. Also« (mit komisch flehender Stimme) »du versprichst, daß du mir helfen wirst?«

Ich versprach es ihr feierlich, während mir der Schreck in die Glieder fuhr. Verantwortung. Mirjam, neben mir, setzte sich aufrecht und rieb sich mit beiden Händen übers Gesicht. Sie schniefte noch ein bißchen, als sie sagte: »Es ginge schon Ende Juli.«

»Wollen wir es nicht noch einen Monat hinausschieben, bis Ende August?« Ich schließe nicht aus, daß ich kurz davor war, einen Rückzieher zu machen. »Ich möchte erst innerlich ein bißchen sauber werden. In letzter Zeit hab ich mich ganz schön vergiftet.«

»Dann hör ich auf zu rauchen«, sagte Mirjam. »Ende Juli, nein, dann wird es ein Aprilkind. Find ich nicht gut. Mai oder Juni ist besser.«

Wir saßen eine ganze Weile schweigend Hand in Hand da, jeder mit eigenen Gedanken, und lauschten den getragenen Seufzern von Gregorys Quetschkommode und Jeans nasaler Stimme. Mein Leben breitete sich auf einmal in einer anderen Ordnung vor mir aus, einer weit strengeren, als ich bislang gewohnt war. Nicht unangenehm, obgleich bereits so etwas wie Wehmut um das Vergangene in mir zu summen begann. Während Mirjams Schwangerschaft würde ich alle noch nicht abgeschlossenen Projekte zu Ende führen, das als erstes. Ich würde alle Asche und Schlacke aus meinem Blut vertreiben und meine Jugend in alter Pracht wiedererstehen lassen, trotz der nahenden Vaterschaft.

15

»Es ist also abgemacht?« fragte ich plötzlich.

»Abgemacht«, sagte Mirjam lachend.

Die sich reckende Kerzenflamme, der höher steigende Mond und dazwischen das verwilderte Grundstück der Villa Tagora – alles nahm den Duft, die Farbe, den Glanz unseres Beschlusses an.

»Darauf trinken wir noch ein Glas Wein«, sagte ich. »Jetzt, wo's noch geht.«

Ich ging ins Haus, um einen neuen Karton Var zu holen, und schnitt die Öffnung auf. Auf den beiden Klingen der Schere wölbten sich rote Tropfen. »Und jetzt keine geistreichen Bemerkungen über das Durchschneiden der Nabelschnur und so, denn von jetzt an ist *alles* symbolisch.«

Mirjam wollte keinen Wein mehr. Ich leerte ein Duralexglas nach dem anderen. Auch nachdem die Musik aufgehört hatte, blieben wir noch lange so sitzen, wobei wir uns immer nur so flüchtig küßten, daß das Gespräch dadurch nicht nennenswert unterbrochen wurde.

»Also …« hob ich wieder einmal an.

»Ja, abgemacht.«

»Wirklich?«

»Abgemacht. Wirklich.«

»Ich hab mir gerade überlegt …« sagte ich. »Von der Geburt an führe ich ein Tagebuch über sein oder ihr Leben.

Jeden Tag. Alles. Das bekommt er oder sie dann zum achtzehnten Geburtstag.«

»Dann fängst du aber besser schon mit der Schwangerschaft an«, sagte Mirjam. »Als Prolog.«

»Nein, mit dem heutigen Tag. Dem Beschluß. Und allem zwischen jetzt und der Schwangerschaft. Morgen fang ich an.«

Vom Rest unseres Gesprächs ist mir nur noch erinnerlich, daß die meisten Sätze mit »Ich würde …« oder »Wir würden …« begannen. Und daß es um Hausgeburt oder Krankenhausgeburt ging.

»Zu Hause, zu Hause«, sagte Mirjam sehr bestimmt. »Ich will keine Geburt im Krankenhaus.«

»Weißt du, Minchen, nicht, um dir nachträglich Vorwürfe zu machen, aber … wenn es um ein Kind ging, warst du bisher unerbittlich. Ich habe oft gedacht, du hast insgeheim Angst vor den Schmerzen.«

»O nein, absolut nicht. Schmerzen? Da kennst du mich schlecht.«

16

Ich hatte Mirjam immer mit so viel Überzeugungskraft zugeredet, daß ich meine eigenen Zweifel und Ängste in puncto Vaterschaft aus dem Auge verlor. Sie regten sich erst jetzt wieder, als sie sich, *mitsamt* all ihren Bedingungen, geschlagen gab. Ich hatte meine eigene Gefahrenzone geschaffen und mich zusammen mit Mirjam über die Grenze gezogen.

Zwei Wochen nach dem Kinderbeschluß fuhren wir mit dem TGV nach Amsterdam zurück, so sehr drängte es uns, in der Abgeschiedenheit unseres Hauses den Körper zu reinigen und für die Fortpflanzung einsatzbereit zu machen. Mirjam wollte mit dem Rauchen aufhören, und ich würde vorläufig, auf jeden Fall bis die Zeugung geglückt war, den Alkohol aufgeben. Mirjam war eine so mäßige

Trinkerin, daß sie dieses eine Glas mühelos stehenlassen konnte.

Während wir uns so *mit jedem Tag* strahlender und gesünder fühlten, nahte der Geburtstag meiner Schwiegermutter. Wies hatte so oft auf ein Enkelkind gedrängt, es fast schon gefordert, daß sie sich (glaubten wir) über die Mitteilung sehr freuen würde, wir seien dabei, unseren Körperhaushalt ins Lot zu bringen, zur Vorbereitung auf einen perfekten Verkehr und eine reine Befruchtung.

Falsch geglaubt. Ich rief sie an.

»Also, Wies, wir kommen wie immer zu deinem Geburtstag, mach dir keine Sorgen. Der einzige Unterschied zu sonst ist, daß wir keinen Alkohol trinken wegen ...«

»Na, dann braucht ihr gar nicht zu kommen. Nicht mal 'nen Schluck, das finde ich ungesellig. Entweder feiere ich meinen Geburtstag, oder ich feiere ihn nicht.«

Kein Wort der Freude über die geplante Familienerweiterung. Es lag übrigens nicht an ihr, weshalb ich in den folgenden Wochen der Enthaltsamkeit (vom Alkohol, nicht vom Verkehr: Mirjam würde mit der Pille erst aufhören, wenn unsere degenerierten Körper generalüberholt waren) wieder Zweifel entwickelte, ob ich der Verantwortung für ein Kind gewachsen sei. Um Wies nicht zu enttäuschen, tranken wir an ihrem Geburtstag von dem 45%igen polnischen Wodka, den seine alten Freunde aus Krakau Natan noch immer schickten. Auch zu Hause sündigten wir dann und wann gegen die selbstauferlegten Verbote. Ich fand noch immer leere Verpackungen im Treteimer. Meine Angst ließ nach. Vielleicht würde es mit der Elternschaft ja gar nicht soweit kommen. Ich würde jedesmal, wenn wir über die Stränge schlugen, einen Fingerbreit zusätzlich in mein Glas schmuggeln. Mirjam würde das gleiche mit der nächsten halben Zigarette tun und es für unverantwortlich halten, jetzt schon mit der Pille aufzuhören.

17

Kurz vor unserer Abreise aus Aix hatten wir die Nachricht erhalten, daß Mirjams steinalte Katze Baaffie in Amsterdam gestorben war. Bei unserer Rückkehr in die Niederlande schauten wir erst bei meinen Eltern in Eindhoven vorbei. Wir waren noch keine Stunde bei ihnen, da fragte ich meinen Vater nach den Tierheimen in der Umgebung. Ja, er kenne eines, gar nicht so weit weg. Ohne nachzufragen, fuhr er uns hin. Mirjam sah mich ein paarmal mit hochgezogenen Augenbrauen an, aber auch sie fragte nicht weiter.

Im Tierheim führte eine Mitarbeiterin uns vorbei an wildwütig bellenden Hunden, die mit ihren Krallen Harfe auf den Gittern spielten, zur Katzenabteilung.

»Dieser Wurf ist vom Juni … noch nicht einmal einen Monat alt.«

Mirjam verliebte sich sofort in ein Tigerkätzchen mit zu kurzen Vorderbeinen, das sich ständig von seinen Geschwistern umrennen ließ. Sie hatte das Tier kaum hochgehoben, da hatte es sich bereits mit seinen Krallen in ihren Haaren verfangen. »Es kann sich nicht mehr losmachen. Jetzt muß ich es wohl mitnehmen.«

»Sie ist nicht einfach als Baaffies Nachfolgerin gedacht«, erklärte ich ihr. »Sie bekommt auch die Aufgabe einer Gedächtnisstütze. Ich möchte, daß sie uns durch ihre Anwesenheit permanent an das Versprechen erinnert, das wir uns in Aix gegeben haben …«

»Und wenn das Versprechen eingelöst ist«, sagte Mirjam und küßte das Kätzchen mitten auf das rosa Näschen, »muß das arme Ding dann wieder ins Tierheim?«

Die Adoption war vollzogen. Eine definitive Namensgebung aufschiebend, tauften wir die Katze vorläufig Genial-aber-mit-zu-kurzen-Beinen. Zu Hause in der Obrechtstraat brachten wir sie erst mal im Badezimmer unter, aber das erwies sich als keine gute Idee. Die mißgebildeten Beine hatten sie nicht daran gehindert, sich am Wäschekorb hochzuhangeln und vom Deckel auf den Wannenrand zu springen. Dort war sie abgerutscht – hui, über das spiegelglatte Porzellan bis ganz nach unten in den Abfluß. So fanden wir sie am nächsten Morgen: übersät mit Prellungen und angeschwollen von inneren Wundsekreten und Blutergüssen.

Sie überlebte nur knapp. Als die Krise vorbei war und sie wieder auf ihren ungleichen Beinen stand, erhielt sie ihren Rufnamen: Cypri. Angesichts des Resultats keine vier Monate danach hat sie ihre Aufgabe als Gedächtnisstütze sehr ordentlich erfüllt.

18

Für gewöhnlich ist es die Frau, die hinterher weiß, welcher Akt aus einer ganzen Reihe in Frage kommender zur Befruchtung führte. Im Falle des Babys Tonio bin ich derjenige, der stets mit großer Bestimmtheit behauptet hat: »Am vierten Oktober 1987. An einem Sonntagnachmittag, zwischen vier und fünf.«

Mirjam hat das nie bestritten. Wir kamen von einem Spaziergang durch das Viertel Jordaan zurück. Jacob Obrechtstraat 67. Huize Oldehoeck. Wir fuhren mit dem Lift in die vierte Etage. In der Kabine hing wie üblich der käsige Körpergeruch des ewig ungewaschenen Hausmeisters. Ich erinnere mich daran, weil Mirjam eine Bemerkung darüber machte. Ein Lieferant hatte sich einige Tage zuvor bei uns über den Gestank beklagt.

In der Wohnung angekommen, hatten wir es offenbar eilig. Ins Schlafzimmer schafften wir es nicht mehr. Die beiden Sofas, die damals im Wohnzimmer standen, ließen auf ihren schmalen Sitzflächen keine weit gespreizten Gliedmaßen zu. Wir knieten hintereinander auf dem Zweisitzer. In der sonntäglichen Stille war nur das *Plokplok* vom Tennisplatz hinter dem Haus zu hören.

61

Woher glaubte ich so sicher zu wissen, daß die Zeugung damals und dort stattfand? Ich erinnere mich noch, daß ich mich hoch in ihr aufrichtete und daß die Befriedigung aus größerer Tiefe zu kommen schien als sonst. Vielleicht deutete letzteres auf eine einmalig erhöhte Fruchtbarkeit hin. Unsere Berechnungen sechs Wochen später widerlegten die Annahme nicht, daß der Beginn von Tonios fötaler Existenz auf den Nachmittag des vierten Oktober fiel.

19

Meinem Kalender jenes Jahres zufolge berichtete Mirjam mir am Morgen des Freitags, dreizehnter November 1987, daß der soeben durchgeführte Schwangerschaftstest positiv war. Dem belasteten Datum maß ich damals keinen abergläubischen Wert bei, und das sollte ich auch jetzt, gut zwanzig Jahre später, im Polizeibus auf dem Weg ins AMC, besser nicht tun.

»Es sieht so aus, daß ich schwanger bin«, sagte Mirjam leichthin, als ginge es um die normalste Sache der Welt. Um mir diese häusliche Mitteilung zu machen, war sie vom Bad in die Küche gekommen, wo ich (ohne Kater, denn ich trank nicht mehr) vor einem späten Frühstück saß.

»Schwanger«, wiederholte ich kauend und nickend, »keine besonders gute Nachricht.«

So sahen wir einander eine Weile mit gespielter Niedergeschlagenheit an – bis ich es nicht mehr aushielt, aufsprang und sie an mich drückte.

»Au …!«

»Ach, Minchen, ist das schön … ist das schön.«

Als ich meine Umarmung ein wenig lockerte, um ihr in die Augen sehen zu können, zog sie schon wieder ihr bekanntes Clownsgesicht mit den heruntergezogenen Mundwinkeln, dem Knubbelkinn und den aufgeblasenen Hamsterwangen. »So ist es aber nun mal«, sagte sie, die Augen verdreht und einen Flunsch ziehend.

»Komm, zieh das Kostüm von neulich an. Mach dich zurecht. Das muß gefeiert werden.«

»Jetzt schon? Es ist noch nicht mal zwölf.«

»Wir kaufen erst mal die Aussteuer ein. Keine Zeit zu verlieren.«

In einem Möbelgeschäft an der Rozengracht schenkte ich ihr an diesem Mittag den modernen Ausziehtisch, der ihr schon früher ins Auge gestochen war. Er kostete ein Vermögen, aber über Geld machte ich mir an dem Tag keine Gedanken mehr. Das zentrale Möbelstück im Wohnzimmer sollte uns immer an diesen Tag erinnern. Ausgezogen, bot der Tisch zehn Personen Platz.

»Der Test hat nichts über Achtlinge gesagt«, meinte Mirjam.

»Ich will auf alles vorbereitet sein.«

Im De Zwart rief ich meinen Bruder an, der ziemlich verhalten reagierte. »Wartest du nicht besser drei Monate«, sagte er, »bevor du es allen erzählst? Da kann noch alles mögliche schiefgehen.«

»Du bist nicht alle. Aber danke für den Hinweis. Ich werde die Neuigkeit vorerst für mich behalten.«

Drinnen saß Mirjam bei einem Glas Apfelsaft. »Ich trinke nachher ein Glas Wein zum Essen. Nur heute noch. Und ... was hat Frans gesagt?«

»Er meint, wir sollen es drei Monate lang geheimhalten. Bis die Gefahr einer Fehlgeburt vorbei ist.«

»Der kann mich mal. Ich posaune es überall heraus.«

Weil meine Aufgabe erfüllt war, brauchte ich mein Blut nicht länger frei von Alkohol zu halten. Von jetzt an durfte ich wieder trinken, was ich wollte, und das tat ich. Später an diesem Nachmittag fuhren wir mit der Straßenbahn zum Hauptbahnhof. Jedesmal, wenn wir etwas zu feiern hatten, taten wir das im Restaurant De Bisschop in Leiden. Von allem, was wir bestellten, erinnere ich mich nur noch an die Flasche Margaux, die bis auf ein halbes Glas für mich war.

Während der Wein mich zum Glühen brachte, blickte ich sprachlos auf das Mädchen mir gegenüber, das noch immer mein Mädchen war, seit diesem Morgen jedoch mit einem glückseligen Mehrwert, der unteilbar von uns beiden stammte.

Wenn sich die Frucht als lebensfähig erwies und zu einem voll ausgetragenen Kind entwickelte, dann durfte ich es nie aus den Augen lassen. Schreiben? Nur um für das Kleine und seine hingebungsvollen Eltern den Lebensunterhalt zu verdienen, und das auch nur in den *Pausen* der Vaterschaft. Es war ein heiliger Eid, den ich im De Bisschop stillschweigend ablegte. Schreck und Freude durchfuhren mich abwechselnd.

»Ich habe Theo so oft den Titel seiner Oper nennen hören«, sagte ich zu Mirjam. »Wenn es ein Mädchen wird, nennen wir es Esmée.«

»Laß das bloß nicht Frans hören«, sagte sie. »Wir reden in drei Monaten noch mal darüber.«

KAPITEL II

»Wer ist denn der dritte?«

Wegen des Kindes, das unterwegs war, beschlossen wir, auch gleich zu heiraten. Die Eheschließung sollte am 24. Dezember 1987 stattfinden. Ich hatte irgendwo gelesen, man habe in der Schweiz eine digitale Armbanduhr entwickelt, die einmal im Jahr alarmierend piepste, wobei gleichzeitig die Telefonnummer des Blumenhändlers aufleuchtete, so daß man wußte: Heute ist mein Hochzeitstag. Ich dachte, gegen Vergeßlichkeit könne auch ein besonderes Datum helfen, und weniger teuer war es obendrein.

Hochzeit am Heiligen Abend: Die Familie war nicht gerade begeistert. Am vierundzwanzigsten Dezember mußten, verdammt noch mal, Weihnachtseinkäufe erledigt werden. Wir glaubten, gut daran zu tun, die Hochzeit im kleinen Familienkreis zu feiern, ohne das Trara, das ein Empfang mit sich bringen würde, denn mein Vater litt an einem Lungenemphysem, meine Schwester war nahe dran und mein Bruder überarbeitet. Als ich jedoch die feindselige Stimmung spürte, bereute ich bereits am gleichen Tag, daß ich kein großes Gelage für Freunde, Kollegen und die Stammgäste aus meiner Lieblingskneipe organisiert hatte.

Das bei unseren Gästen ständig wiederkehrende Wort war *haricots verts*, die für das Weihnachtsessen in einem speziellen Gemüscladen in der Beethovenstraat geholt werden mußten. Es gab, zumindest bei meiner Schwester, meinem Bruder und meiner Schwägerin, auch Unverständnis für die Eheschließung an sich. Heiraten, das war doch out, oder?

Die einzige, die für etwas Stimmung sorgte, war meine Schwiegermutter, die alle halbe Stunde fragte, ob der Hochzeitsmarsch von Mendelssohn, den ich beim Öffnen der ersten Champagnerflasche aufgelegt hatte, noch mal gespielt werden könne. Bei Tisch gestand meine Mutter, sie habe die ganze Woche über einer lustigen Rede gegrübelt. Sie hatte an die Cowboyhose erinnern wollen, die ihre Schwester in Australien mir zur Erstkommunion geschickt hatte: Sie war hinten offen und ließ so meine nackten Beine frei, was die Bengel aus der Nachbarschaft natürlich zu dem Ausruf veranlaßte: »Deine halbe Hose ist am Stacheldraht hängengeblieben.«

Das Mädchen, das immer treu auf ihrem weißen Moped bei meinem Elternhaus vorfuhr, ohne daß aus uns etwas wurde, auch damit hatte sie mich aufziehen wollen. Ebenso mit meiner Vorliebe fürs Erdbeerpflücken, um mir Geld für die Ferien zu verdienen, und mit der Weigerung, meines Vaters Honda zu übernehmen.

Doch eine solch launige Ansprache hatte die Ärmste nicht zustande gekriegt. »Also ... was soll's«, sagte sie mit ihrer ewigen Wegwerfbewegung, die so viel bedeutete wie: Vergeßt es, für so was bin ich zu dumm.

Ich fand es schade, zumal sich auch sonst niemand die Mühe gemacht hatte, selbst die kleinste Rede vorzubereiten. Ich sah meine Schwester an. Wir waren zusammen aufgewachsen. An Nikolaus hatte ich lange, epische Gedichte für sie gereimt, sogar zu den kleinsten Geschenken. Sie hatte die Angewohnheit, sie nach dem schlecht betonten Vorlesen sofort zu zerreißen. Jetzt, da ihr älterer Bruder heiratete, hatte sie nichts zu berichten, sah man von der üblichen Handvoll schadenfroher Klatschgeschichten ab. Sie hatte den ganzen Nachmittag spöttisch um sich geschaut und dabei ununterbrochen geraucht, um bei der Entwicklung ihres Lungenemphysems meinem Vater nicht zuviel Vorsprung zu lassen.

Bei jedem Hustenanfall verengten sich ihre Augen zu kleinen Strichen in einem pfingstrosenroten Gesicht.

Ich wollte mir nicht eingestehen, daß auch in unserer kleinen Familie gelegentlich unverhohlener Neid herrschen konnte. Die zweihundertfünfzig Quadratmeter große Wohnung ... diese Hochzeit ... ein Kind unterwegs ... Es ging uns zu gut, und damit hatten sie sogar recht.

Die Schwangerschaft verlief völlig problemlos, und das Kind war vorher sogar noch zu einem ehelichen geworden. Nichts stand seinem Kommen mehr im Weg, nicht einmal meine Ängste. Ich hatte Angst vor dem, was ich gleichzeitig liebte: die Wehrlosigkeit eines Kindes.

Die Verantwortung, die ich so gefürchtet hatte, wurde immer konkreter. Die Geburt war für die erste Juliwoche errechnet worden. Ich zählte mit zitternden Fingern die Tage.

2

»Was ist heutzutage eigentlich mit den jungen Leuten los?« fragte ich mich im Beisein von Altersgenossen immer häufiger. »Sind sie nicht mehr *böse* oder so? Tonio ist achtzehn, hat sein Abitur, studiert ... aber wohnt immer noch bei seinen Eltern. In seinem alten Kinderzimmer. Insgeheim ist es uns ja ganz recht, daß er sich mit dem Flüggewerden Zeit läßt ... aber für ihn selbst ...«

Eltern in derselben Situation, die soziologisch beschlagener waren als ich, sagten dann: »Es gibt keine Kluft mehr zwischen den Generationen, daran liegt es. Ja, es gibt sie noch, aber sie klafft nicht mehr. Der Unterschied zwischen den Generationen führt nicht mehr zu unüberwindbaren Konflikten. Man kann über alles reden. Alles läßt sich lösen. Warum sollte man Reißaus vor einem Vater nehmen, der dich nicht umbringen will und du ihn auch nicht? Wann hast du zum letztenmal Krach mit Tonio gehabt?«

Eigentlich nie. Unser einziger Streit, der sich auch nicht

67

richtig entwickeln wollte, stand uns da noch bevor. Von Kindesbeinen an und bestimmt bis zu seinem sechzehnten Lebensjahr hatte er jeden Tag am späten Nachmittag gefragt: »Hast du gut gearbeitet?« (Wie er auch immer am Ende einer Mahlzeit fragte: »Darf ich den Tisch verlassen?« Dabei senkte er die Stimme um eine Oktave, als wolle er das Erwachsensein vortäuschen, das zu der leicht affektierten Frage gehörte. Er mußte diese Höflichkeitsfloskel irgendwo aufgeschnappt und übernommen haben, denn wir hatten sie ihm nicht beigebracht.) Mit so einem Jungen bekommt man keinen Streit, selbst wenn man es wollte.

Knapp zwei Jahre nach seinem Abitur konnte er zusammen mit seinem Busenfreund Jim eine Wohnung im Stadtteil De Baarsjes als Untermieter beziehen. Auf eigenen Beinen: Mit einemmal war das verlockender als die Rundumversorgung zu Hause. Das war im April 2008. Ich konnte ihm nicht einmal beim Umzug helfen, da ich mitten in einer Reihe von Gastvorlesungen an der TU Delft steckte. Ich erinnere mich aber noch an die gemeinen Stiche in der Herzgegend: Jetzt verließ er uns doch. Ich fühlte mich irgendwie übergangen, so daß selbst eine fehlende Generationskluft ihren Tribut forderte. Na schön, wenn er sein großes, mit allen Annehmlichkeiten ausgestattetes Zimmer in der Johannes Verhulststraat unbedingt gegen eine muffige halbe Wohnung in Amsterdam-West eintauschen wollte: prima. Tschüs, mein Junge, und steh bloß nicht irgendwann mit hängenden Ohren bei uns auf der Matte.

Sein erstes Jahr an der Amsterdamer Fotoakademie hatte er abgeschlossen, aber er wollte doch lieber an die Abteilung Fotografie der Königlichen Kunstakademie in Den Haag. Als er in den Stadtteil De Baarsjes zog, hatte er auch dieses zweite Studium schon wieder abgebrochen, nach Gemaule über unerwartete »Veränderungen«. Ich zitierte ihn also zu mir und las ihm die Leviten wegen seines erschreckenden Mangels an Ehrgeiz. Wie bereits gesagt, auch aus diesem Zusammenstoß wurde nichts. Er schwor mir, er platze nur so vor Ehrgeiz, wolle aber lieber nach dem kommenden Sommer ein richtiges Universitätsstudium anfangen. Bis dahin würde er sich einen Job suchen, um für seinen Lebensunterhalt aufzukommen – na ja, zumindest zu einem Teil. Wenn wir solange die Miete weiterbezahlten …

Er fand Arbeit bei Dixons in der Kinkerstraat, einem Geschäft für Computerzubehör und Fotografiebedarf. Wir sahen ihn nur noch selten. Wenn er uns besuchte, dann meist sonntags abends, da aßen wir surinamisch. Manchmal tat er vorher kund, ob er bei uns essen würde, häufiger jedoch stand er unerwartet im Wohnzimmer.

3

Ich saß oben, im dritten Stock, in meinem Arbeitszimmer, um meine Vorlesungen vorzubereiten, während Tonio eine Etage tiefer sein Zimmer ausräumte – das Zimmer, das wir erst ein paar Jahre zuvor, viel zu spät, für ihn hatten umbauen und neu einrichten lassen. Durch Decke und Fußboden drang plötzlich ein beunruhigender Lärm von fallenden Gegenständen. Ich rannte die Treppe hinunter.

In dem bereits weitgehend geleerten Zimmer stand Tonio und stemmte sich verzweifelt gegen eine Reihe miteinander verbundener Wandschränkchen, damit sie nicht ganz herunterfielen: Die Dübel hatten sich gelöst.

»Ich bin wieder zu doof«, ächzte er. Ich half ihm unter Aufbietung meiner ganzen eigenen Ungeschicklichkeit. Als die Gefahr gebannt war, ging ich, anstatt mit ihm zusammen die Arbeit zu Ende zu bringen, an meinen Schreibtisch zurück. Ich versprach ihm, halbherzig, mir nach seinem Umzug die neue Wohnung anzusehen.

Fast zwanzig Jahre lang hatten wir mit Tonio unter einem Dach gewohnt, davon die letzten sechzehn in diesem Haus. Ganz normal, daß er jetzt, zwei Jahre nach dem Abitur, die elterliche Wohnung verließ, um in den eigenen vier Wänden zu wohnen – so normal, daß das Drama, das es *auch* war, mir weitgehend entging.

Gerade in den gut zwei Jahren, die er in De Baarsjes wohnte, bildete ich mir ein, besonders viel Aufgaben erledigen zu müssen. Ein neues Buch war erschienen, und ich nahm wieder Lesungen an. Und nicht allein das: auch eine wöchentliche Kolumne, die Gastdozentur, der Auftrag zu einem Essay ... ganz abgesehen von den noch nicht abgeschlossenen Arbeiten. Nach seinem Urlaub auf Ibiza im Sommer 2009 holten wir ihn mit dem Auto von Schiphol ab. Wir setzten ihn in der Nepveustraat vor der Tür ab: das einzige Mal, daß ich sein Haus sah, und das nur von außen. Er bat uns übrigens auch nicht hinein. Es war klar, daß er darauf brannte, Jim von seinen Abenteuern zu berichten. Die kleinen Britinnen, von denen er uns flüchtig im Auto erzählt hatte. Er war beinahe aus dem Hotel geflogen, weil er sie, ohne daß sie sich eincheckten, in seinem Zimmer hatte übernachten lassen ...

Seine Tasche mit der schmutzigen Wäsche ließ er im Auto. »Ich hol sie dann am Sonntag ab.«

Einen Brief habe ich ihm auch nie an seine neue Adresse geschrieben. In den Jahren davor, ja, wenn ich im Château St. Gerlach arbeitete, schickte ich ihm gelegentlich einen kurzen Aufmunterungsbrief vor Prüfungen. Wenn ich schon so darauf erpicht war, mit »ollem Kram« zu arbeiten und nicht mit Computern und E-Mails, warum hatte ich ihm dann nicht einmal einen altmodischen Brief geschrieben, mit der Hand, und per Post geschickt?

Mein Verleger fragte mich vor einiger Zeit, vielleicht nicht ganz uneigennützig, wie viele Briefe ich in den zurückliegenden vierzig Jahren geschrieben hätte. Ich schätzte, zehntausend. Kurze und lange, getippte und handgeschriebene, persönliche und geschäftliche. Auch während der beiden Jahre, die Tonio im Stadtteil De Baarsjes wohnte, waren es den Kopien in meinem Archiv zufolge bestimmt vierhundert gewesen – und kein einziger an ihn.

Es mußte noch nicht zu spät sein. Wenn Tonio den Unfall und die Operation überlebte, würde ich ihm während der Genesungszeit jeden Tag schreiben. Anfangs, falls sein Gehirn noch nicht ganz wiederhergestellt war, einfache Briefe, die eine Schwester ihm vorlesen konnte. Mit der Zeit immer ausführlichere. Und wenn er wieder auf den Beinen war, würde ich nie mehr damit aufhören – selbst wenn er nicht antwortete.

4

»Wir verlieren ihn, Adri«, hörte ich eine hohe, singende Stimme neben mir. »Ich spür es … ich spür es.«

Wann hatte ich Tonio das letzte Mal gesehen und gesprochen? In der vergangenen Woche, zweimal kurz hintereinander, was seit seinem Auszug ungewöhnlich war.

Am Mittwoch hatte ich bis vier Uhr gearbeitet. Ich ging nach unten, denn ich wollte auf der Veranda noch etwas Sonne genießen: Nach einer kühlen ersten Maihälfte war es seit gestern schön. In der Bibliothek standen die Türen zur Terrasse offen. Ich erkannte die Stimme Mirjams, die mit jemandem sprach, doch weil die sich im Zugwind bewegenden Gardinen zugezogen waren, konnte ich nicht sehen, mit wem. Ich trat auf die Veranda. Da saß Tonio. Entspannter und selbstsicherer, als ich es gewöhnt war. Als er mich sah, trat ein leicht spöttisches Grinsen auf sein Gesicht.

»Bist du schon bei zehn Seiten pro Tag?« fragte er.

Nach einem übermütigen Glas hatte ich das vor einiger Zeit als angestrebtes Pensum für den Roman genannt, an dem ich gerade schrieb. Er fragte es in hänselndem Ton, aber ich meinte trotzdem etwas von der alten höflichen Anteilnahme mitschwingen zu hören.

»Fünf sind das Minimum«, antwortete ich. »Sechs, sieben

sind machbar. Acht ist ein Supertag. Setz mich bitte nicht weiter unter Druck.«

Er hatte Opa Natan, den siebenundneunzigjährigen Großvater in der Lomanstraat, besucht, und weil er »schon mal in der Gegend« war, hatte er den kleinen Umweg zu seinem Elternhaus gemacht. Ich vermutete, daß mehr dahintersteckte.

»Opa Natan muß am Star operiert werden«, sagte er, mit einemmal ernst.

»Ja?« Mirjam und ich wußten von nichts.

»Ja, eigentlich Wahnsinn … daß sie einen so alten Mann noch damit quälen.«

»Ich muß ihn gleich ins Beth Shalom bringen«, sagte Mirjam nach einem Blick auf ihre Armbanduhr. »Dann red ich im Auto mit ihm darüber.«

Ich hatte den Eindruck, es tat Tonio irgendwie gut, eine gewisse Besorgnis über seinen hinfälligen Großvater zeigen zu können. Seit er aus dem Haus war, lebte er für zehn, und seine ohnehin nicht mit Familienangehörigen überbevölkerte Jugend ließ er in raschem Tempo hinter sich. Nein, er war nicht ohne Absicht vorbeigekommen.

»Tonio, bei deinem Master waren wir stehengeblieben.« Mirjam erhob sich, um in die Lomanstraat zu fahren. »Vergiß nicht, mit Adri darüber zu reden.«

Nachdem seine Mutter gegangen war, erklärte Tonio mir, er habe beschlossen, zu gegebener Zeit den Master in Medientechnologie zu machen.

»Machst du nicht besser erst mal deinen Bachelor in Medien & Kultur? Du bist noch kein Jahr dabei.«

Er grinste. »Kann nicht schaden, ab und an ein bißchen vorauszudenken.«

Das war vielleicht seine Art und Weise, die Worte »Mangel an Ehrgeiz« auszuradieren, die seit unserem ersten und einzigen wirklichen Zusammenstoß zwischen uns stehengeblieben waren. Tonio erklärte mir, was Medientechnologie beinhaltete, und daß dieses Fach nicht an der Universität von Amsterdam gelehrt wurde. Er hatte herausbekommen, daß er dafür abwechselnd nach Leiden und nach Den Haag mußte.

»Das bedeutet: umziehen«, sagte ich.

»Das bedeutet: Zugfahren«, sagte er.

Irgend etwas war anders an ihm als sonst, aber ich kam nicht dahinter, was. Er traute sich, weiter in die Zukunft zu blicken, und dafür mußte es einen Grund geben. Selbstsicherer war er, ja, aber seine Verlegenheit war nicht verschwunden. Vielleicht um die Augen nicht niederschlagen zu müssen, schaute er hinauf, zum Goldregen, an dem die grünen Trauben gelbe Blasen zu zeigen begannen.

»Er blüht spät dieses Jahr«, sagte ich.

»Tja, was willst du«, sagte Tonio, »in so einem kalten Mai.«

Mir wurde bewußt, daß wir selten oder nie über die Natur sprachen. Beim Informationsabend des Ignatiusgymnasiums hatte er von ein paar älteren Schülern, die ihm alles zeigten, aus dem Biologieraum eine Stabschrecke in einem Glas bekommen. Das Geschenk begeisterte ihn so, daß er vom Vossius oder vom Barlaeus nichts mehr wissen wollte und sich fürs Ignatius entschied. Um die Stabschrecke herum richtete er ein kleines Herbarium ein, aber kurz darauf bat er uns um die Erlaubnis, das Tier im Vondelpark freizulassen. Mehr Liebe zur Natur besaß er nicht. Seine Leidenschaft galt den physikalischen Phänomenen. Ich war dabei, als er in der Schule zusammen mit einem Klassenkameraden die Wirkungsweise des Benzinverbrennungsmotors demonstrierte, inklusive einer Computersimulation. Es war zu schön, ihn so in seinem Element zu erleben.

Als ich mich einmal zu Weihnachten abends, nachdem ich den Kamin angezündet hatte, laut fragte, woher die Flammen wohl ihre Form und Farbe hätten, hielt der vierzehnjährige Tonio mir einen richtigen Vortrag darüber, voller Fakten, die ich mir nie klargemacht hatte.

»Alles eine Frage der Energie, Adri.«

Und jetzt kommentierten Vater und Sohn allen Ernstes, ein wenig altväterlich, das verspätete Blühen des Goldregens. Zum Glück redete Tonio schon bald wieder über etwas, das der Welt der physikalischen Erscheinungen näher lag: das Fotografieren.

»Adri, eine Bitte ... Mirjam ist einverstanden, aber ich soll dich auch noch fragen. Da gibt es ein Mädchen, und dem hab ich versprochen ...«

»Aha.«

»... ein Fotoshooting mit ihr zu machen. Es ist für eine Portfoliomappe. Es ist nämlich so ... sie möchte sich was dazuverdienen als Model oder als Komparsin, und dafür braucht sie eine Mappe mit Fotos, um damit Castingbüros und so abzuklappern. Jetzt hab ich mir überlegt ... dieses Haus, euer Haus, das wäre natürlich sehr geeignet für so ein Shooting. Es geht um morgen nachmittag. Mirjam findet es okay, ein paar Stunden wegzugehen, aber sie wußte nicht, ob du ...«

»Na, das ist ja gelungen. Du tauchst hier kurz auf, um mich zur Ordnung zu rufen ... ob ich meine zehn Seiten pro Tag schaffe. Und dann vertreibst du mich aus meinem Arbeitszimmer, weil du ein hübsches Mädchen fotografieren willst. Ohne Zuschauer.«

Als ich jetzt an den leicht unangenehm berührten Blick zurückdachte, den er mir zuwarf, sah ich klare braune Augen, die mehr Vitalität ausstrahlten, als ein Mensch für ein langes Leben braucht.

»Prima«, sagte er und stand auf. »Ich wußte, ihr würdet es erlauben.«

5

Es war ruhig auf der Autobahn, auch in der Gegenrichtung. Wer das lange Pfingstwochenende anderswo verbringen wollte, hatte die Stadt bereits am Freitag oder Samstag verlassen. Und die Leute, die für einen Tag nach Amsterdam kamen, würden erst am Nachmittag im Stau stecken.

Wir kannten den Weg noch besser als die Polizisten vorn im Bus. Vom Herbst 2005 an hatte Mirjam mich jeden Monat ins AMC chauffiert, wo ich medizinisch untersucht wurde in meiner Eigenschaft als Versuchskaninchen für eine neue Wunderpille, die einen gestörten Stoffwechsel regulieren sollte. So ging das gut zwei Jahre lang. In den vergangenen Monaten hatte Mirjam auf derselben Strecke Tonio ein paarmal ins AMC gefahren, das über die richtigen Säle für die schriftlichen Prüfungen verfügte, denen sich die Studierenden der Fachrichtung Medien & Kultur unterziehen mußten.

Der Pfingstmorgen war auf quälende Weise strahlend. Weil sich der Dunst, der das Sonnenlicht siebte, noch nicht ganz aufgelöst hatte, schien es, als läge Goldstaub in der Luft. Wir fuhren mit hoher Geschwindigkeit mitten durch diesen schimmernden Nebel und waren zugleich radikal von ihm getrennt. *Kritischer Zustand.* So entfernte sich der Polizeibus immer weiter von dem Tag, den ich mir erhofft hatte. Vor einer halben Stunde lag ich noch im Bett, siebzehn Treppenstufen von meinem Manuskript entfernt. Da konnte ich noch wählen: entweder zuerst duschen oder einer gesegneten Ungeduld nachgeben und den Schlafgeruch mit nach oben nehmen.

Die Klingel hatte die Wahl hinfällig gemacht. Heute an meinem Roman über den Mord an einer Polizeibeamtin arbeiten? Vor der Tür stand eine, und keine fiktive. Genau der gleiche Bus wie im Buch parkte an der Ecke der Nebenstraße, allerdings ohne das Verhaftungsteam, das jeden Moment in Aktion treten konnte. Er war leer und real, und er sollte uns ins AMC bringen, wo Tonio in kritischem Zustand ... Na schön, daß die Wirklichkeit die Fiktion verfolgt, einzuholen versucht und manchmal sogar überholt oder, noch schlimmer, hinfällig macht, damit muß jeder Schriftsteller rechnen.

Kein Lamentieren, es ist eines der Risiken, die er eingeht, wenn er einen Roman konzipiert. Tolle Sache natürlich, die völlige Souveränität einer erfundenen Realität, ihr in sich geschlossener Kreis ... aber versuch mal, darauf eine Vollkaskoversicherung abzuschließen.

Ich beklagte mich nie. Nur heute drang die Wirklichkeit mit einer derart obszönen und zerstörerischen Direktheit in meine fragil konstruierte Welt, daß ich nur noch den Kopf beugen konnte – oder hängen lassen.

6

Auch am vergangenen Donnerstag war es, bei neunzehn Grad und wolkenlosem Himmel, wieder richtig frühlingshaft, fast schon sommerlich. Als ich gegen eins hinunterging, um mit Mirjam in den Amsterdamse Bos zu fahren, begegnete ich Tonio in der Diele. Er kam mit einem zusammengeschobenen Stativ aus dem Souterrain, in dem er bei seinem Umzug in den Stadtteil De Baarsjes noch mehr von seinen Sachen abgestellt hatte. Ein paar weiße Aufhellschirme aus gerahmtem Styropor lehnten an der Flurwand.

»Schau dir das an«, sagte er und strich über eine der Platten, die ein unregelmäßiges Muster aus kleinen Löchern aufwies. »Total angefressen von den Käfern.«

»Wie bitte, Käfer, die Styropor mögen?«

»Styroporkäfer, ja. Bei Dixons im Lager war es eine richtige Plage. Computer, die aus ihrer eigenen Verpackung brachen ...«

»Wenn das heute mittag nur gutgeht«, sagte ich. »Perforierte Aufhellschirme, davon bekommt ein Model ein mottenzerfressenes Gesicht.«

»Sehr witzig, Adri. Hast bestimmt gut gearbeitet heute morgen.«

»Übrigens – ich sehe überhaupt kein Model. Versteckst du sie vor uns?«

Mir fiel auf, daß er sich rasiert hatte. So ordentlich sahen wir ihn nicht oft hier im Haus. Sein Haar trug er nicht zu einem Pferdeschwanz gebunden. Es war eindeutig gewaschen und glatt und glänzend gebürstet.

»Sie hat gerade angerufen, daß sie etwas später kommt. Sie mußte erst noch zur Apotheke. Blasenentzündung.«

Mirjam kam aus ihrem Arbeitszimmer. Sie küßte ihren Sohn und rieb mit dem Handrücken über seine Wange. »Glatt wie ein Babypopo.« Sie schob ihn etwas von sich und musterte ihn von Kopf bis Fuß. »He, dein Lieblingshemd. Ich dachte, ich hätte es fürs nächste Wochenende gewaschen und gebügelt ... wenn du ausgehst ...«

»Ich zieh es nachher wieder aus. Dann bleibt es sauber.«

»Na schön, wir machen uns auf die Socken«, sagte ich. »Also, Tonio, viel Erfolg. Oder vielleicht sollte ich sagen: viel Vergnügen.«

Ich hätte ihn dabei nicht so vielsagend ansehen sollen, denn er senkte den Blick, stöhnte leise und murmelte: »Du nervst.«

7

Die Bäume in unserer Straße waren jetzt gelbgrün und die Kronen übersät mit Samenkapseln. Wir fuhren durch ein sonnengetränktes Amsterdam-Zuid nach Amstelveen.

»Schon auffällig«, meinte Mirjam. »Beim Fotografieren legt er sich einfach auf dem Bauch in den Dreck. In Schlamm, wenn es sein muß. Und jetzt zieht er sein schönstes Hemd an.«

»Manchmal ist ein Fotoshooting eben mehr als ein Fotoshooting.«

Am Ufer der Bosbaan saßen wesentlich mehr Angler als beim letzten Mal, als wir hier entlanggefahren waren, und sie saßen auch nicht mehr so ängstlich halb versteckt unter ihren Schirmen, einem Mittelding zwischen auf der Seite liegendem Regenschirm und Einmannzelt. Am Ende der Bosbaan ging es richtig in den Wald – eine wirbelnde Masse frischgrüner Vegetation, zerschnippelten Sonnenlichts und durchbrochener Schatten.

»Sieh dir den Frühling an«, sagte Mirjam.

Auf dem Ziegenhof bestellten wir zum Mittagessen den Klassiker des Hauses: ein fast schwarzes Körnerbrötchen mit Thunfischsalat. Buttermilch von der Ziege. Mistgeschwängerte Ruhe.

»Komische Vorstellung«, sagte Mirjam, »daß ich hier früher mit Tonio herkam, um die neugeborenen Zicklein und Ferkel anzuschauen. Jetzt jagt er seine Eltern hierher, um das Haus für sich und das Mädchen allein zu haben. Ich finde das aber schön.«

Die Situation hatte offenbar einen verjüngenden Effekt auf uns: Nach dem Mittagsimbiß unternahmen wir einen Spaziergang, beide mit einer Tüte Softeis auf Ziegenmilchbasis in der Hand. Wir gingen zur blauen Brücke, unter der sich der Rudersee verschmälerte, um, über das Geländer gebeugt, träumerisch auf die Kanus und Tretboote hinunterzuschauen, die im übrigen zu dieser Jahreszeit erst spärlich vertreten waren.

»Tja, unser Tonio«, sagte Mirjam. »Medientechnologie … und sofort fängt er auch wieder an zu fotografieren. Es geht ihm gut. Ich freue mich. Wenn ich zurückdenke, noch vor zwei, drei Jahren …«

»Ich hab ihn damals vielleicht ein bißchen hart angepackt, glaube ich, mit meinem Vorwurf, er habe überhaupt keinen Ehrgeiz. Ich selbst war in dem Alter keinen Deut besser. Erst ein Jahr lang einen Job nach dem anderen, dann zwei abgebrochene Studien: Psychologie und Jura. Nach der Zwischenprüfung in Philosophie zwei halbe Abschlußarbeiten, philosophische Anthropologie und Ästhetik, zusammen leider Gottes keine ganze. Für mehr reichte mein eigener Ehrgeiz nicht.«

»Ich habe so ein Gefühl, daß Tonio das Studium diesmal beenden wird.«

»Und sonst macht er bestimmt was anderes Außergewöhnliches.«

Wir spazierten zurück in Richtung Parkplatz, wo unser Auto stand. »Halb vier«, sagte Mirjam, als wir am Ziegenhof vorbeigingen. »Nein, das können wir ihm nicht antun.«

»Oh, er fotografiert immer sehr effizient. Tonio hält nichts davon, wild drauflos zu schießen. Als er mich für *De Groene Amsterdammer* ablichten sollte, hat er mich hinter eine altertümliche Remington gesetzt, drum herum ein paar Telexrollen. Ich hörte es ein paarmal klicken und dachte, das sind Probeschüsse. ›Ich bin bereit‹, sagte ich. Aber er hatte schon, was er haben wollte.«

»Du hast vorhin gesagt, ein Fotoshooting sei manchmal mehr als ein Fotoshooting. Komm, wir gehn noch was trinken auf dem Geitseplein. Gönn ihm diesen Nachmittag.«

8

Als wir gegen fünf nach Hause kamen, verstaute Tonio gerade seine Kameras in einer großen Plastiktasche. Das Mädchen war kurz vorher gegangen. Im Haus roch es schwach nach Zigarettenrauch.

»Und … gelungen?« fragte ich.

»Das muß sich noch zeigen«, sagte er. »Die digitalen Aufnahmen kann ich ziemlich gut auf dem Computer beurteilen. Aber ich habe auch analoge gemacht, und von denen muß ich erst mal die Abzüge sehen.«

»Komm noch kurz in den Garten, bevor du gehst«, sagte ich.

An der kleinen Laube mit der Zweisitzerbank lehnte seitlich einer der Styroporaufhellschirme. Ich setzte mich mit den Abendzeitungen auf die Veranda. Kurz darauf legte Tonio zwei quadratische Fotos vor mich auf den Tisch.

»Das sind nur Polaroids, mußt du bedenken«, sagte er. »Ich mache immer ein paar, um das Licht zu testen.«

Es waren Schwarzweißaufnahmen. Sie zeigten ein Mädchen oder eine junge Frau in Tonios Alter mit halblangem, offenem Haar und einem hübschen Gesicht, das viel zu lieb wirkte für die Arbeit als unnahbares Model. Sie hatte sich in einer etwas zu gewollt anmutigen Pose fotografieren lassen, eingerahmt von der Minilaube, aus der die Bank während der Session offenbar entfernt worden war.

»Ein hübsches Mädchen«, sagte ich mit noch nicht erlahmtem Kennerblick. »Sehr hübsch. Aber ein professionelles Model ... ich weiß nicht.«

Ich gab Tonio die Polaroids zurück. Ich sah seinem Gesicht an, daß ich wieder mal nichts verstanden hatte.

»Professionell? Adri, sie *studiert*. Sie will sich als Model und mit Schauspielerei nur was dazuverdienen. So wie ich bei Dixons.«

»Sie ist sehr attraktiv, das muß man ihr lassen.«

Plötzlich änderte sich seine Haltung. »Sie hat gefragt, ob ich Samstagabend mitkomm ins Paradiso«, sagte er verlegenstolz. »Irgend so ein irrer italienischer Abend, mit italienischen Tophits aus den Achtzigern.«

»Oh, dann gibt's bestimmt viel Eros Ramazzotti.«

Er zog ein komisches Gesicht, das sagte: nie von gehört. Mirjam kam auf die Veranda und fragte, ob wir etwas trinken wollten. Tonio lehnte ab, nahm aber trotzdem, wenn auch unruhig, auf einer Stuhlkante Platz. Mirjam erinnerte mich an zwei Beerdigungen am nächsten Tag, die ungefähr zur selben Zeit stattfinden sollten. Zwei gute Bekannte, die uns beide wichtig gewesen waren.

»Wir müssen uns entscheiden«, sagte sie. »Und nicht: du zur einen, ich zur anderen. Das machen wir diesmal nicht.«

»In letzter Zeit sterben zu viele«, sagte ich. »Zu viele Einäscherungen und Beerdigungen. Die Frage ist: Muß man überall hin? Die Leute geben einem so schnell das Gefühl, daß man nicht drum herumkommt. Das ist ungerecht, weil ich selbst …« Ich wandte mich zu Tonio. »Ich weiß nicht, ob du's schon weißt … zumindest hörst du's jetzt … ich will auf jeden Fall, wenn es soweit ist, im allerkleinsten Kreis beerdigt werden. Nicht eingeäschert, nein, in die Erde. Eine Grube, und an deren Rand drei Menschen. Drei, nicht mehr.«

»Oh«, sagte Tonio, »wer ist denn der dritte?«

Einen Moment war es still, dann brachen wir gleichzeitig in Gelächter aus. Ja, er hatte recht. Der dritte, der lag im Sarg.

Tonio hatte ein wunderbar verhaltenes Lachen mit fröhlichen Ausrutschern, bei dem seine geöffneten Lippen nur noch voller schienen und die Haut auf seiner Nase sich in Richtung Stirn hochzuschieben schien. (Auch dieses Lachen befand sich jetzt in kritischem Zustand. O Gott, rette sein Lachen.)

Er stand auf und fragte, noch immer kichernd, seine Mutter: »Holt ihr sonntags noch immer was vom Suri?«

»Eine Tradition aus der Zeit vor deiner Geburt«, sagte Mirjam.

»Auch zu Pfingsten?«

»Pfingsten ist uns egal.«

»Dann komm ich Sonntag. Ein Chow-Minh wäre super.«

»Gut, aber dann nicht wieder anrufen und sagen, du kommst nicht, weil du so *fertig* bist. Wie letzten Sonntag, als wir in die Stadt wollten.«

»Ach ja, die Uhr … wir müssen uns noch mal verabreden.«

Auf seine schnelle, federnde Art, die Schultern etwas vorgebeugt, ging er zur Tür und verabschiedete sich mit seinem variablen Gruß, der diesmal ungefähr wie »oi« klang.

»Viel Spaß am Samstag«, rief ich ihm nach. Ich weiß nicht, ob er es noch hörte, denn er war schon auf dem Weg durch die Küche zur Haustür. Außergewöhnlich: Tonio, der zum dritten Mal in einer Woche vorbeikommen wollte. Er hatte uns am Tag zuvor seine Zukunftspläne unterbreitet, aber es war, als wolle er *noch* etwas erzählen. Ich hatte nicht vergessen, wie stolz ich früher auf eine neue Freundin sein konnte. Während die Eroberung noch im Gang war, wollte ich schon mit dem Mädchen angeben, nicht nur bei meinen Freunden, auch bei meinen Eltern – notfalls mit Worten, begleitet, falls möglich, von einem Foto.

9

Nachdem Tonio gegangen war, rief Mirjam mich in die Küche. Sie stand vor dem offenen Kühlschrank. »Sieh dir das an.«

Die Fächer, die Gemüseschublade, der Stauraum in der Tür – der gesamte verfügbare Platz war mit Eisteekartons und Obstsäften aller möglichen Geschmacksrichtungen vollgepackt. Im Gefrierfach lag ein Liter Lipton Ice für den Fall, daß die Dame ihr Getränk extrakalt wünschte. Keiner von uns beiden hatte mitbekommen, wie Tonio diese Einkäufe hergebracht hatte. Hier standen Eistee und Säfte in Gläsern und Dosen im Wert seines halben Wochengelds.

»Tonio sorgt gut für seine Models«, sagte ich.

»Jedenfalls hat er das nicht aus Sorge um etwaigen Vitaminmangel seiner Eltern angeschleppt«, sagte Mirjam. »Ich nehm das alles im Auto in die Nepveustraat mit, wenn ich ihm nächste Woche seine saubere Wäsche bringe.«

Im Wohnzimmer fand ich in der Ecke, in der die Vitrine mit Tonios Steinsammlung stand, zwei weitere Styroporaufhellschirme. Dort roch es stark nach Nikotin. Auf dem Fußboden stand eine Schale mit ausgedrückten Filterzigarettenstummeln, die ich in den Treteimer kippte. Das Mädchen, einstweilen noch namenlos, rauchte also.

Diese körnigweißen Reflexionsschirme fand ich noch an weiteren Stellen im Haus. Sie sahen mich wie monochrome Gemälde stumm an und erzählten mir von der Fotosession nicht mehr, als daß sie Sonnen- oder Kunstlicht auf das Model zurückgeworfen hatten.

»Was machen wir mit dem ganzen Styroporzeugs?« fragte Mirjam.

»Stehenlassen«, sagte ich. »Das räumt er am Sonntag alles weg.«

10

Vor dem Essen ging ich kurz in die dritte Etage – nicht um zu arbeiten, sondern um die Markise über dem Balkon auf der Gartenseite einzufahren. Als es neulich in der Nacht geregnet hatte, hatte ich einen Stock tiefer stundenlang wach gelegen von dem Ticken und Trommeln auf dem ausgefahrenen Tuch.

Der elektrische Bedienungsschalter, links von der Flügeltür, schien nicht zu funktionieren – bis ich entdeckte, daß die Verschattung bereits oben war, ordentlich aufgerollt in ihrem Aluminiumrahmen.

Moment mal. Ich wußte genau, daß ich sie, bevor wir in den Amsterdamse Bos aufgebrochen waren, nicht hochgefahren hatte, bewußt nicht, um so das Parkett zu schützen, denn die Sonne fiel um diese Zeit üppigst herein. Natürlich, ich hätte die Markise hochmachen und die Vorhänge zuziehen können, aber damit alles mal richtig durchlüftete, wollte ich die Balkontür offen lassen, zumal ich aus Erfahrung wußte, daß Windstöße die zugezogenen Vorhänge manchmal weit in die Höhe warfen, wonach sie beim Zurückfallen alle möglichen Gegenstände vom nächstgelegenen Schreibtisch fegten. Beim letzten Mal, als so etwas passierte, hatte ich mir Mirjams Zorn zugezogen, weil ich ihren Katzen die Schuld an der Verwüstung gegeben hatte.

An alle diese Überlegungen erinnerte ich mich ganz genau – auch jetzt noch, drei Tage später, im Polizeibus. Von Zerstreutheit konnte keine Rede sein. Ich hatte die Vorhänge offen gelassen, die Markise ausgefahren und die Türen mit Haken an der Balkonwand festgemacht. Jetzt, bei der Rückkehr, fand ich die Vorhänge nach wie vor offen, aber die Tür war fest geschlossen und die Markise oben.

Tonio? Wir hatten abgemacht, daß er das ganze Haus benutzen konnte, nur meine Arbeitsetage nicht, denn ich war mitten im Sortieren meines Materials, und überall lagen Stapel mit beschriebenen, noch nicht numerierten Blättern. Ich sah mich genau um. Nichts wies darauf hin, daß hier Fotos gemacht worden waren. Nirgends ein Styroporschirm. Im Papierkorb keine Verpackungen von Filmen. Keine Spur jener unerwünschten Neueinrichtung, die Fotografen von Tages- und Wochenzeitungen dem Interieur hier so gern aufzwangen.

Hoffte ich auf Zeichen eines amourösen Zusammenseins? Zwischen den beiden Sitzkissen der Chaiselongue, auf der ich manchmal lag und las, ragte noch immer, festgeklemmt, das Buch über die niederländischen Polizeibezirke heraus, das mir als Material für meinen Roman gedient hatte.

Ich öffnete die Balkontür. Die Latten und Seitenbretter, die Teile von Tonios Kinderstockbett gewesen waren, lagen noch genauso da, wie unser Faktotum René sie hingelegt hatte, nur etwas grauer und grün überzogen infolge von Schnee und Regen. Rechts führte die Aluminiumfeuerleiter zum Dach hinauf.

»Minchen, als wir vom Ziegenhof zurückkamen ... hast du da in meinem Arbeitszimmer die Markise hochgefahren?«

»Nein, das ist doch wirklich deine Sache. Ich kann nicht alles machen.«

So wurde ich nicht klüger. Ich nahm mir vor, Tonio deswegen anzurufen – noch heute abend, oder morgen. Nicht um ihm Vorwürfe wegen der eventuellen Benutzung meines Arbeitszimmers zu machen, sondern ... na ja, vielleicht würde ich so ja etwas mehr über den Stand seiner Liebesangelegenheiten erfahren. Gott, was für ein altes Weib ich allmählich wurde.

Der Anruf war unterblieben. Nachher … später, wenn er auf dem Wege der Besserung war, würde ich ihn danach fragen. Weiß der Himmel, wie viele Stunden wir an seinem Bett würden verbringen müssen, ehe er wieder der alte war. Es würde genug Zeit zum Reden geben. Ich würde ihn da schon durchlabern.

11

Kritischer Zustand, was bedeutete das eigentlich? Vielleicht bezeichneten sie den Zustand eines Patienten etwas voreilig als kritisch, um sich, sollte er es nicht schaffen, gegen die rachsüchtige Empörung der Hinterbliebenen abzusichern.

Ich mußte an meinen Cousin Willy van der Heijden jr. denken, der nach einem Motorradunfall für klinisch tot erklärt worden war. Illusionistischer Spaßmacher, der er war, stand er wieder von den Toten auf. Nach sechs Wochen bereits ging er zur Tagesordnung über, was in seinem Fall bedeutete: Klein- bis mittelschwere Kriminalität. So konnte es also auch laufen.

Nein, schlechtes Beispiel. Kein Jahr später, mit silbernen Kunstgelenken in den Knien, fand er auf der Flucht vor der Polizei doch noch den Tod – indem er mit gelöschten Scheinwerfern sein Auto auf einer unbeleuchteten Straße gegen einen Baum fuhr. Das Stadium des klinischen Tods übersprang er diesmal.

Ich erinnerte mich, daß meine Mutter mich deswegen anrief. »Ja, auf dem schiefen Weg wie sonst was, der Junge, aber ich muß es dir trotzdem erzählen.«

Während ich mit ihr telefonierte, schaute ich zu Tonio, der, ein halbes Jahr alt, sabbernd vor Anstrengung über den Teppich robbte. Ihm würde so etwas nicht passieren, dafür würde ich schon sorgen. Bei der Erziehung, die ich ihm angedeihen lassen wollte, würde er nie vor der Polizei flüchten müssen, und schon gar nicht mit gelöschten Scheinwerfern.

»Wie geht's Onkel Willy?«

»Völlig fertig, natürlich. Der Junge, der war ja sein ein und alles. Den Nachbarn zufolge ist er die ganze Nacht mit dem Hund durch die Gegend gerannt. Laut redend. Schreiend.«

»Er ist vielleicht schon tot«, klagte Mirjam neben mir.

»In kritischem Zustand«, sagte ich, »das kann alles mögliche bedeuten. Er wird bestimmt gut versorgt.«

»Er liegt auf dem OP-Tisch, hat der Polizist gesagt. Er wird schon seit Stunden operiert.«

Verdammt noch mal. Das klang wirklich kritisch.

KAPITEL III

Falsches Krankenhaus

I

Der Polizeibus nahm kurz nacheinander mehrere Kurven, die infolge der hohen Geschwindigkeit schärfer schienen, als sie waren. Mal drohte ich auf dem glatten Sitzbezug von Mirjam wegzurutschen, mal wurde ich mit plötzlicher Kraft gegen sie gedrückt, was ihr ein Geräusch entlockte, als müsse sie sich übergeben.

»Tut mir leid, Kleines.«

Vor zweiundzwanzig Jahren, es fehlten nur noch drei Wochen, hatten wir ebenfalls so eine Wahnsinnsfahrt in ein Krankenhaus unternommen, allerdings in einem wesentlich kleineren Fahrzeug: einem Fiat Panda. An jenem Morgen hatte Mirjam mich um Viertel nach vier geweckt: schreckliche Bauchkrämpfe.

»Bist du sicher, daß es deine Därme sind?«

»Ich war die ganze Woche nicht auf der Toilette.«

Sie hielt meine Hand. Am Kneifen konnte ich spüren, wieviel Schmerzen sie hatte und mit welcher Regelmäßigkeit die Stiche auftraten. Sie zitterte. So blieben wir eine ganze Weile schweigend nebeneinander liegen.

Am Abend zuvor waren wir streitend zu Bett gegangen. Im Hinblick auf die Babywäsche hatten wir zwei Tage zuvor eine neue Waschmaschine kommen lassen. Nachdem die stämmigen Lieferanten mit einem viel zu großzügigen Trinkgeld gegangen waren, entdeckte ich Schäden am weißen Gehäuse. Als ich endlich den Betriebsleiter des Waschmaschinengeschäfts an der Strippe hatte, war mir nur noch wenig Sinn für Diplomatie geblieben: Die Rüpel hatten Mist gebaut, Punkt, aus. Dieselben Männer kamen etwas später am selben Tag, und diesmal sehr viel weniger freundlich, um die Maschine umzutauschen. Erst nachdem sie weg waren, zeigte sich, welche Form ihre Rache angenommen hatte. Beim Probelauf des neuen Geräts löste es sich rüttelnd und stampfend von der Wand. Ich stand barfuß auf dem gefliesten Badezimmerboden und hatte keine andere Wahl, als rückwärts wegzuhüpfen, sonst hätte die zweifellos scharfe Unterkante der Maschine meine Zehen amputiert. Während meines Trampeltanzes aus Selbsterhaltungstrieb mußte ich auch noch den richtigen Knopf finden, um das selbständig operierende Monster zu stoppen.

Mirjam zufolge hatte das Lieferantenteam die Sicherheitsbolzen absichtlich in der Maschine gelassen. »Du gibst immer viel zu viel Trinkgeld ... davon kommt das. Dann fangen sie an, mit dir zu spielen.«

Es ging auf halb sechs zu. Meine Hand war schon fast Mus von ihrem Drücken. Auf ihrer schönen, glatten Stirn, die ich selten transpirieren sah, lagen dicke Schweißtropfen. »Das können keine Bauchschmerzen sein«, sagte ich.

»Sicherheitshalber doch mal die Hebamme anrufen«, sagte Mirjam, obwohl der Stichtag erst in dreieinhalb Wochen war. Sie keuchte leicht. Die Hebamme ließ Mirjam am Telefon beschreiben, was genau sie spürte. Das Gespräch dauerte nicht lange. »Sie kommt auf dem schnellsten Wege her. Vielleicht muß ich schon ins VU.«

»Minchen, dein Koffer ... In dem Faltblatt stand, daß du einen Koffer mit allem Nötigen bereit haben mußt. Du hast keinen Koffer.«

»Typisch«, stöhnte sie, »in so einem Augenblick wegen eines Koffers rumzunerven. Ich hab jetzt wirklich andere Sorgen.«

Die Schmerzanfälle verschlimmerten sich. Kurz nach

sechs traf, das Gesicht schlafdurchfurcht, die Hebamme ein. Sie zog sich einen Gummihandschuh über die rechte Hand und bat mich, vor dem Schlafzimmer zu warten. Ich hätte jetzt einen Koffer mit den nötigen Toilettensachen packen können, aber ich blieb tatenlos auf dem Flur stehen.

»Na, Mädel«, verstand ich, »der Muttermund hat sich ja schon erweitert.«

Es waren ganz eindeutig Wehen, und sie wurden heftiger. Ich half Mirjam in den Morgenmantel. »Es tut viel mehr weh, als ich gedacht hatte«, sagte sie.

Unten vor dem Eingang stand, in zweiter Reihe geparkt, der Fiat Panda der Hebamme. In ihrem hochschwangeren Zustand schien das Auto für Mirjam zu klein, aber es ging gerade noch. Mit der Hebamme am Lenkrad und uns nebeneinander auf der Rückbank war der Panda mehr als voll.

»Hilfe, meine Klaustrophobie ...«, keuchte mir Mirjam heiß ins Ohr.

Die Hebamme bog nach links in die De Lairessestraat ab, wo der Morgenverkehr, so früh es noch war, bereits nervös in Gang kam. Der Fiat arbeitete sich mit kleinen Rucken, eher Sprüngen, voran, und Mirjam wimmerte leise.

»Hoffentlich sind wir bald im VU«, flüsterte sie.

2

Der Polizeibus wurde jetzt viel weniger durch den Verkehr behindert als der Fiat damals. Normalerweise war um zehn vor zehn die morgendliche Stoßzeit noch nicht vorbei, aber uns kam jetzt der Sonntag zugute. Wir fuhren an einem übersichtlichen Betriebsgelände entlang, aus dem als terrassenförmiger Bau das Academisch Medisch Centrum aufragte. Da drinnen irgendwo, mitten in dem Labyrinth aus überhellen Gängen, kümmerten sich maskierte Ärzte um Tonio.

Wenn er noch lebte.

Wie jetzt in dem kleinen Bus saß vor zweiundzwanzig Jahren in dem Panda Mirjam links von mir. Ich hielt sie auch damals in meinen Armen und drückte sie an mich, weshalb ich jede Wehe durch meinen eigenen Körper gehen fühlte – na schön, oberflächlich, denn wirklich mitspüren konnte ich den Schmerz nicht. Von Zeit zu Zeit zog Mirjam mich schwach am Ärmel, um mir zu bedeuten, ich solle meinen Griff, der die Wehen nicht auffing, etwas lockern.

Zweimal schon hatte ich Todesängste in so einem kleinen Fiat ausgestanden. Der eine wurde, im Winter '77, von der jungen Florentinerin Maria-Pia Canaponi gesteuert, die mich zusammen mit einem Freund aus dem hochgelegenen Fiesole ins irgendwo unten, in der dämmrigen und nebligen Tiefe gelegene Florenz brachte. Wie mir während all der Jahre in Erinnerung geblieben war, ließ sie sich mitsamt ihrem Auto einfach nach unten fallen – wenngleich die Räder hier und da in einer Haarnadelkurve die Straße berührten, aber dann eher so, wie die Schuhsohlen eines Bergsteigers den Steilhang antippen, an dem entlang er sich mit Hilfe eines Seils und einer Umlenkrolle in die Tiefe sacken läßt.

Der andere Fiat bohrte sich, ebenfalls irgendwann Mitte der siebziger Jahre, durch die Hölle des Pariser Morgenverkehrs. Am Steuer eine Pariserin, auf deren Kopf ein durch das Nachtleben zerknautschter Hut saß. Sie versuchte, mir (hinten) und der Freundin neben ihr zu imponieren, indem sie rote Ampeln ignorierte oder zumindest blind die Fahrspur wechselte, wozu sie sich die Hutkrempe vor die Augen zog. Bei der Ankunft in dem kleinen Haus in einem Pariser Vorort setzten mir Schreck und Herzklopfen noch so zu, daß ich unter meinem Niveau blieb.

Doch diesmal betraf die Blechklaustrophobie das noch ungeborene Leben. Die Hebamme fuhr durch die Cornelis Krusemanstraat zum Haarlemmermeer-Kreisel – und dort muß ich, durch Mirjams Geburtswehen abgelenkt, den Überblick verloren haben. Ich paßte nicht auf, Mirjam schon gar nicht, und so entging mir, daß die Hebamme nach rechts abbog, in den Amstelveenseweg Richtung Kreuzung Zeilstraat, anstatt dem Kreisel bis zu dem Teil des Amstelveenseweg zu folgen, der am Krankenhaus der Vrije Universiteit endete.

Ja, ich erinnerte mich an meine Ungeduld vor der wie eine uneinnehmbare Mauer aufragenden, geöffneten Brücke über die Schinkel, doch deswegen ging mir noch nicht auf, daß wir uns mit unserem rollenden Wochenbett auf dem falschen Weg befanden. Bei der Ankunft im Krankenhaus war es Mirjam selbst, die den Fehler bemerkte. In der Eingangshalle setzten die Hebamme und ich sie in einen Rollstuhl. Während ich Mirjam zum Lift schob, sagte sie schwach und kläglich: »Das ist nicht das VU ... ich sollte doch im VU entbinden.«

»Ach, sorry, Mädel ... sorry ... sorry«, rief die Hebamme aus. »Meine Schuld. Ich glaube, ich habe heute morgen auf das falsche Formular ... Oh, wie schrecklich. Wir können jetzt nicht mehr zurück.«

Sie hatte uns ins Slotervaart-Krankenhaus gebracht.

3

In einer Halle, irgendwo am Ende einer kurzen Treppe, übergaben uns die beiden Polizisten einigen Krankenschwestern. Ich weiß nicht mehr, wer von den vier oder fünf Anwesenden mir Tonios Portemonnaie aushändigte. Der graue, ausfaltbare Beutel mit dem Druckknopf lag schwer in meiner Hand: viele Münzen. Ich bildete mir ein, daß er noch warm von seinem Körper war – dem Schenkel, dem Gesäß oder der Herzgegend, je nachdem wo er ihn getragen hatte, als ...

Auf der Rückseite des Portemonnaies befand sich ein selbstklebendes, computergedrucktes Etikett, auf dem sein Name, flankiert von einigen Zahlenreihen und dem heutigen Datum, stand (wie neu und nah alles noch war). Während unserer Abwesenheit hatte man bereits damit begonnen, ihn in Zahlen zu transformieren.

Die beiden Polizisten verabschiedeten sich mit einem Händedruck und wünschten uns »viel Kraft«. Ich nutzte die Gelegenheit, mir die Kleidung der Polizistin noch einmal genau anzusehen. Wenn das alles gleich hinter uns lag und wir erfahren hatten, wie lange Tonios Genesung dauern würde, konnte ich schließlich, so bedrückt und angeschlagen ich auch war, an meinen Schreibtisch zurückkehren, um die Arbeit an dem Polizeiroman wiederaufzunehmen. An die Wand neben meinem Schreibtisch hatte ich das Foto einer Hauptwachtmeisterin in Standarduniform geheftet. Jetzt wurde mir die Information hinzugeliefert, was eine »einfache« Polizistin an warmen Tagen anhatte.

Ihr Kollege reichte mir die Karte der Abteilung Schwere Verkehrsunfälle in der James Wattstraat, wo ich Näheres über den Unfall in Erfahrung bringen könne. Ich bräuchte nur nach dem Beamten zu fragen, dessen Name mit Kugelschreiber daneben stand.

Die Polizisten hoben die Hand und gingen die Treppe hinunter, Richtung Drehtür und auf ihren in der Sonne parkenden Bus zu. Mirjam und ich folgten den Schwestern zur Intensivstation. (Intensivstation, das war etwas anderes als Notfallabteilung. Ambulanz, Notfallabteilung, Intensivstation, OP – Tonios Körper hatte in kurzer Zeit eine ganze Reihe von Stationen durchlaufen.) Auf dem Weg dorthin entschuldigte eine von ihnen sich dafür, daß wir so spät informiert worden waren.

»In seinem Portemonnaie waren verschiedene Ausweise, aber wir konnten nicht sofort die Verbindung zu einer Adresse ziehen … zu seinem Elternhaus. In so einem Moment, in einer lebensbedrohlichen Situation, setzen wir andere Prioritäten. Bei Zeitnot geht das Retten eines Lebens immer vor.«

Lebensbedrohliche Situation. An einer Kreuzung mehrerer Gänge erwartete uns ein Arzt. Wir erfuhren, daß Tonio »schon seit Stunden« (es war jetzt fast zehn) auf dem OP-Tisch lag, nach wie vor in kritischem Zustand.

»Der Traumatologe kommt gleich zu Ihnen, um Ihnen einen Zwischenbericht zu erstatten.«

Ich realisierte, daß wir uns nun auf der Intensivstation befanden. Eine junge Schwester, blond, blauäugig und frisch wie der Morgen, führte uns in ein kleines Wartezimmer und bot uns Kaffee an.

»Lieber etwas Wasser«, sagte Mirjam, die sich auf der Dreisitzerbank schon wieder zitternd an mich geschmiegt hatte.

»Für mich bitte Kaffee«, sagte ich.

Die Schwester verschwand. Sie ließ die Tür offen. Darüber hing eine große Küchenuhr, die zehn nach zehn zeigte.

»Jetzt besser keinen Kaffee«, sagte Mirjam. »Ich mußte auf einmal wieder an damals denken ...«

Sie griff sich an die Stirn und weinte leicht prustend. Für mich brauchte sie den Satz nicht zu beenden. Ich wußte, sie spielte auf jenen Junimorgen '88 an, als wir irrtümlich auf der Entbindungsstation des Slotervaart-Krankenhauses abgeliefert worden waren und der Kaffeegeruch aus meinem Mund Mirjam hysterisch gemacht hatte.

Ich öffnete Tonios Portemonnaie. In dem Fach für die Scheine steckten fünf Euro, das war alles. Die Münzen stellten zusammengenommen wahrscheinlich noch einen ganz netten Betrag dar.

Ein Jahr zuvor, im August, nach der Premiere der Verfilmung von *Het leven uit een dag* (*Ein Tag, ein Leben*), hatte ich während der anschließenden Feier im De Kring sein Verhalten in einer Bar studiert. Tonio hielt sich mit Marjan in einer dunklen Ecke auf, seitlich der Fläche, auf der die Filmcrew House tanzte, und jedesmal, wenn er für das Mädchen und für sich an der Bar etwas zu trinken holte, zahlte er mit einem Schein und stopfte das Wechselgeld in sein Portemonnaie (ebendas, das ich jetzt in der Hand hielt). Diese Tendenz zu leichter Unordentlichkeit – ich bedauerte sie um so mehr, als ich sie selbst in seinem Alter besessen hatte und noch lange danach, und sie noch immer nicht vollständig überwunden hatte. So stieß ich im Kleinen wie im Großen immer häufiger auf Übereinstimmungen zwischen uns und sah mich dann gezwungen, mich mir selbst als Einundzwanzigjährigen vorzustellen. Das machte mir Sorgen. Nicht meinet-, sondern seinetwegen.

»Wenn Tonio mir wirklich so bis in die Kleinigkeiten gleicht«, sagte ich zu meinem Bruder, der neben mir an der Bar im De Kring saß, »dann stehen ihm schwierige Jahre bevor.«

Frans, der mich als Anfang-Zwanziger gekannt und sogar eine Zeitlang mit mir zusammengewohnt hatte, widersprach nur der Form halber ein wenig.

In den Fächern von Tonios Portemonnaie steckten verschiedene Ausweise, samt und sonders mit Adresse, also war es vermutlich tatsächlich um dringendere Dinge gegangen, als seine Eltern ausfindig zu machen.

»Eine Patientenkarte vom Onze Lieve Vrouwe Gasthuis«, sagte ich zu Mirjam. »Wofür das?«

Sie zuckte mit den Achseln. »Der Kieferchirurg«, sagte sie mit großem Widerstreben. »Ein Weisheitszahn.«

Die Schwester kam mit einem Tablett und stellte Thermoskannen, Becher und Wassergläser auf den Tisch. »Gleich kommt der Traumatologe, um Sie über den Stand der Dinge zu unterrichten«, sagte sie beim Gehen. »Wenn Sie noch etwas brauchen, dann schauen Sie einfach auf dem Gang, ob Sie jemanden von uns sehen.«

4

Seit man mich aus dem Bett geklingelt hatte, hatte ich, außer mit Mirjam, erst wenig gesprochen, doch jedesmal, wenn ich den Mund auftat, zuerst gegenüber den Polizisten und jetzt gegenüber dem Pflegepersonal, war mir mein starker Knoblauchatem peinlich bewußt. Ich selbst roch ihn nicht, wußte aber, daß er direkt aus meinem Magen aufstieg, denn wir hatten noch nicht gefrühstückt. (Als ich am Morgen die Treppe hinunterging, stand die Tür zur Küche im ersten Stock offen. Auf dem Brotbrett lagen vier aufgeschnittene Tigerbrötchen, noch ungebuttert. Orangen rings um die Zitruspresse. Stilleben nach der Hiobsbotschaft.)

Um wieviel Uhr, hatte der Polizist gesagt, war Tonio angefahren worden? Halb fünf ungefähr? Die Speichelflut infolge zuviel Knoblauchs hatte mich gegen Viertel nach vier geweckt. Nein, so verrückt ließ ich mich nicht machen. Ich würde nicht in allem Hinweise und Vorzeichen sehen. Ein rebellierender Magen hätte mich demnach vor dem Unheil gewarnt, das über Tonios Kopf schwebte. Und was hätte ich mit dieser kryptischen, durch Morsezeichen aus meinem Gedärm gewonnenen Information anfangen sollen?

Ich konnte nicht daran vorbei, daß auch diese Situation große Ähnlichkeit mit der rund um Tonios Geburt hatte. Auch damals hatten wir, von den Bauchkrämpfen erschreckt, die sich als Wehen entpuppten, zu frühstücken versäumt. Am Abend zuvor hatten wir ein surinamisches Gericht aus dem Albina, dem Restaurant mit Straßenverkauf in der Albert Cuypstraat, gegessen. Ich hatte eine Portion ihrer gefährlich gewürzten Fashong-Wurst genommen, die ich ausschließlich aß, wenn für die nächsten drei Tage keine sozialen Verpflichtungen in meinem Terminkalender standen, denn sie verwandelte die Mundhöhle garantiert in ein ungewaschenes Arschloch. So landete ich am Morgen des 15. Juni 1988 mit stark verunreinigtem Atem, der zudem noch durch einen leeren Magen verstärkt wurde, auf der Entbindungsstation des Slotervaart-Krankenhauses. Ich traute mich den Mund nicht aufzumachen aus Angst, die dabei austretende verdorbene Luft würde eine Fehlgeburt herbeiführen.

Ich weiß nicht, woher diese Information in der Zwischen-zeit stammte, jedenfalls hatte man den Zeitpunkt des Unfalls mittlerweile auf zehn nach halb fünf präzisiert. War es da, vier Wochen vor dem längsten Tag des Jahres, schon hell, noch dunkel oder irgend etwas dazwischen? Mit Beginn der Sommerzeit hatte man die Uhr eine Stunde vorgestellt, was bedeutete, daß die Sonne sieben Monate lang eine Stunde später aufging. Aus den alten Tagen, als man noch keine Sommer- und Winterzeit eingeführt hatte, meinte ich mich zu erinnern, daß es, wenn Ende Mai der Nachtclub Diogenes in Nimwegen um halb fünf, Viertel vor fünf schloß, bereits ganz hell war. Gut, das betraf die Öffnungszeiten an Wo-chenenden. An Werktagen machte das Diogenes um Viertel vor vier zu, und dann war es in der zweiten Maihälfte noch so gut wie dunkel.

Ganz sicher war ich mir dessen aber nicht. Ich beschloß, in der kommenden Nacht den Wecker auf halb fünf zu stel-len. Ich würde dann aufstehen und um zehn nach halb fünf zum Himmel schauen.

Wenn sich herausstellte, daß es zu diesem Zeitpunkt noch dunkel war, würde sich schon die nächste Frage erge-ben: Hatte Tonio Licht an seinem Fahrrad oder wenigstens Lämpchen an seiner Kleidung?

Ich war an diesem Morgen nicht auf dem Posten gewesen. Kein spätes Fest hinter mir, kein Rausch, der ausgeschlafen werden mußte, aber ich *lag* im Bett, unbestreitbar. Selbst nachdem ich durch reichlichen Speichelfluß und Magen-kollern geweckt worden war, hatte ich nur einen Gedanken: Wenn es vorbei ist, versuche ich noch ein paar Stunden zu schlafen … ich muß nachher arbeiten …

Ich hätte *dort* sein müssen, auf der Stadhouderskade, um meinen leichtsinnig Fahrrad fahrenden Jungen aufzuhalten, ihn aufzufangen. Es war niemand im Raum, der mir irgend etwas vorgeworfen hätte, doch ich brauchte keinen beschuldigenden Finger, um mich bis ins Mark schuldig zu fühlen, schuldig zu *wissen*. Neben Mirjam saß ich, bebend und schwitzend vor Schuldbewußtsein ob dessen, was ich am frühen Morgen einfach hatte geschehen lassen.

Meine Gedanken kreisten weiter um Tonios Geburt – zweifellos aufgrund der Kongruenz der Umstände. Die unsichere Fahrt ins Krankenhaus … das quälend nervöse Warten … Wenn ich schuldig war an seinem Unfall, so lag das an erster Stelle daran, daß ich seine Geburt auf dem Gewissen hatte.

Wenn jemand in diesem Moment ins Zimmer gekommen wäre, um mir vorzuhalten, ich hätte damals, am 15. Juni 1988, willentlich und wissentlich zugelassen, daß die Hebamme den falschen Weg fortsetzte, und zwar, um Tonios Geburt zu sabotieren, ich hätte es geglaubt. Von dem Tag an, an dem ich ein Kind gewollt hatte, hatte ich es auch *nicht* gewollt. Ergo: Wegen meiner eingefleischten Halbherzigkeit war Tonio nicht lebensfähig. An diesem Morgen hatte sich das wieder einmal erwiesen – vielleicht unwiderruflich.

6

Natürlich hing im Entbindungsraum eine große Uhr, genauso unübersehbar wie die auf einem Bahnhof: Von ihr mußte unzweideutig der Zeitpunkt der Geburt abgelesen werden können. Es war halb acht Uhr morgens. Mirjam lag mit heftigen Schmerzen auf einem Bett, zu ihrer Linken die Hebamme, die uns hergebracht hatte, und zur Rechten eine Gynäkologin vom Slotervaart. Normalerweise sah ich nicht gleich in allem ein böses Omen, doch heute war ich abergläubisch genug, um vom falschen Krankenhaus Schlechtes zu erwarten.

»Fang sie auf, Mädel! Fang die Wehe auf!«

Die beiden Frauen hielten jeweils eine von Mirjams Händen.

97

»He, nicht beißen!« rief plötzlich die Gynäkologin, als Mirjam bei einer offenbar besonders schlimmen Wehe die Zähne in den nächst gelegenen Körperteil schlug. »Hecheln! Nicht beißen!«

Ich schaute machtlos aus einiger Entfernung zu. Ein Kind zu gebären, das war nichts für mein kleines, zartes Minchen – ich hätte sie nie in diese Lage bringen dürfen.

Als die Wehen kurzzeitig nachließen, holte die rothaarige Wochenpflegerin, die uns vorhin beim Lift entgegengeeilt war, Kaffee. Bei der Rückkehr drückte sie mir einen Becher in die Hand und flüsterte: »Ich glaube, Ihre Frau könnte Sie jetzt mal brauchen.«

Ich setzte mich mit dem Kaffee auf einen Hocker neben Mirjam. Ich nahm einen Schluck und beugte mich vor, um ihr Ermutigung zuzuflüstern. Bevor ich etwas hatte sagen können, rief sie: »Weg! Weg mit dem Kaffee! Der stinkt so … mir wird schlecht … ich *halt* das nicht aus …«

So hatte sie mich noch nie angesehen (oder durch mich hindurchgesehen). Nicht nur, als würde sie mich nicht kennen, sondern auch, als bedrohe sie der Unbekannte. Mir fiel auf, daß sie sogar jetzt, während der Geburtswehen, die Betonung auf *halt* legte, wie sie es als Mädchen von ihres Vaters kuriosem Akzent übernommen hatte. »Ich *halt* das nicht aus.«

Ich schrak vor ihrer heftigen Reaktion zurück und brachte dabei den Hocker fast zum Umkippen. So schlecht konnte es jemandem also vom Gebären werden. Ich flüchtete auf den Gang, setzte den noch beinahe vollen Becher irgendwo auf eine Fensterbank und spülte mir auf der Toilette den Mund bestimmt fünf-, sechsmal mit Wasser aus, wobei ich solange gurgelte, bis meine Kehle ganz rauh war.

Als die Wehen wieder in voller Heftigkeit aufflammten, legten die Frauen Mirjam auf den Fußboden.

»Keinen Schreck kriegen, Mädel. So kannst du dich beim Pressen besser dagegenstemmen.«

Sie bekam ein Kissen unter den Kopf, und da lag sie nun

auf dem verkratzten Linoleum, drei kniende Frauen um sich herum. Die Wochenpflegerin wischte immer wieder kleine Stuhlmengen weg, die beim Pressen heraustraten. Die Gynäkologin legte ein Stethoskop an Mirjams Bauch. Sie ließ die Gebärende ebenfalls horchen, doch die schüttelte gequält den Kopf zum Zeichen, sie solle ihr die Bügel aus den Ohren nehmen: Alles empfand sie jetzt als Belästigung. Die Gynäkologin winkte mir: Ich sollte auch mal kurz lauschen. Lieber nicht, doch ich wollte nicht als desinteressierter Vater erscheinen. Ich kniete mich neben Mirjam und achtete, das Stethoskop am Kopf, darauf, meinen Atem anzuhalten (es war natürlich die surinamische Wurst, die mit dem Kaffee auf nüchternen Magen den gebärfeindlichen Geruch produziert hatte). Ich lauschte meiner werdenden Vaterschaft. Die Augen geschlossen, sah ich auf meiner Netzhaut einen kurzen Ausschnitt aus einem Dokumentarfilm über ein Korallenriff vorbeiziehen. Panikartiges Brodeln aufsteigender Luftblasen. *Flatsch, flatsch.* Ein unwahrscheinlich schneller, wäßriger Herzschlag. Akustisch schon mal eine Fehlgeburt.

Ich nickte und gab der Gynäkologin das Stethoskop zurück. Ich nahm meinen Platz auf dem Hocker neben der Tür wieder ein. Die Frauen berieten sich in gedämpftem Ton: ob es nicht langsam Zeit werde, die Fruchtblase zu sprengen. Kurz darauf hörte ich eine Flüssigkeit mit metallischem Geräusch in eine Schale tröpfeln ∴ schießen ... und wieder tröpfeln.

7

»Schau, Mädel, hier ist das Fruchtwasser.« Die Hebamme vom Fiat Panda hielt der todkranken Mirjam die Nierenschale vor die Nase. »Wenn es leicht rötlich aussieht – das kommt von einem bißchen Blut.«

Es war eine Station, auf der nichts ohne Beteiligung des Patienten geschieht. Der schwer durchhängende Körper meiner Liebsten ruhte auf Händen und Knien auf dem Boden, wie ein trächtiges Tier, bereit, sich in die Gebärhöhle zu schleppen. Die hinter ihr hockenden Frauen stießen aufmunternde Rufe aus. Ich dachte: Jetzt hat das eigentliche Gebären begonnen. Aber nein. Ihr Jubel galt den Exkrementen der werdenden Mutter. »Na los, Mädel, da ist noch mehr. Fang die Wehe auf und drück dabei.«

Eine Frau, die ein Wunder entfesseln wollte, mußte erst zeigen, daß sie alle Würde fallenlassen konnte.

Als Mirjam noch auf dem Bett gelegen hatte, hatten die Damen sich etwas bezüglich der Öffnung des Muttermunds zugeflüstert, die, wie mit Hilfe eines raschelnden Küchenhandschuhs festgestellt wurde, acht Zentimeter betrug. »Bei zehn fangen wir mit dem Pressen an.«

In noch gedämpfterem Ton wurde jetzt achteinhalb gemessen, was offenbar kein Hindernis darstellte, das Startsignal zum Pressen zu geben. Es mußte einen Grund für ihre Eile geben. Mirjam lag jetzt wieder rücklings und breitbeinig auf dem Boden.

»Du machst es prima, Mädel. Wir können schon ein Stück vom Schädel sehen … mit den Härchen …«

Das gefiel mir nicht. Zwischen den anwesenden Frauen, Mirjam ausgenommen, fand die ganze Zeit eine unauffällig gemeinte Form der Beratung statt, die sich durch beunruhigte Blicke und gehetztes Flüstern verriet. Ich verstand nur die Worte »das andere Bett«.

8

»Wenn jetzt gleich ein paar Leute reinkommen«, sagte die Gynäkologin zu Mirjam, »dann mußt du keinen Schreck kriegen, hörst du. Gynäkologen in Ausbildung. Wir sorgen schon dafür, daß sie sich verdeckt hinstellen.«

Das war ein Überfall. Ich war natürlich wieder zu schlapp, um zu protestieren. Der Raum füllte sich mit etlichen Mädchen in weißem Nylon, doch von verdeckt aufstellen keine Rede. Sie drängten sich um Mirjam. Die Ärztin erhob sich vom Boden und erteilte zweien der werdenden Gynäkologinnen den Auftrag, das Bett auf den Gang zu rollen. Kurz darauf schoben sie ein anderes Bett herein, das ganz offensichtlich noch mehr Zubehör aufwies.

Vielleicht weil sich die Reihen der Auszubildenden für einen Moment gelichtet hatten, sah ich plötzlich einen jungen Mann in weißem Kittel, der mit dem Rücken zu mir an einem Wandregal saß. Seine Haltung ließ erkennen, daß er wie ein Rasender schrieb. Mirjam wurde von sechs Armpaaren aufs neue Bett gehoben und ermahnt, das Pressen mit doppelter Kraft fortzusetzen. Von Zeit zu Zeit wandte sich der weißbekittelte junge Mann auf seinem Drehhocker der Geburtsszene zu und kritzelte dann weiter auf dem Klemmbrett, das er mit dem Knie stützte.

Vielleicht lag es an meinem Schlafdefizit, daß meine Aufmerksamkeit für kürzere oder längere Zeit nachließ (oder sich verfinsterte). Im Zimmer herrschte jetzt die Art von Panik, die die Anwesenden nicht lähmte, sondern im Gegenteil zu grimmigem, zielgerichtetem Handeln trieb.

»Jaaa-aah …!« ertönte es plötzlich aus vielen Kehlen gleichzeitig. Meine Erinnerung sagt mir über all die Jahre hartnäckig, das ungewaschene Neugeborene sei mir mit dem Riesenschwung einer blutigen, behandschuhten Hand in den Schoß geworfen worden. Nie würde ich das klatschende Geräusch vergessen, mit dem das Baby in all seiner Klebrigkeit auf meinem Oberschenkel landete. Es bestand eher eine Ähnlichkeit mit Schmeißen, weil das Kind so leblos wirkte und außerdem bläulich aussah.

Keiner hatte gerufen, daß es ein Junge sei. Ich mußte es selbst feststellen. Die Konsternation hielt an. So viele Frauen beugten sich über das Bett, daß ich Mirjam nicht sehen konnte.

Die folgenden Beobachtungen entnehme ich wörtlich meinen Tagebuchnotizen vom 15. Juni 1988, weil ich auf diese Weise Tonios Geburt am nächsten komme:

»Mit all den geschwollenen, passiv herunterhängenden Gliedmaßen erinnerte mich das kleine Scheusal an ein Bündel Mohrrüben oder noch eher an eine Handvoll bleichblauer Würstchen, wie sie beim Schlachter hängen. Einen halben Moment lang Panik: Totgeburt. Doch im Umdrehen stupste die Hebamme den Kleinen schnell in die Rippen – ein routinierter, fast hinterhältiger Stoß, der unseren Sohn zum Kreischen brachte. Wegen seinem durchdringenden Geschrei kamen auch mir Tränen – endlich. Ich stieß mit dem Zeigefinger an das Puppenfäustchen. Die kleinen Finger schraubten sich klebrig um ihn. Der kleine Junge hatte seinen ersten Halt.«

Das Baby wurde mir abgenommen, denn es mußte gewaschen werden. Endlich durfte ich Mirjam einen Kuß geben, um sie zum schönsten Kind aller Zeiten zu beglückwünschen. Die Gynäkologinnen in Ausbildung jetzt plötzlich in ehrerbietigem Abstand, entschuldigte sich die Ärztin für den chaotischen Ablauf. Nun traute sie sich zu gestehen: Beim letzten Abhören mit dem Stethoskop hatte sie kaum noch Herztöne aufgefangen, so daß man trotz noch nicht ganz vollständiger Öffnung des Muttermunds beschlossen hatte, Mirjam zum Pressen aufzufordern. Weil eine künstlich eingeleitete Geburt nicht auszuschließen war, hatte sie den Auftrag gegeben, ein Spezialbett bereitzustellen.

So wie Mirjam da lag, völlig erschöpft, grau und feucht wie ein Spültuch, fragte ich mich, ob sie sich je wieder erholen würde. Seit ich als Schuljunge die erste Seite von Ferdinand Bordewijks Roman *Charakter* gelesen hatte, wo die junge Mutter von Jacob Katadreuffe im Wochenbett von einem Augenblick zum anderen unwiderruflich verwelkt, hatte mir dies stets als Schreckensbild vor Augen gestanden: Vater zu werden und die eigene Frau noch während der Niederkunft um zwanzig Jahre altern zu sehen.

Die Nachgeburt war noch nicht ausgestoßen, doch die Nabelschnur kringelte sich auffällig hervor. Die Ärztin reichte mir eine gebogene Schere. »Bei uns ist es Sitte, daß der Vater die Nabelschnur durchtrennt. Heute ist nicht alles gelaufen, wie es sollte. Es mußte alles schnell gehen.« Sie brachte zwei Klemmen dicht nebeneinander an der Schnur an. »So? Zwischen den Klemmen durchschneiden ... ja, genau.«

Es knirschte ekelhaft.

»Sie bekommen gleich ein Stück der Nabelschnur mit. In Plastik versiegelt. Zum Aufbewahren.«

Gemeinsam mit ihr schaute ich zu, wie das Baby gewaschen und nach dem Abtrocknen (eher Abtupfen) gewogen wurde. Es war dreieinhalb Wochen zu früh geboren und wurde für zu leicht befunden. Das Ergebnis des Wiegens wurde dem weißbekittelten Mann mitgeteilt, der nach wie vor alles aufschrieb. Gewicht, Länge, die einzelnen Zeitpunkte während des gesamten Ablaufs ... Zwischen höherer Schule und Universität hatte ich in einer Eindhovener Maschinenfabrik ein halbes Jahr lang einen Job als »Zeitschreiber« gehabt. Vielleicht hieß die Funktion dieses Mannes auch so. Als Geburtszeit vermerkte er 10.16 Uhr.

9

»Schon einen Namen für ihn?« fragte die Gynäkologin.

»Ach, all die schönen Mädchennamen ...« sagte ich. »Wir waren uns so sicher, daß es ein Mädchen wird. Tonio. So heißt er jetzt eben. Nicht Esmée. Tonio. Hallo, Tonio.«

Während ihm eine Pamper umgelegt wurde, weinte er dünn und doch rauh. Mirjams Stimme, die schwach nach mir rief, übertönte ihn kaum. Ich ging zu ihr.

»Ich habe das Denkmal gerade enthüllt«, sagte ich. »Gut gemacht, Kleines ... tolle Leistung ...«

Ich küßte ihre nasse Wange. Die Frauen erlösten Mirjam von der Nachgeburt. Als bestimme sie eine Blume, begann die Gynäkologin, die Plazenta vor unseren Augen auseinanderzunehmen und einen schrecklich nüchternen Kommentar dazu abzugeben, wie der Fötus in der Gebärmutter gewohnt hatte. Mir wäre es lieber gewesen, den Mythos der Nachgeburt noch etwas beizubehalten. Eine Tante, die als Schwester auf einer Entbindungsstation gearbeitet hatte, berichtete einmal, daß einige Kolleginnen heimlich Plazentas mit nach Hause nahmen, um sie ihrem Hund zu verfüttern (genauso wie sie abgepumpte Milch in ihren Tee rührten). Einen Moment lang fürchtete ich, die Ärztin könnte vorschlagen, die Nachgeburt gemeinsam als Mittagsimbiß zu verschmausen – was vielleicht wieder eine Rückkehr zum Mythos bedeutet hätte.

Mirjam durchstand tapfer das Nähen der eingerissenen Stellen. Im Rollstuhl, der für diese Gelegenheit mit einer Art Löschpapier ausgelegt worden war, wurde sie später zum Duschen gefahren. Die Ärztin nahm mich beiseite.

»Vor allem wegen des Untergewichts möchten wir das Baby noch eine Weile hierbehalten ... im Brutkasten ... zur Beobachtung. Sie können es sich dort gleich anschauen.«

10

Die blonde Schwester kam und fragte, ob wir etwas bräuchten. Nein, es war noch genug Wasser in der Karaffe, und von dem Kaffee hatte ich fast nichts getrunken, nachdem Mirjam mich daran erinnert hatte, wie er in unerwünschten Momenten stinken konnte.

»Vielleicht eine Beruhigungstablette?«

Ja, die wollte Mirjam. Die Schwester kam kurz darauf munter zurück mit einer Handvoll einzeln verpackter Pillen. »Der Chef des Traumateams«, sagte sie, »kann jeden Moment hier sein.«

»Ich habe gehört«, sagte Dr. G., der Traumatologe, »daß es auf der Stadhouderskade in der Kurve beim Vondelpark passiert ist. Eine gräßliche Stelle, bei uns hier berüchtigt. Wir müssen relativ viele Unfälle von dieser Kreuzung behandeln.«

Dr. G. war ein großer, schlanker Mann, Professor für Chirurgie. Er trat selbstsicher auf, stellte sich uns aber mit einer gewissen Scheu vor. In seinem Blick lag Mitleid mit den Eltern: Im Gegensatz zu uns hatte er Tonios Verletzungen gesehen, die inneren wie die äußeren. Er hatte die Gelegenheit gehabt, die Lebenschancen des Jungen zu beurteilen.

»Ich werde Ihnen nicht mehr Hoffnung machen, als realistisch ist«, sagte er, ohne sich zu setzen. »Sein Zustand ist nach wie vor kritisch. Ich habe die Milz entfernen müssen ... sie war sehr stark beschädigt. Zuerst habe ich nur die Hälfte weggenommen, danach den Rest. Er hat durch den Aufprall ein schweres Lungentrauma. Die Lungen haben sich ganz mit Blut vollgesogen. Das ist um so schlimmer, als er auch schwere Hirnverletzungen hat. Wir haben seinen Schädel rechts geöffnet, weil auf der Seite das Gehirn anschwoll. Es braucht dringend Sauerstoff, aber die Lungen produzieren den nicht mehr ... Die nächsten Stunden werden zeigen, ob er es überhaupt schafft.«

Während er sprach, mit ruhiger Stimme, saß Mirjam zitternd dicht neben mir. Hier wurde sehr detailliert ein neues Bild des Kindes dargelegt, das sie geboren hatte.

»Ich gehe jetzt in den OP zurück«, sagte Dr. G. »Wenn es irgendeine neue Entwicklung gibt, erfahren Sie es natürlich. Ich komme nachher sowieso noch einmal vorbei, bevor ich nach Hause gehe.«

Es war absurd, daß man uns hierher gebracht hatte, ohne daß wir zu Tonio durften. Ein ganzes Team maskierter Experten beugte sich über seine freigelegten inneren Organe und steckte saugende Schläuche in ihn, Tampons, Skalpelle, Zangen, Klammern. Vielleicht aber brauchte er am dringendsten Mirjam und mich, einfach, um seine Hand zu halten.

An diesem Tag assoziierte ich das AMC zum erstenmal seit langem nicht mit Champagner. In den Jahren 2005 – 2007 bekam ich meine Wunderpille in der Endoskopie-Abteilung des Trakts Magen, Darm & Leber verabreicht, unter Aufsicht von Professorin Lisbeth. Weil auch Änderungen im Berufsleben der Versuchskaninchen gewissenhaft vermerkt wurden, hatte ich treuherzig angegeben, mein neuer Roman sei fertig und ich würde versuchen, die alkoholischen Festivitäten darum herum auf ein Minimum zu beschränken. Bei meinem nächsten Besuch saß ich nach dem Blutabzapfen und Wiegen noch mit angelegter Blutdruckmanschette da, als die Tür aufflog und Professorin Lisbeth mit einem Tablett hereinkam. Darauf stand nichts Medizinisches, sondern ein Kühler mit einer Flasche Champagner und drei Flöten. Es war das erste Mal, daß ich in einem Krankenhaus das Knallen eines Champagnerkorkens hörte, gefolgt vom Schäumen des Weins und dem Klirren der Gläser.

»Auf das neue Buch …!« Lisbeth hatte ihren weißen Kittel noch an, aber das machte es um so festlicher. Ihre Assistentin Ellen hatte mir gerade, Röhrchen für Röhrchen, einen Vierteliter Blut abgezapft, eine kleine Stärkung konnte ich also gut gebrauchen. Der unerwartete Empfang rührte mich, und erst dort, in diesem Behandlungszimmer, wurde mir wirklich bewußt, daß die Riesenarbeit tatsächlich geschafft war. An den leuchtenden Augen der Damen ließ sich ablesen, daß dies auch für sie ein Glücksfall war.

12

Tonios Ankunft machte dem jahrelangen Dilemma ein Ende, das die Fortpflanzung sabotiert hatte, doch meine Angst, das Kind zu verlieren, war damit keineswegs ausgeräumt. Mein atemloses Streben würde fortan darauf gerichtet sein, meinen Sohn unversehrt durch die Welt zu lotsen, durch alle Krisen und Gefahren.

Viel zu spät nach der Geburt wies man uns eine Wochenbetthilfe zu, und ich hatte den Eindruck, Mirjam ließ das Mädchen, damit es sich nicht überflüssig fühlte, Dinge tun, die sie selbst schon längst wieder konnte. Die Hilfe kam alle naslang in mein Zimmer, um mir Fragen zu meiner Arbeit zu stellen. Es war ihre Form, mit Männern zu flirten, die ihrer Vermutung nach durch die Schwangerschaft und das Wochenbett ihrer Ehefrau ein großes Defizit an fleischlicher Zuwendung hatten. Kurz und gut, sie legte ihren Aufgabenbereich großzügig aus.

Es war der sechsundzwanzigste Juni 1988. Wo nun das junge Ding schon mal im Haus war, um Mirjam beizustehen und auf das Baby aufzupassen, konnte ich schnell mal zur Siegesfeier.

Der Grachtengürtel war vom Mittelalter bis zum Goldenen Jahrhundert in einer zentrifugalen Bewegung entstanden, entwickelte an diesem Tag jedoch eine zentripetale Kraft. Das ganze in Orangerot und Rot-Weiß-Blau ausstaffierte Volk strömte, wie von einem drängenden Wind geschoben, in die Innenstadt. Um mir nicht ganz wie ein zum Fußball bekehrter Idiot vorzukommen, ließ ich möglichst viele Fans vorbei und schlenderte währenddessen mit dem Gehabe eines Spaziergängers ohne Ziel dahin. Ich hätte gern Tonio im Triumph vor mir her geschoben, doch Mirjam hatte es mir nicht erlaubt. Sie hatte ohnehin Angst vor drängenden Menschenmengen. Da war der Gedanke an einen plattgedrückten Kinderwagen vollends unerträglich.

Die nach Australien ausgewanderte Tante war Ende der fünfziger Jahre für zwei Monate nach Eindhoven zurückgekehrt, unter anderem um dort noch einmal so richtig Karneval zu feiern. Sie hatte sich als Mexikaner verkleidet, mit einem regenschirmgroßen Sombrero, und sich außerdem das

Gesicht mit angefeuchtetem Muckefuck hellbraun getönt, einem Zichorienprodukt, das fünfzehn Jahre nach dem Krieg von meiner Armeleutefamilie noch immer als Geschmacksverstärker verwendet wurde. Ich weiß nicht, ob es Muckefuck war, womit sich die Fans, die mich links und rechts überholten, die Gesichter mokkafarben getönt hatten, die Rastaperücken ließen jedenfalls keinen Zweifel zu: Sie stellten Ruud Gullit dar.

Eine etwas weißhäutigere Gesellschaft, in aus der niederländischen Fahne gefertigten Kitteln, trug ein ausgerolltes Spruchband. Der Text, in Großbuchstaben wie mit Teer hingepinselt, erinnerte an die Antiatomwaffendemonstration von 1981 und an den jüngsten Sieg über die Russen: KEIN RUSSE MEHR IN UNSEREM GARTEN, und darunter, in kleineren Buchstaben: JETZT GÄRTNERN SIE IN SIBIRIEN.

Die meisten Spiele der Europameisterschaft '88 hatte ich mir, Tonio auf dem Schoß, angesehen, in einem nie zuvor erlebten Wohlbehagen. Jetzt ging ich ledig und allein Richtung Zentrum. Als ich fünf, sechs Jahre alt war, schleppte ich unsere Katze manchmal eine Stunde in meinen Armen herum. Wenn sich das Tier dann aus meinem Griff befreite, fühlte ich sein Gewicht, sein Fell und die Schaukelbewegungen noch eine ganze Weile in meinen Armen, wie Kribbeln: als ob ich den unsichtbar gewordenen Körper weitertrüge. Ich bildete mir ein, daß mir das gleiche jetzt mit dem Baby passierte. Zu Hause hatte ich Tonio im Zimmer herumgetragen. Ich hatte mich mit ihm in den Armen vor einer der Lautsprecherboxen hingekniet, um dem Oboensolo zu lauschen. Jetzt kribbelte sein Abdruck in meinen Armbeugen weiter – nur ohne die Wärme.

Ein Gefühl des Verrats: Ich hatte das Nest verlassen. Mutter und Kind waren jetzt der unzuverlässigen Wochenbetthelferin ausgeliefert.

Auf dem Museumplein erwarteten schätzungsweise weitere hundertzwanzigtausend überdrehte Fans die Helden. Wie hatten sie sich so schnell von den Brücken hierher begeben können? Oder hatte die Menge hier bereits die ganze Zeit unter Einsatz der Ellbogen die besten Plätze verteidigt? Die Vordrängler an den Grachten hatten ihren Götzendienst hier und da mit nassen Klamotten bezahlen müssen, doch hier auf dem Museumplein waren Fans bereit, vor Ekstase ihr Leben für einen Kuß auf den Saum des Nationaltuchs zu geben. Doch die bereitwillig geöffneten Lippen wurden von den scharfkantigen Gittern ganz vorn, bei der Tribüne, gespalten.

Mir war nicht ganz klar, ob die kräftigen Wasserstrahlen dazu dienen sollten, die anrückenden Horden zurückzutreiben, oder um den Menschen, die an den Absperrungen plattgedrückt zu werden drohten, etwas Abkühlung zu verschaffen. Ohnmächtige Fans wurden wie aufgefangene *stagedivers* über die Köpfe hinweg an ruhigere Stellen befördert.

Ich erinnerte mich noch an die Fernsehbilder aus dem Heizelstadion einige Jahre zuvor. Bloß weg hier. Ich hatte das Nest zu lange unbeaufsichtigt gelassen. Da, das Concertgebouw, dann war ich schon fast zu Hause.

13

»Sollten wir nicht Jim anrufen?« fragte ich Mirjam. »Der arme Junge versteht bestimmt nicht, warum Tonio nicht nach Hause gekommen ist.«

Wir saßen auf dem Innenhof in der Sonne.

»Ich weiß nicht«, sagte Mirjam. »*Wenn* er schläft, dann um diese Zeit.«

»Jim kann noch so viele Schlafprobleme haben, aber er muß doch wissen, was mit Tonio passiert ist.«

»Ich ruf seine Mutter an.«

Mirjam ging mit ihrem Handy zur Mitte des kleinen, plat-

tenbelegten Platzes. Kurz darauf sah ich sie, der Rücken gekrümmt, telefonieren. Mit der freien Hand wischte sie sich
unaufhörlich Tränen aus dem Gesicht. Die Pfingstsonne
stand weiterhin ungerührt über dem Gebäudekomplex und
trocknete ihre Finger.

»Jims Eltern«, berichtete sie kurz danach, »fahren nach De
Baarsjes und erzählen es ihm selbst. Weißt du was, ich ruf
Hinde an. Ich bitte sie herzukommen. Mit Frans.«

Mirjam rief ihre Schwester an. Für mich unverständlich
sprechend, ging sie an den Betonblumenkübeln entlang.

»Hinde kommt. Sie nimmt ein Taxi.«

»Und dann holt sie Frans ab?«

»Frans ist in Spanien. Mit Mariska und dem Kleinen. Sie
fliegen morgen zurück.«

(Nachdem Hinde ihre Wohnung am Vondelpark verlas-
sen hatte, sorgte ihre Erscheinung am Overtoom, wo sie ein
Taxi anhalten wollte, für ein Rätsel. Obwohl sie schon vor
Jahren aufgehört hatte zu rauchen, stand sie jetzt, am Sonntagmorgen, mit einer langen Filterzigarette im Mund wie eine
Nachteule da und gestikulierte in Richtung der vorbeifahren-
den Taxis. Genau in dem Moment kam das Auto unserer
Freundin Nelleke vorbei, die unsere gemeinsamen Freunde
Allard und Annelie nach Schiphol bringen wollte. Sie hatten
keine Zeit, anzuhalten und Hinde nach ihrem neuen, geheimen Leben zu fragen, denn sie waren bereits spät dran, und
das Flugzeug nach Hongkong wartete nicht.)

14

Ich war so glücklich über Tonios Ankunft, daß ich ihn von
Anfang an soweit wie möglich an meiner Jubelstimmung
teilhaben lassen wollte. Dazu gehörte Musik. Mit dem erst
wenige Wochen alten Baby hockte ich mich vor eine meiner
Lautsprecherboxen, aus denen das Bachsche Oboenkonzert
gellte. Die Lautstärke war beträchtlich, doch das schien dem

Kleinen nichts anzuhaben. Er war gerade gefüttert worden, und ich hatte ihn mir auf die Schulter gelegt, bis sich ein säuerliches Bäuerchen in meinen Nacken ergoß. Wenn in China Frauen erfolgreich zu den langsamen Bach-Teilen niederkamen, würden die auch gut für die Verdauung des Säuglings sein. Tonio sah sehr zufrieden aus, sein entspanntes Gesicht schien zu lächeln.

Das Ritual des gemeinsamen Niederhockens vor dem Lautsprecher, wobei ich das Baby sanft schaukelte, vertrug viele Arten von Musik. Wenn meine Oberschenkelmuskeln zu zittern begannen, stand ich auf, um mit dem Kind in den Armen durchs Zimmer zu tanzen. Manchmal hing es beinahe frei in der Luft, lediglich von meinen Fingerspitzen gestützt, auf denen ich den kleinen Körper balancierte. Wenn die Musik (zum Beispiel ein Menuett) Anlaß dazu gab, wirbelte ich Tonio mit weitausholenden Schwüngen herum, soweit meine Arme reichten. Und hin, hoch hinauf ... und wieder zurück, nach unten ... durchs Tal ... und dann mit einem Bogen nach oben ...

So tanzte ich wie in einem Rausch (und vielleicht hatte ich bei Tisch auch etwas Wein getrunken). Ich ging davon aus, daß sich das Baby in meinen schwingenden Armen genauso zufrieden fühlte wie zuvor, auf meinem Oberschenkel, vor der Lautsprecherbox. Bis ich es einmal unterließ, in meiner Verzückung die Augen zu schließen, und direkt in Tonios Gesicht blickte. Bei jedem Schwung schräg aufwärts verzogen sich seine Gesichtszüge zu einer kleinen, molligen Maske der Angst, mitsamt heruntergezogenen Mundwinkeln und weit aufgerissenen Augen. Gott weiß, wie oft er vor Todesschreck schon so eine Miene aufgesetzt hatte, ohne daß ich es mitbekommen hatte.

Ich hörte sofort auf, ihn umherzuschwenken und -zuwirbeln, und drückte den Kleinen sanft an mich. »Oh, wie dumm von mir, lieber Tonio, dich so unsanft zu schaukeln ... Sorry, sorry.«

Er weinte nicht, und sein Gesicht hatte wieder ungefähr den entspannten Ausdruck wie kurz nach dem Füttern. Es dauerte Monate, bevor ich wieder mit ihm zu tanzen wagte, wobei ich ihn dann ängstlich senkrecht an meine Brust drückte. Die Erinnerung an das verzerrte Altmännerköpfchen in Todesnot sollte ich nicht so schnell loswerden. Mirjam hatte ich es nie erzählt. Um ein Haar hätte ich es jetzt getan, auf dem Innenhof der Intensivstation.

»Minchen, mir fällt gerade etwas ein … nur eine kleine Erinnerung …«

»Hauptsache, sie betrifft nicht Tonio«, sagte sie. »Das wird mir jetzt wirklich zuviel.«

»Ach, laß nur. Ein andermal.«

Es kostete mich wenig Mühe, die Anekdote für mich zu behalten, denn ich sah jetzt plötzlich das Gesicht des *erwachsenen* Tonio in Todesnot auf der Schattenseite des kleinen Platzes aufleuchten. Es hatte genau die Züge des Säuglings im Sommer '88 – das schnelle Zittern um Augen und Mund, die Rötung, den Ausdruck höchster Angst. Nur flog er jetzt nicht in meinen Armen in Richtung Decke, sondern schoß von seinem Fahrrad über die Motorhaube des plötzlich aufgetauchten Fahrzeugs und dann weiter, in einer schnellen Rutschbewegung über das Autodach …

KAPITEL IV

Das Schulhaus

1

»Laß uns wieder zurückgehen«, sagte ich zu Mirjam. »Sonst findet Hinde uns nicht.«

Der hoch umschlossene Innenhof erzeugte eine immer stärkere Klaustrophobie in uns, was jedoch in dem kleinen Raum, in dem der Geruch von abgestandenem Kaffee hing (für ewig mit Tonios Geburt verbunden), nicht besser wurde. Hinde ließ lange auf sich warten. Auf der Uhr über der Tür war es halb eins.

2

In Tonios erstem Lebensjahr gelang es mir ganz gut, ein durchschnittlich arbeitsames Leben zu führen, das meiner kleinen Familie gewidmet war. Alarmierend war nur, daß die Verwalter von Huize Oldehoeck in der Jacob Obrechtstraat, die Brüder Warners (oder The Warner Brothers von der Amsterdamer Schule, wie wir sie nannten), das von ihrem Onkel entworfene Apartmentgebäude, das niemals abzustoßen sie uns geschworen hatten, an eine Vermögensverwaltungsfirma verkauften. Von dem Zeitpunkt an baute man jede frei werdende Wohnung rigoros um, wobei jedes Ornament, das an das ursprüngliche Amsterdamer-Schule-Interieur von 1924 erinnerte, verschwand. Die umgestaltete Wohnung wurde dann zum dreifachen Preis an einen neuen Bewohner vermietet – vorzugsweise an einen Angehörigen des Diplomatischen Corps im Umkreis des Museumplein, denn so einer feilschte nie um den Mietpreis und blieb auch nie länger als ein paar Jahre, wonach die Miete für den nächsten Konsul oder dessen rechte Hand weiter heraufgesetzt werden konnte.

Infolge der hohen Mieterfluktuation fanden in Huize Oldehoeck jedesmal in zwei Wohnungen gleichzeitig Renovierungsarbeiten statt. Im Lift oder auf der Treppe (deren dunkelvioletten Marmor man noch nicht herausgerissen hatte) begegnete ich immer häufiger einem grau eingestaubten Mann in Jeansanzug und Cowboyhut: dem Bauleiter des gesamten Projekts und, wie sich später herausstellte, einem der neuen Verwalter.

»Von dem würde ich keinen Gebrauchtwagen kaufen«, sagt man gelegentlich von einer nicht vertrauenswürdigen Person. Nun, von diesem Cowboy in Denim würde ich nicht mal einen neuen annehmen, und wenn man mir noch etwas dazubezahlte. Obwohl jünger als ich, hatte er tiefe Falten zwischen Nasenflügeln und Mundwinkeln, und die verliehen ihm das Gesicht eines traurigen Wolfs, mit dem er überaus mitfühlend und schuldbewußt dreinschauen konnte, leicht schräg, wie ein Hund, der die Menschensprache seines Herrchens zu ergründen versucht. Wenn ich mich über den Baulärm beschwerte, weil ich schließlich zu Hause arbeitete, kroch er in sich zusammen vor Servilität. Der Mann hatte ein schlechtes Gewissen – und war weiter auf seinen Vorteil bedacht. Er bot mir kriecherisch, händeringend seine Hilfe dabei an, die Störungen zu beschränken. Währenddessen änderte sich nichts, außer daß der Cowboy meine Achillesferse immer besser kennenlernte. Ich stelle mir im nachhinein vor, daß sein Händeringen in Händereiben überging, sobald ich außer Sicht war: Er wußte, wie er die van der Heijdens aus ihrer Wohnung, der vielleicht schönsten und größten des ganzen Oldehoeck, vertreiben konnte. Einfach den Baulärm verstärken.

Meinerseits mit einem schlechten Gewissen mietete ich, um meine Arbeit nicht länger unter dem Krach leiden zu lassen, ein Zimmer am Kloveniersburgwal, ein paar Häuser von dem Gebäude entfernt, in dem Mirjam und ich '84 und '85 so glücklich gewesen waren. Ich machte mir selbst (und Mirjam) weis, daß ich dort gut zurechtkäme. Ich fuhr jeden Morgen mit der 16 hin, doch was ich dort hauptsächlich entwickelte, war eine unglaubliche Rastlosigkeit. Mit Schere und Leim machte ich auf Karton vom Format DIN A3 eine möglichst vollständige Montage aus allen Notizen zum neuen Roman, die sich im Laufe von drei Jahren angesammelt hatten – auch die beschriebenen Bierdeckel, wodurch das einen halben Meter hohe Manuskript von der Seite einen stark gewellten Anblick bot. Ich redete mir ein, auf der Basis dieses rohen, aber in zwingender Reihenfolge zusammengeklebten Materials eine definitive Fassung direkt auf der Schreibmaschine erstellen zu können.

Je höher das Bierdeckelmanuskript, um so lähmender meine Schwellenangst. Nach dem Gebastel mit Schere und Klebstift passierte nichts. Ja, ich schrieb erotische Briefe, angeblich um mich für die große Arbeit warmzulaufen. (Zugegeben, aus diesen Episteln sind viel später Passagen in den Roman eingeflossen.) Ich hatte unsere Mietbelastung ungefähr verdoppelt und meine Verantwortung als Oberhaupt und Ernährer der Familie halbiert. Zu Hause waren Mirjam und der Kleine den Launen des Verwaltercowboys ausgeliefert. Wenn ich die Etage am Kloveniersburgwal am Nachmittag verließ, dann nicht immer um über die Oude Hoogstraat und die Damstraat zu den Straßenbahnhaltestellen am Kaufhaus Bijenkorf zu gehen und dort die 16 nach Hause zu besteigen. Ich durchquerte immer häufiger, gehetzt, das Rotlichtviertel in Richtung Spui mit seinen Kneipen.

Das Frühjahr '89 verlief so in einer Art gepolsterter Leere. Die Unruhe siegte. Was war falsch gelaufen bei meiner Entscheidung für das »normale«, unauffällige Leben als treusorgender Vater und Ehemann? Der Kneipenbesuch zeitigte ebenfalls selten etwas Spektakuläres, abgesehen von den hohen Rechnungen.

3

So warm es auch war, Mirjam zitterte sacht und gleichmäßig – ein Mittelding zwischen Beben und Frösteln. Sie blickte starr, sofern ihr schwankender Kopf es zuließ, wie jemand, dem es übel ist und der sieht, wie sich der Raum dreht, auf einen Punkt vor sich auf den Boden, um sich nur ja nicht übergeben zu müssen.

»Minchen, mir ist gerade was eingefallen ... Frühjahr '89, dieses Arbeitszimmer am Kloveniers, das war alles großer Mist.«

Mirjam sah nicht auf, gab keine Antwort.

»Ich war tief enttäuscht. Huize Oldehoeck, in dieser riesigen Wohnung mit dir und Tonio glücklich zu werden, das hatte ich mir in den Kopf gesetzt. Wie du. Und dann war auf einmal dieser Großkotz mit seinem Cowboyhut und dem Abrißhammer da. Weißt du noch?«

Mirjam nickte, aber es war nicht erkennbar, ob sie wirklich zuhörte.

»Ich verstehe meine eigene Desillusionierung«, fuhr ich fort. »Aber das war keine Entschuldigung dafür, in die Kneipe zu gehen und so viele Abende mit Tonio zu verpassen ... diese schöne Stunde, bevor er ins Bett gebracht wurde ... Wie er holterdiepolter auf Knien und Ellbogen auf mich zugekrabbelt kam, sowie ich in die Diele trat. Er hat immer gelacht.«

Mirjam legte ihre Hand auf meinen Oberschenkel und kniff kraftlos hinein. »Quäl dich nicht so«, sagte sie leise.

Mitte Juni '89 ließ ich ein Taxi zum Kloveniersburgwal kommen. Das Zimmer war zum ersten Juli gekündigt. Ich lud meine Sachen in den Kofferraum, mit Ausnahme des zusammengeklebten Manuskripts, das ich auf der Rückbank bei mir behalten wollte. Als ich es die Steintreppe hinuntertrug, merkte ich erst, wie schwer es war, auch vom Klebstoff natürlich.

Ich wollte die Art von Urlaub, wie ich sie mir am Ende eines arbeitsreichen Jahres vorgestellt hatte: ruhig, ohne Trinkorgien oder waghalsige Fahrten mit Speedbooten und Wasserskis. Ein zärtliches Zusammensein mit meiner kleinen Familie, von der Sonne in den Schatten und wieder zurück. Ein wenig schwimmen und spazierengehen. Nichts Exzentrischeres als eine Flasche kalten Rosé zum Mittagessen unter einem Sonnenschirm. Nachdenken über die nach dem Sommer anzupackende Arbeit ... endlich wieder mit einem Füller schreiben, nicht mit einem Klebestift ...

Schöne Visionen, aber es war Mirjam, die sich auf die Suche nach einem Haus in Frankreich machte, das wir für sechs Wochen mieten konnten. Sie fand eine ehemalige *maison d'école* in der Dordogne, ganz in der Nähe des mittelalterlichen Städtchens Monpazier. Das Haus, das zur Gemeinde Marsalès gehörte (alle älteren Einwohner hatten diese Schule einst besucht), lag nicht weit von einem Campingplatz entfernt, auf dem viele niederländische Familien Urlaub machten. Zu ihm gehörte ein künstlicher Badesee mit einem Sandstrand, an dem Tonio würde spielen können. Bescheidener ging es nicht, und es war genau das, was uns vorgeschwebt hatte. Zumindest mir.

Wir reisten per Bus, der frühmorgens am Stadionplein abfuhr. Hintendrin war Platz für Fahrräder. Mirjam hatte ihr Rad samt Kindersitz mitgenommen: Dann waren wir etwas mobiler mit dem Kleinen, der gerade seinen ersten Geburtstag gefeiert und vor kurzem begonnen hatte, das eigenständige Laufen zu üben.

Für die Nacht hatte ich für uns bei der Reiseleitung (das heißt: den beiden einander abwechselnden Fahrern) zwei Plätze hinten im Bus ausbedungen, so daß ich etwas bequemer mit meinem kleinen Sohn auf der zur Matratze umgeklappten Rückenlehne liegen konnte.

Nach eineinhalb Stunden Schlaf setzte Tonio sich auf. Der Bus raste, nach meinem Eindruck viel zu schnell, durch die französische Nacht. Die Augen weit geöffnet, den Schnuller festgesaugt im Mund, richtete Tonio den Blick unverwandt auf die breite Frontscheibe am Ende des Gangs. Dort donnerte mit hoher Geschwindigkeit die Welt herein: schwindelerregende Schattenblöcke, die Scheinwerfer der entgegenkommenden Fahrzeuge, die sich hierhin und dahin windende Tüpfellinie der Straßenlaternen ... Der kleine Körper schaukelte im Einklang mit der Radfederung. Ich hielt, auf die Handflächen gestützt nach hinten gelehnt, meine Beine locker um Tonio geschlungen, um ihn in unerwarteten Kurven vor dem Fallen zu bewahren. Er schaute gierig, neugierig, aber auch wachsam und sogar ein wenig ängstlich. Manchmal drehte er den Kopf kurz und fragend in meine Richtung, als verlange er eine Erklärung, was dieses rastlos dahinjagende Schlafzimmer voll unbekannter Menschen zu bedeuten habe.

»So, mein lieber Junge ... jetzt wollen wir noch ein bißchen schlafen.«

Jedesmal wenn ich ihn mit sanfter Hand zwang, sich hinzulegen, federte er wie ein Stehaufmännchen hoch und richtete seine großen Augen wieder auf die Windschutzscheibe. Er *mußte* einfach schauen.

Vielleicht unterschätzte ich die Furchtsamkeit eines Einjährigen. Es hatte zur Folge, daß ich selbst keine Ruhe mehr fand. Natürlich, Busunglücke passierten immer anderen, die, den verantwortlichen Reiseveranstaltern zufolge, »zum falschen Zeitpunkt am falschen Ort« waren, nie uns selbst. Aber auch die Fahrer dieses Reisebusses fuhren viele Stunden ohne Ruhepause, das hatte ich inzwischen gemerkt. Bei einer Pinkelpause an einer Raststätte trieb der Beifahrer die Fahrgäste in Richtung Toiletten und von dort sofort wieder zurück zum Bus, der währenddessen, mit dem Fahrer vom Dienst am Steuer, brummend und vibrierend auf hohen Rädern wartete. Das verkürzte in Verbindung mit der erhöhten Geschwindigkeit die Reisezeit erheblich, ohne die Entlohnung für die Fahrer zu schmälern.

Tonio und ich verbrachten den größten Teil der Nacht wach. Ich sah ihn an, und er ließ kein Auge von dem Gewimmel auf der Straße. Langsam kam wieder Bewegung in seinen Schnuller, der wie festgewachsen in seinem Mund gesteckt hatte und den ich ihm von Zeit zu Zeit förmlich entreißen mußte, um ihm Wasser aus einer Saugflasche zu trinken zu geben. Jetzt *nuckelte* er, was bedeutete, daß er sich entspannte. Es wurde hell über den Hügeln, die den östlichen Horizont bildeten, und Tonios Lider begannen schwer zu werden. Um die Zeit, als die Sonne sich zeigte, lag Tonio in tiefem Schlaf. Ich bettete ihn vorsichtig zwischen meine Beine. Der Mechanismus des Stehaufmännchens funktionierte nicht mehr. Er schlief bis zu unserer Ankunft in Marsalès. Offenbar waren für seine kleine, ängstliche Seele mit dem Morgengrauen die Gefahren der Nacht gewichen.

Oh, Tonio, verdammt noch mal ... hättest du nur heute früh, als es noch nicht hell war auf der Stadhouderskade, die gleiche Wachsamkeit aufbringen können.

5

»Was für ein gräßlich weitläufiger Komplex.« Hinde trat gehetzt in den Warteraum. »Ich hab mich total verirrt.«

Sie hatte ein fahles Gesicht mit großen, ängstlichen Augen. »Als erstes schon mal setzt der Taxifahrer mich am falschen Eingang ab.«

Ihre Hand umklammerte ein Päckchen Zigaretten. »Ja, ich *mußte* was zu rauchen haben. Sonst übersteh ich den Tag nicht.«

Ich schlug vor, wieder hinauszugehen, damit sie sich eine anzünden konnte. Vorher aber fielen sich die beiden Schwestern weinend in die Arme.

Der Innenhof, eine Dachterrasse über einer tiefer gelegenen Abteilung des Krankenhauses, reflektierte die Wärme der Mittagsstunde. Ein perfekter Pfingstsonntag. Wir setzten uns zu dritt auf eine Bank zwischen den Blumenkübeln. Die Sonne war uns schon bald zu heiß. Ein Stück weiter standen Terrassenstühle. Wir schleppten sie an einen schattigen Platz. Die Sonne leuchtete nach wie vor grell von den hellgrauen Steinplatten, großen Fensterscheiben und Pflanzenkübeln aus Waschbeton zurück.

»Heute muß es sein«, sagte Hinde. Sie zündete sich eine Zigarette an. Kurz darauf kam die junge Krankenschwester über den Innenhof auf uns zugeeilt. Mein Herz verkrampfte sich. Ich spürte an meiner Schulter, wie Mirjam neben mir, mit stockendem Atem, erstarrte. Daß die Frau so schnell ging, das blonde Haar in der Sonne flatternd, konnte nur bedeuten, daß es Neuigkeiten gab, schlechte Neuigkeiten.

»Mevrouw«, sagte die Schwester leicht keuchend, »Sie dürfen hier nicht rauchen.«

»Ich rauche normalerweise nicht«, sagte Hinde. »Es ist nur … die Nervosität … die ganze Situation …«

»Sehr verständlich«, sagte die junge Frau, »aber es ist hier unter allen Umständen verboten. Ich muß Sie also bitten …«

»Ich mach sie aus.«

Arme Hinde. Es wurde ihr sogar verwehrt, dieses eine Mal gegen ihr neues Leben zu sündigen. Die Schwester kehrte, jetzt nicht mehr eilig, sondern im Zuckeltrab, zur Glastür zurück – in Tonios betäubte Hölle.

Wir wurden an der Rezeption des Campingplatzes abgesetzt, den ein niederländisches Ehepaar betrieb, das uns auch die *maison d'école* vermietete. Ein Lieferwagen, der jetzt noch nicht zur Verfügung stand, sollte uns später zum Haus bringen: Warten konnten wir solange auf der Terrasse des Campingplatzes. Die Busfahrer saßen dort schon. Anstatt sich kurz hinzulegen, taten sie sich an großen Gläsern frisch gezapftem Heineken gütlich, während abreisende Feriengäste ihr Gepäck zum Bus schleppten, der eine Stunde später in die Niederlande zurückfahren sollte, mit denselben Männern am Steuer.

Auf der Terrasse, wo Mirjam und ich hundemüde vom wenigen Schlaf auf den Stühlen hingen, passierte alles mögliche gleichzeitig. Zwei ungefähr zehnjährige Mädchen, das eine etwas größer als das andere, stürzten sich mit Entzückensschreien auf Tonio, der noch nicht richtig laufen konnte und auf den Beinen zu bleiben versuchte, indem er sich an Tischbeinen und Stuhllehnen festhielt. Kein Problem: Die beiden jungen Damen hoben den Jungen abwechselnd hoch und schleppten ihn überglücklich herum. Eine echte, lebendige Anziehpuppe, zudem mit einer authentisch vollen Windel – ihre Ferien waren gerettet. Schade nur, daß es keine zwei von diesen goldgelockten Stuckengeln gab.

Unterdessen war auch ein älterer, distinguierter weißhaariger Herr mit einer Fotokamera auf der Bildfläche erschienen. Ich hatte ihn schon bei unserer Ankunft kurz gesehen: Vermutlich war er zu seinem Zelt gegangen, um den Apparat zu holen. Er kam, vor Rührung fast bebend, an unseren Tisch und fragte mit etwas ungesund Flehendem in der Stimme, ob er ein Foto von Tonio machen dürfe.

»Wirklich wahr«, sagte er heiser, »ich habe noch nie so ein hübsches Kind gesehen. Ich *muß* es einfach fotografieren.«

»Na schön, *ein* Foto«, sagte ich.

Der Mann befahl dem Mädchen, das Tonio gerade hoch über ihren Kopf hob, das Kind auf die Erde zu stellen. Der Kleine klammerte sich an ihrem Bein fest und sah lachend in die Kamera, wie er es gelernt hatte. Der Fotograf warf sich, so steif er auch war, vor Tonio auf die Knie und drückte aus großer Nähe ab. Er stöhnte, was meiner Meinung nach aber nichts mit seiner unbequemen Haltung zu tun hatte, denn er drückte immer wieder auf den Auslöser. Er verlagerte sein Gewicht, nach wie vor auf Knien.

»So ein hübsches Kind«, quetschte er rührselig hervor. »Ich muß es immer wieder sagen.«

Mirjam und ich warfen uns einen Blick zu. Ich erhob mich, ging auf den Mann zu und sagte, während ich ihm die Hand auf die Schulter legte: »So, jetzt ist es genug, Mijnheer. Lassen Sie jetzt die Mädchen wieder.«

Ich half ihm auf. Tränen standen ihm in den Augen. Er machte noch schnell ein Foto von Tonio, der schon wieder in den Armen des anderen Mädchens hing.

»Wenn Sie mir Ihre Adresse geben, Mijnheer«, sagte der Mann, »dann kann ich Ihnen ein paar Abzüge schicken. Hier ist was zu schreiben.«

Ich spürte, wie mir der Kopf von der durchwachten Nacht schwirrte. Sah ich jetzt überall Gefahren? War die Welt alles, was Tonio bedrohte?

»Das können wir später noch machen«, sagte ich. »Wir sind eben erst angekommen.«

»Das ist es ja gerade«, sagte der Mann. »Ich fahre gleich mit dem Bus nach Amsterdam zurück.«

»Wenn ich Ihnen einen Rat geben darf«, sagte ich, »dann achten Sie darauf, daß die Fahrer rechtzeitig ihre Ruhepause einlegen.«

Ich wurde von einem anderen niederländischen Camping-gast erlöst, der mich für Tim Krabbé hielt. »Ich habe immer schon mal mit Ihnen Schach spielen wollen«, sagte er. »Darf ich Sie heute abend zu einer Partie einladen, hier auf der Terrasse? Ich habe alles bei mir. Auch eine Uhr.«

7

Die Mädchen waren Schwestern aus Rotterdam. Die neunjährige Lily van Persie und die fast zwölfjährige Kiki. Sie machten auf dem Campingplatz Ferien mit ihrer geschiedenen Mutter und einem kleinen Bruder, Robin, der in Kürze sechs würde. Vor allem Lily mit ihrem breiten Mund und den ungekämmten Locken nahm sich Tonios an, und das mit einer Hingabe, wie ich es selten bei einem Mädchen ihres Alters erlebt hatte. Sobald sie Tonio sah, mußte ich ihn aus seinem Buggy heben. Lily war durchaus bereit, mit dem Jungen in den Armen in der Nähe der Eltern zu bleiben, weigerte sich aber, ihn an sie zurückzugeben. Das Kind war zu schwer für ihren noch nicht ausgewachsenen Körper. Tonio rutschte ständig an ihrer Brust abwärts, worauf Lily ihn wieder möglichst weit hochhob. Wenn sie Glück hatte, schlang Tonio seine Ärmchen um ihren Hals, was auch ihr zusätzlichen Halt verschaffte.

Tonio fand es toll, diese ganze Zuwendung und dieses Geknuddel. Den Kopf dicht an Lilys Gesicht, lachte er breit und sabbernd und schnaufte ein wenig vor Gefallsucht. Und was wichtig war: Lily sprach seine Sprache. Sie verstanden einander. Es war, als würden sie sich, die Köpfe dicht zusammengesteckt, ununterbrochen unterhalten.

Andererseits hatte Lily insofern kein Glück, als Tonio gerade in diesen ersten Ferienwochen beschlossen hatte, laufen zu lernen. Wenn ihm bewußt wurde, daß sein Platz dort unten war, mit beiden Beinen auf dem Boden, strampelte er ungestüm in Lilys Armen so lange, bis sie ihn vorsichtig absetzte – nicht einfach ins harte Gras, denn dann plumpste er schnell auf den Po, sondern in die Nähe eines großen Gegenstands, eines Tisches oder Stuhls, um den er, sich daran festhaltend, herumgehen konnte. Am liebsten suchte er Halt an den Schiebestangen seines Buggys, denn unter denen befanden sich kleine Räder – und er konnte schieben.

Kiki und Lily kamen oft schon am frühen Morgen, wenn wir noch beim Frühstück saßen, ins Schulhaus, um anbetend zuzuschauen, wie Tonio von seiner Mutter Schmierkäseminiwürfel der Marke *La vache qui rit* in den Mund gesteckt wurden. Bald durften die Mädchen die Würfel aus dem Silberpapier wickeln und Tonio damit füttern. Seine Augen leuchteten, und sein Sabber wurde milchig trüb von dem weißen Käse. Wir mußten nur darauf achten, daß er nicht zuviel davon aß.

Manchmal brachten die Schwestern ihren Bruder Robin mit, der nie etwas sagte und immer eine böse Miene zog. Nach dem Frühstück nahm Tonio, in Lilys und Kikis Obhut, seinen Lauflernunterricht hinter dem Buggy wieder auf. Er war jetzt zwischen dreizehn und vierzehn Monate alt.

In meiner Erinnerung lehnt sich Robin mit dem Rücken, einen Fuß hochgezogen, an die Mauer des Schulhauses. Er sieht mürrisch und überheblich den Bemühungen des Kleinkinds zu, das die volle Aufmerksamkeit seiner Schwestern genießt. Ich sitze am Gartentisch unter dem Apfelbaum, angeblich in die schon jetzt durch die Sonne vergilbte *Volkskrant* von gestern vertieft, kann aber kein Auge von der Szene lassen. Tonio neigt dazu, ein klein wenig schneller zu gehen, als die Räder das störrische Gras durchpflügen, wodurch er etwas in Schieflage gerät und so leicht zu Fall kommt. Dabei hält er seine kleinen Fäuste über dem Kopf fest um die Stangen geklammert, so daß er, wenn er nach hinten fällt, den Buggy über sich zieht.

»Hoppla.« Die Mädchen eilen hinzu, um dem Kleinen auf die Füße zu helfen. In Höhe von Tonios Kopf befindet sich ein Einkaufsnetz, das mit einem Gummiband zwischen die Stangen gespannt ist. Darin sind Papiertücher und zwei Reservewindeln. Bei jedem Fall rückwärts legt sich das Nylonnetz auf Tonios Gesicht, wie ein weitmaschiger Schleier, und das mag er gar nicht. Viel Zeit zum Heulen hat er jedoch nicht, denn das Üben geht weiter. Es bleibt bei einem kurzen Aufjaulen, während seine Hände am Schmetterlingsnetz des Herrn Steckelbein zerren. Kiki und Lily eilen zu Hilfe. Lily mißbraucht die Situation, indem sie, wie früher, Tonio hochhebt und tröstend herumträgt. Er setzt sich strampelnd zur Wehr. Er will es allein schaffen.

Robins Haltung schwankt zwischen kindlicher Geringschätzung (schau, phh, der kann ja nicht mal laufen) und nicht weniger kindlicher Eifersucht (meine Schwestern haben kein Auge für mich, nur für diesen Wurm mit seinem Rumgekrebse). Er, Robin, ist nicht nur gut im Laufen, schnell oder langsam, sondern auch im Schleichen, Springen, Klettern. »Das Problem bei Robin ist«, äfft Kiki geziert ihre Mutter nach, »er sieht keine Gefahr.«

Tonio steht schon wieder hinter dem Buggy und beginnt, krähend zu schieben. Wieder hat er etwas gelernt: Er ruckelt zunächst den Sportwagen über ein hartnäckiges Grasbüschel hinweg und geht dann erst weiter. Die Mädchen folgen ihm mit ausgestreckten Händen, bereit, ihn aufzufangen.

Ich mache mir Sorgen über die beängstigend großen Wespen hier, die sich dicht über der Erde bewegen, als seien sie zu schwer für ihre dünnen Flügel. Sie sehen mordlustig aus, und ich stelle mir ihren Stachel triefend vor Gift vor. Bei Tisch habe ich schon mal eine, die Tonio bedrängte, mit einem Frühstücksmesser mittendurch gehackt, in der Annahme, das bedeute einen schnellen, schmerzlosen Tod. Entsetzt mußte ich feststellen, daß beide Hälften am Leben blieben: Der vordere Teil erhob sich auf den Flügeln, der hintere, sagen wir: der wehrhafte Teil, trug, auf den verbliebenen Beinen schwankend, den gezückten Stachel davon.

»Wenn du magst, Robin«, sage ich in dem Versuch, den Jungen in das Abenteuer einzubeziehen, »dann achte doch darauf, daß diese großen Wespen Tonio und deinen Schwestern nicht zu nahe kommen. Sie sind viel gefährlicher als die bei uns in den Niederlanden.«

Robin gibt keine Antwort. Als ich kurz darauf von der Zeitung aufblicke, befindet Tonio sich mit seinem Gefolge bereits am anderen Ende des Grundstücks. Robin ist verschwunden.

<h1 style="text-align:center">8</h1>

Aus dem Gang traten durch die offene Glastür nacheinander vier Leute vom Pflegepersonal auf den Innenplatz. Zwei Männer und zwei Frauen. Jeder trug ein gefülltes Tablett. Mittagspause. Nachdem sie eine Weile blinzelnd im grellen Licht gestanden hatten, entschieden sie sich trotzdem einmütig für einen Tisch in der Sonne.

»Ja, das geht natürlich auch einfach weiter«, sagte Hinde. »Egal, was drinnen passiert.«

Die vier saßen ein ganzes Stück von uns entfernt, aber weil es sonst so still war in der Ummauerung des Innenhofs, konnte ich Teile ihrer Unterhaltung fast wörtlich verstehen. Eine Zeitlang wurden große Eurobeträge genannt, wobei die Schätzungen zwischen zweieinhalb und drei Millionen schwankten.

»Wenn man von zehntausend Mann Personal inklusive Anhang ausgeht«, sagte einer der Männer, »dann sind das immer noch zweihundertfünfzig bis dreihundert pro Nase.«

»Dafür bekommt man dann aber schon den Knackarsch von Marco Borsato«, sagte eine der Schwestern.

»Vergiß nicht den Knackarsch von Karin Bloemen«, sagte der andere Mann. »Und das nennt man dann kaltes Büfett.«

»*Und* den Catwalk von Mart Visser«, sagte die zweite Frau.

»Ich finde cs trotzdem komisch«, sagte der erste Mann wieder. »Es heißt immer sparen und noch mal sparen. Und dann mieten sie plötzlich für zehntausend Mann das komplette RAI-Gebäude.«

»Dschieses, Jan, bist *du* eine Stimmungskanone«, sagte die Frau, die den Knackarsch von Marco Borsato erwähnt hatte. »Das AMC ist jetzt fünfundzwanzig Jahre in Betrieb. Kann man das nicht *ein*mal groß feiern? Ich sitze hier schon zwölf Jahre auf dem Trockenen.«

9

Von Tonios früher Kindheit an (als er ein beziehungsweise fast drei Jahre alt war) haben zwei Zwangsvorstellungen in bezug auf seine Sicherheit mich verfolgt.

In jenem Sommer '89, als wir das Schulhaus in Marsalès gemietet hatten, machte ich einmal einen Ausflug auf dem Fahrrad mit ihm: er in seinem Kindersitz vorn am Lenker. Es war der vielleicht intimste und herrlichste Tag, den ich je mit ihm verbracht habe. Unser Ziel war Schloß Biron, doch wir fuhren zuerst einfach auf irgendwelchen kleinen Wegen herum, kaum gestört von Verkehr. Tonio war knapp vierzehn Monate alt und hatte noch seine goldblonden Locken, die sich dicht unter meiner Nase befanden. Ich brauchte den Kopf nur kurz zu neigen, um seinen warmen Schädel zu spüren und zu riechen. Wenn es abwärts ging, strich eine schwache Brise durch sein Haar. Erst als die Mittagszeit näher rückte, setzte ich ihm eine weiße Mütze mit welligem Rand auf, unter dem Kinn zugebunden, als Schutz gegen einen Sonnenstich.

In diesem Sommer hatte ich ihm die Wörter »Kuh« und »Kühe« beigebracht, indem ich auf das schwarzbunte Vieh zeigte, das, stets mit großen gelben Plastikohrmarken versehen, an den grasigen Hängen weidete. Auf unserer heutigen Strecke tauchten einstweilen keine Kühe auf. Wir fuhren zwischen Äckern, auf denen große Strohrollen lagen, Abfall (oder Nebenprodukt) der Ernte. Von Zeit zu Zeit deutete

Tonio mit feuchtem Finger auf eine solche Rolle und rief dann mit dünnem Stimmchen, mehr Klang als Wort: »Küh ... Küh.«

Wieder in Amsterdam, las ich in der Zeitung einen beängstigenden Bericht über die Sorte Kindersitz, die wir in Frankreich für Tonio benutzt hatten. Entworfen für die flache Landschaft der Niederlande, war er mit Hilfe zweier halbrunder Eisenklammern am Fahrradlenker befestigt und hing so durch sein eigenes Gewicht herab. Beim Abwärtsfahren von steilen Hängen, so hatte man nachgewiesen, konnte ein solcher Sitz einen Schlenker machen und das darin sitzende Kleinkind hinauswerfen. Vor allem in Frankreich, wo Niederländer traditionell häufig radelten, waren in der zurückliegenden Ferienzeit relativ viele Unfälle mit diesem Sitztyp passiert.

Wer in Marsalès von unserem Schulhaus zum See radelte, mußte einen sehr steilen Abhang hinunter, auf dem Mirjam, wenn sie mit Tonio fuhr, immer abstieg – nicht wegen des Kindersitzes, sondern weil sie ihren eigenen Bremskünsten nicht traute. Als ich an jenem Sommertag mit Tonio auf dem Weg zu Schloß Biron war, glaubte ich, den steilen Hang mit Tonio im Kindersitz schaffen zu können. Ich fuhr auf Mirjams Rad. Es war neu, die Klötze der Handbremsen waren noch nicht abgenutzt. Dennoch spürte ich, als ich bremsend abwärts sauste, daß irgend etwas zog, was ich nicht ganz unter Kontrolle hatte. Tonio, mir vertrauensvoll ausgeliefert, fand das Tempo großartig und gurrte armfuchtelnd.

Ich war erleichtert, als wir unten ankamen, wo der abschüssige Weg in einen überging, der mehr oder weniger flach um den See herumführte. Es war nichts Ernstes passiert, doch nachdem ich den Artikel über die Kindersitze gelesen hatte, wurde ich das Bild eines hinauskatapultierten Tonio nie mehr los. Bis ins Detail mußte ich mir seinen Sturz vorstellen, den immer weiterkullernden kleinen Körper neben dem Rad, den Blutbrei in seinen goldenen Locken. Das Bild konnte mich unversehens mitten am Tag überfallen, ohne nachweisbare Assoziation, beim Arbeiten oder beim Erzählen einer völlig anderen Anekdote in der Kneipe. (»Und, wie ist es weitergegangen? Grade wenn's spannend wird, hörst du auf.«) Die Zwangsvorstellung hatte sich in den zurückliegenden zwanzig Jahren nicht abgeschwächt. Seit dem heutigen Morgen war sie wieder da, noch gebieterischer als früher, als habe meine mangelnde Verantwortung von damals nun doch noch im nachhinein zu Tonios Unfall beigetragen.

10

Die blonde Schwester kam jetzt ohne Eile näher, im Vorbeigehen ihre Kollegen grüßend, die die Reste ihres Essens auf die Tabletts stellten.

»Kann ich Ihnen vielleicht etwas zu essen bringen?« fragte sie, von mir zu Mirjam und Hinde blickend. »Die sind vorerst noch eine Weile mit ihm beschäftigt ...«

»Wollen wir uns ein Käsebrötchen teilen?« schlug ich Mirjam vor. »Mehr bekomme ich jetzt nicht runter.«

Mirjam sagte nichts, schüttelte nur den Kopf, während sie auf den Boden vor ihren Füßen schaute.

»Ich bringe einfach von allem was mit«, sagte die Schwester. »Vielleicht auch ein bißchen Milch?«

Ich nickte. Ich hatte erst in der vorigen Woche irgendwo gelesen, daß nach dem Genuß von viel Knoblauch ein Glas Milch den scharfen Atem mildert. Auf dem Rückweg zum Gang blieb die Schwester für ein paar Worte bei ihren Kollegen stehen, bevor sie ihnen in Richtung Glastür voranging.

11

Ein anderer Zwangsgedanke hing mit der Makelaarsbrug über den Oudezijds Voorburgwal zusammen. Es muß Frühling gewesen sein, allerdings schon fast Sommer, denn die

129

Enten in der Gracht hatten nicht mehr so viele Sprößlinge um sich herum. Die noch verbliebenen Küken waren bereits etwas größer. Ich hatte Tonio aus seinem Buggy gehoben und war mit ihm auf die Fußgängerbrücke gegangen. Loderndes Sonnenlicht aus einem funkelnd blauen Himmel.

»Schau, Tonio, die Entchen.«

Gerade schwamm eine Mutter mit ihren Küken unter der Brücke hervor in den durchbrochenen Schatten, den ein Baumwipfel aufs Wasser warf. Ich setzte Tonio auf das Geländer. Unter seinem Gewicht entwich zischend ein wenig Luft aus der frisch umgelegten Pamper. Ich hielt ihn gut fest und ließ ihn sich etwas vorbeugen, damit er die Enten sehen konnte. Er zeigte mit dem Finger auf sie und brabbelte und sabberte.

»Große italienische Augen.«

Eine Männerstimme, plötzlich ganz nah. Ich erschrak, wie man nur in der Privatheit eines Zimmers über die unerwartete Anwesenheit eines anderen erschrickt. Ich war kurzzeitig wie gelähmt, aber doch so lange, daß mir die Knie weich und die Arme schlaff wurden. Um ein Haar wäre Tonios kleiner Leib mir entglitten. Ich zog ihn mehr schlecht als recht vom Geländer herunter und drückte ihn kraftlos an mich. Neben mir das lächelnde Gesicht eines Kollegen, den ich lange nicht gesehen hatte. Er griff kurz in Tonios Locken und sagte: »Diese Augen. Er hat Ähnlichkeit mit …«

Er nannte den Namen eines Schauspielers aus dem Film *Moonstruck* und setzte dann seinen Weg fort. In meiner Erinnerung stand ich noch eine ganze Weile wie erstarrt da, in den Armen einen widerspenstigen Tonio, der wieder aufs Geländer wollte. Ich stellte mir vor, was durch meine Schreckreaktion hätte passieren können. Ein Kind, das einem aus den Händen gleitet. Ein Plumps zwischen die Entenküken. Der Vater, der über die Treppe die Brücke hinuntereilt … sich vom Ufer ins Wasser begibt, ratlos an der Stelle herumtastend, an der der kleine Junge versunken ist …

Auch dieser Vorfall wurde zwanzig Jahre lang zu einer Zwangsvorstellung, die mich zu jedem unerwünschten Moment überfallen konnte, nicht nur wenn es um Tonios Verletzbarkeit ging. In der Vision war manchmal zynischerweise Raum für Rettung: die mit Luft gefüllte Pamper, die wie Donald Ducks Bürzel aus dem Wasser ragte und so als Schwimmweste fungierte.

KAPITEL V

Verliebt gegen

Firma Krikkrak: 24-Stunden-Service für alle Ihre reparatur-
bedürftigen und/oder auszutauschenden Schlösser. Spezialisiert auf Generalschlüssel, abgebrochene Bärte, Einbau
von Sicherheitsschlössern, Schlüsselduplikate etc. Keine
Anfahrtskosten. Schlüsselanhänger gratis.

Aus: *Gelbe Seiten 1992* (Region Amsterdam)

I

Ich wohnte noch immer im Viertel Duivelseiland, doch der
Kurssturz meiner Ehe schien gestoppt.

Die irrsinnige Bücherwoche lag hinter uns. Jetzt, da ich
mich, nach wie vor aus dem »indischen« Koffer meines Vaters lebend, mehr und mehr in meiner Arbeitswohnung verkroch, suchte Mirjam öfter Annäherung. Regelmäßig hinterließ sie eine Nachricht auf meinem Anrufbeantworter, und
sei es nur, um ihrem Abscheu über das schmalzige »*Hello, how
are you* …« von Electric Light Orchestra Ausdruck zu verleihen, das als Intro zu der Ansage diente, die den Anrufer zum
Hinterlassen einer Botschaft einlud: »Nach Mister Beep.«
(Letzteres war eine Anspielung auf eine Figur in *A Room with
a View*, einem Film, den ich mit Mirjam in besseren Zeiten
gesehen hatte – ein Hinweis, der, wie ich hoffte, ihr nicht
entgehen würde. In die Enge getrieben, sind wir auf einmal
zu jeder Subtilität bereit.)

Das war doch mal was für die Zeitung: Ein paarmal lud

sie mich ein, in einer unserer früheren Stammkneipen etwas trinken zu gehen. Sie brachte mir dann ein kleines Geschenk mit, eine CD oder ein Schreibheft mit festem Einband, und war so lieb zu mir, daß die Umstehenden, die selbstverständlich über unsere Krise voll im Bilde waren, voreilig daraus schlossen, wir hätten sie beigelegt. Bei einer dieser Gelegenheiten, unsere Gläser waren noch so gut wie voll, zog sie mich am Arm vom Tisch: »Komm mit.«

Ich konnte kaum mit ihr Schritt halten, so stramm marschierte sie los, über zwei Brücken, nach links, nach rechts bis zur Leidsegracht Nummer 22, wo sie mich auf dem Wohnzimmersofa (nicht im Bett) verführte. Ich wurde schlichtweg gezwungen, meine ehelichen Pflichten zu erfüllen, deren ich viele Wochen zuvor unehrenhaft entbunden worden zu sein schien. Danach hatte sie es eilig, Tonio aus der Krippe abzuholen. Ich durfte nicht mit. Unter keinen Umständen. Ich glaubte zu wissen, warum: Jetzt, da sie sich unerwartet hatte gehen lassen, wollte sie wenigstens Tonio als Druckmittel in der Hand behalten. Ich fragte Mirjam, wie es nun mit uns stünde. »Ich meine ... mit dir und mir.«

»Ich weiß nicht«, sagte sie. »Ich bin noch immer sehr verliebt.«

An der Gracht verabschiedeten wir uns.

»Sag was Liebes zu Tonio«, sagte ich. »Was Liebes von mir. Ich will nicht, daß er mich vergißt.«

Nach links, nach rechts, über zwei Brücken: Ich eilte in die Kneipe zurück, in der wir vor lauter Eile die Getränke nicht bezahlt hatten. Sie standen noch da – lau, aber trinkbar. Während ich sie hinunterwürgte, begann mir etwas zu dämmern. Diese ihre Verliebtheit ... sie führte sie zu oft ins Gefecht. Mit einemmal, in dieser kostbaren Klarheit post coitum, wußte ich: Sie war nicht sosehr verliebt in diesen anderen als vielmehr *verliebt gegen mich*.

Beim nächsten Mal, als sie anrief, ging ich dran. Das heißt, der Lautsprecher des Anrufbeantworters war an, das »*Hello, how are you* ...« ertönte schmeichelnd und säuselnd, und nach Mister Beep war Mirjams Stimme im Zimmer.

»Adri, geh mal dran ... Ich weiß, daß du da bist. Adri?«

Ich nahm den Hörer ab und schaltete gleichzeitig den Anrufbeantworter aus. »Du warst verliebt gegen mich«, sagte ich.

»So?«

»Nicht in ihn – gegen mich.«

»Gibt's das?«

»Du hast das erfunden.«

»Boh, und ohne es zu wissen.«

»Es gibt noch eine andere Form von *verliebt gegen*.«

»Ich wundere mich über gar nichts mehr.«

»Verliebt ineinander und gemeinsam verliebt gegen die Welt.«

»Klingt nicht schlecht.«

»Machst du mit?«

»Man könnte darüber nachdenken.«

3

Verliebt gegen. Jetzt, da ich wußte, was ich vorher nicht gewußt hatte, und wußte, daß Mirjam wußte, was ich vorher nicht gewußt hatte, konnte ich beinahe ein gewisses Mitgefühl für meinen erklärten Rivalen aufbringen. Our Man In Africa hatte, auch während seiner Abwesenheit, hauptsächlich als Schild gedient, der Mirjams Waffe in meine Richtung lenken sollte.

Ich verließ mein Prokrustesbett in Duivelseiland und zog an der Leidsegracht wieder bei Mirjam und Tonio ein – wenngleich ich mich vorerst mit dem Wohnzimmersofa begnügen mußte. Langer Schlaf war mir dort nicht vergönnt, denn Tonio erschien schon frühmorgens, um seinen Platz einzufordern. Manchmal wurde ich allein von seiner Anwesenheit wach. Ich schlug die Augen auf, und da stand er und sah mich ernst an, der fast Vierjährige: Kuscheltiere und Knuddeltücher unter den Armen und zwischen den Lippen einen Schnuller, der sich gleichmäßig und rasend schnell wie ein Motorkolben in seinem Mund vor und zurück bewegte. Erwachte ich nicht unter seinem eindringlichen Blick, so fand er immer etwas, die Ecke eines Sabbeltuchs oder den flauschigen Schwanz seines Äffchens, mit dem er mich unter der Nase kitzelte – so lange, bis ich mich stöhnend aufrichtete und ihm die Hälfte des Sofas abtrat. Gemeinsam sahen wir uns dann auf dem Videorecorder eine Folge der Serie *De Grote Meneer Kaktus Show* an.

Eigentlich war Our Man In Africa, auch Der Korrespondent Ohne Grenzen genannt, während dieser ganzen unerquicklichen Geschichte der große Abwesende – was nicht verhinderte, daß sein Urlaub immer näher rückte.

»Adri, ich möchte das stilvoll zu Ende bringen«, sagte Mirjam eines Donnerstagsnachmittags. »Wenn du morgen abend losziehst, dann tu mir einen Gefallen und geh dieses eine Mal nicht in dieselben Kneipen und Restaurants wie sonst. Ich fand es an all den Wochenenden während der Kriegszeit toll, wirklich, dir unerwartet im Tartufo, im Schiller oder im De Favoriet zu begegnen. Aber diesmal nicht. Abgemacht?«

Auf Nachfrage stellte sich heraus, daß Our Man nur kurz, etwas länger als eine Woche oder so, im Land bleiben würde, bevor er wieder in die afrikanischen Gebiete zurückflog, deren Grenzen sich zum großen Kummer (oder zur großen Freude) der Verleger von Weltatlanten jeden Moment verschieben konnten. Jetzt, da Mirjam nicht länger *gegen* ihren Ehemann verliebt war, entfiel die Notwendigkeit der Verliebtheit *in* den Korrespondenten, und das wollte sie diesem »stilvoll« übermitteln – in Form einer Art Abschiedsessen.

Sicherheitshalber, »ich reserviere aber nirgends«, zählte sie eine ganze Liste von Kneipen und Speiselokalen auf, von denen ich mich am kommenden Freitagabend tunlichst fernzuhalten hätte. »Es ist alles auch so schon peinlich genug.«

Da ich nun die Achillesferse meines Widersachers kannte, kostete es mich wenig Opferbereitschaft, ihn noch *ein*mal mit meiner Frau ausgehen zu lassen. »Notfalls, Minchen, mach ich mir 'nen schönen Abend in Haarlem. Oder, wenn dir das noch zu nah ist, in Antwerpen.«

4

Ich erfüllte fast sklavisch Mirjams Bitte (oder Befehl), mich an besagtem Freitagabend nicht in dem Stadtteil blicken zu lassen, in dem sie mit ihrem Sonderberichterstatter ausgehen würde. Mit einem der *regular girls*, die mir durch die einsamen Monate geholfen hatten, besuchte ich bis tief in die Nacht Kneipen (Brouwersgracht und Umgebung), in die ich sonst nie einen Fuß setzte. Ich kann mich nach all den Jahren nicht mehr erinnern, wer es war, Ilke oder Adriënne oder Bernadette – nur noch, wie beleidigt sie wegen meiner extremen Ausgelassenheit war, weil sie merkte, daß diese nichts mit ihrer Gesellschaft zu tun hatte. Sogar wenn ich ihr in die Augen sah, erblickte ich dahinter eine neue Zukunft.

Verdammt noch mal, diese Mirjam, was für eine Frau: wie sie mich mit ihrer irreführenden Strategie des »Verliebtseins gegen« erschreckend subtil erpreßt hatte, damit ich mich besserte. Kein Rauswurf und kein Mordversuch kam dem auch nur im entferntesten nahe.

Es wurde zwei Uhr, halb drei. Ich saß meine Zeit ab. Nach dem Restaurantbesuch und der Großen Aussprache waren sie vielleicht noch für ein paar abschließende Worte und einen Absacker ins Schiller gegangen, aber angesichts der Umstände hatten sie es sicherlich nicht bis ins De Favoriet oder in irgendeine andere Nachtkneipe geschafft. Mirjam mußte jetzt langsam zu Hause sein.

Ich wußte noch, daß ich Ilke oder Adriënne oder Bernadette bis zu deren Haustür gebracht hatte, wo immer das war. Vage erinnerte ich mich an die Einladung zu einem letzten Schluck – aber nein, vielen Dank, heute nicht, ich geh nach Hause. Ich habe vermutlich nicht dazuerzählt, daß zu Hause, unvorstellbar verbessert, mein Leben von vor einem halben Jahr auf mich wartete. Sie hatten es mir weggenommen, aber nicht für immer, und in der Zwischenzeit war es nur noch wertvoller geworden.

5

Es war drei Uhr morgens. Ich hatte den federnd leichten Schritt eines Befreiten. Die Steintreppe zur Eingangstür: zwei, drei Sätze.

Ich mußte den falschen Schlüssel aus der Tasche gezogen haben, den von meiner Wohnung in Duivelseiland, denn er paßte nicht. Der Bart prallte von dem glänzend neuen Zylinderschloß ab, das an die Stelle des stumpfen alten getreten war. Die Messingplatte spiegelte gehässig meine Finger mit dem untauglichen Schlüssel. Rund herum war, zweifellos beim Austausch, etwas von der grachtengrünen Farbe abgeblättert, die jetzt in Krümeln vor meinen Füßen auf der obersten Stufe lag, inmitten von Holzsplittern und zwei winzigen Sägemehlhäufchen. Wie es aussah, war da noch niemand durchgelaufen. Der Einbau des neuen Schlosses konnte also erst vor kurzem erfolgt sein. Ungläubig blickte ich eine Weile wie gelähmt auf die Krümel, die Splitter und das Sägemehl. Alles war zum Schluß wieder mal anders, als ich mir hatte vorgaukeln lassen. Dazu also konnte *verliebt gegen* führen. Zum Gnadenstoß, direkt hinter meinem Ohr.

Ich trottete die Treppe hinunter und ging rückwärts so weit wie möglich auf die Straße, bis ans Wasser. Beinahe mußte ich mit der Hand mein Kinn ausrenken, bevor ich hochzuschauen wagte. Im Wohnzimmer, dessen weiße Vorhänge zugezogen waren, brannte Licht – was zu dieser späten Stunde meist bedeutete, daß niemand zu Hause war.

Es war aber jemand zu Hause. Auf die weißen Falten wurde ein chinesisches Schattenspiel zweier aufeinander zuwogender Gestalten projiziert. So sah man es in alten Hollywoodfilmen, wobei ein Privatdetektiv hinter der Mülltonne kauerte und der Ehemann mit den wachsenden Hörnern nervös rauchend an einem Laternenpfahl lehnte. Die beiden Gestalten standen kurz still und plätscherten dann durcheinander hindurch, was ziemlich intim aussah. Meine Frau und Der Korrespondent Ohne Grenzen, ohne Zweifel: Mirjam erkannte ich an dem terrassenförmig aufgesteckten Haar, dessen Umrisse in dem Schattenspiel nicht verlorengingen.

Verdammter Mist, wie hatte ich mich nur so gefügig in einen abgelegenen Stadtteil dirigieren lassen, so daß sie in aller Ruhe ihre Vorkehrungen treffen konnten, um mich endgültig auszuschließen? Wer so naiv war, verdiente es nicht besser.

Oha, da richtete sich, nur zu, eine dritte Silhouette auf. Lang, männlich, mit großem Kopf, der vom Fensterrahmen oben abgeschnitten wurde. Ein Gegenstand wechselte über ausgestreckte Arme von einem Schatten zum anderen.

Ach Minchen, Minchen, das wäre doch auch anders gegangen. Mein ganzes Glück an diesem einen Freitagabend im Eimer, inklusive des Glücks, das mir nicht zustand. Und Mirjam? Sie hatte das Glück, das *ihr* nicht zustand, schwuppdiwupp ins Haus geholt und sofort das Türschloß ausgetauscht. Wenn schon, denn schon.

Aber warum so umständlich? Sie hätte mich, was schon schlimm genug gewesen wäre, doch einfach verlassen können? Warum hatte sie dem Symbole aus harten, beständigen Materialien hinzugefügt – und dann auch noch zum Nachttarif? Jemandem die Tür vor der Nase zuzuschlagen war heutzutage offenbar nicht mehr genug. Hatte der Ausgesperrte eine Elefantenhaut und blieb da dämlich stehen, bis ihm wieder aufgemacht wurde, dann durfte er miterleben, wie ein feiner Bohrer durchs Holz drang …

Währenddessen stand ich, Herrgott noch mal, vor einer geschlossenen Tür, was bedeutete, daß ich den Einfallsreichtum der Gegenseite unterschätzt hatte.

Vielleicht hatte ich mich zu sehr an die Idee geklammert, Mirjam sei verliebt *gegen mich* anstatt verliebt in den anderen. Daß sie Our Man In Africa jetzt möglicherweise in die Wüste schickte, brauchte noch nicht zu bedeuten, ich würde automatisch wieder in Gnaden aufgenommen. Es war mein Fehler gewesen, zu denken, diese ganze Verliebtheit »gegen« müsse der Natur der Sache nach etwas zeitlich Begrenztes sein. Ich schloß nicht länger aus, daß sie so total und unbändig – mit Hilfe welchen Mannes auch immer – *gegen mich* verliebt war, daß ich hier auf den Eingangsstufen ratzfatz ausrangiert wurde.

6

Ich mußte an einen Morgen nicht lange nach Tonios Geburt denken. Früh aufgewacht, hatte ich beim ersten Tageslicht auf meinen schlafenden Schatz geblickt. Völlig unerwartet, in einer Art wogendem Schleichgang, kroch ihre Hand über das Laken auf meinen Kopf zu. Wie ein kleines Tier auf fünf Beinen. In der Nähe meines Kinns kratzte Mirjam mit dem Zeigefinger an dem hellblauen Stoff, sehr nachdrücklich, als wolle sie mich vor etwas warnen oder mich nicht allzu rabiat wecken, damit mein Schnarchen aufhörte.

Ich schnarchte in diesem Moment nicht, und Gefahr drohte ebensowenig, soweit ich es überblicken konnte. Die Hand mit den durch übermäßige Pigmentierung schmuddelig wirkenden Fingern zog sich zurück, trippelte aber bald wieder näher und wiederholte das Kratzen auf dem Laken.

»Minchen …?«

Ich mußte ihren Namen ein paarmal sagen, bevor als Antwort ein Stöhnen kam, von ganz tief unten. Sie schlief weiter. Nur ihre Hand, die schlich immer wieder auf mein Gesicht zu, um das Kratzen zu wiederholen. Ich wußte nicht, was es bedeutete, doch es hatte mich eigenartig gerührt. Als sie etwas später das Baby stillte und ich ihr die Bewegung ihrer Hand vormachte, wollte sie mir nicht glauben.

Diese verrückten Angewohnheiten, ich würde nie mehr ihr Zeuge sein dürfen. Ganz zu schweigen von allem Schönen bei Tonio, das mir künftig vorenthalten bliebe. So wie neulich, als er mit erhobenem Zeigefinger gerufen hatte:»Da kommen die Ritter …!«

Ich stieg die Eingangsstufen wieder hinauf und drückte auf den Klingelknopf. In der nächtlichen Stille hörte ich immer, wie es oben schellte. Jetzt blieb es still. Natürlich, wenn wir ausgingen, stellte Mirjam die Klingel meist ab, damit die Katze nicht erschrak, aber daß das Ding jetzt, wo sie offensichtlich zu Hause war, noch immer abgestellt war, konnte nur bedeuten, ich sollte auf eine weitere Manier ferngehalten werden.

Ich rief ihren Namen kläglich durch den Briefkastenschlitz, vielleicht mehr zum Abschied als in dem Versuch, sie zu bewegen, mich wieder in Gnaden aufzunehmen. Fast im selben Moment ging im zweiten Stock eine Tür zum Treppenhaus auf, und Füße trommelten die Stufen hinunter.

Im nachhinein konnte ich den Schluß ziehen, daß mit diesen schnellen Schritten auf der Treppe, mit Mirjams Rennen, alles ausgedrückt wurde: Wir gehörten zueinander und würden beieinander bleiben. Das Getrommel auf den Treppenstufen bedeutete, daß meine Gefühle nicht verletzt werden durften. Sie kam, um mich, außer Atem, von neuem willkommen zu heißen. Alles Schöne würde von vorn beginnen, und sogar eine Stufe höher.

Sie war fast unten. Ich kniete vor der Tür, die Augen vor der Briefkastenklappe, die ich mit dem Daumen hochhielt.

»Adri, es ist nicht, was du denkst«, rief sie.

Es war nicht, was ich dachte. Die Tür flog auf. (Ich wußte nicht, warum, aber ich mußte an das erste Mal denken, als sie mir eine Tür geöffnet hatte. Ich stand bei ihr auf der Matte, eine Flasche Dimple unter dem Arm. »Ich mag keinen Whisky.« »Mevrouw, ich mag keinen Muskateller.«)

»Dann sag mir erst mal, *was* ich denke.« (Wenn es alles sein konnte, was ich *nicht* dachte, reichte es aus, die Hölle zum Schweigen zu bringen.)

»Ich erzähl's dir oben.« In ihrem Gesicht war so viel Verlegenheit, daß ich fast Mitleid mit ihr bekam. »Bleib da nicht stehen.«

»Ich weiß nicht, was mich oben erwartet.«

»Ich erklär dir alles.«

Ihre Ratlosigkeit verkehrte die Rollen grundlegend. Zunächst wollte ich den Beleidigten spielen und weggehen, doch zu guter Letzt folgte ich ihr die Treppe hinauf, fest entschlossen, eine Szene zu machen.

7

Aus der offenen Wohnungstür drangen laute Männerstimmen. Bevor ich hineinging, blieb ich auf dem Treppenflur kurz stehen und lauschte. Ich konnte mich irren, aber meiner Meinung nach drehte sich die Diskussion um Schlösser und Schließvorrichtungen in frühmittelalterlichen Kirchen, kein ausgesprochen afrikanisches Thema.

Im Wohnzimmer hatte sich etwas verändert, wenngleich ich nicht auf Anhieb hätte sagen können, was. Bei meinem Eintritt verstummte das Gespräch. Mein erklärter Rivale erhob sich sofort vom Sofa oder, besser gesagt: er sprang auf, erschrocken. Ich streckte den Arm aus, um ihm die Hand zu geben, er wandte jedoch ruckartig den Kopf ab, als erwarte er einen Schlag. Zum Glück bemerkte er seinen Irrtum sofort, so daß meine faire Geste nicht ganz ins Leere ging.

Der lange Mann, den ich bislang nur kurz als chinesischen Schatten kennengelernt hatte, kniete auf dem Teppich vor einer offenen Werkzeugtasche, in der er zu kramen begann, vielleicht um mir nicht die Hand reichen zu müssen.

»Hast du den Herren etwas zu trinken angeboten?« fragte ich Mirjam.

Sie wies auf die leeren Longdrinkgläser auf dem niedrigen Tisch.

»Wer trinkt einen Wodka mit?« rief ich.

Der kniende Mann, im Arbeitsanzug, lehnte ab. Our Man In Africa stimmte zögerlich nickend zu.

Aus den Augenwinkeln sah ich, wie Erstgenannter zwei längliche Gegenstände aus der Werkzeugtasche zutage förderte und zusammenschraubte. Das hatte gerade noch gefehlt in dieser Posse. Ein Schalldämpfer reduzierte das Geräusch auf das »einer Pfeilspitze, die in eine reife Frucht dringt«, wie ich einmal in einem alten Krimi gelesen hatte. Die reife Frucht, das war dann wohl mein Kopf. Verfaulend und wurmstichig. Voll rostbraunen Fruchtfleischs, das durch die Löcher, die in seine Schale geschossen worden waren, hinausblubberte.

Ich merkte, daß ich beim Zeittotschlagen in der Brouwersgracht und Umgebung ganz schön getrunken hatte.

Ich blickte zu dem langen Mann. Er hielt einen Bohrer in der Hand. Er richtete sich auf und ging zur Wohnungstür. Er bohrte etliche Löcher rund um das Loch, in dem das alte Zylinderschloß gesteckt hatte.

Der Geruch von Sägemehl trieb ins Wohnzimmer, aber ich roch noch etwas, das mir schon bei meiner Ankunft aufgefallen war. Feuchte Pappe. Ich sah mich im Zimmer um. Überall standen Umzugskartons, einige aufgeklappt. Auf jedem Karton ein schwarzes Kreuz mit einem Kreis darum herum: der stilisierte Flaschenzug, das Logo des ANERKANNTEN UMZUGSUNTERNEHMENS. Solange ich den Blick auf dieses umkreiste Kreuz richtete, würden meine

Gedanken sich von selbst ordnen. Was war hier im Gange?

Die Bücherschränke hinter dem Sofa, auf dem der Korrespondent Ohne Grenzen saß, schienen voller als sonst. Ich hatte etliches getrunken, sah aber nicht doppelt und schon gar keine doppelten Buchrücken. Sicherheitshalber kniff ich das eine Auge zu. Verdammt, da waren Bücher hinzugekommen. Die Titel auf den Rücken konnte ich aus dieser Entfernung nicht lesen.

Mirjam kam mit der Wodkaflasche ins Zimmer.

»Aha«, sagte ich und nickte in Richtung eines der Kartons, »der Verrat riecht heute nach feuchter Pappe.«

Sie hatte mich heraufgeholt, um mich noch mehr zu demütigen. Ich durfte zusehen, wie der Diplomat bei ihr einzog und meine Bücherschränke kolonisierte.

»Stell dich nicht an, Blödmann«, sagte Mirjam. »Diese Kartons haben eineinhalb Jahre im Abstellraum gestanden. Seit dem zweiten November 1990, als wir aus Loenen kamen, weißt du noch? Du hattest die Nase dermaßen voll von allen Umzügen, daß sie vorläufig unausgepackt bleiben sollten. Ja? Der Rest der Bücher, der könnte warten. Also, heute kam ich endlich dazu, sie auszupacken. *Du* tust es ja nicht für mich.«

8

Der Schlosser hatte jetzt auch das Schloß an der Wohnungstür ausgetauscht. Er warf sein Werkzeug in die schwarze Ledertasche und überreichte Mirjam einen Ring mit Schlüsseln. Dann setzte er sich, um die Rechnung zu schreiben.

»So, das war's.« Er gab Mirjam die Rechnung. »Keine Anfahrtskosten.«

Ich trank noch einen Wodka mit meinem Rivalen. *Ehemaligen* Rivalen, wie sich inzwischen gezeigt hatte. Mirjam brachte den Schlosser zur Tür. Weil ich nicht wußte, was ich zu Our Man sagen sollte, ging ich zum Fenster. Der Himmel begann sich bereits zu verfärben. Der Schlosser stellte die schwarze Tasche hinten in den Lieferwagen, dessen Flanke in blitzartigen Großbuchstaben die Aufschrift KRIKKRAK trug und eine Telefonnummer.

»Du bist mir noch eine Erklärung schuldig«, sagte ich, als Mirjam wieder oben war.

Einander ergänzend, erstatteten Mirjam und ihr Korrespondent Bericht. Bevor sie ins Tartufo essen gingen, hatten sie im Zeppos, im 't Gebed Zonder End, etwas getrunken. Irgendwann entdeckte Mirjam, vielleicht als sie ihre letzte Zigarette der Krise anzünden wollte, daß ihr die Tasche gestohlen worden war. »Einfach von der Stuhllehne gezogen.« Viel Geld war nicht drin, aber, was schlimmer war: ihre Hausschlüssel. Aus Angst, der Dieb könnte das ganze Haus ausrauben, hatten sie bei Mirjams Eltern in der Lomanstraat (wo Tonio gut behütet in seinem Gästebett lag) die Reserveschlüssel geholt, um dann, bei vorgeschobenem Riegel, auf die Ankunft des Schlüsseldienstes zu warten. Rund-um-die-Uhr-Dienste standen genug in den *Gelben Seiten*, aber sie waren nicht alle Tag und Nacht einsatzbereit. Endlich hatten sie einen gefunden. Die Firma Krikkrak, auch für alle Ihre abgebrochenen Bärte. Mirjam hatte telefonisch ein paar Freunde losgeschickt, um mir Bescheid zu sagen. Natürlich hatten sie in den falschen Lokalen gesucht.

So war also, ohne einen Bissen, das Abschiedsessen verlaufen. »Als hätte es so sein müssen.«

9

Mirjam brachte ihren Sonderberichterstatter an die Tür – zum letztenmal, wollten wir hoffen. Ich lauschte oben an der Treppe. Ein kurzes, unverständliches Gespräch auf der Schwelle unten. Ganz kurz ihr fröhlich-spöttisches Lachen.

Die Tür fiel ins Schloß. Das konnte zweierlei bedeuten: daß sie über die Schwelle getreten war, um dem Korrespondenten Ohne Grenzen bis an die Ränder der Welt zu folgen, oder ...

Ich stand wieder zwischen den Umzugskartons, deren muffiger Kellergeruch meine Bronchien reizte, und spitzte die Ohren. Es blieb still, im Treppenhaus wie draußen auf der Straße.

»Was stehst du denn da zwischen den Kartons, du Faulpelz?« Mirjam hatte ihre Pumps in der Hand. Sie mußte auf Strümpfen nach oben geschlichen sein. »Pack sie lieber aus, wenn sie dich ärgern.«

»Was habt ihr verabredet?«

»Daß wir nichts mehr verabreden. Es war eine unmögliche Situation, das hat sich heute abend ja wieder gezeigt. Ich dachte, *wir* hätten etwas miteinander ... du und ich ...«

»Das hör ich zum erstenmal.«

»Na, dann komm doch mal her.«

Wir standen eine Weile schweigend aneinandergeschmiegt. Dann sagte sie: »Ich hatte Angst, du würdest wegen der gestohlenen Tasche böse sein ... wegen der Schlüssel ... wegen des Schlüsseldiensts ... aber du meckerst über diese blöden Umzugskartons. Typisch!«

»Lern, damit zu leben.«

»Es bleibt mir nichts anderes übrig.«

10

Für Mirjam waren die Umzugskartons halbleer. Für mich halbvoll. So sah es um unser neues Einvernehmen nach der ersten großen Ehekrise aus.

Halbleer: Der Rest der Bücher muß noch in den Schrank.

Halbvoll: Es gab in den Kartons noch Platz für die Bücher aus dem Schrank.

Waren es die ausgetauschten Schlösser in Verbindung mit den wiederaufgetauchten Umzugskartons, die mich auf die Idee einer größeren Wohnung brachten? Ich mußte mich allerdings erst mal eingehend befragen, ob die Suche nach einem neuen Haus die richtige Methode war, meine kleine Familie endgültig zurückzugewinnen. De Pijp, Kloov, Obrecht, Veluwe, Pauwhof, Leidsegracht ... alle diese Umzüge hatten lediglich zu der schleichenden Entfremdung zwischen uns beigetragen.

Im Huize Oldehoeck, ja, da war sie, bis zu Tonios erstem Geburtstag, glücklich gewesen. Das war die Gegend, in der sie ihre früheste Kindheit verbracht hatte. Schräg gegenüber war sie geboren, in der CIZ, der Zentralen Israelitischen Krankenanstalt – mittlerweile eine Jellinekklinik für Suchtkranke. Ihre Heimat. Wenn ich ein Haus für sie kaufen wollte, mußte es dort stehen und nirgendwo sonst.

11

»Da kommen die Ritter.«

Ein Freund hatte mir eine CD mit der elften Sinfonie von Schostakowitsch geschenkt. Ich hörte sie mir an jenem Nachmittag zum erstenmal an, während Tonio in einer Ecke des Zimmers mit seinen Legosteinen spielte. Ich hatte noch nie ein Kind erlebt, das so in seinem Spiel aufgehen konnte. Der Welt vollkommen entrückt, wie man so sagt.

Irgendwo im mittleren Teil der Sinfonie verstummt die Musik fast vollständig, worauf laut und trocken und klar ein Wirbel auf der Snaredrum ertönt, und dann noch einer – immer lauter und lauter. Tonio sprang auf, zog den Schnuller aus dem Mund und rief mit ausgestrecktem Arm: »Da kommen die Ritter ...!«

Keine Ahnung, welches Märchen sein intensives Spiel durchkreuzt hatte, doch er blieb mit überraschter Miene, einen Sabberfaden an der Unterlippe, stehen und hörte zu, bis die Snaredrum von anderen Instrumenten vollständig überflutet worden war. Er drückte sich den Schnuller wieder zwischen die Lippen und warf sich erneut auf die Knie vor dem

Lego-Berg. Ich setzte mich neben ihn und fragte: »Was war das ... was hast du da gehört, Tonio?«

Seine Bausteine nahmen ihn schon wieder ganz in Beschlag. »Das waren die Ritter«, sagte er leise, jetzt abwesend. Und wie in einer Art gleichgültiger Trance wiederholte er, immer leiser, ein ums andere Mal: »Das waren die Ritter ... die Ritter ...«

12

Zehn vor fünf. Die Neurochirurgin kam als erste herein. Sie hatte ihre hellblaue Duschkappe noch auf: Das Gummiband war hochgekrochen, wodurch sie jeden Augenblick vom Haar rutschen und zu Boden segeln konnte. Die letzte ihrer beiden Begleiterinnen schloß die Tür, die den ganzen Tag offengestanden hatte, hinter sich – und dadurch wußte ich es. Tonio war verloren.

Die Chirurgin setzte sich an die Stirnseite des Tischs und sah abwechselnd Mirjam und mich an. Um den Mund einen fast verbissenen Zug, zweifellos von all den im OP unternommenen Anstrengungen. Schließlich blieb ihr ernster, unwillkürlich strenger Blick an mir haften. Die Art und Weise, wie sie atmete, verriet großen Streß. Sie schüttelte den Kopf.

»Es geht nicht gut«, sagte sie zögernd, um gleich darauf hinzuzufügen: »Es ist nicht geglückt.«

Aus Mirjam brach ein Strom beinahe melodischen Geheuls. Ihr Kopf sank, hin und her schwankend, immer weiter nach unten, als wollte sie ihn buchstäblich in ihren Schoß legen. Einen Arm um ihre Schulter geschlungen, drückte ich sie an mich. Ihr Beben mischte sich mit meinem.

»Das Gehirn war schwer traumatisiert«, fuhr die Chirurgin fort. »Es schwoll immer weiter an. Erst rechts, dann auch links. Außerdem fielen verschiedene Funktionen aus. Der Blutdruck sank drastisch ... die Blutgerinnung war erbärmlich ... Er war nicht zu retten. Wir haben die Behandlung einstellen müssen. Er wird jetzt auf die Intensivstation gebracht, damit Sie Abschied von ihm nehmen können. Er liegt noch an der Beatmung, aber die wird gleich abgestellt.«

Aufgegeben, aber noch nicht tot.

»Seien Sie versichert«, sagte ich mit brüchiger Stimme, »daß wir Ihre Bemühungen sehr zu würdigen wissen.«

Sogar ich war mir jetzt, obwohl ich sie nicht selbst roch, meiner penetranten Knoblauchfahne bewußt. Mir wurde der baldige Tod meines Sohnes verkündet, man würde ihm gleich den Atem abschneiden, und meine Gedanken verweilten bei meinem eigenen, verunreinigten Atem. *Aglio olio.*

Die Ärztin erhob sich und gab uns beiden die Hand. »Ich wünsche Ihnen viel Kraft.«

Ich blinzelte und spürte an meinen Wimpern und Lidern eine kalte Feuchtigkeit, als wären da alte, vergessene Tränen, vor langer Zeit abgekühlt. Zusammen mit einer der Frauen verließ die Neurochirurgin den Raum. Die dritte Ärztin wandte sich mit den Worten an uns: »Er ist jetzt vielleicht noch im Aufzug auf dem Weg hierher. Eine Schwester sagt Ihnen Bescheid, wenn Sie zu ihm dürfen. Sie nehmen am besten von ihm Abschied, solange er noch beatmet wird. Erschrecken Sie nicht über seinen Oberkörper, der ist stark angeschwollen. Von den inneren Blutungen.«

Ich mußte die Zeit in die Länge ziehen. Ich mußte sein Leben in die Länge ziehen.

»Ihr stellt die Behandlung ein«, wiederholte ich die Worte der verschwundenen Chirurgin.

Die Frau nickte. »Die Behandlung fortzusetzen wäre medizinisch sinnlos … und unverantwortlich.«

Ich mußte an mich halten. Ich durfte mich nicht gegen diese medizinische Entscheidung auflehnen. (Eine Entscheidung, die bereits unwiderruflich durch die Stärke des Aufpralls, durch das Schicksal, dem man die Augen verbunden hatte, getroffen war.) Es ging hier nicht um Euthanasie. Ich mußte mich hüten, die Beherrschung zu verlieren und zu verlangen, daß die Behandlung fortgesetzt würde. Die Geschichten waren bekannt. Familienmitglieder, künftige Hinterbliebene, mit geballten Fäusten vor dem Arzt, das Bett mit dem geliebten Angehörigen durch eine Menschenkette gegen die Schwester abschirmend, die den Auftrag hatte, die künstliche Beatmung auszuschalten.

Ich nickte meinerseits. Die Ärztin lächelte traurig und verließ den Raum. Ich mußte mir den vergeblichen Gedanken an einen Tonio, der noch zu retten sein könnte, aus dem Kopf schlagen und mich voll und ganz Mirjam zuwenden und ihr Mut machen, damit sie Abschied von ihrem soeben aufgegebenen Sohn nehmen konnte. Sie saß noch immer mit gekrümmtem Rücken da und weinte. Nicht mit voller Kraft, und gerade das war das Herzzerreißende: daß etwas Stilles und Bescheidenes von ihrem Kummer ausging. Sogar jetzt.

»Komm, Minchen.« Ich drückte sanft ihren Oberarm. »Wir müssen uns auf den Abschied vorbereiten. Sie können uns jeden Moment holen.«

Mirjam schüttelte den Kopf. »Ich kann nicht.«

»Denk an den Abend vor zwei Wochen, in der Staalstraat«, sagte ich. »Wir hatten es so gut zusammen. So eng zu dritt. Denk ganz intensiv daran, wenn wir gleich zu ihm gehen. Dieser Abend, das war der wahre Abschied. Ohne daß wir es wußten.«

13

Es wird wohl nicht Tonios Idee gewesen sein, aber in seiner Studiengruppe war der Plan entstanden, einmal zusammen mit allen Eltern etwas trinken und anschließend essen zu gehen. Dafür war der siebte Mai festgelegt worden, ein Freitagabend. Tonio hatte Mirjam die Einladung gemailt mit dem Zusatz: »Ich weiß nicht, ob das was für euch ist ...«

Er wußte, daß wir seit einem Jahr alle Geselligkeit außer Hause mieden. »Aber es geht um Tonio«, sagte Mirjam. »So viel Gelegenheit gibt es nicht, ein bißchen Interesse für sein Studium zu zeigen.«

»Gut, wir melden uns an.«

Der siebte Mai war ein kühler Tag, an dem bekannt wurde, daß der Mann, der Andrea Luten erwürgt hatte, gefunden worden war, daß der Tod der Turkish-Airways-Piloten bei Schiphol auf deren eigenes Versagen zurückzuführen war und daß der »Dam-Schreier« sich für die Lärmbelästigung entschuldigt hatte. Wie um noch einmal zu betonen, daß es eine Woche voller Störsender war, hingen den ganzen Nachmittag über zwei Hubschrauber in der Luft, einer von der Polizei und einer vom Rundfunk – und zwar im Zusammenhang mit dem Giro d'Italia, der hier startete, weil Amsterdam seinen Ruf als »düsteres Festzelt«, wie Gerard Reve seine Geburtsstadt einmal charakterisiert hatte, um jeden Preis bestätigen mußte. Abgelenkt durch das pulsierende Rotieren beschloß ich, den siebten Mai nicht als vollwertigen Arbeitstag zu betrachten. Nachher ein Glas mit Tonio trinken. Auf dem Weg ins Badezimmer, wo ich mich rasieren wollte, landete ich im Bett für ein Nickerchen.

Währenddessen spielte sich an der Haustür ein kleines Drama ab. Meine Schwiegermutter hatte in einer spontanen Anwandlung oder »in überspanntem Zustand«, wie Polizeiberichte es nannten, ihr Heim Sint Vitus verlassen und war im Taxi bei uns vorgefahren. Sie kam, um Mirjam für sich zu reklamieren – aus welchem Grund, das blieb unklar, aber so ging es nicht weiter. Ich wußte, daß der Umgang zwischen Mutter und Tochter schon seit Monaten strengen Regeln unterlag, versuchte aber, mich so wenig wie möglich einzumischen.

Mirjam weckte mich, um mir den Hausfriedensbruch zu melden. Ihre Heftigkeit war besorgniserregend: Seit einem Jahr kam immer mehr Unschönes aus ihrer Jugend an die Oberfläche. Ich wurde nicht ganz schlau daraus.

»Was hast du mit ihr gemacht?«

»Sie wieder ins Taxi gesetzt. Ich war wütend. Genau in dem Moment kam Thomas.« (Sie meinte meinen Lektor.) »Was der sich wohl gedacht hat. Steh ich fast schreiend da und schubse meine Mutter in ein Taxi. Er hat diesen Umschlag für dich gebracht.« Und gespielt bedripst: »Die Blumen, die er dabeihatte, waren auch nicht für mich.«

Sie bestand so ungefähr darauf, daß ich, bevor wir uns auf den Weg zu Tonio machten, einen Schnaps mit ihr trank, damit sie sich beruhigen konnte.

»Sonst übersteh ich den Abend nicht.«

Ich rasierte mich schnell, wir genehmigten uns rasch ein Glas, und dann wurde es Zeit, ein Taxi zu bestellen. Das Essen sollte im Atrium auf dem Binnengasthuis-Gelände stattfinden. Zuvor Sammeln im dortigen Kellercafé. Das Taxi wurde von den Giro-Vorbereitungen nicht behindert, so daß wir reichlich vor der vereinbarten Zeit (halb sieben) an der Theke saßen. Bier aus Plastikbechern, was soll's.

Um Viertel nach sieben noch kein Tonio. Mirjam rief ihn auf dem Handy an. Ja, es sei so … sein Fahrrad sei am Hauptbahnhof stehengeblieben, und jetzt habe er die Straßenbahn genommen. Er sei ungefähr auf halber Strecke. Bis gleich. *Hui.* (Sein Abschiedsgruß klang abwechselnd wie »hui« oder »oi«.)

Auf einmal stand er neben uns, genauso unauffällig angeschlichen, wie er immer das Wohnzimmer betrat. Das leicht verlegene Grinsen in Verbindung mit einer leichten Beugung des Oberkörpers – seine Begrüßung. Er küßte seine Mutter nicht selbstverständlich: das mußte von ihr kommen. Ich begnügte mich damit, seine Schulter kurz zu drücken.

Als ich glaubte, Tonio stehe am Beginn der Pubertät, beschloß ich, ihn künftig möglichst wenig in Verlegenheit zu bringen, indem ich ihn in der Öffentlichkeit knuddelte. (Als ich ihn einmal auf der Straße einer zufällig getroffenen alten Freundin vorstellen wollte und ihm dabei den Pony aus den Augen strich, riß er sich los und tanzte grimmig, mit geballten Fäusten, um mich herum, wobei er meinen Bauch als Punchingball benutzte.) Aber so etwas spielt sich natürlich erst allmählich ein. Als wir uns eines Abends, nebeneinander auf der Couch, ein Quiz im Fernsehen ansahen und beide laut über den Ausrutscher eines Kandidaten lachen mußten, zog ich ihn spielerisch und neckend an mich. Ich hatte erwartet, er würde mich knuffen, doch genauso, wie ich ihn an mich gezogen hatte, blieb er liegen, schräg an mich gelehnt. Tonio schob eine Hand hinter meinen Rücken und kroch immer näher. Es war wohl eine Erleichterung für ihn, daß es das noch gab in der coolen Welt, die er gerade für sich selbst schuf.

Wir hatten Tonio wochenlang nicht gesehen. »Du siehst gut aus«, sagte ich, »aber das hörst du natürlich nicht gern.«

Er tat meine Bemerkung mit einem Grinsen ab. Seit sein Pubertätsfett geschmolzen war, hatte er mehr und mehr den kompakten Körper seiner ersten Gymnasiumsjahre wiedererlangt. Im kommenden Monat würde er zweiundzwanzig. Vielleicht weil er sein langes Haar ausnahmsweise nicht in einem Pferdeschwanz trug, fiel mir die Ähnlichkeit mit einem im Sommer 1973 aufgenommenen Foto von mir auf, wenige Monate vor meinem zweiundzwanzigsten Geburtstag. Ich stehe auf einem Felsen mitten im schnell strömenden Wasser, und ob zu Recht oder Unrecht, ich fühlte mich in dem Alter auch wirklich mit allen Wassern gewaschen. Als ich jetzt Tonio eingehend ansah, wurde mir bewußt, daß ich ihn seit seinem Abitur vor vier Jahren nicht seiner Entwicklung gemäß behandelt hatte. Ich hatte die Bekanntschaft mit dem Erwachsenen immer wieder aufgeschoben und ihn in den vergangenen Jahren ständig mit Ratschlägen überschüttet, die für einen unsicheren Heranwachsenden bestimmt waren. Er, seinerseits, war zu höflich gewesen, mich zu korrigieren.

Es war doch so einfach. Bretagne 1973 und die Jahre danach hatten sich meinem Gedächtnis nicht entzogen. Wenn ich den demnächst zweiundzwanzig-, dreiundzwanzig-, vierundzwanzigjährigen Tonio nicht weiterhin wie ein Kind behandeln wollte, brauchte ich nur an mich selbst in diesem Alter zu denken.

Die Routine, mit der er ein Glas Bier nach dem anderen hinunterkippte, war jedenfalls ganz sein Vater Anno 1973. Nachdem wir eine halbe Stunde lang Neuigkeiten ausgetauscht hatten, blickte er sich unruhig um. »Ich sehe wenig Studienkollegen. Und noch weniger Eltern.«

Tonio machte einen Rundgang durch den vollen Kellerraum und warf einen Blick in das angrenzende Atrium, in dem gedeckte Tische standen. Wieder zurück, zuckte er mit den Achseln.

»Vielleicht hab ich was nicht mitgekriegt«, sagte er, »vielleicht ist der Termin verschoben worden oder so.«

»Wir nehmen noch eins«, sagte ich, »und warten in aller Ruhe.«

So verstrich eine weitere halbe Stunde. Es tauchte kein einziger aus seiner Studiengruppe auf, sei es mit oder ohne Eltern. Er tat mir leid, als er noch einmal, unsicherer als vorhin, das Lokal durchquerte und schließlich mit leicht gequältem Grinsen zu uns zurückkehrte. Armer Junge. Jetzt hatte er seinen Vater und seine Mutter antanzen lassen, und es stellt sich heraus, er kann ihnen nichts bieten. Er stöhnte.

»Ich hab bestimmt irgendeine Mail nicht gekriegt.«

14

»Essen können wir überall«, sagte Mirjam.

Tonio hatte eine Idee. »In der Staalstraat«, sagte er, »da gibt's ein Lokal, in das ich manchmal mit Kumpels vom Studium gehe. Das Steak ist da ganz ordentlich, und es gibt diese grob geschnittenen Pommes.«

Wir in die Staalstraat. Amsterdam lag fröstelnd da. Irgendwo in dieser Stadt versammelten sich jetzt ungefähr fünfzehn Elternpaare und ihre Medien & Kultur studierenden Kinder in einem Restaurant und warteten auf Tonio und seine Eltern. Währenddessen saßen wir zu dritt im Restaurant 't Staaltje und erlebten den schönsten Abend seit Jahren. Ausgelassen, weil wir wieder einmal wirklich zusammen waren. Alle drei gut drauf. Vor allem Tonio sehr schlagfertig. Mir fiel auf, wieviel eloquenter er in der letzten Zeit geworden war. (Ich mußte an die gewundenen Sätze denken, die er schon mit sieben, acht Jahren mit seiner melodisch hohen Stimme von sich gab. Meine Enttäuschung, als er später, im Stimmbruch, viel abgehackter zu sprechen begann. Als störrischer Pubertierender schien er eine Zeitlang jedes Wort nur höchst widerwillig auszusprechen.) Mirjam und ich versuchten, seine Witzeleien noch zu überbieten. Der Ober, der unser Lachen mit neuen Getränken unterbrach, sagte: »Wäre doch jede Gesellschaft so.«

Erinnerungen wurden ausgekramt. Einige ließen uns still werden, aber nie für lange. Wir räumten das eine oder andere alte Mißverständnis aus. Und das Steak war wirklich nicht schlecht. Die Pommes hatten die versprochene flämische Rustikalität.

Nach einem etwas längeren Schweigen, als Wehmut sich breitmachte, sagte Mirjam zu Tonio, sie vermisse am meisten die sonntäglichen Streifzüge durch die Stadt, seit er aus dem Haus sei. Ihre Augen schimmerten. Tonio blickte auf seinen Teller. Es endete damit, daß sie sich verabredeten, selbstverständlich an einem Sonntag, die Armbanduhr kaufen zu gehen, die ihm mal in die Augen gestochen war und deren Kaufpreis bereits anläßlich seines Abiturs abgenickt worden war.

Mirjam: »Sonntag in einer Woche?«

Tonio: »Gebongt.«

Mirjam: »Nach dem Kauf Pommes im Voetboog. Wie früher.«

Tonio: »Gebongt.«

Gegen Mitternacht ließen wir ein Taxi kommen. Tonio

verkündete, er wolle ins Atriumcafé zurück. Möglicherweise werde er dort doch noch den einen oder anderen Studienkollegen treffen, der ihm erklären könne, was mit dem Elternabend schiefgelaufen sei. Der Fahrer kam ins Lokal und sagte, der Wagen stehe Staalstraat Ecke Kloveniersburgwal bereit. Tonio lehnte es ab, sich am Binnengasthuis-Gelände absetzen zu lassen: »Ist doch lachhaft nahe.«

Ich ging bereits hinter Mirjam Richtung Taxi, als mir einfiel, daß Tonio bestimmt noch etwas Geld für nachher gebrauchen konnte: Er hatte die Nacht noch vor sich, und wenn die letzte Straßenbahn weg war, wäre ein Taxi die Rettung. Ich drehte mich nach ihm um. Er mußte in dieselbe Richtung wie wir, doch merkwürdigerweise trödelte er vor der Tür des Lokals herum. Mit ein paar Schritten war ich bei ihm. Den Fünfziger, den ich ihm zustecken wollte, hielt ich bereits gefaltet zwischen den Fingern. Anstatt ihn ihm zu geben, ließ ich den Schein in der Tasche meines Regenmantels los, worauf ich Tonio umarmte.

Ich verstand meine eigene unerwartete Geste nicht. Er und ich, wir umarmten uns nur noch an seinem und meinem Geburtstag, wobei Mirjam das einzige Publikum war. Ich gab ihm drei feste Küsse auf seine Stoppelwangen und sagte: »Gut, daß es so gelaufen ist.«

Um ihn nicht noch mehr von meiner Rührung merken zu lassen, wandte ich mich rasch ab. Ich sah noch, wie er mit einem verlegenen Grinsen auf die Umarmung reagierte.

Ich rutschte neben Mirjam auf die Rückbank, und das Taxi fuhr durch die Nieuwe Doelenstraat Richtung Muntplein. Ich steckte die Hände in die Manteltaschen und stieß auf den zusammengefalteten Schein. »Wie blöd, jetzt hab ich *doch* noch vergessen, ihm was zuzustecken.«

Ich blickte durch die Rückscheibe, sah Tonio aber nirgends mehr.

»Er kommt schon klar«, sagte Mirjam.

KAPITEL VI

»Unser kleiner Junge«

man muß dem fotografen noch die blutlache zeigen
ihn seines hauses entwöhnen, sein farbband erneuern
Gerrit Kouwenaar, *man muß*

I

Unter der Uhr (17.00) erschien die Blondine, die wir im Laufe des Tages immer mehr als unsere persönliche Krankenschwester betrachtet hatten.

»Ihr Sohn ist vom OP auf die Intensiv gebracht worden«, sagte sie. »Wenn Sie Abschied von ihm nehmen wollen, dann kann ich Ihnen zeigen, wo er liegt.«

Ich zog Mirjam am Arm hoch. Sie machte ein paar wacklige Schritte, wie schlaftrunken.

»Ist es euch recht, wenn ich nicht mitgehe?« fragte Hinde, die ebenfalls aufgestanden war, mit erschrockenen Augen. »Ich kann das nicht.«

»Warte hier auf uns«, sagte ich.

Wir folgten der Krankenschwester durch den Gang. Bogen links ab. Ich drückte Mirjam, den Arm um ihre Taille, fest an mich, so daß wir nur kleine Schritte machen konnten. *Abschied.* Am Tag nach der Staalstraat hatte Tonio seiner Mutter eine SMS geschickt: daß er tatsächlich, blöd, eine Mail übersehen habe, in der ein anderer Ort für das Elternessen durchgegeben worden war. Mirjam simste zurück: Wir hätten infolge dieses Mißverständnisses doch einen ganzen

156

Abend für uns drei gehabt, schön. Den könne man uns nicht mehr nehmen.

An der nächsten Mündung der Gänge mußten wir nach rechts. Es war bestimmt mehr als voll auf der Intensivstation, denn in einer Art geräumiger Nische, direkt am Flur, stand ein Bett, in dem eine reglose Frau lag. Ihr gelöstes pechschwarzes Haar breitete sich über das Kissen aus, das davon fast vollständig bedeckt wurde. Ums Bett herum saß, auf Hockern, eine indische Familie, auf jeden Fall Hindus: Die Frauen trugen einen Punkt auf der Stirn. Sie saßen alle ergeben da, Ellbogen auf der Decke, und ließen keinen Blick von der Patientin, die im Koma zu liegen schien.

Aus welchem Impuls heraus hatte ich Tonio an jenem Freitagabend so nachdrücklich umarmt, mir nichts, dir nichts auf der Straße? Ich konnte jetzt leicht behaupten, ich hätte dort und damals Abschied vom *lebenden* Tonio genommen – doch dann hätte ich auf irgendeine Weise von dem nahenden Unheil wissen müssen, so wie betrügerische Börsenspekulanten in Kenntnis eines bevorstehenden Kurssturzes oder -anstiegs handeln.

Die Schwester ging gemächlich, so daß wir mit unseren aneinandergepreßten Körpern mühelos mitkamen. Unterwegs drehte sie sich zu uns um: »Wir haben, was den Raum betrifft, etwas improvisieren müssen, aber … na ja, Sie können ihn gleich sehen. Er wird noch beatmet.«

Ich drückte Mirjam fester an mich, aus einer plötzlichen Angst heraus, daß meine Vernunft versagen könnte. Der Angst, ich würde dem erstbesten Arzt zurufen: »Ihr mit eurer ganzen Technik … nicht abschalten! Weitermachen bis zum äußersten! Haltet ihn am Leben!«

Daß ich die Telefonnummer irgendeiner medizinischen Ethikkommission verlangen würde … den Vorsitzenden der Gesellschaft für Intensivmedizin anrufen würde: »Er lebt noch! Sorgen Sie dafür, daß man die Beatmung nicht abschaltet!«

Daß die primitivsten Instinkte in mir hochkommen würden, wie ich es bei der Gnumutter in der National Geographic
gesehen hatte. Sie war immer wieder zu ihrem bereits toten
Jungen zurückgekehrt, um die im Zickzack heranschleichen-
den Hyänen zu verjagen ...

Die Schwester blieb vor einem hellgelben Nylonvorhang
stehen, der seitlich vom Gang zwischen zwei Pfeilern aufge-
spannt war. Sie schlug einen Teil beiseite. »Hier ist es.«

2

Irgendwo da muß ich Mirjam losgelassen haben – vielleicht
weil der Durchgang zu schmal war. Ich trat einen Schritt vor
und noch einen. Auf einmal stand ich mitten in einer Art
oben offenem Zelt, auf drei Seiten aus diesem Nylon, das
einen am nassen Körper klebenden Duschvorhang in Erinnerung ruft. Die vierte Seite bildete ein großes Fenster, vor
dem in einigen Metern Entfernung ein Krankenhausbett
stand, das Kopfende links.

Er war es wirklich. Im Bett lag Tonio. Unser Sohn. Es war
also kein Irrtum gewesen, als man uns berichtet hatte, sie
seien im OP *mit ihm* beschäftigt. Hatte ich irgendwo tief in
mir noch gehofft, in dem nächtlichen Chaos hätte eine Verwechslung stattgefunden? Vergiß es. Hier lag Tonio. Unser
eigener, unverwechselbarer Tonio.

Ich griff neben mich, hinter mich, aber mein Arm fuch-
telte im Leeren. Mirjam, wo war Mirjam? Ich drehte mich
in die Richtung um, aus der wir gekommen waren. In einer
Ecke des gelben Zelts, in der Nähe eines der Pfeiler, saß
Mirjam auf einem niedrigen Hocker, festgehalten von zwei
Krankenschwestern, die sie mit aller Kraft hinunterzudrük-
ken schienen, wie um sie daran zu hindern, das schreckliche
Bild aus der Nähe zu betrachten. Eine der Frauen hielt in der
freien Hand ein tropfendes Wasserglas. Mirjam, Angst und
Tränen in den Augen, machte eine Bewegung, als wolle sie

aufstehen, als wolle sie sich aus dem Griff der fürsorglichen Hände befreien. Sie ließen sie los.

Gemeinsam näherten wir uns dem Bett. Mirjam nahm meine Hand, drückte sie.

»Jetzt sieh doch nur, unser lieber Tonio«, sagte sie leise, fast ohne zu weinen. »So ein lieber Junge ... Adri, das *darf* doch nicht sein.«

So hatte ich schon lange nicht mehr reagiert. Wenn ich sah, wie sich Tonio als Kind heftig stieß, Kopf gegen Tischecke, dann jagte mir das, zusammen mit einem kalten Schauer, Gänsehaut über das Skrotum. Ich hatte nie nachgeforscht, ob das eine allgemeine natürliche Reaktion war, die den Samen für eventuellen Kinderersatz höher hinauf, in Sicherheit, bringen sollte, jedenfalls zog sich bei mir der Boden des Hodensacks derartig zusammen, daß es die Hoden spürbar anhob. Zuletzt war das nicht in dem Moment passiert, in dem ich sah, wie Tonio sich verletzte, sondern erst hinterher, beim Anblick seiner Verletzungen. Ein Freund des Hauses war auf der Apollolaan Zeuge, wie Tonio auf dem Weg zur Schule die Ecke seiner am Lenker baumelnden Schultasche in die Speichen bekam und kopfüber zu Boden stürzte. Der Mann hatte sich des Jungen angenommen und ihn zu Hause abgeliefert. So fand ich Tonio etwas später im Wohnzimmer: voller Schrammen, Abschürfungen und Blutergüsse. Bei diesem Anblick straffte sich sofort mein Skrotum und stieß die Hoden gleichsam hoch, bis in die Bauchhöhle.

»Tonio ... was ist passiert?«

Sein gebrochenes Handgelenk '95 hatte er noch cool gefunden, und sei es nur, weil er sich den Bruch auf der glatten Fahrfläche der Autoscooter zugezogen hatte. Jetzt schien er sich zu schämen, als hätte er etwas Kostbares *von mir* beschädigt. Niedergeschlagen und äußerst widerwillig beschrieb er den Unfall in knappen Worten. (Auch später, als die heilenden Wunden längst zu jucken begonnen hatten, wurde es keine coole Standardgeschichte in seinem Repertoire. Vielleicht hatte er verstanden, wie verletzlich ein Fahrradfahrer im Stadtverkehr sein konnte.)

Beim Anblick von Tonio im Krankenhausbett war die Empfindung wieder da: ein Skrotum aus gegerbter Gänsehaut, die ihre Dehnbarkeit für immer verloren zu haben schien.

Natürlich, vor seinem angeschwollenen Oberkörper, Folge der inneren Blutungen (man hatte ihm eine vergebliche Transfusion nach der anderen gegeben), waren wir bereits gewarnt worden. Krankenschwestern hatten die Decke locker so um seinen Oberkörper drapiert, daß der geblähte Rumpf weniger auffiel, doch wenn man es wußte, sah man es doch.

Man hatte ihm die Kleider weggeschnitten, zweifellos bereits am frühen Morgen im Rettungswagen. Seine nackten Schultern ragten aus der Decke. Sie waren an den gleichen Stellen behaart wie meine. Ganz entgegen dem Zeitgeist gab er sich mit Enthaarungsaktionen nicht ab. (In seinem Freundeskreis bezeichneten sie sich selbst manchmal voller Selbstspott als »einen Haufen altmodischer Hippies«.) Ich streichelte seine Schlüsselbeine: Das Muster der weichen Härchen fühlte sich vertraut an.

Sein hübsches Gesicht war nahezu unversehrt. Wir mußten uns mit der rechten Seite begnügen – hatten zumindest keine Möglichkeit, um das Bett herumzugehen. Das stolze Profil. Nase und Kinn kräftig. Die vollen Lippen, die es so gut verstanden, ein Grinsen mit einem Lächeln zu verbinden. Die dichten Augenbrauen mit ihrer Tendenz, ineinander überzugehen. Die geschlossenen Augen, die sich nie mehr öffnen würden, um, im richtigen Licht, ihre goldgesprenkelten braunen Iriden zu zeigen.

Wie oft hatte ich nicht schon auf einen schlafenden Tonio geblickt … Dies hier war anders. Es war kein Schlaf, den er uns hier vorspielte. Er schlief nicht, und er war auch noch nicht aus dem Traum erwacht, der das Leben war.

Das Mundstück des Beatmungsschlauchs war von einem harmlosen Hellblau, wie der Teil eines Kinderspielzeugs. Das gleichmäßige Rauschen des künstlichen Atems mit dem ganz leichten Schlürfgeräusch hatte etwas Beruhigendes, wie bei jemandem, der friedlich schlummert. Es erinnerte auch daran, wie er früher gleichsam in Trance an seiner Flasche verdünnter Schokomilch saugte, mit langen Zügen durch die Nase atmend, den nach innen gerichteten Blick voll heiterer Ruhe – wie jetzt.

Seinem Stoppelbart nach zu urteilen, hatte Tonio sich seit Donnerstag, als er das Mädchen fotografierte, nicht mehr rasiert. Mitten durch die Härchen verlief eine doppelte schwarzrote Tüpfellinie aus getrocknetem Blut, die vom Hals über das Kinn kletterte, den Mund überquerte und an der Oberlippe endete – exakt parallel wie stilisierte Gleise auf einem Stadtplan. Der Wundstrich sah eigentlich sehr zart aus, wie eine ungefährliche Verletzung, die sich ein Wagemutiger bei einem Patzer zugezogen hat. *Ups.* Verrechnet.

In dem Alter, in dem er noch viele Wörter verdrehte, gab ich Tonio, bevor ich mich rasierte, manchmal einen kratzigen Stoppelkuß. Dann rieb er sich ärgerlich über die versehrte Wange und rief, die Verben *scheren* (rasieren) und *schreeuwen* (schreien) durcheinanderbringend, gespielt böse aus: »He, du mußt dich schreien ... hörst du, du mußt dich schreien.«

Weil der *Homo duplex* auch jetzt mehrere Register gleichzeitig zog, mußte ich an eine Verszeile von Gerrit Kouwenaar denken: *men moet zijn winter nog sneeuwen* (man muß seinen winter noch schneien). Fast zwanzig Jahre zuvor hatte Tonio mir eine ähnliche Zeile präsentiert.

Men moet zijn kaken nog schreeuwen (man muß seine kiefer noch schreien).

Ja, lieber Junge, ich mußte mich noch schreien. Es war ein Wunder, daß ich da nicht mit der ganzen Kraft meiner Stimme brüllte. Ich beugte mich zu seinem Gesicht und tauschte einen männlichen Stoppelkuß mit ihm. Den Schrei hob ich mir für später auf.

Hatte ich erwartet (gefürchtet), daß Mirjam vor Entsetzen laut aufschreien würde? Leise schluchzend sagte sie nur ein ums andere Mal: »Tonio, dieser liebe Junge ... schau doch nur, Adri.«

Auch Mirjam drückte ihm einen Kuß auf die Wange. Sie richtete sich wieder auf, kopfschüttelnd. »Er riecht nicht nach sich selbst. Er hat einen wahnsinnig starken Medizingeruch an sich ... riechst du das?«

Ich hatte es bereits bemerkt.

»Wenn ich ihm seine saubere Wäsche brachte«, sagte sie, »und er kam gerade aus dem Bett, dann konnte er so schön nach Jungensschweiß riechen.« Sie streichelte sein Gesicht mit dem Handrücken. »Das ist jetzt ganz weg.«

Als junge Mutter glaubte Mirjam jedesmal mit der Nase feststellen zu können, wenn Tonio dabei war, krank zu werden. »Nimm mal den Schnuller aus dem Mund ... und jetzt kräftig ausatmen.« Sie schnupperte an seinem Atem. »Siehst du, du hast einen leichten Azetongeruch. Ich hoffe, du bekommst keine Grippe.«

Danach rannte der Kleine aufgeregt zu seinem Vater. Er zog noch einmal den Schnuller aus dem Mund und stieß mir seinen feuchten Atem voll ins Gesicht. »Ich hab einen Azetongeruch«, rief er dann stolz. »Ich werde vielleicht krank.«

Ich roch nie etwas anderes als den Duft frischer Äpfel. Nicht viel später lag er theatralisch stöhnend auf den Knien in seinem Bett, den kleinen Po schon mal nach oben gereckt, um das Thermometer zu empfangen.

»Sie haben ihn kahlrasiert«, sagte ich.

Um die Einschnitte zu verhüllen, hatten sie ein kleines Handtuch über seinen Kopf drapiert, locker, wie die Kopfbedeckung eines Scheichs, allerdings ohne Reif. So ging mir erst jetzt auf, daß sein Schädel geschoren war. Wenn er wach wurde, würde das Haar vielleicht schon wieder einen Millimeter oder so nachgewachsen sein. Ich würde ihn mit den Worten begrüßen: »Aha, beim Friseur gewesen?« Und gleich darauf: »Jetzt läßt du dich also schon mit dem Rettungswagen zu deiner Prüfung bringen ...«

Worauf er antworten würde: »Dschieses, wohl gut gearbeitet heute«, denn das war seit vielen Jahren die (irgendwann von seiner Mutter geäußerte) Standardentgegnung auf eine blöde Bemerkung meinerseits.

Aus seiner Stirn (oder etwas höher, das war aufgrund des verschwundenen Haaransatzes nicht mehr genau festzustellen) ragte ein kleiner Turm, eine Art Schachfigur, aus rotem Kunststoff: die Dränage, die man im Schädel verankert hatte, um die Flüssigkeit aus seinem anschwellenden Gehirn abzuleiten. Das erinnerte mich wieder an sein kaputtes Hirn, das selbst den fadesten Scherz nicht mehr würde aufnehmen können, vorausgesetzt, er erwachte überhaupt aus dem Koma.

Ein Junge, gesund an Leib und Gliedern, mit einem guten Verstand. Bevor er bei uns auszog, war Tonio noch von Kopf bis Fuß untersucht worden: ganz und gar heil, kein noch so kleiner Makel. In den letzten zwölf Stunden seines Lebens hätte er, körperlich wie geistig, nicht behinderter sein können. Nicht einmal atmen konnte er noch aus eigener Kraft. Beide Gehirnhälften irreparabel beschädigt. *Um Himmel willen*, wozu war es gut, daß Mirjam und ich fast zweiundzwanzig Jahre lang so einen prachtvollen Jungen in unserer Mitte gehabt hatten, ein Kind, das mit seiner schieren Lebenslust *uns* gesund und am Leben erhielt, und daß wir jetzt Abschied von einem denkbar Schwerstbehinderten nehmen mußten, dessen Lebenserwartung gleich Null war und dessen geistige Fähigkeiten ebenfalls auf Null gesunken waren?

All die Jahre des Stolzes auf das hübsche und kluge Wesen, das wir gemeinsam hervorgebracht hatten ... Letztendlich war es dieses aufgegebene Wrack, das ich mit ihr gezeugt und das sie für uns geboren hatte.

Zeit, zu gehen. Es fiel mir schwer, mir nun ausgerechnet dieses Bild von Tonio, wie er dort lag, für den Rest meines Lebens einzuprägen. Erhob nur der letzte Eindruck, den jemand hinterlassen hat, Anspruch auf Gültigkeit? Ich mußte darum kämpfen, auch im Namen von Mirjam und Tonio selbst, daß die unversehrte Ausführung meines Sohnes von neuem anerkannt wurde.

Ich sah mich um. Außer uns dreien war niemand in dem gelben Zelt, doch hinter dem Nylon spürte ich die Anwesenheit des Personals. »Minchen, wir gehen jetzt besser. Sie schalten gleich die Beatmung ab.«

Ich erschrak über das Unwiderrufliche in meinen Worten. Abschalten bedeutete: bis der Tod eintritt. Aufschub. *Jetzt.* Mein Bruder Frans, Tonios einziger Onkel, war noch in Spanien. Er konnte frühestens morgen früh nach Amsterdam zurückfliegen. Ich hatte mal gehört, daß man in seltenen Ausnahmefällen, zum Beispiel wenn ein naher Angehöriger von sehr weit anreisen mußte, um Abschied zu nehmen, das Abschalten der Beatmung um vierundzwanzig Stunden hinauszögerte. Länger ließ es sich nach menschlichem Ermessen nicht verantworten. Mehr als vierundzwanzig Stunden brauchte Frans auch nicht für eine Nacht Schlaf (oder Schlaflosigkeit), den Flug nach Schiphol und die Taxifahrt zum AMC. Inzwischen erhielt Tonio die Chance, um … Um was? Um aus dem Koma zu erwachen und zu den Lebenden zurückzukehren?

»Unser lieber Tonio«, sagte Mirjam leise weinend. »Er war immer nur nett zu allen.«

Sie drückte ihm noch einen Kuß auf die fahle Wange, die sich unter ihren Lippen eindellte: Sie hatte ihre Elastizität verloren. Bei einem letzten Kuß, auf seine Stirn, streifte ihr Kinn die Dränage.

Es schien, als hätte ich es jetzt eilig. Ich faßte Mirjam von hinten an den Schultern und schob sie sanft zu der Öffnung im Vorhang, zurück auf den Gang.

Mich an Mirjam klammernd, wankte ich mit weichen Beinen über den Gang der Intensivstation. Ich hatte das Gefühl, ich hätte in einer Gesellschaft Krach bekommen, hätte jemandem kurz und heftig die Wahrheit gesagt und ginge jetzt, nach Verlassen des Ortes des Zusammenpralls, mit schlotternden Knien davon, wobei die Erkenntnis zunahm, daß ich unrecht hatte und genausogut eine Tracht Prügel hätte beziehen können.

Wir gingen an der Ausbuchtung im Gang mit der Hindufamilie vorbei, wo rund um das Bett der Komapatientin kein Ellbogen verrückt und keine Haarlocke verschoben schien. Anstatt danach links abzubiegen, zu dem Raum, in dem Hinde auf uns wartete, gingen wir geradeaus weiter und verirrten uns etwas. Es war, als schöbe ich das letzte Bild von Tonio mit der Stirn vor mir her. An der nächsten Gangmündung, wo wir meiner Meinung nach links mußten, blieb ich plötzlich stehen. Ich drückte meine Finger tief in Mirjams Oberarm.

»Minchen, wenn sie die Beatmung abschalten … gerade dann müssen wir bei ihm sein. Wir können ihn nicht allein sterben lassen … das wäre ja Verrat …«

Ich hatte gehetzt gesprochen. Wir eilten zurück, an der Hindu-Nische vorbei, den ganzen Gang entlang, und fanden schließlich den gelben Vorhang. Tonio wurde noch beatmet. Bei den Geräten am Fußende stand jetzt eine Schwester, die nicht aufsah, als wir näher kamen. Sie richtete ihre Aufmerksamkeit auf die blauen digitalen Blitze des Apparats, der Tonios Funktionen, sofern noch intakt, registrierte. Es konnte sein, daß sie es war, die den Auftrag erhalten hatte, die Beatmung auszuschalten, und sich durch unser Kommen überrascht fühlte.

Mirjam ließ sich von dem Chemiegeruch um Tonio nicht abschrecken und begann wieder, sein Gesicht zu streicheln und zu küssen und Worte zu flüstern, die ich nicht verstehen konnte. Ich achtete auf Tonios rechte Hand, die reglos auf dem Bettrand lag, die Finger in beliebiger Haltung zwischen gestreckt und gekrümmt – einfach ein Gegenstand, den man dort hingelegt hatte. Die Fingernägel waren beschädigt und trugen Trauerränder.

Als ich Mirjam gerade kennengelernt hatte, hatte ich sie mit ihren »schmuddeligen Fingern« aufgezogen – eine Pigmentsache, weshalb ihre Finger zu den Spitzen hin dunkler wurden. Ich sah erst jetzt, daß Tonio diese angeborene Verfärbung von seiner Mutter geerbt hatte, aber als ich genauer hinschaute, fiel mir auf, daß seine Fingerspitzen wirklich schmutzig waren. Ich machte Mirjam darauf aufmerksam.

»Schau mal, der Schmutz unter seinen Nägeln. Er ist eindeutig über den Asphalt gerutscht.«

»Schmutzige Nägel, die hatte er immer. Wie oft ich ihm das gesagt habe …«

Es klang fast nüchtern, wie eine überholte erzieherische Mitteilung. Die Schwester war am Fußende stehengeblieben, ohne zu uns zu schauen, in einer Haltung, als hätte sie uns nicht mal bemerkt. Sie machte irgendwelche Handgriffe an dem Blitze produzierenden Apparat, doch aus den Augenwinkeln konnte ich nicht erkennen, was *genau* sie da tat.

Ich ergriff Tonios Hand, die sich in ihrer Willenlosigkeit plump und schwer anfühlte. Die Finger waren geschwollen und erinnerten mich an seine Gliedmaßen, als er mir, direkt aus dem Mutterschoß, wie eine Handvoll Würstchen in die Arme geworfen worden war. Er war noch ungewaschen. In den aufgeschwemmten, bläulichrot verfärbten Ärmchen und Beinchen steckte erst wenig Leben. Alle verfügbaren Schwesternhände wurden benötigt, um vermeintliche Komplikationen bei der Mutter zu bekämpfen. Wie sich zeigte, war alles halb so schlimm, doch währenddessen saß ich da mit dem klebrigen kleinen Scheusal auf meiner Jeans. (Ich würde noch wochenlang in ihr herumlaufen, ohne den eingetrockneten Abdruck aus Schleim und Blut herauswaschen zu lassen, wie ein stolzer Indianer mit Bärenblut auf der Jacke.) Schreien, das tat er, aber ohne Beteiligung seines kleinen Körpers. Um seine Lebensfähigkeit zu testen, stieß ich mit dem Finger gegen das Puppenhändchen. Sofort schlossen sich die hauchzarten Fingerchen darum. Geburt geglückt.

Ich legte Tonios Hand wieder hin und schob meinen Daumen darunter, mit dem ich seine Handfläche kraulte. Sie bewegte sich nicht. Die Haut fühlte sich lauwarm an. Normalerweise würde man sagen: Seine Hand fühlte sich angenehm trocken und kühl an. Jetzt wußte ich, es war eine Temperatur zwischen Leben und Tod.

Ich strich mit dem Daumen weiter rhythmisch über seine Handfläche – bis der Apparat am Fußende erregt piepste und ich den Arm erschrocken wegzog. Das Geräusch hatte bei aller elektronischen Kühle etwas Aufgeregtes, wie bei einer Vogelmutter, die Alarm schlägt, wenn ihr Nest bedroht wird (bei uns im Efeu). Mirjam fuhr zusammen und begann zu zittern. An Tonios inertem Zustand hatte sich äußerlich nichts geändert. Ich schaute zur Schwester, die ihren Blick weiter auf die Anzeige richtete und nicht beeindruckt schien.

»Bedeutet das, daß es vorbei ist?« fragte ich sie.

»Nein, nein«, sagte sie leichthin, ohne den Blick von dem kleinen Monitor abzuwenden. »Es scheint im Gegenteil etwas besser zu gehen.«

»Besser ... was meinen Sie damit?«

»Na ja, was ich sage ... ich sehe ein wenig Besserung.«

Ich glaube nicht, daß ihre Worte irgendeine Hoffnung in mir erweckten, aber sie verwirrten mich. (Später stellte sich heraus, daß ihre Bemerkung, zum Glück, nicht zu Mirjam durchgedrungen war.) Die Alarmpieptöne verstummten. Bedeutete das, daß es mit der von der Krankenschwester bemerkten Besserung schon wieder vorbei war?

Auf einmal war ich mir nicht mehr sicher, daß sie diejenige war, die den Auftrag erhalten hatte, die Beatmung abzuschalten. Vielleicht hatte sie lediglich die Aufgabe, die Daten von den Apparaten abzulesen, was sie, den Fakten getreu, zu der Mitteilung veranlaßt hatte, es gehe »etwas besser«.

4

Diesmal erreichten wir das Wartezimmer, ohne uns zu verirren. Die Angst in Hindes Augen konnte sich nicht auf die Frage beziehen, wie es um Tonio stand, das wußte sie ja bereits, sondern galt uns: Wie es uns ging, wie sie uns auffangen sollte. Ich verstand es. Nie hatte ich irgend etwas so gefürchtet wie den ratlosen Kummer eines anderen.

Bevor wir uns hinsetzen konnten, schlug bei mir erneut die Panik zu. »Minchen, sie nehmen *jetzt* die Beatmung weg. Wir dürfen ihn *jetzt* nicht im Stich lassen.«

Schneller noch als beim vorigen Mal eilten wir den Gang entlang zum gelben Vorhang. Tonio in seinem Bett. Wenn das hellblaue Mundstück vor ihm auf der Decke gelegen hätte, wäre vielleicht noch Raum für den Gedanken gewesen, es sei ihm, schlecht befestigt, aus den Zähnen gefallen oder er habe es in seinem tiefen Schlaf ausgespuckt – aber es war nirgends mehr zu sehen. Sie hatten es weggenommen und versteckt, damit kein verzweifelter Familienangehöriger auf den Gedanken käme, die Beatmung wieder in Gang zu setzen.

Tonio atmete nicht mehr. Wie lange war es her, daß sie ihm den Atem abgeschnitten hatten? Wir waren nicht länger als zwei Minuten weggewesen. Möglicherweise war es gerade erst passiert … vor einer halben Minute … Die Schwester konnten wir nicht fragen, die war weg.

Hatten sie den obszönen Moment, in dem durch Menschenhand seinem Leben unwiderruflich ein Ende gesetzt wurde, vor uns verbergen wollen? Oder hatten wir, indem wir weggingen, selbst zu verstehen gegeben, daß wir nicht Zeuge sein wollten?

»Es ist jetzt wirklich soweit, mein Kleines«, sagte ich zu Mirjam. »Er liegt im Sterben. Man sieht, wie die Farbe aus seinem Gesicht weicht.«

Im Sterben. Ich versuchte, selbst daran zu glauben, weil ich sonst den Moment nie würde angeben können. Da war der Homo duplex wieder. Bei aller abgrundtiefen Trauer, in die ich versank, war noch Platz für andere Regungen. Zum Beispiel Stolz. Ich war stolz auf ihn: wie er da abgeklärt und souverän im Sterben lag. Er konnte es, er tat es, er starb. Das war mehr, als man bisher von mir sagen konnte. Mich beschäftigte noch kindisch meine Todesangst. Was Sterben anging, war mir Tonio um eine volle Mannslänge voraus.

Als wir ihn hier in dem gelben Zelt vorgefunden hatten, war er natürlich bereits hirntot gewesen. Richtig gestorben war er auf dem Operationstisch. In Etappen, als eine Körperfunktion nach der anderen ausfiel. »Er liegt im Sterben«, hatte ich zu Mirjam gesagt. Ich beließ es dabei.

Daß die Farbe aus seinem Gesicht wich, stimmte insofern, als er noch fahlbleicher wurde, als er es anfangs gewesen war. Seinen sehr hellen Olitenteint mußte er bereits frühmorgens auf der Stadhouderskade verloren haben. Jetzt hatte seine Gesichtshaut nicht einmal mehr Glanz. Die erschlaffende Haut öffnete die Poren.

Wenn ich in bangen Wachträumen meiner Gedanken und Visionen nicht Herr wurde, landete ich manchmal beim Bild eines gerade gestorbenen Tonio. Ich wurde dann so böse auf mich selbst, daß ich von meiner Liege aufsprang und mir mit beiden Händen die obszöne Vorstellung aus dem Kopf zwang. Handballen in die Augenhöhlen und so hart wie möglich reiben – bis nichts von dem Bild übrig war außer den explodierenden Lichtfunken auf meiner mitschuldigen Netzhaut.

Nun, hier lag er, Tonio. Tot. Ich hatte die ganze Zeit vi-

sionäre Vorschüsse auf das genommen, was sich unbegreif-
licherweise dennoch als möglich erwies. Wo war meine Wut
jetzt?

5

Auf einmal war sie wieder da, die Schwester, die bei unserem
vorigen Besuch eine gewisse Besserung in Tonios Zustand
festgestellt hatte – nein, sie war es nicht, es war eine andere.
Die junge Frau fingerte an einigen Knöpfen des Apparats
herum, der meinem Eindruck nach bereits ausgeschaltet war.
Im übrigen fiel mir auf, daß abgesehen vom Beatmungsgerät
noch alle Schläuche und Kabel an Ort und Stelle waren.

»Nur das Mundstück ist entfernt worden«, sagte ich zu ihr.
»Der Rest nicht.«

Ohne mich anzusehen, sagte sie: »Alles muß soweit wie
möglich an Ort und Stelle bleiben, bis der Gerichtsfotograf
da war. Die äußeren Verletzungen werden immer bei ange-
schlossenen Apparaten festgehalten. Ich weiß auch nicht,
warum. Das sind die Vorschriften.«

Ich fragte nicht, ob sie für die Fotosession der Form halber auch den Beatmungsapparat wieder anschließen würden.
Das wäre im übrigen nicht ganz einfach. Seit sie das Mundstück entfernt hatten, waren Tonios Lippen auseinanderge-
wichen, und seine Zunge begann, äußerst langsam hervor-
zuquellen, dick und träge, wie bei einem schläfrigen Mongo-
loiden. Fast hätte ich die Schwester gebeten, dem Vorgang
Einhalt zu gebieten, Kollegen hinzuzuholen, notfalls einen
Arzt – Hauptsache, dieses obszöne Anschwellen der Zunge
wurde gestoppt. Doch genau in dem Moment ging sie weg.
Der Nylonvorhang raschelte. Fort war sie.

So hatten wir ihn nicht gekannt. Tonio war bereits dabei,
sich unerkennbar zu verformen.

Mirjam wandte sich einem anderen beunruhigenden Detail zu. Mit dem Daumen versuchte sie, Tonios linkes Augen-

lid, das dabei war hochzukriechen, wieder zurückzuschieben. Elastisch, wie es offenbar noch war, sprang es jedesmal wieder in die halbgeöffnete Position. In früheren Zeiten wurden Geldstücke auf die Lider des Verstorbenen gelegt, damit sie sich nicht wieder öffneten. Der Homo duplex brachte mir ein Buch in Erinnerung, möglicherweise von Dickens, das ich als Junge gelesen hatte und in dem irgendein armer Teufel versuchte, die beiden Münzen vom Gesicht eines aufgebahrten Toten zu stehlen. Die Folge war, daß der Verstorbene den Dieb mit weit geöffneten Augen vorwurfsvoll ansah.

Wir taten besser daran wegzugehen, bevor Tonio, der erst so friedlich dagelegen hatte, mit unbegreiflichem Blick und wie bei einem Schwachsinnigen hervorgestreckter Zunge seinerseits Abschied von uns nähme. Wir küßten ihn beide noch einmal auf Wange und Stirn, wobei Mirjam murmelte: »Mein armer Schatz ... mein lieber Tonio.«

Am Morgen des 15. Juni 1988 hatte ich gesehen, wie er, unterstützt von den behandschuhten Händen einer Gynäkologin, aus seiner Mutter herauskam. Er riß sie auf, um sich Zugang zur Welt zu schaffen. Sie erlaubte ihm mit einem langgedehnten Schrei der Hingabe, ihren Damm aufzureißen, um sich den Weg hinaus zu bahnen. Knapp zweiundzwanzig Jahre später war ich Zeuge, wie er wieder in seiner Mutter verschwand – nicht in Gestalt eines Toten, sondern in Form einer dunklen Trauerwolke, die sich ihrer unauflöslich bemächtigte.

Ich trat einen Schritt zurück. Während Mirjam unseren Sohn mit ein paar letzten Streichelbewegungen und geflüsterten Worten bedachte, sah ich ihn so lange wie möglich an – nicht nur sein Gesicht, sondern die ganze Gestalt, vom Kopf bis zu den Füßen und wieder zurück.

Da er so klein war, hatten sie ihn, gleich nachdem er zum erstenmal gewaschen worden war, in einen Brutkasten gelegt. Zur Beobachtung. Weil Mirjam genäht werden mußte, schleppte eine Wochenpflegerin mich mit in die Brutkastenabteilung. Dort lag er in seiner gläsernen Wiege, in deren Wand sich weiße Rosetten befanden, durch die sorgende Arme gesteckt werden konnten. Eine viel zu große Pamper am Leib, war er an allerlei Kabel und Schläuche angeschlossen. Er schrie dünner, als ich je ein Neugeborenes hatte schreien hören. Die Beinchen hatte er weit hochgezogen, vielleicht weil er es monatelang so gewöhnt gewesen war. Aber es war, verdammt noch mal, mein Sohn, ohne jedes Wenn und Aber.

»Hier auf der Station ist es Sitte«, sagte die Schwester, »jedes neue Baby zu fotografieren. Das erste Foto geht aufs Haus, sagen wir immer.«

»Bitte, nur zu.«

Sie richtete eine Polaroidkamera auf die Seite des Brutkastens. Während sie den Apparat noch in die richtige Position zu bringen versuchte, hörte Tonio auf zu weinen. War das stumpfe Gesichtchen erst noch nach oben gerichtet gewesen, neigte es sich jetzt uns zu. Die Schwester drückte auf den Auslöser. Ich bildete mir ein, daß das Blitzlicht, das durch seine noch blinden Augenhäute drang, den Kleinen erneut zum Schreien brachte. Der Apparat in den Händen der Frau begann zu schnurren, und Tonios erstes Porträt, in einem schwarzen Viereck verborgen, kam zum Vorschein.

»*So* was von fotogen«, sagte sie und wedelte mit dem glänzenden Bild. »Genau im richtigen Moment aufgehört zu brüllen. Eine halbe Sekunde lang, mehr war nicht drin, aber es hat genau gereicht.«

Sie blies auf die dunkle Oberfläche, als müsse sie mit ihrem Atem das Bild beseelen. Und es gelang, ihre höchstpersönliche Entwicklungsmethode glückte: Langsam traten die Umrisse eines eingesponnenen Tonio an die Oberfläche.

Dieses erste Polaroid bewahrten wir immer noch auf, so ausgeblichen es inzwischen auch war. Gleich, fast zweiundzwanzig Jahre später, würde Tonio noch einmal, ver-

kabelt und mit Schläuchen verbunden, in einem Krankenhaus fotografiert werden, diesmal auf seinem Sterbebett
– höchstwahrscheinlich zum letztenmal. Das menschliche
Dasein war hinten und vorn nicht in Ordnung, doch die
Kreise waren immer schön rund, und das war das Schlimme daran.

Daß, wie sich jetzt zeigte, der Kreis meines Lebens den
von Tonios Leben umschließen konnte, machte für den Rest
der mathematischen Ewigkeit eine anrüchige geometrische
Figur daraus.

Mirjam und ich wußten, daß der Abschied jetzt endgültig
und für immer war. Ich möchte mich hartnäckig daran erinnern, daß wir rückwärts gingen, bis wir hinter dem gelben
Vorhang und auf dem Gang waren. Wahrscheinlicher ist, daß
wir uns immer wieder umdrehten, um uns dieses letzte Bild
von ihm noch schärfer, noch tiefer einzuprägen.

6

Entsetzen. Es gab kein anderes Wort dafür. Ich hatte das
Phänomen schon bei anderen beobachtet. Da ging es um
aktives Entsetzen, das sich nicht nur durch die Gesichtsmuskeln äußerte, sondern an dem der gesamte Körper teilhaben
zu wollen schien, ohne im übrigen auch nur die geringste Erleichterung schenken zu können. Hände griffen sich an die
Brust, Finger krallten sich in den Mund, der Atem imitierte
einen quietschenden Blasebalg.

»Nein ... *nein*.«

Mein Entsetzen war ein stilles, kaltes Entsetzen. Blut, Tränen, sonstige Körperflüssigkeit – alles schien, der Oberfläche
entzogen, in mein erkaltetes Inneres gelenkt zu werden, um
dort zu gefrieren.

Ich hatte noch eine Erinnerung an Tonio im Brutkasten. Sein Pimmelchen (der faltige Schniedelwutz, auf den ich als erstes geschaut hatte, um das Geschlecht des Kindes festzustellen) war mit einem Stück Tape so festgeklebt, daß es mit der Spitze in Richtung Füße zeigte, offenbar um zu verhindern, daß der Kleine über seinen noch nicht verheilten Nabel pinkelte. Man konnte ihnen nicht früh genug beibringen, richtig zu zielen.

Was hatten sie während der endlosen Operation mit seinem Geschlecht gemacht? In einem Dokumentarbericht über den Mord an John Lennon kam ein Arzt aus dem Krankenhaus zu Wort, in das der schwerverletzte Musiker gebracht worden war. »Da lag, nackt, der Held meiner Jugend, das Geschlecht am Oberschenkel festgetapet.«

Jetzt, da ich mich an dieses Filmfragment erinnerte, wurde ich es nicht mehr los, und das galt vor allem für das Bild des nackten Sängers, der im Hinblick auf die Autopsie an einer Stelle getapet worden war. Ach, Tonio, dieses schöne, verfeinerte Instrumentarium … du hattest noch so viel damit vor. Du hattest gerade erst begonnen.

8

Auf dem Gang stießen wir auf unsere blonde Schwester, die nach ganztägiger Arbeit in diesem Durchgangshaus noch nichts von ihrer Frische verloren hatte. Wartete sie auf uns oder kreuzte sie, aus einem Zimmer kommend, zufällig unseren Weg? Sie ging, einen Stapel Mappen an den Busen gedrückt, neben uns her.

»Alles einigermaßen in Ordnung?« fragte sie. Und gleich darauf: »Nein, was sag ich da? Natürlich nicht in Ordnung.« Zum erstenmal an diesem Tag verschwand die Munterkeit aus ihrem Gesicht. »Tut mir leid, tut mir so leid.«

Ihre Entschuldigung klang aufrichtig, ein klein wenig verzweifelt sogar, was nicht zu ihr paßte. Vielleicht befand sie sich noch in der Ausbildung.

»Entschuldige dich nicht.« Ich hörte das Starre in meiner Stimme. »Du hast uns den ganzen Tag großartig betreut.«

An der Gangmündung in der Nähe unseres Zimmers verabschiedete sie sich betrübt. Ihr Dienst war zu Ende.

»Ich wünsche Ihnen beiden *wirklich* sehr viel Kraft.«

Sie hatte so eine schlanke Hand, in der man fühlte, wie die Knochen elastisch übereinanderglitten.

Auf der kleinen Bank saß eine Ärztin mit einem Klemmbrett voller Papiere, die unterschrieben werden mußten. Sie erläuterte alles, aber kein Wort davon drang zu mir durch. Während die beiden Schwestern Rotenstreich sich gegenseitig weinend trösteten, kritzelte ich an jeder angekreuzten Stelle meine Unterschrift hin. Ich konnte nur noch an die gemeinsamen Signierstunden mit Tonio in verschiedenen Buchhandlungen Mitte der neunziger Jahre denken. Er wollte so gern auf jedem Vorsatzblatt seinen Namen unter meine Unterschrift setzen, zeigte sich aber mit der Bedingung einverstanden, daß der Kunde ausdrücklich um Tonios Beitrag bitten mußte. Sein freudiges, verlegenes Lachen, wenn der Käufer fragte: »Bekomme ich auch ein Autogramm von Ihrem Sohn?«

Jetzt unterzeichnete ich Papiere für ihn.

9

Buchhandlung Scheltema, Koningsplein, Samstag, 22. Juni 1996. Gut zweieinhalb Stunden lang kritzelt Tonio ausdauernd seinen Namen unter meinen, worauf er das Buch zuklappt und dem Kunden reicht. Er genießt es, doch sein Lachen hat etwas Ironisches, als wisse er sehr wohl, daß er die Leute beschummelt, und genau das genießt er ebensosehr.

»Hat der junge Herr Tonio an dem Buch mitgeschrieben?«
fragt ein älterer Mann.

»Nein«, ruft Tonio, und seine Stimme rutscht aus in ein
hohes Lachen. »Ich weiß nicht mal, was drinsteht.«

Eine Dame vom Rundfunk. Sie nimmt mit in die Höhe ge-
haltenem Mikrofon Hintergrundgeräusche auf und befragt
kurz einige Leute in der wartenden Schlange. Auf einmal
sitzt Tonio nicht mehr neben mir. Während ich weitersignie-
re, sehe ich ihn aus den Augenwinkeln neben der Radiofrau
stehen. Als ich die Ohren spitze, kann ich ihn fröhlich und
unbefangen ihre Fragen beantworten hören, sehr ausführlich
und in mehr oder weniger zusammenhängenden Sätzen.

»Natürlich darf ich auch signieren. Er ist mein Vater, und
er hat *sooooo* lange oben gesessen, und ich habe *sooooo* lange
warten müssen, bis er endlich fertig war … Schau mal« (er
nimmt ein Buch vom Stapel und schlägt es auf) »hier steht
es … ›Für Minchen und Totò und ihre Engelsgeduld‹ … das
sind Mama und ich. Weil wir uns nie beklagt haben … nur
manchmal, ein bißchen.«

Und so geht es noch eine Weile weiter. Als er seinen Platz
wieder einnimmt und die Kappe von seinem orangefarbenen
Füller schraubt, sagt er: »So, endlich mein erstes Interview
gegeben.«

»Na, Tonio, was hattest du denn alles über mich auszu-
plaudern?«

»Oh, nix, das waren Fragen, auf die man nur ja oder nein
sagen mußte.«

Als ich drei Wochen später eine Signierstunde in der Athe-
naeum Buchhandlung habe, lehnt Tonio dankend ab. »Zweimal signieren in einem Jahr, das find ich ein bißchen lang-
weilig.«

Die Ärztin klemmte die unterschriebenen Blätter wieder unter den Clip und erhob sich. Ich konnte sie nicht einfach so gehen lassen.

»Was passiert jetzt weiter mit dem Leichnam meines Sohnes?« fragte ich. »Ich habe verstanden ... die Verletzungen, die werden gleich von einem Polizeifotografen ... einem Gerichtsfotografen ... aber danach?«

»Dann wird er mit dem Aufzug in die Leichenhalle gebracht.« Etwas in ihrem Ton ließ mich erkennen, daß sie mir das schon vorher, vielleicht vor ein paar Minuten, erklärt hatte. »Das ist unten, im Souterrain. Dort bleibt er, bis das von Ihnen beauftragte Bestattungsunternehmen den Leichnam abholt.«

Was vor allem hängenblieb, war, daß sie *er* und *der Leichnam* in ein und demselben Satz gebraucht hatte.

Bevor wir in den Aufzug traten, sprach Mirjam auf der Intensivstation eine Schwester an. »Haben Sie noch ein paar Beruhigungstabletten für uns? Wir schaffen die Nacht sonst nicht.«

Die Frau wußte nichts von unserem Fall, also erklärten wir, warum wir Valium brauchten. Mirjam bekam ein paar spärliche Streifen in die Hand gedrückt, und nicht gerade herzlich.

»Kann ich bitte noch ein paar haben?« sagte sie. »Ich verkaufe sie auch wirklich nicht auf der Pillenbrücke.«

Kurz darauf stand ich mit einer Handvoll Valium im Lift. Die scharfen Kanten der Aluminiumfolie schnitten in mein Fleisch. In der anderen Hand hielt ich Tonios Portemonnaie. Mirjam trug die Plastiktüte mit seinem Handy.

Unten in der Halle bestellte Hinde beim Pförtner ein Taxi.

Ich sah Mirjam an. Sie war blaß, weinte aber nicht. Sie schüttelte nur in einem fort ganz leicht den Kopf. Ja, hier standen wir. Und kamen zu uns nach einer grauenhaften Erfahrung. Mit noch immer zitternden Beinen. Doch bald würden wir den Schrecken hinter uns lassen können. Die Farbe würde in unsere Gesichter zurückkehren, und alles würde bald wieder beim alten sein.

So fühlte es sich an.

»Zwanzig Minuten«, rief der Pförtner. »Viel los.«

Wir setzten uns draußen ins späte Sonnenlicht, auf einen flachen Wagen, der für den Transport von Wäschesäkken dienen mochte. Hinde begab sich in sichere Entfernung zur Drehtür und rauchte eine Zigarette. Ich fühlte mich erschöpft und wußte nicht, was ich sagen sollte. Auch Mirjam schwieg. Sogar das Sonnenlicht machte einen müden Eindruck, nachdem es den ganzen Tag so lodernd auf unser Unglück geschienen hatte.

Das Taxi war schon nach zehn Minuten da, aber vielleicht war es ja gar nicht für uns. Weil der Fahrer keine Anstalten machte, beim Pförtner nachzufragen, stiegen wir schnell ein: Mirjam und ich auf die Rückbank, Hinde vorn. »Oud-Zuid bitte … Johannes Verhulststraat.«

Vor rund zwei Wochen hatte ich zuletzt in einem Taxi gesessen, nachdem ich mich so unerwartet innig von Tonio in der Staalstraat verabschiedet hatte. Der Fünfzig-Euro-Schein, den ich in seine Brusttasche zu stecken vergaß. Wie damals schaute ich auch jetzt beim Losfahren noch einmal kurz durch die Rückscheibe, und genausowenig wie damals war eine Spur von ihm zu sehen.

Ich versuchte, mir Tonio vorzustellen, wie er jetzt, von uns seinem reglosen Schicksal überlassen, auf der Intensivstation in dem Bett lag, das nur so kurz das seine gewesen war und sich in so kurzer Zeit vom Sterbe zum Totenbett entwickelt hatte. (Zumindest glaubte ich immer, das Sterbebett sei das Bett, in dem man starb, und Totenbett das Bett, auf dem man, bereits gestorben, provisorisch aufgebahrt lag.) Auf Bitte des Gerichtsfotografen hatte die Schwester die Decke bis zum Fußende zurückgeschlagen, während er die Kamera auf ein Stativ schraubte. Als erstes machte er Aufnahmen von Tonios mit groben Stichen zugenähter offener Seite, an der das Auto ihn voll getroffen hatte. Der Mann sorgte dafür, daß im Licht der Filmscheinwerfer die Verfärbungen und Blutergüsse gut zu sehen waren. Danach fotografierte er die übrigen Einschnitte am Oberkörper und von der Dränage sowie die Sägespuren am Schädel.

Ecce homo, und was von einem Menschen übrigblieb. So hatte Tonio, drei Tage nachdem er dieses hübsche Mädchen bei uns zu Hause fotografiert hatte, seine letzte Fotosession begonnen – mit ihm selbst als Model.

Wegen der doppelspurigen Schürfwunde vom Hals über das Kinn zur Nase würde der Fotograf eine Nahaufnahme von Tonios Gesicht machen. Ich empfand es als Beleidigung, daß das letzte Bild seines hübschen Gesichts so wenig schmeichelhaft sein würde, mit dieser obszön geschwollenen, durch die Lippen gebrochenen Zunge. Als wäre das seine letzte Botschaft an die Welt: eine ausgestreckte Zunge, so wie in früheren Zeiten der zum Tode Verurteilte auf dem Schafott dem Henker eine lange Nase machte.

Das Taxi fuhr auf die Autobahn, Richtung Amsterdam-Zuid. Aus dem Radio (oder vielleicht war es ein CD-Player) drang in voller Lautstärke hippe arabische Dudelmusik – eine Art elektrischer Bouzoukis, wobei der Gesang sich mit unverfälschtem Rap abwechselte.

»Können Sie das Radio vielleicht etwas leiser stellen?« fragte Hinde.

Der Fahrer reagierte nicht sehr verständnisvoll, obwohl das Gebäude, an dem er uns abgeholt hatte, eindeutig ein Krankenhaus war und seine Fahrgäste unbestreitbar aufgelöst, um nicht zu sagen: gebrochen, eingestiegen waren.

»Wir haben im Krankenhaus nämlich eine sehr schlechte Nachricht bekommen«, versuchte sie noch.

»Okay, okay«, sagte der Mann irritiert. Er stellte den Lautstärkeregler ein klein wenig herunter. Wer waren wir, daß wir seine Arbeitsvitamine störten? Arabischer Rap, wieder was anderes. In dem Moment ertönte im Auto der Klingelton eines Mobiltelefons, aber sehr gedämpft, wie das Handy einer Frau auf dem Grund ihrer Umhängetasche. Meins war es nicht. Mirjams hätte ich erkannt. Aber Hinde reagierte auch nicht, genausowenig wie der Fahrer.

Plötzlich ging mir auf, daß es Tonios Handy war, das in der Plastiktüte klingelte, in der wir es mitbekommen hatten. Sie lag auf Mirjams Schoß. Sie hatten sie nicht versiegelt, aber mit so einer Kunststoffwürgeschnur zugeschnürt, für die man eine Schere braucht. Mirjam und ich blickten erstarrt auf das eingepackte Handy. (Vielleicht spürte sie das Vibrieren des Apparats auf ihrem Schenkel.) Der Anrufer mußte jemand sein, der noch nichts wußte. Es konnte also jeder sein – mit Ausnahme von Jim, und selbst er kannte die letzte, definitive Nachricht noch nicht.

Genau in dem Moment, als Mirjam mit ihren Fingernägeln die Plastiktüte aufreißen wollte, verstummte der Klingelton. Wir warteten auf das Signal der Mailbox, aber es blieb aus: Offenbar wurde keine Nachricht hinterlassen.

»Mir fällt gerade etwas ein«, sagte ich leise zu Mirjam. »Sie haben uns sein Handy mitgegeben, sein Portemonnaie, aber nicht seine Uhr.«

»Der Aufprall …« Ihre Stimme klang matt, erschöpft. »Vielleicht ist sie dabei abgefallen. Das Armband saß ziemlich locker.«

»Dann hätte die Polizei sie gefunden. Nach so einem Unfall sperren sie sofort das ganze Gebiet ab. Gelbe Farbstreifen auf der Fahrbahn … du weißt, was der Polizist heute morgen gesagt hat. Sie rekonstruieren alles. Der ganze Ort wird genauestens auf Hinweise untersucht. Vielleicht liegt Tonios Uhr bei der Polizei als Beweismaterial ...«

Ich mußte an die Fotos von Armbanduhren aus einem Museum in Hiroshima denken. Geschmolzen und verformt, und alle mit verbogenen Zeigern den Zeitpunkt der Atombombenexplosion verewigend. »Sie ist vielleicht im Moment der Kollision stehengeblieben«, sagte ich.

»*Wenn* er sie anhatte.«

Das Taxi nahm die Ausfahrt: eine Kurve, die drei Viertel eines Kreises beschrieb, wobei Mirjam, offenbar nicht willens, sich dagegenzustemmen, an mich gedrückt wurde. Der warme, weiche Körper, der Tonio möglich gemacht hatte und an dem er seinerseits Spuren hinterlassen hatte.

»Letzten Sonntag«, sagte ich. »Ihr wolltet in die Stadt gehen ... um eine neue Uhr zu kaufen. Du hast nichts mehr davon erzählt.«

»Tonio mailte morgens, er würde sich so fertig fühlen. Immer dieses Wort. Fertig. Das konnte bei ihm alles mögliche bedeuten. Von verkatert bis erkältet. Wegen Fertigsein haben wir den Kauf auf kommenden Sonntag verschoben.«

»Nicht auf heute?«

»Wir wußten nicht, ob die Geschäfte am Pfingstsonntag aufhaben.«

»Minchen, damals in der Staalstraat, in diesem Lokal ... weißt du noch, ob Tonio seine Uhr da umhatte? Er ging so begierig auf den Kauf einer neuen ein ... vielleicht ...«

Schrecklich, dieses Gespräch. Als wären wir verzweifelt auf der Suche nach etwas von Tonio, das noch tickte. Bei der Erinnerung an die Staalstraat begann Mirjam, wieder leise zu weinen. Sie war so stolz auf ihn gewesen an diesem Abend – auf seine Schlagfertigkeit, seine wachen Ansichten. Er war zu einer Persönlichkeit geworden.

»Ich habe nicht darauf geachtet«, schluchzte sie.

»Es war so ein auffälliges Mordsding von Uhr«, sagte ich,

»und er trug es fast immer. Es fiel mir auf, wenn er es mal *nicht* umhatte.«

»Na, dann *hatte* er es also um«, sagte Mirjam und wandte sich ab. Ich wußte, ich mußte jetzt damit aufhören.

12

Leidsegracht, 1992. Als ich nach Hause kam, fand ich Mirjam, eine Duschhaube als Schutz vor dem Staub auf dem Kopf, über einen Umzugskarton gebeugt. Sie schlug rhythmisch zwei Bücher gegeneinander, aus denen der Staub aufwölkte, den sie sogar in geschlossenem Zustand gesammelt hatten.

»Tu sie wieder zurück, Minchen. Ich habe ein Haus gefunden.«

»In der Veluwe, hoffe ich doch?«

»Auf deinem Heimatboden. In deinem alten Viertel.«

»Ich darf's mir aber erst ansehen?«

»Jetzt gleich, wenn du willst.«

Der Verwalter des Pensionsfonds, der uns (wie Roldanus, unser Vermieter in der Veluwe) einen Mietvertrag für drei Jahre hatte unterschreiben lassen, hatte (im Gegensatz zu Roldanus) keinerlei Einwände, uns nach achtzehn Monaten wieder ziehen zu lassen, *sofern* wir selbst für einen neuen, zahlungsfähigen Mieter sorgten. Bevor wir einen gefunden hatten, kam der Pensionstyp bereits mit einem Konzertpianisten an. Die oberen Etagen seien genau, was dieser für seine beiden Flügel suche. Ich fragte mich, ob die kleinen Räume wohl die richtige Akustik böten, aber vielleicht spielte der Pianist ja ausschließlich moderne Kompositionen für in Daunen verpacktes Piano, dessen Tasten durch eine Gummimatte hindurch anzuschlagen waren, während ein blecherner Specht die Beine bearbeitete. Ich war viel zu froh, daß wir aus unseren Mietverpflichtungen entlassen wurden und schon so bald

182

in das neue Haus in der Johannes Verhulststraat einziehen konnten, um darüber nachzudenken.

(Mit dem neuen Mieter hatte der Pensionsfonds der Werbeagentur kein Glück. Nach ein paar Monaten vorausbezahlter Miete gingen keine Zahlungen mehr ein. Als sich der Mietrückstand auf ein volles Jahr summiert und der Gerichtsvollzieher sein Kommen angekündigt hatte, stellte sich heraus, daß der Konzertpianist, dessen Namen niemand je auf einem Plakat gesehen hatte, »mit der Nordsonne«, das heißt: auf Nimmerwiedersehen, verschwunden war. Eines Tages erhielt ich einen Anruf von Cristofori, der Klavierfirma an der Prinsengracht, nicht weit von der Leidsegracht. Eine Dame fragte mich, ob ich ihr die neue Adresse des Freundes geben könne, der die Wohnung an der Leidsegracht von mir übernommen habe.

»Sehen Sie, er hat bei Cristofori zwei Spitzenflügel geleast … übrigens ohne seinen Zahlungsverpflichtungen nachzukommen … und die hat er offenbar in seine neue Bleibe mitgenommen. Also, wir dachten, daß Sie vielleicht …«

Ich erklärte ihr, der Konzertpianist sei kein Freund von mir und ich hätte ihn nie gesehen, auch nicht auf dem Podium. Die Mitarbeiterin von Cristofori erzählte mir auch noch empört seufzend, der Mann sei so dreist gewesen, für das Hinunterhieven der beiden Flügel die Hilfe einiger Bauarbeiter in Anspruch zu nehmen, die während des Umzugs im Souterrain arbeiteten – im Auftrag der Werbeagentur.

»Den Dreisten gehört die halbe Welt«, sagte ich nur.

»*Und* zwei unserer teuersten Klaviere«, fügte sie hinzu.

Ich erzählte die Geschichte abends Tonio, als ich ihn auf der oberen Etage seines neuen Stockbetts zudeckte. Ich schmückte die Geschichte mit dem Bild eines Mannes aus, der, an den Schultern die beiden Konzertflügel, der »Nordsonne« entgegenflog.

»Es gibt keine Nordsonne«, sagte er entschieden. »Die

Sonne geht im Osten auf. Im Süden ist sie an ihrem höchsten Punkt, und im Westen geht sie unter.«

Mit einem Mann, der sich mit Hilfe von Konzertflügeln in die Lüfte erhob, hatte er offenbar weniger Probleme. Er ließ mich die Geschichte immer wieder von vorn erzählen und mußte dann laut lachen über den Streich, den wir dem Vermieter unserer vorigen Wohnung gespielt hatten, indem wir das klavierspielende Fabelwesen darin zurückließen.)

Die Formalitäten für den Hauskauf gingen ihren Gang. Wir erwarteten jeden Moment einen Anruf, wir sollten uns zum Notar begeben. In der Leidsestraat bestieg ich täglich die Linie 2 und fuhr nach Amsterdam-Zuid. Im Café Bar-B-Q an der Ecke Banstraat / Johannes Verhulst, schräg gegenüber unserem neuen Haus, setzte ich mich dann ans Fenster, um auf die gelbe Backsteinfassade zu schauen. Es war die linke Hälfte eines Doppelhauses. Unsere Fassade war erst vor kurzem gesandstrahlt worden, während die des Hauses rechts davon anscheinend in dessen ganzem Leben noch nie gereinigt worden war und allen Schmutz und Ruß des dem Ende zugehenden Jahrhunderts angesammelt hatte. In der schmuddeligen rechten Hälfte des gelben Zwillings wohnte und praktizierte ein Lungenarzt. Der Wirt des Bar-B-Q erzählte mir, die Standardantwort des Arztes, wenn er von Patienten auf seine rußige Fassade angesprochen wurde, laute: »Das dient zur Illustration der Untersuchung … um Ihnen zu zeigen, wie Ihre Lungen nach vierzig Jahren Rauchen aussehen.«

Viel war sonst an unserem Haus noch nicht zu sehen. An den Fenstern hingen ausgeblichene Vorhänge, auf den Fensterbänken standen Töpfe mit vertrockneten Pflanzen, stumme Wächter gegen eventuelle Hausbesetzungen. Ich saß da und schaute und sagte mir immer wieder, daß wir dort ein neues Leben beginnen würden. Tonio, gerade vier geworden, würde dort aufwachsen, nach seinem Abitur aus dem Haus gehen und nach Jahren, wenn es unser Eigentum geworden war, mit seiner eigenen Familie dorthin zurückkehren, während wir selbst eine kleinere Wohnung nehmen würden. Die nächsten fünfzehn Jahre würden wir dort zu dritt sicher sein. Ich wandte mich an den Barmann und fragte, ob in der Gegend viel eingebrochen werde.

»Nur gezielte Einbrüche«, sagte er. »Bei Leuten mit Gemälden oder einer Briefmarkensammlung.«

Briefmarken sammelte ich nicht, und bisher hingen bei uns lediglich einige eingerahmte, von Tonio gemalte Bilder an der Wand, zum Beispiel sein meisterhaftes Porträt unserer Katze Cypri.

13

Das Taxi verließ die A 10 und nahm Kurs auf Buitenveldert.

»Kritischer Zustand«, sagte ich. »Den ganzen Tag setz ich mich schon mit diesem Begriff auseinander. Mit dem, was er bezeichnet ... vor allem mit seiner Dehnbarkeit. Dieses Kritische, das hatte irgendwie etwas Beruhigendes. Als ob es mit etwas zusätzlicher Anstrengung der Ärzte doch noch gut ausgehen könnte ... Jetzt weiß ich, daß das Kritische eines kritischen Zustandes auch eintreten kann.«

»Dann hat dieser Begriff für mich eine ganz andere Bedeutung«, sagte Mirjam. »Als heute morgen die Polizei vor der Tür stand, da wußte ich, daß irgend etwas ganz Schlimmes passiert war. Noch bevor sie den Mund aufgemacht hatten. Und als ich hörte, kritischer Zustand, da wußte ich ganz genau, daß er sterben würde. Oder schon tot *war*.«

»Er lebte noch.«

»Den ganzen Tag über spürte ich, daß es schlecht enden würde. Natürlich hatte ich keine Gewißheit. Ohne Milz hätte Tonio weiterleben können. Genauso wie man mit nur einer Niere weiterleben kann. Aber als ich das mit seinem Gehirn hörte ... daß nach der rechten auch die linke Hälfte anschwoll … Ich hab nur noch gebetet, daß wir keine Gewächshauspflanze zurückbekommen.«

»Ein Tonio, der aus dem Koma erwacht«, sagte ich, »das war später, am Nachmittag, meine Schreckensvorstellung. Ernsthaft beschädigtes Gehirn, und sich dann noch der eigenen Verfassung bewußt sein. O mein Gott, was habe ich angerichtet? Was habe ich mit meiner Unvorsichtigkeit alles kaputtgemacht? Ich denke, ich wäre an *seiner* Reue, *seiner* Scham gestorben … plus meiner eigenen.«

Danach war es wieder eine Weile still, abgesehen von der arabischen Musik und Mirjams Schluchzen. Wir fuhren durchs Stadion-Viertel und näherten uns dem Haarlemmermeer-Kreisel, in dessen Nähe mein Schwiegervater Natan wohnte. Hinde drehte sich zu ihrer Schwester um und fragte: »Papa und Mama informieren … wie wollt ihr das machen?«

»Nicht am Telefon«, sagte Mirjam.

Sie vereinbarten, zuerst bei uns zu Hause zu beratschlagen und dann mit dem Fahrrad zur jeweiligen Adresse ihrer Eltern zu fahren – in welcher Reihenfolge, das würden sie sehen. Es überraschte mich ziemlich, daß ich so selbstverständlich von der schmerzlichen Mission ausgeschlossen wurde, aber ich protestierte nicht.

14

Wir stiegen aus dem Taxi. Ich schaute die gelbe Backsteinfassade hinauf. Durch die halb zur Seite geschobenen Vorhänge in Tonios ehemaligem Zimmer schien elektrisches Licht – am Morgen wahrscheinlich von Mirjam angelassen, als sie sich da zitternd vor Angst angezogen hatte.

Ich erinnerte mich, wie wir im August 1998 aus dem Urlaub zurückkamen und auf eine sechsköpfige Familie vor unserem Haus trafen. Die Leute schauten, den Kopf im Nacken, auf Anweisung eines alten Mannes hoch, der sich als Führer der Gruppe gebärdete. Sie sprachen englisch (amerikanisch).

Als er uns die Koffer zur Haustür schleppen sah, ging der alte Mann auf uns zu. Er stellte sich auf niederländisch vor und erzählte, er habe hier bis zu seinem sechzehnten Lebensjahr, das heißt, bis kurz vor Ausbruch des Krieges, gewohnt. Über die Schweiz habe er nach Amerika fliehen können – nach New York, wo er noch immer lebe. Er sei hier in Begleitung seiner Frau, seiner Tochter, seines Schwiegersohns und zweier Enkel. Aus Anlaß seiner goldenen Hochzeit habe er der ganzen Familie eine Reise in seine Geburtsstadt geschenkt, eventuell als besonderes Schmankerl die Besichtigung des Hauses, in dem er seine Kindheit und Jugend verbracht habe.

Wir ließen die Familie gern herein. Tonio, der hier eine wichtige Aufgabe für sich sah, trabte voran zu dem, was seiner Meinung nach die Sehenswürdigkeiten des Hauses waren: der Keller, voll mit Lego Technic, und sein eigenes Zimmer mit dem K'NEX-Riesenrad. Der Vater des alten Mannes hatte in diesem Haus einen Weinhandel betrieben: Im Souterrain hatte sich das Lager befunden. Während Tonio sein Lachen durchs Haus plätschern ließ, folgte ihm die ganze Familie weinend. Vor allem hatte es die Frau und die Tochter gepackt. Vater hatte so oft über das Haus seiner Kindheit gesprochen, und jetzt … jetzt gingen sie einfach so darin herum! Vieles im Haus hatte sich im Laufe von beinahe sechzig Jahren durch Umbaumaßnahmen verändert, aber manchmal erkannte der Mann voller Rührung noch Dinge aus den dreißiger Jahren. Die Bleiglasscheiben der Balkontüren, die Deckenornamente, die Dienstbotenkammer im dritten Stock.

Als wir im Wohnzimmer Kaffee tranken, deutete er auf eine Schranktür. »Darin ist ein Geheimversteck. Mein Vater hatte da einen kleinen Tresor.«

Mirjam öffnete den Schrank. Auf dem Boden lag ein Stück Linoleum über einer Luke, die wir bisher nie gesehen hatten. Der Raum darunter war leer (setzte aber Mirjams Phantasie in Gang, so daß einige Jahre später ein thrillerartiger Roman darüber erschien). Der Mann und seine ganze Familie waren gerührt, daß er noch etwas Greifbares von seinem Vater hatte wiederfinden können.

Ich ließ meinen Blick noch einmal über die gelbe Fassade wandern, hinter der Tonio aufgewachsen war – und hinter die er vom heutigen Tag an nie mehr zurückkehren würde, auch nicht im hohen Alter. Die Erinnerung an den alten Mann löste bei mir jetzt eine Woge unendlichen Mitleids mit Natan, Tonios siebenundneunzigjährigem Großvater, aus, der gleich von seinen Töchtern erfahren würde, daß sein Enkel nicht mehr lebte.

15

Mirjam und Hinde radelten jetzt wahrscheinlich von ihrem Vater in der Lomanstraat zum Sint-Vitus-Heim im Viertel Jordaan, in dem ihre Mutter untergebracht war. Wie erzählt man seinen Eltern, daß ihr einziges Enkelkind auf der Straße überfahren worden ist – ich konnte es mir vorläufig nicht vorstellen. Ich wollte nur, die beiden kämen bald nach Hause. Ich hatte Angst.

Im AMC hatte ich den Tag über viel häufiger als gewöhnlich die Toilette aufgesucht und dabei immer weniger und immer farbloseren Urin ausgeschieden, wie es passiert, nachdem man in regennasser Kleidung in irgendeinem zugigen Bahnhofswarteraum hat sitzen müssen. Auch jetzt, während die Wärme des sommerlichen Pfingsttags noch im Haus zu spüren war, machte sich der Drang, wie bei einer erkälteten Blase, erneut bemerkbar. Ich saß bestimmt eine Viertelstunde auf dem äußersten Couchrand, die Fäuste neben mir in die Kissen gepflanzt, bereit, mich hochzustemmen und zum WC zu gehen. Als ich mich endlich aufraffte, aufzustehen und aus dem Zimmer zu gehen, blieb ich noch eine Weile unentschlossen auf dem Flur. Meine Hände lagen auf der Balustrade, die das Geländer der Treppe nach oben mit dem der nach unten führenden Treppe verband. So kehrte ich, über die Stufen in die Diele hinunterschauend, sicher der Wand mit den Fotos den Rücken zu.

Links von mir, neben der kleinen Teeküche, liegt die Toilette. Gegenüber deren Tür hat Mirjam, schon vor Jahren, an der beschädigten Stelle, an der sich früher der Sicherungskasten befand, eine Ecke mit Fotos von Tonio eingerichtet. Sie stammen aus verschiedenen Altersphasen.

Tonio als Kleinkind, mit dem obligatorischen Lachen, das den darunterliegenden bedripsten Ernst nicht ganz überdecken kann.

Ein schneidiger Tonio, mit cooler Mütze auf dem Kopf, breit grinsend zwischen den kichernden Schwestern Merel und Iris. (Wie an seinen entblößten Zähnen zu erkennen ist, noch vor dem Anbringen einer Zahnspange.)

Verkleidet als Dorus, samt Schnurrbart, Melone und Kittel, als er bei einem Fest in der Cornelis Vrij Schule das Lied »Er wonen twee motten« (Da wohnen zwei Motten) singen (oder playback singen) mußte.

Als Achtjähriger, gemeinsam mit seinem Vater Bücher in der Buchhandlung Scheltema signierend. (Auf dem Foto, von Klaas Koppe, überreicht er einem Käufer gerade ein signiertes Exemplar.)

Mit Freund Jim in Antwerpen bei der Verleihung der Gouden Uil 2004 (nicht an mich), beide mit einem großen Glas Jupiler-Bier in der Hand, sich vor Lachen biegend. Tonio reißt dabei den Mund weit auf, so daß die in seinem fünfzehnten Lebensjahr noch immer vorhandene Zahnspange funkelnd sichtbar ist.

Tonios Selbstporträt als Oscar Wilde, Resultat einer Gruppenarbeit an der Amsterdamer Fotoakademie, Herbst 2006.

Wer hier das WC verläßt, blickt unweigerlich auf diese Porträtgalerie. Ich wußte nicht mehr, wann genau es begonnen hatte, irgendwann im Jahr zuvor, jedenfalls gelang es mir von einem bestimmten, aber nicht feststellbaren Augenblick an nicht mehr, meinen Blick mit der gewohnten Rührung über diese Fotos wandern zu lassen. Ich fragte mich, ob das durch den Panda kam, der dort zusammen mit zwei kleinen Porträts von Tonio ganz oben hing, seit seinem Abitur 2006.

16

Als ich vom Flur auf die oberste Treppenstufe treten will, höre ich die Stimmen von Tonio und Merel im Badezimmer. Die Tür steht einen Spaltbreit offen. Ich bleibe unwillkürlich stehen und lausche. In der Stille ertönt das murmelnde Pinkelgeräusch eines Kindes.

»Wenn ich fertiggepinkelt habe«, sagt Tonio, »dann bist du dran. Ich spül vorher nicht, das ist nicht so gut für die Umwelt. Wir müssen an die Umwelt denken. Jetzt kannst du, Merel.«

Laut knallt die Brille herunter. Wieder das Geräusch eines Kinderpinkelns, ergänzt um das spezielle Plätschern, das Mädchen vorbehalten ist.

»Zweimal pinkeln ohne spülen«, sagt Tonio, »das ist viel besser für die Umwelt. Wenn du fertig bist, darfst du aber ruhig spülen, hörst du? Das ist dann immer noch gut für die Umwelt. Stimmt doch, Merel, oder?«

Leicht beschämt setze ich meinen Weg nach unten fort. Ich habe den Eindruck, daß Tonios und Merels gemeinsamer Aufenthalt im Badezimmer nicht nur von der Sorge um die Umwelt bestimmt ist, wenngleich die Umwelt natürlich davon profitiert.

Es muß ungefähr zur selben Zeit gewesen sein, im frühen Frühjahr, als Tonio seiner Mutter eine merkwürdige Rechenaufgabe stellt. Merel steht kichernd neben ihm.

»Mama, wenn ich Merel jetzt schwanger mache, wie lange dauert es dann noch genau, bis das Baby da ist?«

Mirjam, die denkt, daß sie bei der sexuellen Aufklärung versagt hat, fängt an zu erklären: »Also, du mußt rechnen, daß ungefähr …«

»Nein, wir wollen es *genau* wissen«, unterbricht Tonio sie heftig, »wir wollen nämlich, daß das Baby *genau* zu Silvester geboren wird. Nicht, Merel?«

Immer wenn Merel verlegen ist und nicht voll loszuplatzen wagt, bekommen ihre Wangen etwas Hamsterartiges. Ihre ohnehin vollen Lippen stülpen sich weiter nach außen, während sie ihre beiden kleinen Finger ineinanderhakt, wie um deren entgegengesetzte Kräfte zu testen. Sie nickt ungestüm. »Ja«, sagt sie mit fast unverständlich leiser, jetzt jungenhaft tiefer Stimme, »das wollen wir gern wissen.«

17

Am 15. Juni 2006 feierten wir Tonios achtzehnten Geburtstag. Gegen Ende des sonnigen Nachmittags erschienen einzeln oder in kleinen Gruppen die Gäste. In diesen Tagen, möglicherweise am folgenden Tag, sollten die Resultate der Abiturprüfungen am Ignatius bekanntgegeben werden, doch die Geburtstagsfete drängte die Nervosität deswegen in den Hintergrund. Tonio volljährig … unbegreiflich. Jedesmal, wenn er das Zimmer verlassen hatte und Mirjam ihn zurückrief, damit er das nächste Geschenk auspackte, erwartete ich, das Kind, das ich um so vieles besser kannte als den heutigen Erwachsenen, komme herein. Das letzte Pubertätsfett war noch nicht ganz verschwunden, so daß seine Haltung nach wie vor linkisch war, aber er riß nicht mehr wie in den vorangegangenen Jahren, einem aufgestachelten Hündchen gleich, mit Fingernägeln und Zähnen das Papier von den Geschenken. Bei allem, was er jetzt, vorsichtig ausgepackt, in den Händen hielt, trat ein erfreut-verlegenes Grinsen auf sein Gesicht.

Das Telefon klingelte zum soundsovielten Mal. Mirjam nahm ab.

»Tonio, für dich.«

Er legte das letzte Geschenk (einen noch empfindlicheren

Lichtmesser) zu den übrigen auf den Kaminsims und übernahm den Telefonhörer von seiner Mutter. Die Gesellschaft plauderte weiter, doch ich richtete ein Ohr auf den telefonierenden Tonio.

»Oh, vielen Dank«, rief er aus. »Woher wußtest du, daß ich heute Geburtstag habe?« Und kurz darauf: »Ach so, das. Ja, natürlich. Weißt du, da hab ich im Moment gar nicht dran gedacht.«

Etwas in seiner Stimme, ein schriller Gickser vielleicht, bewirkte, daß die Anwesenden verstummten. »Ja, vielen Dank.« Er legte auf und drehte sich um. »Mein Klassenlehrer«, sagte er achselzuckend. »Ich dachte, er gratuliert mir zum Geburtstag. Aber … äh … es sieht so aus, daß ich's geschafft hab.«

In der nun folgenden halben Stunde hatten wir drei unsere Gäste ganz vergessen – nein, sie existierten nicht mehr für uns. Tonio und ich saßen, den Arm um die Schultern des anderen gelegt, auf der Couch. Mirjam kniete vor uns, den Busen auf unseren Knien und die Hände fast bis auf meinen und Tonios Rücken ausgestreckt.

»Wir drei«, sagte sie, in Tränen, Mal um Mal. »Wir haben's geschafft. Wie gut, wie gut, oh, wie gut. Diesen … diesen Moment, den müssen wir festhalten. Für immer.«

Und ich, Blödmann, ließ es geschehen. Ich saß da mit einer Kehle wie ein ausgewrungenes Wäschestück und überließ Mirjam das Reden. Tonio schwankte mit starrer Miene zwischen Distanz und Hingabe. Er kämpfte gegen seine Tränen, wie man so schön sagt. So wie Tonio von mir zu Mirjam blickte und unbehaglich unsere Gefühle zu ergründen versuchte, erinnerte er mich an den Fünfjährigen, der bei der Einäscherung seines Opas vor mir gestanden hatte, sprachlos die Tränen und unkontrollierten Nervenzuckungen auf meinem Gesicht anschauend, nicht wissend, ob er mitweinen oder seinen Vater trösten solle.

Na hör mal, er wurde achtzehn heute. Die Gäste mochten

ehrfürchtig schweigend alle woandershin schauen – *ihn* sahen sie jetzt nicht flennen, *no fucking way*.

Gerade als Tonio auf dem Balkon dabei war, seine Schultasche, geschmückt mit einem Drachenschwanz aus benutzten Heften, am Flaggenmast aufzuhängen, radelte seine alte Liebe Merel vorbei. Ich konnte sie von meinem Platz auf der Couch nicht sehen, erkannte jedoch ihre Stimme.

»Herzlichen Glückwunsch«, rief sie hinauf.

»Ja, danke ... danke«, rief er lachend zurück.

Das war alles. Er kam wieder ins Wohnzimmer.

»Wer war das?« fragte Mirjam.

»Ach ... Merel.«

»Hättest du sie nicht hereinbitten sollen?«

Tonio zuckte mit den Achseln. Etwas in den Zuckungen von Augen- und Mundwinkeln verriet eine gewisse Unsicherheit: Vielleicht hätte er das wirklich tun sollen. »Merel hat selber Abi gemacht«, sagte er dann nur, ausweichend.

Gott, Tonio, deine große Liebe in all den Jahren. Grausame Kinder – grausam zueinander, grausam zu sich selbst.

18

Wenn Tonio in meinem Arbeitszimmer spielte, blieb er manchmal hinter meinem Rücken stehen, um über meine Schulter mitzulesen, was ich gerade schrieb oder kurz zuvor geschrieben hatte. Manchmal fragte er mich, was das bedeute, aber wenn ich es ihm erklärte, schweiften seine Gedanken meist schon wieder zu seinen Warhammer-Armeen oder dem K'NEX-Turm ab, an dem er gerade baute. Einmal erkannte er seinen Namen und den seiner Eltern in einem soeben entstandenen Absatz.

»Handelt das von uns?«

Ich erklärte ihm, daß dies eine Tagebuchnotiz sei. (Ich führte in dieser Zeit ein getipptes Tagebuch, auf losen

Blättern.) Das fand er komisch. Etwas später am selben Tag nahm ich ihn kurz beiseite. »Wenn du achtzehn wirst, Tonio, bekommst du von mir eine Mappe mit Aufzeichnungen über dein Leben. Über deine Geburt und all die Dinge, die du nicht mehr weißt ... oder vielleicht wieder weißt, wenn du sie liest ... Ich mache ein schönes Buch daraus.«

Tonio sah mich kurz an, nicht ohne Wohlwollen, und sagte dann: »Oh, schön.« Und weg war er.

An seinem achtzehnten Geburtstag, der also mit der Bekanntgabe seines bestandenen Abiturs zusammenfiel, hatte ich die versprochene Mappe beziehungsweise das Buch noch nicht fertig. Er hat auch nicht danach gefragt. Natürlich nicht: Sein Leben brauchte nicht festgehalten zu werden, es mußte gelebt werden. Und ganz bestimmt von diesem Moment an.

»Oh, schön.« Das Ausarbeiten der ursprünglich im Telegrammstil niedergeschriebenen Notizen gibt mir das Gefühl, ein altes Versprechen Tonio gegenüber einzulösen, relativ kurz nachdem er achtzehn wurde. Das Scheußliche ist nur, daß ich mich nicht auf die Schilderung seiner Geburt und der nachfolgenden Kinder- und Jugendjahre beschränken kann. Ich komme um den Bericht über seinen letzten Tag nicht herum. Was ich ihm in Aussicht gestellt hatte, war ein kleines Buch mit einem offenen Ende. Es droht jetzt mehr als vollständig zu werden.

19

Wegen des sommerlichen Wetters fand die Überreichung der Abiturzeugnisse im Freien statt. Üppiges Sonnenlicht brachte die gläsernen Sandkörner in den Steinplatten des Schulhofs zum Glänzen.

Das Ignatius. Im Gegensatz zu Mirjam war ich nicht oft hiergewesen. Die Elternabende, die Gespräche mit dem

Klassenlehrer – mit welchem Recht eigentlich überließ ich sie ihr? Ja, jener Abend mit dem Benzinverbrennungsmotor, den hatte ich miterlebt. Vielleicht bewirkte die Anwesenheit seines Vaters, daß Tonio, anfangs vor Nervosität wie gelähmt, so schnell in seine Rolle fand. In seinem Eifer, *alles* zu erklären, bekam er etwas fast Pedantisches, allerdings auf eine rührende Weise.

Ich dachte an William Faulkner, der in seinem Arbeitszimmer auf die Schreibmaschine einhämmert, *Rhapsody in blue* aus dem Grammophon, Whisky in Griffnähe, und auf der Türschwelle seine Tochter, die den Vater anfleht, zum Elternabend in ihrer Schule mitzugehen. Nein, mein Liebes, das geht wirklich nicht. Papa muß versuchen, an Shakespeare heranzukommen, und so weit ist er noch lange nicht. Ein andermal, Schatz.

Ich war so verdammt froh, dort, auf dem Schulhof, daß Tonio das Gymnasium geschafft hatte. Nicht der Schatten meines Körpers lag vor meinen Füßen, nein, der meines puren Stolzes, scharf ausgeschnitten auf den grauen Steinplatten. Ich befand mich zu sehr in einem Rausch, um mich zu fragen, ob mir dieser Stolz überhaupt zustand.

Jeder Prüfling, der bestanden hatte, wurde nach vorn gerufen und durfte sich von seinem Mentor eine persönliche Rede anhören. Es ging in alphabetischer Reihenfolge. Obwohl Tonio nicht am Ende des Alphabets dran war, begann er ungeduldig zu werden. Hatte er zu Beginn noch laut über die witzigen Worte der verschiedenen Klassenlehrer gelacht, wurde jetzt sogar sein Lächeln immer dünner. Endlich durfte er sein Zeugnis in Empfang nehmen. Mirjam und ich drängten uns vor.

Tonios Mentor, zugleich sein Biologielehrer, hatte in den einzelnen Ansprachen den jeweiligen Schützling mit einem zu diesem passenden Tier verglichen. Er überreichte Tonio eine eingerahmte Fotocollage, auf der zu sehen war: ein Porträt von Tonio aus dem Jahr 2000, als er in die siebte Klasse eintrat (mit kurzem Haar und kleiner Brille), ein Porträt von ihm von 2006, kurz vor seinem Abitur gemacht (mit langem Haar und ohne Brille), und dazwischen das Foto eines Riesenpandas.

»… Tonio, meine Damen und Herren, hat die Gutmütigkeit und die Streichelbarkeit eines Pandas. Die Kehrseite ist, daß er auch die Wehrlosigkeit und Verletzlichkeit eines Pandas besitzt, wodurch er gelegentlich dazu neigt, sich auf der Nase herumtanzen zu lassen …«

Zum Glück konnte ich das nie mehr vergessen, denn es war mit Hilfe der Sonne in mein Gehirn eingebrannt: wie Tonio, ein bißchen dizzy, mit Zeugnis und Panda unter dem Arm sich durch das dichtgedrängte Publikum zu uns schlängelte. Wir umarmten ihn noch einmal, diesmal etwas offizieller. Er zog eine Miene, als wolle er sagen: *War's das jetzt?* Es lag bereits hinter ihm. Ich erinnerte mich an meine eigene Mattigkeit am ersten Juni 1969, gleich nach der Überreichung der Abiturzeugnisse.

Mirjam fragte ihn, was er von der Rede halte. Tonio drehte die Hand hin und her. So lala. An der Grenze. Er wolle nicht als gutmütig gelten, und wehrlos, nein, das sei er schon gar nicht.

»Streichelbar, na gut«, meinte er grinsend, »das kann man auch jederzeit abwehren.«

Seine Blicke wanderten unruhig zu ein paar ehemaligen Klassenkameraden, die ihm winkten. Er gab uns das Zeugnis und die Pandacollage zum Aufbewahren. »Ich wollte mit den Jungs da noch auf ein paar Feten vorbeischauen.«

»Eingeladen?« fragte ich.

»Nein, nicht nötig«, sagte er.

»Weißt du noch, wie du vor drei Jahren, als du selbst eine Fete gegeben hast, mit deinen Freunden ein paar *party crashers* vor die Tür gesetzt hast? Als Mirjam und ich nach Hause kamen, stand ein Streifenwagen vor der Tür.«

»Der war schon nicht mehr nötig«, sagte er. »Also wie – wehrlos?«[1]

Um Tonio nicht vor den Kopf zu stoßen, fügte Mirjam »die drei Pandas« nicht gleich in die Porträtgalerie auf dem Flur ein, doch von dem Tag an, Monate später, an dem die Collage dort hing, schien es (jedenfalls für mich), als verbreite sich die vom Biologielehrer wahrgenommene Wehrlosigkeit allmählich über alle Fotos ringsum. Es war nicht so, daß ich beim Verlassen der Toilette dem abgebildeten Tonio hätte zurufen wollen: »Junge, laß dir nicht auf der Nase herumtanzen.« Es ging tiefer. Was ich im Vorbeigehen sah oder zu sehen glaubte, und sei es aus den Augenwinkeln, war der Schimmer eines verletzlichen Lebens.

Ich hatte das bei Fotos ermordeter Kinder bemerkt, wie sie manchmal in der Sendung *Opsporing verzocht* (Aktenzeichen XY ... ungelöst) gezeigt wurden. Rowena Rikkers, das zerstückelte »Mädchen von Nulde« ... Die von ihrem Vater mit einem Kissen erstickten Schwestern aus Zoetermeer ... Trotz des Vertrauens, mit dem sie in die Kamera blickten, glaubte ich die Vorverkörperung des unvermeidlich Kommenden in ihren lachenden Augen zu sehen. Natürlich, man kann einwerfen, daß ich mein Wissen um ihren gewaltsamen

---

1 Nachdem ich das gestern geschrieben hatte, sah ich heute morgen, am 25. August 2010, auf der ersten Seite der *Volkskrant* zwei Fotos von einem gerade niedergekommenen Riesenpanda. Auf dem ersten Bild, aufgenommen von einer Überwachungskamera, hält Mutter Yang Yang ihr Baby im Maul: Es ist so klein, daß man zunächst an einen nicht voll ausgereiften Fötus denkt. Das zweite Bild zeigt Yang Yang mit dem winzigen Bärchen im Arm. Unterschrift: »Es kommt nicht oft vor, daß in einem europäischen Zoo ein Riesenpanda geboren wird.« Die Mutter blickt mit traurigen Augen, die in ganzen Pfützen ausgelaufener Maskara versunken sind, in die Kamera hoch.

Tod im nachhinein auf ihr Foto projiziere. Aber vielleicht kann auch eine Projektion, wie ein Vergrößerungsglas oder ein Röntgenapparat, etwas sichtbar machen, das vorher niemandem aufgefallen war.

Wie verhielt es sich mit der unverkennbaren Verletzlichkeit, die ich in Tonios – in so vielen verschiedenen Lebensaltern! – fotografiertem Gesicht entdeckte? Unter dem frechen Schirm der Mütze, mit der er zwischen Merel und Iris stand, hatte er sie genauso wie hinter der Krankenkassenbrille, verkleidet als Dorus. Wie konnte meine anfängliche Rührung angesichts dieser Fotos in anhaltende Beunruhigung umgeschlagen sein?

Ende letzten Jahres ertappte ich mich immer häufiger dabei, daß ich, wenn ich aus dem Wohnzimmer kam, die Toilette einen Stock höher aufsuchte, wo das Badezimmer liegt. Auf dem Weg dorthin hingen ebenfalls Fotos, wenngleich weniger beunruhigende (auch wenn das von Matroos Vos im De Zwart, kurz davor, einem Berliner Freund von mir an die Gurgel zu gehen, gewiß nicht unbelastet ist). Für die seltenen Male, bei denen ich doch das WC im ersten Stock benutzte, erfand ich eine Methode, wie ich meinen Blick, ohne genau hinschauen zu müssen, die Fotos lediglich streifen lassen konnte.

Jetzt. Während ich über der Balustrade auf dem Flur lehnte, zwang ich mich plötzlich, mich ruckartig zur Fotowand hinter mir umzudrehen. Was hatte ich erwartet? Nun, da Tonio sich heute von seiner allerverletzlichsten Seite gezeigt hatte, steckte die beängstigende Wehrlosigkeit nach wie vor in seinem fotografierten Blick, inzwischen jedoch nicht länger als Prophezeiung oder Möglichkeit, sondern als *Bestätigung* – und das veränderte schlagartig das Gesicht der gesamten Porträtgalerie. Er war tot.

Beim Umzug war Tonio vier. Nach dem Sommer sollte er auf das Schreuder Instituut gehen. Die Zeit des Festhaltens (oder, was mich betrifft, der krampfhaften Versuche dazu) war allmählich vorbei. Wir hatten jetzt die ideale Burg gefunden, von der aus wir Tonio nach und nach loslassen konnten, damit er die verschiedenen Ausbildungen für seine Zukunft absolvierte – eine Burg, in die er jeden Moment wieder zurückzuholen war.

Die Möbelpacker waren abgezogen. Pferdedecken lagen noch über den Möbeln. Überall standen kleine Mauern aus Umzugskartons: ein fast vertrauter Anblick, wenn man bedachte, daß ein Teil davon während der zwei Jahre an der Leidsegracht gar nicht ausgepackt worden war.

Ich war todmüde, wie Mirjam. Es war ihr gerade noch gelungen, für Tonio eine Schlafecke in dem vorgesehenen Kinderzimmer zu improvisieren (das allerdings renoviert werden mußte, denn das Parkett war hier von der zerstörungswütigen Brut des Vorbesitzers P. K. Roukema fast zu Splittern zertrampelt worden). Ich schaute noch kurz zu ihm. Er lag, halb freigestrampelt, inmitten seiner nach einem geheimnisvollen System angeordneten Knuddeltücher, zwischen denen eine Badeente schwamm. Der Schnuller war ihm aus dem Mund geglitten, lag aber auf dem Kopfkissen festgeklebt an seiner Unterlippe.

Ich hatte ihn doch prima durch alle Stürme in dieses Bollwerk an Sicherheit gelotst. Er war behütet und wurde, wie es aussah, nicht von bösen Träumen heimgesucht. Wenn in diesem Haus die Dinge mehr oder weniger ihren Platz hatten, würden wir als ersten Raum Tonios Zimmer in Ordnung bringen lassen. Nächste Woche schon mal ein Stockbett bestellen, das wünschte er sich so sehr, damit Freunde bei ihm übernachten konnten.

»Tschüs, mein Junge«, flüsterte ich. »Erschrick morgen nicht über die fremden Wände.«

Ich ging zurück zum Balkon auf der Gartenseite dieser Etage. Mirjam hing mehr, als daß sie saß, auf einem Klappstuhl, auf dem Schoß Cypri, die die erste Erkundungsrunde durchs Haus ebenfalls mit Müdigkeit hatte bezahlen müssen.

»Er schläft«, sagte ich. »Ganz friedlich.«

22

Mijnheer Roukema hatte uns nicht einfach eine Dingdongklingel hinterlassen. Es war ein komplettes Glockenspiel, mit Röhren verschiedener Länge, deren Läuten bis unters Dach schallte. Bei früherem Klingeln war uns die Gewalt noch nicht aufgefallen, jetzt aber, in der Stille nach dem Umzug, erschraken wir. Jemand hielt den Finger auf den Klingelknopf gedrückt, denn es klang wie der Munttoren, der Münzturm, zur vollen Stunde, nur ohne Melodie. Wir standen beide sofort senkrecht.

»Die Klingel kommt weg«, sagte Mirjam. »Tonio kriegt einen Mörderschreck, wie er das nennt.«

Als die Röhrenglocken schwiegen, lauschten wir beide angespannt, ob wir Tonio weinen hörten. Nein, kein Mucks. Damit das Glockenspiel nicht erneut einsetzte, eilte ich zur Wechselsprechanlage. »Hallo?« Es war Mijnheer Rat, der, wie er mit seiner Knarzstimme sagte, »das neue Haus einsegnen kam«.

Unrat, schon jetzt.

Bereits vor unserem Umzug in die Veluwe stieß meine Geduld mit den Menschen an ihre Grenzen. Rückblickend wunderte ich mich, wie unbesorgt ich zehn Jahre zuvor noch fast jedem von vornherein vertraute. Wenn das Vertrauen mißbraucht wurde, konnte ich ja immer noch entscheiden und Maßnahmen ergreifen. Mein Haus war ein gastfreundliches Haus. Ich war unbelehrbar. Ich ließ immer wieder zu, daß zweifelhafte Leute darin herumschnüffelten, um danach ihre Erkenntnisse zu der Geschichte umzumodeln, die bei anderen gut ankam. Ich war naiv genug, mich ernsthaft über die Versionen zu wundern, die *mir* dann zu Ohren kamen.

Das Haus in der Johannes Verhulst hatte ich von einem Pornobaron im Ruhestand übernommen. Sein Lager befand sich im Souterrain, wo er die Regale benutzte, die noch vom Weinhändler Leuchtmann stammten. Die Nachbarn zeigten sich erleichtert, daß die Lieferwagen mit den verhangenen Fenstern vor ihrer Tür verschwanden. Nachdem der Kauf beim Notar besiegelt worden war, besuchte ich meine Stammkneipe, in der die Story »Adri hat ein schickes Bordell in Amsterdam-Zuid übernommen« bereits kursierte. So eine groteske Klatschgeschichte gefiel mir ja noch. Anders verhielt es sich mit der systematischen Verleumdung, die nur dazu diente, ihr Objekt zu beschädigen.

Die Umzugskartons waren noch nicht ausgepackt, doch Mijnheer Rat, in Begleitung seiner Miss Piggy ähnelnden Verlobten, hielt es nicht länger für vertretbar, sein raschelndes Herumgeschnüffel weiter hinauszuschieben. Vielleicht war ihm ja der Klatsch über das »schicke Bordell« zu Ohren gekommen.

»Wir wollen das Haus einweihen«, sagte er und streckte Mirjam eine Flasche Weißwein entgegen, die, sehr aufmerksam, in Aluminiumfolie gewickelt war, damit sie kalt blieb. »Mein Gott, Adri, siehst *du* verschlafen aus.«

Ich hatte tatsächlich den größten Teil der vergangenen Nacht kein Auge zugetan, weil vor dem Umzug noch soviel eingepackt werden mußte, doch meine Gastfreundschaft siegte über die Müdigkeit. Wir setzten uns auf den Balkon, und ich öffnete die Flasche.

Ob es an der sommerabendlichen Kühle lag oder am kalten Wein, Mijnheer Rat mußte alle naslang aufs WC. Es gab auf jeder Etage eines, und ich hörte ihn die Spülung jedesmal bei einer anderen Toilette betätigen. Von Mal zu

Mal blieb er länger weg. Mijnheer Rat machte seine Schnüffelrunde.

»Jetzt verstehe ich, warum du so schlaftrunken aussiehst«, sagte er nach der soundsovielten Inspektion. »Du bist ja schwer tablettensüchtig.«

»Wie bitte?« Mirjam und ich sahen uns an.

»Ja, die Tür von deinem Arbeitszimmer stand auf, und da sah ich die ganzen Schachteln mit den Schlafkapseln. Zero-3. Ein schweres Mittel, wie ich weiß. Das kann ein Pferd umhauen.«

Nach dieser Äußerung hätte ich ihn umhauen müssen, aber nicht mit einem so harmlosen Mittel wie Zero-3.

»Was du gesehen hast, ist ein Mittel zum Abnehmen«, sagte ich. »Drei Tage pro Woche, Montag, Mittwoch und Freitag, ißt du gar nichts. Schluckst aber alle zwei Stunden ein paar von diesen Zero-3-Kapseln. Sie quellen im Magen auf und bewirken damit ein Völlegefühl. Ich empfehle es niemandem.«

Mijnheer Rats Gesicht zeigte eine leichte Verärgerung. In Anbetracht der eigenen Abhängigkeit – von anderen Mitteln – ließ er sich seine Entdeckung nicht so leicht nehmen. Er schüttelte den Kopf. »Zero-3 ist ein schweres Schlafmittel, das ist bekannt. Mein Stammpförtner in der Reguliersdwarsstraat verkauft die Kapseln auch. Mir gegenüber brauchst du nicht so geheimniskrämerisch zu tun.«

»Wenn du wieder auf die Toilette mußt«, sagte ich, »dann mach doch so eine Schachtel auf und lies den Beipackzettel.«

Mijnheer Rat mußte nicht mehr auf die Toilette. Genug geschnüffelt: Er hatte seine Information. Weil ich nach seinem Besuch wochenlang damit beschäftigt war, das Haus einzurichten, und kaum vor die Tür kam, dauerte es einen ganzen Monat, bevor ein Bekannter mich auf meine besorgniserregende Abhängigkeit von schweren Schlafmitteln ansprach.

»Tja, was willst du machen«, sagte ich. »Bei so 'nem Bordellbetrieb im Haus würde ich sonst überhaupt kein Auge zutun.«

So begann ich das neue, beschützte Leben meiner kleinen Familie damit, arglos einen Eindringling aus dem alten, unbeschützten Leben ins Haus zu lassen.

23

Ich nutzte Mirjams und Hindes Abwesenheit dazu, ein paar Leute anzurufen. Nein, meinen Schwiegervater vorläufig nicht: Ich mußte zuerst sicher sein, daß seine Töchter es ihm gesagt hatten. Es war kein Thema, bei dem man aneinander vorbeiredet.

Meine Schwester hatte an ihrem normalen Telefon seit fünfundzwanzig Jahren den Anrufbeantworter permanent eingeschaltet, und so wunderte es mich nicht, nur ihre Mailbox zu bekommen, als ich endlich ihre neue Mobilnummer anrief. Damit sie nicht gleich zu sehr erschrak, teilte ich mit, ihrem Neffen sei »etwas Ernstes« zugestoßen. Ich bat sie, mich zurückzurufen.

Und dann mein Bruder, der in Spanien war. Als ich mittags, vor undenklich langer Zeit, mit ihm telefonierte, lebte Tonio noch. Ich hatte ihm ehrlich erzählt, daß es schlecht um seinen Neffen stand, doch irgendwo in der knisternden Stille zwischen den Niederlanden und Spanien war noch Hoffnung gewesen. Jetzt mußte ich ihm die letzte Wahrheit mitteilen. Ich weiß nicht mehr, welche Worte ich benutzte, jedenfalls führte Frans eine Woche später in seiner Grabrede an, ich hätte gesagt: »Der arme Junge hat es nicht geschafft.«

Zwei älter werdende Brüder mit erstickter Stimme am Telefon, stockend Fragen stellend und Antwort gebend zum denkbar Schrecklichsten – nein, zum *undenkbar* Schrecklichsten, das trotzdem eingetreten war. Eine Mutter hatte uns großgezogen, die, wenn ihre Kinder loswollten, hysterisch auf alle möglichen hypothetischen Gefahren reagierte und ihre Sprößlinge daher daheim behielt und notfalls einsperrte. Jetzt, da eine solche eingebildete Gefahr Wirklichkeit geworden war, wußten wir nicht, wie damit umzugehen. Dazu waren wir *nicht* erzogen worden.

»Ich finde das *so* furchtbar«, wiederholte Frans mit unterdrücktem Schluchzen immer wieder. »Das ist so schrecklich.« Mehr ließ sich dazu nicht sagen: Das war schon alles. Er wollte am nächsten Tag mit Mariska und dem Kleinen nach Amsterdam zurückfliegen und dann so schnell wie möglich zu uns kommen.

24

Von Onkel Willy erzählte man sich, daß er, nachdem er die Nachricht vom Tod seines Sohnes vernommen hatte, mit dem Hund ziellos durch die Gegend marschiert war. In langen Schritten, so daß das Tier sich ermutigt fühlte zu rennen. Es zog die Leine mit solcher Kraft straff, daß mein Onkel sich zurücklehnen mußte, um es halten zu können. Nachbarn, die ihm begegneten oder ihn zum x-tenmal vorbeigehen sahen, wußten zu erzählen, daß er mit lauter Stimme ununterbrochen sprach, zu niemandem im besonderen – anscheinend nicht einmal zu seinem Hund.

Vor noch nicht einmal zwei Stunden hatte ich meinen Sohn sterben sehen. Verspürte ich das Bedürfnis, wie Onkel Willy auf die Straße zu gehen, redend oder nicht redend, notfalls von einem eingebildeten Hund gezogen? Ich saß auf der Couch, äußerlich ruhig, und wartete darauf, daß die Schwestern Rotenstreich von ihrer schweren Mission zurückkamen.

Ich dachte an das Telefongespräch mit meiner Mutter vor rund zwanzig Jahren, über den verunglückten Willy jr. Sie lebte nicht mehr, genausowenig wie mein Vater, doch ich war gezwungen, mir vorzustellen, wie ich ihr die Nachricht überbringen würde. Nein, nicht telefonisch, das war zu grausam.

Ich nahm ein Taxi nach Eindhoven. In meiner Vorstellung wohnte sie noch, allein, in dem Haus im Viertel Achtse Barrier, in dem Tonio Anfang der neunziger Jahre mehrmals zu Besuch gewesen war. Die Klingel. Ihr Schemen hinter der Mattglasscheibe.

»Du hier? Hättest vorher anrufen sollen, dann ...«

»Mama, es ist was mit Tonio.«

Ich schob sie sanft vor mir ins Haus. Sie versuchte, steif, immer wieder, sich umzudrehen. »Doch nichts Schlimmes?«

Wir waren im Wohnzimmer. »Er hat einen Unfall gehabt.«

Sie setzte sich auf einen Sesselrand, die Hand vor dem Mund, gelbbleich. Die Hand zitterte infolge von Parkinson, so daß es aussah, als gäbe sie sich eine Serie winziger Klapse ins Gesicht. »Sag, daß das nicht wahr ist.«

»Ich *wünschte*, ich könnte das sagen.«

»Oh ... schlimm?«

»Das Schlimmste.«

Sie begann schniefend zu weinen. Die Hand flatterte steuerlos vor ihrem Gesicht. »Tot?«

»Tonio ist tot, Mama. Er lebt nicht mehr.«

»Sogar sein kleiner Rücken strahlte.«

Pausenlos füllten diese Worte meinen Kopf, ausgesprochen von meiner Mutter. Um Ostern 1990 blieb Tonio, fast zwei Jahre alt, eine Woche bei meinen Eltern in Eindhoven. Als wir ihn wieder abholten und vor dem Haus aus dem Taxi stiegen, beschlossen wir, nicht zu klingeln, sondern Tonio und seine Großeltern über den hinteren Garten und die Küche mit unserem Besuch zu überraschen.

Im Wohnzimmer waren die Vorhänge als Schutz gegen die Sonne zugezogen, doch ein schmales Fenster an der Seite war unbedeckt und stand offen. Mein Vater saß am Tisch und demonstrierte Tonio, der neben ihm stand und andächtig zusah, etwas (einen Abschlepp-, Kran- oder Feuerwehrwagen).

»Hier, an der Stelle, sitzt sonn Dingsken, weißt? Wennde das rausziehst ...«

Meine Mutter beugte sich über den Tisch, ihrerseits ganz im Banne von Tonios atemloser Aufmerksamkeit. Sie hatte sein Haar gekämmt und gebürstet, so daß es jetzt wie eine Wolke, krabbelkindblond noch immer, um Kopf und Schultern stand. Wir drängten uns mit zusammengesteckten Köpfen vor dem schmalen Fenster und hielten es fast für eine Todsünde, diese Szene von Glück und Frieden zu stören. Das taten wir folglich auch nicht, sondern schauten zu, ohne uns zu rühren.

Plötzlich, durch einen wie auch immer gearteten Ruf des Blutes geweckt, richtete Tonio den Blick über die an dem Auto hantierenden Finger meines Vaters hinweg aufs Fenster. Er sah uns. Seiner Kehle, seinem ganzen kleinen Leib, entfuhr ein langgedehnter Urschrei, wie wir ihn noch nie bei ihm gehört hatten. Es hatte etwas Beängstigendes, wie bei einem Tier in Not, doch in den Untertönen klang es wie Triumphgeschrei. Er rannte völlig durchgedreht herum, zu aufgeregt, auf Anhieb den Weg durch die Küche nach draußen zu finden, so daß wir eiligst hineingingen.

Tonio mußte, so klein er war, über ein erstaunliches Lungenvolumen verfügen, denn er gab ununterbrochen, ohne dazwischen merklich Luft zu holen, diesen Strom von Lauten von sich, der Freude, Verwunderung und Empörung zugleich war. (Auch Empörung, denn so zahlte er uns wortlos unser langes Fortbleiben heim.) Seine ungestüm rennenden Beinchen brachten zumindest einen gewissen Rhythmus in das hohe, monotone Geheul. Er schlang seine Arme um ein Bein von Mirjam und eins von mir, offenbar fest entschlossen, uns nie mehr loszulassen. Ich blickte von meinem Vater zu meiner Mutter. Ihre Gesichter, zwischen Verblüffung und Ergebenheit schwankend, verrieten: Das war's, jetzt sind wir abgeschrieben.

Später erzählte meine Mutter, daß Tonio in der zweiten

Hälfte der Woche immer wieder bezweifelt hatte, ob wir ihn, nachdem schon so viel Zeit vergangen war, jemals wieder abholen würden. Nach kurzer Niedergeschlagenheit schien er sich dann jedesmal damit abzufinden. Er stieß einen tiefen Seufzer aus und fuhr mit dem unterbrochenen Spiel fort.

Tonio war so froh und erleichtert, daß wir ihn nicht vergessen hatten und er wieder nach Hause mitdurfte, daß er sich auf dem Weg zum Taxi, zwischen uns an der Hand, nicht mehr zu seinen Großeltern in der offenen Tür umdrehte. Meiner Schwester erzählte meine Mutter später: »Ach, herrje, das war was … unglaublich … sogar sein kleiner Rücken strahlte.«

Zu Hause führte Tonio mir den Abschlepp-, Kran- oder Feuerwehrwagen vor und sagte: »Hier sitzt sonn Dingsken, weißt?«

25

Halb acht. Der Zeitpunkt, zu dem Tonio kommen wollte, um sein Chow-Minh zu essen. Das heißt, er versprach immer, zwischen halb sieben und sieben Uhr dazusein, und dann wurde es halb acht. Nur wenn er unangekündigt hereinplatzte, war es meist zwischen sechs und halb sieben. Alle genannten Zeitpunkte waren inzwischen weit überschritten, auch der um halb acht.

Lieber Tonio, du hättest längst hiersein müssen. Wo bist du jetzt? Schon auf der Edelstahlbahre im Keller des AMC oder noch auf dem Totenbett in dem Beduinenzelt aus gelbem Nylon auf der Intensivstation? Wenn sie dich noch nicht mit dem Lastenaufzug nach unten gebracht haben, ist der Gerichtsfotograf, der etwas spät aufgekreuzt ist, jetzt vielleicht endlich dabei, seine Apparate wieder einzupacken. Die Schwester hat das Laken erneut über deinen nackten, geschundenen Körper gelegt und wartet auf eine Kollegin, die zusammen mit ihr das Bett wegrollen kann: Sie hat die Bremsen an den Rädern bereits mit dem Fuß gelöst.

Gut, soweit der Stand der Dinge, was deinen toten Körper betrifft. Aber du, wo bist du? Wir brauchen nicht von deiner Seele zu reden und ob sie noch, mit zunächst unbeholfenem Flügelschlag nach dem erstmaligen Verlassen des Nests, um das Bett herumflattert oder schnurstracks davongeflogen ist. Keine metaphysische Ornithologie jetzt. Es geht mir um die reine Motorik. Die stets flexible Linie, innerhalb deren du dich bewegt und geatmet und gelebt hast. Diese ungreifbare Schlängellinie kann nicht einfach ausradiert sein.

Ich brauche nur die Augen zu schließen, um dich das Wohnzimmer betreten zu sehen. Auf dem Weg in die Küche, um mir etwas einzugießen, gehe ich in dem Moment an der Tür vorbei, als die sich sacht öffnet. Obwohl ich dich erwarte, erschrecke ich, weil ich dich nicht auf der Treppe gehört habe.

»Tonio, mein Herz ... brauchen wir nicht mehr anzuklopfen?«

Am Donnerstag hast du dich noch für dieses Fotomädchen rasiert, na komm schon, wie heißt sie ... und jetzt unterstreicht ein ordentlicher Stoppelbart schon wieder dein grinsendes Lachen. Zur Begrüßung lege ich dir die Hand auf die Schulter, die warm ist vom Fahrradfahren, wie es sich gehört. Du keuchst leicht vom Treppensteigen, so daß ich ganz aus der Nähe deinen Atem auf meinem Gesicht spüre.

»Wo ist Mama?«

Ich kann jetzt nicht mit der Geschichte ankommen, daß sie mit Hinde zuerst zu Opa Natan und danach zu Oma Wies gefahren ist, um ihren Eltern zu erzählen, was am Morgen, in aller Frühe, ihrem Enkel ...

»Zum Suri. Du wolltest doch Chow-Chow, oder?«

»Chow-Minh. Ein Chow-Chow ist ein chinesischer Hund. Himmelnochmal.«

Dein wiederholtes Lachen, unveränderlich mit einem

Hauch Traurigkeit in den Untertönen (eine Frage der Intelligenz, nur der Narr lacht ungetrübt fröhlich). Wie gewöhnlich riechst du stark nach Zigarettenrauch. Deine Kleider, die regelmäßig von Mirjam gewaschen werden, sind vollgesogen mit abgestandenem Nikotingeruch. Natürlich, der Freund, mit dem du dir die Wohnung teilst, ist seit seinem vierzehnten Lebensjahr ein heftiger Raucher, und außerdem kifft er. Was das Lüften der Zimmer betrifft, seid ihr wie die Bauern, die ihre Fenster vor dem Mistgeruch von draußen verschließen. Bei einem deiner vorigen Besuche habe ich dich geradeheraus gefragt: »Du rauchst doch nicht selbst?«

»Och, ich qualm ab und zu mal eine in der Kneipe«, hattest du geantwortet. »Nur so, um mit den Jungs mitzuhalten.«

Damals beruhigte es mich. Jetzt kommt es mir wie eine ausweichende Antwort vor. Heute abend werde ich dich noch einmal fragen, und dann möchte ich Gewißheit. Komm, Tonio, in drei Wochen wirst du zweiundzwanzig. Kein Versteckspiel mehr. »Was trinken?«

»Ich wart noch auf Mirjam.«

Es ist nicht nur, weil niemand einen Wodka Orange besser, im richtigen Verhältnis, mixen kann als deine Mutter – du möchtest nicht den Eindruck von Gier erwecken. Obwohl ich vermute, daß du ordentlich bechern kannst. Das habe ich übrigens nach der Filmpremiere von *Het leven uit een dag* gemerkt. (Hoffentlich hast du der Marjan, die mit dir da war, nicht zu viel Ärger gemacht.)

Tygo ist hinter dir die Treppe hochgekommen. Er steht jetzt neben deinen Füßen und wartet darauf, daß du ihn streichelst. Du nimmst den großen Kater mit beiden Händen vom Teppich und läßt dich mit ihm auf die Eckcouch fallen: dein Stammplatz. Während du ihn mit langen Bewegungen streichelst, windet sich Tygo rücklings auf deinen Oberschenkeln. Laß dich mal richtig anschauen, Tonio. Du siehst unbestreitbar gut aus, egal, ob rasiert oder nicht. Die einsdreiundsiebzig sind schade – ein paar Zentimeter kleiner als ich. Damit wirst du dich abfinden müssen, ausgewachsen, wie du inzwischen sein solltest. Du hast kleine Eltern und Vorfahren. Mit genetischen Folgen wie Körpergröße bei einem Kind von uns haben sich Mirjam und ich nie beschäftigt. Ein Mensch fühlt sich erst klein, wenn er von einem Größeren auf sein Format hingewiesen wird. Dabei handelt es sich meist um einen hirnlosen Muskelprotz, der aus seiner Körpergröße nur noch mehr Hirnlosigkeit und Muskelkraft herleitet und dann behauptet: »Wer groß ist, hat bei allem die Nase vorn.«

Neulich hat man sogar rechnerisch nachgewiesen, daß große Männer im Durchschnitt ein höheres Gehalt beziehen als ihre kleineren Geschlechtsgenossen. So wird die einschüchternde Erscheinung eines großen Kerls zusätzlich durch Einstellungskommissionen und Statistikfreaks sanktioniert. Sollen sie sich doch alle den Knöchel verstauchen. Merk dir, fast alle Genies waren klein von Wuchs. Der Abstand zwischen Hirn und Hand wird schneller überbrückt, daran liegt es. Daß es sich um eine Art geistiger Sublimierung eines körperlichen Makels handelt, ist Freudscher Quatsch.

»Wie weit sitzen wir jetzt auseinander? Bestimmt vier Meter. Ich kann noch immer den Rauch in deinen Kleidern riechen. Tonio, ich will dich was fragen … etwas, das mich die letzten Tage beschäftigt hat. Schon früher, aber diese Woche wieder. Genauer gesagt seit dem Fotoshooting mit diesem Mädchen, letzten Donnerstag. Du brauchst mir nicht zu antworten. Ich frage dich, weil ich mich selbst damit geplagt habe. Ungefähr von meinem siebzehnten bis zum zwanzigsten Lebensjahr. Du ähnelst mir in so vielem, und dein Leben jetzt, als Student, stimmt in so vielem mit meinem in dem Alter überein … also … Wenn es dir peinlich ist, dann vergiß es sofort wieder. Tonio, bist du noch Jungfrau?«

Auf dem Büchermarkt 2003, fünfzehn Jahre und schon zu alt, um seinem Vater beim Signieren zu assistieren, stand er am Stand des Querido Verlags eine Zeitlang unschlüssig neben mir. Während ich mit vorbeischlendernden Leuten sprach, die alles mögliche über meine nächsten Bücher wissen wollten, hörte ich amüsiert zu, wie Tonio sich verlegen scherzend an Isoude, die Tochter meines Lektors, heranmachte. Sie waren im Alter nur zwei Monate auseinander und hatten sogar zusammen im Laufstall gelegen. Später waren sie jeweils beim anderen auf den Geburtstagsfesten gewesen. Sie hatten im Arti miteinander gespielt. Anstatt sich die alte Vertrautheit zunutze zu machen, hielt er das hübsche Mädchen mit Spott und Scherz auf Distanz. Sie, ihrerseits, ließ sich nicht lumpen und zahlte Tonio mit gleicher Münze heim. Mit zärtlichem Hohn näherten sie sich einander, könnte man sagen.

Später gab er mir die Tasche zurück, die ich ihm zum Aufbewahren anvertraut hatte. »Ich lauf mal kurz mit ihr über den Markt«, sagte er achselzuckend. Dabei grinste er fast entschuldigend. Ich blickte den beiden nach. Tonio zeigte denselben Tick wie ich in dem Alter, wenn ich neben einem Mädchen ging: das unnötige Hochziehen der Schultern, wodurch der Rücken etwas Buckliges bekam.

Tonio saß zwar in meiner Einbildung schräg gegenüber auf seinem Stammplatz der letzten Jahre, doch ich besetzte die durchgesessene Couch, die ihm von Rechts wegen und seit eh und je zustand. Nicht einmal visionär vermochte ich ihn zu einer Antwort zu verleiten.

Wie er an den morgendlichen Zärtlichkeiten mit seiner Mutter hing …

Zu früher Stunde, kurz nach dem Sommer unseres Umzugs, wachte ich auf, weil unsanft an meinem Arm gezerrt wurde. Es war Tonio. Ich lag auf der Wohnzimmercouch, wo ich nach einem nächtlichen Glas eingeschlafen war. Lachend, entrüstete Schreie ausstoßend, hing er an meinem Arm. In seinem kleinen Körper spürte ich die Kraft, mit der er mich auf den Boden zu ziehen versuchte. Diese Couch, das war sein morgendliches Reich, und es wurde von meiner massiven schlafenden Anwesenheit entweiht. Ich gab mich geschlagen und ließ mich auf den Teppich fallen, wo ich pro forma noch ein wenig hin und her rollte. Er kreischte triumphierend. Und immer noch war die Wiedereroberung nicht komplett: Ich wurde aus dem Zimmer gejagt. Ich sah noch gerade, wie Mirjam mit einer Schnullerflasche voll verdünnter Schokomilch aus der Küche kam. Bevor er sie nahm, kontrollierte er wie jeden Morgen den Inhalt.

»Bis zum Rand, nicht zu heiß, oder?« fragte er dann.

»Ganz voll und nicht zu warm. Fühl mal.«

Kurz darauf streckte ich den Kopf um die Tür. Tonio saß, an seine Mutter geschmiegt, auf der Couch und saugte unter trägem Blinzeln an der Flasche, während er sich ein Video mit seiner Lieblingsente Alfred Jodocus Kwak ansah. Dabei wedelte er mit einem Tuch aus genopptem Stoff, als verjage er Fliegen. Von Zeit zu Zeit zog er den Sauger aus dem Mund, um die Flasche gegen das Licht zu halten: So überprüfte er, wie weit der Inhalt bereits verschwunden war und wie lange dieser paradiesische Zustand zwischen Bett und Kindergarten noch dauern würde. Es war seine Uhr, sein flüssiges Stundenglas.

28

Tonio war schon seit Stunden tot, und ich hatte noch immer keinen Selbstmord begangen. Ich sollte mich fragen, was Dinge wie Feigheit, mangelnde Solidarität, Gefühlskälte bedeuteten. Wenn er entführt worden wäre oder vermißt, würde ich jetzt an unmögliche Orte laufen, atemlos, um ihn zu suchen. Auf sein Sterben hatte ich keine Antwort.

Als Junge hatte ich Zwangsvorstellungen. Angenommen, ich müßte meiner Mutter die Nachricht überbringen, daß mein Bruder oder meine Schwester verunglückt sind. Ich stellte den Kummer meiner Eltern über meinen. Mehr noch, ich hatte buchstäblich eine tödliche Angst vor ihrem Kummer. Lieber mir selbst das Leben nehmen, als mit ihrer maßlosen Verzweiflung konfrontiert zu werden. Dilemma: Mein Selbstmord würde ihre Verzweiflung um hundert Prozent steigern, wenngleich ich sie dann nicht miterleben müßte.

Selbst Vater geworden, war ich von meinen Zwangsvorstellungen nicht erlöst. Wenn ich mein Kind verlöre, könnte ich dann weiterleben, oder würde ich den Schmerz verkürzen, indem ich mich möglichst schnell umbrächte? Es gab auch noch Minchen, für die ich zu sorgen hatte. Ich könnte ihr einen Doppelselbstmord als Schmerzstiller vorschlagen.

Ich bog mir die Moral irgendwie zurecht, was nicht weniger als ein Zwangsgedanke war. Ich dachte an die Makelaarsbrug und an den gefährlichen Kindersitz und gelangte zu dem Schluß, daß ich Selbstmord begehen würde, wenn ich *Schuld* am Tod meines Kindes trüge.

Das Dilemma heute abend war, daß ich mich an Tonios Tod gar nicht schuldig genug fühlen *konnte*. Es brauchte kein untauglicher Kindersitz herzuhalten, um mich als Verantwortlichen auszuweisen. Ich hatte seinen Tod nicht verhindern können, und das war Anklage genug. Zugleich wollte ich nicht, daß Mirjam heute mit einem zweiten Leichnam konfrontiert würde. Ich durfte das Unterdrücken meiner Schuld nicht höher bewerten als den Trost und die Fürsorge für sie.

Je länger ich darüber nachdachte, während ich auf Mirjam wartete, um so hinfälliger wurde die Sache mit dem Selbstmord. Tonio war tot, und im Vergleich dazu wäre meine eigene Auslöschung lächerlich.

29

Es war zu erwarten, daß jetzt, da unsere Ehekrise beendet war, alle möglichen Leute sich nach Kräften bemühen würden, den Konflikt noch eine Weile künstlich am Leben zu erhalten.

»Schon gehört? Die Krise ist beigelegt.«

Nein, deshalb steckten die Leute die Köpfe am Kneipentisch nicht zusammen. Die Leute wollten Drama, und wenn das rationiert war, wurden sie eben selbst kreativ.

Monate nach unserer Versöhnung und dem Einzug in das neue Haus erzählte meine Schwiegermutter, selbst dabei, meinen Schwiegervater zu verlassen, »im Gemeindehaus« sei es ausgemachte Sache, daß wir, also ihre Tochter und ihr Schwiegersohn, »auseinandergingen«. Sie war bei uns zu Besuch. Wir saßen im Wohnzimmer und tranken Tee. Tonio spielte auf dem Fußboden.

»Was meinst du denn, Mama?« fragte Mirjam, in ihrer Stimme diese spezielle Schärfe, die sie für ihre Mutter reservierte.

Bevor sie zum Angriff überging, fuhr sich Wies immer schnell mit Daumen und Zeigefinger über die Nase. »Na ja, hör mal … die Leute sagen so was doch nicht ohne Grund.«

Ich blickte zu Tonio in der Ecke … An seinem reglosen Rücken konnte ich erkennen, daß er aufgehört hatte zu spielen. Die Worte seiner Oma hatten ihn alarmiert. In jeder Hand einen Klumpen Legosteine, hörte er mit gespitzten Ohren zu. Tonio mußte schon die unbegreifliche Nachricht verarbeiten, daß seine Großeltern (sie fast siebzig, er achtzig) sich demnächst trennen würden. Jetzt kam Oma Wies mit der Mitteilung, aus erster Hand »im Gemeindehaus«, an, bei seinem Vater und seiner Mutter passiere das gleiche.

Trennung.

»Nein, nicht wahr«, sagte Mirjam noch schärfer, »die Leute sagen so was doch nicht ohne Grund. Verleumdung, da muß doch ein Kern von Wahrheit drinstecken. Oder? Wenn es nicht sogar die ganze Wahrheit ist. Wo Rauch ist, da ist auch Feuer. Aber dann sag mal, *Mama*, was sind deine Eindrücke, wenn du hier auf der Couch sitzt, in unserem neuen Haus? Merkst du was von einer bevorstehenden Ehescheidung?«

»Na ja, Mirjam … ich erzähle ja nur, was ich im Gemeindehaus gehört habe. Sonst nichts.« Und nach einigem Nachdenken: »Die Leute sagen so was doch nicht ohne Grund.«

Tonio hatte sein Spiel nicht wiederaufgenommen. Er drehte den Kopf und blickte mit großen, ernsten Augen auf die Tee trinkende Gesellschaft.

»Wies, abgesehen von allem, was du so hörst und unbesehen glaubst«, sagte ich, »kannst du es eigentlich verantworten, das hier in Gegenwart deines Enkels zu wiederholen? So ein vierjähriges Kind hat auch Ohren und vor allem … Gefühle. Du hättest wenigstens bei Mirjam oder mir nachfragen können, was von dem Gemeindehausgeschwätz stimmt.«

Sie zuckte mit den Achseln und blickte auf ihre Schuhspitzen. »Ich meine doch nur, daß die Leute so was nicht ohne Grund sagen.« Daß sie ihre Stimme dabei senkte, war möglicherweise ein Zugeständnis an Tonios Gefühle.

Vielleicht war es ebenfalls aus Rücksicht auf seine Gefühle, daß ich seine Oma damals nicht hochkant die Treppe hinuntergejagt habe.

30

Da waren die Schwestern Rotenstreich – fix und fertig von der Nachricht, die sie hatten überbringen müssen, und von deren Wirkung auf die alten Menschen. Von sich aus erzählten sie nichts, also drang ich nicht in sie.

»Du, Minchen«, sagte ich, »wir haben jetzt mühelos zwei Wochen lang keinen Tropfen getrunken. Heute abend schaffe ich es nicht ohne Betäubung.«

Mirjam und ich nahmen beide eine der Pillen aus dem

Krankenhaus und spülten sie mit etwas Wodka hinunter. Hinde nicht. Sie belegte eines der Brötchen, die Mirjam morgens in der Küche aufgeschnitten hatte, als es klingelte. Völlig vertrocknet waren sie noch nicht trotz der sommerlichen Wärme, die den ganzen Tag über angehalten hatte.

»Also, nun erzählt schon«, fragte ich matt (ich mußte meine eigene Reaktion noch kennenlernen), »wie haben eure Eltern reagiert?«

»Mein Vater blieb ziemlich still«, sagte Hinde. »Er hat nicht viel gesagt. Er ist ja ohnehin ein verschlossener Mensch, aber jetzt ganz besonders. Sehr betroffen war er natürlich, aber das muß man bei ihm erraten.«

»Meine Mutter fing gleich an zu schreien«, sagte Mirjam. »Sie hat in einer Tour gerufen, sie fände es so schrecklich für mich. Das klang immerhin sehr echt, das muß ich zugeben.«

Ich kann mich wegen der Pille und des Wodkas nur an wenig erinnern, worüber an dem Abend sonst noch geredet wurde. Jeder von uns dreien saß unter seiner eigenen Glocke dumpfer Fassungslosigkeit. Mirjam weinte immer wieder heftig.

»Das ist nicht möglich … das *ist* nicht möglich.«

Ja, ich habe mit meinem Schwiegervater telefoniert, aber ich weiß nicht mehr, ob die Initiative von ihm oder von mir ausging. »Ich habe heute den Fernseher ausgeschaltet«, sagte er mit seinem noch immer wundervollen polnischen Akzent, »und dann hab ich eine Weile mit mir selbst geredet. Warum, hab ich mich gefragt, warum ein noch nicht mal zweiundzwanzigjähriger Junge? Und warum muß ich, ein alter Mann von siebenundneunzig Jahren, weiterleben? Warum?«

31

»Mußten wir vielleicht bestraft werden«, rief Mirjam später aus, »weil wir es zu dritt so gut hatten … weil wir so ein ideales Dreiergespann waren?«

Zum erstenmal an diesem Tag hatte ihr Weinen einen wütenden Unterton. Sie sah mich durch ihre Tränen hindurch scharf an.

»Minchen, soweit wir bisher wissen«, sagte ich schlaff, »war hier das blinde Schicksal am Werk ... und das blinde Schicksal teilt keine gezielten Strafen aus.«

»Warum *fühlt* es sich dann aber so an? Es fühlt sich wie eine Bestrafung an. Wegen der Arroganz, mit der wir es wagten, es so gut miteinander zu haben.«

32

»Wenn ihr zwei es jetzt schafft«, sagte Hinde, »dann geh ich nach Hause. Es wird wohl keine gute Nacht werden, auch für mich nicht, aber ... ich geh doch in mein eigenes Bett. Dixie ist auch noch da.«

»Wenn du es zu Hause nicht aushältst«, sagte Mirjam, »dann komm her. Du hast den Schlüssel.«

Hinde versprach es. Dixie war ihre Katze.

»Ich lege Bettzeug hier auf dieses Sofa.« Mirjam deutete auf die Chaiselongue vor dem Fernseher. Wir umarmten Hinde zum Abschied und dankten ihr für Hilfe und Beistand an diesem Tag.

»Darüber brauchen wir kein Wort zu verlieren«, sagte sie.

Mirjam begleitete ihre Schwester nach unten. Sie standen eine Weile in der Diele, redeten und weinten. Nachdem die Haustür zugefallen war, hörte ich Mirjam die Treppe heraufkommen. Sie ging am Wohnzimmer vorbei und stieg langsam die Stufen zur Schlafetage hinauf. Am Beginn der schrecklichsten Nacht meines Lebens ließ sie mich allein.

Ich blieb reglos sitzen und lauschte. Oben klappten Schranktüren auf und zu. Absätze auf dem Parkett. Ich hatte sie die Treppe nicht herunterkommen hören: Auf einmal war sie wieder im Wohnzimmer, unter dem einen Arm ein Kopfkissen, unter dem anderen zusammengefaltete Laken und Decken. Sie legte das Bettzeug auf die Chaiselongue und setzte sich neben mich auf die Couch.

Wir schwiegen. Zu erschöpft, zu betäubt, einander zu trösten. Das Valium und der Wodka taten ihre Wirkung, und wir trieben die Abstumpfung mit neuen Dosen Alkohol gierig weiter. Nachdenken, das tat man, wenn nach einer Lösung gesucht werden mußte. Ich konnte nicht einmal denken: Hier sitzen wir, zwei Menschen mit einem Problem. Es *gab* kein Problem, weil eine Lösung ein für allemal ausgeschlossen war. Der Tod mochte annähernd noch als Problem gelten: Wie verhalten wir uns gegenüber dieser scheißunwiderruflichen Tatsache? Ein Toter, der war zu tot, um ein Problem darzustellen.

Mirjam nahm einen Schluck, stellte ihr Glas auf das Beistelltischchen zurück und schob es so weit wie möglich von sich. Der Alkohol schmeckte ihr nicht. Sie legte den Kopf an meine Schulter, von wo er von selbst auf meine Brust sank und dann weiter in meinen Schoß. Sie weinte fast unhörbar, mit einem leise säuselnden Geräusch, wie Wasser, das im Kessel summt. Alles, was sie noch sagte, paßte in einen langgedehnten zittrigen Seufzer.

»Unser kleiner Junge.«

Intermezzo

15. September 2010

> Rough winds do shake the darling buds of May,
> And summer's lease hath all too short a date.
>
> Shakespeare, Sonett 18

I

Die blinde Mauer ist wieder da.

Eigentlich haben wir unser Haus der geringen Größe des Gartens zu verdanken. In den Jahren, in denen es leerstand, von '89 bis '92, zeigten eine ganze Reihe von Ehepaaren Interesse daran, sich zusammen mit einem zweiten Ehepaar das große Anwesen zu teilen und für eine Doppelbewohnung einzurichten. Ihre Begeisterung erlosch dem Makler zufolge jedesmal beim Anblick des Gartens: nicht viel mehr als ein von zwei hohen Hauswänden, einem Zaun und einer Schuppenseite umschlossener kleiner Innenhof. Der abgesackte, grün angelaufene Steinfliesenboden wogte bei jedem Schritt wie ein Cakewalk. An Vegetation gab es nicht mehr als den spärlichen Ansatz zu einem Goldregen – sah man einmal vom glitschigen Moos auf den Steinplatten ab. Wie konnte man hier Kinder aus zwei Familien spielen lassen?

Für mich stellte die kleine Fläche kein Problem dar – um so weniger Gartenarbeit an Samstagen. Mirjam sah sofort, in welche Ecke ein abdeckbarer Sandkasten für Tonio paßte und daß dann noch genug Platz übrigblieb, um ab und an mit ein paar Leuten draußen zu essen. Ein befreundeter Künstler, zugleich Landschaftsarchitekt, versprach, den Innenhof zu gegebener Zeit in ein dachloses »Gartenzimmer« umzufunktionieren, was immer das sein mochte; aber dazu kam es nie.

Ich störte mich mehr an der blinden, kahlen Mauer, auf die unsere rückseitigen Fenster gingen. Es war die Seitenfassade eines Häuserblocks, der, zwischen Johannes Verhulst und De Lairesse eingeklemmt, zur Banstraat gehörte. Völlig blind war die hohe Mauer im übrigen nicht. Abgesehen von einigen Lüftungsgittern befand sich links, Richtung Vorderfront, ein kleines Badezimmerfenster, zur Hälfte verborgen hinter einem Büschel verdorrten Efeus. Hinter der Mattglasscheibe brannte selten Licht.

Die Aussicht hatte dadurch etwas Schäbiges, als ob man auf Bahngleise schaut, und beinahe wäre der Kauf daran gescheitert. Die Natur löste das Problem für mich. Am Fuße der Mauer hatte der heruntergeschnittene Efeu neu ausgeschlagen, und die frischen Triebe hatten sich vorsichtig auf den Weg Richtung Dachgesims gemacht. Im Laufe der Jahre überzog sich die häßliche Seitenfassade mit einem glänzenden Blätterteppich, an dem eine vorbeistreichende Brise mitunter sämtliche Grüntöne aufleuchten ließ, die sich wie in einem Mosaik bewegten.

In den achtzehn Jahren, die wir hier wohnten, von Sommer 1992 bis Sommer 2010, war der Efeu, der immer dichter wurde, an manchen Stellen bis zu einem Meter dick, nie zurückgeschnitten worden. Vögel nisteten in ihm. Im Frühjahr 2007, als ich ein paar Monate lang in Zuid-Limburg arbeitete, ließ Mirjam, um mich beim Nachhausekommen zu überraschen, den schmuddeligen kleinen Innenhof mit italienischem Stuck und einem neuen Steinfußboden aufmöbeln. Alles in Altrosa und Ziegelrot. Dazu kam eine Veranda, eineinhalb Meter über Gartenniveau, mit Flügeltüren zur Bibliothek und einer Verschattung.

Auch der mickrige Goldregen war im Laufe der beinahe zwanzig Jahre gewachsen und spannte seine Krone weit über den kleinen Garten. Bei schönem Wetter saßen wir dort immer häufiger, auch abends, in kühleren Stunden durch die hohen Fassaden geschützt. Gartenfreunde unter unseren Besuchern machten immer öfter Bemerkungen über die Dichte des Efeus.

»Was glaubst du, was für ein Gewicht an diesen Saugnäpfen hängt …« sagte ein Freund. »Wenn das alles runterkommt, besteht die Gefahr, daß es die gesamte Außenmauer mitzieht. Dann siehst du auf einmal den Nachbarn, wie er unter seiner Schirmlampe Zeitung liest.«

Das wäre dann der gute Max Nord, der damals noch bei Leben und guter Gesundheit hinter dieser Seitenmauer wohnte, und das wollte ich nicht auf dem Gewissen haben. Anfang des Jahres nahm ich mir vor, den Efeu im Frühsommer zurückschneiden zu lassen – und dann war auf einmal der Schwarze Pfingstsonntag da, der dieses Vorhaben beiseite fegte. Der dicke grüne Wandteppich mit dem allmählich verblühenden Goldregen davor diente von dem Moment an als Kulisse für unsere täglichen Verzweiflungsgespräche. Hier, auf unser Zweierbank in der kleinen Laube, hatte Tonio drei Tage vor seinem Tod mit dem Fotomädchen gesessen. Alles darum herum sollte möglichst weitgehend und möglichst lange intakt bleiben.

Weil wir auch an die Nachbarn denken mußten, die um ihre Hauswand bangten, vereinbarten wir mit den Leuten, die uns bei allen anfallenden Arbeiten halfen, daß die Zurückschneideaktion auf Februar verschoben werden sollte.

2

Gestern abend, als ich gegen Mitternacht ins Bett ging, war es noch nicht passiert. Wie gewöhnlich trat ich kurz auf den Schlafzimmerbalkon hinaus, um meine Lungen, die gar keine frische Luft mehr bekamen, ein paarmal gründlich vollzusaugen. Ich nahm mir vor, Mirjam zu bitten, mich im kommenden Herbst zu entlegenen Wäldern und Stränden zu fahren, damit ich dort spazierengehen konnte, ohne Gefahr,

Bekannten zu begegnen und ihnen meine Geschichte erzählen zu müssen.

Die Efeublätter glänzten im Schein des Mondes, der erst nach eins untergehen würde. Wenn zu diesem Zeitpunkt bereits etwas nicht in Ordnung gewesen wäre, hätte ich es bemerkt. Die Nacht war klar und ruhig, sofern eine Stadt zu dieser Stunde ruhig sein kann. Sirenen von Rettungs- und Streifenwagen würde ich nie mehr hören können, ohne zu denken, daß sie in Richtung Stadhouderskade fuhren.

Heute morgen, fünfzehnter September, schien es auf einmal Herbst geworden zu sein. Noch bevor ich die Vorhänge im Schlafzimmer aufzog, hörte ich Regen und Wind. Es hatte etwas unendlich Vertrautes, diese kahle, blinde Mauer gegenüber. Ich fühlte mich in die frühen neunziger Jahre zurückversetzt, als der Efeu erst die untersten Meter der Mauer mit einer dünnen Blätterschicht überzogen hatte.

Ich schlüpfte in meine Pantoffeln, öffnete die Balkontür und trat hinaus. Ich beugte mich über die Balustrade. Unten im kleinen Garten herrschte ein wüstes Durcheinander. Die dicke Efeuschicht war, vielleicht durch einen harten Windstoß, wie *ein* großer, schwerer Vorhang abgerissen und zu Boden gesunken. Wegen des begrenzten Raums zwischen der Mauer und unserer Veranda hatte sich der Efeubewuchs während des Falls auf natürliche Weise aufgerollt, so daß dort jetzt eine riesige Kokosmatte zu liegen schien, bereit, mit Teppichklopfern von der Größe eines Telegrafenmasts bearbeitet zu werden. Der grüne Gobelin, auf den wir früher immer mit so viel Wohlgefallen geschaut hatten, kehrte uns jetzt seine Rückseite zu: ein bizarres Muster aus Kletterstengeln oder Hängewurzeln, schön und rätselhaft wie die Unterseite eines Perserteppichs.

Die Blätterlawine hatte die noch ranke Eiche mit ihrem biegsamen Stamm einfach zur Seite gedrückt, doch der Goldregen schien ganz und gar, mitsamt eingedrückter Krone, von der großen Rolle verschlungen worden zu sein: eine

Leiche in einem aufgerollten Kaminvorleger. Als ich genau hinschaute, sah ich, daß die Spitze des Baums durch die Efeumatte ragte, wie es aussah zu weit von der Stelle entfernt, an der die Wurzeln noch im Boden stecken mußten. Der Goldregen, der im Laufe von achtzehn Jahren gemeinsam mit Tonio der Reife entgegengewachsen war und dessen Trauben er noch kurz vor seinem Tod in Blüte gesehen hatte, war dahin.

Die blinde Mauer war wieder da. Ganz links hing, zerrupft, ein dichter Efeustrang, der das Badezimmerfenster zur Hälfte den Blicken entzog. Auch ganz unten, dicht oberhalb des Steinplattenplatzes, war noch ein Streifen Grün geblieben, wie eine Art Schürze oder Lendentuch der Hauswand.

Es war acht Uhr morgens. Der Efeu mußte also zwischen zwölf Uhr nachts und ungefähr Viertel vor acht abgerissen und zu Boden gesunken sein. Wie war es möglich, daß ich keine brechenden Stengel, kein Lawinengetöse gehört hatte?

Mirjam war um halb sieben ins Fitneßstudio gefahren. Sie konnte die Verwüstung noch nicht gesehen haben, sonst hätte sie mich geweckt. Ich rief sie auf dem Handy an und hinterließ ihr eine Nachricht auf der Mailbox: Sie solle nicht erschrecken, wenn sie beim Nachhausekommen die Wohnzimmervorhänge aufzog. Heftig erschrocken rief sie sofort zurück.

»Die Katzen …« Ihre gehetzte Stimme. »Hast du nachgeschaut, ob sie noch im Haus sind?« Am unverkennbaren Geräusch quietschender Pedale konnte ich hören, daß sie auf dem Fahrrad saß. »Sie könnten ja unter dem Efeu liegen … zerschmettert.«

Vor allem Tygo kletterte gelegentlich gern auf den Goldregen und meckerte, auf gespielter Vogeljagd, ein unerreichbares Nest an.

»Bleib dran«, sagte ich. Jetzt selbst beunruhigt, ging ich mit dem eingeschalteten Telefon die Treppen hinunter in den Hauswirtschaftsraum, unterwegs die Namen der Katzen rufend. Sie lagen in ihrem Korb. »Sie sind hier. Sie sind in Sicherheit.«

»Oh, Gott sei Dank.« Mirjam weinte vor Erleichterung. »Ich dachte schon, wir haben sie verloren. Jetzt ist alles möglich. Ich bin sofort aufs Fahrrad gesprungen.«

Wir werden nie wissen, ob die Katzen in dem Moment, als der Efeu ins Rutschen geriet, nicht doch im Garten gewesen waren und gerade noch rechtzeitig zur Katzenklappe hatten flüchten können.

Zum Jahreswechsel 2002 / 2003 war Mirjam mit Tonio nach Lanzarote geflogen. Ich blieb zu Hause, weil natürlich wieder irgend etwas Dringendes fertig werden mußte. Mirjam hatte mir ans Herz gelegt, am Silvesterabend, bevor die große Knallerei losging, die Katzenklappe zu sperren, damit Cypri nicht vor lauter Panik in den Garten flüchten konnte – wo die Feuerwerkskörper sich zwischen den Mauern nur noch lauter anhörten.

Doch mit dem Versperren war etwas schiefgegangen, so daß die Katze nach draußen, aber nicht mehr zurück ins Haus konnte. Am frühen Morgen heimgekehrt, fand ich sie im ganzen Haus nicht. Ich rief Mirjam an, die in ihrem Hotel auf Lanzarote mit Tonio bereits beim Frühstück saß. Mit ihrer munteren, versöhnlichen Stimme dirigierte sie mich zu den Plätzen, an denen sich Cypri in ihrer Todesnot verkrochen haben konnte. So landete ich schließlich im Garten, wo von einem Umbau kurz zuvor aller möglicher herausgerissener Kram lag. Cypri war fünfzehneinhalb und litt an Diabetes. Ich äußerte die Vermutung, sie sei unter die halbmorschen Trennwände gekrochen, um dort zu sterben. Mirjam erteilte mir mit erstickter Stimme vom anderen Ende der Welt weiterhin Ratschläge, zwischendurch unterstützt von Tonio.

»Du mußt die ganze Zeit ihren Namen rufen«, sagte er.

Hatten wir Tonio je erzählt, welche Rolle Cypri beim Anlauf zu seiner Zeugung gespielt hatte? Vielleicht nicht, aber er hatte sie von dem Moment an, als er sich im Babyalter auf dem Sofa aufrichtete, um die zusammengerollt neben ihm liegende Katze zu streicheln, immer als sein persönliches Haustier betrachtet. Dabei hatte Tonio das Gleichgewicht verloren, war über Cypri gefallen und hatte sich einen blutigen Kratzer eingefangen, untermalt von einem zischenden Fauchen. Der Vorfall hatte bei keinem von beiden Groll geweckt. Eher war es eine Art gegenseitigen Aufnahmerituals, denn sie wurden unzertrennlich.

»Cypri … Cypri.«

Endlich erhielt ich Antwort, dünn und kläglich. Der Kopf der Katze war zwischen zwei Stäben des Souterraingitters eingeklemmt. Dort hatte sie, da ihre eigene Luke verschlossen war, versucht, ins Haus zu kommen, ohne an ihre diabetesbedingte Aufgedunsenheit zu denken. Ich ließ mein Handy eingeschaltet, damit die beiden auf Lanzarote meinen Befreiungsversuch mitverfolgen konnten. Erst nachdem dieser erfolgreich beendet war, bekam ich es übers Telefon voll ab: diese Verantwortungslosigkeit und Nachlässigkeit! Tonio durfte auch noch kurz ans Telefon und verspottete mich, vor Erleichterung hicksend, wegen meiner Ungeschicklichkeit.

»Adri, was sind deine guten Vorsätze für 2003?«

3

Das Traurige am Halten von Hunden und Katzen ist, daß sie einen durchschnittlich nur etwa fünfzehn Jahre begleiten. Wer nicht ohne Haustier leben kann, wird während seines Lebens bestimmt vier-, fünfmal damit konfrontiert. Sie sind wesentlich treuer als Menschen. Wir verlieren sie folglich auch nicht wegen Untreue, sondern wegen ihrer von unserer abweichenden Lebenserwartung.

Wenn ich mir meine Generationsgenossen so ansehe, scheint ihr Leben im Durchschnitt aus genauso vielen Beziehungen oder Ehen zu bestehen, wie verschiedene Haustiere darin auftauchen. Eine menschliche Liebe hält durch die Bank genauso lang, wie ein Hund oder eine Katze existiert – mit, nochmals, dem Unterschied, daß die Beziehung zum Haustier mit dessen Tod endet und die Ehe zu Ende ist, wenn die Liebe sich überlebt.

Eineinhalb Jahre später erlag Cypri, kurz bevor sie siebzehn wurde, dann doch ihrem Leiden. Ich arbeitete in dem Frühling in Houthem-St. Gerlach, so daß diesmal ich derjenige war, der per Handy ein Ereignis verfolgen mußte, das sich in unserem kleinen Garten abspielte: Cypris Beerdigung.

Kurz zuvor, im Mai 2004, hatte Tonio mich in Limburg aufgeregt angerufen und erzählt, »endlich passiert mal was in diesem« satten, langweiligen Amsterdam-Zuid«. Auf dem Weg von der Schule nach Hause hatte er auf der Apollolaan eine kleine Menschenmenge vor rotweißen Absperrungsbändern der Polizei gesehen, hinter denen Beamte des Technischen Dienstes der Kripo auf Spurensuche waren.

»Eine Liquidation«, schrie er ins Telefon. »Sie haben Willem Endstra abgeknallt. Du weißt doch, den Bankier der Unterwelt. Einfach so, direkt beim Ignatius.«

Jetzt berichtete er mir, viel weniger aufgedreht, vom Tod seiner Katze. Sie waren mit Cypri zum Tierarzt gegangen, und der hatte ihr eine Spritze gegeben. Bevor sie den kleinen Leichnam nach Hause brachten, machten sich Mirjam und Tonio gemeinsam auf die Suche nach einem geeigneten Sarg, in dem sie Cypri begraben konnten. In der Weinhandlung De Gouden Ton kaufte Mirjam zwei Flaschen Bordeaux, »in einer kleinen Kiste, es ist nämlich ein Geschenk«. Weil sie den wahren Zweck der Verpackung nicht für sich behalten konnte, nahm der Verkäufer die Flaschen wieder heraus. Sie bekamen die Kiste samt Holzwolle gratis. »Einen guten Bordeaux kaufen Sie später wieder mal, Mevrouw.«

Weil Cypri sich sehr inkontinent durch ihre letzten Tage

geschleppt hatte, riet der Tierarzt Mutter und Sohn, die Weinkiste mit einer Mülltüte auszukleiden.

»Wir begraben Cypri neben Runner«, sagte Tonio. Runner, sein Russischer Zwerghamster, für den er vor Jahren mit seinem Gitarrenlehrer das kurze *Requiem für Runner* komponiert hatte.

So wurde ich, in Zuid-Limburg, telefonisch Zeuge der Beisetzung. Tonio und Mirjam berichteten abwechselnd.

»In letzter Zeit«, sagte Tonio, »hat Cypri alles unter sich gelassen … und jetzt liegt sie auf dieser Mülltüte und alles bleibt trocken.«

Der Deckel der Kiste, in die die Katze Mirjam zufolge genau paßte, wurde zugeschoben. Ich lauschte der leisen Beratung zwischen Mutter und Sohn. »Ob das Loch wohl tief genug ist … daß die Krähen sie nicht freischarren …«

4

Die beiden Norwegischen Waldkatzen, Tygo und Tasja, sie bildeten seine Nachkommenschaft … zu mehr kam es nicht. Er hatte sie ausgesucht, schon ziemlich bald nach ihrer Geburt. Tygo und seine Schwester Tasja …

Nach Cypris Tod wollte Mirjam fürs erste keine neue Katze, doch Tonio war, nachdem er im Internet Fotos der Norwegischen Waldkatzen gesehen hatte, nicht mehr zu halten. Beim Surfen stieß er auf eine Katzenzucht in Veghel, Nord-Brabant, die auf diese Rasse spezialisiert war. Im Sommer 2005, gut ein Jahr nach Cypris Tod, gelang es ihm mit seiner süßesten Verführermiene, seine Mutter dazu zu bewegen, ihn zu dem Vegheler Züchter zu fahren, bei dem, wie auf dessen Website zu lesen war, gerade eine Katze Junge geworfen hatte. Bei einem zweiten Besuch, nicht lange danach, stachen ihm ein silbergraues Kätzchen und ein rostfarbener kleiner Kater ins Auge, Schwester und Bruder, die miteinander herumkugelten und sich balgten. Tonio hatte seine Wahl bereits getroffen, doch die beiden durften vorläufig noch nicht von ihrer Mutter getrennt werden. Über Internet blieb er in Verbindung mit dem Züchter, und so sah er seine kleinen Norweger auf dem Bildschirm von Woche zu Woche wachsen.

Der Tag, an dem er sie abholen durfte, rückte näher. Jetzt mußte er nur noch seinem Vater zweimal 425 Euro abschwatzen, und dann konnte er sie adoptieren.

An einem Sonntag im November trug Tonio ironisch-stolz den Pappkarton mit dem flauschigen Glück aus dem Auto ins Haus. Auf dem Küchentisch streckten Tygo und Tasja (so hatte er sie schon vor Wochen getauft) sich von der Reise aus – um sich dann in ein rundes Brotkörbchen zu legen, in das sie zusammen genau hineinpaßten. So hat Tonio sie von oben fotografiert. Auf dem Foto liegen die Kätzchen, Kopf an Schwanz, so harmonisch verschmolzen innerhalb des Korbrands, daß sie als Verkörperung des Yin-und-Yang-Zeichens dienen könnten. Es hängt jetzt eingerahmt an der Wand, wo vorher ein Porträt neueren Datums von Tonio war, das Mirjam einstweilen mit der Bildseite zur Wand gelehnt hat.

5

Bevor Mirjam das Gespräch wegdrückte, um nach Hause zu radeln, hatte sie mir eingeschärft, die Katzenluke zu schließen. Ich ließ sie offen. Der Efeu war heruntergesunken und hatte sich dabei ordentlich aufgerollt: Es drohte keine Gefahr, daß er weiterrutschen konnte. Auch der Goldregen stellte kein Risiko mehr dar.

Im Juni hatte ich Mirjam einmal um sechs Uhr morgens auf der Bibliotheksleiter ertappt, die sie an den Baum gelehnt hatte, um Tygo, der sich nicht mehr heruntertraute, aus einer Astgabel zu befreien. Eine gute Bibliotheksleiter besitzt eine mit Scharnieren befestige Vorrichtung, die sicheren Halt an höher gelegenen Bücherborden bietet. Diese Vorrichtung wackelte jetzt am runden Stamm, und die Leiter schwankte mit, drauf und dran, Mirjam, die ihren Arm nach der Katze ausstreckte, abzuwerfen. Alarmiert durch ihre Lockrufe, war ich aus dem Bett gestiegen und auf den Balkon getreten, von wo ich auf ihre Rettungsversuche hinabsah. Ich traute mich nicht, ihr zuzurufen, sie solle blitzartig herunterkommen, weil ich Angst hatte, sie würde erschrecken – mit den entsprechenden Folgen.

Die Leiter schwenkte um fast 180 Grad herum, doch Mirjam gelang es, den schweren Kater vom Baum zu heben und auf den Erdboden zu setzen.

»Minchen, tu das bitte *nie* mehr. Dafür ist so eine Bücherleiter nicht gedacht. Ich verkrafte wirklich keinen weiteren Unfall mehr. Laß das blöde Viech ruhig zwei Tage auf dem Baum hocken und ruf dann die Feuerwehr. Man kann seinen Katzenfimmel auch übertreiben.«

Durch diesen Vorfall entdeckten wir wieder einmal, daß wir zu keinem normalen häuslichen Streit mehr fähig waren. Eine gereizte Bemerkung, das geringste Lautwerden der Stimme, eine böse Miene – das alles gab uns das Gefühl, wir würden Tonio hintansetzen.

6

Ich ging wieder nach oben, zurück auf den Schlafzimmerbalkon. Über die Efeurolle und zwischen den welligen Falten des restlichen Teppichs hüpfte inzwischen gut und gern ein Dutzend Eichelhäher. Ich bin kein fanatischer Vogelfreund, aber einen Eichelhäher kann ich erkennen: an seinem beigefarbenen Federkleid, seinem schwarzweißen Schwanz, seinem wie eine palästinensische Kufiya gesprenkelten Flügelrand. Auf dem Zaun zu Nachbar Kluun saßen auch noch ein paar.

Ich habe in der Zeitung davon gelesen. Aus Osteuropa,

wo sie gut gebrütet haben, sind Zehntausende von Eichelhähern in den Ardennen eingefallen, um sich von dort aus auf den Weg in Richtung Niederlande zu machen, auf der Suche nach Eicheln. Die Invasion hat gerade erst begonnen. In den kommenden Wochen werden hunderttausend erwartet. Die in unserem verwüsteten Garten, das waren vielleicht die Kundschafter. Ich hatte sie gestern zum erstenmal gesehen. Wie verwundert, desorientiert, hüpften sie jetzt auf den Haftwurzeln des Efeus herum, möglicherweise auf der Suche nach ihrer gestrigen Unterkunft. Eichelhäher stehen im Ruf, ziemlich zerstreut zu sein und daher leicht die Aufbewahrungsorte für ihren Wintervorrat an Bucheckern zu vergessen. Genau diesen Eindruck machten sie auf mich: Hier muß es irgendwo sein … wir haben sie wieder viel zu gut abgedeckt …

Durch die Katzenklappe tauchten jetzt Tygo und Tasja auf, die mit norwegischer Tatkraft dem Herumgestümper der Eichelhäher ein Ende bereiteten. Die Vögel flogen über die Gärten davon. Die Katzen ihrerseits spähten erstaunt in ihrer neu gestalteten Wildnis umher. Auf behutsamen Pfoten erklomm Tygo die große Rolle, während Tasja am zersplitterten Stamm des Goldregens schnupperte.

»Tasja, den Baum brauchst du doch jetzt nicht mehr, um näher an die Vögel ranzukommen«, sagte ich leise. Sofort wandte die Katze ihren silberweißen Kopf in meine Richtung, wobei sie ein paarmal lautlos ihr Maul öffnete. Danach gesellte sie sich zu ihrem Bruder auf den hohen Hügelrücken.

»Über den Efeu sollten wir uns weiß Gott nicht auch noch aufregen.« Im Schlafzimmer hinter mir Mirjams Stimme, atemlos vom Treppensteigen. Frauenabsätze, die über das Parkett dröhnten. Sie stellte sich neben mich und schaute in die Tiefe. »Ja, ich weiß … ein einziger Trümmerhaufen, aber so ist es jetzt eben. Es sind schlimmere Dinge passiert.«

»Das ist es ja gerade, Minchen … wegen dieser schlimmeren Dinge haben wir da unten, auf den paar Quadratmetern, fast vier Monate lang gesessen und getrauert.«

Ich deutete auf den gußeisernen Rahmen der kleinen Laube, der sich unter der Gewalt des Efeus völlig verzogen hatte. Die weiße Gartenbank war zur Hälfte begraben.

»Da hat Tonio mit seinem Fotomädchen gesessen«, sagte ich. »Drei Tage vor seinem Tod. Da hat er Fotos von ihr gemacht … Wenn es diesen Platz zum Weinen nicht gegeben hätte, wir hätten den Sommer nicht überlebt.«

Die Katzen hockten jetzt nebeneinander und schauten, die hoch angesetzten weißen Lätze uns zugewandt, zu uns hinauf.

»Dann mußte es wohl so sein«, sagte Mirjam. »Der Sommer ist vorbei …«

»Ja, die Spielzeit ist zu Ende. Abend für Abend die gleiche Show, und jetzt werden die Kulissen abgebaut … aufgerollt … weggeschafft. Für die Fortsetzung der Trauer, meine Damen und meine Herren, steht Ihnen das Wohnzimmer zur Verfügung.«

Mirjam weigerte sich weiter, allzu schwerzunehmen, was immerhin die Verwüstung ihres kleinen Gartens war, doch zum Schluß hingen wir beide weinend über der Balustrade. Der Goldregen … als wir hier mit dem vierjährigen Tonio einzogen, im Juli '92, lösten sich von dem kleinen Baum beim leisesten Windhauch graue schilfrige Blättchen, von denen wir uns nicht klarmachten, daß es die verschrumpelten Blüten waren. Im Mai des darauffolgenden Jahres produzierte der Goldregen kleine gelbe Trauben, nicht größer als Babymaiskolben.

»Wenn du willst, lasse ich gleich einen neuen Goldregen pflanzen«, sagte ich. »Mir ist wichtig, daß Tonio mit *diesem* aufgewachsen ist und er ihn so kurz vor seinem Tod noch blühend gesehen hat. Das Chaos da unten vermittelt mir das Gefühl, daß von jetzt an *alles* niedergerissen wird … alles, was wir erreicht und aufgebaut zu haben glaubten … alles, was uns noch an Tonio bindet.«

»So darfst du nicht denken.«

»Ich kann nicht anders. Murphys Gesetz mit seiner unaufhaltbaren Serie von Widrigkeiten hat ja noch etwas Komisches. Ich habe den Eindruck, daß wir seit ein paar Monaten unter einem Gesetz leben, das für eine unaufhaltbare Serie von *Verwüstungen* sorgt. Eine scheint aus der anderen hervorzugehen, allerdings ohne einen kausalen Zusammenhang. Und das Ende ist noch lange nicht in Sicht.«

Die Katzen lagen jetzt auf der Efeurolle, die Pfoten umeinandergelegt – sich balgend, freilich ohne viel Schwung, und sich zwischendurch gegenseitig wahllos irgendwo leckend.

»Dann verstehst du jetzt«, sagte Mirjam, »warum ich vorhin so wahnsinnige Angst um Tygo und Tasja hatte.«

7

»Da kommen die Ritter …!«

Wir können uns zwar weiterhin einreden, wir könnten sein Leben bis zum 23. Mai 2010 in der Erinnerung behüten, aber es ist nicht mehr das Leben, das wir aus der Nähe gekannt haben. Es ist in allen seinen Erscheinungen vom Tod angetastet, der es abrupt abgeschnitten hat. Keine Erinnerung ist mehr ungetrübt und unbefangen. Das Gedächtnis erstickt im Schatten von Tonios frühem Ende, und die darin gespeicherten Bilder werden in Form und Helligkeit beeinträchtigt.

Das Schlimmste: Die einst so unschuldigen Erinnerungen werden rückwirkend zu Vorzeichen des Todes. Was sie vor Pfingsten nicht hatten, erhalten sie jetzt: eine Voraussagekraft, die im Gedächtnis des sich Erinnernden offenkundig wird. Sie sagen das Sterben des Jungen voraus, der die Hauptrolle darin spielt.

Das Kind, das im Spielrausch plötzlich, mitten in einer Schostakowitsch-Sinfonie, eine Schlagtrommel hart und scharf aus den Lautsprecherboxen ertönen hört, aufspringt und ruft: »Da kommen die Ritter.« Es scheint anfänglich dieselbe Erinnerung wie die vor dem Schwarzen Pfingstsonntag zu sein, doch jetzt, als wir sie hervorholen, sehen wir, daß der kleine Junge sich in ein kleines Monster verwandelt, das den Hufschlag des eigenen frühen Todes erkennt.

Auch ohne diese Voraussagekraft sind viele meiner Erinnerungen an Tonio angegriffen – und sei es nur, weil ich sie nicht *für ihn* nacherzähle, als wehmütige Reste aus seiner Kindheit, Dinge, die er selbst vergessen hat. Ich kann sie nicht länger mit ihm teilen, und das macht sie bitter und häßlich: Bilder, die sich bewegen und dabei auflösen.

Der Tod verfälscht und entwertet jede Erinnerung.

8

Mirjam läßt mich allein auf dem Balkon und geht durch das Schlafzimmer nach unten. Ich beuge mich noch einmal über die Balustrade, schaue hinunter auf die Verwüstung und lasse die korrumpierten Erinnerungen aufsteigen.

In den Maiferien 2000 nahmen wir Tonio und Jim mit nach Nerja, im Süden von Spanien. Es war eine Freude, zu sehen, wie sich die Zwölfjährigen im Schwimmbad der Ferienanlage und darum herum vergnügten. Jim war, anders als Tonio, ein guter Esser und vertilgte täglich einen großen Teller mit verschiedenen Fischsorten – mittags, und am Abend wieder.

Ich saß einen großen Teil des Tages auf der Terrasse hinter dem gemieteten Haus und arbeitete, mit Blick auf einen üppigen Garten, den ein blühender Birnbaum beherrschte. Eines Morgens kam durch die Zaunpforte ein Arbeiter auf unser Grundstück. Er begann, die Sträucher zurückzuschneiden – dachte ich. Als ich wieder von meinen Papieren aufblickte, sah ich, daß er die niedrige Vegetation dem Erdboden gleichgemacht hatte. Da lag ein großer Berg Zweige, die Blätter noch grün und frisch.

Ich ging zu ihm hin. »Warum?«

Der Gärtner zuckte mit den Achseln und brummelte etwas nahezu Unverständliches in seinem Dialekt. Was ich daraus schließen zu können meinte, war, daß er im Auftrag des Eigentümers handele.

Am nächsten Tag kam er mit einer Kettensäge wieder, mit der er dem über und über blühenden Birnbaum zu Leibe rückte, ohne den Mieter auf der Terrasse auch nur eines Blickes für würdig zu erachten. Ich rannte zu ihm, versuchte ihm klarzumachen, das müsse ein Irrtum sein. Ein paar abgesägte Äste, dick mit Blüten besetzt, lagen bereits auf dem Rasen. Ich flehte den Mann an, aufzuhören. Er zuckte wie am Vortag die Achseln, murmelte etwas noch Unverständlicheres und fuhr mit seiner zerstörerischen Arbeit fort.

In der zweiten Woche unseres Aufenthalts blickten wir auf eine kahle Fläche, denn die Äste und der in Stücke gesägte Stamm waren ordentlich abtransportiert worden. Der Gärtner hatte sogar den Wurzelballen des Birnbaums ausgegraben und entfernt, so daß in dem größtenteils von grauer Erde bedeckten Rasen ein Bombenkrater klaffte. Mirjam und die Jungs trösteten mich damit, es sei doch nur noch für kurze Zeit, aber das half nicht. Irgendein unerreichbarer Idiot hatte durch einen gedungenen Mörder einen blühenden Obstbaum liquidieren lassen, direkt vor meinen Augen. Nicht einmal die jungen Götter mit ihrer unerschöpflichen Energie konnten das Glücksgefühl jener ersten Woche wiederbringen.

Zweites Buch

Der Goldregen

KAPITEL I

Der Weiße Elefant

man muß noch einkäufe machen, bevor das dunkel
nach dem weg fragt, schwarze kerzen für den keller
Gerrit Kouwenaar, *man muß*

I

Pfingstmontag. Betäubt ging ich die Treppe zu meinem Arbeitszimmer hinauf: die siebzehn Stufen, die mich gestern morgen von meinem Roman getrennt hatten und sich durch das Klingeln an der Tür als unüberwindbar erwiesen hatten. Auf dem, was ich meinen Sortiertisch nenne, lag das unvollendete Typoskript, daneben der neue Arbeitsplan. Er begann heute. Bitte sehr, da stand »Montag, 24. Mai 2010 / Tag 1«. Fast neugierig sah ich mich in meinem Zimmer um. Die auf dem langen Tisch ausgebreiteten Stadtpläne. Die Schreibtische mit den drei gleichen elektrischen IBM. Die Ordner mit den Zeitungsausschnitten über den Mord.

Hier hätte es also ab heute geschehen sollen.

Wenn nicht ...

Ich ging zum Balkon auf der Gartenseite und öffnete die Tür. Pfingstmontag wurde ein genauso schöner frühsommerlicher Tag wie der Pfingstsonntag. Der ungerührte knallblaue Himmel. Tonio hatte gestern morgen in aller Frühe allenfalls gesehen, wie sich der Himmel um eine Nuance verfärbte. Mehr Sommer gab es für ihn nicht in diesem Jahr, in diesem Leben.

Wieder fiel mir die Markise auf, die über der Balkontür hing und die ich am Donnerstag, nach dem Fotoshooting, in hochgezogenem Zustand vorgefunden hatte, obwohl ich mir sicher war, sie ausgefahren hinterlassen zu haben. Tonio würde ich nicht mehr danach fragen können. Das Mädchen von den Polaroidfotos, vielleicht konnte sie das Rätsel aufklären. Wo war sie jetzt? Der junge, kundige Fotograf, der ihr Bild festgehalten hatte, war nach dieser Tour de Force für immer fortgegangen.

Auf dem Balkonfußboden lagen, direkt vor dem Geländer, noch immer die losen Latten von Tonios Stockbett. Unser Faktotum René hatte sie vor vielleicht zwei Jahren hier übereinandergestapelt, wahrscheinlich um sie später auf ihren Platz im Keller zurückzubringen. Er hatte sie zur Verstärkung des Gerüsts benötigt, als die Regenrinnen auf der Straßenseite erneuert werden mußten. Bevor er das Gerüst abbaute, hatte René die schmalen Bretter über das Dach auf die Rückseite des Hauses getragen und war mit ihnen über die Leiter auf den Balkon hinuntergestiegen. Vielleicht hatte ich gearbeitet und er hatte mich nicht stören wollen. Als er sie dort ablegte, waren sie noch leuchtend gelb und glänzend lackiert gewesen. Im Laufe von zwei Jahren war das Holz durch Sonne und Regen stumpf und grau und grünlich geworden und hatte damit die Farben des Balkons angenommen.

Auf einmal erstand aus diesen fahlen, bemoosten Latten Tonios Stockbett, das er sich hatte aussuchen dürfen, als wir in dieses Haus zogen. Er war so stolz darauf gewesen, vor allem weil er jetzt seine Freunde zum Übernachten einladen konnte. Eines Abends, als der damals achtjährige Tonio seine feste Freundin Merel über Nacht hier hatte, schaute ich ein paarmal nach, ob alles in Ordnung war. Merel lag unten im Stockbett, Tonio oben. An einem anderen Platz im Zimmer schlief auf einem improvisierten Bett Merels ältere Schwester Iris, die nie fehlte, da sie tagsüber die Aufsicht über alle Spiele und Aktivitäten hatte.

Bei einer zweiten Kontrolle sah ich im Dunkel zwei Köpfe auf dem oberen Kissen. Eine Stunde später war das Gleichgewicht wiederhergestellt, und Merel lag unten.

»Es ist in Ordnung, wenn ihr zueinander kriecht«, sagte ich am nächsten Tag zu Tonio, »aber warum hast du Merel so schnell wieder rausgeschmissen?«

Empört: »Also, hör mal, Merel hat die ganze Zeit gefurzt. Das find ich gar nicht schön, damit du's weißt.«

»Ach, mein Junge, alle diese ehelichen Widrigkeiten … man kann gar nicht früh genug darauf gefaßt sein.«

Ich beugte mich über das Balkongeländer und schaute in den Garten hinunter. Die Krone des Goldregens überspannte fast den gesamten Innenhof. Anders als vor ein paar Tagen schimmerten die Blütentrauben jetzt leuchtend gelb durchs Grün. Links vor der rötlich verputzten Wand stand die zweisitzige Bank mit der kleinen Laube (kaum mehr als ein gußeiserner Rahmen) darum herum. Auch hier hatte, wie aus den Probepolaroids zu ersehen war, Tonio das unbekannte Mädchen fotografiert. Er wollte am Samstag mit ihr zu einem »irren italienischen Fest« ins Paradiso. Der Polizei zufolge war zum Zeitpunkt des Unfalls niemand bei ihm gewesen. Hatte er sich kurz zuvor beim Paradiso von ihr verabschiedet? Wußte sie von seinem Schicksal?

Wir kannten ihren Namen nicht. Vielleicht befand sich eine Nummer oder eine Nachricht von ihr auf Tonios Handy, das noch in Plastik versiegelt war und das abzuhören wir uns noch nicht getraut hatten.

Während ich ruhelos durchs Haus irrte, stieß ich an den merkwürdigsten Stellen auf diese schneeweißen Styroporplatten, die Tonio beim Fotografieren als Aufhellschirme benutzt hatte. Es störte mich immer noch, daß er sie aus dem Souterrain, wo noch mehr Sachen von ihm lagerten, geholt, aber nicht wieder zurückgebracht hatte. Meine Verärgerung ließ ihn ein wenig weiterleben, zumindest solange sie anhielt.

In seinem ehemaligen Zimmer stand nach wie vor das

Stativ – ohne Kamera, aber mit einem aufgeschraubten Reflexionsschirm. Tonio hatte sich zweifellos vorgenommen, bei seinem nächsten Besuch alles aufzuräumen. Doch zuerst mußten die Fotos entwickelt werden. An allem war zu merken, daß er dem namenlosen Mädchen bis ins Letzte gefällig hatte sein wollen.

Eine der dickeren weißen Platten war mit exakt parallel laufenden schwarzen Tapestreifen beklebt, wodurch sie den Charakter einer gestreiften Markise erhielt. Ich richtete eine Schreibtischlampe darauf, um den Lichteffekt zu erzeugen, der Tonio möglicherweise vorgeschwebt hatte, schaffte es aber nicht.

2

Nach Tonios Geburt am fünfzehnten Juni 1988 galt es, die Konsequenzen zu akzeptieren. Ich mußte zuschauen, wie ich den Jungen mindestens bis zum Erwachsenenalter beschützte, wärmte, nährte, kleidete, zur Schule schickte. Was meine Liebe zu ihm betrifft, reichte meine Verbundenheit bis weit über seine Volljährigkeit hinaus – bis zu meinem eigenen Tod, und noch weiter.

Er hat mich nicht überlebt. Die Welt ist aus dem Lot, und dennoch muß ich die Konsequenzen meines »Kinderwunsches« aus dem Jahr 1987 akzeptieren. Ich kann Tonio jetzt, da es schiefgegangen ist, nicht im nachhinein verleugnen und beispielsweise ein untergeschobenes Kind des Todes aus ihm machen. Meinen Entschluß vom Juli 1987 zu bedauern wäre feige und würde Tonios Andenken besudeln – undenkbar.

Auch als Toten habe ich ihn voll und ganz zu akzeptieren – und für ihn zu sorgen. Ich *wußte*, daß das Kind, das ich mir in den Kopf gesetzt hatte, sterblich sein würde, mochte es auch noch so gesund zur Welt kommen. Diese Sterblichkeit hatte ich damals, wenn auch mit Magenkrämpfen, hingenommen. Einkalkuliert. Ich hatte sogar das Risiko seines *frühzeitigen* Todes, so klein die Gefahr auch war, akzeptiert.

Jetzt die Zähne zusammengebissen, notfalls klappernd. Laß den Kopf ruhig hängen, aber richte ihn dann wieder auf. Indem ich Tonio zeugte, war sein früher Tod eine der unwillkommenen Möglichkeiten, denen ich ihn auslieferte. Ich habe mit seinem Leben gespielt, und verloren.

Mirjam ist unverändert D & KA, die einzige Frau, mit der ich je ein Kind gewollt habe. Jetzt, da ihr Sohn tot ist, muß ich unverändert für ihn sorgen, genau wie für sie.

3

Oder mußte eine scheußlichere Bedeutung aus der Katastrophe abgeleitet werden, die uns zugestoßen war? Auch wenn es bereits dreißig Jahre her war, daß ich, noch bevor Mirjam D & KA war, an meiner Eignung für die Vaterschaft zweifelte (oder, besser gesagt, an der Eignung der Vaterschaft für mich) – es konnte sein, daß ich jetzt nachträglich für meine anfängliche Hoffart bestraft und gezwungen wurde, zum Ausgangspunkt zurückzukehren: schreiben und *keine* Familie gründen.

Ja, vielleicht war dies die Botschaft … daß der, der sich nicht mit voller Überzeugung in die Vaterschaft begab, dieser jederzeit beraubt werden konnte.

4

Im Flugzeug achtete ich immer auf das Brummen und Rauschen der Flugzeugmotoren. Wenn es die ganze Zeit gleichmäßig klang, war alles in Ordnung. Und was Turbulenzen betraf … ein *bißchen* Geholper war nur gut: Damit erkaufte sich die Maschine meinen Gleichmut.

Heute saß ich nicht in einer Boeing, deren sämtliche Geräusche, Vibrationen und Bewegungen ich dennoch blind zu verfolgen versuchte. Solange ich an Frans und Mariska dachte, die zusammen mit ihrem einjährigen Sohn Daniël auf dem Rückflug von Spanien nach Amsterdam waren, wirkte das beruhigend. Sie würden Tonio nicht mehr lebend begegnen, konnten das volle Ausmaß dieses Verlustes jedoch ermessen. Seit Frans selbst ein Kind hatte, war er auf eine vollwertigere Weise mein Bruder. Obwohl, jetzt, da ich selbst keinen Sohn mehr vorzuweisen hatte ...

5

Das Leben dreht sich um die Wirtschaft. Angebot und Nachfrage. Leistungsbezogener Lohn. Geben und Nehmen. Tauschhandel. Marktmechanismus.

Der Bereich der Wirtschaft ist scharf getrennt von dem Gebiet, in dem das Schicksal herrscht. Es hat keinen Sinn, auf der ökonomischen Seite der Grenze auszurufen: »Tonio tot! Womit habe ich das verdient? Ich habe so viel in ihn investiert ... von Nestwärme bis Cornflakes.«

Auf beiden Seiten der Grenze gelten völlig verschiedene Gesetze. Der heutige Tag, Pfingstmontag, steht im Zeichen der Wirtschaft. Was auf der anderen Seite, in dem großenteils brachliegenden Gebiet des Schicksals, geschehen ist, spielt für den Moment keine Rolle, außer daß ein toter Körper von dort nach hier transportiert wurde. Der Leichnam muß gewaschen, hergerichtet, angekleidet, in den Sarg gelegt, getragen und begraben werden. Dafür gab es Preislisten, vervollständigt durch Farbfotos.

Das Bestattungsunternehmen schickte eine elegant gekleidete Dame, ganz sicherlich keinen weiblichen Leichenbitter. Sie schien unter dem Eindruck eines Kummers zu stehen, den wir nicht einmal öffentlich zur Schau trugen. Wir setzten uns mit ihr in die Bibliothek, bei offenen Türen zum Garten und heruntergelassener Markise. Nein, keine Einäscherung – eine Erdbestattung.

»Ich brauche einen Ort, zu dem ich ab und an gehen kann«, sagte Mirjam. »Einäschern ist so absolut.«

Die Frau fragte, an welche Art von Beerdigung wir dächten.

»Im kleinstmöglichen Kreis«, sagte ich. »Eine große Beerdigung, mit Musik und Rednern, dem wären wir nicht gewachsen. Und da ist noch etwas …«

Ich erzählte ihr von meinem letzten Gespräch mit Tonio, am vergangenen Donnerstag, als ich mich darüber beklagt hatte, daß es in der Woche so viele Beerdigungen gebe, auf denen ich nicht fehlen zu dürfen glaubte.

»Wer ist denn der dritte?«

Mein alter Fehler: mich selbst mitzuzählen. Als ältestes von drei Kindern paßte ich früher auf einem vollen Kirmesgelände immer gut auf, daß mein Bruder und meine Schwester nicht verlorengingen. Ich zählte immerzu nach … eins, zwei … eins, zwei. Früher oder später stellte sich Panik ein. Wir waren doch drei, oder? Wo war der dritte? Ach ja, natürlich, das war ich selbst.

Tonio und ich hatten an diesem Donnerstagnachmittag herzlich über diesen dritten Trauernden lachen müssen. Jetzt, wenige Tage später, gab die Erinnerung an diese fröhliche Unterhaltung den Ausschlag bei der Entscheidung, nur die nächste Familie und Tonios zwei beste Freunde zur Beerdigung zu bitten.

Der Frau war alles recht. Sie unternahm keinerlei Versuch, uns auf andere, luxuriösere Gedanken zu bringen. Mirjam hatte sich einen rotbraunen Sarg in den Kopf gesetzt, weil sie meinte, diese Farbe passe zu Tonio. Darüber hinaus beschränkte sich unsere Bestellung auf das Minimalste. Keine Trauerkarten. Die Zeitungsanzeigen würden wir selbst aufsetzen und aufgeben. Nehmen Sie einfach die übliche Zahl von Sargträgern. Jeder sorgt selbst für die Fahrt zum Friedhof und anschließend zu unserem Haus, wo wir dann Brötchen und Kaffee bereitstellen würden.

Mirjam hatte im Internet nach einem kleinen, ruhigen Friedhof gesucht und war auf Buitenveldert gestoßen. Die Frau wollte sich erkundigen, ob dort Platz sei, und uns so bald wie möglich Bescheid sagen. Sie meinte, da gebe es kein Problem.

»Uns wäre es lieb«, sagte ich, »wenn der Ort vorerst geheim bleiben könnte. Die Traueranzeigen erscheinen erst nach der Beerdigung. Ich bin zwar nicht so bekannt wie die meisten sogenannten Bekannten Niederländer, aber ein paar Paparazzi könnten doch auf die Idee kommen, ein trauriges Foto zu schießen.«

Die Frau sicherte Geheimhaltung zu. Nach unseren schlicht ausgefallenen Entscheidungen legte sie uns fast zaghaft das Fotobuch mit den Blumengestecken vor. Mirjam wählte eine Biedermeierkomposition, nur damit der Sarg nicht ganz unbedeckt blieb.

»Vielleicht noch etwas Tannengrün?« fragte die Frau. »Viele Menschen schrecken vor dem gähnenden Loch zurück, in dem der Sarg verschwindet. Die Tannenzweige werden so angebracht, daß sie beim Herablassen des Sargs zurückfedern. Das bricht die breite Öffnung ein wenig …«

Zufall oder kein Zufall, ich hatte kurz zuvor die Geschichte wiedergelesen, in der Harry Mulisch, in *Anekdoten rondom de dood* (Anekdoten rund um den Tod) von der ersten Beerdigung berichtet, die er miterlebt hat – für mich schon seit gut vierzig Jahren einer seiner besten Texte. Der Schriftsteller war elf und sollte der Beisetzung in seiner Pfadfinderuniform Glanz verleihen. Mulisch beschreibt, wie der Bruder des verunglückten Jungen, nachdem der Sarg herabgelassen wurde, mit einer Handvoll Sand einen Schritt zu weit vortritt, durch das Tannengrün bricht und selbst in der Grube landet. Krack, macht der Sarg. Die Zweige federn zurück. Danach steigt der Vater des Jungen ins Grab. Er hilft seinem Sohn heraus.

So saßen wir hier auch manchmal mit unserem Steuerberater, um unsere finanzielle Situation zu besprechen – vielleicht mit dem Unterschied, daß der Berater meist kummervoller dreinschaute als diese Vertreterin eines Bestattungsunternehmens. Was taten wir hier eigentlich? Mit jeder Zusage unserer-, mit jeder Notiz ihrerseits ließen wir uns stärker auf die wie beiläufig aufgeworfene Vorstellung ein, wonach Tonio *wirklich* tot war. Mit der gespielt wohlüberlegten Wahl eines Friedhofs, eines Sarges, von sechs Trägern, eines Blumengestecks begingen wir Verrat an Tonio. Einen Verrat, der bereits damit eingesetzt hatte, daß wir die Repräsentantin ins Haus gelassen hatten. Ich hatte auf einmal den starken Eindruck, daß Tonio, hinter mir stehend, kopfschüttelnd zusah – immer dann lächelnd, wenn er nicht wußte, was er von diesem todernsten Zimmertheater halten solle. Damit mußte jetzt Schluß sein: Wir durften ihn nicht länger in Verlegenheit bringen. Die Posse mit unbewegter Miene hatte jetzt lange genug gedauert.

Wir durften die Frau nicht gehen lassen. Sobald sie das Haus verlassen hatte, würde sie die gesamte Maschinerie ihres Unternehmens in Gang setzen. Mit jedem in Rotation versetzten Schwungrad würde Tonios Tod näher kommen und schließlich, wenn wir nicht aufpaßten, doch noch zu einem Faktum werden.

7

»Bei Tannengrün an einem offenen Grab«, sagte ich, »werde ich immer an diesen Text von Mulisch denken müssen. Seine Vorstellung, daß er, in seiner Pfadfinderuniform, gleich ebenfalls an der Reihe sein würde, in die Grube zu steigen … Nein, lieber keine zurückfedernden Zweige.«

»Verstanden.« Die Dame lächelte. »Und wollen Sie vielleicht die Kapelle nutzen ... für Musik, eine Abschiedsrede?«

»Ich spreche ein paar Worte am Grab«, sagte ich. »Das ist alles. Wir wollen es kurz und schlicht halten. Vielleicht ist das am ehesten im Sinne des Verstorbenen. Obwohl wir darüber nie gesprochen haben. Wenn seine Zukunft zur Sprache kam, sah die ganz anders aus.«

»Dann kommen wir zur Aufbahrung von Tonio«, sagte die Frau. »Er ist zur Zeit in der Leichenhalle des AMC. Sie erteilen uns die Erlaubnis, ihn von dort abzuholen ... Er wird dann in einer unserer Trauerhallen aufgebahrt. Wahrscheinlich der in Amsterdam-Oost ... da muß ich nachschauen. Möchten Sie ihn dort noch einmal sehen?«

»Wir haben beschlossen«, sagte Mirjam, »daß wir uns an Tonio so erinnern wollen, wie er kurz nach seinem Tod dalag. Da sah er noch ganz so aus wie der Tonio, den wir gekannt haben ... den wir so sehr geliebt haben. Darüber darf sich kein anderes Bild mehr legen.«

»Aber soll er dort trotzdem aufgebahrt werden?« fragte die Frau. »Ich meine, für eventuelle andere Besucher.«

»Ja, aber er soll schön aussehen«, sagte ich. »Ein paar Freunde werden ihn bestimmt noch einmal sehen wollen.«

Die Frau fragte, welche Kleidung wir Tonio im Sarg mitgeben wollten. Mirjam ging nach oben, um sein Ausgehjakkett zu holen, das er unlängst auf dem Bücherball getragen hatte und bei der Premiere von *Het leven uit een dag*. Als sie in die Bibliothek zurückkam, hing Tonios Lieblingshemd über ihrem Arm: Das hatte er am Donnerstag angezogen, kurz bevor das Mädchen zum Fotoshooting eintraf. Es gehörte nicht zu seiner Arbeitskleidung: Er wollte sich schön machen für sie. Genauso wie er sich rasiert hatte. Nach der Fotosession und dem Abschied des Mädchens war Tonio in ein T-Shirt geschlüpft und hatte das Hemd dagelassen – bestimmt nicht mit dem Hintergedanken, es könne ihm im Sarg noch nützlich sein.

Mirjam hatte auch eine seiner Jeans mitgebracht. »Ich werde die Sachen heute noch waschen und bügeln.«

»Gut«, sagte die Frau. »Wann können sie abgeholt werden?«

»Wenn es sein muß, noch heute abend«, sagte Mirjam.

»Ich muß allerdings dazusagen«, ergänzte ich, »daß sein Oberkörper durch die inneren Blutungen stark angeschwollen ist. Es könnte sein, daß ihm das Hemd nicht mehr paßt ...«

»Machen Sie sich keine Sorgen«, sagte die Frau und erhob sich. »Damit haben wir Erfahrung.«

Ich fragte nicht weiter, vermutete aber, daß sie Tonios stolzes Hemd, mit dem er Eindruck auf das Fotomädchen machen wollte, am Rücken aufschneiden würden, damit es lockerer saß.

Nachdem wir die Regie bei Tonios Beerdigung der Dame vom Bestattungsunternehmen übertragen hatten und sie gegangen war, setzten wir uns – beide plötzlich todmüde – auf die Terrasse und warteten auf den Besuch. Frans und Mariska mußten bereits in Schiphol gelandet sein. Vielleicht gaben sie Mariskas Eltern, die auf Daniël aufpassen sollten, gerade Anweisungen, oder sie waren schon auf dem Weg zu uns, mit der Straßenbahn oder im Taxi.

In *Wunschloses Unglück* erzählt Peter Handke, wie man im Elternhaus seiner Mutter nach dem Tod ihrer Brüder (es ist 1942) »begriffsstutzig aneinander vorbeischaute«. So schauten auch Mirjam und ich an diesem Nachmittag »begriffsstutzig aneinander vorbei«. Es war, als schämten wir uns voreinander, weil wir, in einem Prozeß des Bietens und Aushandelns, Tonio viel zu leichtfertig einem leichenverarbeitenden Betrieb überlassen hatten.

Immer wieder wird leicht vorwurfsvoll festgestellt, die Menschen seien »so schlecht vorbereitet auf den Tod«. Ich konnte bestätigen, daß das stimmte und auch auf uns zutraf. Worauf wir ebenfalls miserabel vorbereitet waren: den Empfang von Kondolenzbesuch. Falls es ein Buch mit Benimmregeln dafür gab, hatte ich es nie zu Gesicht bekommen.

Jahrelang hatten Josje und Arie uns zusammen mit ihrer kleinen, in Schüben größer werdenden Tochter Lola besucht. Das erste, wonach das Mädchen jedesmal fragte, war Tonio, der dann meist mit Freunden in seinem Zimmer saß, ein großes Plakat an der Tür: GENIUS AT WORK. Sie war stets willkommen. Tonio war so höflich, sie unten abzuholen und, wenn sie sich bei den großen Jungs langweilte, wieder zurückzubringen.

Es war ungewohnt, daß Lola, inzwischen elf, fast zwölf Jahre alt, an diesem Abend nicht mitgekommen war – mit dem einzigen Vorteil, daß ich mich nicht versprechen konnte, indem ich daran erinnerte, daß Tonio jetzt eine eigene Wohnung hatte. (»Ich werde dafür sorgen, Lola, daß er bei eurem nächsten Besuch hier vorbeikommt.«)

Ich setzte mich mit Arie auf die Veranda, wo mein Bruder und seine Frau sich bereits niedergelassen hatten. Josje kümmerte sich irgendwo drinnen um eine hemmungslos weinende Mirjam. Eigentlich gab es nichts im Haus außer dem nassen, prustenden Kummer von Tonios Mutter. Wir saßen etwas unbeholfen herum, »begriffsstutzig«.

»Schön, der Goldregen«, sagte Frans. »Aber den Efeu würde ich an deiner Stelle zurückschneiden lassen. Der ist ja an manchen Stellen einen Meter dick. Schön für die Vögel, aber stell dir bloß mal vor, welches Gewicht an der Fassade hängt …«

»Das ist jetzt nicht meine größte Sorge«, sagte ich. »Hier, unter dem Efeu und unter dem Goldregen, hat Tonio am

Donnerstag noch eine Fotosession mit einem Mädchen gehabt ... wir wissen nicht, wie sie heißt ... Ich schneide vorerst nichts weg, was daran erinnert.«

»Adri«, sagte Frans, »wenn es dich zu sehr schmerzt, jetzt davon zu erzählen, dann tu's nicht, aber ... was ist gestern morgen eigentlich genau passiert?«

»Ich weiß nicht viel mehr als das, was die Polizisten, die uns gestern früh die Nachricht überbrachten, erzählt haben. Die haben sich die nötigen Hintertürchen offengehalten. Der Autofahrer, der Tonio angefahren hat, wurde zu dem Zeitpunkt noch vernommen. Dieses Mädchen von dem Fotoshooting, von dem ich gerade gesprochen habe ... Tonio erzählte mir vor ein paar Tagen, daß sie ihn für Samstagabend ins Paradiso eingeladen hatte ... zu einem italienischen Abend, mit italienischen Tophits aus den achtziger Jahren, irgend so was. Ich vermute, daß Tonio so gegen halb fünf aus dem Paradiso kam. Er hat auf seinem Rad den Max Euweplein überquert und ist dann wahrscheinlich über die Fußgängerbrücke dort, beim Casino, hinuntergefahren ... direkt auf die Stadhouderskade. Ich denke, er wollte durch den Vondelpark nach Hause. Nach Amsterdam-West. Nach De Baarsjes. Ich weiß nicht, ob er in vollem Tempo auf die Straße gesaust ist ... jedenfalls wurde er da, ganz in der Nähe der Ampel, von einem Auto erfaßt. Die Ampel war nicht eingeschaltet oder blinkte nur, das wußten die Polizisten auch nicht genau.«

Meinem jüngeren Bruder davon Bericht erstatten zu müssen kam fast einer Selbsterniedrigung gleich. Sein Sohn, sein einziges Kind, geboren, als er dreiundfünfzig war, hatte zwei Monate zuvor seinen ersten Geburtstag gefeiert. All die Jahre, die Tonio auf der Welt war, hatte Frans gezögert, Kinder zu bekommen. Ich hatte ihn immer spüren lassen, was für ein Segen ein Sohn für mich war. Er zweifelte trotzdem. Jetzt mußte ich ihm ungeschminkt beibringen, wie verletzlich ein Kind sein konnte, selbst wenn es über zwanzig war. Ich berichtete ihm von meiner Niederlage.

»Und dieser Autofahrer ... weiß man schon, ob er zu schnell fuhr?«

»Nein, ich habe nur gehört, daß er nicht weitergefahren ist und daß er sofort mit seinem Handy die Polizei gerufen hat.«

Mir fiel auf, daß die beiden anwesenden Frauen genau spürten, wann sie Mirjam in die Küche folgen mußten – *nicht* um ihr beim Füllen der Gläser zu helfen. »Es kann doch nicht sein, daß er nie mehr wiederkommt«, ertönte es aus dem offenen Fenster.

Ich hatte den Eindruck, daß ich, vor allem ich, den fast sommerlichen Frühlingsabend mit läppischem Geplauder beschmutzte. Natürlich, es ging die meiste Zeit um Tonio und die beiden zurückliegenden Tage, doch es gelang mir nicht, zum Kern dessen vorzudringen, was wirklich passiert war. Ich ertappte mich sogar bei einigen bitteren Bemerkungen zu Dingen, die nichts mit dem Unfall zu tun hatten. Sie entschlüpften mir, als wollten sie völlig unabhängig bezeugen, daß das Leben auch ohne Tonio in allen Tonarten, mochten sie noch so vulgär klingen, ungestört weiterging.

9

Wie es nun mal so ist: Man bringt den Besuch zur Tür, und bevor jeder seiner Wege geht, steht man noch eine Weile auf der Schwelle und stimmt sich gegenseitig zu – in Sachen Vergeudung eines Lebens, über die Unfaßlichkeit des Verlusts.

»Daß das einfach so *möglich* ist«, sagt Josje noch einmal, und ihre Augen schimmern im Laternenlicht. »Einfach so auf der Straße totgefahren zu werden ...«

Als alle fort sind, gehe ich ein paar Schritte auf den Bürgersteig hinaus. Ich schaue hoch: ob der Himmel noch immer so ungerührt klar ist wie in der Nacht, als Tonio ... Das

Natriumlicht der Straßenlaternen nimmt mir die Sicht auf die Sterne.

Mir wird bewußt, daß ich es von klein auf eher als etwas Weihevolles, als *Mysterium* betrachtet habe denn als großes Unglück: als Eltern ein Kind zu verlieren und mit diesem Verlust weiterzuleben. Die Nachbarin verlor ihr bildhübsches Töchterchen durch Leukämie. Ich sollte als wohlerzogener Junge einen Blick ins Vorderzimmer werfen, in dem das Mädchen aufgebahrt lag. Sie war nicht mehr hübsch. Ihre Wangen waren durch die Medikamente oder durch die Krankheit selbst schwabbelig auf dem bestickten Kissen auseinandergeflossen. Die Nachbarin, die mich lächelnd zur Bahre geführt hatte, konnte plötzlich nicht mehr an sich halten. Sie warf die Arme hoch und rief in einem Heulkrampf: »Mach doch noch *ein*mal die Augen auf.«

Es ist mir im Dialekt in Erinnerung geblieben, wodurch es noch schmerzlicher klang: »... *Oochen* ...«

Die Gegenleistung, die von dem Kind für alle künftige Trauer erwartet wurde, war sehr gering, wurde jedoch nicht erbracht. Die *Oochen* blieben geschlossen.

Meine Schwester hatte eine Freundin mit hellblondem Haar und dicken, bleichen Beinen. Antoinette. Sie wurde Der Weiße Elefant genannt, zugleich aber respektvoll behandelt, denn ihr älterer Bruder war als Siebzehnjähriger mit dem Moped verunglückt. Man erzählte sich, daß der Vater des Jungen »noch jeden Abend« vor dem Schlafengehen aus der Haustür trat, die paar Schritte zum Rand des Bürgersteigs ging und von dort nach beiden Seiten die Straße entlangspähte, als erwarte er seinen Sohn jeden Moment.

Vierzig Jahre lang war *dies* für mich das Bild des Mysteriums, eines Vaters, der seinen Sohn verloren hatte: ein Mann, der die Haustür angelehnt ließ und im Laternenlicht die Ohren spitzte, ob er das melodische, leicht knatternde Geräusch des Mopedmotors hörte.

Jetzt bin ich dieser Mann.

10

Während Mirjam mit Josje auf dem Friedhof Buitenveldert an der Fred. Roeskestraat einen Platz für Tonio auswählte, versuchte ich in meinem Arbeitszimmer, einen Trauerbrief zu verfassen. Wir hatten dem Bestattungsunternehmen mitgeteilt, ich würde ihn selbst schreiben und wir wollten ihn nicht drucken lassen, sondern auf meinem Gerät fotokopieren, so wie ich, der computerlose Mann, es mit allem, was ich schrieb, zu tun pflegte. Nein, sie brauchten es auch nicht für uns zu versenden: Ich wollte, soweit es mir möglich war, auf jede Kopie des Standardbriefs mit der Hand eine persönliche Nachricht schreiben und ein Foto von Tonio beilegen.

In seinem ersten (und einzigen) Jahr an der Amsterdamer Fotoakademie hatte sich Tonio an einer Gruppenaufgabe beteiligt: dem wirklichkeitsgetreuen Remake eines Porträts von Oscar Wilde. Ein Original mußten sie selbst auftreiben: Das war Teil des Lehrplans. Eines Mittags kam er, außer Atem vom Treppenrennen, in mein Arbeitszimmer.

»Adri, was weißt du über Oscar Wilde?«

»Willst du jetzt endlich mal ein Buch lesen?«

»Es ist so … wir haben die Aufgabe, ein Porträt von Oscar Wilde möglichst getreu nachzugestalten. Aber wir konnten noch kein gutes Foto von ihm auftreiben. Nur so verschwommenes Zeug im Internet.«

»Du hättest dir das Treppensteigen sparen können. In der Bibliothek stehen ein paar Bücher über ihn, mit Fotos.«

Ich ging mit ihm nach unten und zeigte ihm die schönsten Bilder des Schriftstellers. Er mußte lachen: daß ich bloß zwischen zwei Borde zu greifen brauchte … und die Sache war geritzt. Mit der ihm eigenen Treffsicherheit schlug er sofort das Foto des jungen Wilde auf, das letztendlich für die Aufgabe verwendet wurde.

»Da sind auch ein paar von dem schon etwas reiferen Wilde drin.«

Ich suchte das bekannte Foto des massigen Oscar mit Bowler in der Hand, flankiert vom zarten Bosie, und fand auch das Remake mit Gerrit Komrij als Oscar Wilde und Charles Hofman als Bosie. »Siehst du, so mußt du das machen.«

»Besser doch das andere, mit dem Spazierstock. Da ist er viel jünger. Du mußt bedenken ... einer von uns muß posieren. Und keiner ist älter als zwanzig.«

Auf dem Flohmarkt am Waterlooplein fanden sie für wenig Geld einen abgetragenen Pelzmantel, der in der richtigen Beleuchtung richtig schick wirken würde. Leider kontrollierten sie den Mantel nicht auf lebendes Inventar hin, und so waren nach der Fotosession nicht nur Tonio (der noch zu Hause wohnte), sondern auch Mirjam und ich infolge einer ungeschickten Verwechslung der Kopfkissen von Nissen befallen. Wie in Tonios Grundschulzeit kamen wieder Flitshampoo und Läusekamm zum Einsatz.

Weil Tonio seinen Babyspeck noch nicht ganz verloren hatte und zudem die richtige Haartracht besaß, war er der Geeignetste für die Rolle des Oscar Wilde. Die Gruppe erhielt die Bestnote, eine Zehn, für das Resultat. Mirjam und ich beschlossen, dieses Foto jedem Trauerbrief beizulegen, weil es ihn im Zentrum seiner großen Leidenschaft zeigte, der Fotografie – als Porträtierer und als Porträtierter. Mirjam hatte im Fotoladen vorerst zweihundert Abzüge bestellt, im Format DIN A5.

II

Amsterdam, 25. Mai 2010

Am Sonntag, dem 23. Mai, frühmorgens, wurde unser Sohn Tonio (geboren am 15. Juni 1988) auf dem Fahrrad von einem Auto erfaßt. Es geschah an der Ecke Hobbemastraat/Stadhouderskade. Chirurgen im AMC haben von halb fünf Uhr morgens bis halb fünf Uhr nachmittags gemeinsam mit ihm um sein Leben gekämpft. Er hat es nicht geschafft. Tonio ist kurz nach Verlassen des OP-Saals in unserem Beisein gestorben. Er war unser einziges Kind. Als Student des Studiengangs Medien & Kultur stand er ambitioniert mitten im Leben. Er hatte uns gerade mitgeteilt, daß er seinen Master in Medientechnologie machen wollte. Es hat nicht sollen sein.

Er läßt uns gebrochen zurück.

Wir bitten um Verständnis dafür, daß Tonio im denkbar kleinsten Kreis beigesetzt wird und daß wir vorläufig keinen Besuch zu Hause empfangen können.

Mirjam und Adri

Beilage: Selbstporträt von Tonio als Oscar Wilde (2006), aus der Zeit, als er an der Amsterdamer Fotoakademie studierte.

12

Ich fühle ihn neben mir sitzen. Ich fühle ihn vor mir stehen. Ich fühle seinen warmen Atem in meinem Nacken – in kurzen Stößen, verursacht durch sein Kichern, denn er steht hinter mir und liest halblaut mit, was ich schreibe, wie bei jenem Mal, als ich mich an einen Verleger wandte, der mich ungerecht behandelt hatte. »Sehr geehrter Bücherfritze‹ … das ist gut.«

Am deutlichsten fühle ich ihn *in* mir, als wäre ich eine schwangere Frau. Ich bekomme einen heftigen Tritt in meine Eingeweide, dann ein paar schwächere. Es scheint, als versuchte er sich ungestüm umzudrehen.

Im Frühjahr '94 kam er mit Mirjam nach Angoulème, wo ich einige Wochen zuvor die Arbeit an einer Reportage begonnen hatte. Tonio war fünf, fast sechs. Die Türen des TGV öffneten sich, und er sprang von der Trittstufe direkt in meine Arme. Ohne die Steinplatten des Bahnsteigs mit der Schuhspitze zu berühren, hing er plötzlich an mir, lachend, küssend. Die liebevolle Heftigkeit seines Griffs kann ich mir zu jedem gewünschten Zeitpunkt des Tages in Erinnerung rufen. Ich werde Tonio in meinem Fleisch spüren, solange ich lebende Nerven habe.

Fünf Jahre später, in Marsalès, hole ich ihn von einem Tischtennisturnier auf der Terrasse des Campingplatzes ab. Ich schaue eine Weile aus einigem Abstand zu, wie er sich in der einbrechenden Dämmerung mit seinem Schläger zur Wehr setzt. Auf die Handrücken hat er sich mit Tesafilm kleine Röhrchen geklebt, die mit einer gelben phosphoreszierenden Flüssigkeit gefüllt sind. Sie sollen den Gegner ablenken und verwirren. Bei einer raschen Bewegung des Handgelenks schreibt so ein Röhrchen eine Art leuchtendes chinesisches Schriftzeichen ins Dunkel. Es hilft nichts. Tonio verliert ein ums andere Mal. Nach dem letzten Satz schiebe ich ihn neckend vor mir her über den niedrigen Damm, der

mitten durch den Badesee zu unserem Haus führt. Ich drük-
ke mit den Fingerspitzen seitlich leicht an seinen Hals, dicht
unter den Ohren. Die Haut glüht und ist feucht.

»Warmen Nacken hast du.«

»*Laß* das.« Mit dem Ellbogen macht er automatisch die ab-
wehrenden Bewegungen, die zu seinem Alter (elf) gehören,
aber er versucht nicht wirklich, meine Hand abzuschütteln.
»Ts, ts, keinen einzigen Satz gewonnen. Diese Phosphordin-
ger taugen nichts.«

Ich streichle mit dem Daumen aufwärts gegen den schwit-
zigen Haaransatz seines Entenbürzels. Die feuchte Wärme
seines Nackens wird nie aus meinem Handballen verschwinden.

So hat Tonio Abdrücke aus allen seinen Lebensphasen in
mir hinterlassen – seit er mir, direkt aus der Gebärmutter,
buchstäblich in den Schoß geworfen wurde, bis zu jener letzten Umarmung in der Staalstraat, als ich vor Rührung vergaß,
ihm den Fünfziger zuzustecken.

13

Mirjam kam, irgendwie künstlich aufgedreht, nach Hause
und teilte mir fast fröhlich mit, sie und Josje hätten »einen
schönen, ruhigen Platz für Tonio« gefunden. Die Papiere
verzeichneten als Grabnummer: 1-376-B.

»Wenn du die Stelle siehst, wirst du auch zufrieden sein.«

»Ich glaube dir. Ich seh's am Freitag.«

Bevor ich mich über ihre Fröhlichkeit ärgern konnte, fiel
mir ein, daß sie jeden Moment wieder von abgrundtiefster
Traurigkeit beiseite gedrückt werden konnte.

Het Parool von diesem Nachmittag hatte eine briefmarkengroße Meldung:

Radfahrer tot nach Zusammenstoß
Stadhouderskade

Zuid – Ein 21jähriger Radfahrer ist Sonntagnachmittag in einem Krankenhaus an den Folgen eines Verkehrsunfalls auf der Stadhouderskade gestorben. Er war in der Nacht von Sonnabend auf Sonntag mit einem Personenwagen kollidiert. Der 23jährige Autofahrer mußte pusten, hatte aber nicht getrunken.

»Sieh dir das an«, sagte ich zu Mirjam, »die Geschichte unseres großartigen Jungen in wenigen Zeilen. Es gibt Literaturkritiker in den Niederlanden, die der Ansicht sind, ich sollte mir an solcher Kompaktheit ein Beispiel nehmen.«

In derselben Spalte *Verschiedenes* stand auch eine briefmarkengroße Meldung erfreulicheren Inhalts: In Amsterdam verbilligte sich ein neuer Führerschein um einen Zehner, von 46 auf 36 Euro.

14

Im Knick der Eckcouch saß niedergeschlagen Jim, noch bleicher, als wir es in den letzten Jahren bei ihm gewöhnt waren. Die Blässe seines Gesichts wurde von genauso dunklem Haar umrahmt, wie Tonio es hatte. Jim machte immer wieder unkontrollierte Bewegungen, als wolle er etwas sagen, könne die Worte jedoch nicht finden. Seine Mutter hatte neben ihm Platz genommen und rieb in einem fort ermutigend über seinen Rücken – eine härtere Handbewegung als Streicheln oder Kosen. Er ließ es zu.

Da saß Tonios Busenfreund. Sie kannten sich seit der Krippe und waren wie Brüder zueinander gewesen. Es hatte eine kurze Entfremdung gegeben, als sie auf verschiedene Schulen gingen (Jim kämpfte mit Lernproblemen, litt möglicherweise an Dyslexie). In dieser Zeit begegnete ich Jims

.

Mutter in der Van Baerlestraat, auf der Überführung über den Vondelpark. Im Vorbeigehen grüßten wir einander etwas unbehaglich: Unsere Söhne waren ja nicht mehr zusammen. Als der Abstand zwischen ihr und mir bereits mehrere Dutzend Meter betrug, drehte Jims Mutter sich plötzlich um und rief so etwas wie: »Das wird schon wieder mit den beiden. Sie sind füreinander bestimmt.«

»Ja, auf jeden Fall«, rief ich zurück. »Das ist nur was Vorübergehendes.«

Und tatsächlich, nicht viel später fanden sie wieder zueinander, die Busenbrüder. Seitdem hatte es keinen Bruch mehr in ihrer Freundschaft gegeben, eitel Sonnenschein allerdings auch nicht. Wenn Tonio sonntags abends zu uns kam und wir uns nach Jim und seiner chronischen Schlaflosigkeit erkundigten, schüttelte er bedrückt den Kopf und schaute zu Boden, egal, wie fröhlich er das Haus betreten hatte. Tonio sprach kaum darüber, aber man konnte ihm anmerken, daß er das Problem für ziemlich aussichtslos hielt. Weil wir Tonio nicht gern Trübsal blasen sahen in dem Stündchen, das wir ihn für uns hatten, erkundigten wir uns mit der Zeit nicht mehr danach. Allerdings ließ er ein paarmal durchblicken, daß er, wenn der Mietvertrag für die Wohnung in der Nepveu auslief, allein wohnen wollte oder in einer Gruppe in einem Studentenheim. (Er dachte an Weesperzijde.)

Ich saß mit Jims Vater auf der Couch. Es stellte sich heraus, daß er als Mitarbeiter eines medizinischen Dienstes entfernt mit dem Fall der ermordeten Polizistin zu tun gehabt hatte, über den ich jetzt ein Buch schreiben würde, wenn nicht … Ich hörte ihm mit mehr als normalem Interesse zu: Bei aller Diskretion, die er wahrte, erfuhr ich eine Menge Details fast aus erster Hand, wenn es auch für einen Roman war, der aufgrund der gegebenen Umstände zum Stillstand gekommen war und den wiederaufzugreifen ich wahrscheinlich nie mehr fertigbringen würde.

Trotzdem wurde meine Aufmerksamkeit durch Jim abgelenkt, der Mirjam von Tonio erzählte. Daß Tonio in letzter Zeit einen so selbstsicheren und tatkräftigen Eindruck gemacht habe und außerdem so glücklich wirkte.

»… ja, das hatte er alles selbst ausgetüftelt«, verstand ich. Jim sprach von den Wegen, über die Tonio seinen Master in Medientechnologie machen wollte, Dinge, die Tonio uns in der Woche zuvor ebenfalls anvertraut hatte. Jim unterstrich seine Sätze mit viel schweigendem Genicke, und ich sah seiner starren Miene an, daß er sich bemühte, die Tränen zu unterdrücken.

Auch als ich die Unterhaltung mit seinem Vater wiederaufzunehmen versuchte, lauschte ich Jim weiter mit mehr als einem halben Ohr. Vielleicht fiel meine nachlassende Aufmerksamkeit auf, denn mit einemmal erhob mein Gesprächspartner die Stimme, um Jim zuzurufen: »… dann hat er vielleicht einen Umweg gemacht, um Zigaretten zu holen.«

Ich hatte nicht richtig verstanden, was Jim in dem Moment gesagt hatte, aber ich vermutete, daß es um das Rätsel ging, warum Tonio an dem Ort war, an dem er angefahren wurde. Jemand anderer im Wohnzimmer sagte: »Falscher Ort, falsche Zeit.«

Zigaretten. Ich mischte mich absichtlich nicht in die Unterhaltung ein, denn dann hätte ich möglicherweise zu hören bekommen, daß Tonio rauchte – nicht nur »ab und zu eine qualmte, um in der Kneipe mitzuhalten«, wie er mir einmal gesagt hatte, sondern so stark, daß er nachts plötzlich keine Zigaretten mehr hatte und bereit war, für ein neues Päckchen einen großen Umweg zu machen.

Es konnte natürlich sein, daß Jim ihn, zum Beispiel telefonisch, gebeten hatte, unterwegs Zigaretten für ihn zu kaufen. Ich fragte nicht nach, denn ich wollte die Wahrheit nicht hören.

Um in Gottes Namen über etwas anderes zu sprechen, fragte ich Jim nach dem Polaroidmädchen. Ja, er hatte von Tonio etwas über ein Fotoshooting gehört, aber Genaueres wußte er auch nicht. Einen Namen konnte er uns nicht nennen. Er hatte sie nie gesehen.

»Hattest du den Eindruck, daß Tonio öfter über ein bestimmtes Mädchen sprach ... ich meine, auch ohne ihren Namen zu nennen?« fragte ich.

»Mädchen beschäftigten ihn in letzter Zeit sehr, ja«, sagte Jim ausweichend. »Er sprach oft davon. Ob er manche Dinge richtig mache und so.«

15

»... und er verfluchte sein Schicksal.« So hatte ich es als Junge unzählige Male in Büchern stehen sehen. Es hatte etwas Heimeliges, ganz nah am glühenden Kohleofen von dem Helden zu lesen, der, von finsteren Kräften bezwungen, die Faust ballte und sein Schicksal verfluchte.

Jetzt, da ich selbst weiß, wie es ist, sein Schicksal zu verfluchen, ist alle Heimeligkeit verschwunden. Ich beklage Tonios Schicksal. Ich verfluche meines.

KAPITEL II

Der Verrat

man muß noch eine grube graben für einen schmetterling
den augenblick eintauschen gegen vaters uhr –
Gerrit Kouwenaar, *man muß*

I

Mirjam nahm Tonios Handy überallhin mit. Es hatte beinahe
etwas Zwanghaftes. Wenn sie es versehentlich im Badezimmer liegengelassen hatte, rannte sie in Panik zurück, um es
zu holen.

»Er ruft wirklich nicht an«, sagte ich, als mir ihr Verhalten
auf die Nerven zu fallen begann.

»Mir geht es um das Mädchen«, sagte Mirjam. »Ich habe
das Gefühl, sie weiß noch von nichts. Niemand aus Tonios
Umfeld kennt sie.«

»Vielleicht hätten wir die Todesanzeige doch besser gleich
nach Pfingsten aufgeben sollen.«

»Nein, o nein.«

Als Mirjam einmal duschte, ließ sie das Handy im Schlafzimmer auf dem Bett liegen. Obwohl sie den Klingelton lauter gestellt hatte, verpaßte sie den Anruf. Jedenfalls war sie
erst dran, als die Nachricht bereits auf der Mailbox angekündigt wurde. Der Anruf kam von einer Privatnummer, die mit
»(keine Nummer)« bezeichnet war. Ich fand Mirjam auf der
Bettkante sitzend, während sie mit angespannter Miene die
Mailbox abhörte.

»Sie sagt ihren Namen nicht.« Mirjam gab mir das Telefon. »Aber das muß sie sein. Hör mal.«

»... *Facebook probiert, aber deine Seite ist nicht aktiv. Ich wollte gern wissen, ob die Fotos was geworden sind. Wenn nicht, dann find ich das mieser für dich als für mich. Du hast die ganze Arbeit gehabt. Es war sowieso ein schöner Nachmittag. Schade wegen Samstag. Also, ich hoffe, ich höre bald von dir. Tschüs.*«

Ich meinte einen ganz leichten englischen oder amerikanischen Akzent zu hören. Mirjam sah mich mit vom Weinen verzerrter Miene an. Ich gab ihr Tonios Handy zurück. »Die Stimme paßt auf jeden Fall zu ihrem Polaroidporträt«, sagte ich.

2

Ein solcher Verlust, der stieß einem zu. Das Vermissen folgte von selbst, ebenso die Trauer.

Dennoch war es nicht so, daß der Verlust willenlos machte und ein Maß an Kummer mit sich brachte, das man einfach hinzunehmen hatte, ohne eine eigene Form dafür suchen zu dürfen. So absurd es in der gegebenen Situation auch war, es bestanden immer noch Wahlmöglichkeiten. Sollten wir uns dem Schmerz hingeben oder uns, im Gegenteil, gegen ihn zur Wehr setzen? Solche Fragen stellten wir einander unaufhörlich.

»Hätte Tonio gewollt, daß wir an seinem Untergang zugrunde gehen?« (Ich zu Mirjam.)

»Wir können ihn nicht mehr fragen.«

»Angenommen, wir hätten ihn zu Lebzeiten gefragt ... schon mal vorsorglich.«

»So wie ich ihn kenne ...« sagte Mirjam. »Nein, ich glaube nicht, daß er gewollt hätte, daß wir daran zugrunde gehen. Er hätte lieber gesehen, daß wir am Leben bleiben und die Erinnerung an ihn wachhalten.«

»Aber wir ... was wollen wir? Durch seine Vernichtung

selbst zugrunde gerichtet werden? Es hat etwas Tröstliches, zugegeben. Jetzt, wo er nicht mehr da ist, dürfen wir vor die Hunde gehen. Er kaputt, wir kaputt. Vielleicht sind wir ihm das schuldig.«

»Wenn ich mich ganz stark in ihn hineinversetze, Adri ... nein, das hätte er nicht gewollt. Wir müssen weitermachen. Seinetwillen. In seinem Namen.«

»Laß uns ihn erst mal würdig beerdigen. Dann können wir immer noch weitersehen ... oder nicht länger weitersehen.«

3

Wenn wir Tonios letzte Tage und Stunden minuziös rekonstruierten, bestand die Möglichkeit, früher oder später auf das Mädchen von dem Fotoshooting zu stoßen. Auch wenn wir keine Telefonnummer oder Adresse von ihr hatten, nicht einmal einen Namen, irgendwo würden wir auf ein Zeichen von ihr stoßen. Es gab sie, das war sicher.

Aber ... *wollten* wir das wirklich? Wenn wir sie aufspürten, hätten wir vielleicht entdeckt, daß so etwas wie eine Romanze im Entstehen begriffen war – eine, die zu mehr hätte führen können.

»Freitag ist die Beerdigung«, sagte Mirjam am Mittwoch, »und wir haben noch immer keinen Kontakt zu dem Fotomädchen. Ich wünschte, sie würde noch mal anrufen.«

»Lassen wir der Sache ihren Lauf«, sagte ich. »Wenn was war zwischen den beiden, dann meldet sie sich schon.«

»Ich habe große Angst, daß sie noch gar nichts weiß. Vielleicht wartet sie auf einen Anruf von Tonio ... oder auf eine Reaktion von ihm bei Facebook ... und versteht nicht, was los ist.«

»Wir haben alle verfügbaren Nummern angerufen«, sagte ich. »Niemand kennt sie. Sie wissen höchstens ganz entfernt etwas von einem Fotoshooting. Ein Datum hat niemand parat. Einen Namen schon gar nicht. Ach ja, Tonio und eine

Fotosession … er hat so viel fotografiert. Nein, wir müssen einfach abwarten.«

Dabei dachte ich: Wir müssen wie der Blitz mit Tonios Handy zum Forensischen Institut – um den Anruf (»keine Nummer«) dieses namenlosen Mädchens untersuchen zu lassen.

Und dann wieder der quälende Zweifel. *Sollte* ich sie wirklich suchen? Was hatte es für einen Sinn, Tonios letzte Tage zu rekonstruieren? Er war unwiderruflich aus dem Dasein verschwunden, das sich zur Rekonstruierung anbot.

Nein, ich widmete mich besser dem Beantworten der Kondolenzpost. Ich hatte aus den Fotos (Tonio als Oscar Wilde), die ich beilegen wollte, einen Stapel gemacht und den mit dem Bild nach unten auf meinen Schreibtisch gelegt. So konnte ich sein Porträt in den Umschlag schieben, ohne ihm in die Augen blicken zu müssen, denn mit jedem Brief vergrößerte ich den Verrat an ihm.

Trotz dieser Vorsorgemaßnahmen war Tonio unausweichlich im Arbeitszimmer präsent, in stets wechselnden Lebensphasen. »Adri, soll ich dir die Fotos reichen … dann geht's schneller.« »Du schreibst immer das gleiche, mit anderen Namen … warum?« »Adri, es wäre so viel effizienter, wenn du einen Computer mit einer Adreßdatei hättest. Ein Tastendruck, und heraus kommt eine Rolle mit selbstklebenden Etiketten. Du bist wirklich aus einem anderen Jahrhundert, nicht?«

Es waren schöne, frühsommerliche Tage, die alle auf blendende Weise den Pfingstsonntag widerspiegelten. Ich saß an dem Schreibtisch, der der offenen Balkontür am nächsten stand, gegen die grelle Sonne durch die Markise geschützt.

Manchmal kam Mirjam, um kurz bei mir zu weinen. Nein, wir mußten nicht alles wissen wollen: Sie war schon traurig genug, ihr Schmerz brauchte nicht durch noch mehr erstickende Details genährt zu werden. Am Freitag würden wir ihn beerdigen, vormittags, und am selben Tag würden die

Todesanzeigen in den Abendzeitungen erscheinen. Danach brauchten wir uns nur noch unserer Trauer hinzugeben, gemeinsam, in der Abgeschiedenheit unseres Hauses.

4

Der Tag seiner Beerdigung war ein ebenso göttlicher, frühsommerlicher Tag wie der, an dem er starb.

»Heute muß ich meinen Sohn beerdigen.« Ich formulierte diesen Satz immer wieder für mich selbst, während ich die banalen alltäglichen Handlungen vornahm: Zähneputzen, duschen, rasieren.

Ich probierte Varianten aus: »Heute werde ich meinen Sohn beerdigen.« So lange, bis ich die mehr oder weniger ideale Formulierung im Kopf hatte. Ich befand mich auf vertrautem Terrain: So war es öfter am Morgen, bevor ich die Treppe zu meinem Arbeitszimmer hinaufging, um die ersten Worte eines neuen Kapitels niederzuschreiben.

»Heute beerdige ich meinen Sohn.«

Das war vorläufig eine Feststellung, kaum mehr. Damit ging keine krankmachende Gemütsbewegung einher. Bevor ich die von Mirjam angebotene Pille nahm, um ruhig zu werden, *war* ich bereits ruhig. Beim Rasieren zitterten meine Hände keinen Moment lang.

Während ich mich anzog, repetierte ich im Geist die kurze Ansprache, die ich am Grab halten wollte. Die ganze Woche über hatte ich wie besessen alle mir bekannten Fakten in Verbindung mit dem Unglück aufs Papier geworfen und dazu alles, woran ich mich von Tonios beiden letzten Besuchen in seinem Elternhaus erinnerte. Ich wollte alles festhalten, was mir bei der Rekonstruierung – ich wußte noch nicht, warum – des Schlußsteins seines Lebens nützte. Doch eine Grabrede zu schreiben, dazu hatte ich mich nicht überwinden können. Mein Bruder würde eine längere Rede halten, das beruhigte mich. Ich *war* bereits seit Tagen mit Tonio in ein hektisches Gespräch verwickelt – das hatte mich verbal erschöpft.

Seit unserer vorzeitigen Rückkehr aus Lugano im vergangenen Mai war ich kaum mehr vor der Tür gewesen. Ich hatte in all diesen Monaten im Haus selten etwas anderes getragen als eine schlabbrige Trainingshose und darüber ein weites Holzfällerhemd. Ja, für die Premiere des Films *Het leven uit een dag* hatte ich ein dunkles Samtjackett gekauft, das seitdem auf demselben Bügel an derselben Schranktür hängen geblieben war, die passende Krawatte um den Haken drapiert.

Tonio war, stilvoll gekleidet, ebenfalls auf der Premiere gewesen – mit Marjan. Ein elegantes Mädchen, das er von der Amsterdamer Fotoakademie kannte, etwas älter als er. Eine feste Beziehung hatte sich (zu meinem leisen Bedauern) nie daraus entwickelt, doch Tonio nahm sie immer zu den offizielleren Anlässen wie dem Bücherball mit, wenn wir zusätzliche Karten für die beiden hatten ergattern können.

An jenem Abend der Premiere in Den Haag fiel mir auf, wieviel erwachsener und selbstsicherer er geworden war. Der Smoking stand ihm gut. Tonio war gesprächig, lachlustig, schlagfertig. Nach der Vorstellung setzte er sich mit Marjan zu den Musikern der Popgruppe Novastar, auf deren Konto ein Teil der Filmmusik ging. Sie amüsierten sich bestens. Später fuhren sie mit uns im Großraumtaxi, das die ganze Gesellschaft nach Amsterdam beförderte, zur Premierenfeier im De Kring.

Jetzt, da ich ihn beerdigen würde, mußte es in diesem letzten Jackett sein, in dem er seinen Vater gesehen hatte, zusammen mit der dazugehörigen Krawatte.

Während ich an der Bar im De Kring die reichlich verteilten Getränkebons mit meinem Bruder auf den Kopf haute, tranken und unterhielten sich Tonio und Marjan in ihrer eigenen Ecke. Dort war es lebendig. Die Filmcrew tanzte House. Der Regisseur kam von Zeit zu Zeit und versorgte uns mit neuen Bons.

Marjan wohnte, wie ich wußte, noch bei ihren Eltern in Noordwijk und würde bei einer Freundin in Amsterdam übernachten. Es wurde später und später. Gegen Ende des Festes fiel der Beschluß, Marjan würde in Tonios Wohnung auf der Couch schlafen. Sie wollten mit dem Bus nach De Baarsjes fahren oder zu Fuß gehen, das war nicht ganz klar.

Als die beiden vor mir standen, um sich zu verabschieden, tat mir Tonio plötzlich leid. Wenn er ordentlich gebechert hatte, schwankte er immer fast unmerklich auf den Fußballen vor und zurück. Er sah bleich aus, mit einem kleinen, dümmlichen Grinsen in den Mundwinkeln. So geschmeidig er sich den ganzen Abend bewegt hatte, so steif und hölzern stand er jetzt da, mit etwas vorgebeugten Schultern. Marjan war noch genauso locker-fröhlich wie den ganzen Nachmittag und Abend über und zeigte sich Tonio gegenüber nachsichtig. Wie er mir glich. Meine Überredungskraft hatte auch zu oft aus dem Glas kommen müssen. In Tonios Alter hatte ich mich in den Versen von Boudewijn de Groot wiedererkannt: »... meine Pinte/in der ich zuviel trank, um einer Frau zu imponieren/und dann die Prügel bezog, die ich verdiente.«

Ich steckte ihm etwas Geld zu, dann konnten sie ein Taxi nehmen. Damit verschwand er wieder für Wochen aus meinem Leben.

5

Die Beerdigung war für zehn Uhr angesetzt. Stupide Banalitäten: Um Viertel nach neun stützte ich mich mit den Ellbogen auf die Balkonbrüstung im zweiten Stock, um mir die Nägel zu schneiden. Durch die Lücke zwischen den Häusern sah ich Hausfreund Ronald Sales in der Banstraat vorbeigehen. Er hatte 2001 das Porträt des dreizehnjährigen Tonio zu meinem fünfzigsten Geburtstag gezeichnet.

Es hing im Eßzimmer, das wir seitdem den *Salon de Sales* nannten. Die Erinnerung an einen geheimnisvoll lachenden Tonio, der mir am fünfzehnten Oktober das gerahmte und eingepackte Porträt brachte, mußte ausreichen, damit ich jetzt vom Balkon sprang. Die bewußtseinsverengende Pille verhinderte es.

Ronald ging leicht nach vorn gebeugt, als müsse er gegen das frühe, staubige Sonnenlicht ankämpfen wie gegen starken Wind. Natürlich, er war, als einer der wenigen Geladenen, auf dem Weg zur Haltestelle der Linie 16 in der De Lairessestraat. Es hatte etwas fast Gemütliches. Viel fehlte nicht, und ich hätte seinen Namen gerufen und die Hand gehoben: »Ich seh dich gleich auf dem Friedhof.«

Ich beendete ruhig das Schneiden meiner zu lang gewordenen Fingernägel, die mich schon die ganze Woche beim Tippen auf der elektrischen Schreibmaschine behindert hatten. Weil ich meine Notizen über Tonio möglichst schnell zu Papier bringen wollte, hatte ich mit beiden Zeigefingern häufiger danebengehauen, wodurch die Nagelhäutchen eingerissen waren. Das Bild von Tonios regloser Hand am Rand seines Totenbetts drängte sich zum wiederholten Mal in dieser Woche auf. Die schmuddeligen Finger. Die Nägel nicht zu lang, dafür mit Trauerrändern. Nein, ich werde seine Hand jetzt nicht mit dem Umschlag einer Trauerkarte vergleichen, das ist vorbei.

Und ja, Assoziationen gab es mehr als genug, ich wußte, daß die Nägel an Händen und Füßen eines Leichnams noch eine ganze Weile weiterwachsen, genau wie die Haare an Kopf und Körper. Der Sarg des jung verstorbenen Dichters Jacques Perk wurde, vor der Umbettung, in Anwesenheit von dessen Vater geöffnet. Dieser wandte sich schmerzlich berührt ab: »Dieser Bart ... dieser Bart!«

Mein Vater hatte geraume Zeit nach der Befreiung Eindhovens tief im Wald der Soner Berge die Leiche eines Fall-schirmjägers gefunden, die an einem Baumwipfel hing. Das erste, was ihm auffiel, waren die undisziplinarisch langen Nägel, mit denen kein Fallschirmspringer seinen Schirm hätte öffnen können.

Die ganze Woche über hatte ich, jedesmal wenn die Klingel ging, die beiden jungen Polizeibeamten vor mir gesehen. *Kritischer Zustand.* Als es jetzt gegen halb zehn klingelte, erschrak ich nicht, wußte ich doch, es war Hinde, die mit uns zum Friedhof fahren wollte. Sogar diese Unheilsglocke ließ sich durch meine von Mirjams fataler Pille erzwungene innere Ruhe bändigen.

Als erstes in die Lomanstraat, um meinen Schwiegervater abzuholen. Es ist eine dunkle Straße, das ganze Jahr über. Natan hatte die Lampe, die er meist im Wohnzimmer brennen ließ, bereits gelöscht. Aus der Dämmerung trat er ans Fenster. An dem, was von seinem Oberkörper noch über die halben Scheibengardinen ragte, konnte ich erkennen, daß er weiter geschrumpft war. Siebenundneunzig. Er winkte zum Zeichen, daß er bereit sei. Hinde stieg aus, um ihren Vater abzuholen.

Dies war das Haus, in dem Tonio in den Zeiten, in denen Mirjam und ich häufig ausgingen, ein Wochenende nach dem anderen verbracht hatte. Nie kam eine Klage über seine Lippen. Am Mittwoch vor Pfingsten hatte er Opa Natan noch besucht, was er öfter, unregelmäßig, tat. Ein kleiner Schwatz, und das zusätzliche Taschengeld, unter Protest angenommen, war natürlich eine nette Dreingabe. Wie er seinerzeit, '93, die Trennung seiner alten Großeltern erlebt hatte, darüber hatte er sich nie geäußert.

Natan zog die Haustür hinter sich zu und faßte noch einmal an den Knauf. Er ließ sich von seiner älteren Tochter über die Straße geleiten, schlurfend, zu Boden blickend. Am Auto angekommen, sah er auf, und bei Mirjams und meinem Anblick erschien auf seinem blassen, bekümmerten Gesicht ein Lächeln, an dem seine feuchten Augen nicht beteiligt waren. Ich stieg aus und half ihm hinten ins Auto.

»So«, sagte er, als er saß.

Während der Fahrt waren meine Gedanken bei dem im Stich gelassenen Arbeitsplan. Der heutige Tag, Freitag, der 28. Mai, stand als »Tag 5« darin. Es war mehr als eine Bezeichnung – so etwas wie der Eigenname des betreffenden Datums. Es bedeutete so viel wie: *Heute Abend Ein Zwanzigstel Geschafft.* Wenn die ersten fünf Tage des Plans mir fünfundzwanzig neue Seiten geliefert hätten, das Minimum, wäre ich nicht unzufrieden gewesen, aber doch auch ein wenig enttäuscht.

Oft erhielten die bereits mit einer Zahl bezeichneten Daten nachträglich, wenn sie sich auf irgendeine Weise hervorgetan hatten, einen Beinamen. (Der Bruch. Das Glätten. Die Niederträchtige Leerzeile.) Die ersten fünf Tage *dieses* Plans würden nie einen Beinamen erlangen und auch keine Notiz über die Zahl der geschafften Seiten, genausowenig wie die Tage danach.

6

Viel stärker als das alte Amsterdam-Zuid schienen das Stadionviertel und Buitenveldert aus hellen Flächen zu bestehen, dazu gedacht, an einem Tag wie dem heutigen das überreichliche Sonnenlicht zu reflektieren. Als wir in die Fred. Roeskestraat einbogen, drehte ich mich zu meinem Schwiegervater um: »Mach dir keine Sorgen, Natan, ich bleibe ganz in deiner Nähe.«

Er nickte dankbar. Mirjam lenkte den Wagen auf den Parkplatz des Friedhofs Buitenveldert. Vor der rötlichen Backsteinmauer neben dem Eingangstor stand bereits ein Teil der Gesellschaft. Wir stiegen aus und gingen auf sie zu, langsam wegen Natan. Ob es an der Pille lag, wußte ich nicht mit Sicherheit zu sagen, jedenfalls tosten noch immer keine großen Emotionen in mir. Es gab eine schmerzliche Aufgabe zu erledigen. Ran und durch. Wir hatten keine große Zeremonie bestellt. Es würde nicht lange dauern. *Danach* würde ich darüber nachdenken, was das alles für mich bedeutete.

Die Dame vom Bestattungsunternehmen kam auf uns zu. Wir besprachen die Regie der schlichten Zusammenkunft. Ich würde kurz das Wort ergreifen und dann meinen Bruder auffordern, seine Rede zu halten. Ich entschuldigte mich: »Eben mal ein paar Leute begrüßen.«

Plötzlich stand ich vor meiner weinenden Schwiegermutter. Sie wurde von zwei Pflegerinnen aus dem Sint-Vitus-Heim gestützt.

»Der liebe Tonio«, schluchzte sie, »der noch nie einer Fliege etwas zuleide getan hat … warum? Warum?«

Ich küßte sie. »Wir sprechen gleich miteinander.«

Ich wechselte ein paar Worte mit meinem Bruder und seiner Frau. Mit meiner Schwester, die eine Perücke trug als Folge einer Chemo- und Strahlentherapie. Mit Tonios zwei besten Freunden: Jim und Jonas. Jim war mit seinem jüngeren Bruder und den Eltern da. Jonas war in Begleitung seiner Mutter gekommen. Befreundete Paare: Josje und Arie, Dick und Nelleke. Ich sagte zu Ronald, ich hätte ihn durch die Banstraat gehen sehen, auf dem Weg zur 16. »Als hättest du gegen das flach einfallende Sonnenlicht angekämpft«, sagte ich, aber er verstand das Bild nicht, und ich kam mir wie ein Idiot vor.

Nun fuhr, fast lautlos, ein hellgrauer Leichenwagen am Tor vor. Sechs junge Männer in hellgrauen Fräcken und hellgrauen Zylindern zogen den rotbraunen Sarg mit Tonios Leichnam heraus und nahmen ihn auf die Schultern. In perfektem Gleichschritt setzten sie sich in Bewegung. Ich schob meine Hand unter Natans Arm und führte ihn langsam hinter den Trägern her. Sie waren alle sechs gleich schlank, und daß sie so jung waren, hing zweifellos mit dem Alter des ihnen anvertrauten Toten zusammen.

Ich fragte mich, ob ich gut daran getan hatte, die Pille zu nehmen. Ich hatte, als ich sie mir zwecks Anfeuchtung unter die Zunge legte, kaum darüber nachgedacht. Sie würde, glaubte ich, die Schwere der Situation vielleicht etwas lindern können. Was ich jetzt empfand, war keine Teilnahmslosigkeit, sondern eher Leere – in mir und auch in dem Sarg. Zwei einander entsprechende Leerräume.

Wegen Natans schlurfenden Schritten mußten wir zurückgefallen sein. Auf einmal ging Mirjam vor uns, und Hinde, und ihre Mutter, noch immer gestützt, fast getragen, von den beiden kräftigen Pflegerinnen. Andere aus der Trauergesellschaft überholten uns links und rechts.

Die Sonne schien auf den sehr gepflegten Friedhof. Die kleine Prozession schlängelte sich durch die sorgfältig gestutzten Hecken. In meinem vom Medikament erkalteten Gehirn war Raum für Gedanken wie: *Ein Friedhof wie ein Labyrinth, und dann so lange mit dem Sarg in Gängen ohne Ausgang rechtsumkehrt machen, bis im Herzen des Labyrinths das offene Grab gefunden ist und die bösen Geister auf eine falsche Spur gebracht sind.* Ich fragte mich, wie der grauenvolle Schmerz der letzten Tage mich verlassen haben konnte, gerade jetzt, während der Gegenstand meines Verlusts vor mir her getragen wurde, mit dem Ziel, ihn für immer in der Erde verschwinden zu lassen.

7

Ich sah zwei Kaninchen auf dem Weg. Es rührte mich, wie sie reglos der sich langsam nähernden Prozession entgegenblickten und dann unter die Hecke hoppelten. Friedhof Buitenveldert war berühmt für seine Kaninchen, die an den Pflanzen und Blumengestecken auf den Gräbern knabberten. Kein Hinterbliebener protestierte dagegen – es gehörte dazu.

Ich versuchte, mir (vielleicht um mir ein wenig Gefühl wiederzugegeben) vorzustellen, wie ich einen siebenjährigen

Tonio auf die beiden Kaninchen aufmerksam gemacht hätte und wie er »och je« gesagt hätte, doch statt dessen sah ich ihn in dem Sitz an meinem Fahrradlenker sitzen, als Einjährigen in Frankreich, wie er mit ausgestrecktem Finger auf die Strohrollen am Ackerhang deutete und mit hoher Stimme rief: »Küh … Küh.«

Es war nicht weit. Die makellos in Grau gekleideten jungen Männer stellten den Sarg auf die Absenkvorrichtung über dem offenen Grab, erwiesen ihm mit einem Neigen des Kopfes ihren Respekt und marschierten in federleichtem Tempo zwischen den Hecken davon. Sie schienen einer durchdachten Choreographie zu gehorchen, einem Ballett nicht unwürdig – nur hätten die sechs Tänzer dann unter ihrem Frack ein hellgraues Trikot getragen.

Als alle in weitem Bogen um das Grab standen, trat ich einen Schritt vor, dicht an den Sarg. Es gelang mir nicht, einfach auf zwei Beinen aufrecht stehen zu bleiben. Mein ruheloser linker Fuß fand lockeren Halt auf einem Balken (möglicherweise eine alte Bahnschwelle), die die Grube einfaßte.

»Ich werde erst ein paar Worte sagen«, begann ich, »und danach wird mein Bruder Frans seine Rede halten.«

Die Dame vom Bestattungsunternehmen und der Friedhofsaufseher standen ein wenig abseits, in der Öffnung zweier Hecken, und sahen diskret zu.

»Liebe Anwesende … Tonio hatte viele Talente, doch ein Talent für Streit war nicht dabei. Hinreichend Meinungsverschiedenheiten, reichlich Uneinigkeit, aber es ist mir während seiner ganzen Jugend nie gelungen, ernsthaft mit ihm aneinanderzugeraten. Beunruhigend. Nun gut, einmal war es soweit. Streit. Na ja, *beinahe*. Nach zwei abgebrochenen Studien schien nur noch wenig Bewegung in seinem Leben zu sein. Ich zitierte Tonio zu uns nach Hause und attackierte ihn wegen seines mangelnden Ehrgeizes. Selbst da kam es nicht zu einem richtigen Krach. Tonio verhinderte eine Eskalation, indem er beteuerte, er *platze* vor Ehrgeiz und werde das auch

beweisen. Zunächst einmal werde er sich, bevor er ein end-
gültiges Studium aufgreife, einen Job suchen, dann brauche
er sich nicht ganz von seinen Eltern unterhalten zu lassen. Er
brachte das so überzeugend vor, so verflixt charmant auch,
daß es mir wieder nicht gelang, die Meinungsverschiedenheit
zu einem richtigen Krach zwischen Vater und Sohn auswach-
sen zu lassen.«

Auf dem Sarg lag das Biedermeiergesteck aus dem Mu-
sterbuch des Bestattungsunternehmens. Jedesmal, wenn
mein Blick darauf fiel, hatte ich das Gefühl, ich wendete
mich direkt an Tonio, und das wollte ich nicht. Mein Blick
ging wieder hinauf zum blauen Himmel. Mein Fuß bewegte
sich unaufhörlich, wie eigenständig, über den Balken.

»Tonio hat Wort gehalten. Er nahm einen Job an, und im
September des vorigen Jahres begann er mit großer Hingabe ein Studium der Fachrichtung Medien & Kultur. Letzten
Mittwoch besuchte er uns. Er gab uns einen kleinen Einblick
in die Zukunft, wie er sie für sich geplant hatte. Nach dem
Bachelor wollte er seinen Master in Medientechnologie machen, wofür er dann regelmäßig zwischen Amsterdam und
Den Haag und Amsterdam und Leiden würde pendeln müssen. Er hatte alles genau ausgetüftelt.«

8

Die Amsterdamer Fotoakademie hatte er nach einem Jahr
abgebrochen. Er wollte Fotografie studieren an der Königlichen Akademie in Den Haag. Um aufgenommen zu werden,
mußte er eine Fotoserie zum Thema »Clubzugehörigkeit«,
»Clubleben in irgendeiner Form« machen, und das so origi-
nell wie möglich.

Der Sommer 2007 und damit die Zulassung zum neuen
Studienjahr rückte näher. Um arbeiten zu können, hatte ich
mich wieder einmal ins Château St. Gerlach zurückgezogen,
aber Tonio wußte mich dort natürlich aufzutreiben. Diese

Aufgabe der Königlichen … er komme damit nicht ganz zurecht, so tat er telefonisch aus Amsterdam kund.

»Ich hab eigentlich nicht so viel am Hut mit Clubs«, sagte er.

»Na, dann zeig das doch in deiner Reportage«, sagte ich. »Niemand zwingt dich, jetzt plötzlich jeden Dienstagabend Jaß spielen zu gehen.«

»*Was* spielen zu gehen?«

Ich erzählte ihm die Geschichte meines Vaters, seines Opa Piet, der auch nichts mit Clubs am Hut hatte, dafür um so mehr mit Kneipen, wogegen wiederum meine Mutter etwas hatte. Um wenigstens einen Abend pro Woche legal in die Kneipe zu können, trat er einem Jaßclub bei. Eines Abends gewann er bei diesem Kartenspiel ungewollt eine vom örtlichen Konditor gespendete Dose mit Butterkeksen: so eine große, viereckige Schachtel mit einem Nettoinhalt von fünf, sechs Kilo. Um den Sieg zu feiern, betrank er sich schamlos und mußte dann mit seinem Gewinn nach Hause. Weil ich immer als erster aufstand, fand ich am nächsten Morgen eine verbeulte und gesprungene Keksdose auf dem Küchentisch. Sie war zur Hälfte leer, und was sich noch darin befand, war größtenteils zerkrümelt. Als ich noch vor der Schule von meiner Mutter zum Bäcker geschickt wurde, um ein Brot zu kaufen, sah ich unterwegs auf dem Bürgersteig in unregelmäßigen Abständen Häufchen von Kekskrümeln: genau an den Stellen, an denen Opa Piet mit seiner Beute hingefallen war. Die Kneipe, in der er seinen Triumph gefeiert hatte, lag in der Nähe der Bäckerei, wo ich das Brot kaufen sollte.

»Wenn ich eine Fotoserie über einen Club machen müßte, Tonio, dann würde ich so einen Jaßverein nehmen. Du fängst mit dem Kartenspiel in der Kneipe an. *Dort*, auf einem extra Tisch, steht die Trophäe: die Keksdose, sagen wir mal. Der Gewinner erlebt seine schönste Stunde … und dann, wenn er mit seiner Trophäe auf dem Nachhauseweg ist, fotografierst du Häufchen für Häufchen seinen Niedergang. Den sich Schritt für Schritt verkrümelnden Gewinn.«

Der arme Tonio konnte mit meinem Vorschlag wenig anfangen. »Die fünfziger Jahre, Adri ... mit so einem historischen Thema kann ich in Den Haag nicht ankommen.«

Dann trug er zögernd eine bereits verworfene Idee vor. »Opa Natan, der ißt doch an vier Abenden pro Woche in einer jüdischen Einrichtung, nicht? Das sind doch immer dieselben Leute ... eine Art Eßclub?«

Am Telefon arbeiteten wir das Konzept weiter aus. Tonio machte schließlich eine wunderbare, intime, traurig-stille Fotoserie über die feste Eßrunde im Beth Shalom. Im Mittelpunkt der Serie stand sein eigener Großvater, den er schon zu Hause fotografierte, wie er auf den Minibus des Sozialdienstes Connexxion wartete, und wieder beim Verlassen des Beth Shalom, wenn Mirjam ihren Vater abholte.

Es war eigentlich kein Thema für einen achtzehnjährigen Fotografen in spe, der das neue Gesicht der Welt so ungeschminkt wie möglich festhalten wollte. Aber ach, welch intime Traurigkeit gab er der Serie. Und mit wieviel Zärtlichkeit und Mitgefühl ... Die Festwimpel mit dem Davidstern als Girlanden an der Decke (sie hingen dort das ganze Jahr hindurch). Die roten Plastikwasserkannen auf den Eßtischen (der magische rote Lichtfleck auf der Tafel). Die einsam essende Dame, die Serviette hinter der schweren Halskette eingesteckt. Opa Natan, barhäuptig und in Hemdsärmeln und Hosenträgern, an einem vollen Tisch zwischen Männern in Sakko und mit der Kipa auf dem Kopf ...

Zwischen den einzelnen Sitzungen hielt Tonio Rücksprache mit mir. Er fragte sich, ob es respektlos sei, einen spastischen Mann, bei dem das Essen manchmal in alle Richtungen flog, zu fotografieren. Ich hatte Band 6 der Gesammelten Werke von Gerard Reve bei mir, mit den Miszellen. Zur Inspiration las ich Tonio ein Fragment aus der Erzählung *Drie woorden* (Drei Worte) vor.

Es ist 1940. Der noch sehr junge Autor befindet sich mit dem Kollegen Jan de Hartog in einer Garküche in der Spuistraat.

»Jetzt kommt's, Tonio ... vielleicht hilft es dir.«

»Zwei mit uniformähnlichen weißen Kitteln bekleidete Frauen, die hier offenbar das Zepter schwangen, waren dabei, einen alten, gebrechlichen Mann an seinen Platz an einem der Tische zu schleppen und zu hieven. Als er mehr oder weniger saß, band ihm eine der Frauen ein riesengroßes, grau-blau kariertes, zerschlissenes gemeindeeigenes Handtuch um den Hals. Die andere Frau kam mit einer kleinen Abwaschschüssel aus Zink, die sie vor ihm auf den Tisch stellte. Sollte er gewaschen und rasiert werden? Nein: Die erste Frau stellte in die Schüssel einen tiefen Teller mit Essen, und der alte Mann begann, leise grummelnd zu essen. Ein großer Teil dessen, was er mit seinem Löffel – mit einer Gabel hätte er überhaupt nichts ausrichten können – zu seinem Mund führte, fiel wieder in den Teller oder daneben, aber noch innerhalb der Schüssel, wo der Mann es unangefochten wieder herausfischen konnte.

Wir standen noch immer an der Tür. Jan de Hartog blickte regungslos auf die Szene, wobei sich auf sein Gesicht eine eigenartige, wie gemeißelte Abgeklärtheit legte und sein Blick etwas Visionäres annahm, als sähe er mehr als nur dieses Schauspiel und werde in der Unendlichkeit etwas Unscheinbaren gewahr, das unerwartet sichtbar geworden war.

›Das ist Gott‹, murmelte er.«

Tonio fand das Fragment »schon irgendwie witzig«, bezweifelte aber, ob es ihm bei seiner Fotogeschichte helfen könne. »Die niederländische Literatur und ich«, sagte er, »das ist eine Katastrophe. Und ob dieser spastische Mann im Beth Shalom Gott ist ... ich weiß nicht ... das muß schon jeder für sich entscheiden.«

Ich erzählte von dem mißglückten Elternabend zwei Wochen vor seinem Tod. Vom unerwartet engen Beisammensein in einem Lokal in der Staalstraat. Wie unaufdringlich er das Gespräch beherrscht hatte und wie gut in Form er gewesen war. Wie ich beim Abschied, schon fast im Taxi, zu Tonio zurückgegangen war, um ihm etwas Geld zuzustecken. Wie ich ihn, von dem Abend gerührt, umarmt und dreimal geküßt hatte und wie er dabei verlegen gegrinst hatte. Und wie ich später im Taxi, Tonio bereits von der Stadt verschluckt, gemerkt hatte, daß ich versäumt hatte, ihm das Geld zu geben.

»Im nachhinein können wir sagen, aber es bleibt im nachhinein, daß wir da, mit dieser ungeschickten Umarmung, Abschied genommen hatten … auf eine Weise, die jetzt nicht mehr möglich ist. So war es gut. Adieu, mein lieber Junge.«

Ich winkte Frans, daß er nun an der Reihe sei. Ich stellte mich neben Mirjam und strich ihr ganz kurz übers Haar. Vielleicht wurde von uns erwartet, daß wir uns laut weinend in die Arme fielen, doch das geschah nicht, und *nicht*, weil wir dafür zu zurückhaltend waren. Später zeigte sich, daß Mirjam das gleiche gedacht hatte. Der Kummer verhielt sich ruhig – aber doch mit jeder Faser gespannt, bereit, uns anzuspringen.

10

»… Es klingt bitter, aber erst in der vergangenen Woche, nach seinem Unfall, hat ein nicht unwesentlicher Teil von Tonio für mich zu leben begonnen. Natürlich wußte ich, daß er bereits seit einigen Jahren fotografierte, wir hatten ihn sogar gebeten, Fotos von unserer Hochzeit zu machen. Doch viel mehr als sein treffendes Selbstporträt als Oscar Wilde hatte ich eigentlich noch nicht zu Gesicht bekommen.

Diese Woche landete ich auf einer Website mit einer Auswahl seiner Fotos, und die trafen mich direkt in Herz und Kopf. Die speisenden alten Menschen im Speisesaal des Beth Shalom, das eindringliche Porträt Mirjams, der junge Junkie auf dem Bett im Halbdunkel, das stille Mädchen am Fenster, die unluganesischen Straßenbilder aus Lugano, nichtsahnende Menschen auf Festivals und auf dem Bücherball – überall scheint er die ›Rückseite‹ oder das ›Innere‹ einer Situation erforschen und bloßlegen zu wollen. Und das gelingt ihm auch, oft auf schmerzende Weise.

Der Junge hat Talent.«

»Hallo Tonio, guter Junge: Was machst du jetzt, womit bist du beschäftigt? Es würde mich nicht wundern, wenn du in diesem Moment die Rückseite des Lebens erforschtest. Und laut Fragen murmeltest wie zum Beispiel: ›Wie funktioniert das eigentlich? Was hat es damit auf sich?‹

Uns wirst du auf jeden Fall immer beschäftigen, jetzt und für den Rest unseres Lebens. Oder, um einen uns beiden sehr vertrauten und sehr befreundeten Schriftsteller zu paraphrasieren: *Du bist nicht tot.*«

11

Mit einer Heftigkeit, die sie häßlich machte, hämmerte meine Mutter uns immer wieder die Gefahren des Straßenverkehrs ein. Solange wir die Grundschule besuchten, durfte eine Fahrradtour sich nur innerhalb bestimmter Grenzen abspielen. Keine belebten Straßen überqueren. Nicht nahe am Kanal fahren.

»Soll ich euch demnächst auf den Friedhof bringen?« rief sie, das Gesicht dicht vor unserem, wobei sie Speicheltropfen versprühte und sich die Handknöchel in die Stirn rammte.

Seit sie sich von einer Freundin hatte verleiten lassen, im Sportzentrum De Smelen in ein Meter zwanzig tiefes Wasser zu gehen, das sie dann »an sich ziehen spürte«, war auch das

Schwimmbad verbotenes Terrain für uns. »Es zieht dich in die Tiefe … du ertrinkst. Da laß ich euch nicht hin.«

Natürlich radelten wir dicht am Kanal entlang, manchmal so dicht am Ufer, daß das Schilf knackte. Wir überquerten den belebten Mierloseweg, ohne ihr davon zu erzählen. Und ins Schwimmbad kam man auch mit einer geliehenen Jahreskarte.

Niemand von uns mußte auf den Friedhof gebracht werden – ja, mein Vater um ein Haar, nachdem er sternhagelvoll mit seinem Moped in einen Graben gefahren und vom Personal der Ambulanz schon für tot erklärt worden war.

Der größte Alptraum meiner Mutter wurde erst eine Generation später Wirklichkeit. Ich mußte ihren *Enkel* zum Friedhof bringen. Weil ich ihm nicht hysterisch genug die Gefahren des Straßenverkehrs eingeschärft hatte? Hatte das tödlich besorgte Muttertier auf dem Friedhof Buitenveldert in Abwesenheit doch noch recht bekommen?

12

Mir gingen ein paar Zeilen des Gedichts *On My First Son* von Ben Jonson durch den Kopf, das mir der Dichter Menno Wigman am Tag zuvor als Trost geschickt hatte.

> Farewell, thou child of my right hand, and joy;
> My sin was too much hope of thee, loved boy,
> Seven years thou wert lent to me, and I thee pay,
> Exacted by thy fate, on the just day.

Sieben Jahre, das war in Tonios Fall das Dreifache, aber sonst hatte Jonson meinen Verlust vor vierhundert Jahren ziemlich exakt in Worte gefaßt.

> O, could I lose all father, now …

Der das Gemüt kühlenden und dämpfenden Pille zum Trotz war da auf einmal dieser Krampf in der Herzgegend. Hatten Mirjam und ich uns nicht zu selbstverständlich für so eine kahle Beerdigung entschieden? Hatten wir damit eindeutig in Tonios Sinn gehandelt? Waren wir ihm damit wirklich gerecht geworden?

Auch ein Einundzwanzigjähriger macht sich in einer Anwandlung von Melancholie schon mal Gedanken über die eigene Beerdigung. Wen sah Tonio dabei am Grab stehen? Zumindest die paar Freunde, die jetzt auch da waren. Mädchen? Wenn ich mich umschaute, sah ich nur Frauen mittleren Alters, abgesehen von meiner betagten Schwiegermutter. Es hatte Mädchen in seinem Leben gegeben. Er hatte Verliebtheiten gekannt. So wie ich mich an den Tonio der letzten Woche erinnerte, war nicht auszuschließen, daß er sich gerade neu verliebte. Das Mädchen von dem Fotoshooting – wir kannten nicht einmal ihren Namen, aber ... hätten wir uns nicht stärker anstrengen müssen, sie ausfindig zu machen?

» Wer ist denn der dritte?«

Wir hatten in unserem von Panik und Kummer eingeschränkten Handeln Tonio eine weinende Liebste am offenen Grab vorenthalten. Zu dritt hätten wir hier stehen müssen: Mirjam, ich und das Fotomädchen, das dann nicht länger namenlos wäre.

Auch wenn sich das nicht wiedergutmachen ließ, ich mußte versuchen, sie zu finden und auszufragen, mußte versuchen herauszubekommen, ob sie ihm etwas bedeutet hatte ... und er ihr ... Falls nötig, würden wir zusammen mit ihr hier trauern, in Gottes Namen dann eben an einem bis dahin zugeschaufelten Grab.

Und wieder kamen mir ein paar Zeilen aus Ben Jonsons *On My First Son* in den Sinn.

Rest in soft peace, and, asked, say here doth lie
Ben Jonson his best piece of poetry.

Wenn ich mich nicht täuschte, schimmerte hier Ironie zwischen den traurigen Worten durch. »Hier liegt mein bestes Stück Prosa ...« Würde ich mich trauen, das im Ernst von Tonio zu sagen? Nein, aber ich konnte versuchen, ihn in Prosa lebendig zu halten. Nicht so, daß die Leute sagen würden: seine beste Prosa ... Sondern daß ich ihnen, in welcher Form auch immer, einen Tonio aus Fleisch und Blut liefern würde.

Ich umarmte Frans, fast neidisch auf den Schluchzer, den ich dabei in ihm losbrechen fühlte (oder hörte).

Ein Friedhofsangestellter bediente den Hebel, der die Absenkvorrichtung in Bewegung setzte. Langsam, beruhigend nüchtern surrend wie ein Haushaltsgerät, sank der Sarg mit dem Leichnam meines Sohnes in die exakt ausgemessene Grube. Ich wollte mich zu einem passenden Gedanken zwingen, doch es kam nichts Brauchbares, nur in Worte übersetzte naheliegende Beobachtungen wie: »Tonios sterbliche Überreste werden der Erde anvertraut.« Ganz im Stil der Bildunterschriften in meinen alten Jules-Verne-Bänden: »Das rettungslose Schiff ist aufrecht gesunken.«

Ich klammerte mich nicht an Mirjam fest und sie sich nicht an mir. Dennoch dachten wir beide so etwas Ähnliches wie: Ich weiß, wo ich ihn/sie nachher finden kann.

»Ich wollte doch noch etwas sagen«, ertönte auf einmal in der metallisch surrenden Stille die weinerliche Stimme meiner Schwiegermutter. Sie trat einen Schritt vor in Richtung des Grabs, wofür sie einige Kraft aufbringen mußte, denn die beiden stämmigen Damen aus dem Sint-Vitus-Heim hingen an ihren Armen. »Lieber Tonio, ich hoffe, bald bei dir zu sein. Ich will nicht weiterleben. Ich komme bald zu dir.«

Der Lift mit dem Sarg hatte seinen tiefsten Punkt erreicht. Das Surren verstummte. Jetzt war nur noch das Weinen meiner Schwiegermutter zu hören, unterbrochen von gestammelten Satzfetzen, doch die waren nicht zu verstehen. Die Frau von dem Bestattungsunternehmen trat vor und bedeutete uns, daß wir, falls gewünscht, mit einer langstieligen Schaufel Sand ins Grab streuen konnten. Mirjam tat es als erste, gefolgt von mir.

Anstatt auf den Ausgang zuzusteuern, ging ich auf die Handvoll Anwesenden zu. Ich strich Jims jüngerem Bruder Kaz, der heulend dastand, über die Nackenhaare. Um das gleiche bei Tonios Freund Jonas zu tun, hätte ich weit hinauflangen müssen, so sehr war er seit ihrer Schulzeit gewachsen. Ich kniff ihn tröstend in den Oberarm. In ihren letzten Gymnasiumsjahren war Jonas fast jeden Freitagabend zu Tonio gekommen und über Nacht geblieben. Allmählich schmuggelten sie Bier ins Haus über die Ration hinaus, die wir ihnen zugestanden. Sie hielten es für schön oder cool, zu trinken, bis ihnen schlecht wurde. Endlos schwatzen, gemeinsam Filme angucken. Ich stand manchmal eine ganze Weile auf dem Flur und lauschte ihren aufgedrehten Stimmen, dem lauten Lachen, und versuchte, nicht daran zu denken, daß das eines Tages aufhören würde, wenn sich nach dem Abitur ihre Wege trennten.

Während die Sandschaufel von Hand zu Hand wanderte, ging ich kurz zu meiner Schwiegermutter, die, eingeklemmt zwischen ihren Betreuerinnen, am selben Fleck stehengeblieben war.

»Adri, der liebe Tonio …« Sie begann wieder zu weinen. »Ich will ohne ihn nicht mehr leben. Ich möchte sterben. Ich gehe zu Tonio.«

Eine der Helferinnen beruhigte mich mit gesenkten Lidern und leicht gespitzten Lippen, als wolle sie sagen, so schlimm würde es nicht werden. Ich sah mich um. Nach ihrer Schaufel Sand begaben sich die Anwesenden in kleinen Gruppen zum Ausgang. Wieder fragte ich mich, ob ich Tonio nicht etwas vorenthalten hatte, indem ich ihm so eine kurze, bescheidene Beerdigung zugedacht hatte. Wenn ich seit dem Morgen, trotz der abscheulichen Pille, *etwas* gefühlt hatte, dann eine vage Angst: daß ich ihm während seines Lebens nicht gerecht geworden war und jetzt, nach seinem Tod, noch weniger.

Thomas Mann war ein Gott für mich gewesen. Ich konnte ihn nicht mehr lesen, nachdem ich einer Biographie entnommen hatte, daß er nach dem Selbstmord seines Sohnes Klaus nicht zur Beerdigung nach Cannes gefahren war. Er entschied, eine Lesereise durch Skandinavien nicht zu unterbrechen.

Ich hatte soeben meinen Sohn beerdigt. Aber war ich dabei auch *anwesend* gewesen?

Ein Schriftsteller, nicht Thomas Mann, hatte einmal das Gefühl des Verrats beschrieben, das einen befällt, nachdem man einen Nahestehenden beerdigt hat – nachdem man, buchstäblich, dem noch offenen Grab den Rücken zugewandt hat, um den Verstorbenen darin in der neuen Einsamkeit seinem Schicksal zu überlassen. (Nun ja, Schicksal. Viel mehr Schicksal, als Feuchtigkeit und Maden für den Toten in petto hatten, war nicht mehr möglich.) Ich stellte mir die Frage, ob ich einen ähnlichen Verrat empfand, während ich mich in Begleitung von Freund Ronald vom Grab *weg*bewegte. Tonio in der neuen Einsamkeit. Wenn ich ehrlich war, mußte ich mir eingestehen, daß ich nicht mehr Verrat empfand, als ich, unter dem Einfluß des von dem Schriftsteller formulierten Gedankens, zu fühlen *versuchte*. Nie mehr würde ich meinen Schmerz durch eine ordinäre Pille dämpfen.

»Hier irgendwo ist auch René van der Land beerdigt«, sagte Ronald und machte eine unbestimmte Handbewegung.

Als Sohn von Lucas van der Land (»Jaap« in *Die Abende* von Gerard Reve) war René als »das Baby aus *Die Abende*« bekannt: Hauptfigur Frits van Egters verleiht dem ersten Geburtstag des Kindes Glanz mit einem günstig erstandenen Trinkbecher, in dem er einen Apfel festgeklemmt hat. Ronald kannte René von der Rietveld Akademie. Sie waren gute Freunde. '97 starb René, mit einundfünfzig Jahren. Das Buch hatte ihn überlebt.

Ich spulte für Ronald lustlos einige Zitate aus der Geburtstagsepisode herunter (*»Sieh mal einer an«, sagte er, »dazu einen Becher und Schokoladeriegel, aber, aber.« »Und einen Apfel«, sagte Frits.*), doch die Sache mit dem Verrat ließ mich nicht los. Ich kam mir als Verräter an Tonio vor, der einsam durch die Pfingstnacht fuhr. Daß ich nicht auf der Stadhouderskade gewesen war, um dem blinden Schicksal den Weg zu versperren, *das* rief das Gefühl des Verrats hervor. Und wenn ich den Zusammenstoß nicht hätte verhindern können, hätte ich wenigstens dasein müssen, um neben meinem geliebten Jungen, der blutend und bewußtlos auf dem Asphalt lag, niederzuknien.

Ich war nicht da. Ich lag im Bett.

Das war mein Verrat.

August 2002. Mirjam wollte ein Bresse-Huhn kaufen, am liebsten ein fertig zubereitetes, und so landeten wir an einem von warmem Regen erfüllten Sommervormittag in Bourg-en-Bresse. Bourg-en-Bresse: dann auch die Kathedrale besichtigen. Wir spazierten zu dritt durchs Zentrum – und da ragte sie auf einmal, viel näher als erwartet, am Ende einer alten, schmalen Seitenstraße auf: groß, dunkel, wuchtig. Während ich fasziniert zu ihr aufschaute, ging ich langsam auf sie zu – und lag plötzlich längelang auf dem Pflaster. Gestolpert über einen der kleinen Betonpfähle, die die Stadtverwaltung zwischen die mittelalterlichen Katzenköpfe gesetzt hatte, um das Parken in der Gasse zu verhindern. Ein lauter Schmerzensschrei: Ich hatte mir das Schienbein am achteckigen Beton aufgeschürft.

Selbst beinahe weinend, begann Tonio an mir zu zerren, um mir aufzuhelfen. Weil ich so laut geschrien hatte, dachte er, ich hätte mir etwas gebrochen (wie zuvor im selben Jahr den Fuß und die Schulter). Bleich geworden unter seinem braunen Teint, hielt er, als ich wieder stand, noch eine ganze Weile lieb und sorgsam meinen Arm fest. Um das vor sich selbst zu verantworten, verwandelte er schnell seine zärtliche Besorgtheit in resolute Aufgebrachtheit.

»Die haben sie hier ja nicht alle«, sagte er, während wieder Farbe in sein Gesicht zurückkehrte. »Die *wissen* doch, daß die Leute beim Laufen zur Kirche hochschauen.«

14

Ich hatte im Laufe meines Lebens eine problematische Beziehung zum Tod entwickelt. Ich hielt mich abseits.

Jahrelang war es der Tod gewesen, der sich abseits hielt. Meine Großeltern väterlicherseits waren bereits vor meiner Geburt gestorben, die von Mutters Seite damals noch jung und nicht auf den Tod krank. Meine Eltern überlebten beide mit ungefähr dreißig eine schwere Magenoperation. Mein Bruder und meine Schwester fielen nicht dem Straßenverkehr zum Opfer, ebensowenig wie meine Freunde.

Der Tod trat nur auf Distanz in Erscheinung. Der aus Indonesien stammende Nachbar von gegenüber. Die kleine Tochter der Nachbarn nebenan. Ein Freund eines Freundes.

Und als der Tod näher rückte, ging ich ihm aus dem Weg. Mein Vater und meine Mutter hatten beide ein langes Sterbelager zu ertragen: Ich war nicht oft bei ihnen. Als Tonio, zehn Jahre alt, verkündete, er wolle Oma Toos kein letztes Mal und dazu noch tot sehen, leistete ich ihm dankbar Gesellschaft, während die ganze Familie einen letzten Blick auf meine Mutter in ihrem Sarg warf, bevor er geschlossen wurde. Ich saß vor der Totenhalle des Krematoriums auf einer Bank. Tonio stand zwischen meinen gespreizten Knien, und so hielt ich ihn an mich gedrückt. Er zwang mein Kinn hoch, um an meinen Augen zu sehen, ob ich weinte, und falls ja: wie schlimm. Nicht sehr. Feuchte Augen. Er schaffte es, ungefähr so verhalten zu weinen wie ich. Als ich merkte, daß er, mit welcher inneren Abklemm-Methode auch immer, seinen Tränenfluß regulierte, drückte ich ihn noch inniger an mich.

»Adri, nicht so *fe-h-est*.«

Bei Beerdigungen und Einäscherungen sehnte ich mich immer nach dem anschließenden Beisammensein, am liebsten in einer Kneipe, wo der Todesgeschmack ungehemmt weggespült werden durfte.

15

Bis auf Jims kleinen Bruder (der in die Schule mußte) und Jonas' Mutter kamen alle noch mit zu uns. Mirjam hatte bei Pasteuning Wein und belegte Brötchen bestellt, die auf Abruf angeliefert werden sollten.

Mirjam und ich nahmen wie auf dem Hinweg Natan und Hinde im Auto mit. Unsere Heimkehr nach der Beisetzung hätte nicht weniger aufsehenerregend sein können, und genauso sollte es sein.

Was auf dem Friedhof wie eine Handvoll Menschen ausgesehen hatte, füllte jetzt, wie sich zeigte, ein ganzes Wohnzimmer. Pasteuning brachte die Bestellung so schnell, daß man hätte meinen können, der Fahrer habe in einem Lieferwagen vor der Tür gewartet.

Ich verkroch mich wieder auf meinen Stammplatz, die durchgesessene Couchecke, da fühlte ich mich am sichersten. Obwohl, meine Schwiegermutter setzte sich auf die benachbarte Chaiselongue und nahm ihre Konversationshaltung ein.

»Adri, nur mal 'ne Frage, warum ein katholischer Fried-

289

hof?« Wie immer, wenn sie, voreingenommen oder nicht, ein Thema anschnitt, das ihr zu schaffen machte, rieb sie sich erst mit Daumen und Zeigefinger kräftig über die Nase. »Das verstehe ich nicht.«

Ich wußte, daß ich ihr mit meiner katholischen Herkunft nicht zu kommen brauchte, denn der hatte ich, auch in ihrem Beisein, öfter und gründlicher abgeschworen, als ein paar Spritzer Taufwasser, die Erste Kommunion und sage und schreibe *eine* (1) Beichte erforderten. Tonio besaß eine jüdische Mutter von zwei jüdischen Großeltern, also hätte eine jüdische Beerdigung nahegelegen. Die Katholiken beteten nicht nur zu einem falschen Erlöser, sie beschuldigten die Juden auch noch, diesen Erlöser ans Kreuz gebracht zu haben. *Nur mal 'ne Frage.*

Auf dem Friedhof, wo sie Tonio zurief, sie werde sich bald zu ihm gesellen, hatte sie mir leid getan. Jetzt verspielte sie wieder alles mit ihrer per Hand aktivierten Einmischerei. Ich hatte keine Lust, ihr noch einmal zu erklären, unsere Entscheidung für den Friedhof Buitenveldert habe nichts mit Religion zu tun, sondern allein mit dem Umstand, daß es eine kleine, unauffällige Begräbnisstätte war, wo sich keine Paparazzi auf den Bäumen tummeln würden.

»Es ist seit langem das erste Mal, Wies«, sagte ich lachend, aber es war mir ernst, »daß du wieder für den jüdischen Glauben eintrittst.«

Ich konnte sagen, was ich wollte, sie hörte selten oder nie zu. Schon wieder polierte sie ihre Nase für die nächste herausfordernde Frage. Ihre Betreuerinnen standen mit einem Brötchen im Eßzimmer, in das die Sonne lodernd fiel. Sonst hatten alle im Wohnzimmer Platz gefunden. Es wurde gegessen, getrunken und geredet.

»Die Frage ist«, sagte meine Schwiegermutter mit gebrochener Stimme, »kannst du jetzt noch schreiben?« Und schon weniger als Frage, sondern als Feststellung: »Wie soll das jetzt mit deiner Arbeit weitergehen …!«

Himmel, nein, mußte das an dem Tag sein, an dem ich meinen Sohn beerdigt hatte: daß die Frau, die so viele Jahre gezweifelt hatte, ob ich ihre Tochter ernähren könne, und die bei jedem kleinen Erfolg jammerte: »Wenn das bloß so bleibt«, daß die sich jetzt Sorgen um den Fortgang meiner literarischen Arbeit machte. Ich wurde von einer der beiden Pflegerinnen gerettet, die erklärte, es werde Zeit, ins Sint Vitus zurückzufahren. Die beiden Betreuerinnen hatten dort noch zu tun.

»Wies, vielleicht kannst du schon mal anfangen, dich zu verabschieden«, sagte die Frau, die sich mir als Brigitte vorgestellt hatte.

»Also, hört mal«, fuhr Wies hoch, nach ihrer Nase greifend, sie aber nicht polierend, »von Natan werde ich mich nicht verabschieden. Was denkt ihr euch bloß?«

Ihr Gesicht nahm einen rabiaten Ausdruck an, der dem Anlaß nicht angemessen war.

»Brigitte sprach ganz allgemein von Verabschieden«, sagte ich. »Dann laß Natan doch als einzigen aus.«

Da waren zwei Menschen, die im Krieg ihre Familie zum Teil (Wies) oder ganz (Natan) verloren hatten, und dann gab der eine bei der Beerdigung des einzigen Enkelkinds giftig zu verstehen, er wolle dem anderen nicht mal die Hand geben. Ich brauchte einen Schnaps. Auf dem Weg in die Küche dankte ich Brigitte und Margreet für ihre Hilfe. Ich nahm mir vor, beiden Frauen später Blumen zu schicken.

In der Küche trödelte ich so lange herum, bis ich sicher war, daß die Abordnung aus dem Sint Vitus verschwunden war. Zurück im Wohnzimmer, prüfte ich, ob die übriggebliebenen Gäste gut versorgt waren. Vor Dick, den ich nie trinken sah (nur dann und wann nostalgisch an einem Flachmann Whisky riechen, in Erinnerung an vergangene alkoholische Zeiten), hatte Mirjam eine volle Flasche Wermut hingestellt. Ich drückte meine Verwunderung darüber aus.

»Sonst übersteh ich diesen traurigen Tag nicht«, sagte

Dick. »Das Problem ist nur … *wenn* ich gelegentlich trinke, nehme ich immer das Scheußlichste vom Scheußlichen … süßen Wermut … dann hört es irgendwann von allein auf. Aber Mirjam hat mir eine ganze Flasche Noilly Prat vorgesetzt. Und der schmeckt mir sogar.«

16

Immer wieder eine erstaunliche Erfahrung, das aufgedrehte Reden und Trinken beim Beisammensein nach einer Beerdigung. Ich versuchte, mich daran zu beteiligen, aber so fast schon ungerührt locker ich mich bei der Beisetzung gegeben hatte, so verkrampft war ich jetzt: Vielleicht ließ die Wirkung der Pille nach. Ich versuchte, der Starre mit kalten Wodkas zu begegnen, doch meine Zunge lockerte sich nicht.

Tonios beste Freunde Jim und Jonas unterhielten sich und tranken Bier. Es gab nichts an diesem Nachmittag, das Tonios Anwesenheit intensiver heraufbeschwören konnte als die Gesichter der beiden. Als sie alle drei fünfzehn, sechzehn waren, hatten wir sie zwischen Weihnachten und Neujahr einmal nach Lanzarote mitgenommen. Ein ungefähr gleichaltriges Mädchen, Tanja, das ich nicht nur noch nie gesehen, sondern von dem ich noch nicht einmal gehört hatte, mußte auch mit. Es war unklar, zu wem sie »gehörte« – zu allen dreien, war nach einigen Tagen mein Eindruck.

Tanja ließ sich durch die Übermacht der Jungs nicht einschüchtern. Gleich nach der Ankunft stürzten sich alle vier auf die Schlafzimmer. Matratzen wurden von den Betten gezerrt und in den größten Raum geschleppt. Sie wollten unbedingt zu viert in einem Raum schlafen, da gab's nichts zu diskutieren.

Es folgte eine Woche voll unbändigem Spaß, wobei Mirjam und ich vollkommen unsichtbar für sie geworden zu sein schienen. Sobald wir auftauchten, bekamen ihre Blicke bei aller Fröhlichkeit etwas Glasiges, in dem wir uns einfach auflösten. Im Restaurant am Meer, abends, hatten die vier ihren eigenen Tisch, der während ihrer ungestümen Gespräche manchmal so weit durch den Raum tanzte, daß die Angestellten sie bitten mußten, kurz aufzustehen, damit er mitsamt den Pizzen an seinen alten Platz zurückgestellt werden konnte. Wenn die Rechnung gebracht wurde, existierten wir wieder ganz kurz für sie, insoweit sie auf uns, die Menschen mit der Knete, verwiesen.

Es war fast ein Privileg, vier junge Leute ganz aus der Nähe zu erleben, die zusammen so intensiv zu genießen verstanden, Tanja nicht weniger als ihre drei Zimmergenossen. In der Silvesternacht fragte Tonio, ob sie alle einen Wodka mit Cola trinken dürften, um auf das neue Jahr anzustoßen. Ich sagte, sie sollten es nur nicht wagen, einen Milliliter mehr als die Hälfte der Flasche zu leeren.

»Ihr seid alle noch minderjährig. Mirjam und ich sind für euch verantwortlich.«

»Juchu, Leute«, rief Tonio, »wir dürfen die Hälfte.«

Als ich mir später in der Nacht Mineralwasser aus dem Kühlschrank holte, war Jonas gerade dabei, die leere Wodkaflasche mit Leitungswasser zu füllen.

»Hast du wirklich geglaubt, Jonas, ich würde das nicht merken?«

Der Junge sah mich dümmlich lächelnd an. Er war nicht mehr von dieser Welt. Am nächsten Morgen schaukelte *noch* eine leere Wodkaflasche, die die vier offenbar heimlich gekauft hatten, im Pool, inmitten der Grasbüschel, die sie mit einem Golfschläger hineinbefördert hatten.

Welchen Platz Tanja in dieser Konstellation einnahm und welche Rolle sie darin spielte, habe ich nie herausbekommen. Beim Abschied in Schiphol, wo das Mädchen von ihrer Mutter abgeholt wurde, umarmte Tanja ihre Freunde alle gleich schwesterlich. Nur Tonio machte dabei flüchtig eine zärtliche Handbewegung (mit dem Handrücken streichelte er über ihre Wange, oder vielleicht strich er ihr eine Locke hinter das

Ohr), wobei er sie, ohne sein Lächeln zu unterbrechen, eindringlich ansah. Das war alles. Danach hatten wir nie mehr etwas von oder über Tanja gehört. Monate, vielleicht sogar ein Jahr später sprach ich Tonio darauf an.

»Sag mal, diese Tanja … damals auf Lanzarote … hast du die noch mal gesehen?«

»Nein«, sagte er in einem Ton, als sei das selbstverständlich.

»Und Jim … und Jonas … sehen die sie noch?«

Aufgeräumt: »Die auch nicht.«

»Ist da auf Lanzarote etwa was passiert … etwas, worüber sie böse sein könnte?«

Aufrichtig erstaunt: »Nein, wieso?«

»Ach nichts. Nur so.«

17

Ich möchte nie Vorzeichen erkennen. Vielleicht springen sie mir deshalb erst dann ins Auge, wenn das Unheil unwiderruflich hereingebrochen ist und sie ihre ankündigende oder prophezeiende Funktion verloren haben. Vorzeichen, die keine Warnung mehr in sich bergen, verlieren ihren gefährlichen Glanz: sie verdorren.

Ich habe einmal eine Liste von Formen des Unheils aufgestellt, das in Romanen beschrieben wurde und dem Autor später genau so oder so ähnlich widerfahren ist. Vorzeichen also, die der Schriftsteller selbst, in Fiktion gekleidet, zu Papier gebracht hat. Wenn die schlimmen Omina in meinen Romanen bei mir einträten, würde ich in kürzester Zeit aufhören zu schreiben.

Seit dem Schwarzen Pfingstsonntag drängen sich die dem vorangegangenen Vorzeichen förmlich auf. Die Luft um mich herum ist voll von ihnen. Während sie sich vor dem dreiundzwanzigsten Mai still verhielten (eine unangenehme Eigenschaft von Vorzeichen), geben sie schon seit Wochen, zu spät, um zu alarmieren, ein nachdrückliches Sirren von sich. Sie summen an meinen Schläfen und lassen mich keinen Moment in Ruhe. Es sind lästige Insekten, und sie scheinen sich in dem Maß unaufhörlich zu vermehren, wie meine Schuldgefühle zunehmen.

Die Mehrzahl all dieser Omina habe ich damals nicht wahrgenommen. Zu auffällig als Symbol getarnte Warnungen schlug ich in den Wind. Andere bastelte ich mir selbst zusammen, weshalb ich sie nicht als Vorzeichen betrachten wollte.

Ich habe verschiedene Requiems geschrieben: für zwei Jugendfreunde, für meinen Vater, für meine Mutter, für einen Kollegen, eines sogar (das kürzeste) für eine totgebissene Katze. Nie kam mir der Gedanke, eines Tages ein Requiem für meinen eigenen Sohn schreiben zu müssen. Nun wirken die früheren fünf wie eine Art prophezeiender Fingerübung für das, was ich jetzt aus Notwendigkeit, als Überlebensstrategie, betreibe.

Auch *Der Widerborst*, die Erzählung von einem Cousin, der sich auf der Flucht vor der Polizei an einem Baum zu Tode fuhr, war im Grunde ein solches Requiem: eine Novelle über die problembeladene Beziehung zwischen einem Vater und einem Sohn, die für den Sohn tödlich endete. Ich besaß anscheinend nicht genug Phantasie, um mir vorzustellen, daß Tonio, auch nur ein verletzlicher junger Mann in der Entwicklung, das Schicksal meines Cousins teilen könnte, sonst hätte ich die Widmung weggelassen.

Am Ende seiner Grabrede zitierte mein Bruder den Schlußsatz von *Der Widerborst*: »Er ist nicht tot.« Frans hielt mir später am selben Tag vor, daß ich die Novelle Tonio gewidmet hatte. »Das ist mir aufgefallen«, sagte er, »weil du in der Zeit deine Bücher immer Tonio *und* Mirjam gewidmet hast.«

Ich schaute sofort nach. »*Für meinen Sohn Tonio.*« Er hatte recht.

»Es ist eindeutig eine Novelle über einen Vater und seinen Sohn«, sagte ich. »Offenbar wollte ich das bis in die Widmung hinein klarmachen.«

Es war abscheulich. Eine erste Fassung von *Der Widerborst*, damals noch *Mit gelöschten Lichtern* betitelt, hatte ich in einem langen Brief an meinen Bruder niedergeschrieben, in jenem Sommer 1989, den ich mit Mirjam und Tonio im Schulhaus von Marsalès verbrachte. Tonio hatte gerade seinen ersten Geburtstag gefeiert. Für die Hauptfigur Robby stand mein Cousin Willy Modell, der im Jahr zuvor auf mehr oder weniger gleiche Weise, in der Tat mit gelöschten Lichtern, umgekommen war. Ich hatte dem kleinen Robby zu Beginn der Novelle auch Züge des sechsjährigen Robin van Persie verliehen, der manchmal mitsamt seinen Schwestern auf dem Gelände des Schulhauses auftauchte. Eine bestimmte scheue Dreistigkeit … eine verlegene Unerschrockenheit …

Daß ich die Erzählung zweieinhalb Jahre später meinem Tonio widmete, betrachte ich heute als arrogante Art und Weise, die Götter zu versuchen.

Von dem Bücherwochengeschenk *Der Widerborst* hatte ich seinerzeit ein paar Kartons mit zusätzlichen Exemplaren erhalten. Tonio verkaufte sie später auf dem Flohmarkt am Königinnentag im Vondelpark. Ich hatte ihm eingeschärft, pro Stück nicht mehr als einen Gulden zu verlangen. Auf seine Bitte hin hatte ich die Bücher signiert. Er zeigte seinen Kunden stolz, daß *Der Widerborst* ihm gewidmet war. »Für meinen Sohn Tonio.« Er war auch bereit, sein eigenes Autogramm hinzuzufügen, dann wurde es ein wenig teurer.

Als er mir am Abend des Königinnentags den Erlös in Höhe von fast dreihundert Gulden zeigte, fragte ich ihn erschrocken, wie viele Bücher er denn um Himmels willen verkauft habe. Nun, es seien noch welche übrig – für nächstes Jahr. Er hatte am Morgen mit zweieinhalb Gulden pro Stück begonnen. Sie gingen so schnell weg, daß er den Preis auf fünf Gulden erhöht hatte, später auf sieben fünfzig. »Niemand fand das unverschämt.«

»Aber ich. Verdammt noch mal, Tonio, ich hatte dir gesagt, es muß ein Gag bleiben. Ich schäme mich zu Tode.«

»Adri, *ein* Gulden ... das lohnt sich doch nicht.«

»Für *dich*, meinst du wohl.«

18

Dick hatte seine Flasche Noilly Prat geleert und saß jetzt mit langen Zähnen vor einem Glas voll in der Tat ekligem, gewöhnlichem Wermut, dessen bittersüßen Geschmack er damit kompensierte, daß er von Zeit zu Zeit an seinem Whiskyflachmann schnupperte (nicht zu lange, denn dann verdunstete zuviel davon, er wurde noch gebraucht).

Je näher die Auslieferung der Nachmittagszeitungen rückte, desto öfter ging ich unruhig auf den Flur, um die Treppe entlang in die Diele hinunterzuschauen, ob sie unter der Briefklappe auf der Matte lagen. Was erwartete ich darin? Die Wahrheit, in Form einer Todesanzeige? Mußte auf der Seite mit den Familienanzeigen eine *Vermutung* bestätigt werden?

»Bei diesem ganzen modernen Kommunikationskram«, sagte ich, wieder zurück im Wohnzimmer, »bei diesen Mobiltelefonen ... E-Mailadressen ... dem Internet, was weiß ich noch allem. Facebook, Hyves, und so weiter und so fort. Twitter ... *Irgend* jemand muß dieses Mädchen doch ausfindig machen können.«

»Auf Tonios Mailbox hat sie was von Facebook gesagt«, meinte Mirjam. »Wahrscheinlich haben sie da miteinander gechattet.«

»Ihr habt Polaroids von ihr erwähnt«, sagte Jonas. »Wenn wir jetzt so ein Polaroidfoto auf Facebook stellen und dann Tonios Facebookfreunden zeigen ... Vielleicht ist sie dabei.«

»Das Witzige an Tonio ist«, sagte ich, »daß er sogar diese

297

Polaroids mitgenommen hat ... oder weggeworfen, es seien nur Proben, hat er gesagt.«

Jim bot an, in Tonios Zimmer nach den Polaroids zu suchen. Währenddessen sollte Jonas versuchen, in einem Aufruf bei Facebook (»Welches ungefähr zwanzigjährige Mädchen, Name unbekannt, hat sich von Tonio van der Heijden am Donnerstag, dem 20. Mai 2010, fotografieren lassen?«) ihre Identität herauszubekommen.

Mirjam erinnerte mich an meine anfängliche Zurückhaltung. »Du hast jetzt was getrunken«, sagte sie, »aber gestern noch wolltest du es lieber auf sich beruhen lassen. Wir haben uns gefragt, ob wir das wirklich wollen, ihre Identität ermitteln und so. Angenommen, wir finden heraus, daß es ernst war mit den beiden ... oder daß es ernst hätte werden können ... Wird uns das dann nicht für den Rest unseres Lebens quälen ... ja, was eigentlich? Eine Liebe für Tonio. Vielleicht sogar eine künftige Schwiegertochter. Die Mutter unserer Enkel ... Ich weiß nicht, ob mir solche Überlegungen recht sind. Ich habe sie sonst nie angestellt, wenn ich Tonio mit einem Mädchen gesehen habe. Das führt doch alles zu nichts. Na ja, wohin alle Wege führen. Zu Tonios Grab.«

Die verbliebenen Gäste saßen still da.

»Mirjam«, sagte ich, »wir müssen auch an Tonio denken. Ich erinnere mich, wie stolz er uns die Polaroids gezeigt hat ... sein Grinsen, als ich sagte, das sei aber ein hübsches Mädchen. Er hat erzählt, daß sie ihn ins Paradiso eingeladen hat. So was hat er sonst nie erzählt. Oder? Da war eindeutig mehr im Spiel. *Natürlich* wollte er, daß seine Eltern sie kennenlernen. Ich wette, er fand es schade, daß sie schon weg war, als wir aus dem Amsterdamse Bos zurückkamen. Minchen, wir müssen in Tonios Sinn handeln. Wenn er sie uns nicht mehr vorstellen kann, müssen wir sie ausfindig machen.«

»Ich denke«, sagte Mirjam, »das alles wird nur noch mehr weh tun.«

»Und wenn ich jetzt meine, daß wir dem Schmerz nicht aus dem Weg gehen dürfen?«

19

Immer wenn Mirjam ins Zimmer kommt, betrachte ich froh die vertraute Erscheinung. Noch immer, nach all den Jahren, durchzuckt es mich angenehm: da ist sie. Seit Pfingsten ist es, als sähe ich doppelt. Es ist meine Frau, die da über die Schwelle tritt, und zugleich, nicht ganz deckungsgleich, ist es eine ihres Kindes beraubte Mutter. Die zweite Gestalt fügt sich nicht ganz in die Umrißlinien der ersten, sosehr ich auch blinzle.

Samstagmorgen. Früher als das verkaterte Gefühl war das ekelerregende Bewußtsein da: *Ich habe gestern meinen Sohn beerdigt.* Am Tag zuvor hatte ich gesehen, wie der Sarg mit dem Leichnam meines Sohnes in eine Grube sank, und ich hatte nicht geweint, und danach hatte ich mich fürchterlich besoffen. Ich wußte nicht einmal, wie der Nachmittag zu Ende gegangen war, geschweige denn der Abend.

Gleich nachdem ich, wegen des grellen Lichts fluchend, die Vorhänge aufgezogen hatte, trat die Zwiegestalt Mirjam herein: die Mutter meines Kindes und die ihres Kindes beraubte Mutter. Ein Auge gegen dieses Doppelbild zuzukneifen half nichts. Sie sah traurig aus, ängstlich, unsicher. Ich ging zu ihr, legte ihr die Hände auf die Schultern. »Was ist?«

»Du hast mich gestern abend fürchterlich angefahren.«

»Ich kann mich an *nichts* erinnern.« So war das bei Wodka, einem Getränk, das nicht nur Kopfschmerzen verhinderte, sondern sicherheitshalber auch das Kurzzeitgedächtnis ausschaltete, vielleicht um Erinnerungen zu löschen, die im nachhinein noch für Kopfschmerzen sorgen könnten. »Weswegen?«

»Alle waren weg, und ich wollte ins Bett. Du nicht. Du

wolltest reden. Ich nicht. Ich konnte nicht mehr. Und dann fingst du an … böse … ich würde nur an mich denken.«

»Ach, Minchen.« Ich zog sie an mich. »Ich war böse, ja, aber nicht auf dich. Auf das, was passiert ist. Auf alles, was schuld an dieser Misere ist.«

Sie schien bereits ein wenig beruhigt. »Du warst schon am Nachmittag böse«, sagte sie, »als die Zeitungen kamen. Tonios Namen fettgedruckt in einer Todesanzeige zu sehen … das hat dich wütend gemacht. Du hast die Zeitungen voller Zorn durchs Zimmer geschmissen.«

Ja, jetzt erinnerte ich mich, wie falsch idyllisch das Sonnenlicht am späteren Nachmittag im Zimmer gelegen hatte und wie sich die Schatten der Baumblätter über die Vitrine mit Tonios Steinsammlung bewegt hatten, aus der sein Liebling hervorleuchtete, der Lapislazuli. Und ich, der wutentbrannt die Abendzeitungen durchs Zimmer pfefferte.

Mirjam ging, um Frühstück zu machen. Sie kam ins Schlafzimmer zurück mit dem Tablett, *de Volkskrant* und einem großen Stapel Kondolenzpost. Mehr Todesanzeigen für Tonio, doch diesmal machte mich sein fettgedruckter Name nicht wütend, dafür waren die Nachrichten darum herum zu unglaubwürdig, zu absurd – doch zu lachen gab es auch nichts.

Nebeneinander im Bett, aufrecht in den Kissen sitzend, und dann gemeinsam alle diese geschockten Beileidsbezeigungen lesen … Ein schlechtes Theaterstück. Eine reißerische Fortsetzung von *Who's afraid of Virginia Woolf*, mit George und Martha im Ehebett, wie sie einander die Trauerbekundungen reichen, die nach dem tödlichen Unfall ihres zwanzigjährigen Sohnes eingehen, den sie selbst erfunden haben.

Ich hatte Mirjam um eine getoastete Brotrinde mit Marmelade gebeten, aber selbst die bekam ich nicht hinunter. Dazu dünnen Kaffee mit sehr viel Milch, doch den vertrug mein Magen nicht. Die einzigen Organe, in die die würgende

Wahrheit durchdringen wollte, waren meine Därme. Das zu Pfingsten begonnene anale Erbrechen hielt nun schon eine Woche an.

20

Was den Todesekel um Tonio am stärksten nährt, ist die Gesamterinnerung an all unser sinnloses Gekabbel in seinem Beisein. Anlaß, Entwicklung, Heftigkeitsgrad, Abwicklung, Versöhnung – es ist alles vergessen, versickert in den Falten der Zeit. Im Moment selbst waren die Uneinigkeit zwischen uns sowie das jeweils höchstpersönliche Rechthaben lebenswichtig – auch für den ohnmächtig zuhörenden drei-, fünf-, acht-, elf-, dreizehnjährigen Tonio. Bis auf einige in verschiedenen Varianten wiederkehrende Streitereien, die sogenannten »Klassiker«, ist uns nichts im Gedächtnis haftengeblieben – und was Tonio betrifft, können wir nur noch mutmaßen, wie einschneidend sie auf ihn gewirkt haben.

Das stumpfsinnige Gezanke, das jede Ehe, nicht unbedingt nur die schlechteste, anscheinend begleiten muß. Die verstümmelten Argumente. Das Rechthaben um des Rechthabens willen, wie ein *l'art pour l'art*. Das Lautwerden, mit oder ohne Speicheldusche. Retourkutschen auf Schulkinderniveau.

(Tagebuchnotiz Dienstag, 8. April 1997)

08.00 Uhr aufgewacht von vertrauten Geräuschen aus dem Badezimmer. Vertrauliches Gemurmel zwischen Mutter und Sohn. Schlaf zieht mich wieder hinunter bis tief in die alte, brüchige Matratze (die dringend ausgetauscht werden muß), doch ich beschließe, den Zeitpunkt des Wachwerdens als Zeichen zu betrachten: Nach den seit kurzem geltenden, modifizierten Essensgewohnheiten soll ich jetzt zwischen acht und neun frühstücken.

Ich öffne die Tür zum Badezimmer: M. sitzt auf dem heruntergeklappten Toilettendeckel und kämmt Tonios Haare. Er sieht überrascht lachend zu mir auf. (»Du hast deinen eigenen Rekord gebrochen«, sagte er neulich, als ich auch einmal so früh aufstand.)

Ich sage: »Behalte deine witzigen Bemerkungen über gebrochene Rekorde und so heute für dich, okay?«

Er zieht seinen zerknautschten Zitronenmund, als fühle er sich ernsthaft zurechtgewiesen, doch in seinen hellbraunen Augen funkelt Spott. Ich hebe unten im Haus die Zeitung von der Türmatte auf und nehme sie mit ins Bett. Die Arbeiter haben im Wohnzimmer mit dem elektrischen Schleifen angefangen. (Im Mai ist mein Arbeitszimmer dran.) Alles im Haus überzieht sich langsam mit einer dünnen Schicht rotzgrünen Puders von der alten Farbschicht und dem Holz direkt darunter.

Bevor M. Tonio in die Schule bringt, bekomme ich ein karges Frühstück aus Vollkornbrot und ungezuckerter Marmelade (ohne Butter) plus dem empfohlenen dünnen Cappuccino. Als M. wieder zurück ist, gebe ich ihr die versprochenen Tips für die »Urbuch«-Ausgabe der Literaturzeitschrift *Maatstaf* (Mallarmé, Proust, Genet, Mulisch, Reve etc.).

Ein solcher Umbau hat seine Vorteile. Ich verbringe halbe Tage in den Espressobars der Innenstadt, nach Lust und Laune lesend und kritzelnd.

[...]

15.30 Linie 24 zurück nach Zuid. Steige in der Beethovenstraat aus und spaziere über Apollo, Hilton, Christie's nach Hause. Vor der Tür treffe ich Ronald Sales, der das Porträt abliefern will, das er vor ein paar Jahren von mir gemacht hat. Wir stellen es drinnen ab und beschließen, meinen Ankauf im Vondelpark zu feiern. Tonio fragt, ob er mitdarf, und schnallt sich seine neuen Rollerskates an (die er mir von dem Gouden-Uil-Preisgeld abgeschwatzt hat. Ich habe bisher nicht von der Preisverleihung berichtet, die ich einfach daheim, vor dem Fernseher, ausgesessen habe. Tonio war völlig aus dem Häuschen: daß so was möglich ist, sein Vater bekommt einen Preis auf dem Bildschirm, während er neben ihm auf dem Sofa sitzt. Als ich am Telefon Fragen der Moderatorin beantwortete, konnte ich sie fast nicht verstehen, so unbändig johlend rannte Tonio durchs Zimmer. »Dies ist der schönste Abend unseres Lebens …!«)

Er läuft laut schrappend vor uns her, durch die Corn. Schuyt und den Willemspark hinüber zum Vondel, wobei er sich ab und zu umdreht, um zu schauen, ob wir auch angemessen weit zurückhängen. Verbotenes Bier auf der Terrasse des Filmmuseums. Tonio fährt beinahe den Verleger und Gastronomietycoon Bas L. um. […]

18.00 Uhr wieder zu Hause. Tonio gibt zu erkennen, daß er es schön findet, daß ich heute abend mitesse – was vor allem in letzter Zeit, sagen wir mal: wegen des Umbauchaos, häufiger unterblieben ist. Als ich M., die in der Küche mit dem Essen beschäftigt ist, gestehe, daß ich mit R. Bier getrunken habe, sinkt ihre Laune in den Keller. »Und deine Diät? Wohlgemerkt, wegen dieser Diät wolltest du Freitagabend nicht mit mir ausgehen.«

Sie hat natürlich recht, aber das hindert mich nicht, in die Verteidigung zu gehen. Wegen der Streiterei, die in endlose Haarspaltereien ausufert, lassen wir uns das herrliche Hühnergericht nicht richtig (oder gar nicht) schmecken. Ich merke, daß unser Gemecker und Gekabbel Tonio zu schaffen macht. Als M. zu weinen beginnt, zittert seine Unterlippe mit ihren Schluchzern mit.

»Darf ich die Tafel verlassen?« (Ich weiß noch immer nicht, woher er diese Höflichkeitsphrase hat.)

»Wozu?«

»Um Camiel zu fragen, ob er zum Spielen rauskommt.«

Er läßt sein Huhn unangerührt stehen und läuft die Treppe hinunter zu dem Jungen zwei Häuser weiter. Man liest immer, daß Sportler einen Stoff im Gehirn produzieren, infolge dessen sie bessere Leistungen erbringen, stärker werden, länger durchhalten. So ein Stoff, in etwas anderer Zusammensetzung, muß auch im Gehirn zankender Menschen produziert werden: Sie ermüden einander mit ihren falschen Argumenten, und das immer weiter, bis über alle Grenzen der Würde hinaus.

Als Tonio zurückkommt, trinken wir Kaffee – im Schlafzimmer, in dem wegen des Umbaus vorübergehend der Fernseher steht. Er blickt ernst in die Gesichter seiner Eltern. Wenn er etwas Feierliches zu sagen hat, senkt er seine Stimme um eine Oktave. So auch jetzt.

»Na, alles wieder klar mit euch?«

21

Als Tonio noch klein war, prallten manchmal zwei Gedanken aufeinander: wenn mir bewußt wurde, wie nachlässig ich mich Tonio gegenüber verhalten hatte, während ich gleichzeitig erkannte, wie tapfer und ohne irgendeinen Vorwurf er jede Situation ertragen hatte, in der sein Vater versagt hatte.

Eine solche Gedankenkollision konnte mich vollständig lähmen. Wie ein Schulkind, das Strafe verdient hat, taperte ich dann in eine Ecke meines Arbeitszimmers, um dort ein paarmal eindringlich zu flüstern: »Mein tapferes Jungchen.«

Das half – bis zur nächsten Nachlässigkeit, durch die Tonio sich, ebenfalls ohne Groll, durchschlug.

Jetzt, da ich versäumt habe, ihn vor dem tödlichen Unfall zu bewahren, und er sich zum erstenmal *nicht* hat retten können, kann ich mit meiner heimlichen Liebeserklärung, die nie für seine Ohren bestimmt war, gar nicht mehr aufhören. »Mein liebes, tapferes Jungchen. Mein kleiner Held.«

»Wenn ich zurückdenke«, sage ich, »dann hat Tonio seine Eltern nie beschimpft. Vielleicht *auf* sie geschimpft, später, außer Hörweite. Aber geschimpft, dich oder mich beschimpft … richtig ausgeschimpft … nein. Nie.«

»Ich habe mich immer gehütet«, sagt Mirjam, »auch wenn es mir manchmal schwergefallen ist, Tonio gegenüber etwas Böses über dich zu sagen. Ich wollte nicht, daß er so etwas gegen dich verwenden könnte. Und ich weiß genau, du hast es genauso gehalten. Wenn ich von Rietje höre, was Bram ihr alles an den Kopf zu werfen wagt ... die übelsten Schimpfworte ... die hat er natürlich von seinem Vater.«

»Es ist nicht unser Verdienst«, sage ich. »Es ist Tonios Verdienst. Wenn ich in sein ehrliches Gesicht schaute, kam ich einfach nicht auf die Idee, mich ihm gegenüber über dich zu beklagen. Auch wenn es mir manchmal schwerfiel ...«, füge ich dann auch hinzu. »Er war unparteiisch – bis er *gezwungen* wurde, einen von uns zu verteidigen. Wir lagen einmal sehr unbequem zu dritt in einem Hotelzimmer. In Jarnac ... weißt du noch? Ich war da, um einen Artikel zu schreiben. Der Auftraggeber hatte uns das beste Hotel der Gegend versprochen. Wie sich herausstellte, traf das nicht zu. Ich lag in einem zu kleinen Bett und mäkelte am lausigen Komfort herum. Du hattest das telefonisch organisiert. Tonio lauschte der Diskussion aufmerksam. Erst als er kapiert hatte, daß der Auftraggeber uns aus der Entfernung reingelegt hatte, rief er mit aller Empörung, deren er fähig war: ›Aber Adri, dafür kann *Mama* doch nichts ...!‹ Er war fünf, fast sechs. In einem Restaurant dort ... ich denke, ein paar Tage später ... hat Tonio dieses Doppelporträt von uns gemacht.« Ich deute mit dem Daumen auf die Wand am Kopfende. »Rote Herzen, die aus unseren Köpfen fliegen ... Verliebte Eltern. Er wollte so gern, daß alles gut war zwischen uns.«

»Er war ein Vorbild für uns«, sagt Mirjam. »Wirklich, ohne Schwärmerei ... er eher für uns als wir für ihn.«

22

Mirjam und Tonio sind meine Zeugen, daß ich immer versucht habe, sie zu beschützen. Natürlich scheiterte ich manchmal und sogar häufiger, als mir lieb war, wobei das Debakel von Loenen und das Wassenaarer Nachspiel den Tiefpunkt bildeten.

Was ich mir noch immer vorwerfe, heute mehr denn je, ist die unbekümmerte Gastfreundschaft, die ich in der zweiten Hälfte der achtziger Jahre entwickelte. Jeder war willkommen, ohne Ansehen der Person. Als Frischling in der niederländischen Literatur (ein in jenen Tagen offensichtlich noch ziemlich abgezirkeltes Gebiet), betrat ich einmal in Gesellschaft einer kleinen Gruppe von Zufallsbekannten den Künstlerclub Arti. Ich traf dort einen älteren Kollegen, der herablassend nickend in Richtung meines Tisches fragte: »Sind *das* deine Freunde?«

Mit einem leichten Naserümpfen gab er sich selbst die Antwort. *Er* wußte ganz genau, welche angesehenen und einflußreichen Personen er um sich versammeln mußte. In fortgeschrittenem Alter hat so einer natürlich gar keine Freunde mehr, sondern nur noch abgehalfterte Protektoren.

Die *richtigen* Freunde zu haben, darum bemühte ich mich nicht. Sie kamen, wie sie kamen. Die Folge war allerdings, daß jeder bei uns ein und aus ging, längst nicht immer in lauterer Absicht. Der eine beschnüffelte meine Ehe, der andere meine geschäftlichen Angelegenheiten, ein dritter meine aktuelle Arbeit. Tja, man wußte nie, wozu die so gewonnenen Erkenntnisse später mal nützen konnten. Und tatsächlich, fast zwanzig Jahre nachdem ich begonnen hatte, größere Distanz zu wahren, lese ich noch regelmäßig in Interviews mit einigen Kollegen von damals, wie es auf meinen Feten zuging und daß man mich gelegentlich (na, na) betrunken in ein Taxi setzen mußte.

Ich gönne jedem seinen Beitrag zur *petite histoire* der niederländischen Literatur, auch wenn er sie nicht vor dem Verschwinden bewahren wird, doch von meiner kleinen Familie haben sie die Finger zu lassen. In *Der Anwalt der Hähne* kommt eine Passage vor, in der erzählt wird, daß die Hauptfigur Quispel gelegentlich seine Frau schlägt, wie der Mann überhaupt so einige Besonderheiten aufweist. Aha! dachte einer der Rumschnüffler, der sich als Freund geriert hatte: da hab ich ihn, er gibt es selbst zu. Der Rest war eine Sache des hartnäckigen Weitererzählens samt authentisch anmutender Details, man ging schließlich nicht umsonst bei so einem miesen Kerl ein und aus.

Ich bin mit dieser Großtat im Laufe der Jahre oft konfrontiert worden, manchmal in Form einer Frage, meist als feststehende Tatsache. Nicht Quispel schlug seine Frau, nein, ich. Der Dreisteste unter den Interviewern fing sogar mit der Feststellung an: »Es heißt immer, daß du deine Frau prügelst … erzähl doch mal etwas mehr darüber.«

Mein erster Impuls war: rausschmeißen, den Arsch. (Einem Kollegen zufolge, mit dem ich mal darüber sprach, hatte der Interviewer sich eine Chance entgehen lassen. »Er hätte fragen müssen: ›Schlägst du deine Frau *noch immer*?‹ Ob du mit ja oder nein antwortest … du kommst da nicht mehr raus.«) Doch bei näherer Überlegung schien mir das eine gute Gelegenheit zu sein, die Sache richtigzustellen: wie ein Gerücht, dessen Ursprung literarische Fiktion ist, in die Welt kommt und welchen Schaden es den Betroffenen zufügt. Der Interviewer hörte mir geduldig zu, ebenso sein Aufnahmegerät, doch von meinen Ausführungen war in der gedruckten Version des Interviews nichts mehr zu finden. Was hatte ich erwartet? Die Leute wollen Drama. Sie möchten eine Ehe zugrunde gehen sehen und kein Detail davon verpassen.

Freunde, die wirklichen, haben mich manchmal gefragt, warum ich mir derartigen Klatsch so zu Herzen nehme. Nur *diesen* – der Rest ist mir egal. Ich habe eine wunderbare Beziehung zu Mirjam, und ich möchte, daß die Leute das wissen, und nicht, daß sie das Gegenteil denken – so kindlich naiv ist mein Wunsch.

Am schlimmsten fand ich den Tratsch in der Zeit, als Tonio zur Schule ging und die Gefahr bestand, er könnte darauf angesprochen werden. Er hat sich nie etwas anmerken lassen, aber er war imstande, solche Dinge zu verschweigen, um seine Eltern zu schonen. Außerdem wußte er es besser. Er kannte genug Kinder geschiedener Eltern, fürchtete aber nie, auch seine Eltern könnten auseinandergehen. Wenn Tonio uns streiten hörte, verdrückte er sich, um sich nach einer halben Stunde zu erkundigen: »Na, alles wieder klar mit euch?«

Mirjam und ich sind seit einunddreißig Jahren zusammen, davon dreiundzwanzig verheiratet. Den ersten *seven-year itch* haben wir übersprungen, doch danach entwickelten sich Krisen genug, wie zum Beispiel die an der Leidsegracht. Und ja, wir sind auch so manches Mal aufeinander losgegangen, und dabei ist es auch mal zu Handgreiflichkeiten gekommen, von beiden Seiten. (Nie in Tonios Anwesenheit.) In der Loenener Zeit sah ich mich einmal gezwungen, zwei Wochen das Haus zu hüten, nachdem Mirjam (das liebe Minchen) mein Gesicht mit Fingernägeln traktiert hatte, so daß es am nächsten Tag aussah wie ein Rosinenbrötchen mit diesen gebackenen, rot schimmernden konfitierten Früchten. Und ich hatte es verdient.

Wichtiger ist, daß wir nie verstummt sind wie diese Ehepaare, die sich morgens im Frühstückssaal eines Pariser Hotels mürrisch schweigend gegenübersitzen. Mirjam und ich sind immer im Gespräch geblieben, wenn es nötig war auch mit harten Worten. Ich preise mich glücklich, daß Tonio seine Eltern so gekannt hat: miteinander redend, notfalls sich kabbelnd, aber selten in eisiger Stille.

»Na, alles wieder klar mit euch?«

Es wäre nicht verwunderlich gewesen, wenn Tonios niederschmetternder Tod uns für immer hätte verstummen lassen. Zum Glück setzen wir unser nie abreißendes Gespräch auch im Schmerz fort, wenngleich wir ab und an schlicht zugeben müssen, daß es für manche begleitenden Schrecken keine Worte gibt.

Minchen, ich liebe dich.

23

Mirjam kam mit einer zweiten Runde Kaffee ins Schlafzimmer. Auch eine Neuheit der letzten Woche: daß sie mit dem Tablett gegen alles stieß, sogar gegen Schranktüren, die nicht direkt auf ihrem Weg waren. Abgesehen vom Gedächtnis hatte offenbar auch das Nervenzentrum ihrer Motorik Schaden erlitten.

»Wenn man nicht direkt daran denkt ...« sagte sie. »Ich meine, wenn es nur leicht im Hinterkopf bohrt, dann ist es so, als wäre es etwas Zeitweiliges. Etwas Scheußliches, aber vorübergehend. Und dann ... das ist mir gerade in der Küche passiert ... dann dringt es plötzlich, einfach so, zu einem durch, daß es ... für immer ist. *Er*, Tonio, war zeitweilig da. Und jetzt für immer nicht mehr.«

Mirjam setzte sich auf die Bettkante. Ihre Hand suchte vielleicht nach meiner, doch weil sie nicht richtig hinschaute, sondern den Blick durch die offene Balkontür nach draußen gerichtet hatte, landete ihre Faust mit kurzem Rascheln in der Zeitung, die aufgeschlagen über meinen Oberschenkeln lag.

»Etwas Vorübergehendes, ja«, sagte ich. »Das ist der Streich, den das schlummernde Bewußtsein einem spielt. Plötzlich schreckt man hoch, gestochen vom Stachel der ... ich muß plötzlich an diese Riesenwespen in der Dordogne denken. Wieviel Angst wir hatten, unser kleiner Tonio könnte gestochen werden. Wenn man eine mittendurch hackte, lebten die beiden Hälften einfach weiter.«

»Vom Stachel der Wahrheit, wolltest du sagen ...«

»So was Ähnliches.«

309

»Meiner Meinung nach«, sagte Mirjam, »schlummert das Bewußtsein den größten Teil der Zeit. Aus Selbstschutz, denke ich. Mehr als ab und an einen Stoß Wahrheit … *so* einer Wahrheit … das hält man doch nicht aus, oder?«

Ich nahm ihre Hand aus der Kuhle, die sie in die Zeitung gedrückt hatte.

»Früher oder später«, sagte ich, »muß natürlich ein Stein aufs Grab.«

»Ich möchte lieber nicht daran denken. Nicht jetzt.«

»Nur das noch … dann hör ich auf. Es ist vielleicht eine gute Gelegenheit … nein, laß nur. Ein andermal.«

24

Es ist jetzt eine Woche her. Ich wate durch einen trüben Kummer, von dem ich weiß, daß ich ihn nie überwinden werde, aber daß ich am Sonntag im AMC Tonios Sterben habe ertragen können, ohne selbst auf der Stelle zu sterben oder mich aus welchem Stockwerk auch immer hinunterzustürzen, erstaunt mich noch immer oder, besser gesagt: jeden Tag mehr.

Wie habe ich diesen Tag mit seiner Häufung immer schlechterer Nachrichten überhaupt überstanden? Ich, der ich Briefe mit einer *möglicherweise* unangenehmen Nachricht oft ungeöffnet lasse.

Die Ankündigung am Morgen, daß Tonio »in kritischem Zustand« auf dem OP-Tisch liege, sorgte für einen nie zuvor erlebten Schrecken, doch den ganzen Nachmittag über blieb Raum für das Signal »außer Lebensgefahr«. Nachdem wir auf der Intensivstation in dieses kleine Wartezimmer gesteckt worden waren, entfaltete sich eine Dialektik (zwischen Hoffnung und Angst, Leben und Tod, Mirjam und mir, uns und dem Chirurgen), die uns Schritt für Schritt, in einer Schlingerbewegung wie auf einem Schiff, auf das vorbereitete, was man das Unvermeidliche nennt. In dem ganzen Prozeß verbarg sich eine Art betäubender Logik – einer Logik, die dem Wahnsinn knapp voraus blieb und das Resultat *gerade so eben* erträglich machte.

Das Erscheinen der Neurochirurgin, direkt aus dem OP, die bläuliche Duschhaube auf dem Kopf, bedeutete keine pechschwarze Antithese zu unserer letzten hoffnungsvollen Erwartung, sondern eine konsequente Synthese der Bewegung zwischen Hoffnung und Angst, wie wir sie den ganzen Tag über erlebt hatten. Sie schüttelte den Kopf, wobei die Plastikkappe etwas weiter hochkroch. Tonio war noch nicht gestorben, hatte aber keine Chance zu überleben. Er schwebte, wie man so sagt, zwischen Leben und Tod.

Nach dem Unbegreiflichen, das in der späten Nacht vorgefallen war, schienen die aufeinanderfolgenden Abwicklungsschritte, bei Tageslicht besehen, fast *zu* logisch, ohne daß von seiten des Krankenhauses eine solche Logik gesucht worden wäre. Wie dem auch sei, ruhige Dialektik und unnachdrückliche Logik sorgten dafür, daß wir Tonios Sterbebett in dem improvisierten Zelt auf der Intensivstation überleben konnten.

Es verhinderte nicht, daß wir beide, jeder auf seine Art, nach dem Verlassen des Krankenhauses in einen chaotischen Strudel widersprüchlicher Gefühle gesogen wurden, der nicht zur Ruhe zu bringen war, geschweige denn irgendeine logische Ordnung zuließ.

Man würde doch meinen, daß ich seit voriger Woche jeden Brief unerschrocken öffnen kann und bei Unglücksnachrichten oder roten Zahlen nicht einmal mehr mit den Wimpern zucke. Die denkbar schrecklichste Nachricht, von Tonios Tod, wird mich doch wohl dagegen gefeit haben?

Nichts ist weniger wahr.

Über weite Strecken des Tages hinweg durchläuft mich ein inneres nervöses Zittern, das mir klarmachen zu wollen scheint, daß *das Schlimmste noch bevorsteht*. Als wäre Tonios Sterben erst die Ankündigung dieses »Schlimmsten«. Diese Vorstellung muß unweigerlich zum Refrain dieses Requiems werden.

Ich möchte das Ganz Schlimme nicht kennen. Ich lasse den Brief ungeöffnet. Das nervöse Zittern hält unvermindert an. Was aber, in Gottes Namen, kann noch schlimmer sein als Tonios Tod?

Dies: die Wahrheit seines Todes. Daß sie demnächst, irgendwann, *wirklich* zu uns durchdringt. Dagegen spannen sich meine Nerven, auch im Namen von Mirjam.

Wir mußten herauszufinden versuchen, worin der beste Überlebensplan bestand – im Widerstand gegen den Schmerz oder in der Hingabe an ihn.

Es gab also noch ein wenig Spielraum in unseren Wahlmöglichkeiten, doch die wichtigste Wahlfreiheit war dahin: Tonio war unwiderruflich tot und jetzt auch unwiderruflich begraben. Was immer wir mit den Schmerzen taten, *das* ließ sich nicht mehr leugnen oder umgehen. Wir saßen in der Falle.

25

Am Ende des Beisammenseins nach der Beerdigung hatte mein Bruder unten in Mirjams Arbeitszimmer die Taxizentrale angerufen, wobei er das mitgenommene Glas Rotwein über ihre Tastatur verschüttet hatte: der erste einer langen Reihe von Computerzwischenfällen, in denen wir Tonios Hand zu erkennen meinten. Bei Störungen hatte er immer auf Abruf zur Verfügung gestanden, jetzt schien er auf Sabotage aus zu sein.

Nachdem Frans das Taxi bestellt hatte, war sein Portemonnaie neben dem Telefon liegengeblieben. Das hatte zur Folge, daß er, am Ziel angelangt, dem Fahrer seine Uhr als

Pfand geben mußte, um sich drinnen Geld von seiner Frau zu leihen, die schon früher nach Hause gefahren war, um den Babysitter abzulösen. Am Sonntagnachmittag kam er mit Mariska und dem Kleinen auf ein Stündchen vorbei, dann konnte er auch gleich sein Portemonnaie abholen und den eingetrockneten Wein zwischen den Tasten von Mirjams Computer wegkratzen. (Auch die Maus war in Mitleidenschaft gezogen.)

Daniël, das einzige Kind, dem ich meinen Status als Onkel verdankte, hatte ich seit seinem ersten Geburtstag am 7. März nicht mehr gesehen. Er war natürlich gewachsen, und auch sein Gesicht war etwas stärker ausgeprägt. Mit seinem dünnen weißblonden Babyhaar glich er dem einjährigen Tonio, wie ich ihn von Marsalès in Erinnerung hatte, wenngleich Tonio damals üppigere Locken besaß. Auch Daniëls Gehversuche kamen mir in ihrer halsstarrigen Motorik bekannt vor. Tonio benutzte, um sich möglichst lange auf den Beinen halten zu können, seinen eigenen Buggy, den er beim Stürzen regelmäßig über sich zog. Daniël versuchte es bei uns im Wohnzimmer ohne Hilfsutensil und setzte sich öfter beim Fall auf den Hintern, wobei hörbar Luft aus seiner Pamper gepreßt wurde.

Als ich von oben herunterkam, saß er auf dem Teppich. Vielleicht weil ich mich von hinten näherte und plötzlich neben ihm in die Hocke ging, begann er laut zu schreien. Nichts Besonderes, doch für mich war es wieder da: das Empfinden, als Vater eines soeben begrabenen Sohnes einen üblen Todesgeruch vor mir her zu schieben, von dem frische Kleinkinder absolut nichts wissen wollten.

Er weinte nur kurz. Nachdem ich mich auf die Couch gesetzt hatte, suchte Daniël Annäherung. Über das Beistelltischchen schob er mir immer wieder seinen halbvollen Trinkbecher zu, den ich ihm dann wegnehmen sollte. Später versuchte er ein ums andere Mal, meinen Fuß auf dem Teppich zu verdrehen. Er mußte sehr lachen, unter reichlichem

Gesabber, wenn der Schuh wieder in die ursprüngliche Position schoß und noch ein wenig weiterwackelte.

Was lag jetzt näher als der Neid? Mein Bruder hatte einen Sohn, ich hatte keinen mehr. Nein, ich spürte keinen Neid, nicht einmal einen Hauch davon, ich freute mich genauso über die späte Vaterschaft von Frans wie er sich selbst. Nur … ich las an Daniël Tonios Bemühungen ab. Von der Geburt auf den ersten Geburtstag zuwachsen und dann laufen und sprechen lernen, das war harte Arbeit, damit war man den ganzen Tag beschäftigt, eine hundertstündige Arbeitswoche lang. So hatte Tonio mit Wachsen und Lernen fast zweiundzwanzig Jahre seines Lebens vollendet – ohne dafür entsprechend belohnt zu werden.

In der Euphorie rund um seine Geburt hatte ich mich zu Daniëls Mentor erklärt. Ich sah in seine blauen Augen, *so* voller selbstverständlichem Vertrauen darauf, mit der Zukunft werde schon alles klargehen. Insgeheim sprach ich meine guten Wünsche über ihn. Er saß schon wieder auf dem Teppich, um meinen Fuß irreparabel umzuknicken. Dani, ich wünsche dir ein Leben, fünfmal so lang wie das deines glücklosen Cousins. Vorläufig haben wir die Statistik auf unserer Seite, lieber Junge.

Frans erzählte, er habe auf einer Website einen Nachruf auf Tonio gefunden, geschrieben von Serge van Duijnhoven, dazu verschiedene Porträtfotos. Sofort entstand wieder der Eindruck, alle Ereignisse der vergangenen Tage seien eine absurde Parodie. Serge van Duijnhoven ging als sechzehnjähriger Gymnasiast und *poète maudit* bereits bei uns ein und aus, als Tonio noch nicht geboren war, manchmal zusammen mit seinem Busenfreund Joris Abeling (umgekommen bei einem Autounfall 1998). Sie wollten damals von mir wissen, wie sie von ihrem Wohnort Oss aus die Welt erobern könnten. Bei Boudewijn Büch an der Keizersgracht hätten sie auch schon mal auf der Matte gestanden, um sich Rat zu holen, doch der habe sie fortgejagt. (Büch hatte ihnen nicht

aufgemacht, sondern war von hinten zu ihnen getreten, als
er vom Bäcker kam, ein halbes geschnittenes Vollkornbrot in
der Hand: für die beiden Welteroberer ein tödliches Detail.)
Im übrigen war Serge gar nicht so *maudit*, sondern kam nach
Tonios Geburt, um zu gratulieren und einen silbernen Löffel mit einer Inschrift zu bringen. Daß er jetzt den Nachruf
auf Tonio geschrieben hatte, bewies, daß auf der Welt nichts
mehr so war, wie es sein sollte.

26

Später an diesem Sonntagabend, längst wieder zu Hause, rief
mein Bruder an.

»Übrigens, auf dieser Site mit dem Nachruf auf Tonio, da
hat sich eine Frau gemeldet … wart mal, jetzt hab ich's aus
Versehen weggeklickt … ein französisch klingender Nachname. Mirjam soll gleich mal nachschauen. Sie schreibt da eine
kurze Nachricht auf englisch, und der kann man entnehmen,
daß Tonio ihre Tochter vor kurzem fotografiert hat. Eine
gewisse …« (Ich hörte seine Fingernägel über die Tasten
scharren.) »Nein, den Namen der Tochter nennt sie nicht.
Der Name der Mutter ist Françoise Boulanger. Sie gibt auch
den Nachnamen der Tochter nicht an. Ich denke, man muß
davon ausgehen, daß er anders lautet als Boulanger.«

Die Mutter gab keine E-Mailadresse an. Mirjam rief Tonios Freund Jonas an: ob er die herausbekommen könne. Jonas machte sich an die Arbeit.

27

Letzte Nacht lag ich ab drei Uhr wach. Ich nahm einen
Schluck Wasser, worauf es in meinem Inneren gewaltig zu
rumoren begann. Gemurmel, kleine Explosionen, Schnalzen
wie von einer zerplatzenden Kaugummiblase. Beim nächsten Schluck wurde es nur noch schlimmer. Es erinnerte

mich daran, was ich hörte, als ich mein Ohr an den Bauch der hochschwangeren Mirjam legte (das andere Ohr mit dem kleinen Finger verschlossen), Anfang Juni 1988. Es war Tonio, da in mir. Gurgelnd, rauschend, rumpelnd. Vielleicht hatte er so, aus den Dämmertiefen seines ausgeschalteten Bewußtseins heraus, sein eigenes Inneres rumoren hören, als sich das Chirurgenteam mit ihm beschäftigte.

Gegen halb neun öffne ich die Vorhänge im Schlafzimmer. Beim Anblick des hellblauen Himmels krampft sich mein Magen noch mehr zusammen, vor galligem Ekel. Mein Sohn ist tot und kehrt nie mehr zurück. Erneut erlebe ich die schreckliche Einsamkeit seines Endes. Blaulicht jagt über seinen reglosen Körper auf dem Pflaster, wie Lichtblitze in einer Discothek. (Sag mir, daß er nicht stöhnt vor Schmerz.)

Die Niederlage, ihn verloren zu haben. Es wird sich noch herausstellen, ob ich mein allesverzehrendes Mitleid mit Mirjam überlebe. Angst, die Kontrolle zu verlieren – über ihr und mein Leben. Furcht vor einer sich nachträglich nach außen kämpfenden Wut (die sich bisher ziemlich ruhig verhielt).

So beginnt für mich ein schöner Frühlingstag Anfang Juni 2010, der Monat, in dem Tonio zweiundzwanzig geworden wäre. Wir werden uns noch daran gewöhnen müssen, den aktiven »Geburtstag« durch den passiven »Tag seiner Geburt« zu ersetzen.

Eine Viertelstunde später kommt Mirjam zu mir. Bei ihr beginnt sich schon jetzt ein Muster herauszubilden: Morgens ist sie weniger traurig. Die wirklich lähmende Traurigkeit zieht am Nachmittag herauf. Sie nimmt dann (wie ich am Tag der Beerdigung) eine valiumähnliche Tablette, die allerdings nicht stark genug ist, plötzliche Weinkrämpfe zu unterdrükken – und das will sie auch nicht, denn »wenn ich weine, bin ich näher bei Tonio«.

Wir frühstücken nebeneinander im Bett. Für mich eine Brotkruste, um etwas im Magen zu haben, und ansonsten Espresso mit heißer Sojamilch. Mein Rezept war immer: zwei

Kapseln Espresso, mit etwas Wasser verdünnt. Seit Pfingsten verträgt mein Magen nur noch eine. Das Hochprozentige am Abend ist kein Problem, aber vielleicht laugt es meine Magenwand so aus, daß ich morgens nach warmer Milch lechze.

»Ich muß gleich die zusätzlichen Fotos abholen«, sagt Mirjam.

»Wieviel hast du nachbestellt ... fünfzig?«

»Hundert.«

»Denk auch an die Umschläge. Diese kartonierten.«

Jeden Tag aufs neue fassungslos in die Leere starren. Ein solch unwiderruflicher Verlust macht begriffsstutzig. Jedesmal wieder die Ungläubigkeit. Ist es denn *wirklich* wahr, ist er nicht mehr da, nie mehr?

28

Donnerstag heute: Vor zwei Wochen habe ich ihn zum letztenmal lebend gesehen (wenn ich seine künstlich beatmete, hirntote Anwesenheit im AMC nicht mitzähle). In *de Volkskrant* eine Traueranzeige des St. Ignatiusgymnasiums, das Tonio von 2000 bis 2006 besuchte. Er war damals sehr entschieden, nachdem er auf den Kennenlernabenden verschiedener Amsterdamer Gymnasien gewesen war. Das Ignatius und kein anderes. Ich war so stolz auf ihn. Jetzt, vier Jahre nach seinem Abitur, lese ich in der Zeitung die Verszeilen von Auden, die Tonios ehemalige Lehrer für die Anzeige ausgesucht haben.

> The stars are not wanted now;
> put out every one,
> Pack up the moon and
> dismantle the sun

Unter den Beileidsbezeigungen, die mit der Post kommen, sind herzzerreißende Briefe, die, was Ton und Wortwahl angehen, die obligatorische Höflichkeit weit übersteigen. Offenbar verträgt der Ernst dieses Todesfalls wenig Heuchelei. Trotzdem geht jeder, unvermeidlich, schon bald wieder zur Tagesordnung über. »Das Leben geht weiter«, heißt es dann, und so ist es. Tonios Studienfreunde sitzen mitten in den Klausuren, und bald fangen die Ferien an.

Ein paar Freunde stehen, ohne aufdringlich zu sein, weiter auf Abruf bereit. Andere wahren willkommenen Abstand. In dem Standardbrief, den wir nach dem 25. Mai verschickten, stand ausdrücklich, wir könnten »vorläufig keinen Besuch zu Hause empfangen«. Es ist also eher so, daß wir den Menschen aus dem Weg gehen. Verlust und Trauer und Schmerz greifen einen an. Man wird mit etwas infiziert, das andere ebenfalls infizieren könnte, und man will nicht der Infektionsherd sein. Mirjam hat zumindest noch ihre Einkaufsrunde, bei der sie dann und wann von einer Nachbarin angesprochen wird, ich aber verhalte mich wie ein Leprakranker, der, seine Rassel schwenkend, gesunde Menschen von sich aus meidet.

Ich sehe also fast niemanden, doch wenn es passiert und dieser oder jener fragt: »Was heißt das für dich?«, schwanke ich zwischen »Mein Leben ist zerstört« und »Mein Leben ist vorbei«.

Mein Leben ist so zerstört wie Tonios Körper, als er von den Chirurgen des AMC geöffnet wurde.

Mein Leben ist vorbei und dient nur noch als Hülle für sein amputiertes Dasein.

Eine Kneipe oder ein Restaurant – ich darf gar nicht daran denken. Nur auf der Terrasse des Ziegenhofs im Amsterdamse Bos trinke ich ohne zu zögern Kaffee, weil ich mir einbilde, dort nie Bekannte zu treffen. Wir steigen ins Auto und fahren über das Stadionviertel und Buitenveldert (dicht am Friedhof vorbei) in den Bos.

Gestern verwiesen gelbe Schilder darauf, daß der Bosbaanweg wegen Ruderwettkämpfen geschlossen sei. Das bedeutete einen großen Umweg durch ein nichtssagendes Viertel von Amstelveen und den südlichen Teil des Bos. Zu dieser Alternativstrecke waren wir in den vergangenen Jahren häufig gezwungen gewesen, doch trotz der regelmäßig auftauchenden gelben Schilder mit der Zahl 1 bog Mirjam jetzt wiederholt in die falsche Seitenstraße ein.

»Wirklich, ich kann mir nichts mehr merken«, sagte sie und hielt an. »Mein Gedächtnis ist seit dem dreiundzwanzigsten Mai ein Sieb. Die einfachsten Namen … ich komme nicht drauf.«

In der ersten Woche nach Tonios Unfall fehlten ihr ganze Tage. Regelmäßig passiert es, daß sie sich im Geschäft nicht erinnern kann, was sie einkaufen wollte, und nicht einmal weiß, warum sie hineingegangen ist. Dazu drückt sie sich nachlässig aus und sucht manchmal auf störend tastende Weise nach Worten. Wenn sie etwas sagt, das sich direkt auf den Tod ihres Sohnes bezieht, unterbricht sie sich öfter mit den Worten: »Gerade war es wieder so. Als ob ich mich selbst einen Satz aus einem Theaterstück sagen höre. Als ob ich eine Rolle spreche.«

»Vergiß nicht«, sagte ich, »dein Gehirn hat einen ungeheuren Schlag durch die denkbar schlechteste Nachricht bekommen. Tonio in kritischem Zustand … Tonio gestorben … so etwas mußte dein Gehirn bisher noch nie verarbeiten. Auf so etwas ist es nicht eingerichtet. Weißt du noch, dieser Autofahrer, der gegen eine Straßenbahn gefahren war? Er saß wie tot am Steuer, ohne die kleinste Schramme. Nicht die geringste Spur von Blut. Später stellte sich heraus, daß er einem inneren Trauma erlegen war. Genauso, stelle ich mir vor, kann das Gehirn durch den Schlag einer Unglücksnachricht durcheinandergeschüttelt werden. Dein Hirn hat lauter blaue Flecke.«

»Und du?« Wir fuhren wieder. »Dich höre ich nie nach einem Namen suchen.«

»Bei mir sind andere Bereiche angegriffen. Denk an das,

was wir gerade machen. Ich traue mich nur noch zum Ziegenhof, so eine Angst habe ich, Bekannte zu treffen.«

Wir fuhren in den Bos. Lichtflecken jagten durchs Auto.

»Scham?« fragte Mirjam nach einiger Zeit.

»Ich schäme mich, ja, weil ich meinen Sohn verloren habe. Ich schäme mich vor dir und der ganzen Welt, weil ich seinen Tod nicht verhindern konnte. Ich habe versagt. Ich schäme mich für meine Niederlage.«

Im Laufe von rund zwanzig Jahren hatte mein Bemühen, Tonio unversehrt durchs Leben zu führen, regelmäßig Schiffbruch in Form von Zweifeln und Fehlschlägen erlitten. Aber auch die waren immer wieder überwunden worden.

Dennoch hatten wir ihn mit jedem Jahr ein Stück mehr der Welt überlassen müssen. Allein zur Schule gehen, übernachten bei anderen, zelten mit befreundeten Elternpaaren … die weiten Klassenreisen, zum erstenmal allein mit der Straßenbahn fahren, mit Kumpels in die Hausbesetzerkneipe Vrankrijk … der gelegentliche Zug an einer Haschzigarette bei der Gruppe, die auf dem Museumplein rumhing … an die Fotoakademie nach dem Abitur … das Popfestival in Budapest … der Umzug in den Stadtteil De Baarsjes … der Nachturlaub auf Ibiza …

Und dann, in der Nacht zum Pfingstsonntag, Paradiso an der Weteringschans.

Wieviel Recht hatte ich noch auf meinen Stolz, den Jungen so gut vorbereitet und ordentlich ausgebildet der Welt überantwortet zu haben? Bedeutete sein Unfall nicht, daß ich als beschützender Vater grundlegend versagt hatte, nicht nur ganz zum Schluß, sondern auch im nachhinein?

Mirjam versuchte mich zu beruhigen, war aber nicht in der Lage, mir das überwältigende Gefühl von Schuld, Scham und Niederlage zu nehmen.

29

Ein herabgesetztes Bewußtsein, darunter leidet nicht nur Mirjam seit dem Unglück. Wenn meine Gedanken sich zu trüben beginnen, ertappe ich mich dabei, daß ich nur noch sehr negativ an Tonios imaginär gewordene Zukunft denken kann. Rauchen, Trinken, das wird alles immer maßloser werden. Schlechte Studienergebnisse und letzten Endes kein Abschluß. Probleme mit Frauen. Einsamkeit. Jemand, der nicht selbst für sich sorgen kann. Krankheiten. Frühes Altern. Vergeßlichkeit. Ein häßlicher Tod.

Nur ein verwirrtes Gehirn kann sich um eine Zukunft sorgen, die nie stattfinden wird. Doch warum dann noch solche *schwarzen* Erwartungen? Wenn ich unbedingt Tagträumen über eine unmögliche Zukunft nachhängen will, warum statte ich Tonio dann nicht mit schönen, triumphalen Erlebnissen und Errungenschaften aus?

Ich stelle ihn mir vor am Tag vor Pfingsten. Samstag, der zweiundzwanzigste Mai 2010. Er ist verliebt oder kurz davor, sich zu verlieben. Alte Fehler wird er nicht mehr begehen. Er steht vor dem Spiegel, sieht sich selbst in die Augen und flüstert den Slogan, den er so oft auf T-Shirts, Plakaten und Badehandtüchern gelesen hat:

tomorrow is the first day of the rest of your life

Seine Zukunft sollte am nächsten Tag anfangen. Er begann »den Rest seines Lebens« verdammt schlecht, mit einer *derart* selbstzerstörerischen Tat, daß sie sogar meine Vorstellung von seiner unmöglich gewordenen Zukunft schwarz färbt.

Die Auswirkungen einer Menge Dinge auf sein späteres Leben werde ich nicht kennen. Sogar von den weniger schönen Aspekten meines Charakters würde ich im nachhinein wissen wollen, wie sie ihn beeinflußt haben. Auch das Wissen um seine eventuelle Aversion gegen mich wegen von mir längst vergessener Ereignisse wäre mir jetzt heilig, denn dann *hätte* er zumindest eine Zukunft gehabt.

30

Als wir vom Parkplatz zum Ziegenhof gehen, kommt uns auf einem schmalen Waldweg die Freundin eines Kollegen entgegen. Sie erschrickt sichtlich, als sie uns erkennt. Einen Gruß stammelnd, geht sie an uns vorbei, hilflos. Viel zu spät wird mir bewußt, daß ich ihr hätte nachgehen müssen – um ihr zu sagen, es sei sehr verständlich, daß sie nichts von sich habe hören lassen, weil es ja auch keine Worte dafür gebe, und daß die Scham ganz bei mir liege.

»Das genau meine ich«, sage ich zu Mirjam.

Das frühsommerliche Wetter, das ein paar Tage vor Tonios Tod einsetzte, verfolgt uns mit einem »was hätte sein können«. Im Schatten des Waldes ist es noch morgendlich kühl. Schatten, Lichtbahnen … Tonio ist überall. Der Verlust hat sich in allem Sichtbaren eingenistet. Alles ist beseelt mit unserem Verlust.

Auf dem Ziegenhof ist es noch ruhig. Die Kinder sind in der Schule. Mirjam bestellt drinnen Brötchen. Als sie wieder zurück ist, kippe ich die Plastiktüte mit der Kondolenzpost auf den Tisch. Mit einem Frühstücksmesser öffne ich einen Umschlag nach dem anderen. Ich lese den Brief oder die Karte und gebe sie dann an Mirjam weiter. Mir fällt auf, daß ihre Augen immer flüchtiger über die Worte wandern und sie das Blatt dann wieder zusammenfaltet. Ihr Gesichtsausdruck behält denselben teilnahmslosen Ausdruck und scheint auf das Geschriebene oder auf den Absender nicht zu reagieren. Nach ich weiß nicht wie vielen Postsendungen schiebt sie den Stapel von sich.

»Lies du weiter. Ich kann nicht mehr.«

Es ist wirklich zu lächerlich: Ehepaar, in der göttlichen Frühlingssonne Kondolenzbriefe für ihren gerade verstorbenen Sohn lesend. Hier, im Geruch von Ziegenmist, wo der Junge als Kind mit seiner tropfenden Eistüte herumgetollt war. Ich fege die Post in die Tüte. Als ich aufschaue, schimmert Mirjams Gesicht in der Sonne – von Schleim und Tränen.

Ich rufe meinen Schwiegervater an. Er schaut sich im Halbdunkel seiner Parterrewohnung möglichst oft Tennis auf einem speziellen Sportsender an. »Ich lasse mich soviel wie möglich von diesem kleinen Ball ablenken«, sagt er. »Und ansonsten habe ich alle Zeit, um mit mir selbst zu reden – über Tonio.«

31

Auf der Terrasse des Ziegenhofs macht Mirjam mich auf zwei Ehepaare mit Kindern aufmerksam. Der eine Mann führt dem anderen ein iPad-artiges Gerät vor.

»Gräßlich«, sagt sie, »diese Kerle mit ihren Spielzeugen. Keinerlei Unterhaltung mit ihren Frauen, aber sich gegenseitig mit dem neuesten Schnickschnack überbieten wollen. Warum nicht gleich eine Runde Weitpinkeln, da am Graben?«

Auch wir reden heute nicht viel, aber das liegt daran, daß wir beide an unseren Jungen denken, der nicht einmal zweiundzwanzig werden durfte – und das ist auch eine Art von Gespräch. Auf der Wippe des kleinen Spielplatzes steht am einen Ende eine Ziege, am anderen sitzt ein ungefähr sechsjähriger Junge. Das Tier läßt sich ohne Angst in die Höhe befördern und wieder hinunter.

»Es macht einen fertig«, sagt Mirjam auf einmal, »daß das Elend jeden Tag eine andere Gestalt annimmt. Gestern dachte ich voller Schrecken an unsere Zukunft, deine und meine … wie das alles weitergehen soll … Heute finde ich es vor allem so schrecklich für Tonio, daß er sein Leben nicht zu Ende leben durfte. Morgen …«

»Und so himmelschreiend ungerecht«, sage ich, »daß er zu Lebzeiten nichts von diesem frühen Ende gewußt hat.«

»Na ja … vielleicht zum Glück.«

»Ich weiß nicht, Minchen. Ja und nein. Wenn er es hätte kommen sehen, wäre er in diesen letzten Tagen bestimmt nicht so glücklich gewesen. Andererseits … Jemand wie Kellendonk wußte, daß er früh sterben würde. Er hat seine Vorkehrungen getroffen. Wenn er mehr Zeit zum Leben und Arbeiten gehabt hätte, dann hätte er, denke ich, nicht seine gesamte Vorstellungswelt so geballt in diesem einen Buch zusammengefaßt.«

Jetzt steht an beiden Enden der Wippe eine Ziege. Die beiden Tiere haben anscheinend das annähernd gleiche Gewicht, denn das Ding bleibt, einmal losgelassen, in der Schwebe – bis eine der Ziegen herunterspringt und das andere Ende der Wippe auf den halb eingegrabenen Autoreifen schlägt.

»Du hast in den letzten Tagen oft von Scham gesprochen«, sagt Mirjam. »Daß du dich dafür schämst, was Tonio zugestoßen ist, und so. Also, wenn Tonio schon zu Lebzeiten gewußt hätte, daß er jung sterben würde, zum Beispiel durch Krankheit … ich glaube nicht, daß ich *meine* Scham hätte überwinden können. Ich hätte jedes Wort, jeden Blick von ihm als Vorwurf gedeutet. Auch wenn er es nicht so gemeint hätte.«

32

Während Mirjam sich um die Fotos kümmert, rekonstruiere ich die seit dem dreiundzwanzigsten Mai verstrichenen Tage möglichst detailliert im Telegrammstil. Ich bin erschrocken über die »Gedächtniserschütterung«, die Mirjam durch Tonios Tod erlitten hat. Ich meine mich an alles im Zusammenhang mit dem Unglück noch haargenau zu erinnern, kann aber nicht dafür garantieren, daß es so bleibt. Heute oder morgen sehe ich hinter geschlossenen Augen, wie meine eigenen Erinnerungen abbröckeln und sich in schwarze Löcher auflösen. Mirjam wird mir dann keine Stütze sein können.

Warum dieses zwanghafte Notieren alltäglicher Fakten, die mit Tonios Tod, Beerdigung und deren Nachwirkungen zu tun haben? Ich weiß es nicht. Ich weiß nur, daß kein Detail verlorengehen darf.

Draußen wütet der lodernde frühsommerliche Tag, und ich sitze hier drinnen, im dritten Stock, und führe Buch über alles, was nach Tonios Verschwinden mörderisch normal weitergeht. Kurz nach Mittag bringt Mirjam die hundert nachbestellten Porträts von Tonio als Oscar Wilde und die kartonierten Umschläge.

»Schau, das hat Marloes gemailt …«

Eine Liste mit Adressen von Tonios Studienkollegen. Marloes war eine Freundin und Vertraute von ihm. Ich räume meine Tagebuchaufzeichnungen beiseite, um den Studenten des Studiengangs Medien & Kultur ein Exemplar unseres Standardbriefs zu schicken, dazu, handschriftlich, ein paar persönliche Zeilen und das beigelegte Porträt. Die Fotos habe ich mit der Abbildung nach unten auf den Schreibtisch gelegt, damit ich Tonio nicht ständig ins Gesicht blicken muß.

Und dann, während ich diese Blätter wieder zur Hand nehme und zu ordnen beginne, sehe ich auf einmal Tonio, fast zwei Jahre alt, in der Frühlingssonne stehen. Mein Vater und meine Mutter haben uns besucht und einen zweiteiligen Anzug für ihn dagelassen: hellgrau, glänzend, teilweise aus Seide. Das Oberteil hat eine Zierkapuze.

Die Papiere fest umklammernd, erstarre ich. Er trägt die neuen Sachen zum erstenmal. Mirjam hat sie ihm gerade angezogen und, ihn mit Küssen bedeckend, ausgerufen, sie stünden ihm so gut. »Ein kleiner Prinz in Seide.«

Reglos an meinem Schreibtisch sitzend, als könne das Bild

bei der geringsten Bewegung verschwinden, sehe ich zu, wie der kleine Junge mit verhaltenen Schritten die Schattenseite des Loenener Hofs überquert – bis er im sonnenbeschienenen Teil stehenbleibt. Er fühlt sich nicht ganz wohl in dem neuen Material, ist sich aber gleichzeitig, durch Mirjams Komplimente, der Bedeutung seiner Erscheinung bewußt. Nicht frei von Effekthascherei sucht er das Sonnenlicht, das sogleich in seinen blonden Ringellocken zu wühlen beginnt.

In dem Moment taucht Frau Roldanus zwischen den Sträuchern ihres Gartens auf, auf dem Weg zur Garage. Tonio geht ein paar Schritte auf sie zu, während seine Hände den Bauch abtasten.

»Schau«, sagt er mit diesem hohen, dünnen Stimmchen. »Schau.«

Er zeigt der Frau etwas, das an einer Schnur um seine Taille hängt. Es ist ein kleines Herz aus silbrig-hellgrauer Seide, möglicherweise ein winziger Geldbeutel oder nur zum Schmuck angebracht. »Schau-au«, sagt er singend.

»Oh, Tonio.« Die Frau geht vor ihm in die Hocke. »Wie schön.«

Sie wirkt gerührt, wie auch sonst, aber das Weib ist, wie sich ein paar Wochen später herausstellen wird, an der Störung unserer Idylle in der Veluwe mitschuldig. Als selbsternannte Innenarchitektin hat sie die Zeichnungen für den heimlichen Umbau des Kutschenhauses, auf unserem Hof gelegen, natürlich längst gesehen. Ihr Sühneopfer bestand aus selbstklebenden Vögeln, mit denen sie die Fenster und die zum Garten führenden Türen unseres Hauses sowie, nicht zu vergessen, den gläsernen Windfang beklebte, damit kein Spatz an unsere Scheiben knallte.

Es scheint, als zöge das seidene Herz, mehr noch als Tonios goldener Lockenkopf, das gesamte Sonnenlicht in diesem Moment auf sich. Das Bild war schon seit Jahren aus meinem Gedächtnis verschwunden. Es auf einmal wiederzufinden – ich weiß nicht, ob ich darüber froh oder unglücklich sein soll. Es spielt keine Rolle. Der Schmerz ist in beiden Fällen gleich tief.

33

Wäre Tonios Tod nur ein Problem gewesen, mit dem wir uns nach seinem abrupten Verschwinden hätten befassen können, um eine Lösung zu finden ...

Es gab keine Lösung dafür, also war sein Tod vielleicht ja gar kein Problem, strenggenommen.

Damit wir nicht zugrunde gingen, suchten wir uns nach dem ersten lähmenden Entsetzen ein Parallelproblem, das sich möglicherweise würde lösen lassen. Es war ein zeitloses Problem: Starb ein teurer Mensch, so wollten die Zurückgebliebenen ganz genau wissen, was passiert war, als könnte dieses Wissen sie dem Verstorbenen näherbringen. Je mysteriöser oder gewaltsamer die Umstände, die zum Tod eines geliebten Menschen geführt hatten, um so größer schien das Bedürfnis nach Details zu sein.

Auch ohne irgendeinen Hinweis auf Gewalt konnte dieses Bedürfnis bei uns nicht größer sein.

34

Wir sitzen auf der Veranda und versuchen, das erste Glas des Abends noch etwas hinauszuzögern. Eine tiefschwarze Düsterkeit versiegelt mir den Mund. Ich schlage vor, uns um Gottes willen dann eben drinnen die Acht-Uhr-Nachrichten anzuschauen. Vielleicht gibt es etwas Neues über Joran van der Sloot in Peru – als ob mich das interessieren würde. Wir haben zu spät eingeschaltet. Bekommen aber trotzdem noch etwas von der großen Sorge um die Oberschenkelzerrung bei einem der niederländischen Spitzenfußballer mit. Ein Bericht über die bevorstehenden Wahlen will schon gar nicht zu mir durchdringen.

Wir hätten natürlich draußen sitzenbleiben sollen, auf der windgeschützten Terrasse. Mirjam will sich eine Folge von *Cold Case* ansehen.

»Minchen, ich werde mir nicht für den Rest meines Lebens mit dir zusammen diese blödsinnigen amerikanischen Serien ansehen.«

Sie fängt leise zu weinen an. »Halb betäubt vor der Glotze hocken, damit man nicht nachdenken muß, mehr verlange ich doch nicht.«

Der Fernseher wird ausgeschaltet. Nach einigen weiteren Gereiztheiten meinerseits sitzen wir im langsam dämmrig werdenden Wohnzimmer und reden versöhnlich und schamlos traurig miteinander. Mirjam weint mehr als an früheren Abenden.

»So schrecklich … so *schrecklich*, daß ich ihn nie mehr sehen werde.« Was sie sagt, rauscht fast tonlos mit ihrem Atem mit. »Daß ich ihn nie mehr werde umarmen können. All diese ganz gewöhnlichen Dinge … weg, weg, weg. Seine schmutzige Wäsche abholen, und daß er dann gerade aus dem Bett kam … nach diesem herrlichen Jungensschweiß roch … Er fehlt mir so.«

Beschwörend versprechen wir uns in einem fort, unser Leben wieder aufzunehmen und fortzusetzen: zu arbeiten und zu versuchen, gesund zu bleiben, weil der Junge das so gewollt hätte. Alles wird von nun an im Zeichen Tonios stehen, damit wir ihn nicht vergessen.

»Wir hören auch wieder auf mit dem Trinken«, sagt Mirjam. »Es schmeckt noch nicht mal, weißt du das?«

Mir schmeckt es an diesem Abend genausowenig, aber das hindert mich nicht daran, kräftig zuzulangen. Ich fühle mich mit jedem Glas klarer. Nachdem Mirjam nach oben gegangen ist, bleibe ich noch lange reglos auf der Couch sitzen, brütend, in das schwarze Loch starrend, das einmal Tonio war.

35

Manchmal ertappe ich mich dabei, daß ich niedergeschlagen an ein großes Unglück denke, das Menschen aus meinem Umfeld zugestoßen ist. Sie stehen mir sehr nahe. In Gedanken tröste ich sie, doch die Katastrophe ist zu unwiderruflich, als daß ich ihnen wirklich helfen könnte. Ich schenke ihnen meine Tränen der Ohnmacht, mehr ist nicht möglich.

Und dann, während ich aus dem Tagtraum auffahre, wird mir bewußt, daß *wir* es sind, Mirjam und ich, denen das Unwiderrufliche widerfahren ist.

Ich erzähle es Mirjam.

»Vielleicht ein kleiner Umweg des Gefühls«, sagt sie, »damit du dir ein bißchen Mitleid mit dir selbst erlauben kannst.«

KAPITEL III

Gongstäbe

I

Nachdem Tonio in den Stadtteil De Baarsjes umgezogen war, dachte ich manchmal tagelang nicht an ihn. Jedenfalls nicht explizit – auf einer niedrigeren Bewußtseinsstufe trieb er sich natürlich immer irgendwo herum. Er führte sein Leben außerhalb meines Blickfelds.

Seit seinem Tod ist er keinen Moment aus meinen Gedanken verschwunden. Sogar wenn von Denken anscheinend kaum die Rede sein kann, spüre ich die Anwesenheit, die Schwere, den Ernst seines Sterbens.

Mit einem sophistischen Trick könnte ich also behaupten, daß er tot für mich wichtiger ist als lebendig.

Ausgeschlossen. Nur ... tot lastet er mehr auf mir als lebendig. Als Junge, *in action*, hatte er die Möglichkeiten, sich meiner Aufmerksamkeit für kürzere oder längere Zeit zu entziehen. Der gestorbene Tonio ruht unausweichlich schwer und reglos in der wimmernden Hängematte meiner Aufmerksamkeit.

Wenn Tonio, meist unangekündigt, sein Elternhaus aufsuchte, öffnete er geräuschlos die Eingangstür mit seinem Schlüssel. Er nahm die Treppe in den ersten Stock, ohne daß eine Stufe knarrte, was ihm der dicke Läufer und sein federnder Schritt erleichterten. Die Wohnzimmertür, die nicht richtig schloß, brauchte er nur mit der Fingerspitze aufzudrücken.

Da stand er dann unerwartet mitten im Zimmer. Sein breites Lächeln verriet, daß er uns hatte überraschen wollen. Daß er seine Eltern in einer intimen Situation überfallen könnte, kam ihm offenbar nicht in den Sinn. Wir saßen dann meistens mit einem Glas auf der Couch. Er war nach wie vor das Kind, das sich versteckte (»Hast du Totò in letzter Zeit gesehen?« »Nein, er ist sicher weggelaufen ...«) und dann, sich vor Lachen biegend, aus dem Versteck taumelte.

Auch die Norwegischen Waldkatzen wußten, daß die Tür schlecht schloß. Wenn sie vom Flur aus hineinwollten, richteten sie sich zu voller Länge auf, um sie mit ihren kräftigen Vorderpfoten aufzustupsen. Das erzeugte ein ganz spezielles Klicken. Einmal rief ich, über den Zeitungsständer gebeugt: »Tygo, mach die Tür hinter dir zu. Es zieht.«

Dieses verhaltene Lächeln. Es war Tonio, gefolgt von Tasja. Sein halb entschuldigendes Lachen sagte soviel wie: Hättest du nicht gedacht, was?

Tasja in den Armen, ließ er sich rückwärts auf die Couch fallen. Sie liebte es, sich von ihrem Stiefherrchen streicheln zu lassen, doch anders als ihr Bruder mußte sie mit fester Hand hinuntergedrückt werden, sonst sprang sie vor lauter Selbstgefälligkeit von Tonios Schoß.

»Was trinken?«

»Ja, gib mir mal ein Bier.«

Nach Pfingsten habe ich regelmäßig gesehen und gehört, wie die Wohnzimmertür unter dem leichten Druck von Tonios Finger aufsprang. Das Klicken drang mir ins Herz. Ich sah keine Hand im Türspalt auftauchen, und es kam auch kein Arm hinterher. Es war also doch eine der Katzen (oder ein Zugwind).

»Minchen, in Gottes Namen ... drück die Tür richtig ins Schloß. Ich kriege jedesmal einen Herzklaps, weil ich denke, es ist ... Einfach so lange drücken, bis das Schloß *klick* macht.«

Es half wenig. Jedesmal, wenn sie der Tür diesen Extraschubs versetzte, schossen ihr die Tränen in die (oder aus den) Augen. Sie habe das Gefühl, sagte sie, daß sie sogar die Erinnerung an den uns besuchenden Tonio aussperren müsse.

2

Die neue Situation ist immer da, spürbar sogar, wenn es einem gegeben ist, einen Moment lang nicht daran zu denken. Das gilt für immer. Von jetzt an bis zum Ende meiner Tage wird Tonios Tod niemals *nicht* gegenwärtig sein. Ich habe ihn im AMC sterben sehen, und in diesem Augenblick hat er sich in mir eingenistet: gleichmäßig auf Kopf und Eingeweide verteilt. In meinem Hirn spiele ich endlos die Bilder seines Lebens ab. Er liegt unbequem auf meinem Herzen, drückt mir den Appetit aus dem Magen und verursacht glühende Krämpfe in meinen Därmen.

Seine Bremsschuhe sitzen an meinen Füßen. Er verlangsamt alles.

3

Ich bin gerade der Richtige, Tonio Unvorsichtigkeit vorzuwerfen.

Bei einer allgemeinen Zulassungsprüfung der höheren Schulen Eindhovens im Jahr 1964 hatte sich meine Eignung fürs Gymnasium gezeigt. Es lag also nahe, daß ich das Augustinianum besuchte. Meine Mutter freute sich über das Ergebnis, nicht wegen der großen Bedeutung dieser Schulform (davon hatte sie nur eine schwache Vorstellung), sondern weil das Augustinianum auf der »sicheren« rechten Seite des Eindhovenseweg lag, so daß ich morgens mit meinem verschlafenen Kopf nicht über eine gefährliche Kreuzung nach links zu einer der anderen höheren Schulen abbiegen mußte. Meine Freunde von der Volksschule wechselten aber alle ans St. Joriscollege an der Elzentlaan, was morgens das Überqueren der risikoreichen Kreuzung erforderte. Ich wollte unbedingt mit den alten Freunden zusammenbleiben, davon ließ ich mich auch nicht durch tausend mütterliche Ermahnungen abbringen – selbst nicht durch das Argument, daß die Hogere Burgerschool, die Schulform des St. Joris, bereits so gut wie abgeschafft war und ein fünfjähriges Rückzugsgefecht angetreten hatte.

So fuhr ich also von September '64 an jeden Morgen mit meinen Dorfkameraden Wil und Hans von Geldrop nach Eindhoven. Wenn wir uns der Stadtgrenze Eindhovens näherten, ließen wir das Augustinianum rechts liegen und bogen kurz darauf an einer Kreuzung ohne Ampeln nach links ab, über die stark befahrene Straße Richtung St. Joris: alles zusammen der permanente Hintergrund für die Alpträume meiner Mutter.

Sie hatte insofern recht, als ich, vor allem in der Frühe, ein träger Träumer war, der tief in Gedanken hinter seinen lebhaft schwatzenden Freunden her radelte. Es wäre vielleicht effektiver gewesen, wenn sie mir nachdrücklich, zum Beispiel wegen des anzunehmenden Schwierigkeitsgrads der Gymnasialfächer, vom Besuch des Augustinianum *abgeraten* hätte. Meine Halsstarrigkeit läutete lebenslange Reue wegen der falschen Schulwahl ein. Auf dem Augustinianum saß wenigstens der unbeliebte ehemalige Klassenbeste, wohingegen vom Joris alle meine früheren Volksschulfreunde nach den ersten Herbstferien verschwunden und auf der Geldroper Hauptschule untergekommen waren, so daß ich jetzt doch allein dastand.

Gleich in der ersten Schulwoche war es soweit – zumindest beinahe. Ich fuhr, wie gewohnt, hinter Wil und Hans her und fiel zurück. Sie hatten, auf den Pedalen stehend, die gefährliche Abbiegung gerade hinter sich. Beim Versuch, sie einzuholen, blickte ich nicht über die Schulter.

Bevor ich die Reifen kreischen hörte, spürte ich den Luftsog des Autos. Es berührte mich, wenn auch nur leicht. Es war ein offener Sportwagen, der mich beinahe überfahren hätte. Er hielt an. Der Fahrer richtete sich hinter dem Steuer ein Stück auf und drehte sich um. Da stand ich, das Fahrrad zwischen den Beinen, bebend. Es war nicht das erste Mal, daß heftiger Schreck mein Wahrnehmungsvermögen verstärkte: Auch heute noch brauche ich die Augen nur kurz zu schließen, um den etwa fünfundzwanzigjährigen Mann vor mir zu sehen. Er trug hellbraune Lederhandschuhe und eine Sonnenbrille mit grünen Gläsern.

»He, du, bist du lebensmüde oder was?«

Es klang großspurig, aber nicht unsympathisch.

»Nein«, rief ich einfältig, vielleicht leicht weinerlich zurück, als hätte ich die Pflicht zu antworten. »Überhaupt nicht.«

Der Mann ließ sich wieder auf den Sitz fallen. Ohne sich umzusehen, hob er grüßend den Arm. Vom Asphalt stieg der scharfe Geruch von verbranntem Gummi auf. Die Bremsspuren waren nur kurz: bissige Striemen. Ich wartete, bis der Verkehr vorbei war, und ging dann, das Rad an der Hand, hinüber, schlotternd, auf gelenklosen Beinen wankend. Drüben bekam ich den Hohn meiner Freunde ab. Als ich weiterfuhr, jetzt dichter hinter ihnen, bemerkte ich, daß das Vorderrad meines neuen Gefährts eierte. Der Fahrer des Sportwagens war nicht mal ausgestiegen, um zu schauen, ob womöglich ein Kratzer im Lack war.

Nein, ich werfe Tonio nicht von morgens bis abends Unachtsamkeit vor. Ich quäle mich aber mit Fragen wie: Warum war mir damals, 1964, die halbe Sekunde Spielraum vergönnt, die Tonio rund fünfundvierzig Jahre später fehlte? Ohne diesen Spielraum wären *meine* Eltern in Trauer gestürzt worden, und es hätte nie einen Tonio gegeben, keinen lebenden und keinen toten.

Durch das, was Mirjam und mir widerfahren ist, kann ich mir meine Eltern fast hautnah vorstellen, wie sie um mich getrauert hätten. Ich höre ihre Stimmen.

»Ein Junge von noch nicht mal dreizehn Jahren. Er ging erst seit kurzem in seine neue Schule. Ewig schade.«

»Ein Sportwagen. Viel zu schnell natürlich. So ein Reicheleuteschwein … Keine Karte, keine Blume, nix.«

Meine Mutter hätte ihr Rechthaben nicht sehr genießen können: daß ich mich besser fürs Augustinianum entschieden hätte. Eher hätte sie *alle* Schulen verflucht. Institute, an denen man Wissen nur unter Gefahr für junge Leben erwerben konnte.

Ich tue mir noch einmal den Wahnsinn an, über diese halbe Sekunde nachzubrüten. Die aus Ratlosigkeit hervorgegangene Frage nimmt groteske Formen an. Zum Beispiel: Warum hat sich meine halbe Sekunde Glück nicht so fest in den Genen verankert, daß Tonio ein knappes halbes Jahrhundert später davon hätte profitieren können?

4

Züge einer Zwangsneurose treten deutlich hervor. In einem fort gehe ich Tonios Leben durch auf der Suche nach leeren Momenten, die möglicherweise, ohne sein Dasein völlig umzukrempeln, zu verlängern oder zu verkürzen gewesen wären, damit viele Jahre später, am Pfingstsonntag 2010, Tonios Fahrrad und das unbekannte Auto haarscharf aneinander *vorbei*geschossen wären.

Ich finde unzählige solcher Augenblicke, doch die bloße Erinnerung daran ist nicht genug. Es gehört der Eindruck einer Zeitmaschine dazu: Ich muß die visionäre Empfindung haben, wirklich in irgendeine Episode von Tonios Vergangenheit *zurückversetzt* zu sein. Ich verschlüssele eine solche superkurze Zeitspanne (von höchstens zwei Sekunden) derart diskret und vorsichtig, daß sich an seinem Lebenslauf dem Anschein nach nichts verändert. Sein bereits bekanntes, späteres Dasein wird dadurch nicht durcheinandergebracht oder angetastet.

Ich befinde mich wieder in der Zeit des ständigen »Warum?« Das fließt allmählich so automatisch aus Tonios Kindermund, ob es paßt oder nicht, daß es einen blasiert fragenden Ton bekommt. »Oh, warum ... warum ist das so? Warum?«

Falls es Neugierde ist, dann ist sie nicht drängend genug, deswegen das Spiel zu unterbrechen. »Warum, Adri, warum?« Er stellt die Frage, während er seine ganze Aufmerksamkeit dafür benötigt, mit seinen weichen Fingernägeln zwei Legosteine zu trennen. Seine Gesichtsmuskeln zittern vor Anstrengung. Weil er die Zähne zusammenbeißt und die Unterlippe vorschiebt, springt sein Schnuller heraus, bleibt aber an der Plastikkette vor seiner Brust hängen. Was habe ich gesagt, um sein »Warum« hervorzulocken?

»Du mußt dir von Mama die Fingernägel schneiden lassen.«

»Oh, warum ... warum denn?«

Weil du sie dir sonst an den Legos einreißt – aber das sage ich nicht, schier wahnsinnig von all den Erklärungen, zu denen er mich den ganzen Tag lang zwingt. Tonio bekommt die Steine auseinander und versucht, mit seinen Milchzähnen einen beschädigten Nagel zu begradigen. Er spuckt ein Stückchen aus, einen weißen Splitter, und wiederholt erst dann: »Warum?«

Zwischen den beiden letzten Warums sind etliche leere Augenblicke verstrichen. Hier mache ich einen leicht verkürzenden Knoten in seine Lebenslinie. Zwei, drei Sekunden, und das ist noch großzügig bemessen. Tonio hat nichts gemerkt: Ich habe nur mein eigenes Schweigen, das ebenso lange dauerte wie seines, um ein paar Sekunden gekürzt.

»Sieh dir nur deinen eingerissenen Nagel an«, sage ich, »dann weißt du, warum.«

Einige Sekunden früher, als die reale Zeit es gebietet, rennt er ins Badezimmer, um den Nagelknipser aus der kleinen Schublade zu holen, an die er gerade eben herankommt und ihn dann zu seiner Mutter in die Küche zu bringen. Fortan wird alles in seinem Leben eine unmerkliche Zeitspanne früher geschehen.

Vielleicht kommt, wenn er die mittleren Lebensjahre längst hinter sich hat, der Betrug heraus. Ich lebe dann vielleicht noch als hochbetagter Großvater von Tonios Kindern. Dank des fortgeschrittenen Stands der Wissenschaft können die amputierten Momente seines Lebens möglicherweise nachträglich wieder angefügt werden, so wie gelegentlich, nach Messungen einer Atomuhr in einem Flugzeug hoch über der Erde, eine Sekunde zur regulären Menschenzeit dazugezählt werden muß, weil sonst der Kalender nicht mehr stimmt.

Gut, sollen meine illegalen Zeitbeeinflussungsaktivitäten eben ans Licht kommen – Tonios Leben werden sie gerettet haben.

5

So suchte ich in meinen Erinnerungen an Tonio nach Situationen, die konkret genug waren, um mich in Raum und Zeit an die Orte zurückversetzt zu glauben, an denen sie sich abgespielt hatten. Mal entfernte ich ein paar Sekunden aus dem Zeitablauf, mal fügte ich drei, vier ein. Es war ein Spiel – zwanghaft, aber es blieb ein Spiel. Letztendlich brachte es mir nichts, außer daß die Neurose ihren Griff verstärkte. Ich tat besser daran, zu dem zurückzukehren, was an jenem frühen Pfingstsonntagmorgen wirklich passiert war, ohne daß die Fakten sich darum geschert hätten, was ich in Tonios Lebenslauf herausgeschnitten oder darangeklebt hatte.

6

Bevor Tonio verunglückte, hatte ich mich immer über Menschen gewundert, die das Schicksal endlos weiterbefragten. Anstatt sich in das Unwiderrufliche zu fügen, wurden sie in meinen Augen zu quengelnden Kindern, die stets von neuem die Fragen stellten, die längst beantwortet waren. Oder nicht beantwortet werden *konnten.* »Wie um Himmels willen konnte das passieren?«

»Um Himmels willen, warum? Warum? Warum?«

»Erzähl noch mal, was der dritte Zeuge gesagt hat.«

»Wenn er zuerst ... und nicht sofort ... dann ...«

Jetzt wußte ich es besser. *Alles* wollte ich über den Unfall wissen. Und nicht nur das. Ich wollte auch alles über seine letzten Tage und Stunden in Erfahrung bringen – alles, seit ich ihn zuletzt gesehen und gesprochen hatte.

Schlechten Nachrichten konnte man nicht entrinnen. Ich aber war stets vor den *Details* der schlechten Nachricht davongelaufen. Ich wollte sie nicht hören. Wenn jemand mir die Freundschaft kündigte, schlimm genug, doch der Brief mit der zu erwartenden Aufzählung der Gründe blieb geschlossen.

Jetzt lechzte ich in verzweifelter Gier nach jedem Detail, das Tonio widerfahren war, seit er das elterliche Haus am Donnerstagnachmittag verlassen hatte und drei Tage später ... das Leben. Der einzige, den wir dazu bisher befragt hatten, war Jim, doch er war in jener Sonntagnacht nicht dabeigewesen. Ja, Jim zufolge hatte Tonio von einem Mädchen gesprochen. Er sollte mit ihr ein Fotoshooting machen, doch Genaueres wußte Jim auch nicht. Er kannte sie nicht, nicht einmal ihren Namen. Tonio sei an jenem Samstagabend ausgegangen, das war alles, was er berichten konnte. Und ja, Tonio hatte versprochen, um vier Uhr zu Hause zu sein, damit Jim Gesellschaft hatte. Sie wollten sich eventuell noch gemeinsam einen Film ansehen ...

Welche Rolle hatte das Fotomädchen in Tonios letzten Tagen gespielt? Diese Frage kehrte bis zum Verrücktwerden immer wieder.

Ungefähr zwei Jahre zuvor meinte ich sicher zu wissen, daß Tonio sich in Gedanken mit Mädchen herumschlug. Ich hatte ihm mit aller Macht eine feste Freundin gewünscht oder eine ganze Menge lockerer Freundinnen, Hauptsache, er war ab und zu glücklich. Jetzt schien ein solches Mädchen die Bildfläche zu betreten. Ich wußte nichts über ihre Beziehung, außer daß sie noch in den allerersten Anfängen stecken mußte, und dennoch spürte ich, sozusagen mit meinem ganzen Vaterherzen, daß etwas Besonderes zwischen den beiden im Gange gewesen war.

»Wir sind immer lösungsorientiert gewesen«, hatte Mirjam bereits wenige Tage nach dem Unglück ausgerufen. Es war fast zu einem Mantra für sie (und mich) geworden. »Jetzt ist ein Problem entstanden, für das es per definitionem keine Lösung gibt. Das jagt mir Angst ein. Vor uns liegt eine ganze Zukunft ohne Lösung.«

Vielleicht wollten wir deshalb Tonios letzte Tage und Stunden so minuziös rekonstruieren: Wir suchten nach einer Parallellösung. Indem wir alle Fakten nebeneinanderlegten, bis hin zum letzten Puzzleteil, schien sich Tonio zurückerobern zu lassen – wenn auch nicht lebend. Es würde vielleicht ein wenig Ruhe schenken, wenn keine Fragen mehr offen waren. Ein anderer Grund mochte sein, daß wir uns verpflichtet fühlten, die Geschichte seines kurzen Lebens abzurunden. Ich konnte sein fast zweiundzwanzigjähriges Dasein aus Fotos, Eindrücken und Erinnerungen von neuem zusammensetzen, nur die Schlußphase noch nicht.

7

»Du hast jetzt eine E-Mailadresse«, sagte ich zu Mirjam. »Du kannst nach ihrer Handynummer fragen. Gib deine Nummer an, dann hat sie die Wahl: angerufen werden oder dich anrufen.«

»Ich schlage vor … werd nicht gleich böse … daß wir erst mal herauszubekommen versuchen, wie tief es eigentlich ging. Noch eine Illusion weniger, das verkrafte ich jetzt nicht. Ich will wissen, ob diese Fotosession nicht doch eine rein professionelle Angelegenheit von Tonio war. Und ich möchte hören, was genau an dem Samstagabend und in der Samstagnacht zwischen den beiden vorgefallen ist …«

»Also, was meinst du?«

»Jim glaubt, daß Tonio am Samstagabend mit Dennis unterwegs war … einem gemeinsamen Freund.«

»Kennen wir den?«

»Er war schon mal hier. Freundlicher Junge. Groß, jedenfalls im Vergleich zu Tonio. Ich ruf jetzt erst mal Dennis an. Es kann gut sein, daß Tonio mit ihm und dem Fotomädchen im Paradiso war. Wer weiß, vielleicht kann Dennis mehr über sie erzählen.«

Das Beste war, nichts zu forcieren, und erst mal von zu Hause aus nach einer Lösung zu suchen, auch wenn wir sie als Parallellösung bezeichneten – was nur ein Wort war. Wir beschlossen, die Freunde einzuladen, die Tonio in seinen letzten Tagen begegnet sein konnten. Jim war bereits hiergewesen. Das Paradisomädchen, falls wir es ausfindig machen konnten, wollten wir erst einladen, wenn die Fotos gefunden waren. Jim zufolge war Tonio an jenem letzten Abend »auf jeden Fall« mit Dennis ausgegangen. Dennis würde uns erzählen können, ob das Fotomädchen mit von der Partie war – und falls nicht, warum nicht.

Von Jim erhielten wir die E-Mailadressen von Tonios Freunden und Freundinnen und in einigen Fällen auch ihre Privatadresse und Handynummer. Die von Dennis und seiner Schwester waren ebenfalls dabei: Sie wohnten in der Govert Flinckstraat, in einem Haus zusammen mit ihrem Vater.

8

Was das Graben in Tonios letzter halber Woche bringen würde, blieb abzuwarten, doch wir entdeckten, daß die aktive Suche nach einer Methode, den Verlust zu verarbeiten, den

Schmerz nur noch größer machte. Den Verlust passiv zu erleiden und uns so ergeben wie möglich von einem Tag zum nächsten zu schleppen schien vorläufig das Beste. Wir warteten auf Dennis' Besuch, und währenddessen beantwortete ich die Kondolenzpost. Mirjam kümmerte sich um die administrative Seite von Tonios Tod. Die Abmeldung vom Studium, die Kündigung seiner Abonnements, die Rechnungen. Sagen wir: den Abbau seiner Identität. Mit der Krankenkasse war die lange Operation zu regeln, auch wenn sie nicht zu seiner Wiederherstellung geführt hatte. Wir bekamen einen Teil des vorausbezahlten Beitrags zurück: der soundsovielte unumstößliche Beweis, daß Tonio nicht mehr lebte.

Jemanden aus der Welt streichen zu lassen war gar nicht so einfach. Manche Verwaltungen gaben ihn nicht ohne weiteres frei.

Mirjam studierte noch einmal genau die Karte mit den Zahnkontrollen, die wir in seinem Portemonnaie gefunden hatten. Sie blickte auf ihre Uhr: Heute, in einer Stunde, hatte er einen Termin. Mirjam rief die Zahnärztin an, die auch die unsere war. Die Todesanzeige war ihr entgangen. Sie frage sich gerade, gestand sie, ob Tonio diesmal ausnahmsweise erscheinen würde.

»Er war so ein lieber Junge«, sagte sie. »Ich konnte nie böse auf ihn sein. Na ja, bis auf dieses eine Mal. Da habe ich mit ihm geschimpft, weil er seine Zähne so schlecht putzte. Zwei Monate später kam er mit einem perfekt gepflegten Gebiß wieder.«

Abends bekämpften wir den Schmerz passiv mit Alkohol.

9

Pünktlich um vier, dem vereinbarten Zeitpunkt, klingelte es – mit diesem durch Mark und Bein gehenden Geräusch, das seit zwei Wochen die Erkennungsmelodie des abwesenden Tonio war. Wir hatten es noch immer nicht geschafft, von der Firma Brom eine freundlichere Klingel installieren zu lassen. Zum Beispiel ein Dingdong. Mirjam erinnerte mich daran, daß wir hier vor achtzehn Jahren mit einem elektrischen Glockenspiel begonnen hatten, ganz dem Geschmack des Vorbesitzers, Pornobaron P. K. Roukema, entsprechend, der dem Makler zufolge »Kunststoffwaren mit spezifischer Anwendbarkeit« an den Mann brachte, um sein Haus mit Kitsch vollstopfen zu können. Das Glockenspiel bestand aus Messingröhren verschiedener Länge und Tonhöhe. Die Maler hatten es vorübergehend entfernt, als die Wände in der Diele neu verputzt werden mußten. Dabei war die Mechanik irreparabel zerstört worden. Die Firma Brom hatte eine elektrische Klingel installiert, die zwar bis ins Dienstbotenzimmer im dritten Stock zu hören war, nun aber schon seit achtzehn Jahren unsere Nerven attackierte und zwei Generationen von Katzen das Leben schwergemacht hatte.

»Ein Glockenspiel«, schlug Mirjam vor, »damit es wieder klingt wie zu Beginn.«

Ich hatte schon fast zugestimmt, erinnerte mich aber noch rechtzeitig an eine entscheidende Szene aus *Wer hat Angst vor Virginia Woolf*, dem Film. Als George sein Haus betritt, ertönt genau so ein Glockenspiel, wie P. K. Roukema es uns hinterlassen hatte. (G. K. van het Reve spricht in seiner Übersetzung des Stücks von »gongstaven«, »Gongstäben«). George verbindet den Klang mit Kirchenglocken, denn er wird seiner Frau Martha gleich die Nachricht überbringen, daß ihr Sohn, vom Internat auf dem Weg nach Hause, um seinen zwanzigsten Geburtstag zu feiern, in einem Auto verunglückt ist, das einem Igel auszuweichen versuchte. Der Junge, so stellt sich heraus, ist ein Phantasiegeschöpf der beiden, deren Ehe kinderlos geblieben ist. George glaubt, das Recht zu haben, den Jungen für tot zu erklären, weil Martha, indem sie Dritten gegenüber von ihrem Sohn gesprochen hat, eine heilige Abmachung verletzt hat. Während Martha (»Du hattest nicht das Recht, George«) von den spätnächtlichen Gästen getröstet wird, zelebriert George, lateinische Worte murmelnd, ein Requiem in der Hausbar.

So würde ich bei jedem Erklingen des Glockenspiels noch mehr an Tonio denken müssen als beim Vernehmen der wie eine Kreissäge heulenden Klingel, die am Pfingstsonntag vom Zeigefinger eines Polizeibeamten berührt wurde. Damit hörte die Assoziation mit *Wer hat Angst* ... aber noch nicht auf. Tonio war zu einem Teil, wie andere Kinder, die dem Elternhaus den Rücken gekehrt hatten, eine Schöpfung seiner Eltern, ihrer Vorstellungskraft. In unseren Gesprächen wurde sein Leben in unserer Mitte ergänzt, während er sich physisch woanders befand.

Der große Unterschied bestand darin, daß ich nicht, aufgrund zuvor festgelegter Spielregeln, die Macht besaß, über sein Leben und seinen Tod zu bestimmen.

10

Mirjam fragte über die Wechselsprechanlage vorsichtshalber, wer an der Tür sei (man stelle sich vor, es wäre wieder so ein halb betrunkener Idiot aus der Kneipe in der Nähe, mit einem als Trost gemeinten doppelten Schnaps in einem Colaglas unter der Jacke, wie der Pfarrer früher mit einer geweihten Hostie für den Kranken, in einer Puderdose zwischen zwei Knöpfen seiner Soutane verborgen).

»Dennis.«

»Ich mach auf«, sagte Mirjam. »Drück die Tür bitte gut hinter dir zu, ja?«

Von meinem Platz in der vertrauten, durchgesessenen Ecke der Wohnzimmercouch aus konnte ich hören, wie das Haustürschloß summend aufsprang. Der Besucher mußte lange Beine haben, denn er nahm drei Stufen auf einmal. Herein kam in der Tat ein junger Mann von beachtlicher Größe, gesund keuchend. Auf seinen Schultern tanzten blonde Siebzehntes-Jahrhundert-Korkenzieherlocken, doch

343

eine dreiviertellange Radlerhose und ein silbernes Piercing in der rechten Augenbraue brachten ihn sofort ins einundzwanzigste Jahrhundert zurück.

Ich erkannte ihn vage wieder und erinnerte mich mit einemmal, daß Tonio mir irgendwann, vor ein paar Jahren, auf dem schummrigen Flur vor dem, was damals noch sein Zimmer war, diesen Dennis vorgestellt hatte – ebenso stolz wie linkisch. Dennis mußte in der Zwischenzeit einen ordentlichen Schuß gemacht haben, denn in meiner Erinnerung war er nicht besonders lang. Ein größerer Kontrast zum dunkel- und glatthaarigen Tonio, zu Lebzeiten eins dreiundsiebzig groß, war kaum denkbar. Auch nicht in puncto Motorik. Tonio bewegte sich, im Nacken leicht gekrümmt, gehetzt und ruckhaft. Einer wie Dennis wußte, daß er mit seinen langen Stelzen auch in zähflüssiger Trägheit immer noch schnell genug vorankam, um rechtzeitig am Ziel zu sein.

Mirjam, die klein hinter dem Besucher stand, fragte, was er trinken wolle. Ich hoffte, er würde sich für etwas Alkoholisches entscheiden, denn dann durfte ich auch. Dennis wollte Tee. Mirjam verschwand in die Küche. Ich zeigte Dennis den Platz auf der Eckcouch, auf dem Tonio immer gesessen hatte. Er sah mich an mit seinem großen, offenen und freundlichen Gesicht. Helle, dicht bewimperte Augen. Dennis war einer von Tonios drei besten Freunden gewesen. Die beiden anderen waren Jonas und Jim.

Als ich den langen jungen Mann vor mir sah, fragte ich mich, ob Tonio unter seiner geringen Größe gelitten hatte. Uns, seinen nicht sonderlich großen Eltern, hatte er nie die Gene vorgeworfen, die wir ihm weitergegeben hatten – wenngleich ich natürlich nicht wußte, wie er sich dazu außer Hörweite seines Vaters und seiner Mutter äußerte. Ich fuhr drei Jahre lang täglich auf dem Fahrrad mit einem großgewachsenen Klassenkameraden zur Schule, der mir an jedem einzelnen Tag bestimmt einmal unter die Nase rieb, daß ich mit meinen eins sechsundsiebzig »viel zu klein« für mein

Alter sei. Der Junge deutete an, daß zwischen Körpergröße und einem positiven Erscheinungsbild ein wichtiger Zusammenhang bestehe, vor allem im Hinblick auf »die Frauen«. Nach seinen eigenen Worten war er also im Vergleich zu mir »schwer im Vorteil«. Wenn ich zur Seite blickte und sah, wie er seine Absätze mit auswärts gerichteten Füßen auf die Pedale setzte, konnte ich keinen Ausbund an Anmut in ihm erkennen. Er selbst hielt sich für athletisch, war aber ein hirnloser Kraftheini, der mich seine Aufsätze schreiben ließ. Die Sportskanone schaffte die Schule mit Ach und Krach, besuchte die Akademie für Leibeserziehung und wurde Sportlehrer. Jahre später lief ich ihm noch mal über den Weg. Ich hatte ihm nach wie vor nicht mehr als meine (inzwischen) eins siebenundsiebzig zu bieten, während er mittlerweile noch besser proportioniert war und vor Männlichkeit und Fruchtbarkeit nur so strotzte. Er war verheiratet, allerdings ohne Kinder, denn, siehst du, sie seien beide nicht zu bremsen in ihrer Reiselust, und das wiederum hänge mit ihrem Status als Naturfanatiker zusammen. Während der Schulferien reisten sie in Länder, in denen sie der Wildnis näher sein konnten, wo Tiere sich noch in freier Wildbahn beobachten ließen. (So hätten sie einmal im Amazonasgebiet auf einer Plattform hoch oben auf einem Regenwaldbaum übernachtet, wo sie frühmorgens von einem echten Affen geweckt worden seien, der über einen ihrer Schlafsäcke gepinkelt habe, na ja, nur ein paar Tropfen.) Kurzum, er gehörte zu dem Menschenschlag, der sich als Naturmensch bezeichnet, weil er keine Fernsehdoku über Wildreservate ausläßt und im Sommer an der Eisenbahnlinie Brombeeren in ein Körbchen pflückt.

Trotz seines Hangs zum Urwald wohnte der Sportlehrer noch immer in seinem Dorf. Als ich dort einmal Mitte der neunziger Jahre mit einem Interviewer und einem Fotografen hinmußte für eine »Stimmungsreportage« über das triste Reich meiner Jugend, begegnete ich ihm zufällig. Er saß auf dem Fahrrad in einem pfauenblauen Trainingsanzug und kam gerade aus der Schule, wo er Kindern beigebracht hatte, wie man »Vogelnester« an den Ringen macht. Der Interviewer, der Enthüllungen »über früher« witterte, lud ihn auf ein Glas ein. In der Kneipe sah mein ehemaliger Klassenkamerad seine Chance gekommen, diesen Amsterdamer Journalisten zu demonstrieren, daß sich auch in der Provinz das Drama zusammenbraute und die Verlockungen sich wie Nattern durchs Gras schlängelten. Wie oft sei es ihm in der Schule passiert ... Liebesbriefchen in seinen Manteltaschen ... »Verdammt noch mal, Mann, fünfzehn-, sechzehnjährige Mädchen. Ich sag's dir!«

Zugegeben, so hatte man was von seinen imposanten eins zweiundneunzig, trotz des schwammiger werdenden Waschbrettbauchs. Es kostete mich später, nachdem ich den Textentwurf gelesen hatte, viel Überredungskraft, damit einige Riesendummheiten des Sportlehrers aus dem Interview gestrichen wurden – zu seinem Vorteil.

Ich regte mich schon wieder auf, merkte ich. Niemand – *niemand*, wohlgemerkt – durfte sich über Tonio wegen seiner äußeren Erscheinung lustig machen. Da hatte ich's wieder. An nichts ließ sich die Unvorstellbarkeit seines Todes besser erkennen als an meiner Wut über schäbige Leute, die ihm mit herabsetzenden Bemerkungen weh tun *könnten*. Doch wenn ich mir Dennis so ansah, fühlte ich, wie meine Empörung verebbte. Ich mußte auf der Hut sein, das schon, aber nicht vor diesem sanftmütigen Jungen mit dem offenen Blick. Dennis breitete die Arme aus und sagte: »Mir fehlen immer noch die Worte. Tonio war ...«

»Studierst du auch?«

»Ich lerne jeden Tag dazu ... als Tontechniker. Ich kümmere mich um den Sound für ein paar Popgruppen.«

»Du spielst doch auch Schlagzeug?«

»Nicht mehr in einer festen Band.«

Ich nutzte Mirjams Abwesenheit, um Dennis zu fragen, ob er sich in der letzten Woche in der Totenhalle Tonios aufgebahrten Leichnam angeschaut habe. (So eine Frage – und ich stellte sie ihm einfach!)

»Ja, klar.« Er nickte mit dem ganzen Oberkörper. »Zusammen mit vier, fünf Mann. Wir sind mit dem Fahrrad hin. Da war auch ein Mädchen dabei. Sie wollte erst nicht, ist dann aber doch mitgekommen. Toll.«

»Doch nicht das Mädchen von dem Fotoshooting?«

»Nein, die nicht«, sagte Dennis. »Die hat nicht zu unserem Freundeskreis gehört. Ich bin ihr jedenfalls nie begegnet.«

»Ich muß gestehen«, sagte ich, »Mirjam und ich sind nicht mehr hingegangen. Als wir im AMC Abschied von ihm genommen haben … als sie die Beatmung gerade abgeschaltet hatten und er eigentlich schon tot war … da hatte er noch sein eigenes Gesicht. Das Gesicht, das wir kannten. Kurz davor war es noch lebendig gewesen. So sollte er uns in Erinnerung bleiben. Wir hatten beide Angst, daß er, aufgebahrt, ganz anders aussehen würde.«

»Er war noch ganz derselbe«, sagte Dennis. »Ganz Tonio. Wie wir ihn gekannt haben.«

Ich wußte, daß er uns wegen unseres Fernbleibens nicht kritisieren wollte. Trotzdem durchfuhren mich Schreck und Schuld. Wenn es stimmte, was Dennis behauptete, dann hatten wir Tonios Leichnam all die Tage, eindeutig erkennbar als der seine, ungesehen und mutterseelenallein in einem offenen Sarg liegenlassen. Nur vier oder fünf Freunde hatten den Mut aufgebracht, einen letzten Blick auf ihn zu werfen. Das Gefühl des Verrats, das ich die ganze Woche Tonio gegenüber empfunden hatte, war vielleicht doch nicht unberechtigt gewesen. Vielleicht hätte ich jede Stunde zwischen Aufbahren und Einsargen bei ihm wachen sollen, sein bis zur Unkenntlichkeit zerfallendes Gesicht hinnehmend – dieses liebe, hübsche Gesicht, das jetzt für immer durch Deckel und Erde den Blicken entzogen war und sich nur noch bruchstückhaft aus Fotoalben rekonstruieren ließ.

»Sag mal, Dennis« – ich versuchte, meine Stimme so normal wie möglich klingen zu lassen – «hatte Tonio im Sarg ein rotweiß gestreiftes Hemd an?«

»Ja«, sagte Dennis breit lächelnd, als sei er froh, mir einen Gefallen tun zu können. »Sein Lieblingshemd. Sein cooles Hemd. Das hatte er an.«

»Ah, es hat ihm also doch gepaßt«, sagte Mirjam, die mit einem Tablett ins Zimmer trat. »Da waren wir uns nicht sicher, weil … er durch die inneren Blutungen so angeschwollen war.«

Ich dachte daran, behielt es aber für mich, daß sie das Hemd, sein stolzes Hemd, vielleicht am Rücken hatten aufschneiden müssen, damit es paßte. Ich erinnerte mich auch, daß die Dame von dem Bestattungsunternehmen gefragt hatte, ob sie Tonio rasieren sollten. Ja, er soll rasiert werden, hatten wir gesagt.

»War es richtig, daß wir ihm die Stoppeln haben abrasieren lassen?« fragte ich, hauptsächlich um das Thema der Aufbahrung abzuschließen. »Ich meine, es paßte so zu ihm.«

»Im Sarg hatte er einen ordentlichen Stoppelbart«, sagte Dennis sehr entschieden. »So wie sonst.«

»Vielleicht war es schwierig, ihn zu rasieren«, sagte Mirjam. »Wegen dieser Wunde … damit die nicht aufgeht.«

Ich schloß die Augen und sah die doppelte Tüpfellinie aus geronnenem Blut vom Hals über Kinn und Oberlippe – parallel mit fast mathematischer Präzision.

»Ich habe keine Wunde gesehen«, sagte Dennis. »Sein Gesicht war völlig heil.«

»Weggeschminkt natürlich«, sagte ich. »Erzähl mal, Dennis, wie *war* Tonio in der letzten Zeit?«

Dennis zufolge war Tonio vor allem in den letzten Monaten gut draufgewesen.

»Ich *sah*, wie er sich entwickelte. Als ich ihn kennenlernte, vor ungefähr fünf Jahren, war er noch ein molliger Teenie. In der letzten Zeit wurde er immer schlanker. Ein hübscher Junge, das fanden alle. Er hat sich weiterentwickelt. Tonio war einfach ein super Typ. Sein Teeniespeck schmolz dahin. Er entwickelte sich. Er fand immer leichter Freunde. Es machte echt Spaß, mit ihm in eine Kneipe oder in die Disco zu gehen. Er blieb überall stehen und redete. Leute kamen auch von sich aus auf ihn zu, einfach weil sie den Eindruck hatten: der Typ, da müssen wir hin, da passiert was. Vor allem wenn er fotografierte. Er machte überall Fotos.«

Dennis dachte kurz nach, als wäge er ab, ob er etwas erzählen solle oder nicht. »Er war glücklich.« Dennis nickte. »Tonio sagte zu mir, er fühle sich seit ein paar Wochen so glücklich.« Er nickte noch einmal, heftiger. »Und das merkte man ihm an.«

Ich wollte ihn bitten, seinen letzten Abend mit Tonio zu beschreiben, wußte aber nicht, ob Mirjam so einen Bericht verkraftete. Ich warf einen vorsichtigen Blick auf sie. Sie schaute Dennis an und lächelte zustimmend. Sie hörte gern, daß ihr Sohn glücklich gewesen war. Es drang noch nicht zu ihr durch, daß das den Schrecken nur noch größer machte.

»Dennis, wir haben von Jim gehört, daß du an dem Samstagabend mit Tonio weg warst«, begann ich. »Im Paradiso, nicht wahr?«

Dennis sah mich erstaunt an. »Paradiso? Nein, nein. Wir waren im Club Trouw. Das ist eine neue Disco in der Wibautstraat. Früher war da die Druckerei der Tageszeitung *Trouw* drin und der *Volkskrant*. Ich weiß das von meinem Vater, der macht das Layout.«

»Am Donnerstag vor Pfingsten hat Tonio mir erzählt, daß

er am Samstag ins Paradiso gehen würde. Zu irgendeinem italienischen Abend, mit alten Hits von Eros Ramazzotti und so. Ein Mädchen hatte ihn eingeladen.«

»Doch nicht Goscha?«

»Ich kann mich nicht erinnern, daß er einen Namen genannt hat. Ich habe nur Polaroids von ihr gesehen. Sie hatte an dem Donnerstagnachmittag eine Fotosession mit Tonio. Hier, in unserem Haus.«

»Ach, die … ja, wie hieß die gleich wieder? Von diesem Fotoshooting, das wußte ich. Tonio hat in einer Tour von ihr geredet, und jetzt weiß ich ihren Namen nicht.« Dennis dachte nach und schüttelte den Kopf. »Dieser italienische Abend … war der nicht am Freitag? Da ist er nicht hin. Ich weiß nicht, warum. Ich hab den ganzen Freitagabend mit Tonio im Terzijde gehockt. In der Kerkstraat. Am Samstag hat er noch versucht, dieses Mädel zu erreichen, um sie zu fragen, ob sie mit ins Trouw kommt. Da war es schon spät … es hat nicht geklappt …«

»Du hast sie nie gesehen?« fragte Mirjam.

Dennis schüttelte den Kopf. »Tonio kannte sie auch erst ganz kurz, glaub ich. Er hat mich ständig um Rat gefragt. Wie er es anfangen soll mit ihr.« Er lächelte amüsiert. »Wißt ihr, was ich an Tonio so unheimlich mochte? Er konnte einstecken. Er hat sich Kritik genau angehört. Wenn man ihm erklärt hat, daß er irgendwas falsch anpackte, bei 'nem Mädel oder so, dann hat er sich das zu Herzen genommen. Überhaupt nicht pikiert oder so. Er wollte daraus lernen. Er *entwickelte* sich.«

»Gut«, sagte ich, »Tonio war also nicht mit dem Mädchen von dem Fotoshooting im Paradiso und auch nicht im Trouw mit ihr. Sondern mit dir. Wie verlief der letzte Abend seines Lebens?«

»Wir hatten uns am späten Samstagnachmittag im Vondelpark verabredet«, begann Dennis. »Da war eine Fete im Vertigo, beim Filmmuseum. Uns hat es da von Anfang an überhaupt nicht gefallen, also sind wir ganz schnell wieder weg. Noch ein paar Snacks reingeschaufelt, und dann sind wir mit dem Fahrrad nach De Baarsjes. Zu Goscha. Ein Mädel, das Tonio und ich Anfang April im Trouw kennengelernt haben. Sie wohnt bei Jim und Tonio in der Nähe, in der Van Spilbergenstraat. Bei Goscha haben wir ein paar Dosen Bier getrunken, und so entstand die Idee, zu dritt die Stadt unsicher zu machen. Gegen zwölf waren wir in der Wibautstraat, im Trouw.«

Dort war es voll. Weil das Gerücht kursierte, daß Roxylegende DJ Dimitri an diesem Abend vor Pfingsten als *mystery guest* auflegen würde, waren die Tickets so gut wie ausverkauft. Um kein allzu lautes Gemurre am Eingang entstehen zu lassen, hatte die Kasse ein paar Karten »für bekannte Gesichter« beiseite gelegt. Dimitri hatte sich vor Jahren aus der nächtlichen Houseszene auf einen Ökohof zurückgezogen, wo er mit behinderten Kindern arbeitete. Seit kurzem legte er, so ging das Gerücht, wieder hier und da bei Feten auf, incognito und unter einem anderen Namen.

Ob die drei zu den »bekannten Gesichtern« gehörten, wußte Dennis nicht mit Sicherheit zu sagen, jedenfalls ergatterten sie Eintrittskarten. Die Musik war eine Enttäuschung. Techno, das ja, aber wer in Gottes Namen tanzte noch zu Kenny Larkin? Ob der dickwanstige DJ, der seine Kopfhörer wie ein Hundehalsband um den Hals trug, der berühmte Dimitri *in disguise* war – niemand konnte es ihnen sagen. Er legte keine Klassiker auf, obwohl das doch Dimitris Markenzeichen gewesen war, aber vielleicht unterließ er das ja gerade, um die Tarnung komplett zu machen. Daß er schon seit Stunden, ohne Ablösung, einen Soloauftritt hinlegte, *das* wiederum würde auf DJ Dimitri hindeuten.

»Wie war die Stimmung?« fragte Mirjam. »Na ja, abgesehen von der Musik. Hattet ihr Spaß?«

»Es war ein super Abend«, sagte Dennis. »Tonio stand drauf, von einer höheren Ebene aus auf die tanzende Menge zu schauen. Er machte dann auch immer Fotos, aber an dem Abend hatte er keine Kamera dabei. Ich mußte immer wieder mit ihm nach oben. Er konnte nicht genug davon kriegen. *Big smile*, ihr kennt das ja. Das hat ihm 'nen Kick gegeben, all die wogenden Menschen auf einem Haufen … Es bedeutete ihm was. Ich weiß nicht, was. Er war so'n besonderer Typ. Er war einfach dabei, sich zu entwickeln.«

»Hat er selbst nie getanzt?« wollte Mirjam wissen.

»Doch«, sagte Dennis, »aber nicht so oft. Er hat lieber zugeschaut. Jetzt, wo du's sagst … an dem Abend haben wir zusammen getanzt. Ich hab ihn in 'nen Dip genommen …«

»He, Moment mal«, sagte ich. »Ich kenne verschiedene Bedeutungen des Wortes Dip. Ich hab es selbst mal verwendet für den Gemütszustand eines Dipsomanen. Aber jemand in den Dip nehmen beim Tanzen …«

»Also«, sagte Dennis mit den entsprechenden Handbewegungen. »Du hältst deinen Tanzpartner mit den Beinen nach oben fest und läßt ihn dann mit dem Kopf nach unten langsam zu Boden gleiten. Du *dippst* ihn sozusagen … wie ein Stück Möhre in die Dipsauce …«

Ich sah Tonios schmuddelige Hand mit den Trauerrändern wieder vor mir, die, bereits leblos, auf dem Rand des Sterbebetts gelegen hatte. Wie oft hatte er während des Dippens auf seinen Händen von Dennis weglaufen müssen, bis er solche schmutzigen Finger auf der Tanzfläche bekommen hatte? Jetzt mußte ich die Frage stellen, auf die ich lieber keine Antwort hören wollte.

»Wurde viel getrunken?«

»Da ist ziemlich viel Bier geflossen, ja«, sagte Dennis grinsend.

13

Dieser Traum neulich. Ich verbrachte die Nacht im Paradiso, in dem am frühen Morgen, bei Sonnenaufgang, ein großes

Fest beginnen sollte. Es war meine Aufgabe, als eine Art Portier beim Ertönen der Klingel die Tür für die ersten Gäste zu öffnen. Ich hatte mein CPAP-Gerät dabei und schlief mit der Apnoe-Maske auf dem Gesicht in einem hohen, kahlen Raum – bis die laute Klingel mich weckte. Ich ging los, um zu öffnen, wobei ich mir den Weg durch die stockdunkle Halle ertasten mußte. Ich machte die Tür auf: niemand. Ein Blick die Straße oder, besser gesagt: den Platz nach beiden Seiten hinunter. In meinem Traum war das Paradiso dort, wo das Theater steht. Die Stadt war ausgestorben, die Sonne noch nicht aufgegangen, doch über den Häusern lag bereits das fernsehblaue Licht der Morgendämmerung. Auf dem Leidseplein war ein verlassener Jahrmarkt aufgebaut, dessen Attraktionen mit Planen und Rolljalousien verschlossen waren. Ich machte die Tür wieder zu und versuchte, mit erneut angelegter Maske, auf dem Fußboden noch ein wenig zu schlafen.

Als ich das nächste Mal wach wurde, befand sich eine Handvoll Besucher in der Halle. Ein Mann und eine Frau sangen »Mexico« von der Zangeres Zonder Naam (Sängerin Ohne Namen), mit einem Pathos wie in einem Opernduett. Ohne daß erneut geklingelt worden wäre, öffnete ich die hohe, breite Tür noch einmal. Die Sonne mußte inzwischen, wenn auch für mich noch nicht sichtbar, aufgegangen sein, denn über den Häusern und Bäumen lag ein weiches, kupferrotes Licht. Draußen war noch immer kein Mensch zu sehen. Die Tür fiel schaukelnd ins Schloß.

Das Warten, wußte ich, galt Tonio.

14

»Auch was Stärkeres?« wollte Mirjam wissen.

»Nur der eine Schuß Tequila von Tonio«, sagte Dennis. »Zwischendurch.«

»Und hinterher?« fragte ich.

»Wir sind so gegen vier gegangen. Vor dem Trouw haben

wir zu dritt noch auf einer Bank gesessen. Um wieder zu uns zu kommen.«

Mir fiel auf, daß Dennis in seinem Bericht das Mädchen Goscha kaum erwähnt hatte.

»Nicht lange«, erzählte er weiter. »Wir haben uns aufs Fahrrad gesetzt und sind auf einer der Nebenstraßen zur Weesperzijde gefahren. Der Blasiusstraat vielleicht. Über die Brücke zur Ceintuurbaan. An der Ecke vom Sarphatipark haben wir noch eine Weile gestanden und gequatscht.«

»Warum da?« fragte Mirjam.

»Ich wohn in der Govert Flinck. In dem Teil zwischen der Van der Helst und der Ferdinand Bol. Da wohn ich mit meinem Vater und meiner Schwester. Ich hab Tonio und Goscha gefragt, ob sie mit in mein Zimmer kommen, um noch ein bißchen zu chillen. Tonio wollte erst, und dann wieder nicht. Er hatte Jim versprochen, um vier zu Hause zu sein. Sie wollten sich vielleicht noch einen Film anschauen. Jim mit seiner ewigen Schlaflosigkeit … Tonio wollte ihm noch etwas Gesellschaft leisten. Zum Schluß ging nur Goscha mit. No big deal, sie ist fast auf der Stelle eingeschlafen.«

»Hast du Tonio wegfahren sehen?« fragte ich. »Er fuhr die Ceintuurbaan entlang, nehme ich an. Hatte er Probleme beim Fahren? Ist er geschlingert?«

»Ich hab nicht drauf geachtet«, sagte Dennis. »Aber wenn er schlingernd weggefahren wäre, dann wär mir das aufgefallen. Nein, jetzt, wo du fragst, er ist ganz normal in die Ceintuurbaan eingebogen.«

»Bist du schon mal von deinem Haus mit ihm nach De Baarsjes gefahren?«

»Aber oft.«

»Was war dann die normale Strecke?«

»Ceintuur, Van Baerle, Eerste Huygens und dann am Overtoom nach links. Und so weiter.«

»Tonio wurde Hobbemastraat/Ecke Stadhouderskade angefahren. Diese Kreuzung liegt nicht auf der Strecke.«

»Keine Ahnung, wie er da hinkam.«

»Könnte es sein, Dennis, daß er noch kurz im Paradiso vorbeischauen wollte … ob das Mädchen von der Fotosession da ist?«

»Um wieviel Uhr ist es passiert? Viertel vor fünf, nicht?«

»Zehn nach halb fünf.«

»Dann ist das Paradiso schon zu. Wenig Chance.«

»Und du, Dennis«, fragte Mirjam mit nassen Augen, »wie hast du von dem Unglück erfahren?«

»Am nächsten Tag. Ich saß im Park, als ich den Anruf bekam.« Dennis schüttelte lange den Kopf. »Ich konnt's *einfach* nicht glauben.«

15

Tonios Freunde erzählen uns, daß er in letzter Zeit »locker wurde« und immer kontaktfreudiger. Auch darin glich er mir also. Es bedeutet, daß Jahre der Verlegenheit, Unsicherheit und Einsamkeit vorangingen. Die Kehrseite des Stolzes, daß man in den Genen seines Sohnes steckt.

Als er sein Studium an der Amsterdamer Fotoakademie gerade begonnen hatte, durfte Tonio auf unsere Kosten in den Herbstferien nach Paris, wo er fotografieren wollte. Er war achtzehn. Ich sah ihn ganz allein durch Paris streifen, Fotos machend, sich aber nach Abenteuern sehnend. So hatte ich Anfang der siebziger Jahre in Paris rumgehangen, Museen und Bauwerke besuchend, ununterbrochen auf das Unerwartete hoffend.

Seine Lebensdaten besagen, daß er zu einer Generation gehörte, die, in Fortsetzung der Generation X und der Generation Nix, vielleicht noch auf einen geeigneten Namen wartet. Aber ich werde nie sagen können: »Tonio ist ein typischer Vertreter seiner Generation.« Dafür hat er von dem für seine Generation Typischen zu wenig zeigen können. Wenn er ein Versprechen war, so ist er jetzt ein verwesendes Versprechen.

Sehr gut möglich, daß ich das weitere Tun und Treiben seiner Generation verfluchen werde, weil er nicht mehr daran teilhaben durfte.

Nach seinem achtzehnten Lebensjahr war er in Budapest, in Paris, auf Ibiza, in Berlin. In verzweifelten Tagträumen denke ich mir erotische Abenteuer für Tonio aus ... innige Umarmungen mit Mädchen, ohne Vorsicht vollzogen, weshalb sich nicht restlos ausschließen läßt, daß mit Hilfe von Fernsehsendungen à la *Spoorloos* (»Vermißt«) irgendwann einmal ein Sohn oder eine Tochter von ihm auftaucht. Wir bewahren seine DNA auf. (Neulich kam Mirjam plötzlich zu mir, in Tränen, Tonios Haarbürste in der Hand: Im einfallenden Sonnenlicht bewegten sich die Haare, die noch nach allen Seiten hin herausstanden.)

16

Nach einer Pause erzählte Dennis, daß er an diesem Nachmittag, bevor er zu uns kam, in De Baarsjes war, bei Jim. Gemeinsam hatten sie den schlimmsten Mist von Tonios Schreibtisch entfernt, vielleicht im Hinblick auf einen Besuch der Hinterbliebenen. »Nein, echt, das war vielleicht ein Müll ... allein schon diese klebrigen Coladosen. Dutzende.«

Ich dachte mit Bedauern daran, daß der Tisch vor der Aufräumaktion hätte fotografiert werden müssen: Es hätte ein ganz anderes Scan von Tonios Gehirn geliefert als das, das sie am Pfingstsonntag im AMC gemacht hatten.

Dennis und Jim hatten auch Tonios Computerdateien durchgesehen. »Der Typ hat so irre viel fotografiert ... da sind solche guten Fotos darunter ... das darf einfach nicht verlorengehen«, sagte Dennis. »Er darf als Fotograf nicht einfach so vergessen werden.«

Dennis hatte mit Jim abgesprochen, daß sie in den nächsten zwei Wochen eine grobe Auswahl aus Tonios Fotos vornehmen würden, um uns die zum Absegnen vorzulegen. Wir sollten sagen, welche auf keinen Fall in Frage kämen, und mit den übrigen würden sie eine kleine Ausstellung organisieren. »Wir finden schon irgendeinen Raum«, sagte Dennis. »Einen kleinen Saal oder so. Vielleicht können wir ein Buch daraus machen. Mein Vater ist Layouter. Ja, ich meine, Tonio war so ein wahnsinnig guter Fotograf … mit den Sachen *muß* man einfach was machen.«

Mirjam und ich sahen uns gerührt an. Zwei Freunde, die beschlossen hatten, daß Tonio und seine Fotos nicht vergessen werden durften.

»Wenn dabei Kosten anfallen«, sagte ich, »dann übernehmen wir die gern.«

»Vielleicht haben sie im Jüdisch-Historischen einen kleinen Ausstellungssaal frei«, sagte Mirjam, die früher in diesem Museum Führungen gemacht hatte. »Ich frag mal nach.«

Natürlich waren wir selbst neugierig, was alles in Tonios Dateien zu finden war (nicht nur Fotos), aber wir versprachen, Tonios Computer in der Nepveustraat stehenzulassen, bis Dennis und Jim ihre Auswahl getroffen hatten.

»Habt ihr in seinem Computer auch Fotos von diesem Paradisomädchen gefunden?« fragte ich Dennis. »Tonio hat sie unter anderem hier fotografiert« – ich deutete auf die Vitrine mit Tonios Steinsammlung – »und in seinem alten Zimmer oben, das du ja kennst.«

Dennis schüttelte entschieden den Kopf. »Nein, immer dasselbe Mädel, hier in eurem Haus … das wäre mir aufgefallen. Komisch übrigens. Als wir heute nachmittag Tonios Zimmer aufgeräumt haben, sind wir auf keine einzige Kamera gestoßen.«

Bevor er ging, mußte ich Dennis noch versprechen, die Ausstellung mit einer Rede zu eröffnen.

17

Gestern abend sah ich beim Zubettgehen auf einmal ganz deutlich Tonios Leichnam vor mir, wie er gewaschen, bekleidet und aufgebahrt wurde. Wildfremde Hände, zu denen kein deutliches Gesicht gehörte, bewegten seine willenlosen Gliedmaßen. Andere, ebenso unbekannte Hände wuschen seinen Unterleib, äußerst zielgerichtet und professionell.

Durch dieses Bild hindurch sah ich Tonio als dreizehn Monate altes Baby am Rand einer französischen Landstraße. Der Schatten einer Platane fiel auf ihn, samt grellen Lichtflecken, wo sich die Sonne durch die Baumkrone gebohrt hatte. Es war jener Mittag im Sommer '89, als ich ihn vorn auf dem Fahrrad zum Schloß Biron mitgenommen hatte. Seine Pamper war voll und schwer, aber er gab keinen Mucks von sich. Meine eigene Nase meldete mir, daß das Kind frische Windeln brauchte. Und so hatte ich ihn an den Straßenrand gelegt. Kein lebendes Wesen weit und breit, das daran Anstoß hätte nehmen können.

Ich ließ mir Zeit. Nach einem halben Tag im Kindersitz gab es einiges an ihm zu säubern. Er lag ganz zufrieden im verdorrten Gras, melodiös murmelnd, mit seinen rosa, auf der Rückseite bereits leicht mokkafarbenen Händchen um sich greifend. Ich fand eine rostige Öltonne, fliegenumschwärmt, in der ich das Windelpaket deponierte. In einem kleinen, noch nicht ganz ausgetrockneten Bach wusch ich mir die Hände.

Ich saß noch eine Weile mit Tonio auf dem Schoß, bevor ich ihm eine saubere Hose über die neue Pamper anzog und ihn in seinen Sitz zurücksetzte. Er lachte mich so freudig an, als wolle er seine Dankbarkeit für diesen herrlichen Tag zeigen, den wir beide doch prima einer viel zu komplizierten Welt abgetrotzt hatten. Wir fuhren weiter, und Tonio begrüßte die Strohrollen an den Hängen mit einem wiederholten »Küh … Küh!«

Erst als ich Marsalès auf einem Ortsschild las, wurde mir das Herz wieder schwer von Sorgen um mein plötzlich schlechter gewordenes Verhältnis zu Mirjam. Vielleicht, wenn sie uns so zurückkommen sah, Vater und Sohn, nach einem Tag voller Abenteuer … entspannt, gebräunt … daß dann …

Mirjam und ich wollten Tonio so in Erinnerung behalten, wie wir ihn, noch warm, auf der Intensivstation des AMC zurückgelassen hatten, nicht entstellt vom Rigor mortis, der in Kürze auch auf die Gesichtsmuskeln übergreifen würde. Sein Leichnam war, nachdem wir fort waren, zu juristischen Zwecken fotografiert und danach in die Leichenhalle im Keller gebracht worden. Dort hatte ihn später das von uns ausgesuchte Bestattungsunternehmen abgeholt, um ihn in einer Totenhalle aufzubahren. In den Tagen zwischen Tod und Beerdigung hatten wir Tonio nicht mehr gesehen. Ich hatte mir nicht einmal eine Vorstellung von ihm gemacht, wie er da lag, in seinem noch offenen Sarg.

Nach dem, was Dennis über seinen Besuch in der Totenhalle erzählt hatte, drängte sich mir gestern am späten Abend mit der Kraft einer Vision auf, wie es gewesen sein mußte: die fremden Arme, die ihn hochhoben und umbetteten. Nachdem sie ihn mit vereinten Kräften in den Sarg gelegt hatten, wackelte sein Kopf noch ein wenig, mit einem schwach lächelnden Gesicht. Gott, was für schöne, volle Lippen er hatte und einen scharf gezeichneten Mund.

Wir hatten zugelassen, daß wildfremde Hände ihn, ohne daß wir dabei waren, wuschen und rasierten, ankleideten und schminkten. Bei diesem ganzen Ritual, das mir auf einmal wie geweiht vorkam, waren wir nicht Zeuge gewesen. So unerträglich es auch war, ich *mußte* mir vorstellen, wie diese unbekannten Hände sein steifes Bein ein wenig beugten und abknickten, damit es in das Hosenbein ging.

Später, nach der Aufbahrung, würden die Besitzer dieser Hände die Gummihandschuhe abstreifen und in einen mit einer himmelblauen Mülltüte ausgekleideten Abfalleimer werfen, so wie eine Hure sich an ihrem Arbeitsplatz benutzter Kondome entledigt. Nächster Kunde. Neuer Gummi.

Hatten wir am Schwarzen Pfingstsonntag seinen Leichnam nicht zu schnell aus der Hand gegeben?

18

Dank Jonas' digitaler Bemühungen hatte das Paradisomädchen inzwischen einen Namen (Jenny) und eine E-Mailadresse. So war sie, in vollständiger Identität, in unser Leben getreten – vorläufig noch unsichtbar. Tonio konnte sie seinen Eltern nicht mehr vorstellen. Jetzt mußten *wir* wohl Kontakt zu ihr aufnehmen und sie einladen und ihr in Tonios Namen die Fotos übergeben, die er ihr versprochen hatte.

Ein weiteres Problem bestand darin, daß die USB-Sticks und Filmrollen der Session einstweilen unauffindbar waren. Jim und Dennis hatten versprochen, in der Nepveustraat danach zu suchen, wenn sie eine Auswahl aus der Hinterlassenschaft ihres verstorbenen Freundes zusammenstellten.

Einige Tage nach dem Besuch von Dennis schob Mirjam mich vom Flur in Tonios altes Zimmer. Dort stand noch immer ein weißer Reflektorschirm an der Wand. Sie deutete auf eine große Supermarktplastiktüte.

»Ich dachte, da sind alte Videokassetten drin«, sagte sie. »Schau mal rein.«

In der Tüte befanden sich sieben Kameras, überwiegend digitale. Seine Hasselblad war auch dabei.

»Vielleicht«, sagte ich, »wollte er sie ja am Pfingstsonntag abends mit nach Hause nehmen, nachdem er hier gegessen hatte.«

»Ich glaube eher«, sagte Mirjam, »er hat damit gerechnet, daß ich ihm die Tüte im Auto mitbringe, wenn ich nach Pfingsten mit der sauberen Wäsche zu ihm fahre.«

»Nur merkwürdig ... die Filmrollen und die Sticks mit den Fotos von diesem Mädchen ... von Jenny ... die hätte er dann ja über das lange Wochenende dringelassen. Das sieht Tonio nicht ähnlich.«

»Vielleicht sind sie ja gar nicht mehr drin.«

»Auf seinem Arbeitstisch hat Dennis sie nicht gefunden. Es könnte sein, daß Tonio das gesamte Material in ein Fotogeschäft gebracht hatte ... um es entwickeln zu lassen.«

»Dann mach doch mal eine von den Kameras auf.«

Ich traute mich nicht, Laie, der ich war, aus Angst, ich würde etwas kaputtmachen. Oder daß Licht hineinkam.

»Gut«, sagte Mirjam, »dann fragen wir Jim. Der weiß bestimmt, wie man die Dinger aufmacht.«

19

Äußerlich weine ich wenig. Selten Tränen und Schluchzen und die dazugehörige Mimik. Ich leide an einer Art inwendigen Weinens. *Es* weint in mir. Beispielsweise liege ich morgens reglos auf dem Rücken im Bett und lausche etwas, das in mir ausgestreckt hemmungslos weint. Ich will dieses weinende Etwas nicht trösten oder beruhigen. Eher möchte ich es ermuntern: Ja, heul nur alles raus, es ist nie genug.

20

Ein willkürlicher Tag, einige Wochen nach Tonios Unfall. Viel zu früh wach. Ich habe mir am Abend zuvor nicht einmal die Mühe gemacht, meine Apnoe-Maske anzulegen, womit ich mir den künstlichen Schlaf der Gerechten versagt habe. Blieb der alkoholisierte Schlaf der Bewußtlosen, grausam unterbrochen durch einen Atemstillstand nach dem anderen.

Acht Uhr, Vorhänge auf: wieder ein perfekter Sommertag im Anzug. Der blaue Himmel, die milde Morgenkühle,

sie machen den Verlust greifbar, durch Händeringen knet-
bar. Mirjam, schon vor mir auf, kommt mit dem Frühstück.

»Meine Tage scheinen wie in der Mitte durchgehackt«, sagt
sie. »Morgens geht es einigermaßen. Aber nachmittags ...
nach zwei Uhr wird es schwierig. Und immer schwerer. Am
schlimmsten sind immer noch die Abende. Wenn ich meine
Pille nicht hätte ...«

»Und nachts ... schläfst du noch immer gut?«

»Ja, aber das kommt wohl von dieser Pille.«

Wir flüchten schon gegen halb elf in den Amsterdamse Bos. Alles ist Tonio – auch das Auto, in dem er so oft,
wenn wir in die Dordogne fuhren, Stunde um Stunde auf der
Rückbank gesessen und sich mit seinem Gameboy, seinem
Kopfhörer, seinem Stapel alter *Donald Ducks* vergnügt hatte.
Bereits Wochen vor der Abreise war mir ständig schlecht vor
Angst: was uns auf der Autobahn zustoßen könnte und vor
allem dem kleinen Jungen hintendrin, der unserer Aufmerksamkeit ausgeliefert war. Stieg ich am Abreisetag ins Auto,
waren Angst und Übelkeit auf einen Schlag verschwunden.
Das lag in erster Linie an Tonio selbst, der so viel aufrichtiges Vertrauen zu seinen Eltern ausstrahlte, daß ich dadurch
selbst zu einem unsterblichen Kind wurde, dem nichts passieren konnte, solange Vater und Mutter in der Nähe waren.
Goldjunge: Er verzauberte die sorgenbeladene Seite der Welt
und machte sie leicht und hell.

21

Natürlich habe ich im Laufe der Jahre oft darüber nachgedacht: was es bedeutet, zu leben, zu atmen, sich zu bewegen.
Über das Bewußtsein, das mir eingepflanzt wurde, und zwar
ausgerechnet mir. Über das Wunder der Beseelung.

Doch auch für den unverbesserlichen Grübler gilt, daß er
das Leben für gewöhnlich als etwas Vertrautes und Selbstver-

ständliches betrachtet. Man kann nicht über jeden Atemzug nachdenken, denn dann erstickt man.

Seit Tonios Tod geht mir diese Selbstverständlichkeit meiner Lebensfunktionen ab. Nicht ununterbrochen, doch wenn ich mich bei dem Wohlbehagen »ertappe«, das zu einer Stunde ohne Trauer gehört, setze ich häufig den Schmerz rasch wieder in Kraft. Ich rufe mich zur Ordnung: Schließlich habe ich das Recht verspielt, ein normal funktionierendes Dasein zu führen.

Was ist das eigene Kind anderes als eine Enklave außerhalb deiner Haut, eine Enklave aus deinem eigenen Fleisch und Blut? Infolge mangelnder Wachsamkeit (andere werden hier von Schicksal sprechen) habe ich zugelassen, daß die Enklave abgestoßen wurde. Ein Teil meiner selbst ist abgeschlagen worden, wie also sollte es mir je wieder gelingen, mich »wohl in meiner Haut« zu fühlen?

Der Bosbaanweg ist natürlich wieder gesperrt wegen der Ruderregatta. Um zum Ziegenhof zu gelangen, müssen wir den gelben Schildern mit der Zahl 1 folgen, endlos durch die öden Ausläufer von Amstelveen.

Auf den Straßen liegt üppiges Sonnenlicht, das sich einen Dreck um den Jungen schert, den es nicht mehr wärmen kann. Mirjam redet für den, der die Untertöne nicht kennt, ziemlich munter. Ich bin etwas schweigsamer, voller Groll auf den Sommertag, der nicht dem sonnenhungrigen Tonio gilt.

»Es ist so merkwürdig«, sagt sie abschließend zu etwas, dem ich nur mit halbem Ohr zugehört habe. »In manchen Momenten fühle ich mich beinahe zufrieden.«

»Ich kenne das«, sage ich. »Es ist sehr brüchig. Auf einmal ist dann wieder die Angst da oder ein heftiger Stich von Schuldgefühl ... Nervosität oder tiefe Bitterkeit ... Was mich am häufigsten unversehens überfallen kann, ist ohnmächtige Wut. Ich bin dann böse im Namen von Tonio. Weil er sein Leben nicht zu Ende leben durfte. Weil sein kurzes Dasein im Zeichen von Schulen und Ausbildungen gestanden hat, die nicht mehr abgeschlossen werden. Diese ganze gut eingeleitete Entwicklung ... abgeschnitten.«

»Traust du dich auch manchmal, böse zu sein ... nur so, in deinem eigenen Namen?« fragt Mirjam. »Einfach, weil du keinen Sohn mehr hast?«

»Hin und wieder wage ich mir ein kleines bißchen Selbstmitleid zuzugestehen. Dann jammert ein klägliches Stimmchen in mir. Sieh mich an ... fast sechzig Jahre war ich unterwegs, nicht so sehr zu meiner eigenen, sondern zu Tonios Zukunft. Auch ich habe eine Ausbildung absolviert ... zum Vater, sicherheitshalber auch zum Großvater. Alles vergebliche Mühe. Vergebliche Anstrengung. Ich spürte an allem, daß Tonio mir zeigen wollte, zu was er fähig ist. Aber ich hätte ihm meinerseits auch gern noch gezeigt, zu was ich fähig bin. ›Bist du schon bei deinen zehn Seiten pro Tag?‹ hat er mich ein paar Tage vor dem Unfall gefragt. Einen Tick spöttisch, das war er seinem Status schuldig, aber sein Interesse hatte auch immer etwas Aufrichtiges. Ich hätte ihm gern eine Wohnung gekauft, um sagen zu können: ›Schau, Tonio, das waren jetzt die zehn Seiten pro Tag.‹ Falls ein Schriftsteller den eigenen Sohn als Muse haben kann, dann ist mir schlichtweg meine Muse genommen worden. Als ich das neulich Mensje schrieb, hat sie sich daran erinnert, daß ich vor langer Zeit im De Pels zu ihr gesagt habe, ich sei verliebt in Tonio. Da war er gerade mal ein Dreikäsehoch.«

22

Auf der Terrasse des Ziegenhofs setzen wir uns an einen Tisch in der Sonne. Unter der runden Überdachung, einer Art kleiner Musikpavillon, ist eine Kinderparty im Gange. Mirjam holt Kaffee und Wasser.

Plötzlich herrscht Aufruhr auf dem Gelände. Ein junger Mann, ein Ausländer, beschuldigt in nahezu unverständlichem Englisch immer wieder einen älteren Mann, der, unter dem Schirm einer zu jugendlichen Schiffermütze verkrochen, an dem Tisch neben dem unsrigen sitzt. Er reagiert nicht auf das Geschrei, auch nicht als der junge Mann schimpfend näher kommt. Als die Geschäftsführerin sich einschaltet, stellt sich rasch heraus, worum es geht. Der Mann mit der Mütze hat den zweijährigen Sohn des Ausländers hinter einem Huhn herrennen sehen: Möglicherweise versuchte der Kleine, sich auf das Tier zu stürzen. Ich muß wohl tief in Gedanken versunken gewesen sein, denn es ist mir entgangen, daß der ältere Herr aufstand, um das Kind zurechtzuweisen, wobei er es fest packte und (dem Vater zufolge) mit dem Finger ins Auge stach.

Großes Trara.

Inzwischen ist die Frau des Herrn mit der Mütze von der Toilette zurückgekehrt. Sie setzt sich zu ihrem Mann. Um den Tisch stehen jetzt die Geschäftsführerin, die Eltern des zweijährigen Jungen, der schreit und dessen eines Auge deutlich stärker gerötet ist als das andere, sowie ein paar Besucher, die sich freiwillig als Zeugen des Dramas anbieten. Ein bärtiger Mann nennt den älteren Herrn »asozial«. Unter der Schirmmütze hervor, die seine Augen verschattet, verteidigt der Alte äußerst arrogant sein Verhalten. Ich spüre, wie eine unbezähmbare Wut in mir aufsteigt, und rufe dem Mann zu, er sei ein Rüpel. Ich reibe ihm sein Rüpeltum immer lauter unter die Nase, obwohl ich kein unmittelbarer Zeuge des Vorfalls war. Mirjam und die Geschäftsführerin ermahnen mich zur Ruhe, doch ich kann meine Tirade nicht stoppen. Eine rasende Wut muß heraus. Der Herr mit der Mütze steht in seiner gespielten Würde auf, rafft seine unter dem Tisch liegenden Hündchen an sich und verläßt erhobenen Hauptes, Gattin am Arm, das Gelände des Ziegenhofs. Erst da beruhige ich mich halbwegs, mit gerade noch unterdrückten Schluchzern der Empörung.

Der Vater des Zweijährigen bedankt sich bei mir ausführlich – für meine Solidarität, denke ich. Er versucht, den Vorfall für mich zu rekonstruieren, aber wegen seines schlechten Englisch entgeht mir größtenteils, wie er sich zugetragen hat. Ich erzähle ihm wohlweislich nicht, daß meine Solidarität unecht war und ich den unfreundlichen Mützenmann mißbraucht habe, um einer Wut Luft zu machen, die ihren Ursprung ganz woanders hat.

23

Mirjam kommt mit starrer Miene aus dem Ziegenstall. »Ich kann da nicht mehr reingehen, ohne an Tonio zu denken, wie er damals war … Er liebte die Tiere hier so sehr. Er konnte ganz lange bei den Ferkeln hocken. Sie rührten ihn.«

»Sie haben etwas Wehrloses«, sage ich, »wahrscheinlich war es das. Wir wissen erst jetzt, was er in ihnen gesehen hat.«

»Ich hatte den Eindruck, es sind weniger Ziegen als sonst«, sagt Mirjam. »Ich habe also einen Pfleger gefragt. Und ja, es stimmt. Weniger Ziegen. Infolge der sinkenden Besucherzahlen. Wegen des Q-Fiebers.«

»Blödes Volk«, sage ich, immer noch bebend vor Wut. »Immer Angst vor den falschen Dingen. Die brauchen in den Nachrichten nur eine Ziege zu sehen, die mit einer Spraydose markiert ist, und schon wissen sie ganz genau, wie der Teufel aussieht.«

Wir spazieren zurück zum Parkplatz. Wie gewohnt verlassen wir ihn nach links, Richtung Bosbaan. Zwei Radrennfahrer fahren sehr penetrant direkt vor unserer Stoßstange, ohne Anstalten zu machen, auszuweichen. Dann fällt Mirjam wieder ein, daß der Bosbaanweg gesperrt ist, für Rennfahrer ein Glücksfall auf diesem Teilstück. Es ist keine Strafe, noch einmal, in umgekehrter Richtung, unter den sonnengesprenkelten Baumwipfeln durchzufahren – bis der Ekel wieder da ist, denn das hellgrüne Sprießen im Wald, das geht alles einfach weiter, ohne Tonio.

366

Wir fahren durch Amstelveen. Ich sage: »Unbegreiflich, daß ich diese nichtssagende Polderfüllung zur Kulisse für einen Roman gemacht habe.«

»Ich sollte dich doch zu ein paar Schauplätzen fahren«, sagt Mirjam. »Zum Polizeirevier ... in die Gegend, wo der Mord passiert ... zum Café 1895.«

»Nicht mehr nötig. Den Roman wird's nicht geben. Ich schreibe mein Buch über Tonio, und dann ist Schluß.«

24

Buitenveldert unter einem Regenhimmel, das verleiht dem Stadtteil noch etwas annehmbar Trübseliges. Buitenveldert funkelnd in loderndem Sonnenlicht: eine Hölle der Melancholie. Wir kreuzen die Fred. Roeskestraat, an der der Friedhof mit Tonios Grab liegt. Ich bin seit der Beerdigung nicht mehr dort gewesen. Sosehr ich auch versuche, an andere Dinge zu denken, ich werde gezwungen, mir seinen Leichnam in dem rotbraunen Sarg vorzustellen. Die langsame Auflösung in der kühlen Erde, deren oberste Schollen unter der warmen Sonne der letzten Tage ausgetrocknet sind. Die Kaninchen, die das Biedermeiergesteck längst verputzt haben, hoppeln über das kahle Beet, auf dem bald, gesäumt von einer Steineinfassung, Kies verteilt werden wird. Sein Selbstporträt als Oscar Wilde, das ich in den vergangenen Tagen Dutzenden von Leuten geschickt habe, steht dort in einem wasserdichten Rahmen: Wir wollen das Foto auf irgendeine Weise in den Grabstein einarbeiten lassen (vielleicht altmodisch als emailliertes ovales Porträt).

»Ach ja«, sagt Mirjam, die meine Gedanken erraten zu haben scheint, »mein Vater will tausendfünfhundert Euro zum Stein beitragen.«

»Das erinnert mich an etwas ... Was hältst du davon, wenn wir den Namen Rotenstreich auch einmeißeln lassen? Ich bin das Tonio schuldig. Schon seit dem sechzehnten Juni 1988.«

Und deinem Vater auch. Letzte Chance, würde ich sagen. Was meinst du?«

Sie antwortet nicht. Ich schaue zur Seite. Sie braucht ihre Mundwinkel dringend, um einen Heulkrampf zu unterdrükken. Wir mußten vorige Woche das Auto einmal am Straßenrand anhalten, weil Mirjams Sicht getrübt war.

25

Das philippinische Geschwisterpaar, das jeden Samstag unser Haus saubermacht, hat einen großen Stapel Kondolenzpost auf den kleinen Schrank in der Diele gelegt. Ich setze mich, mit einem Brieföffner bewaffnet, auf die Veranda. Es ist eine Karte von Tonios ehemaligen Gymnasiallehrern dabei, mit einer Strophe von Auden, die auch in der Traueranzeige des Ignatius stand. Das liebe Ehepaar Gert und Marie-Jes aus Maastricht, das mir dreimal die Woche schreibt, hat zwanzig Euro »für Rosen« beigelegt. (»… die goldenen Momente mit Tonio bewahren …« schrieb Gert in einem der vorigen Briefe. In dem Moment, als ich das las, ebenfalls hier auf der Terrasse, fuhr unerwartet ein Windstoß durch den verblühten Goldregen. Eine Wolke graugelber Blütenblätter verteilte sich über den Garten der Nachbarn.) Es gibt schöne Briefe von einem Jugendfreund aus Geldrop, von meiner früheren Lektorin, von ehemaligen Klassenkameraden Tonios. Dutzende. Ich werde sie alle beantworten, notfalls lediglich mit einigen persönlichen Zeilen im Standardbrief. Jeder bekommt das Foto.

Wer mich hier auf der Veranda antrifft, sieht einen Mann, der mit einem schlanken Messer einen Umschlag nach dem anderen aufschneidet und lächelnd den Inhalt liest, worauf die Post beiseite geschoben wird. Er sitzt, so hat es den Anschein, fürstlich unter der ausladenden Krone des Goldregens, von dem sich bei jedem Windhauch ein paar vertrocknete Blütenblätter lösen. Die Norwegischen Waldkatzen,

368

schweigende Zeugen der schrecklichsten Ankündigung meines Lebens, umrunden mit erhobenen Puschelschwänzen seine Beine.

Mirjam, äußerlich ruhig (aber ich weiß, wie nervös sie ist), verkündet, ins Gartenzentrum zu fahren. »Ein paar Pflanzen aussuchen. Dann hab ich was zu tun.«

Ich gebe ihr die zwanzig Euro von Gert und Marie-Jes. »Für Rosen. Ich schlage vor, du kaufst eine Kletterpflanze davon. Die Laube, unter der Tonio sein Fotomädchen posen ließ … die könnte weniger kahl sein. Unsere Freunde aus Maastricht sind damit bestimmt einverstanden.«

Als Mirjam fort ist, kehrt das Gefühl extremer Anspannung und Nervosität wieder. Es konzentriert sich in der Magengegend, wo es jeden Appetit nimmt. Es wringt meine Därme aus, die noch regelmäßig gelbes Gift ausstoßen: die Substanz, die mein Todesekel angenommen hat.

Wenn ich nicht direkt darüber nachdenke, scheint diese spastische Nervosität eher etwas anzukündigen und nicht die Folge des verhängnisvollen Ereignisses zu sein. Als sei ein viel größeres Unheil im Anmarsch. Ja, das ist es: Alles in mir und um mich herum warnt mich. Daß sie Tonio wie einen Hund auf der Straße totgefahren haben, war noch gar nichts. Wart nur, Unglücklicher, das Schlimmste kommt erst noch.

26

Wenn Menschen sehr viel Post zu einem Jubiläum oder einem Todesfall erhalten, bezeichnen sie vor allem die überwältigende Anzahl als »herzerwärmend«. Ich habe die Schiffsladung Briefe und Karten, die uns bisher erreicht hat, nie als Summe mit einem Mehrwert betrachten können.

Es waren unglaublich liebevolle Briefe darunter, in denen die Ohnmacht, etwas zu sagen, zugegeben wurde, woraufhin sogar die hilflosesten Worte tröstend wirkten. Die meisten Briefschreiber schienen sich darin einig zu sein, daß »der Verlust eines Kindes das Schlimmste ist, was einem passieren kann … das Wahrwerden des schlimmsten Alptraums«. Relativ viele Eltern, denen das gleiche zugestoßen war, schrieben uns, oft völlig Unbekannte.

Es gab die vorgedruckten, dezenten Karten mit dem Wort BEILEID und lediglich der Unterschrift. Auf einer dieser Karten war das gedruckte Wort MUTTER mit Kugelschreiber durchgestrichen und handschriftlich durch SOHN ersetzt. Auch in Ordnung.

Ich mußte einsehen, daß Pathos, auf unsere Situation bezogen, nicht falsch klingen konnte. Das galt auch für unsere eigenen Äußerungen. Als ich jemandem schrieb, Mirjam und ich gingen »durch eine eiskalte Hölle des Verlustes und der Trauer«, *war* das einfach so.

Es gibt natürlich eine Minderheit, die neugierig am Leid schnüffelt. Melodrama gratis, präsentiert von der Wirklichkeit: unwiderstehlich. Aber auch hier scheint die Sensation rasch an Wirkung zu verlieren, außer für die direkt Betroffenen natürlich.

Nach den zurückliegenden Wochen zittern meine Finger noch zu stark von dem schlimmen Schlag, um handgeschriebene Briefe mit dem Füller beantworten zu können. Manchmal schreibe ich ein paar Zeilen mit der Hand und erkenne dann meine eigene Schrift kaum wieder, so wacklig ist sie. Jeden Abend einen fast nüchternen Magen reichlich mit Hochprozentigem zu begießen hilft natürlich auch nicht wirklich gegen das Zittern. Ohne den 40prozentigen Schmerzstiller schaffe ich es nicht. Bombay Sapphire hilft mir in die Nacht. Am nächsten Morgen ist der Schmerz wieder da, vermischt mit Ekel, der vorläufig von keinem Schmerzstiller etwas wissen will.

Unter allen Trauerbezeigungen erreichen uns schon die ersten Haßbezeigungen, die uns in einem Ton oder mit einer Miene à la »Also, so was!« von Menschen zugetragen werden, die Anteil an unserem Schicksal nehmen.

»Jetzt weiß er doch mal, was das bedeutet«, hat einer dezidiert ausgerufen. »Soll er *darüber* ein Buch schreiben. Endlich mal was Echtes.«

Schwer zu fassen, aber wahr: Auch ein unfaßlicher Verlust ist imstande, den Neid der Menschen zu erregen. Diese Grenze haben wir jetzt ebenfalls überschritten. Auserwählte, die ihr Leben mit dem Tod ihres Kindes vergolden.

Die Niederlande sind nun schon seit vielen Jahren eine Christdemokratie. Die »Familie als Eckpfeiler der Gesellschaft« lautet deren Parole.

Als ich im September 2005 in den Binnenhof zu einem Mittagessen im Trêvessaal eingeladen war, begrüßten einige Christdemokraten mich überaus herzlich. Der Premierminister stellte mich seinem deutschen Gast (dem Bundesratspräsidenten) als »einer der anständigsten ... äh ... außerordentlichsten Autoren der Niederlande« vor. Auch wenn sie nie ein Buch lesen, sie wissen, wer du bist. Um vor der ausländischen Delegation einen guten Eindruck zu machen, brauchten sie ein Sammelsurium von Vertretern der niederländischen Kultur. Immer verlangen sie etwas von einem, nie geben sie etwas. Von keinem dieser Eckpfeilerprediger habe ich ein Wort des Mitgefühls erhalten, jetzt, da *mein* Eckpfeiler durch den Tod ins Wanken geraten ist.

Die Heuchelei der Politik endet nicht beim Tod eines Kindes. Auf die Lüge »Eckpfeiler der Gesellschaft« folgt die Lüge von der »Trauerarbeit«. So wie die Zeugung von Nachkommen uns einst als notwendig hingestellt wurde, so unentbehrlich ist jetzt offenbar, nachdem uns diese Nachkommen genommen wurden, ein guter *Verarbeitungsprozeß*. Psychologen, Psychiater, Opferhilfe, Selbsthilfebücher, Medikamente, Priester, Paragnosten können uns dabei helfen. Wohlmeinende Ratgeber in unserem Umfeld sagen voraus, der Schmerz über den Verlust werde im Laufe der Zeit nachlassen und könne auf die Dauer sogar »in etwas Positives« umschlagen. Wir, Mirjam und ich, hätten zudem noch *einander*, was eine gute Trauerarbeit nur beschleunige. (Daß ein geheimer unkontrollierbarer chemischer Prozeß zwischen ihrem und meinem Verlustgefühl stattfindet, was den Schmerz mindestens verdoppelt, berücksichtigt keiner der guten Ratschläge.)

Anstatt beschämt zu schweigen, weil sich die Einflüsterungen über die Notwendigkeit einer Familie als falsch erwiesen haben, streichen die Menschen einfach die entstandenen Falten glatt. »Na komm schon, mein Mädchen, komm, mein Junge – ran an die Arbeit, Zähne zusammengebissen und getrauert, daß die Fetzen fliegen. Wir wissen, wovon wir reden. Zwei, drei Jahre, dann ist das Schlimmste vorbei. Ihr werdet wieder mit einem wehmütigen Lächeln an alles Schöne zurückdenken können, das es doch auch gegeben hat.«

Meine Prognose lautet anders. Der Schmerz über den Verlust wird nicht geringer werden. Bei Mirjam nicht, bei mir nicht. Im Laufe der Jahre, bis zu unserem Tod, wird der Schmerz noch zunehmen, nach einer bizarren Gesetzmäßigkeit, die jetzt, einige Wochen nach Tonios Tod, bereits zu beobachten ist.

27

In vielen Beileidsbezeigungen wurde die Hoffnung geäußert, Mirjam und ich hätten in diesem Prozeß etwas *aneinander*, was manchmal mit der Warnung einherging, jeder verarbeite seinen beziehungsweise ihren Verlust anders. »Es läuft nicht gleich ab.«

Letzteres stimmte. Mirjam und ich berichteten einander täglich von unseren wirren Empfindungen und widersprüchlichen Gefühlen. Schon beim Frühstück (wie das Gefühl des Verlust sich nachts verhalten hatte), aber vor allem abends, wenn die Blechdeckel von den Gin- und Wodkaflaschen geschraubt wurden. Auch oft zwischendurch, wenn ich die

Trauerpost beantwortete und Mirjam zu mir in den dritten Stock kam, um ihren Tränen kurz mal freien Lauf zu lassen. Mirjam konnte weinen. Als Reaktion darauf spürte ich, wie meine Augen brannten und sich trübten, manchmal sogar die Wimpern feucht wurden, doch bei mir tröpfelte die Trauer in erster Linie nach innen weg, wie ich ihr ein ums andere Mal beschämt versicherte. Bei ihr verschlimmerte sich der Schmerz im Laufe des Nachmittags und Abends. Meiner überfiel mich in unerwarteten Momenten, anfallartig.

Wenn ich wieder einmal einen Tag des Aufbegehrens durchmachte, war sie, wie sich zeigte, im Gegenteil gerade im Begriff, einen ersten, vorsichtigen Ansatz zu Gelassenheit für sich zu formulieren. Danach sah ich wieder irgendwo eine Öffnung. Sie nicht.

Richtig, es lief nicht gleich ab. Was jedoch von Anfang an bei uns fehlte, waren die gegenseitigen Vorwürfe. Wir beschuldigten einander nicht, beim direkten oder indirekten Verhindern des Unfalls versagt zu haben. (Ihr Radfahrunterricht hatte nichts getaugt. Alkoholisiert unterwegs, diese schlechte Angewohnheit hatte er von seinem Vater. Und so weiter. Nichts von alledem.)

Mit einem Freund vom Militär aus der Zeit der »Polizeiaktionen« in Indonesien war mein Vater nach 1949 in Kontakt geblieben. Beide hatten eine Familie gegründet, weshalb sie sich manchmal jahrelang nicht sahen. Als ihre ältesten Kinder erwachsen waren, trafen sich beide Ehepaare zufällig auf der Straße. Wie es so laufe? Mein Vater brüstete sich gern mit den Fortschritten seiner Sprößlinge in der Schule oder an der Universität. Nach einigem Zögern bekannte der Freund, sein ältester Sohn lebe nicht mehr.

»Ja, *selbst* Schluß gemacht«, sagte die Frau. Der Junge sei von einem hohen Gebäude gesprungen. »Das hat uns fast unsere Ehe gekostet.«

Nach dem Selbstmord ihres Sohnes hatten sich die Eheleute gegenseitig die grauenvollsten Vorwürfe gemacht. In den Augen des einen trug der andere alle Schuld, und umgekehrt. So hatte der Mann, wie die Frau meinte, mit seinen Traumata aus dem ehemaligen Niederländisch-Indien das älteste Kind vergiftet. Sie hatten schon die Scheidung eingereicht. Die Ehe wurde mit Müh und Not gerettet. Beider Leben war für immer zerstört.

Mirjam und ich sehen keinen Grund, einander Vorwürfe zu machen, und obwohl eine Flut gegenseitiger Beschuldigungen die Trauer vielleicht kanalisieren könnte, fangen wir gar nicht erst damit an. (Die Selbstbezichtigungen sind ein Kapitel für sich.) Womit wir alle Hände voll zu tun haben, ist das Zustopfen eines anderen Lochs. Jahrelang waren wir einander, war uns unsere Liebe genug. Aus dem Reifen dieser Liebe ging Tonio hervor. So entstand eine eingeschworene Dreiermannschaft. Sie mußte einen Sturm abwettern können, und das konnte sie auch, vielleicht weil wir jedesmal rechtzeitig die Leinen dichter holten.

Nun, da Tonio durch eine Bö des blinden Schicksals aus der festgefügten Dreiermannschaft herausgerissen wurde, klammern nur Mirjam und ich uns noch aneinander. Wir taumeln umher auf schlotternden Knien und tasten, verrückt vor Angst, um uns herum. Nach einer langen, wundersamen Reise durch Tonios sich entwickelndes Leben (dieses spielerisch wogende Labyrinth) sind wir wieder, wie zu Beginn, beieinander: auf uns selbst zurückgeworfen. Wo sollen wir jetzt noch hinsegeln? Tonios Abwesenheit ist ein Fremdkörper zwischen uns.

Es scheint, daß wir in unseren verzweifelten Gesprächen abends mit dem Ziel, alles von ihm wachzurufen und festzuhalten, die Reise durch sein Leben von neuem machen, mit diesem Requiem als Logbuch. Aber es ist nicht mehr als eine Fahrt ohne Halt durch die Zeit, eine *sentimental journey*, eine Rekonstruktion, eine leere Wiederholung.

28

Mirjam stellt die Töpfe mit den Grün- und Blühpflanzen aus dem Gartenzentrum auf die Veranda und gießt sie mit dem Schlauch. »Bin gespannt, ob sie's diesmal überleben«, sagt sie. »Ich weiß nicht, welche Farbe meine Hände haben, aber grün sind sie jedenfalls nicht.«

»Und vom Longdrinksmixen«, sage ich, »bekommst du nur kalte Hände.«

Kurz darauf haben wir eine tückische Mischung aus Campari, Wodka und Mineralwasser vor uns, mit einer Limonenscheibe und viel Eis. »Wir hören auch wieder auf mit dem Trinken«, sagt Mirjam. »Es schmeckt noch nicht mal, weißt du?«

»Bitter«, bestätige ich. »Es ist Medizin. Das Pulver vom Weißen Kreuz früher, in einem Glas Wasser aufgelöst, das schmeckte genauso.«

Trotzdem findet der Alkohol seinen Weg, Glas um Glas. Ich erzähle Mirjam von der ungeheuren Nervosität, unter der ich noch immer über weite Strecken des Tages leide. »Als ob jeden Moment ein Sonderkommando der Polizei auftauchen kann, das mich festnimmt.«

Wir trinken. Eiswürfel, die klirrend ins fast leere Glas zurückgleiten. Der Campari macht unter dem Goldregen Geishas aus uns: rot gefärbte Lippen in einem weißen Gesicht.

»Es gibt noch einen anderen Aspekt«, sage ich. »Diese Nervosität, von der ich gerade sprach … die ähnelt dem ständigen Unter-Strom-Stehen bei jemandem, der verzweifelt verliebt ist.«

»Boh«, sagt Mirjam, »daß du das noch so genau weißt.«

»Man könnte fast meinen, es gibt eine unwillkommene Verwandtschaft zwischen beidem … ich meine, zwischen dem Trauern wegen eines Verlustes und einer aussichtslosen Verliebtheit.«

»Dann aber eine sehr entfernte Verwandtschaft«, sagt

Mirjam, der das Thema nicht gefällt. »Eine Verliebtheit kann noch so grausam unerwidert bleiben, man kommt irgendwann darüber weg. Oder? Wir haben nichts, über das wir hinwegkommen können. Über Tonio kommt man nicht hinweg.«

29

Montag, 14. Juni 2010. Ich sitze vor der offenen Balkontür in meinem Arbeitszimmer und versuche wieder, möglichst viel Kondolenzpost zu beantworten. Ich danke in unsicherer Handschrift für tröstende Worte, und diese Handlung verschafft mir auf die eine oder andere Weise eine Art Selbsttrost – und falls ich mir das nur weismache, es hat offenbar doch diese Wirkung.

Von Zeit zu Zeit spitze ich die Ohren, weil ich Jubel oder Getöse (Vuvuzelas) im Vorfeld des Spiels Niederlande gegen Dänemark heute nachmittag zu hören glaube. Ich täusche mich: Es ist der normale Stadtlärm.

Später kommt Mirjam in mein Arbeitszimmer, völlig außer sich. Sie hat sich in der Stadt, wo sie weitere Abzüge von Tonios Wilde-Porträt abholen wollte, von den Autos bedroht gefühlt, die, von allen Seiten heranbrausend, wegen des Fußballspiels nach Hause rasten. Sie beschreibt die davon ausgehende Gewalt, und ich glaube ihr, bedauere aber auch ihre schreckhafte Verletzlichkeit, die sie (zum erstenmal) im Stadtverkehr gezeigt hat.

Es wirkt, sosehr ich das Wort auch hasse, wie eine Art Beschäftigungstherapie. Solange ich gewissenhaft die Beileidsbezeigungen beantworte, kann ich die Verzweiflung gerade so eben unterdrücken. Gemogelt werden darf nicht, zum Beispiel indem ich eine nur mit Namen und Adresse versehene Standardtrauerkarte unbeantwortet lasse, denn Tonio liest über meine Schulter mit. Ich muß dies in seinem Namen tun. Es ist meine Pflicht.

Die meisten Menschen haben immerhin so viel Vorstellungskraft, daß sie das, was uns zu Pfingsten widerfahren ist, als »regelrechten Alptraum« begreifen können. Sie verstehen, daß man einen derart würgenden, beklemmenden Traum nicht sofort abschütteln kann, aber sie erwarten anscheinend doch, daß man dessen abscheuliche Atmosphäre irgendwann loswird … daß man versuchen muß, sich von ihr zu befreien …

Die Wirklichkeit ist, daß am 23. Mai der *Keim* eines Alptraums in uns gesät wurde, der im Laufe der nachfolgenden Wochen zu sprießen begonnen hat. Der Alptraum entfaltet sich, entrollt sich, unvorhersehbar, und wird, wie auch immer, versuchen, uns zu verschlingen oder zu zermalmen. Das Monster wächst wild und dehnt sich blindlings aus.

Während alle die wohlmeinenden Menschen denken, wir hätten diesen Alptraum allmählich unschädlich gemacht, ist der Kampf gegen einen an Umfang ständig zunehmenden Gegner in vollem Gang. Der Ausgang ist ungewiß: Wir bleiben auf der Strecke, oder der Kampf wütet bis ans Ende unserer Tage.

30

Gegen fünf gab ich Mirjam den Stapel der kartonierten Umschläge mit den Antworten und den Fotos, damit sie sie zur Post bringt. Wenn das Wetter warm war, und wann war es das nicht, setzte ich mich mit den Nachmittagszeitungen auf die Veranda, wo sie sich kurz darauf zu mir gesellte. Jeden Tag das gleiche Ritual. Wir überflogen die Seiten, kaum interessiert an den Nachrichten, und sehnten uns nach dem Moment, in dem einer von uns das Gespräch eröffnen würde. Neugierig, trotz der Gewißheit über das Thema: Tonio, der Verlust, der Schmerz.

Als erstes bereitete Mirjam die Drinks zu. Für mich einen

Bombay Sapphire mit Royal Club, für sie einen Kräuterwodka und dazu ein Glas Mineralwasser.

Unsere anfänglich passive Haltung zu dem Verlust hatte wenig erbracht, abgesehen von einer Zunahme des Schmerzes. Abzuwarten, wie sich der Kummer auf die Dauer auf uns auswirken würde, das war nichts für Mirjam und mich. Die Beantwortung der Kondolenzpost machte mich langsam unruhig. Zu oft las ich, daß »das Gefühl des Verlusts im Laufe der Zeit nachlassen« würde.

»Ich will dem Schmerz nicht aus dem Weg gehen«, rief ich eines Abends. »Ich erhebe geradezu Anspruch auf ihn. Eine passive Haltung, das ist nichts für uns. Ich höre mich selbst zu oft über die Blindheit des Schicksals klagen ... als müßten wir uns damit abfinden. Daß wir Tonio damit nicht wiederbekommen, beinhaltet nicht automatisch die Verpflichtung, uns *nicht* gegen ein Schicksal aufzulehnen, das Tomaten auf den Augen hat. Ich will ganz genau wissen, wie es, in all seiner Blindheit, unseren Tonio zu fassen gekriegt hat.«

31

Heute, am fünfzehnten Juni 2010, wäre Tonio zweiundzwanzig geworden. Er ist nun sogar seines Geburtstags beraubt. Wir können vom fünfzehnten Juni jetzt nur noch als dem Tag seiner Geburt sprechen und dessen alljährlich gedenken. Merkwürdige Vorstellung, daß dieses Datum, der fünfzehnte Juni 1988, immer weiter in die Vergangenheit taumeln wird, an einen Tonio gekoppelt, der nicht mehr älter werden wird. Sein Leben ist am dreiundzwanzigsten Mai 2010 erstarrt. Sogar in seinem Todesdatum, das künftig treu mit dem Kalender mitreisen wird, steckt mehr Leben als in Tonio selbst.

Er ist so endgültig in seinem Tod versteinert, daß wir uns trotz unseres trainierten Einbildungsvermögens keine Vorstellung von seiner Entwicklung nach dem Pfingstsonntag 2010 machen können. Es ist besser, stets von neuem zu seinem Leben zurückzukehren, wie wir es gekannt haben, und daraus immer mehr halb vergessene und unerforschte Momente zutage zu fördern. Zunächst haben wir seine einundzwanzig Geburtstage, an die wir zurückdenken und die wir noch einmal erleben können.

Solange Tonio da war, terrorisierte mich mein reales Alter überhaupt nicht. *Er* hatte die Jugend, und davon profitierte ich. Solange ich mich mit ihm über die Ereignisse in der Welt austauschen konnte, fühlte ich mich auf eine selbstverständliche Weise jung oder, besser gesagt: alterslos.

Als ich diesen Gedanken vor zwei, drei Jahren einer Interviewerin gegenüber ausspann und sie nachfragte, *wie* alt ich mich denn dann mit sechsundfünfzig fühlte, antwortete ich ehrlich: »Also, ungefähr zweiunddreißig.«

Das erzeugte böses Blut. Für wen ich mich denn hielte. Eines Nachmittags, in meiner Stammkneipe, ich plauderte gerade mit einem Freund, kam ein gewisser Laurens auf mich zu. Der Mann hatte mich schon öfter mit seiner Geringschätzung überschüttet. Er sah mich haßerfüllt an und sagte: »Zweiunddreißig, was?« Er nickte feixend und wiederholte noch einmal, bevor er durch den Vorhang vor der Tür verschwand: »Zweiunddreißig …«

Etwas war an diesem Laurens anders als sonst. Er wirkte müde, die Augen erloschen, und zeigte sich sogar in seiner herablassenden Ablehnung weniger streitbar als gewohnt. Vielleicht glaubte Laurens einen Grund für seinen Hohn zu haben. Vor langer Zeit hatte er die Tasche von Joop den Uyl tragen dürfen, einem Politiker, dem ich vor gar nicht so langer Zeit in *Het Parool* vorgeworfen hatte, er sei ein kulturloser Kahlschläger mit seinen Plänen für eine vierspurige Straße mitten durch das alte Amsterdam. In Joops Tasche lag eine Kleiderbürste, mit der Laurens als vorbildlicher Paladin den Uyl diskret die Schuppen von den Schultern bürstete.

Einen Tag später erreichte uns in derselben Kneipe die Nachricht, Laurens habe mitten auf dem Dam einen Herzstillstand erlitten. Der Rettungshubschrauber hatte auf dem belebten Platz nicht landen können, wodurch kostbare Zeit verlorengegangen war. Laurens hatte es nicht geschafft. Für die, die gern mißverstehen: Selbst wenn sie meinen selbsterklärten Feinden zustoßen, schenken solche Ereignisse mir nicht die geringste Befriedigung, und vielleicht muß ich ihm seine Geringschätzung verzeihen: Es kann sein, daß er sich schon nicht wohl fühlte in dem Moment, als er mein gefühltes Alter mit ungläubigem Hohn wiederholte. Ich schließe nicht aus, daß er mich warnen wollte. Sag als Mittfünfziger nicht zu schnell, daß du dich wie zweiunddreißig fühlst.

Ich habe ganz aus der Nähe gesehen, wie Tonio starb. Mein eigener Sohn, den ich auch aus wenigen Metern Entfernung habe zur Welt kommen sehen. Ist der Tod dadurch für mich zu einem weniger großen Mysterium geworden? Nein. Ich habe beobachtet, wie *leicht* es ist zu sterben, doch damit ist das Mysterium nicht aus der Welt. Im Gegenteil. Die Leichtigkeit, mit der er starb, hat das Mysterium sogar vergrößert. Ich bin empfänglicher für den Tod geworden. Ich weiß, daß ich mich, wenn meine Zeit gekommen ist, weniger dagegen auflehnen werde. Die Leichtigkeit gilt auch für mich.

Und außerdem, *für ihn* brauche ich nicht unbedingt länger am Leben zu bleiben. Er ist mir vorangegangen. Was hindert mich. (Mirjam, die hindert mich daran.)

Die elfjährige Lola spielt in einem Theaterstück, einer Adaption von Shakespeares *Sommernachtstraum*. Mirjam geht mit Lolas Mutter Josje zur Premiere.

»Da saß ich«, sagte sie später, »zwischen all den stolzen Müttern. Auf einmal hab ich mein Alter gespürt. Fünfzig. Nicht weil die meisten Eltern mindestens zehn Jahre jünger waren, sondern ... ich saß da als kinderlose Mutter. Alles, was ich da sah, dieser Stolz, diese Hingabe, das hatte ich selbst auch empfunden. Und wozu hat es geführt?«

Nach der Premiere durfte sich Lola in Mirjams Vitrine eine venezianische Maske aussuchen. Sie nahm eine aus der Commedia dell'arte. Das Mädchen traf schüchtern seine Wahl, sich der Traurigkeit in diesem Haus sehr bewußt, in dem sie als Kind immer Tonio in seinem Zimmer besuchte.

Kurz vor der Premiere hatte sie uns mit ihrer Mutter besucht, als Mirjam einen ihrer unstillbaren Weinkrämpfe bekam. Flink wie ein Eichhörnchen rutschte Lola über die Couch und an Mirjam empor, um ihrer Mutter zu helfen, die Freundin zu trösten.

32

Ich versuche, Mirjam einen Trostbrief unseres Freundes André zu erklären. Er zitiert Philosophen und Physiker, die Raum und Zeit als illusionäre Begriffe betrachten.

»Jeder ist immer überall«, so schließt sein Brief. Anfangs erhellt sich ihr Gesicht: Jemand hat sich für sie die Mühe gemacht, das Unsagbare in Worte zu fassen. Sie ist dem Briefschreiber dankbar, kann jedoch nichts mit seiner Botschaft anfangen. Dieses »jeder ist immer überall« bringt ihr ihren Sohn nicht zurück. Der Junge bleibt verschollen im Immer Überall.

»Verdammt, Minchen, daß *ich* dir so wenig Trost bieten kann, das belastet mich sehr. Trost impliziert ein Versprechen: daß eine Situation sich früher oder später bessern wird. Unsere Situation wird sich nie bessern. Nie. Ich kann es dir also auch nicht versprechen. Und ... das war's mit meinem Trost.«

»Du *bietest* mir Trost«, sagt sie. »Allein schon wenn du meine Hand hältst, wenn ich weine, das bedeutet schon sehr viel Trost ... auch wenn ich Tonio damit nicht wiederbekomme.«

Lieb von ihr, das zu sagen, aber es nimmt mir nicht das Gefühl des Unglücks und der Ohnmacht. Wenn ein alter, kranker Mensch stirbt, können sich die Angehörigen noch mit den Worten trösten: »Es ist besser so. Ihm ist weiteres Leiden erspart geblieben.«

Tonio hatte kein »weiteres Leiden«, das ihm hätte erspart werden können. Er hatte eine große Gier nach dem schönsten Teil seines Lebens entwickelt. Seine letzten Tage, soweit wir sie inzwischen kannten, glichen einem unstillbaren Heißhunger.

33

Als Dennis hier war, erwähnte er ein paarmal den Namen Goscha: das Mädchen, das am Samstagabend mit ihm und Tonio ausgegangen war. Viel hatte er nicht von ihr zu berichten, sie schien eher eine Statistin gewesen zu sein. *Er* hatte mit Tonio getanzt und ihm »den Dip gegeben«. In seiner Schilderung des Abends und der Nacht tauchte Goscha wie ein Schemen auf. Ein Mädchen, das an ihrem Tisch gewartet hatte, bis die Jungs fertig waren mit Tanzen, und später auf dem Fahrrad mit ihnen bis zum Sarphatipark und ins Viertel De Pijp gefahren war. Dort endete die Spur. Dennis zufolge war sie noch bei ihm im Haus gewesen, in der Govert Flinck, aber auch von dieser Afterparty hatte Dennis keine Einzelheiten berichtet – ja, doch: daß Goscha auf der Stelle eingeschlafen war.

Ein paar Tage nach dem Besuch von Dennis erhielten wir einen Brief, unterschrieben mit: Goscha Bourree. Er war mit dem Füller in einer Erwachsenenhandschrift geschrieben, die nur wenig an die Sauklaue erinnerte, die viele junge Frauen noch Jahre nach ihrer Schulzeit haben.

»Liebe Eltern von Tonio ...«

Sie schrieb, sie habe Tonio nicht sehr gut gekannt und sei ihm eigentlich nur ein paarmal begegnet, immer in Gesellschaft »seines guten Freundes Dennis«. Sie erklärte, wie sie sich kennengelernt (Anfang April im Club Trouw in der Wibautstraat) und daß sie sich von Anfang an zu dritt gut verstanden hätten. Mit Tonio habe sie die Liebe zu Katzen und zur Fotografie verbunden. »Wie sich herausstellte, hatten Tonio und ich in der Schule sogar denselben Philosophielehrer gehabt.«

Goscha beschrieb kurz den Abend und die Nacht vom zweiundzwanzigsten auf den dreiundzwanzigsten Mai, als sie zu dritt losgezogen waren, »um die Stadt unsicher zu machen«, und schloß mit: »Ich hoffe, daß Euch dieser Brief hilft. Ich wollte zeigen, was für ein toller Abend es war. Niemand konnte natürlich wissen, daß es für Tonio der letzte sein würde. Ich bin froh, daß ich ihn kennengelernt habe, und traurig, daß es nicht länger gedauert hat. Ich weiß noch genau, was er trug. Zum Glück konnte ich ihm noch sagen, daß er so ein hübsches T-Shirt anhatte.«

34

Punkt fünf klingelte es. Mirjam drückte auf den Türöffner. Goscha entpuppte sich als schmales Mädchen von Tonios Größe, vielleicht etwas kleiner. Sie hatte ein liebes Gesicht mit einem Schatten von Müdigkeit, was zweifellos auf das Konto des Studentenlebens ging. Dunkelblonde Locken. Überwiegend schwarze Kleidung über zitronengelben Leggings. Sie bewegte sich leichtfüßig, aber ungelenk durchs Zimmer zu dem ihr angebotenen Platz auf der Couch: Tonios Stammplatz, auf dem auch Dennis stundenlang gesessen hatte.

Beim Anblick von Tygo und Tasja stiegen Goscha Tränen in die Augen: Tonio hatte ihr so viel von seinen Norwegischen Waldkatzen erzählt. Sie versuchte, die beiden zu streicheln, aber vielleicht weil sie Goschas Katzen rochen (eine getigerte und eine »Schildpatt«), blieben sie auf Distanz. Tja, was sollten sie, mit ihrem stolzen Stammbaum und von nordischem Adel, denn auch mit dem hergelaufenen Asylantenvolk vom »Katzenboot«?

Noch während Mirjam sich in der Küche um die Getränke kümmerte, wollte Goscha mir schon von Tonios letztem Abend berichten. Ich bat sie, erst etwas von sich zu erzählen. Von Tonios letzten Stunden, in der Goscha-Version, durfte Mirjam kein Wort verpassen.

Nach dem Abitur sei sie »gereist« und habe Spanisch gelernt (während, vor oder nach der Reise, das wurde nicht ganz klar). Sie fotografierte gerne, wie Tonio, aber damit sei sie nicht weitergekommen, bis Tonio ... an jenem Samstagabend im Trouw ...

»Goscha, könntest du Tonio noch eben zurückstellen ... für Mirjam?«

»O ja, natürlich.« Sie erzählte, daß sie im September ein neues Studium beginne. Sprachwissenschaft. Zum Glück kam Mirjam mit dem Tablett aus der Küche, denn Goscha wollte ihre Geschichte loswerden.

»Wir haben deinen schönen Brief gelesen«, sagte ich. »Könntest du ausführlicher erzählen, wie du Tonio kennengelernt hast?«

»Wir haben uns nur ein paarmal gesehen«, begann sie, »und immer zusammen mit Dennis. Wir drei haben uns so gut verstanden ... darum ist es, als ob wir viel, viel öfter zusammengewesen wären. Ich habe Tonio und Dennis dieses Jahr, Anfang April, kennengelernt. Im Trouw in der Wibautstraat. Da haben wir die ganze Nacht zu dritt getanzt. Danach sind wir zu Jesse gegangen, in De Pijp. Ich war total erstaunt, daß wir drei so verwandt waren. Dieselben Interessen ... Katzen, Fotografie ... dieselben Festivals. Am Königinnentag habe ich sie wieder im Trouw getroffen. Ein toller Abend ... alle so was von ausgeflippt ... Hinterher hatten wir natürlich noch nicht genug und haben bei jemandem zu Hause weitergemacht. Na ja, weitergemacht ... es endete ganz friedlich. Jeder eine Decke über den Beinen, Tasse Tee in der Hand, und von Katzen geredet. Weil ich nur ein paar Straßen von Tonio entfernt wohne, hab ich ihn gefragt, ob er mitfährt. Aber Dennis war unter seiner Decke eingeschlafen und nicht mehr wach zu kriegen. Da hab ich gemerkt, was Freundschaft für Tonio bedeutete. Einen echten Freund läßt man nicht einfach bei Wildfremden zurück. Man wartet, bis er aufwacht, und dann kümmert man sich darum, daß er sicher nach Hause kommt. Tonio hat einfach bei Dennis gewacht. Wenn seine Decke wegrutschte, hat Tonio ihn wieder zugedeckt. So lieb ... so treu. Währenddessen machte er sich Sorgen um mich ... ob ich sicher nach Hause käme. Ich sagte, ich würde es schon schaffen. Dennis befand sich in einer viel wehrloseren Position. Ich ging, und dieses Bild ist bei mir hängengeblieben: Tonio, der, wirklich süß, Dennis noch mal gut zudeckt. Er war wirklich ein lieber, fürsorglicher Junge.«

Goscha erzählte von Tonios letztem Abend und letzter Nacht. Eine ausführlichere Version als in ihrem Brief. Ihr Bericht deckte sich mehr oder weniger mit dem von Dennis, außer daß sie jetzt selbst eine größere Rolle darin spielte. Sie hatten sich wieder zu dritt verabredet. Es war Pfingsten. An dem Abend wollten sie die Stadt wirklich richtig unsicher machen.

Als Dennis und Tonio bei Goscha in De Baarsjes klingelten, kamen sie von einem Fest im Vondelpark, beim Vertigo und dem Filmmuseum. »Sie waren früher bei mir als verabredet. Das kam daher ... es hatten ihnen nicht besonders gefallen auf dieser Fete. Aber schön, daß sie jetzt endlich mal meine Katzen kennenlernten. Sieb und Mulan. Es war herrlich. Wir machten Pläne, im Sommer nach Berlin zu fahren ... die beiden waren einfach eine super Begleitung. Gegen Mitternacht sind wir ins Trouw gefahren. Am nächsten Abend fand ich die leeren Bierdosen in meinem Papierkorb ... so unwirklich, wenn man jetzt daran denkt, daß Tonio da schon nicht mehr lebte.«

Sie schwieg kurz, um noch einmal fassungslos in diesen Korb zu starren. (Dosen aufrecht stehend auf dem Boden, damit keine Bierreste verschüttet wurden, denn das ergab so eine pappige Schicht, in der Papierschnipsel klebenblieben.)

»Wir waren alle drei unheimlich gut drauf. Schade nur, daß die Musik nicht so toll war. Das wiederum hatte den Vorteil, daß wir ganz viel geredet haben. Endlich hab ich mich getraut, von den Dingen zu reden, die ich so gern tun würde, aber nie tue. Zum Beispiel fotografieren. Wenn man eine Weile raus ist, wird die Angst immer größer, wieder damit anzufangen. Tonio hat mir diese Angst ausgeredet. Und was glaubt ihr? Nach Pfingsten habe ich wieder mit dem Fotografieren angefangen. Tonio war wirklich ein unheimlich netter Junge. So aufmerksam. Er konnte phantastisch zuhören.«

35

»Das hatte er von mir«, sagte ich. »Als ich in seinem Alter war, hieß es auch immer über mich, ich könne so gut zuhören. Aber manche hat das auch mißtrauisch gemacht. Die dachten, daß ich mit dieser Aufmerksamkeit was im Schilde führe. Daß ich was ganz Übles mit ihnen vorhabe. Mein williges Ohr hat sie nervös gemacht.« (Sofort fühlte ich mich wie eine verlogene Ratte. Sommer '93: Ich sah mich mit dem fünfjährigen Tonio durch Pernes-les-Fontaines gehen – jeden Tag dieselbe Strecke zum Restaurant am Innenhof eines alten Hotels. Er redete in seinen schönen, melodischen Sätzen ununterbrochen auf mich ein. Bis er entdeckte, daß ich ihm nicht immer zuhörte. »Adri, du hörst *nicht* zu.« Mit stockender Stimme: »Du mußt mir schon *zuhören*, weißt du. Sonst ... sonst ...« Nie wiedergutzumachen.)

»Also, bei Tonio war es ehrlich«, sagte Goscha. »Dafür leg ich die Hand ins Feuer.«

»Noch mal zurück zum Trouw«, sagte Mirjam. »Ist da viel getrunken worden?«

»Die ganzen Runden«, sagte Goscha, »das ging alles so

schnell. Da kam man kaum mit. Ich hatte ein schlechtes Gewissen, denn Tonio hat das meiste bezahlt.«

»Nicht getanzt an dem Abend?« fragte ich.

»Kaum. Die hatten Scheißmusik aufgelegt. Ja, ich erinnere mich irgendwie schwach, daß wir kurz zu dritt auf der Tanzfläche gestanden haben. Da hat Dennis Tonio 'nen Dip gegeben. Weil die Musik nix war, sind wir früher als sonst gegangen.«

»Um wieviel Uhr?« fragte ich. (Ich war schon wieder dabei, die Zeit aufzudröseln.)

»So gegen vier. Draußen vor dem Trouw haben wir noch eine Weile auf einer Bank gesessen. Um auszulüften. Ich hatte, glaube ich, ganz schön einen sitzen.«

»Wenn ihr um vier rausgegangen seid«, sagte ich, »dann könnt ihr nicht allzu lang auf der Bank gesessen haben. Der Zeitpunkt, an dem Tonio angefahren wurde, rückte sozusagen näher.«

»Wir sind zum Sarphatipark gefahren. Die Ceintuurbaan lang. Da, an der Ecke, sind wir kurz stehengeblieben und haben geredet. Dennis wollte, daß wir beide mit zu ihm kommen. Tonio sagte nein. Er wollte nach Hause. Schlafen … oder, nein, sein Freund Jim hat noch auf ihn gewartet, glaube ich. Haben die beiden Jungs das öfter gemacht, so spät noch Filme gucken? Tonio ließ nie jemanden hängen, also … Normalerweise wäre ich mit ihm zurückgefahren. Wir haben in De Baarsjes nahe beieinander gewohnt. Aber ich war so müde und … ja, ich glaube, ich war auch ganz schön betrunken. Dennis und Tonio nicht so …«

»Wir Frauen«, sagte Mirjam, »haben nun mal eine kleinere Leber.«

»Ich war im Zwiespalt«, sagte Goscha. »Ich hatte nicht so viel Lust, nachher den ganzen Weg allein zurückzufahren. Für Tonio wäre es auch netter gewesen, wenn ich …«

Sie schüttelte mit einem traurigen Lächeln den Kopf. »Netter, was für ein Wort. Dann wäre dieses Schreckliche vielleicht gar nicht passiert. Dann hätte alles anders laufen können. Kleine Entscheidungen können solche großen Folgen haben ...«

Ich fragte sie einiges, das ich auch Dennis gefragt hatte. Ob Tonio nach dem Abschied in Schlangenlinien davongefahren wäre.

»Nein, das wäre mir aufgefallen. Ja, wir hatten getrunken, nicht gerade wenig. Aber er ist ganz normal losgefahren.« Goscha kniff die Augen fest zusammen. »Ich sehe ihn ... ich sehe ihn von uns wegradeln. Mein letztes Bild von ihm. Er fährt vom Gehweg runter. Direkt auf die Ceintuurbaan.«

»Wenn du mit Tonio mitgefahren wärst, Goscha«, fragte ich, »welchen Weg hättet ihr dann genommen?«

»Na ja, ganz normal.« Goscha öffnete die Augen wieder. »Ceintuurbaan. Van Baerle. Auf dem Overtoom nach links, Richtung De Baarsjes. Immer dieselbe Strecke.«

»Wie kam Tonio dann«, so Mirjam, »zur Ecke Hobbemastraat/Stadhouderskade?«

Ich hatte den Eindruck, daß diese Frage neu für sie war: daß *sie* sich die noch nicht gestellt hatte. Sie blickte leicht nervös von Mirjam zu mir und von mir wieder zu Mirjam. »Keine Ahnung.«

36

Goscha hatte erklärt, sie habe sich davor gegrault, nach dem Besuch bei Dennis, für ein letztes Glas, die ganze Strecke allein nach Hause zu fahren. Wenn sie die Wahrheit sagte, dann deutete das nicht darauf hin, daß sie davon ausgegangen war, bei Dennis in der Govert Flinck zu übernachten.

»War's ... noch nett bei Dennis?« Ich hoffte, meine Frage hatte nicht allzu bitter geklungen.

»Irgendwie find ich's noch immer blöd«, sagte Goscha. »Ich bin fast sofort eingeschlafen.«

»Du hast erzählt, daß ihr im Trouw mehr geredet als

getanzt habt«, sagte ich. »Hat Tonio eine gewisse Jenny erwähnt?«

Goscha dachte nach, schüttelte dann den Kopf. »Nicht, daß ich wüßte.«

»Auch nicht von einem Mädchen geredet, mit dem er ein paar Tage zuvor ein Fotoshooting gemacht hat?«

»Ja, jetzt, wo du's sagst ... aus einem Gespräch zwischen Tonio und Dennis war herauszuhören, daß da was mit einem Mädchen war. Ein Fotoshooting, kann gut sein. Einen Namen habe ich nicht gehört. Jenny ... nein.«

»Dennis hat uns erzählt«, sagte Mirjam, »daß Tonio ihn in letzter Zeit öfter mal um Rat gefragt hat in puncto Mädchen ... wie man bestimmte Dinge angeht und so. Sowohl zu Dennis als auch zu Jim hat er in letzter Zeit regelmäßig gesagt, er fühle sich so *glücklich*.«

»Ja«, sagte Goscha mit niedergeschlagenem Blick, »das hat er auch ein paarmal zu mir gesagt. Das mußte er wohl loswerden. Er konnte es nicht für sich behalten. So als könnte er nicht glauben, was geschah ... Unheimlich glücklich.«

Ich mußte an die paar Phasen unsinnigen Glücks denken, zwischen meinem fünfundzwanzigsten und fünfunddreißigsten Lebensjahr. Wieder war ich auf eine enge Übereinstimmung zwischen ihm und mir gestoßen. Und auch wieder nicht, denn bei mir hatte sich dieses Glück, mit dem so schwer umzugehen war, austoben dürfen.

»Tonio hatte an dem Abend so ein schönes T-Shirt an«, meinte Goscha, jetzt wieder lächelnd. »Echt, ein ganz besonderes T-Shirt. Ich bin froh, daß ich ihm das noch gesagt habe. Er mochte es sichtlich, wenn jemand so was erwähnte. Dann grinste er ein bißchen ... verlegen und doch auch stolz. Ja, das gibt mir ein gutes Gefühl, daß ich ihm das noch sagen konnte, kurz bevor ...«

Ich erinnerte mich an Tonios nackte Schultern, die auf der Intensivstation aus dem Laken hervorsahen. Das schöne T-Shirt war auf dem Asphalt der Stadhouderskade ganz blutig geworden. Goschas Komplimente hatten nicht verhindern können, daß man es ihm in der Ambulanz vom Leib schneiden mußte. Mirjam fragen, ob sie es mit seinen übrigen Sachen wiederbekommen hat.

37

»Wann hast du erfahren ...« Mirjam war nicht imstande, ihre Frage zu beenden. Sie beugte sich über Tygo, der an ihren Füßen saß, und stupste ihn gegen die Nase.

»Montag«, sagte Goscha. »Am nächsten Tag.«

Ich sprang für Mirjam ein. »Von wem, wenn ich fragen darf?«

»Ach, das ist eine blöde Geschichte«, sagte Goscha. Sie wurde rot. »Ich hab es von meinem Ex gehört. Einem Fahrradschlosser. Ich wußte nicht, daß er mit Dennis befreundet ist, jedenfalls hatte er es von Dennis. Ich war kurz bei ihm ... also bei dem Fahrradschlosser, meinem Ex ... und als ich wieder draußen stand, spürte ich, wie ich blaß wurde. Mir zitterten die Beine. Ich mußte echt Halt suchen.«

Goscha sprach jetzt immer verwirrter, wie zu sich selbst, verlegen und errötend. Aus Bemerkungen des Fahrradschlossers (oder wegen anderer Hinweise, das wurde nicht klar) hatte sie den Eindruck gewonnen, daß Dennis böse auf sie war. »Vielleicht weil ich in seinem Zimmer eingeschlafen bin ... obwohl er doch selbst, damals mit Tonio und dieser Decke ... Na ja, er hat tagelang nichts von sich hören lassen, das sagt wohl genug.«

Sie blickte zu Boden.

»Oder nein, Moment mal ... Dennis hat mir am Pfingstmontag *doch* mitgeteilt, was mit Tonio passiert ist. Ich bekam eine SMS von ihm ... oder eine Nachricht auf Facebook. Ich weiß es nicht mehr.«

Ich hatte den Eindruck, daß die Erinnerung an die schlaftrunkene Afterparty in der Govert Flinck sie in Verwirrung brachte. Vielleicht fragte sie sich ja noch einmal, ob das alles es wert gewesen war, deswegen Tonio hängen- und ihn dieses ganze Stück allein nach Hause fahren zu lassen ... gedankenversunken, unachtsam, ein Opfer für unvermittelt auftauchende Autos ...

38

Weil wir vorher nicht wußten, ob wir diesem Gespräch länger gewachsen sein würden (es waren labile Tage), hatte Mirjam in ihrer Mail Goscha eine Stunde für ihren Bericht gegeben. Als das Mädchen wohlerzogen nach genau einer Stunde aufstand, tat es mir wegen dieser Beschränkung leid. Doch Goscha, die vielleicht dachte, wir bäten sie nur aus Höflichkeit, noch etwas zu bleiben, war unerbittlich – uns und sich selbst gegenüber.

Auf dem Weg zur Haustür zeigte Mirjam ihr noch die kleine Fotogalerie von Tonio auf dem Flur. Ich hörte die beiden Frauen lebhaft reden, konnte sie aber nicht verstehen. Ich sann auf eine Möglichkeit, Goscha ins Zimmer zurückzuholen. Bis auf vier flüchtige Zuschauer (der Fahrer, der ihn anfuhr, dessen Beifahrer sowie die beiden Zeugen des Unfalls) waren Goscha und Dennis die letzten, die Tonio lebend gesehen hatten, viele Stunden lang, einen halben Tag. Von diesen beiden hatte Goscha detaillierter über Tonio geredet. Sie hatte ihn blutwarm zu uns rübergebracht. Wir hatten sie noch längst nicht ausreichend befragt. Wir mußten sie zum Erzählen bringen, bis wir, mit ihrer Hilfe, das letzte bißchen Wärme aus unserem Jungen aufgebraucht hatten.

Goscha kam noch kurz herein, um mir die Hand zu geben, ungelenk und verlegen-bewegt. Von meinem Platz aus waren es für sie lediglich wenige kurze Schritte bis zur Wohnzimmertür. Trotzdem drehte sie sich, mit feuchten Augen, noch dreimal um, um sich nachdrücklich von mir zu verabschieden.

»So ein liebes Mädchen … fandst du nicht?« sagte Mirjam, als sie wieder oben war. »Und daß sie sich so genau an die vereinbarte Zeit gehalten hat. Wenn man solche Kinder erlebt, bekommt man fast wieder Vertrauen in die Welt.«

Sie ging in die Küche, um unsere Gläser zu füllen. Ich hatte sie im Verdacht, an diesem Abend heimlich die doppelte Menge Gin und Wodka in das Tonic beziehungsweise den Orangensaft zu tun. Als sie wieder neben mir saß, war es um ihre Beherrschung geschehen. »Dieser Schmerz … dieser Schmerz.«

Und später, wieder etwas ruhiger: »Wenn du Erinnerungen an Tonio ausgraben willst … tu's nur, egal, wie schmerzlich sie sind … du brauchst keine Rücksicht auf meinen Kummer zu nehmen.«

39

Wir schleppen uns schwerfällig und träge durch den Sommer, als befänden wir uns seit Pfingsten in einer anderen Atmosphäre, die unsere natürlichen Bewegungen bremst. Zugleich ist da diese ständige Gehetztheit, voll der schwärzesten Erwartungen: *als stünde das Schlimmste noch bevor*. Das beginnt zum Refrain dieses Requiems zu werden.

Es sind keine unbegründeten Erwartungen, denn das Schlimmste, das Allerschlimmste steht uns tatsächlich noch bevor. Nicht ein Ereignis, schlimmer als Tonios Sterben, sondern: daß sein Tod in seinem ganzen Ausmaß zu uns durchdringt.

Es ist die Angst vor dem Schmerz einer endgültigen Lösung, über die Mirjam Abend für Abend spricht. Die Furcht vor einer Zukunft, die keinen Frieden bringt, kein Hinnehmen, kein Sich-Fügen, keine Antwort auf den Schmerz. Eine Zukunft, die den Verlust zu nur noch größerer, erbarmungsloserer Klarheit kneten und hauen wird.

Einem Freund versuchte ich zu erklären, in welchen Tornado der Emotionen wir durch Tonios Tod geraten waren.

»Ich nenne nur ein paar. Sie stellen sich in willkürlicher Reihenfolge ein, wobei sie sich am liebsten auf unvorhersehbare Weise überlappen. Alle gleichzeitig oder rasend schnell nacheinander, auch das gibt es. Bei Mirjam ist es natürlich wieder ganz anders.«

An erster Stelle war da, selten abwesend, dieses Gefühl der GEHETZTHEIT. Es ging oft einher mit einem fahrigen Atem und einer ebensolchen Motorik, mit der Folge, daß man sich verhielt, als ob man noch etwas retten könne (aber was?).

Eine Variante dazu: große NERVOSITÄT, vergleichbar lähmender Prüfungsangst oder Unsicherheit bei heftiger Verliebtheit. Ein Empfinden, als wäre Tonios Tod erst die Ankündigung eines noch ernsteren Unheils.

Der SCHMERZ, der, abwechselnd eiskalt und glühendheiß, wie ein Sturm über die Ebene des Herzens raste. Manchmal legte er sich kurz, um dann um so schneidender wieder aufzuflammen. (Wie Mirjam es neulich ausdrückte: »Genau dann, wenn man denkt, daß man sich ziemlich stabil fühlt und wieder zu atmen wagt, ist der Schmerz auf einmal wieder da. So unfair.«)

AUFLEHNUNG. Gegen wen oder was, solange es keine Instanz gab, bei der man sich beschweren konnte? Zumindest gegen die brutale Wahrheit, daß Tonio hier nie mehr, verlegen grinsend, hereinspazieren würde. Ohne würdigen Gegner schlug Auflehnung nach innen, wo sie in der Seele Verwüstungen anrichtete anstatt im öffentlich zugänglichen Bereich.

Und dann das SCHULDGEFÜHL, das sich in *rational* und *irrational* aufspalten ließ.

Irrational: daß ich nicht zur Stelle war, um das Auto aufzuhalten oder, falls es dafür schon zu spät war, um Tonio aufzufangen oder zumindest neben ihm niederzuknien und ihm meinen zusammengefalteten Mantel unter den Kopf zu legen ... ihm die Hand zu halten ... »Ich bin bei dir. Nicht bewegen.«

Rational: daß wir ihn als Kind nicht besser Fahrradfahren gelehrt hatten. Daß ich nicht darauf geachtet hatte, daß an seinem Fahrrad das Licht brannte. Ich hätte an alle seine Kleidungsstücke, wenn sie im Hause waren, um gewaschen zu werden, Lämpchen und Reflektoren annähen lassen müssen. Aber das tendiert möglicherweise schon zum irrationalen Schuldgefühl.

Irrational: daß ich nicht irgendwo in der Wirklichkeit jener Nacht eine Sekunde habe verschieben können, um das Aufeinandertreffen von Fahrrad und Auto zu verhindern. Vielleicht hätte ich mein frühmorgendliches Erwachen als Folge einer Speichelflut als Alarm deuten sollen, der zu einer Warnung *an ihn* hätte führen müssen. Mein Handy lag griffbereit auf dem Bett.

»Ja, Tonio.« Die immer leicht gehetzte Stimme, diesmal wegen des Fahrradfahrens. Er klingt auch leicht alkoholisiert.

»Ja, ich bin's ... Adri. Wo bist du?«

»Dschieses, warum ... Okay, mal schaun, ich fahr gerade mit ein paar Freunden über die Amstelbrücke. Zur Ceintuurbaan. Wir waren in einer Kneipe.«

»Das hör ich. Wo fährst du jetzt hin?«

»Dschieses, du mußt auch immer alles ... Na schön, nach Hause, denk ich. Jim wartet auf mich. Wir wollten uns noch einen Film angucken.«

»So spät?«

»Du kennst Jim. Immer wach.«

»Und die Leute, die jetzt bei dir sind?«

»Die fahren noch kurz chillen bei Dennis zu Hause, in der Govert Flinck. Ich denke nicht, daß ich …«

»Doch, mach mal. Es ist besser, wenn du bei Tageslicht nach De Baarsjes fährst.«

»Dschieses, Adri, wie alt, glaubst du …«

»Ich habe ein schlechtes Gefühl deswegen. Ich bin gerade mit einem kollernden Magen aufgewacht. Es klang wie ein Alarm.«

»Dschieses, Mann, nimm ein Rennie. Wir fahren jetzt die Ceintuur lang. Am Sarphatipark biegen die anderen nach rechts ab. Ich will noch eben mit ihnen sprechen. Hier ist es. Oi, oi.«

Er hat mich bereits weggeklickt. Angenommen, ich *hätte* ihn angerufen und dadurch seine Fahrt durch die Stadt um ein paar Sekunden verzögert … angenommen, er wäre trotzdem von einem Auto erfaßt worden … wäre meine Schuld dann nicht nachweislich größer gewesen? (»Hätte ich ihn *bloß* nicht angerufen.«)

So türmte ich, im Auge des Sturms der Emotionen, Schuldgefühl auf Schuldgefühl.

Nicht zu vergessen: SCHAM. Mir selbst gegenüber: Du hast es vermasselt, van der Heijden, er ist dir aus den Fingern geglitten. Mirjam gegenüber: Ich habe einen Sohn mit dir gezeugt, und den gibt es nicht mehr, ich habe nicht verhindern können, daß er dir genommen wurde.

Scham gegenüber Tonio selbst: Ich habe dich ohne ausreichende Warnungen in die Welt entlassen, sonst wärst du noch da (womit der Beweis erbracht ist).

Scham, schließlich, der ganzen Welt gegenüber: Ich werde fortan der einst so stolze Vater sein, der seinen Sohn verloren hat. Geht ihm aus dem Weg, dem Paria, er stinkt nach Kummer wie ein nasser Hund nach Spüllumpen. Sein Schmerz ist ansteckend wie die Pest.

STOLZ, nicht zu vergessen: auf Tonio.

Als ich auf der Intensivstation an Tonios Bett stand und ihn sterben sah, war bei allem, was ich durchmachte, auch noch Platz für Stolz. Er starb. Er tat es. Er packte die Sache an und zeigte, wie einfach es im Grunde war. Er führte es seinem Vater vor. Schau, Adri, so macht man das.

In den darauffolgenden Wochen verzweigte sich der Stolz. Wir waren stolz auf ihn: daß er sich so leichtfüßig durchs Leben bewegt, so viel Liebe geschenkt hatte, so hilfsbereit und freigebig gewesen war und die schwierigen Dinge dabei, soweit wie möglich, für sich behalten hatte. Wir waren stolz auf ihn, weil er sein Bestes in einem Leben getan hatte, das unvermittelt, am Vorabend eines schönen Sommers, ungefragt abgeschnitten werden konnte. Er hatte gelebt, als ob es nicht vorzeitig zu Ende sein könnte. Um seine Eltern zu beruhigen, hatte er ihnen wenige Tage vor seinem Tod, als rückte das Unheil nicht immer näher, seine Zukunftspläne eröffnet. Medientechnologie. Master. Leiden. Den Haag. Bahn.

Wir hatten das starke Empfinden, er, und nur er allein, habe um sein kurzes Leben gewußt – und es für sich behalten. Daß er dieses schreckliche Wissen in Einsamkeit besessen hatte, um uns damit nicht zu belasten – allein diese Möglichkeit schon erfüllte uns mit Stolz.

WUT: auf alles und jeden, aber nicht auf alles und jeden zugleich. In Ermangelung eines Gottes ließ ich meine Wut am Schicksal aus. In meiner Ohnmacht versuchte ich, es zu demaskieren, indem ich ihm die Augenbinde wegriß. Ich legte lediglich blinde Augen frei. Tischtennisbälle ohne Iris.

Andere Objekte meiner Wut: die Sommerzeit, der Hersteller des BMW (denn ich war mir sicher, daß ihn ein protziger BMW erwischt hatte), meine Schwiegermutter, die Tonios Tod karikierte, indem sie in einem fort theatralisch ihren eigenen Tod ankündigte …

ERGEBENHEIT: manchmal, kurzfristig, und zu meiner eigenen Verwunderung. Ergebenheit suggeriert Dauerhaftigkeit, kann jedoch in der jetzigen Situation gar nicht flüchtiger sein. Darauf folgt schon bald ein Schuldgefühl, denn sich in Tonios Tod zu fügen, das gehört sich nicht.

43

ANGST in vielerlei Gestalt. »Ich habe solche Angst«, sagte Mirjam neulich, und ihr Gesicht verzog sich zu einem Weinkrampf. »Ich sterbe vor Angst.«

Ich brauchte sie nicht zu fragen, wovor.

»Bevor wir Tonio verloren, haben wir so oft über die Problemstellung in einem Roman gesprochen … die verschiedenen Versuche einer Lösung … Das wurde allmählich schon zu einem alten Hut für uns. Aber auch im täglichen Leben sind wir immer lösungsorientiert gewesen. Kein Problem konnte so groß sein, als daß wir nicht nach einer Lösung gesucht hätten. Und meistens haben wir eine gefunden. Kein Problem war vor uns sicher. Jetzt sind wir mit einem absolut unlösbaren Problem konfrontiert … Tonios Tod … und daß es dafür keine Lösung gibt, das ängstigt mich. Es ängstigt mich mehr als mein eigener Tod. Mehr als irgendwas sonst. Wie man es auch dreht und wendet, daran läßt sich nichts mehr verbessern. Das erzeugt ein klaustrophobisches Gefühl. So ähnlich wie in dem Roman *Das goldene Ei* von Tim Krabbé. Eingeschlossen in einem Problem, das sich nicht aufbrechen läßt. Und man weiß, nirgendwo in der Zukunft ist die Lösung zu finden. Die Angst vor dem unlösbaren Problem ist auch die Angst vor der Zukunft.«

Mirjam hatte zweifellos noch mehr Ängste in sich, genau wie ich. Die Angst, durch den Verlust verrückt zu werden. Tonio ins Grab folgen zu wollen. Nicht mehr schreiben zu können. Festgenommen zu werden wegen fahrlässiger Tötung …

397

Ich sagte meinem Freund, daß ich die Liste noch um eine Vielzahl anderer Emotionen sowie Mischungen von Emotionen ergänzen könnte, daß ich mich aber auf eine weitere, letzte beschränken wolle. Das Gefühl der totalen NIEDER-LAGE. Dein Sohn ist dir von einer unbekannten Macht genommen worden, der du, als Vater, nicht Einhalt gebieten konntest.

44

Wir hatten nun sowohl Dennis als auch Goscha bei uns gehabt: die beiden Freunde von Tonio, die ihn in seinen letzten Stunden erlebt hatten – rund um die Uhr, ungefähr seinen letzten halben Tag bei Bewußtsein. (Es folgte noch ein bewußtloser halber Tag. So daß sein letzter bewußter halber Tag mit Abend und Nacht und Dunkelheit in Verbindung stand und sein letzter halber Tag ohne Bewußtsein mit Tag und Sonne und Operationslampen.) Obwohl sie manche Details unterschiedlich betonten, ergänzten sich ihre Versionen der Ereignisse mehr oder weniger.

Doch wir hatten noch immer keine Antwort auf die Fragen, was für ein Mädchen diese Jenny war, warum Tonio nicht mit ihr ins Paradiso gegangen war und was er um zehn nach halb fünf Uhr morgens an der Kreuzung Hobbemastraat/Stadhouderskade zu suchen hatte, so weit abseits von seinem üblichen Weg.

Wenn wir ganz ehrlich waren, mußten wir zugeben, daß wir auf einen idyllischeren Bericht von Tonios letzten Stunden gehofft hatten. Die Rolle von Goscha, von Dennis – ja, gut. Wo aber war Jenny in dieser Geschichte?

Wir bekamen einen Tonio zu sehen, der sich nach einem ausgelassenen Abend von Dennis und Goscha verabschiedete, die sich danach in Dennis' Haus zurückzogen. Einen einsamen Tonio, der noch Freundschaftspflichten zu erfüllen hatte und aus irgendeinem Grund falsch abgebogen war –

um in Gestalt des blinden und stummen Schicksals seinen Meister zu finden. Selbst die Illusion, er habe möglicherweise zum Paradiso gewollt, um, sei es drinnen, sei es draußen, Jenny zu treffen, hatten sie uns geraubt.

»Ich komme nicht über den Moment des Zusammenpralls hinaus«, sagte ich zu Mirjam. »Ich renne mir den Kopf daran ein. Ich *muß* wissen, was passiert ist. Sonst überlebe ich es selbst nicht. Diese letzte Fahrt ... der Schlag aus dem Nichts ... sein verletzter Körper auf der Fahrbahn ... Sirenen in der Ferne ... Blaulichter ... Davon geht eine so niederschmetternde Einsamkeit aus, Minchen ... und wenn ich nur dahinterkomme, wie ich ihm die in jenen Minuten hätte erleichtern *können*.«

»Alles, was ich jetzt noch darüber erfahre, vergrößert den Schmerz«, sagte Mirjam. »Aber wenn du auch das Letzte noch ans Tageslicht bringen willst ... ich mache mit.«

KAPITEL IV

Verbrannte Erde

> Grief fills the room up of my absent child,
> Lies in his bed, walks up and down with me,
> Puts on his pretty looks, repeats his words,
> Remembers me of all his gracious parts,
> Stuffs out his vacant garments with his form;
> Then, have I reason te be fond of grief?
>
> Shakespeare, *King John*

I

Wie oft habe ich geträumt, ich hätte jemanden getötet? Ich war ein Mörder, ohne Frage, und in Kürze würde es herauskommen. Den idealen Mord, den beging ich nicht einmal in meinen Träumen. Ich war geliefert.

Natürlich gibt es kein erleichterteres Erwachen als aus einem solchen Alptraum. Der Mord war in der Regel derart realistisch, daß man sich in einem bestimmten Moment, noch in tiefem Schlaf, fragte, ob man nicht einem Traum aufgesessen sei. Nein, ausgeschlossen: Dies war alles hundertprozentig echt. Ich würde akzeptieren müssen, daß ich das Kapitalverbrechen begangen hatte. Ein Entrinnen war nicht möglich.

Erst nach dem Aufwachen, wenn der Träumende in die einzig wahre Wirklichkeit zurückgekehrt ist, erscheint ihm die Kulisse des Traums wie aus Pappe und Styropor angefertigt. Die Verwicklungen rund um den Mord tragen den

Stempel einer billigen, unglaubhaften Fiktion. »Daß ich darauf reingefallen bin, also wirklich!«

In einem anderen Typ von Alpträumen stirbt eine innig geliebte Person. Kulisse, Details, das Geschehen selbst: alles *unglaublich* realistisch. In einem Comic kneift der Träumende sich selbst in den Arm, aber das ist bei mir nicht nötig, denn ich weiß: Dies ist die Wirklichkeit. Mein geliebtes Kind ist wirklich tot. Mein Herz gefriert.

Tonios Tod mit allem, was damit verbunden ist, springt mich an wie einer dieser hyperrealistischen Alpträume, die sich nichts weismachen lassen. Sämtliche *special effects* sind aufgeboten, so daß der Traum nicht von der alltäglichen Wirklichkeit zu unterscheiden ist. Oh, möchte der Träumende sich in den Arm kneifen? Auch ein solches Zeichen von Ungläubigkeit wird pariert. Er wacht nicht auf. Das Geheimnis des Träumeschmieds.

Dennoch bewahrt sogar derjenige, der Alpträumen am stärksten ausgeliefert ist, irgendwo in seinem Kopf einen eiskalten Fleck, der – allmählich wider besseres Wissen – damit rechnet, daß die ihn umgebende Wirklichkeit die gut gelungene Kulisse eines realistischen Traums ist.

So ergeht es mir. Der Zustand, in dem ich mich seit Pfingstsonntag befinde, trägt die Merkmale eines ungeheuer gut getarnten Traums. Ich kann keinen Riß in der Maskerade entdecken, kann mich aber ebensowenig des Verdachts erwehren, daß ich – wenn auch auf einem sehr hohen Niveau – zum besten gehalten werde. Nur … dieser hartnäckige Alptraum braucht seine Zeit, dauert und dauert. Daß der Traum sich fortwährend in die Länge zieht, ist möglicherweise auch eine Methode, seinen Wirklichkeitsanspruch überzeugend durchzusetzen.

Ich will es so sagen: Dieser Alptraum ist so realistisch, daß ich mich schon fast nicht mehr als Träumender fühle.

Sonntagmorgen. Als Mirjam ins Schlafzimmer kommt, lese ich im Bett die Samstagszeitungen, bei aufgezogenen Vorhängen und offener Balkontür. Bekleidet mit lediglich einem langen T-Shirt über dem Slip, kriecht sie zu mir. Verlegen, vielleicht als Ablenkungsmanöver, stupst sie mich auffordernd mit dem Kopf, wie ihre Katzen es tun. Seit Tonios Verschwinden haben wir einander viel liebkost, umarmt, geknuddelt, gestreichelt, gedrückt – aber das diente lediglich dem Trost, nicht dazu, Sinne zu reizen (wenngleich ich nicht ausschließe, daß Trost auch eine erotische Seite hat). Zum erstenmal seit Wochen streichle ich wie beiläufig, durch den Stoff ihres T-Shirts hindurch, ihre Brüste. Schon bald steigt sie aus dem Bett.

»Ich weiß nicht, ob die Nachbarn durch den Efeu gucken können«, sagt sie, »aber ich zieh sicherheitshalber lieber die Vorhänge zu.«

Ich blicke auf den dicken Efeuteppich, der das Badezimmerfenster in der Seitenfassade des Max-Nord-Hauses schon vor Jahren vollständig überwuchert hat. Mirjam zieht die Vorhänge vor die Aussicht und schlüpft wieder ins Bett. Ich nehme mein zärtliches Streicheln, jetzt unter dem T-Shirt, wieder auf, aber es wollen nicht die Brüste werden, die mir immer die milde Vorglut der Erregung geschenkt haben. Es sind die Brüste, die Tonio gestillt haben. Die Warzen verhärten sich nicht durch Zutun meiner Fingerspitzen, sondern als Reaktion auf das Hungergeschrei aus dem angrenzenden Zimmer.

Die Hand, die zwischen ihre Beine gleitet, gehört *jetzt* mir, doch es ist gleichzeitig die Hand, die im Sommer '88 zögernd zu prüfen wagte, ob die junge Mutter sich von der Geburt bereits genügend erholt habe, um mich zu empfangen. Sie zeigt, als Antwort auf mein Streicheln, nicht die Reaktionen, die ich bei ihr gewöhnt bin. Meine Hand wird von ihrer abgelöst, doch auch sie vermag nichts auszurichten. Als ich wieder übernehmen will, hindert sie mich daran, indem sie flüstert: »Ich sehe die ganze Zeit Tonio vor mir. In den Ferien.«

Von diesem Moment an sehe ich natürlich ebenfalls Tonio vor mir – nicht als Säugling an ihrer Brust, sondern als Zehnjährigen. In den Ferien, in der Tat. Mirjam kann mich streicheln und massieren, soviel sie will, ich sehe Tonio vor mir, wie er in jenem Sommer war, in Marsalès. Seinen Tatendrang. Er kommt auf mich zu, eine lebensechte Schlange über der Schulter. Wenn er auf eine spezielle Weise den Schwanz manipuliert, windet sich das Ding um seinen Hals.

»Die ist nicht echt. Das ist meine Knuddelschlange.«

Ich sehe ihn an einem kleinen Wasserfall angeln, der den Badesee speist. Er holt in raschem Tempo silbrige Fischchen heraus, die er geschickt vom Haken löst und wieder ins brausende Wasser wirft. Tränen der Wut, als der Campingplatzwart das Angeln plötzlich verbietet, weil er um den Bestand bangt.

»Ich hab sie doch immer zurückgeworfen. Es war doch nur Sport. Ich denke wirklich an die Umwelt.«

Ich sehe ihn mit einem Schläger in der Hand vor der Tischtennisplatte tanzen, auf seinen Handrücken diese phosphoreszierenden Röhrchen, die den Gegner verwirren sollen. Jetzt ist es seine Mutter, die ihr Veto einlegt: Angenommen, die Röhrchen zerbrechen, so daß die giftige Flüssigkeit …

Ich höre ihn betrübt klagen, daß er »noch immer keinen Freund gefunden« habe. Ich sage: »Das muß doch nicht gleich in der ersten Woche sein, oder?«

»Es hätte beinahe geklappt«, sagt Mirjam, »aber der Junge war zwei Jahre älter, und das findet Tonio nicht schön.«

Als es Abend wird, fährt er erhitzt auf seinem gemieteten Mountainbike auf das Grundstück. »Ich hab vier Freunde auf einmal gefunden. Beim Tischtennis. Wer eine Partie gewonnen hat, dem hab ich was spendiert. Und jetzt ist mein Geld alle, und ich wollte fragen …«

»Und haben diese Freunde, wenn du gewonnen hast, dir auch was spendiert?«

»Nein, weil – ich hab nie gewonnen. Ich kann's noch nicht so gut.«

»Auf dem Schrank im Wohnzimmer liegt ein Umschlag mit Münzen. Hol den mal.«

Ich kippe den Inhalt des Umschlags auf den Terrassentisch. Eine Menge französisches Wechselgeld. Ich lasse Tonio die wertvolleren Münzen heraussuchen. »Denk dran: Du brauchst nicht als einziger was zu spendieren. Egal, ob du gewinnst oder verlierst.«

»Okay.«

Als er auf das Mountainbike steigt, hängt seine Hose schief von den schweren Geldstücken in der einen Tasche. Eine Stunde später kommt er, mit Sturzhelm und Sonnenbrille, fröhlich und noch erhitzter auf unseren Eßtisch zugefahren. Er leert seine Hosentasche und legt den größten Teil des mitgenommenen Geldes auf den Tisch. »Die beiden anderen waren eigentlich keine richtigen Freunde. Also habe ich denen nichts mehr spendiert.«

Tonio ist freudig überrascht, als ich sage, daß er die Münzen behalten darf. »Weil du so ehrlich bist.«

»Weißt du, Adri … die beiden Jungs, die meine Freunde sind, äh, die haben mich gefragt, ob ich heute abend zu ihrem Zelt komme.«

»In Ordnung. Vor dem Dunkelwerden zurück.«

»Wann ist das?«

»Ich schätze: Viertel vor elf.«

»Woher soll ich denn wissen, wann es Viertel vor elf ist?«

Ich lege ihm meine Armbanduhr um.

Ich habe mich getäuscht, was das Dunkelwerden in Südfrankreich anlangt. Mirjam geht ihn holen. Tonio radelt vor ihr her und sprintet lachend aufs Grundstück, bremst dann hart ab, so daß verdorrte Ästchen unter den Reifen knacken.

»Es sind Brüder. Zwei Brüder.«

»In deinem Alter?«

»Sie sehen ungefähr gleich alt aus. Ich weiß nicht, welcher der ältere ist.«

Tonio setzt sich mir gegenüber an den Gartentisch und lümmelt sich faul in den Stuhl. Er hat's geschafft.

3

»Mit Dank an Tonio«, sagt Mirjam traurig lächelnd. Wir liegen unbefriedigt nebeneinander, ohne die träge Mattheit früherer Sonntagmorgen. Alle Liebkosungen, alle Berührungen sind wieder Gesten des Trostes geworden, und das ist natürlich auch etwas wert.

»Es wird noch schlimmer werden«, sage ich. »Ein lebender Tonio ließ sich leicht wegdenken … der ging seiner eigenen Wege … Der tote Tonio ist immer präsent. Den schickt man nicht einfach weg. Er wacht über uns und hat uns ausgewählt, über ihn zu wachen. Wir drei sind einander ausgeliefert bis zum Ende deiner oder meiner Tage.«

Mirjam liegt auf ihrer rechten Seite. Die Träne aus ihrem rechten Auge wählt den kürzesten Weg zum Kopfkissen. Die aus dem linken Auge muß erst die Schwelle der Nase überwinden, bevor sie die rechte Wange erreicht – und erst viel später das Kissen.

»Wenn er immer präsent ist«, sagt sie, »dann würde das bedeuten, daß wir weniger einsam sind, wo wir jetzt … na ja, so gut wie niemanden mehr sehen.«

»Krasser noch, er ist der Garant dafür, daß die Welt ausgeschlossen bleibt. Tonio ist der Keil zwischen uns und dem Rest. Er ist unser Bodyguard … ohne Knopf im Ohr, denn er braucht keine Anweisungen. Leibwache, Geisel und Geiselnehmer in einem. Was wollen wir mehr?«

»Das.«

»Was?«

»Daß das alles nicht nötig wäre … dieses ganze Einigeln und so.«

»Es gibt kein Zurück.«

4

Ein Bekannter von uns ist Geruchsforscher, was nichts mit der HNO-Abteilung im Krankenhaus zu tun hat. Er beschäftigt sich unter anderem mit Menschentränen und ihrer geruchlichen Wirkung auf den Umgang miteinander. Er hat noch nichts publiziert, die Ergebnisse sind also geheim, aber soviel wollte er schon mal verraten: Frauentränen beeinflussen die männliche Libido.

»Augennässe stimuliert«, riet ich.

»Umgekehrt«, sagte er. »Sie beeinträchtigt die Lust auf Sex.«

»Ich habe natürlich schon mal eine Träne gekostet«, sagte ich. »Aber einen speziellen Geruch habe ich nie entdecken können.«

»Männer empfinden Tränen als geruchlos. Währenddessen schaltet der Geruch ihre Geilheit aus. In Tränen sind Pheromone enthalten. Eine Art Lockstoff, merkwürdigerweise … allerdings nicht als Werbung für den Paarungsakt.«

Das erstaunte mich. Ich erinnerte mich an den Abschied von einem Mädchen, 1973, das meinetwegen von zu Hause weggelaufen war, während ich bereits einen Urlaub mit Freunden geplant hatte, in den sie nicht paßte. Sie war bei Freunden untergeschlüpft. Ich ging hin, um mich zu verabschieden. »Es ist nur für sechs Wochen.« Bei meinem Kommen hatte sie zu weinen angefangen und, bis ich ging, nicht wieder aufgehört. Ihre großzügige Tränenflut, verdünnt mit Rotz, hatte mich wie nie zuvor zum Akt stimuliert – doch vielleicht spielte dabei auch ihre verzweifelte Passivität eine Rolle.

»Den Geruch der Nasenflüssigkeit in seinen Auswirkungen auf die Libido haben wir noch nicht untersucht«, sagte mein Bekannter. »Es könnte sein, daß Rotz aus einer trauernden Schniefnase die Pheromone in den Tränen neutralisiert. Aber das sind Spekulationen.«

»Wenn ich bei Mirjam Tränen strömen sehe«, sagte ich, »dann habe ich in erster Linie das Bedürfnis, sie intensiv zu trösten.«

»Denk mal drüber nach«, sagte der Geruchsforscher. »Ich denke, damit bist du ganz nah an der Funktion dieser Pheromone. Lockstoff zum Bieten von Trost.«

Das Leben hat mir eins ausgewischt.

Meine Umgebung, das Milieu, in dem ich aufgewachsen bin, hat mich immer gelehrt, es sei gut, zu heiraten und eine Familie zu gründen – wenngleich die Familie, aus der ich stamme, nicht gerade ein leuchtendes Vorbild war. Mein Vater war Wochenendtrinker, der seine Verlassensangst mit Selbstmorddrohungen bekämpfte. Ich erinnere mich, wie meine Mutter und wir drei Kinder, vor uns zwei Polizisten, die Wohnküche meines Elternhauses betraten, in der es aus allen voll aufgedrehten Brennern des Gasherds zischte. Papa hatte sich nicht die Mühe gemacht, ein Streichholz daranzuhalten. Er hatte die Schalter mit blutenden Fingern aufgedreht: Auf der Spüle stand ein zerquetschtes Glas.

Oben fanden die Ordnungshüter meinen Vater auf dem Bett liegend, den Kopf nah am offenen Fenster, so daß wir bis auf den heutigen Tag nicht wissen, für wen das Gas eigentlich bestimmt war – vielleicht für das Feuerzeug eines von uns alarmierten Nachbarn.

Fünfzehn Jahre später begegnete ich D & KA. In den sieben Jahren, die wir zusammenlebten, erkundigten sich unsere Mütter (und Väter) ständig nach ihrem ersten Enkelkind. Im Grunde war es eine *Forderung* mit einem Fragezeichen. Offenbar besaß die Familie, die Idee der Familie, einen Wert, den ein einziges destruktives Familienmitglied nicht so leicht zerstören konnte.

Ich kann nicht sagen, daß ich den einmischwütigen Wünschen meiner Mutter und Schwiegermutter erlegen bin, Gott behüte. Aber genausowenig kann ich leugnen, daß die Familie, trotz der falschen Nutzung eines Gasherds, das Modell meiner Jugend war – eine *Schablone*, die sich nicht einfach verleugnen ließ.

Wir entschlossen uns zu einem Kind. Ich zeugte es willentlich und wissentlich mit ihr. Wir heirateten um des im Anmarsch befindlichen Kindes willen. Es kam, und es machte uns fast zweiundzwanzig Jahre lang unendlich glücklich. Jetzt sitzen Mirjam und ich bis zu unserem jeweiligen Todestag mit einem lebensgroßen Verlust da anstatt mit einem lebendigen Sohn. Also war alles gelogen, diese Geborgenheit, die die eigene Familie garantierte. Ein stinkende Lüge, das Kind als Puffer gegen die einsame Kälte des eigenen Todes.

Ich sehe mich neben meiner Mutter vor einer Glaswand der Entbindungsstation im Slotervaart-Krankenhaus stehen. Dahinter zeigt Mirjam ihrer Schwiegermutter das Baby – ach, wie klein es ist, frisch aus dem Brutkasten. Meine Mutter schaut gerührt hin. Mit ihr konnte man nie locker über sexuelle Dinge reden. Aufgeklärt haben mich meine Eltern nicht. (»Was haben wir denn selbst schon gewußt, früher?«) Jetzt muß sie dran glauben.

»Na, Mama, hab ich einen schönen Wurm für dich gemacht, oder habe ich keinen schönen Wurm für dich gemacht?«

Seit ich Ende der sechziger Jahre damit zu experimentieren begann, habe ich den Geschlechtsakt und alle Vor- und Nachspiele immer sehr gut von der Fortpflanzung trennen können. Natürlich, das wurde mir leichtgemacht, weil immer mehr Mädchen in meinem Umfeld die Pille nahmen und damit buchstäblich von der Fortpflanzung abgeschnitten waren. Die gesamte Aufmerksamkeit konnte sich auf die Verfeinerung des Spiels selbst richten.

Sex in Verbindung mit Fortpflanzung spielte erst dann wieder eine Rolle, als wir uns zu einem Kind entschlossen hatten. Mirjam hörte mit der Pille auf und mit dem Rauchen. Ich mit dem Trinken. Eines Sonntagnachmittags zeugte ich mit Zärtlichkeit und der erprobten Technik ein Kind mit ihr. Am Freitag, dem dreizehnten November 1987, ergab ein Schwangerschaftstest, daß Nachkommenschaft unterwegs war.

Daß man mit einem neuen Leben auch einen neuen Tod zeugt, ist ein uraltes Klischee. Es handelt sich dabei um einen neuen Tod, der weder vom Erzeuger noch von der Frau, die das neue Leben geboren hat, zu Lebzeiten erlebt werden soll. In meinem Fall kann ich sagen, daß ich mit Tonios Zeugung meinen jetzigen Verlust gezeugt habe. Das Klischee wurde vorzeitig von der Wirklichkeit erfüllt.

So leicht ich all meine Jugendjahre und mein Dasein als junger Erwachsener Sex von Fortpflanzung und Nachkommenschaft abkoppeln konnte, jetzt würde Sex für immer mit Verlust und Vermissen und Schmerz verbunden sein. Meine ganze Vorstellung von Fortpflanzung war auf den Kopf gestellt. Immer schon von schalen, faden Doppeldeutigkeiten umgeben, war Sex jetzt wirklich, im Ernst, zu etwas Doppeldeutigem geworden.

5

Dem Wörterbuch zufolge ist Kriechöl ein »dünnes Öl von spezieller Zusammensetzung, das durch Kapillarwirkung an schwer erreichbare Orte vordringen kann und vor allem benutzt wird, um festgerostete Teile zu lösen«.

In den zurückliegenden Wochen habe ich meinen Kummer als eine Art Kriechöl kennengelernt. Er dringt bis in die Haargefäße meines emotionalen Systems vor, sofern es das gibt, und löst dort die winzigsten Details von Tonios vergangenem Leben ab, jede vergessene und halb vergessene Erinnerung. Alles löst sich trübe auf in Sehnsucht und Melancholie.

Nach einem Besuch bei meinen Eltern riefen wir ein Taxi, das uns zum Bahnhof in Eindhoven bringen sollte. Tonio wollte unbedingt vorn, neben der Taxifahrerin, sitzen. Mirjam und ich schlüpften auf die Rückbank und lauschten erstaunt, was unser Söhnchen der Fahrerin zu erzählen hatte. Er war drei, vielleicht gerade mal vier und schlug der jungen Frau gegenüber einen vertraulichen Ton an, der sie fast verlegen machte.

»… und wenn wir zu Hause sind, dann *rangelt* mein Adri … mein Papa … mit mir. Das macht er immer mit mir. Rangeln.«

Mirjam und ich sahen uns an, sie mit hochgezogenen Augenbrauen. Ja, ich knuffte ihn manchmal, rannte schon mal hinter ihm her, wenn er nicht ins Bett wollte, und warf ihn, wenn es sich so ergab, in die Luft, aber rangeln, eine richtige Rangelei, nein, das hatte es bisher nicht gegeben.

»Und was macht ihr dann«, fragte die Taxifahrerin, »eine Kissenschlacht?«

»Den Kitzeltod«, sagte Tonio wie aus der Pistole geschossen. »Dann machen wir den Kitzeltod.«

Ach, lieber Junge. Wie oft hatte er sich nicht angeschlichen, um mich an der Seite, unter der Achsel oder hinter dem Ohr zu krabbeln. Ich war sehr kitzelresistent und bemühte mich zusätzlich, seine diesbezüglichen Versuche ungerührt über mich ergehen zu lassen – zweifellos, um ihn zu necken (deinen Vater unterkriegen, Freundchen, da mußt du schon schwerere Geschütze auffahren), aber jetzt, im Taxi, bereute ich es. Er wollte mich mit seinen Fummelfingerchen kleinkriegen, ich sollte aufschreien und mich so zur Rache in Form eines Scheinkampfs verleiten lassen, der Rangelei, nach der er sich so sehnte und die mit dem Kitzeltod für beide Parteien enden würde. Ich hatte wieder mal nichts begriffen.

Jetzt, da er gestorben ist, und eindeutig nicht am Kitzeltod, gelingt es mir noch immer nicht, laut aufzuschreien. Innerlich, ja, sämtliche Register gezogen. Scham bewirkt, daß Tonios Gespräch mit der Taxifahrerin unaufhörlich in meinem Kopf abgespult wird. Er war so lieb: begnügte sich mit einer begeisterten Beschreibung künftigen Rangelns, auch wenn es dazu nicht kommen würde. So konnte er es, in Worten, dennoch genießen.

6

Wir leben jetzt seit sechs Wochen mit einem würgenden Gefühl des Verlusts. Das ist keine hohle Metapher. Wir haben erfahren und erfahren es immer noch jeden Tag, wie eine zwingende Abwesenheit mit ihren Tentakeln buchstäblich die Kehle zuschnüren kann. Der Schrei bleibt einem im Halse stecken. Verlust ist ein Würger, der seinem Opfer als Protest lediglich leises Gegurgel gönnt.

Mirjam zufolge habe ich gestern abend laut geschrien wegen Tonio. Das wäre dann das erste Mal seit Pfingsten. Im Hinblick darauf, Emotionen Ausdruck zu verleihen, hat man mich oft als verschlossen bezeichnet – was auf das Hamstern von Gefühlen zu deuten scheint. Ich habe eher den Eindruck, daß nach innen gerichtete Gemütsbewegungen einen Menschen aushöhlen. Er frißt sich auf.

»Der Kummer, der sickert irgendwo *in* mir«, habe ich schon ein paarmal zu einer weinenden Mirjam gesagt. »Ungefähr wie eine innere Blutung.«

Ich schreie ganz schön was zusammen an solchen Tagen, so ist es nicht. Innere Schmerzensschreie, die mich überfallen. Ich habe keine Kontrolle darüber, und gleichzeitig achte ich darauf, daß sie mir nicht entwischen – daß sie mir nicht über die Lippen kommen. Es schreit in mir.

Manchmal bedient sich das innere Wehklagen der Stimmen meiner Eltern. Ein Jugendfreund, der wiederum der Sohn der Busenfreundin meiner Mutter ist, schrieb mir, seine Mutter habe gesagt:»Nur gut, daß Toos das nicht mehr erleben muß.«

Sofort übersetzte sich das bei mir in den schmerzlichen Ruf der Ungläubigkeit, den Tonios Oma Toos (bevor Parkinson ihr Sprechvermögen beeinträchtigte) ausgestoßen hätte, wenn sie die schlimme Nachricht erhalten hätte. Seit ich diesen Brief empfing, gellt meiner Mutter Ruf ekelerregend in mir. Um mich herum keiner, der etwas hört.

Die Art und Weise, wie mein Vater als Reaktion auf Tonios Tod seine Stimme in mir erhebt, hat etwas Blaffendes, fast der Ansatz zu einem dumpfen Entsetzenslachen, das in einen Hustenanfall mit krächzenden Schluchzern mündet. Oh, wie schön fand ich es, daß er die Liebe, die er bei mir nicht an den Mann bringen konnte, seinem Enkelsohn schenken konnte. In den Untertönen hat der Abscheuschrei meines Vaters etwas Kämpferisches: Das muß ungeschehen gemacht werden, und zwar sofort.

Gestern abend habe ich also, wenn ich Mirjam glauben darf, einen lauten Schrei von mir gegeben. Ich habe keine direkte Erinnerung daran. Wir hatten einiges getrunken, vor allem ich. Es kann sein, daß Mirjam mich herausgefordert hat, jetzt endlich mal in voller Lautstärke mein Herz zu öffnen. Mein Gedächtnis bewahrt daran lediglich ein abstraktes Nachbild: kurz ein schwarzer Strudel, vielleicht aus Ekel, den die sich immer weiter hervorstreckende grellgelbe Zunge einer Stimme zu durchbrechen versucht.

Nur an Mirjams Reaktion, aus großer Ferne, erinnere ich mich Wort für Wort – zumindest stellt sich beim Nachfragen heraus, daß sie stimmen.

»Macht nichts … schrei nur, Kleiner. Das kann nicht schaden.«

»Wie?« fragte Mirjam.

»Raus«, sagte ich. »Nicht länger zu Hause rumsitzen, bis jemand kommt und etwas berichtet. Raus und los. Ich will mit der Polizei sprechen ... die Akte einsehen ... den Bericht des AMC. Ich will Tonios Fahrrad sehen. Die Stelle, wo es passiert ist ... vielleicht sind die gelben Striche noch nicht ganz verschwunden. Ich weiß nicht, ob du das auch kennst. Man hat einen kranken Zahn, der ein bißchen locker ist. Bei der leisesten Berührung, zum Beispiel mit der Zunge, jagen einem wahnsinnige Schmerzen durch den Kiefer. Früher oder später hat man das Bedürfnis, den Schmerz zu provozieren. Man beißt ganz fest auf den Zahn ... und wird belohnt. Also, so gehe ich ab jetzt mit meinem Kummer um. Ich werde ihn provozieren ... ihn zu mir locken.«

»Und meine Pillen ... meinst du, ich sollte damit aufhören?«

»Nein, der Schmerz kriegt dich doch zu fassen. Die Frage ist: Verkraftest du es ... *willst* du mehr über den Unfall und alles Drumherum wissen?«

»Ich schließe mich dir an.«

»Gut, dann hocken wir nicht länger miesepetrig hinter geschlossenen Vorhängen herum, sondern setzen draußen unsere Rekonstruktion fort. Wir spielen einfach *Aktenzeichen XY ... ungelöst*. Wir wissen jetzt, wo Tonio seine letzten Stunden verbracht hat ... woher er kam, als er verunglückte. Den Rest bekommen wir auch noch heraus. Ich mache einen Termin mit dieser Unfallabteilung in der James Wattstraat aus. Wenn du die Fotos von Jenny auftreibst ... dann können wir sie auch mal befragen.«

»Ich rufe Klaas noch mal an«, sagte Mirjam. »Die Sticks, die Filmrollen ... die können doch nicht einfach vom Erdboden verschwunden sein.«

Trauerarbeit – wir strichen den Begriff aus unserem Wörterbuch. Jedes Verarbeiten, und sei es nur der Ansatz dazu, entfernte uns von Tonio und war somit tabu. Wir ließen den Nerv frei liegen und erzwangen so den Schmerz, der uns mit Tonio verband. Auch das war eine Form von Trauer, allerdings eine, die sich nicht dem Verblassen aussetzt – sondern eine, die sich unaufhörlich erneuerte und verstärkte.

8

»Wenn du sowieso in der Nepveu bist«, sagte ich zu Mirjam, »dann schau doch auch mal, ob du Tonios Uhr irgendwo siehst.«

Sie fuhr mit Fotograf Klaas nach De Baarsjes, um dort die Sticks und Filmrollen mit den Fotos von Jenny zu suchen. Viel Hoffnung bestand nicht, denn sowohl Jim als auch Dennis hatten uns bereits gesagt, daß sie beim Aufräumen von Tonios Arbeitstisch, eine Woche nach seinem Tod, nichts dergleichen entdeckt hätten. Blieb die geringe Chance, daß sich in Tonios Computer etwas befand.

Mirjam kam betrübt nach Hause. Von Jennys Porträts keine Spur. Nicht einmal die Polaroids, die Tonio mir nach der Session gezeigt hatte, waren irgendwo in der Wohnung zu finden. Tonios »Blutskumpel« Jim hatte sich nicht sehr kooperativ gezeigt.

»Diese Polaroids«, sagte ich, »vielleicht trug er die bei sich. Dann liegen sie bei seinen Sachen in der James Wattstraat. Wir müssen uns mit den Leuten da nicht nur zum Gespräch verabreden, sondern auch um alles abzuholen, was Tonio gehört hat.«

»Hoffentlich ist die Uhr auch dabei«, sagte Mirjam niedergeschlagen. »In der Nepveu habe ich sie nicht gesehen.«

»Und die kleine Katze … wie ging's der?«

»Ich hab mich nicht mal getraut, sie anzufassen. Sie schlich

414

scheu davon. Stell dir vor, ihr Fell hätte statisch aufgeladen geknistert … dann wären das vielleicht Tonios Funken gewesen. Das Produkt seines letzten Streichelns.«

9

Mit fünfzehn begann er zu fotografieren – keine Schnappschüsse, sondern ungewöhnliche Situationen und von anderen unbemerkte Perspektiven, wobei er ein natürliches Gefühl für Komposition an den Tag legte. Mir fiel auf, daß er eine Vorliebe für teure Kameras entwickelte. Das Objektiv, mit dem er dem Mysterium der sichtbaren Welt am nächsten kommen zu können glaubte, war zufällig auch immer das kostspieligste.

In der vierten Klasse flog er mit einer Gruppe von Schülern und Lehrern vom Ignatius nach Griechenland, um die Reste der antiken Kultur zu studieren. Tonio witterte eine Chance, das *andere* Griechenland zu fotografieren. Das schlampige moderne. Sie flogen in Schiphol ab, mußten aber in Brüssel umsteigen. Tonio, viel zu obrigkeitshörig, hatte den Rat, als Handgepäck nur das Allernötigste mit in die Kabine zu nehmen, zu wörtlich genommen und die teure Kamera in den Koffer gelegt.

Zaventem war in jenen Jahren berüchtigt für seine korrupte Gepäckabfertigung. Beim Transport der Koffer zum Flugzeug nach Griechenland wurde Tonios Fotoausrüstung gestohlen.

Ich erinnere mich, wie entsetzt ich war, als bei einer Busreise nach Luxemburg, wo ich mit einer Gruppe zelten wollte, mein neues Miniaturtöpfeset (Geschenk von Oma) spurlos verschwunden war. Mein Heimweh paßte genau in die Lücke, die die verlorenen Campingutensilien hinterlassen hatten. Ich war zwölf. In meinem Gepäck fand ich nur noch die Dose mit grüner Seife, mit der die Töpfe außen eingeschmiert werden mußten, damit das Aluminium über dem Lagerfeuer nicht schwarz wurde. Das Abenteuer war zerstört.

Tonio meldete uns den Diebstahl telefonisch. Er hielt sich tapfer. Wie seine Betreuer später erzählten, hatte er sich an allen Aktivitäten beteiligt. Ihm war nichts anzumerken gewesen. Ich wußte es besser. Er hatte den demütigenden Verlust seiner Ausrüstung stets mit sich getragen. Bei allem, was er fotografieren wollte, blieb ihm nichts anderes übrig, als mit zwei Daumen und zwei Zeigefingern ein Viereck zu bilden.

Wenn ich in diesen Tagen die Trübsal wieder einmal wie einen Betonklotz in mir spüre, stelle ich mir den fünfzehn-jährigen Tonio in Griechenland vor, um den Hals den Stein, wo seine stolze Kamera hätte hängen müssen. So wie eine unerwartet laute Alarmglocke auf eine volle Blase schlagen kann, wirkt der Gedanke an den gestohlenen Apparat auf mein Gemüt. Tränen, endlich – zwei, aber fürs erste genug.

10

»Diese ganzen Details ... ich weiß nicht, ob ich das verkraf-te«, hatte Mirjam ein paar Tage zuvor zu mir gesagt.

»Gut, dann geh ich allein«, hatte ich erwidert. Doch jetzt, da der Tag gekommen war, mußte ich mir die Frage stellen, ob *ich* das verkraften würde, so ganz allein. Ich schlug ihr vor, mitzukommen und den Raum zu verlassen, sobald das Besprochene sie zu sehr angreife. »Zumindest wartet dann hinterher jemand draußen auf mich.«

Ein Beamter der Dienststelle Kontrolle Infrastruktur und Verkehr, Abteilung Schwere Verkehrsunfälle, mit Sitz in der James Wattstraat unweit des Amstel-Bahnhofs, hatte telefo-nisch angeboten, mit seinem Kollegen zu einer Polizeiwache in unserer Nähe zu kommen, um uns nicht noch stärker zu belasten. Wir einigten uns auf das Revier am Koninginne-weg. Zeitpunkt: drei Uhr.

»Laß uns mit dem Auto hinfahren«, sagte ich.

»Was?« rief Mirjam. »Für *das* kleine Stück?«

»Ich darf gar nicht dran denken, Minchen, daß mich irgendwelche Leute auf der Straße anhalten könnten, um mir zu kondolieren.«

Zum Glück stand das Auto genau vor der Tür, so daß ich nach wenigen Schritten vom Eingang in Sicherheit war. Mirjam ging noch einmal kurz zurück, um Tonios Handy zu holen, das er zum Zeitpunkt des Unfalls bei sich hatte und das uns im AMC, in Plastik versiegelt, ausgehändigt worden war. Der Polizeibeamte der Abteilung Schwere Verkehrsunfälle hatte erklärt, er wolle überprüfen, ob das Opfer möglicherweise in dem verhängnisvollen Moment während des Fahrens telefoniert hatte. Mirjam legte den Apparat in die durchsichtige Tüte zurück und reichte sie mir.

»Diese Plastiktasche«, fragte ich, »sollen sie denken, wir hätten das Ding nicht angefaßt? Die sehen auch so, daß die Tasche geöffnet wurde.«

Sie zuckte mit den Achseln und ließ den Motor an. Bestimmt zwanzigmal hatten wir das Telefon durchforstet. Eingegangene Anrufe, die Telefonnummern mit und ohne Namensangabe. Die SMS. Die Nachrichten in der Mailbox, darunter einige schüchterne von einem Mädchen (das sich als die gesuchte Jenny entpuppte), mit immer dünner werdender Stimme, die letzte Nachricht mit der Bitte, Tonio möge doch zurückrufen oder sich auf Facebook melden. Sie nannte keine Telefonnummer, und bei keiner von Tonios gespeicherten Nummern hatte »Jenny« gestanden. Sie hatte keine SMS geschickt. Wir notierten alles und riefen alle uns bekannten Nummern an. Die Identität des Mädchens war auf diesem Wege nicht zu ermitteln.

Wirklich eine kurze Fahrt. Wir parkten am Ende der Van Breestraat. An der Ecke Emmastraat liegt die Tierhandlung, die die Kiloballen von trockenem Knabberfutter für die Norwegischen Waldkatzen liefert. Obwohl es ein eintönig grauer Tag war, saß der Besitzer mit Freunden draußen auf einer

Bank, rauchend und trinkend. Er grüßte freundlich, auch neugierig, sprach uns aber zum Glück nicht an. Ich schob Mirjam schnell über die Straße, zwischen den parkenden Streifenwagen hindurch, zur ehemaligen Remise aus der Anfangszeit des Concertgebouw. Hier war Pfingstsonntagmorgen der uns unbekannte Autofahrer vernommen worden, der mit einem ihm unbekannten Radfahrer zusammengestoßen war.

Der kleine Empfangsraum sah schäbig und in die Jahre gekommen aus, mit einer aus der Systemdecke lose herabhängenden Korkfliese, wo, dem Kabelknäuel nach zu urteilen, an der Stromversorgung repariert worden war. Sogar jetzt konnte ich es nicht lassen, mich wegen der auf dem Polizeirevier spielenden Szenen meines neuen Romans gründlich umzusehen. In der Ecke machte sich eine Beamtin, gedämpft fluchend, an einem Kaffeeautomaten mit tropfenden Bechern zu schaffen.

Der Mann am Empfangstresen wußte Bescheid. Die Herren von der Abteilung Schwere Verkehrsunfälle befänden sich bereits im Gebäude, er würde sie persönlich benachrichtigen. »Augenblick.«

An Mirjams Blässe konnte ich ermessen, wie weiß ich selbst ungefähr aussah. Hier war ich schon zweimal gewesen. Beim ersten Mal, 1995, als ich bei der Rückfahrt aus Berlin meine Tasche im Zug hatte stehenlassen und von der Bahnpolizei an das Revier meines Viertels verwiesen worden war, wo ich ein Formular ausfüllen mußte. (Die Tasche war mir schließlich, ohne jegliches Zutun der Polizei, von einem jungen Rumänen nach Hause gebracht worden, der mit demselben Zug nach Amsterdam gereist war, um hier einen Sommerkurs in Volkswirtschaft zu besuchen. Er hatte sich der Tasche angenommen, »um mich für die Gastfreiheit erkenntlich zu zeigen, die ich hier jeden Sommer von neuem erlebt habe«. Ich hatte ihn daraufhin hereingebeten und ihm mit Essen und Getränken gedankt.)

Beim zweiten Mal hatte ich mich hierher begeben, nachdem ich offiziell dazu aufgefordert worden war. Ein freundlicher Polizist eröffnete mir, ich sei wegen Tätlichkeit gegen einen Kneipenbesucher angezeigt worden. Ich konnte mich an keinen Vorfall dieser Art in letzter Zeit erinnern. Dem Polizisten zufolge hatte er sich im Café Welling ereignet und einen kanadischen Touristen betroffen. Er gab mir eine Beschreibung des Mannes. Als er dessen Größe von zwei Meter zwei erwähnte, ging mir ein Licht auf. Nach dem Eröffnungsabend des Büchermarkts 2000 hatte mich am Stammtisch im Welling irgendein Möchtegerndichter bis aufs Blut gereizt. Ich hatte die Wahl, ihm eine zu knallen oder zu gehen, um eine Eskalation zu vermeiden. Ich entschied mich für letzteres.

Ich war noch nicht ganz zur Tür hinaus, da erklang eine keuchende, erregte Stimme hinter mir: »Sir, sir, do you have a moment ... are you a writer, sir?«

Warum der Idiot sich plötzlich auf englisch an mich wandte, war mir egal, jedenfalls mußte jetzt endlich mal Schluß sein.

11

Blind vor Wut drehte ich mich um, und schon hatte ich den nervenden Poeten an den Jackenaufschlägen gepackt. Ich legte ihn – uff, war der im Stehen lang und schwer – in *einer* fließenden Bewegung quer über einen leeren Fahrradständer an der Bordsteinkante. Als der Mann in seiner ganzen Länge von mindestens zwei Metern auf dem Fakirbett aus gebogenen Rohren lag, wurde ich mir meines Irrtums bewußt. Es war nicht der Dichter, der mich zuvor im Lokal belästigt hatte, sondern, wie sich rasch herausstellte, ein an niederländischer Literatur interessierter kanadischer Student. Seine Amsterdamer Freunde eilten ihm zu Hilfe. Ich reichte dem Kanadier die Hand und zog ihn unter tausend Entschuldigungen vom Fahrradständer. Während ich ihm das Versehen erklärte, klopfte ich ihm die Kleidung ab. Er habe sich doch hoffentlich nicht verletzt? O nein. Dürfe ich ihm etwas zu trinken anbieten? Aber sicher. Ich bestellte an der Theke ein ganzes Tablett, auch für die Gastgeber des Kanadiers. Wir tranken Runde um Runde (ich zahlte alles) auf die Bruderschaft unserer weit auseinanderliegenden, aber durch Migration verbundenen Kontinente, auf die Literatur unserer beider Länder und auf unsere mit jeder Viertelstunde innigere Freundschaft.

»Was für ein Glück«, sagte der Kanadier, »daß unser kleines Handgemenge auf einem Irrtum beruhte.«

Ich erstattete dem Polizisten Bericht von dem solchermaßen verlaufenen Abend und wollte wissen, wie das zu einer Anzeige wegen Mißhandlung hatte führen können. Er zitierte aus dem Protokoll: daß auf dem Rücken des Kanadiers am nächsten Morgen, beim Duschen, Blutergüsse festgestellt worden waren, worauf dieser doch noch beschloß, eine Anzeige wegen Tätlichkeit zu erstatten.

»Steht da nichts«, fragte ich den Polizisten, »von einem Kater, und daß der auch auf mein Konto geht? Ich meine, nach *den* ganzen Runden … ich kann ja eine Alkoholvergiftung des kanadischen Touristen im Sinn gehabt haben.«

»Wenn ich Ihre Wiedergabe des Vorfalls so höre«, sagte der Polizist, »dann hat die Anzeige wenig Chancen. Mein Kollege hat Ihre Aussage inzwischen im Computer. Ich denke, Sie können davon ausgehen, daß Sie von dieser Sache nichts mehr hören.«

Trotzdem flatterte mir einige Wochen später, als ich den Vorfall schon wieder vergessen hatte, eine Zahlungsaufforderung in Höhe von dreihundertfünfzig Gulden in den Briefkasten. Für diesen Betrag könne ich mich von der Strafverfolgung wegen Tätlichkeit freikaufen. Weil ich keine Lust auf diesen ganzen idiotischen Rechtsstreit hatte, war ich auch noch so feige zu bezahlen – was ich heute auf keinen Fall mehr tun würde.

Jetzt war ich also zum dritten Mal hier, auf der Wache am Koninginneweg, diesmal um zu erfahren, wie genau mein Sohn verunglückt war.

Von dieser Polizeidienststelle aus war am strahlenden Pfingstsonntagmorgen ein Minibus mit zwei jungen Beamten Richtung Johannes Verhulststraat losgefahren. Die Frau hatte mir später eine Kondolenzkarte geschickt: daß sie es so schrecklich gefunden habe, uns eine Nachricht zu überbringen, die möglicherweise unser ganzes Leben verändern würde. Es sei der schwierigste Moment in ihrer noch jungen Laufbahn gewesen, schrieb sie.

12

Der Mann vom Empfang kehrte hinter seinen Tresen zurück. Ein anderer Mitarbeiter führte uns über kahle Treppen und an kahlen Wänden vorbei zu einem Zimmer ganz oben im Gebäude, möglicherweise dem Dachboden, auf dem früher das Heu für die Kutschpferde gelagert hatte. Wir wurden mit den Polizeibeamten Hendriks und Windig von der Abteilung Schwere Verkehrsunfälle aus der James Wattstraat bekannt gemacht.

Der Beamte, der uns hierher geführt hatte, bot uns etwas zu trinken an. Mirjam und ich baten um ein Glas Wasser, die beiden Kollegen von der Abwicklungsabteilung erhielten Kaffee. Auf dem niedrigen Tisch stand eine große Schale mit Butterkeksen in verschiedener Form, eine Auswahl, die beim Konditor »gemischt« heißt. Mirjam und ich nahmen uns nichts davon. Vielleicht aus diesem Grund rührten auch die Polizisten die Schale nicht an, obwohl jeder weiß, wie köstlich ein Butterkeks zum Kaffee schmeckt.

Der Beamte Hendriks, vier Streifen auf jeder Schulter, ergriff das Wort. Er fragte, ob wir Fragen hätten. Ich sah Mirjam an, die mit schimmernden Augen fast unmerklich nickte, zum Zeichen, daß ich beginnen könne.

»Das Auto, das Tonio erfaßt hat ...« begann ich, »gab es irgendwelche Hinweise darauf, daß es zu schnell fuhr?«

»Nein, das wird noch untersucht«, sagte Hendriks zögernd. »Der Fahrer wurde nach dem Unfall hierher zur Vernehmung gebracht. Er hat kurze Zeit in einer Arrestzelle gesessen. Ich hatte zufällig in dieser Nacht Dienst und bin sofort zum Koninginneweg gefahren. Zusammen mit einem Kollegen habe ich ihn vernommen. Er hatte da bereits einen Alkoholtest gemacht, aus dem hervorging, daß er nichts getrunken hatte. Der Mann kam von der Arbeit. Irgendwas im Hotel- und Gaststättengewerbe. Er war sehr mitgenommen von dem Unfall, und als er am nächsten Tag hörte, daß es tödlich ... also, Sie können mir glauben, er war völlig fertig.«

»Zurück zur Vernehmung«, sagte ich. »Hat der Mann abgestritten, zu schnell gefahren zu sein?«

»Felsenfest abgestritten nicht«, sagte Hendriks. »Seiner Aussage nach hatte er die erlaubte Geschwindigkeit. Das wurde vom Beifahrer bestätigt. So jemanden nennen wir einen ›geimpften‹ Zeugen, da möglicherweise Parteilichkeit im Spiel ist. Es gibt weitere Zeugen. Einen Fußgänger und einen Taxifahrer. Sie haben sofort ... also noch in derselben Nacht ... eine Aussage gemacht und werden erneut vernommen.«

»Kann eine technische Untersuchung noch etwas bringen?« fragte ich. Die Kekse dufteten immer stärker. »Sie haben mich selbst am Telefon vor den möglicherweise belastenden gelben Streifen auf der Fahrbahn gewarnt ... also nehme ich an ...«

»Aber sicher«, schaltete sich jetzt der Beamte Windig ein. »Die Kraft des Aufpralls ... der Winkel, in dem Fahrrad und Auto sich zueinander befanden ... das alles muß gründlich untersucht werden. Das Ergebnis wird noch etwas auf sich warten lassen. Das Auto wurde beschlagnahmt und wird jetzt mit dem Fahrrad des Opfers im Labor verschiedenen Tests unterzogen. Das Fahrrad kann beispielsweise einen Abdruck in der Karosserie hinterlassen haben. Ein solches Detail kann etwas über den Hergang aussagen.«

»Außerdem«, fuhr Hendriks fort, »sind Aufnahmen einer Überwachungskamera auf dem Max Euweplein aufgetaucht. Vom Holland Casino, wenn ich mich nicht irre. Sie sind beschlagnahmt worden. Die Bilder werden untersucht. Es handelt sich um Aufnahmen aus großer Entfernung, aber vielleicht geben sie doch einen gewissen Aufschluß.«

»Hauptsache, ich muß sie nicht sehen«, sagte Mirjam. »Ich habe noch das erste Foto, das von unserem Sohn gemacht wurde, als er im Brutkasten lag. Eine verblichene Polaroidaufnahme. Schon die wage ich mir schon kaum mehr anzusehen …«

Die Überwachungskamerabilder im Hinterkopf, wie sie oft von Überfällen auf Juweliergeschäfte und Tankstellen in Sendungen wie *Aktenzeichen XY … ungelöst* gezeigt werden, versuchte ich, mir die letzten sich bewegenden Bilder von Tonio vorzustellen. Ruckhaft, in kleinen Sprüngen, kam er angeradelt – um schon bald durch den ebenfalls ruckhaft heranbrausenden BMW aus dem Blickfeld zu verschwinden. Weshalb war ich mir so sicher, daß es ein BMW war? Weil mir diese protzige Marke immer zuwider gewesen war?

»Von was für einem Auto ist er eigentlich angefahren worden?« fragte ich, im Grunde nur, um die Bestätigung für den BMW zu erhalten.

»Einem Suzuki«, sagte der Beamte Hendriks. »Einem roten Suzuki Swift.«

Aus der Ledertasche zwischen seinen Füßen zog Hendriks eine Mappe hervor und legte sie auf den Glastisch. Um mehr Platz zu schaffen, schob er die Keksschale in meine Richtung, wodurch der Butterduft sich noch verstärkte. Hendriks schlug die Mappe auf und blätterte in den Papieren – bis er eine Lageskizze von der Kreuzung Hobbemastraat/

Stadhouderskade gefunden hatte, samt der kindlichen Abbildung eines kleinen roten Autos.

»Meine Schuld an diesem Unfall scheint immer größer zu werden«, sagte ich.

Die Polizisten sahen mich fragend an.

»Er schreibt gerade ein Buch über den Mord an ...« begann Mirjam. Ich sah sie an und schüttelte den Kopf. Es schien mir nicht der richtige Augenblick, den Polizeiapparat Amsterdam-Amstelland über einen Roman zu informieren, der den Mord an einer ihrer Kolleginnen in Amstelveen behandelt. »Dann erzähl es selbst«, sagte sie.

»In dem Roman, an dem ich gerade schreibe«, erläuterte ich, »spielen drei Autos Marke Suzuki Swift eine Rolle. Kurz bevor die eigentliche Handlung beginnt, wird ein roter Suzuki Swift schwarz umgespritzt. Einfach, um die Verwirrung zu vergrößern ... den Leser auf die falsche Fährte zu locken ... Der rote Suzuki da auf Ihrer Zeichnung ist auch kurz davor, in schwarzen Lack getaucht zu werden.«

»Nein, nein, da täuschen Sie sich ...« Für Windig war das alles ein wenig zu übertragen formuliert. »Ach so, Sie meinen ... ob ...«

»Der Herr spricht vom Leichenwagen«, sagte Hendriks leise. Er breitete ein paar Fotos von der Kreuzung auf dem Tisch aus. Es waren Bilder von Google Earth, ganz normal bei Tageslicht aufgenommen. »Nur um Ihnen eine Vorstellung von der Verkehrssituation vor Ort zu geben. Darauf ist nichts Schreckliches zu sehen.«

Um die Satellitenfotos genauer betrachten zu können, mußte ich mich von meinem Sessel aus weit vorbeugen, so daß meine Nase nun direkt über der Schale hing. Und wenn die Butterkekse noch so frisch waren, wenn man keinen Appetit darauf hatte, beispielsweise weil auf einer Lageskizze Pfeile angaben, wo dein Sohn so gut wie totgefahren wurde, bekam der fade Geruch von selbst etwas Ranziges.

Eine Überwachungskamera des Holland Casino hatte Tonios tödlichen Sturz festgehalten, während drinnen, im Gebäude, das Glücksrad weiterratterte und wieder stehenblieb. *Rien ne va plus.* So war das Ende seines bewußten Lebens im Film verewigt worden. Genauso wie der gewaltsame Tod von Tonnis Mombarg aus *Die Movo-Tapes* von einer Verkehrskamera der obersten Straßen- und Wasserbaubehörde registriert wurde (beziehungsweise des Generaldirektorats Wasserwirtschaft, wie es im Buch heißt).

Ich mußte an das erste Mal denken, als Tonio gefilmt wurde. Er war zwei. Wir wohnten, gerade zurück in der Stadt aus dem verfluchten Ort Loenen, an der Leidsegracht. Im Wohnzimmer wurde ich von einem Team des flämischen Fernsehens interviewt. Das eigentliche Gespräch hatte noch nicht begonnen, es wurde noch beratschlagt. Tonio saß neben mir auf dem Sofa, dem Anschein nach nur an seiner Flasche warmer Schokomilch interessiert, an der er rosig und zufrieden grunzend saugte. Gleich nachdem das Zeichen »Kamera ab!« gegeben worden war und diese zu surren begann (zu der Zeit surrten Kameras noch), richtete sich Tonio theatralisch auf dem Sofa auf. Seinen sitzenden Vater weitgehend dem Kameraauge entziehend, warf er frivol seine Locken zurück, die Flasche dabei fast senkrecht mit den Lippen festhaltend – eine Filmrolle, die er sich ganz allein ausgedacht hatte.

Mit den Bildern des Holland Casino war auch seine Karriere als spontaner Schauspieler zu Ende.

In meiner Vorstellung hatte ich Tonio so oft halsbrecherisch schnell die Brücke beim Max Euweplein hinunterfahren sehen, geradewegs auf sein Schicksal zu, daß ich mich von dem Bild, so grauenhaft es auch war, nur schwer verabschieden konnte. Noch schwerer war es, sich an eine *neue* Lageskizze gewöhnen zu müssen, und sei es nur, weil sie der Wahrheit eher entsprach.

Tonio kam nicht aus dem Paradiso, nicht von Jenny und war nicht die Brücke hinuntergefahren zum Eingang des gegenüber gelegenen Vondelparks. Er verunglückte bei den Ampeln eine ganze Kurve weiter, als er aus der entgegengesetzten Richtung kam: aus Richtung Amsterdam-Zuid, aus der Hobbemastraat, vom Club Trouw.

Auch das Bild eines protzigen BMW mit undurchsichtigen Rauchglasscheiben ließ sich in meiner Vorstellung nur schwer durch das eines veredelten Einkaufswägelchens wie eines Suzuki Swift ersetzen. Durch die unzähligen Fernsehwiederholungen des Anschlags, der damit auf den offenen Bus der Königin geplant worden war, war der Suzuki Swift (schwarze Ausführung) zu einer Ikone geworden. Immer wieder dieses schäbige kleine Auto, das mit seinen zerborstenen Fensterscheiben wie in Spinnweben verpackt schien und mit seiner halb abgerissenen Motorhaube wie eine flügellahme Krähe flatterte. So bohrte es sich, blind, ins augenlose Mahnmal »Die Nadel«.

15

Daß Tonio uns genommen worden war, der Junge, den wir so gut beschützt zu haben glaubten, stellte das an sich nicht schon den Beweis dafür dar, daß die Welt aus einem lebensgefährlichen Chaosstrudel bestand?

Er starb mitten in einer der Städte der westlichen Zivilisation, in einer Nacht mit wenig Verkehr, umgeben von Zeichen, die dazu dienen, das Durcheinander in geordnete Bahnen zu lenken: Pfeile und Zebrastreifen auf dem Asphalt, Verkehrsschilder, blinkende Ampeln, Geschwindigkeitsbeschränkungen. Nachdem Tonio wie ein die Straße überquerendes Stück Wild auf dem Asphalt angefahren worden war, kehrte die

quasi-organisierte Welt sofort wieder zu ihrem alten Lauf
zurück.

Ich deutete auf die Verkehrsampeln. »Soviel ich weiß, sind
die nachts ausgeschaltet. Ist das eine Sparmaßnahme?«

»Nein«, sagte Hendriks, »mit Einsparungen hat das nichts
zu tun. Aber alles mit Sicherheit. Nachts kann es an manchen Kreuzungen gefährlicher sein, die Ampeln in Betrieb zu
lassen. Der wartende Radfahrer wird ungeduldig, fragt sich,
warum er in einer so ruhigen Nacht eigentlich Grün braucht,
und ... fährt bei Rot los. Und siehe, da kommt unerwartet ein
Auto, das die Geschwindigkeit erhöht, um es noch bei Gelb
über die Kreuzung zu schaffen. Nein, glauben Sie mir, das
sind wohlüberlegte Maßnahmen.«

»Waren die Ampeln in dieser Nacht ganz ausgeschaltet«,
fragte Mirjam, von uns beiden diejenige mit dem Führerschein, »oder blinkten sie?«

Die beiden Polizisten sahen sich an. »Das wissen wir
nicht«, sagte Windig. »Naheliegend wäre, daß sie blinkten.
Aber das wird noch untersucht. Sie erhalten von allen Dingen, die noch untersucht werden, den definitiven Befund ...
zu gegebener Zeit.«

Danach drehte sich das Gespräch eine Weile um die
Details des Zusammenstoßes. Fest stand, daß Tonio nicht
überfahren worden war. Er wurde erfaßt und vom Rad
geschleudert. Aus den Augenwinkeln sah ich, wie Mirjam
jedesmal zusammenzuckte, wenn der Bericht zu plastisch
ausfiel.

»Das Opfer«, sagte der Beamte Hendriks, »hatte eine, na
ja, ziemliche Verletzung links, die sich über die gesamte linke Seite zog. Das sieht man deutlich auf den Fotos des Gerichtsfotografen, die unmittelbar nach seinem Tod gemacht
wurden.«

»Davon hatte er diese Lungenverletzung«, sagte Mirjam.
Sie schüttelte den Kopf. »So völlig kaputt, wie der Junge innerlich war.«

»Und seine Milz«, sagte ich. »Die mußte sofort zur Hälfte entfernt werden. Später ganz.«

Die Polizisten zeigten sich erstaunt, daß wir über Tonios Verletzungen so detailliert Bescheid wußten. »Das AMC erzählt uns immer so wenig wie möglich«, sagte Windig. »Sie berufen sich dabei auf die ärztliche Schweigepflicht. Ihr Berufsgeheimnis.«

»Das VU ist noch schlimmer«, sagte Hendriks. »Die geben am liebsten überhaupt nichts preis.«

»Aber Sie verfügen über das Fotomaterial des Gerichtsfotografen«, sagte ich. »Was schließen Sie anhand dieser Bilder aus Tonios Verletzungen in bezug auf den Unfall?«

»Es besteht die Vermutung«, sagte Hendriks, »daß das Opfer mit großer Wucht gegen den Türrahmen geschlagen ist. Eine Verformung der Karosserie scheint diese Vermutung zu bestätigen.«

»War sein Tod die Folge von reinem Pech?« fragte ich. »Ich meine, von einem falschen … von einem denkbar unglücklichen Aufprall?«

»Damit ein solcher Unfall, bei dem ein Radfahrer erfaßt wird, tödlich ausgeht«, sagte Windig, »braucht ein Auto nicht schneller als dreißig zu fahren. Sagen wir mal, daß dieses fünfzig fuhr.«

»Man experimentiert ja schon intensiv mit Airbags für Radfahrer«, sagte Hendriks. »Aber soweit sind wir natürlich noch nicht.«

Seine Bemerkung mündete in eine Stille, in der der mehligsüße Geruch des Gebäcks fast unerträglich wurde.

»Was für ein Junge war Tonio eigentlich?« fragte Windig auf einmal, sich an Mirjam wendend. Die Frage fiel so aus dem Rahmen dieses Gesprächs, daß sie verlegen wurde. Eine ganze Weile starrte sie auf ihre Knie.

16

»Na ja«, sagte Mirjam schließlich, »ein Junge, dem man so ein Unglück am wenigsten wünscht. Lieb, gutaussehend, talentiert. Sehr hilfsbereit und ab und an auf rührende Weise faul. Ein Sohn, mit dem wir nie wirklich Streit hatten. Selbst wenn wir es gewollt hätten – soweit ließ er es einfach nicht kommen. Ich mag Spielfilme, wenn Tonio mir also zu meinem Geburtstag ein paar DVDs gebracht hätte, dann wäre das schon sehr schön und lieb gewesen. Aber nein, er lieferte dann noch ein Buch mit sämtlichen Filmtiteln des vergangenen Jahrhunderts dazu. Doppelt so dick wie das Telefonbuch. So ein Junge war Tonio. Widersprüchliches gab's genug, so ist es nicht. Mal erschien er auf dem Weg zu einer Fete im Smoking. Dann wieder hatte er, ebenfalls unterwegs zu einer Fete, einen Zweiwochenbart und einen Pferdeschwanz. Schwer festzulegen. Er und ich, wir waren Kumpel ... echte Freunde ... Verschwörer, wenn es sein mußte. Zu zweit durch die Stadt ziehen. Nach den häßlichsten Männerwaden in kurzen Hosen fahnden. ›Wo ist mein Wadenschußgerät?‹ riefen wir dann um die Wette. Eines Tages, am Anfang der Pubertät, fand Tonio, daß wir jetzt endlich mal so ein Wadenschußgerät im Bijenkorf kaufen müßten. Seine Enttäuschung, als sich herausstellte, daß es so was gar nicht gab! Aber nun mit einem Gummiband Papierknäuel auf so eine weiße Wade zu schießen ... nein, das ging gegen seine Ehre. Er war einfach sehr lieb und freundlich und hilfsbereit, und stolz, wenn er jemandem helfen konnte. Ja, wie soll ich das sagen? Ein schönes Gegengewicht zu all der Rüpelhaftigkeit, mit der Ihre Kollegen hier alle Hände voll zu tun haben. Und dann einfach so auf der Straße totgefahren zu werden ... mitten in der Nacht ... So eine Verschwendung.«

Mirjam ließ ihren Tränen jetzt freien Lauf. Die Männer der Abteilung Schwere Verkehrsunfälle sagten, trotz unserer anfänglichen Weigerung könnten wir immer noch Opferhilfe beantragen. Dem Fahrer des roten Suzuki sei ebenfalls Opferhilfe angeboten worden, und er habe sie angenommen.

Die Untersuchung würde noch geraume Zeit in Anspruch nehmen. Sobald sie zu Ende sei, kämen wir sicherlich noch einmal zusammen »für ein Evaluationsgespräch«. Es gehe auch früher, wenn wir etwas wissen wollten oder »ein wenig Betreuung« bräuchten. Die Fotos von Tonios Verletzungen stünden zu unserer Verfügung, doch die Herren vermuteten, daß wir frühestens in einem Jahr soweit wären, sie uns anzusehen. Mirjam und ich blickten uns an: Sie schüttelte fast unmerklich den Kopf.

Ich wandte mich an den Beamten Hendriks. »Sie haben am Telefon gesagt, daß Tonio Blut abgenommen wurde. Hat die Untersuchung ergeben, daß er zuviel getrunken hatte?«

»Das genaue Ergebnis liegt noch nicht vor«, sagte Hendriks, »aber es war eindeutig Alkohol im Spiel, ja, auf jeden Fall.«

Ich dachte daran, was Goscha über die schnellen Runden erzählt hatte, und ich hörte Dennis wieder sagen: »Mit *einem* Schuß Tequila zwischendurch ...«

»Er hat einfach fürchterlich gedöst auf dem Fahrrad«, sagte Mirjam. »Nach so einer Nacht ...«

Müde, *fertig*, angetrunken, das Technogedröhne in den betäubten Ohren – das alles zusammen, und niemand konnte mich hindern hinzuzufügen, daß er, dahinradelnd, verliebt an Jenny gedacht hatte.

17

Es sah alles danach aus, als sei kein Schuldiger an Tonios Tod zu benennen, jedenfalls nicht im juristischen Sinn. (Meine Selbstbezichtigungen standen auf einem anderen Blatt.) Aber mußte ich mich dann einfach der Sichtweise anschließen, nach der das blinde, stumme Schicksal die Urheberin war? Oder durfte ich mich, anstatt mich dem Fatalismus zu ergeben, auch von Zeit zu Zeit *zu Tode empört* fühlen?

Mein Sohn, mein einziges Kind, verdammt noch mal, war wie ein Hund auf der Straße totgefahren worden, auf einer öffentlichen Straße. An Konferenztischen war, gestützt durch Zahlen, verfügt worden, daß bestimmte Ampeln zu dieser Nachtstunde besser ausgeschaltet blieben oder warnend blinkten. Alles eine Sache der Wahrscheinlichkeitsrechnung.

War seine Sicherheit optimal gewährleistet gewesen? Gut, als Einundzwanzigjähriger war er für sich selbst verantwortlich – aber doch immer noch in Relation zum Verkehrskonzept der Stadt Amsterdam, für das höhere Verkehrsregler verantwortlich waren. Sonst könnten wir genausogut über eine kahle Asphaltfläche ohne Striche, Pfeile, Schilder und Ampeln brettern, Autoscooter spielend, ohne Gummiring, und lägen danach alle kichernd auf dem Friedhof.

Ein Unfall, wie er Tonio zustieß – er wurde von den Rechenmeistern einkalkuliert. Nach ihren Berechnungsmethoden passieren nachts an bestimmten Kreuzungen mit Ampeln, die in vollem Betrieb sind, mehr Unfälle, als wenn sie nur auf gelbes Blinklicht geschaltet sind. Aber … *jemand*, in diesem Fall Tonio, mußte das geringere Risiko der nicht funktionierenden Ampeln tragen.

Schicksal? Er ist uns genommen worden. Daß so ein Junge einfach tödlich erfaßt und aufs Pflaster geknallt wird, dürfen wir nie unter die »Dinge, die nun mal passieren«, einordnen. Damit darf man sich nie abfinden, auch nicht, wenn das Schicksal eine Augenbinde trägt und von der Wahrscheinlichkeitsrechnung durch Einflüsterungen gesteuert wird.

18

Die Polizeibeamten Hendriks und Windig von der Abteilung Schwere Verkehrsunfälle begleiteten uns bis in die Eingangshalle. Es waren die zuvorkommendsten Polizisten, die ich je erlebt habe. Ich konnte mich des Eindrucks nicht erwehren, daß sie bereits viel mehr über die technische Untersuchung wußten, als sie vorgaben. So hatten sie es natürlich an ihrer Abteilung der Polizeiakademie gelernt: den unter Schock stehenden Hinterbliebenen die Wahrheit *stufenweise* nahebringen, selbst wenn es um das Fehlverhalten des Opfers geht.

Wir überquerten die Straße schräg in Richtung der Tierhandlung, wo unser Katzenfutterlieferant noch immer rauchend und trinkend auf seiner Bank saß, inzwischen allein. Ich war so in Gedanken, daß ich die Hand nach dem Türgriff eines grünen, dem unseren ähnelnden Autos ausstreckte, das vor dem Laden parkte. Ich öffnete die Tür: Auf dem Beifahrersitz stapelten sich Pakete mit Katzenstreu.

»Ja, steig ruhig ein«, rief der Tierhändler. »Nimm's mit. Wenn ich dafür euer Haus bekomme.«

Ich streckte entschuldigend die Hand hoch und folgte Mirjam zu unserem eigenen Auto, direkt um die Ecke in der Van Breestraat.

19

»Und das nennt sich Zivilisation?« faßte ich unterwegs Mirjam gegenüber meinen Ekel noch einmal zusammen. »Eine Gesellschaft, eine Gemeinschaft, eine Stadt … das sollte doch *Überwindung* der Unordnung bedeuten. Es ist eine Organisation, die nichts dem Zufall überläßt, das zumindest so wenig wie möglich tun sollte. Das Chaos findet immer irgendwo einen Spalt, durch den es in die Ordnung eindringt. Aber alle Anstrengungen sollten sich stets auf Ordnung, Organisation, Beherrschung des Chaos richten. Oder nicht? Ich will ja gern glauben, daß es weniger riskant ist, um diese Uhrzeit das gelbe Licht blinken zu lassen, als mit Rot und Grün zu arbeiten. Eine Sache der menschlichen Psyche … Natürlich bleiben immer Risiken. Bei Tonio und dem Suzuki hat es nicht funktioniert, daß das Blinklicht eingeschaltet war. Tonio war das Opfer der Ausnahme. Die kleinere Niederlage, die das System erleidet, zum Vorteil der größeren. Das Schreckliche daran ist, daß die Gesellschaft diesen Verlust als selbstverständlich *hinnimmt* ... schweigend ... Er ist einkalkuliert. Die Folge davon ist: Niemand wendet sich an uns. Kein Wort der Entschuldigung, nichts. Eiskalte Stille. Wir zahlen einfach weiter Steuern für die Amsterdamer Verkehrsampelschaltung bei Nacht. Niemand schert sich darum. Wir haben unseren Verlust hinzunehmen, wie sie ihren Verlust hinnehmen. Als kleinen Betriebsunfall.«

Was hier passiert war, senkte sich als derart unsäglicher Schrecken auf uns, daß eine fatalistische Haltung unmöglich war. Ohne eine Beantwortung der Schuldfrage war nicht weiterzuleben. Etwas oder jemand mußte das auf seinem Gewissen haben – irgendeine verantwortliche Instanz. Ein Mensch oder ein Institut. Weil ich nichts und niemanden ausmachen konnte, endete ich bei mir. *Ich* war der Schuldige.

20

»Was uns widerfahren ist«, sage ich, als wir wieder zu Hause sind, »gleicht noch am ehesten einem *Wunder* ... im verderblichen katholischen Sinne des Wortes. Minchen, es ist so unfaßbar, es hat so wenig mit den alltäglichen Geschehnissen zu tun, daß es nicht weniger als ein Wunder ist. Dein Sohn wird mit einem gewaltigen Schlag in den Himmel aufgenommen. Du selbst glaubst es nicht. Du rennst zurück zum Dorfbrunnen, und alle reagieren genauso ungläubig. Fassungslos. Entsetzt. Du selbst kannst es noch am wenigsten glauben. Einige versuchen, das Wunder physikalisch zu erklären. Wenn das Auto dreißig Kilometer in der Stunde fuhr, dann hatte der von ihm erfaßte Radfahrer eigentlich kaum eine Chance zu überleben. Quod erat demonstrandum. Aber ein Wunder bleibt es, für uns. Unser Einzigartiger Einziger ist aus unserer

Mitte gerissen worden und wird nie mehr wiederkehren. Ein Ereignis, das mit nichts in Beziehung steht, außer mit vorangegangenen Angstphantasien. Und das macht es gerade so obszön mirakulös. Eine verwirklichte Vision. Das kann nicht sein. Das darf nicht sein.«

Weil meine Worte sie wieder an das Unwiderrufliche erinnern, bricht Mirjam in Weinen aus – sehr laut, wie nur ein längelang hingefallenes Kind es kann. Anders als bei diesem gibt es bei ihr nichts, das in der Lage ist, sie aufzumuntern. Erst als sie sich einigermaßen beruhigt hat, wiederhole ich meine Klage: »Ich würde dich so gern trösten, Minchen, aber das Dumme am Trost ist, daß er immer ein Versprechen in sich trägt: ›Es wird schon gut werden.‹ Ich kann dir so etwas nicht versprechen.«

»Nein, aber daß du da bist, hier neben mir sitzt, das ist schon genug.«

Als Mirjam ihren Vater aus dem Beth Shalom abgeholt und nach Hause gebracht hat (Kummer neben Kummer in einem alten Renault), trinken wir auf der Wohnzimmercouch einen viel zu starken Longdrink. Mit einem Kartoffelschälmesser schneide ich Umschlag um Umschlag der Beileidsbezeigungen auf. Wir lesen abwechselnd, bis Mirjam nicht mehr kann. Es sind vor allem die Briefe von Tonios ehemaligen Schulkameraden, die ihr das Herz brechen. Wir versuchen, etwas zu essen. Ein Stück Stangenbrot mit Eiersalat – ich bekomme es nicht hinunter. Mirjam umklammert reglos eine Tasse Hühnersuppe, in die ihre Tränen fallen – lautlos, Gott sei Dank.

Als ich sie im Stich lasse, um schlafen zu gehen, wenigstens ins Bett zu kriechen, liegt sie mit schläfrigen Augen (Valium, Wodka) auf der Couch und schaut sich, ohne etwas zu sehen, einen Thriller an. Ich gebe ihr einen Gutenachtkuß.

»Tschüs, Kleiner«, sagt sie mit ihrer dünnsten Stimme.

21

Heute nachmittag war Mirjam noch einmal mit unserem Freund Klaas in der Nepveustraat, um in Tonios Computer nach Jennys Fotos zu suchen. Sie kam verbittert nach Hause.

»Begreift er denn nicht«, rief sie, »daß eine Mutter sich an alles klammert, was ihr verstorbenes Kind hinterlassen hat?«

Er, das war Jim. Nach langem Klingeln war er schlaftrunken und desorientiert an der Tür aufgetaucht, in einer Wolke von abgestandenem Haschgeruch.

»Mir geht langsam auf«, sagte ich, »daß alle Geschichten über diesen chronisch Schlaflosen mit Schlaf, Schlafen und Schläfrigkeit zu tun haben. Vielleicht haben wir sein Problem falsch eingeschätzt.«

Jim stellte sich quer. Er erklärte Mirjam und Klaas, daß er dabei sei, alle gefundenen Fotos (also nicht die von Jenny) auf eine Festplatte zu kopieren, daß Tonios Computer aber »nicht in Ordnung« sei. Wörtlich sagte er zur Mutter seines verstorbenen Busenfreunds: »Und komm nicht immer einfach so vorbei, ich hab hier schließlich noch was anderes zu tun.«

Der Junge hatte sicher vergessen, daß er die Wohnung mit Tonio teilte und daß wir, Tonios Eltern, nach wie vor die Hälfte der Miete bezahlten. Auch schien Jim aus dem Auge zu verlieren, daß Tonio als endgültig Abwesender nicht länger über seine eigenen Sachen wachen konnte.

»Jim«, hatte Mirjam gesagt, »du und Dennis, ihr wolltet innerhalb von zwei Wochen mit einer Vorauswahl der Fotos zu uns kommen. Jetzt ist es schon fast zwei Monate später. Adri und ich haben unseren Sohn verloren … Kannst du dir vorstellen, Jim, daß wir alles, was Tonio gehört hat und was an ihn erinnert, in unserer Nähe haben wollen … auch seinen Computer?«

»Ich bin dabei«, lautete seine Antwort. Immerhin zeigte Jim, in wesentlich engagierterer Form, sein Interesse an Tonios Laptop. Er selbst habe keinen, jedenfalls keinen einsatzbereiten, das heißt, wenn er den von Tonio morgen mitnehmen dürfe, da fahre er mit seinen Eltern in Urlaub … Kein Laptop, kein Urlaub, das war ja klar.

Tonios Laptop war ein besonderer, ausgestattet mit einem digitalen Tablet, auf dem man mit einem speziellen, elektronischen Stift schreiben konnte. Es gibt wenige Erinnerungen, die mich in diesen Wochen so außer Fassung zu bringen vermögen wie die an den stolzen, verlegenen Tonio, der mir dieses Geburtstagsgeschenk in meinem Arbeitszimmer vorführte, wobei er mich aufforderte, selbst etwas auf dem Display zu schreiben. (Endlich drang der Digi-Laie, der ich war, in einen Computer ein.) Herrgott noch mal, dieser liebe Junge … in seiner ganzen Erwachsenheit war er noch immer das Kind, das sich über den speziellen Schnickschnack an einem Geschenk freuen konnte. Das war in dem Sommer, bevor er anfing, Medien & Kultur zu studieren.

»Praktisch, so ein Ding … im Hörsaal. Ich freu mich wirklich irre darüber.« Und weg war er wieder. »Oi, frohes Schaffen!«

Was wäre naheliegender gewesen, als Jim den Laptop als Andenken an seinen besten Freund zu schenken? Jetzt aber *nicht* mehr, nachdem er sich so hundsgemein gegenüber der trauernden Mutter dieses besten Freundes benommen hatte.

Als Mirjam etwas später am selben Nachmittag Jim anrief und ihn zurechtzuweisen versuchte, unterbrach er nach kurzer Zeit die Verbindung, mitten in einem Satz von ihr. Wieder etwas später rief er zurück.

»Komm und hol den Computer ab«, sagte er barsch und mit einer Haltung, als wäre es *seine* Aufgabe, dieser Nerverei ein Ende zu machen. »Ich hab alles auf die Festplatte kopiert.«

Ich saß mit den Zeitungen auf der Veranda, als Mirjam mir dies mitteilte. Ich konnte nicht gleich antworten, nur den Anblick meiner Traurigkeit bieten: daß die ganze Welt, einschließlich Tonios bester Freunde, wieder seelenruhig zur Tagesordnung übergegangen war – und zwar in einer Weise, daß die Versprechen aus der Zeit kurz nach Tonios Tod verblaßt waren oder sogar bereits ungültig geworden zu sein schienen.

Der Himmel wurde tiefschwarz. »Es soll ein Gewitter geben«, sagte Mirjam. »Ich fahr vor dem Guß noch schnell zu Gall & Gall. Wodka, Gin ... wir haben nichts mehr im Haus. Gerade jetzt, wo wir die Medizin am dringendsten brauchen.«

Ich fuhr die Markisen hoch und ging mit den Zeitungen ins Wohnzimmer. Dort war es dunkel wie an einem Dezembernachmittag. Ich schaltete alle Lampen ein und machte den Fernseher an. In den Sechs-Uhr-Nachrichten wurde von einem Unwetter in Brabant und Limburg berichtet, das in Richtung Gelderland weiterzog. »Bäume werden wie Streichhölzer geknickt.«

Eine Viertelstunde später saßen wir, nach so vielen Abenden unter freiem Himmel, im Dämmerlicht und tranken. Es war etwas Hering auf Roggenbrot da: Aus mehr würde unser Abendessen nicht bestehen. Ich konnte meinen Bombay Sapphire Gin endlich wieder einmal mit London Club Tonic verdünnen, der kräftiger im Geschmack und weniger süß war als das fade, nur schwach prickelnde Schweppes. Irgendwo am Stadtrand knatterte und blitzte das Gewitter.

»Wenn ich daran denke ...« Mirjam schüttelte den Kopf. »Die beiden Jungs, Jim und Tonio. Wie sie hier freitags in ihren Schlafanzügen auf dem Boden vor der Glotze hockten. Sie fanden es unheimlich cool, daß ich ihnen erlaubte, *Baantjer* zu gucken. Mit einem Teller Pommes auf dem Schoß. Du warst dann immer im Welling oder im De Zwart, aber ich genoß es, mit den Kindern hier zu sein ... ihr Lachen, ihre schlauen Kommentare ... Neulich hörte ich einen Fetzen der Erkennungsmelodie. Die Mundharmonika von Toots Thielemans. Dann ist alles wieder da, ich kann sie fast berühren. Die warmen kleinen Körper in Flanell ...«

437

Sie stieß etwas aus, was ich einen Heulseufzer nennen würde. »Diese zynische Härte von Jim ... das macht mich fertig. Natürlich begreife ich, daß er böse und traurig ist über Tonios Tod. Aber gerade deswegen. Ich bin Tonios Mutter. Jim durfte immer überallhin mit. Spanien ... Nerja, Lanzarote ... die Flugreisen, die Apartments, die Restaurants. Nichts war uns zuviel. Ein paarmal zur Buchpreisverleihung De Gouden Uil in Antwerpen. Im Hilton bekamen sie eine Suite für sich ... nichts war zu verrückt. Sie waren wie Brüder. Sie gehörten zueinander. Und jetzt ... was für ein gräßlicher, abscheulicher Scheißtag.«

»Ich merke«, sagte ich, »daß unsere Geduld mit anderen Menschen schneller zu Ende ist als sonst. Unsere Haltung gegenüber der Außenwelt ändert sich rasant. Vielleicht sogar für immer.«

Mirjam hatte einen ihrer schlimmsten Heulabende seit dem Schwarzen Pfingstsonntag. »So ... *so* stinkgemein, daß er nicht mehr da ist ... *so* schrecklich, daß er nie mehr dort« (sie deutete mit schlaffem Arm auf die Eckcouch, die wir selbst nie benutzten) »auf seinem Stammplatz sitzen wird mit seinem Glas Pils ... Tygo auf dem Schoß. *So* ungerecht.«

Allmählich war ihr Gesicht von dem andauernden Weinen so verquollen, daß ein anderer als ich es nicht mehr erkannt hätte.

»Wenn das Schicksal selbst so ungerecht ist«, stammelte ich noch, »was für einen Sinn hat es dann, von den Menschen ... ich meine, den Menschen im Umkreis dieses Schicksals ... auch nur ein *bißchen* Gerechtigkeit zu verlangen?«

»Diese Festplatte mit Tonios Fotos«, sagte Mirjam auf einmal heftig, »da schalte ich notfalls einen Anwalt ein. Ich will nicht mehr, daß die beiden Jungs etwas damit machen. Sie hatten fast zwei Monate Zeit. Jetzt sind wir an der Reihe.«

»Ach nein, Minchen ... du darfst es nicht so auf die Spitze treiben. Tonio hat die beiden als seine besten Freunde ausgewählt. Wir sind es ihm schuldig, weiterhin freundlich zu ihnen zu sein, auch wenn sie es nicht sind. Wenn sie irgendwas mit diesen Fotos anstellen würden, ja, das wäre was anderes.«

Sie nickte und rieb sich das Gesicht trocken. Ich schätzte, daß meine Bitterkeit noch größer war als ihre. Dies war keine Generation heiliger Versprechen. Oder vielleicht waren sie ja heilig, diese Versprechen, dann allerdings im Sinne von scheinheilig.

22

Bevor er aufs Gymnasium wechselte, schaffte Tonio es, uns ein Mordsding von Armbanduhr im Wert von ungefähr achthundert Gulden abzuluchsen. Sie sah an seinem schmalen Handgelenk aus wie eine Tiefseeuhr, die größere Tiefen aushält als das Herz des Tauchers. Tonio war auf seinen Abluchstrick genauso stolz wie auf die Uhr selbst.

Er trug sie immer. Anders als sein Portemonnaie und sein Handy wurde uns die Uhr im AMC nicht ausgehändigt. Wir fragten später auf der Intensivstation nach. Sie war nicht bei seinen Sachen gewesen. In der Ambulanz hatte man ihm die Kleider vom Leib geschnitten: Sie waren, zusammen mit seinen Schuhen, der Unfallpolizei mitgegeben worden. Vielleicht befand sich die Uhr bei diesen Sachen und konnte in der James Wattstraat angefordert werden.

23

Der Traumatologe, Dr. G., der am Pfingstsonntag das Operationsteam geleitet hatte, hatte uns an jenem Tag seine Karte zugesteckt, auf der neben den üblichen Angaben stand »für evtl. Nachgespräch«. Ich hatte ihm Tonios Foto geschickt und den Trauerbrief und darauf, handgeschrieben, unseren aufrichtigen Dank für seine Bemühungen.

Jetzt, so viele Wochen nach Tonios Tod, wollten wir alles

439

über seine Verletzungen und die Operation erfahren. Mirjam wollte wissen, ob ihre Intuition richtig war: daß Tonio schon gleich nach dem Eintreffen im AMC aufgegeben worden war. Ich zweifelte, ob eine solche Frage bei einem Chirurgen, der bis zuletzt um Tonios Leben gekämpft hatte, angebracht war. Die Ungewißheit quälte Mirjam, ob Tonio durch das künstliche Koma hindurch noch gelitten hatte, und sei es nur in den tiefsten Regionen seines Bewußtseins.

Darüber stritten wir uns im Bett, bis es Zeit wurde, uns fertig zu machen: Um halb zwei war unser Termin bei Dr. G. im AMC.

Unser Streit betraf diese eine schmerzliche Frage und ob wir sie dem Traumatologen stellen sollten oder nicht. »Jedenfalls willst du die Strategie, die wir verfolgen, ziemlich eindeutig nach deinen Vorstellungen festlegen, Minchen.«

»Wenn ich dir alles überließe, wäre es auch wieder nicht recht.«

Ich hatte seit unserem letzten Besuch im AMC, abgesehen von der Beerdigung, nie mehr etwas anderes getragen als die verblichene Trainingshose und das formlose Holzfällerhemd. Jetzt mußte ich mir normale Sachen anziehen. In den zurückliegenden Wochen hatte mein Appetit stark nachgelassen, nicht aber der schmerzstillende Alkoholgenuß, so daß mir mein Jackett doch zu eng geworden war.

Die Sonne hatte bereits seit Stunden auf das Dach des Renault gebrannt, weshalb ich trotz der Klimaanlage die erste Hälfte der Fahrt schwitzend dasaß. Dieselbe Strecke wie am Pfingstsonntag. Damals in würgender Ungewißheit, jetzt in erstickender Gewißheit. Auf dem Weg zum selben Arzt. Er war damals, nach sechsunddreißig Stunden Dienst, notgedrungen nach Hause gegangen, während Tonio noch lebte. Er hatte sich erschöpft von uns verabschiedet, als, zumindest theoretisch, noch Hoffnung bestand. Gleich würde er die inzwischen kinderlosen Eltern empfangen. Zwischen alle Beteiligten hatte sich, unerschütterlich wie ein Stein, eine große Gewißheit gesenkt. Wie fühlte sich das für *ihn* an? Als Niederlage?

Die Traumatologieabteilung liegt im ersten Stock des Flügels, in dem sich alle Polikliniken befinden. Wir meldeten uns am Empfangstresen an. Die Rezeptionistin wußte Bescheid und bat uns, auf einer Bank in der Halle Platz zu nehmen. Während wir warteten, kehrte dieses gehetzte Gefühl wieder: Das unsagbar Schrecklichste stand noch bevor, und gleich würden wir von Dr. G. erfahren, was es war.

Diese Spannung ließ unseren Streit vom Vormittag wieder kurz auflodern. »Wir wollten allem auf den Grund gehen«, sagte ich. »Also, hier sitzen wir.«

»Ja, und deshalb werde ich ihn danach fragen.«

»Du wirst sehen, das wird er falsch verstehen.«

Dr. G.s Assistentin führte uns in sein Zimmer. Der Arzt war groß, aber doch wesentlich weniger groß, als ich ihn von Pfingsten her in Erinnerung hatte: Er mußte in meiner Phantasie zu der abschreckenden Länge angewachsen sein, die dem wahren Unheilsboten vorbehalten war. Er konnte nicht älter als Anfang Vierzig sein.

Ich sagte: »Schön, Herr Professor, daß Sie Zeit für uns hatten.«

»Selbstverständlich. Nehmen Sie Platz.«

Er selbst ließ sich an seinem kleinen Schreibtisch nieder. Wir nahmen ihm gegenüber Platz. Ich hatte den Eindruck, daß der Arzt bei aller Autorität, die er ausstrahlte, ein wenig nervös und unsicher war. Es konnte ja sein, daß wir ihm die schwersten Vorwürfe machen wollten. Er bedankte sich für den persönlichen Brief, den wir ihm zusammen mit Tonios Foto geschickt hatten. »Wie geht es Ihnen beiden jetzt nach allem, was passiert ist?«

»Schlecht«, sagte Mirjam. »Aber wir sind nicht zusammengebrochen. Das ist noch das Beste, was sich sagen läßt.«

Er nickte. Ich erzählte ihm, was wir bisher von der Abteilung Schwere Verkehrsunfälle gehört und was wir durch eigene Anstrengung in Erfahrung gebracht hatten. Ich korrigierte die früher genannten Fakten: Tonio sei nicht aus dem Paradiso, sondern aus dem Club Trouw in der Wibautstraat gekommen. Dr. G. nickte.

24

»Wenn Sie spezielle Fragen haben«, sagte Dr. G., als eine Pause eintrat, »dann kann ich gezielt darauf eingehen.«

»Sie und Ihr Team«, begann Mirjam, »haben Tonio den ganzen Tag operiert. Wußten Sie nicht von Anfang an, daß er es nicht schaffen würde?«

Jetzt fragte sie es doch, und nicht ganz in der vereinbarten Formulierung.

»Sie finden, wir hätten zu lange operiert?« fragte Dr. G. einigermaßen erschrocken. Er wappnete sich.

»Wenn ich das kurz erläutern darf«, sagte ich. »Mirjams Frage bezieht sich auf ihre Intuition an diesem Tag. Die Polizei, die morgens bei uns vor der Tür stand, sprach von kritischem Zustand. Mirjam glaubte schon da zu wissen … instinktiv sozusagen … daß Tonio es nicht schaffen würde. Auch als Sie aus dem OP kamen, um uns einen Zwischenbericht zu geben, blieb bei Mirjam die Gewißheit, daß er sterben würde … bereits im Sterben liege. Bei mir war das anders. Wie oft hört man nicht, daß jemandes Zustand kritisch ist … und dann erholt sich die Person wieder. Ich dachte: Solange er operiert wird, besteht die Chance, daß er es schafft.«

Für einen Moment fühlte ich mich zurückversetzt in das kleine Wartezimmer des dreiundzwanzigsten Mai, an einem Sonntag, der noch gut enden konnte. Ich spürte sogar, mit verkrampften Händen, wie die Angst vor den Verletzungen zurückkehrte, vor der Gehirnschädigung, mit der Tonio würde weiterleben müssen. Ich schüttelte den Gedanken ab. Tonio war jetzt sechs, sieben Wochen tot. Eine Gewißheit,

die wir in all den Wochen mit verbissener Ungläubigkeit um-
gingen.

»Ich vermute«, sagte ich, »daß Mirjams Frage eigentlich
eher eine medizinethische ist. Sie möchte wissen, ob Sie verpflichtet sind, weiterzuoperieren, solange der Patient irgendwelche Lebenszeichen aufweist. Nicht wahr, Minchen?«

Die Frage von Mirjam an Dr. G. verriet etwas von ihrem
Dilemma. Wenn ihr Sohn schon nicht zu retten war, wünschte sie sich zutiefst, daß Tonio schon vom Beginn der Opera-
tionen an allem Schmerz und allem Leiden enthoben gewesen wäre.

25

Eine stets wiederkehrende Frage von Besuchern lautet: »Hat
Tonio stark gelitten?«

Ich höre mich antworten: »Er war durch den Aufprall sofort bewußtlos. Sie haben ihn im Rettungswagen reanimiert,
und darauf hat er gut reagiert. Doch nach Aussage der Ärzte
hat er das Bewußtsein nicht wiedererlangt. Im Operationssaal haben sie ihn sicherheitshalber unter Narkose gehalten.
Nein, er hat nichts davon gemerkt.«

Bin ich ehrlich? Ich muß an eine Passage aus *Anekdoten
rondom de dood* (Anekdoten rund um den Tod) denken, in der
Harry Mulisch die Reaktion Thomas Manns auf eine Lun-
genoperation zitiert. Als dieser aus der Narkose erwachte,
sagte er: »It was much worse than I thought ... I suffered
too much!«

In *Die Entstehung des Doktor Faustus* fragt Mann sich: »Gibt
es irgendwelche Tiefen des Vitalen, in denen man, bei völlig
ausgeschaltetem Sensorium, dennoch leidet? Ist Leiden vom
Erleiden im Untersten nicht vollkommen zu trennen?«

Mulisch schreibt dazu: »Wenn die Ausschaltung meines
Bewußtseins mich schon nicht von Schmerzen verschont,
dann besteht wenig Hoffnung, daß meine Vernichtung an

443

mir vorübergehen wird. Sie wird nicht an mir vorübergehen. Sie wird *nie* an mir vorübergehen, sie stockt in sich selbst, bleibt stecken in einer für immer erstarrenden Welt – mein Ende hat nie ein Ende: *Meine Vernichtung ist ewig.*«

Die Haare sträuben sich bei dem Gedanken, daß dies wahr sein könnte. Mein armer Tonio, der für immer festgeschmiedet in seiner Vernichtung ist ... Sicher ist, daß seine Vernichtung *in uns* weitergeht. Mirjam und ich werden die Verwüstung seines Lebens bis zu unserem eigenen letzten Atemzug erleiden.

Und wenn ich davon ausgehe, daß Mirjam, acht Jahre jünger als ich, von uns beiden als letzte stirbt, ist Tonios Vernichtung damit dann aus der Welt?

26

Mirjam nickte. Ich sah ihren Augen an, daß es ihr die Sprache verschlagen hatte.

»Ich werde den Ablauf der Operation kurz für Sie zusammenfassen«, sagte Dr. G., an Mirjam gewandt, »dann hoffe ich, daß Ihre Frage damit von selbst beantwortet ist.«

»Darf ich Sie bitten, mit dem Rettungswagen anzufangen?« Oh, wie verzweifelt ich mich bemühte, als harter Befrager und Ermittler zu erscheinen, vor allem in meinen eigenen Augen. »Ich habe gehört, daß ein *zweiter* Rettungswagen beteiligt war.«

»Wegen der damit verbundenen Lärmbelästigung darf nachts kein Rettungshubschrauber fliegen«, sagte Dr. G. »Deshalb setzen wir einen zusätzlichen Rettungswagen mit einem chirurgischen Team und einer besonderen Ausstattung ein.«

Sehr plausibel, daß in unserer überdrehten hedonistischen Gesellschaft Lebenschancen der ungestörten Nachtruhe des Bürgers geopfert werden, oder? Wir mußten ja bekanntlich zulassen, daß jede verrückte Saufgesellschaft nachts laut

444

schreiend durch die Grachten fuhr. Nicht das Leben, das Saufen war heilig.

»Wurde Tonio vor Ort reanimiert?« fragte ich.

»Lassen Sie es mich so sagen«, sagte Dr. G., »es sind reanimierende Maßnahmen erfolgt. Wie zum Beispiel Beatmung. Seine Lungen arbeiteten ja nicht mehr. Und man hat Blut transfundiert, gleich zu Anfang. Er hatte am Unfallort ziemlich viel Blut verloren … Aber umfassende Reanimation, nein. Oft ist es so, daß, wenn voll reanimiert wird, im Rettungswagen während der Fahrt, das Opfer beim Eintreffen hier bereits gestorben ist.«

»Das heißt, Tonio war sozusagen stark genug, um mitzuarbeiten?«

Ich spürte einen Klumpen unangebrachten Stolzes in meiner Kehle. Er war doch trotzdem gestorben, oder? Ach so.

»Nachdem Ihr Sohn hier eingeliefert worden war«, fuhr Dr. G. fort, »habe ich mich zuerst um seine Milz gekümmert. Er hatte einen harten Schlag an der linken Seite erlitten. Ich habe, wie Sie sich vielleicht erinnern, zuerst die Hälfte weggenommen. Als die andere Hälfte weiterblutete, habe ich auch die entfernt. Seine Blutgerinnung war sehr schlecht … Währenddessen beschäftigte sich die Neurochirurgin mit seinem Gehirn. Der rechte Teil hatte begonnen anzuschwellen. Deshalb haben wir den Schädel auf dieser Seite geöffnet, um Flüssigkeit und Blut abzusaugen.«

Dr. G. erzählte das alles so klar und detailliert, daß ich Tonios Leidensweg im Operationssaal erst jetzt richtig miterlebte. Die grelle Beleuchtung, die direkt in sein Innerstes drang und die natürliche Farbe seines Blutes veränderte … Das grüne Nylontuch mit den »Fenstern«, innerhalb deren operiert werden mußte … *Hatte* er denn eigentlich unter so einem Tuch mit Aussparungen gelegen? Man war an allen Stellen seines Körpers gleichzeitig mit ihm beschäftigt. Allenfalls seine Beine konnten bedeckt geblieben sein.

Mein Junge, mein Sohn, der schöne Sproß meiner Lenden

... so zerstört ... Der Stolz seiner Mutter, buchstäblich die Frucht ihres Schoßes ... so weit weg schon in jenem Moment und nicht imstande, aus eigener Kraft zurückzukehren oder durch die vereinten Bemühungen des Traumatologenteams zurückgeholt zu werden. Er hatte noch eine Chance, dort und damals, so miserabel die Prognosen auch waren.

»Währenddessen hatte ich mir seine Lungen vorgenommen«, sagte Dr. G. »Eine einzige blutige Masse. Sie arbeiteten einfach nicht mehr. Als man ihn einlieferte, war sein Blutdruck alarmierend niedrig. Wir haben ihm eine Transfusion nach der anderen gegeben. So ungefähr war sein Zustand, als ich Sie das erste Mal informiert habe. Danach zeigte sich, daß auch seine linke Gehirnhälfte zu schwellen begann. Die Neurochirurgin hat sich daraufhin auch damit befaßt. Und das, obwohl seine übrigen Funktionen sich sehr schnell verschlechterten. Der Blutdruck sank wieder ... Lungen, die keine Luft produzierten ... und dann die miserable Gerinnung ... Sein Zustand wurde immer hoffnungsloser. Ja, dann muß man in einem bestimmten Moment eine Entscheidung treffen. Er schafft es nicht. Es hat keinen Sinn, die Behandlung fortzusetzen.«

Und nach einer kurzen Pause: »Ich kann Ihnen versichern ... solange sich noch irgend etwas ausrichten läßt, arbeiten wir weiter. Besonders bei so einem jungen Menschen.«

Tonio, der, ganz klein, ohne den Blick von der auf dem Tisch ausgebreiteten Bauanleitung abzuwenden, ein Fahrzeug aus technischen Legoteilen zusammensetzte, während seine wurmartigen Fummelfingerchen eigenständig arbeiteten.

Tonio, der nach einem Besuch bei meinen Eltern vormachte (oh zärtliche, fromme Lüge), wie meine Mutter sichtlich weniger parkinsongebeugt dastand als noch vor einigen Wochen. »Erst stand sie so ...« (Tonio tief gebeugt.) »Diesmal so ...« (Fast aufrecht.)

Tonio, der ...

»Wenn ich Ihnen nun meinerseits eine Frage stellen darf«, sagte Dr. G., »denn wir möchten aus jedem Fall lernen … Gibt es etwas, was wir *besser* hätten machen können?«

»Wir Laien«, antwortete ich, »wer sind wir, Sie und Ihr hochqualifiziertes Team zu korrigieren oder zu kritisieren?«

Und dann beging ich den Fehler, von der Pflegerin zu berichten, die beim Ertönen eines Alarmsignals an Tonios Sterbebett auf meine Frage, ob »dies das Ende« sei, munter geantwortet hatte: »Nein, nein, es geht im Gegenteil sogar etwas besser.«

Was war in mich gefahren? Wenn ich das jetzt noch zur Sprache brachte, hieß das, daß ihre unüberlegten Worte damals tatsächlich Hoffnung bei mir geweckt hatten?

»Ich wußte es besser«, fügte ich eilig hinzu, »aber ich *könnte* mir vorstellen, daß ein Angehöriger an eine solche Bemerkung falsche Hoffnungen knüpft und daraufhin ruft: ›Die Beatmung nicht abschalten! Er kommt zu sich!‹ Wir wollen ihr aber nicht den Schwarzen Peter zuschieben. Es war einfach ungeschickt.«

Das wurde von Dr. G. bestätigt. Mirjam hatte während des größten Teils des Gesprächs geweint, und irgendwann meinte ich auch in den Augen des Professors etwas schimmern zu sehen. Er fragte, ob seine Beobachtung, derzufolge der Unfall an einer gefährlichen Kreuzung passiert sei, von der Verkehrspolizei bestätigt worden sei.

»Na ja, nicht direkt«, sagte ich. »Aber in einer Umfrage in *Het Parool* rangierte sie schon als gefährlich.«

Ich deutete auf die Akte, die der Professor während seiner Erläuterungen ein paarmal zu Rate gezogen hatte. »Könnte ich eventuell Einblick in die Unterlagen bekommen? Ich habe vor, Tonio eine Art Requiem in Prosaform zu widmen, und vielleicht … im Moment könnte ich das nicht lesen … aber in einem späteren Stadium …«

»Dann müßten Sie es zu gegebener Zeit bei mir anfordern«, sagte Dr. G. »Ich warne Sie aber jetzt schon: Es steht

447

eine Menge medizinischer Begriffe drin. Die Berichte sind teilweise im Telegrammstil abgefaßt, manchmal muß man … in lebensbedrohlichen Situationen … also, da muß man schnell sein.«

»Sollte ich es je anfordern«, sagte ich, »dann werde ich äußerst diskret damit umgehen.«

»Daran zweifle ich nicht«, sagte Dr. G.

Ich dankte ihm für seine klaren Erläuterungen. »Wir haben uns manchmal etwas ungeschickt ausgedrückt, aber Sie können sicher sein, daß wir große Bewunderung dafür haben, was Sie und Ihr Team geleistet haben.« Mirjam und ich erhoben uns. »Wir lassen Sie jetzt wieder an die Arbeit.«

»Auch das gehört zu meiner Arbeit.«

27

Wenn ich Dennis und Goscha glauben durfte, und warum sollte ich ihnen nicht glauben, war an jenem Abend und in jener Nacht ziemlich viel Alkohol geflossen. Ich weiß nicht, ob es genug war für einen Kater am nächsten Tag. (Als Tonio in die Nacht radelte, hatte Goscha ihn keine Schlangenlinien fahren sehen.) Tonio verbrachte *the morning after* auf dem Operationstisch. Wenn es so war, daß Schmerzen sich nicht vollständig durch eine Narkose unterdrücken ließen, wie stand es dann mit einem Kater?

Und: Was bedeutete dieser Alkoholkonsum für die Operation? Dr. G. hatte gesagt, Tonios Blutgerinnung sei verheerend gewesend. Hatte das etwas mit dem Trinken zu tun? Ich erinnerte mich, daß man Tonio gleich nach seiner Geburt, noch bevor er in den Brutkasten kam, Provitamin K spritzte, um die Blutgerinnung zu fördern. Später lernte ich in Maastricht den Entdecker des Provitamins K kennen, Professor Hemker, außerdem ein großer Oboensammler. Ich dankte ihm, auch in Tonios Namen, für seine gelehrten Bemühungen.

Wenn ich in Scham versinken wollte, mußte ich mir nur vorstellen, wie die Chirurgen im OP-Saal über den Alkoholgeruch des Patienten gesprochen hatten.

Die Zitate aus Thomas Mann gehen mir immer noch im Kopf herum. »It was much worse than I thought ...« Wenn es so ist, daß das Bewußtsein auch unter Narkose *in irgendwelchen Tiefen* einfach fortfährt, sich die vorhandenen Schmerzen anzueignen, dann hat Tonio in den letzten zwölf Stunden seines Lebens, völlig reglos daliegend, grauenvoll gelitten – erst auf dem Asphalt, dann im Rettungswagen, später im Operationssaal und zum Schluß (gerade noch in Anwesenheit seiner Eltern) auf der Intensivstation.

Ich habe mir immer vorgehalten, das Schlimmste am Schmerz sei: die *Wirkung* des Leidens. Man erinnert sich an die Ursache des Schmerzes, die Scham, daß man ihn sich zugezogen oder selbst die Hand dabei im Spiel gehabt hat. Man spürt, wie der Schmerz nachläßt, und erlebt die Angst, das Leiden könne jeden Moment wieder an Heftigkeit zunehmen. Man fürchtet, der Schmerz könne auch der Bote des nahenden Todes sein. Und so weiter.

Zur Beruhigung habe ich mir immer gesagt: Schmerz, den der Tod rasch löscht und der nicht im Bewußtsein neu aufgerufen und überdacht werden kann, hat eigentlich nicht existiert.

Was aber, wenn der Schmerz, bevor er im Tod aufgeht, einen halben Tag lang hat wüten können, wie bei Tonio? Hat dieses Leiden dann auch nicht existiert? Bis wie weit in die Vergangenheit reicht, rückwirkend, die Macht des Todes als Schmerzbekämpfer?

Ein sechsjähriger Junge fällt aus einem Fenster im ersten Stock und spießt sich auf den scharfen Spitzen des Gartenzauns auf. Das Kind überlebt mit knapper Not. Eine halbe Stunde benötigen Anwohner, um es zu befreien. Als der Junge schließlich im Alter von achtzig Jahren stirbt, löscht der Tod, über die vergangenen Jahrzehnte hinweg, auch die damaligen Schmerzen des Sechsjährigen aus? Wenn das der Fall wäre, können wir genausogut behaupten, daß der Tod »rückwirkend« *jedes* Gefühl, das sich in einem Menschenleben geregt hat, löscht – ja, das Leben insgesamt löscht, als hätte es nie existiert.

Gerade in meinen klarsten Momenten bin ich davon überzeugt, daß Tonio, genau wie der Verfasser von *Tonio Kröger*, in den Tiefen seines vitalen Systems die Zerstörungswut des Aufpralls und die Skalpelle des Chirurgenteams über Stunden hinweg erlitten hat. Wenn das stimmt, bin ich ihm meinen eigenen heutigen Schmerz doppelt und dreifach schuldig.

28

Wir fuhren vom AMC, wo er gestorben war, nach Buitenveldert, wo er begraben lag – doch wieder gelang es mir, einen Besuch am Grab im letzten Moment, als Mirjam sich in der Fred. Roeskestraat bereits entsprechend einordnete, hinauszuschieben.

»Tut mir leid, Minchen, das wird mir jetzt alles zuviel nach diesem medizinischen Gespräch. Laß uns in Gottes Namen in den Amsterdamse Bos fahren.«

»Darauf hab ich gewartet. Der Ziegenhof war immer schon der Ausweichhafen … ich meine, wenn du dich nicht auf den Friedhof getraut hast.«

»Außer zu Hause auf der Veranda gibt es keinen besseren Ort, um über Tonio zu sprechen.«

Später, beim Mittagessen auf dem Ziegenhof, teilte Mirjam mir ihre jüngste Erkenntnis mit: Tonio fuhr in der verhängnisvollen Nacht nicht auf seinem eigenen Fahrrad, sondern dem von Jim. »Das kam zwei Tage nach Pfingsten heraus, als Jim mit seinen Eltern bei uns war. Das ist mir damals vollkommen entgangen, wie so vieles.«

Ich konnte mich genausowenig erinnern. So kurz nach dem Geschehen prallten viele Details gnadenlos an unserer gepanzerten Leugnung ab. Die Gier, *alles* wissen zu wollen, kam erst nach der Beerdigung, als wir ihn auf diese Weise in unsere Mitte zurückzuschmuggeln versuchten.

»Dann wird es aber Zeit«, sagte ich, »daß wir Jim sein Fahrrad zurückbringen. Oder ... na ja, was davon übrig ist. Auch als Wrack ist es sein Eigentum. Vielleicht müssen wir ein neues ...«

»Seine Eltern haben ihm schon ein neues gekauft. ›Du glaubst doch nicht, Mama, daß ich auf dem Ding noch fahren kann‹, hatte er seiner Mutter erklärt.«

»Die Polizei sagte, mit diesem Fahrrad würden, genau wie mit dem Suzuki, im Labor noch verschiedene Experimente durchgeführt.«

»Das Fahrrad steht in einem Lager der Wache in der James Wattstraat«, erwiderte Mirjam. »Ich habe angerufen. Ich habe sogar schon einen Termin, an dem ich die Sachen abholen kann. Fahrrad, Kleider, alles.«

»Wie kannst du das bloß hinter meinem Rücken ...«

»Du bleibst zu Hause. Und schreibst. Ich geh mit Nelleke hin.«

»Vergiß nicht, nach der Uhr zu fragen.«

»Mir graut mehr vor den Schuhen.«

Eine ganze Weile saßen wir schweigend am Terrassentisch und schauten voneinander weg zu den Hähnen und Hühnern, doch selbst die legten heute wenig Aktivität an den Tag. Ein Zwerghuhn wusch sich im feinen, grauen Sand unter der achteckigen Sitzbank, die rings um einen Baum lief.

»Und sein eigenes Rad?« fragte ich nach einer Weile.

»Beim Hauptbahnhof«, sagte Mirjam. »Wie so oft. Dort sind schon eine Menge Fahrräder von ihm weggeräumt worden.«

29

»Och, ich qualm ab und zu mal eine in der Kneipe«, hatte
Tonio vor Monaten auf meine Frage geantwortet, ob er denn
nun rauche oder nicht. »Nur so, um mit den Jungs mitzuhalten. Ich weiß auch nicht, warum.«

Hinterher kam es mir so vor, als habe er die Frage (die
übrigens zu sehr klang nach: *du* doch nicht) schon eine Weile kommen sehen und deshalb die Antwort in ihrer ganzen
Achtlosigkeit vorbereiten können. Er wollte seine Eltern
schonen. Hätte er zugegeben, daß es *mehr* war als ab und an
ein Zug in der Kneipe, dann hätte ich sagen können: »Hör
zu, Tonio, ich habe dich bis zu deinem achtzehnten Lebensjahr vor dem Rauchen behütet. Ich finde es nach wie vor
blöd, aber das ist jetzt deine Sache. Zünde dir ruhig eine an,
wenn dir Mirjams Wodka Orange dann besser schmeckt. Wir
machen nachher einfach ein Fenster auf.«

Aus einem Gespräch zwischen Jim und seinem Vater, die
sich kurz nach Pfingsten mit dem Rätsel von Tonios nächt-
lichem Umweg beschäftigten, hatte ich etwas von »Zigaretten holen am Leidseplein« aufgefangen, aber das konnte
genausogut bedeuten: ein Päckchen für Jim mitbringen. Bei
den Fotos, die um diese Zeit im Internet auftauchten, Fotos
von einem Tonio, der theatralisch eine brennende Zigarette
(oder einen Joint) hochhielt, dachte ich noch an eine Pose,
doch Dennis und Goscha hatten mehr oder weniger bestätigt, daß Tonio regelmäßig rauchte. Ein anderer Freund legte
als letzten Gruß eine Filmrolle, eine Dose Bier und ein Päckchen Zigaretten auf Tonios Grab.

Er wollte seine Eltern schonen, verdammt, und dadurch
hatte er sich mehrmals ihrer Gesellschaft entzogen. Ich vermutete jetzt, daß er bei jedem Besuch nach einem oder zwei
Gläsern und einer dreiviertel Portion Chow-Minh unruhig
wurde, weil er rauchen mußte und uns damit nicht belästigen
wollte. Hier ging er zu weit mit seiner Höflichkeit.

Ich merkte, daß mich seine Raucherei nicht losließ. Bis er fast zwanzig war und nach De Baarsjes umzog, hatte ich ihn nie mit einer Zigarette gesehen. Na schön, wollen wir sagen, er tat es außer Haus, auf Feten, »um mit den Jungs mitzuhalten«. Zu Hause pflichtete er mir jedesmal bei, wenn ich, ein Steckenpferd von mir, meinen Bannfluch dagegen aussprach. Sein geliebter Großvater Opa Piet, Raucher vom elften Lebensjahr an, war mit siebenundsechzig daran zugrunde gegangen ... seine Tante Marianne kämpfte nach einem Emphysem jetzt mit Lungenkrebs ... Kein Raucher konnte mehr bedenkenlos davon ausgehen, daß es ihn nicht erwischen würde.

Ich vertiefte mich in Strategien, die helfen sollten, ihn wieder davon abzubringen. Zunächst würde ich auf ihn einreden, nicht zu väterlich, eher wie ein älterer Freund ... Rauchen war tödlich, das stand nicht nur zur Verschandelung des Designs auf den Zigarettenpackungen.

Plötzlich war das Bild des hochgewachsenen Dr. G. da, der Mirjam und mir diskret, aber unverblümt von Tonios Lungentrauma berichtete. In kürzester Zeit hatten sich seine gesunden Lungen in unbehandelbare Blutschwämme verwandelt – und im gleichen kurzen Zeitraum ereignete sich das jetzt, als Unterbrechung meines Gegrübels, erneut. Was jammerte ich, daß Tonio entgegen all meinen guten Ratschlägen doch zu rauchen begonnen hatte? Seine Lungen würden nie mehr die Chance bekommen, von Nikotin zerstört zu werden.

30

Wenn Tonio schwerverletzt überlebt und lange im Koma gelegen hätte, hätte er eines Tages das Bewußtsein wiedererlangen und sich entsetzt fragen können: Was ist passiert? Wo bin ich? Was mach ich hier?

Auch ein beschädigtes Gehirn kann solche Fragen produzieren. Es bleibt zumindest eine lädierte Instanz übrig, die das Unbegriffene und das Ungreifbare registriert. Bestenfalls dringt, bruchstückhaft, zu dem Wiedererwachten durch, was passiert ist oder was hätte passieren können.

Heftige Reuegefühle vielleicht. Scham.

Ich erscheine mit Mirjam an seinem Krankenhausbett. Ob er uns erkennt oder nicht, es gibt ein Bewußtsein, das uns erkennen *kann*. Er lebt.

Alfred Kossmann spricht in einem seiner Romane von dem großen Skandal des Daseins: daß es einem Menschen nicht gestattet ist, sein eigenes Sterben zu erleben. Tonio ist bereits jenseits dieses Skandals.

Jetzt, da er unwiderruflich tot ist, verfügt er nicht mehr über eine Instanz (das Bewußtsein), das ihn informiert: »Hör zu, Tonio, dein Leben ist zu Ende, du kannst die Dinge, die du begonnen hast, nicht zu Ende bringen.«

Tonio weiß von *nichts*. Mirjam und ich sowie ein paar andere wissen davon. Wir sind uns dessen bewußt, was ihm vorenthalten wird: daß er die Zukunft, die ihm – zum Teil klar, zum Teil nebelhaft – vor Augen stand, nicht erreichen kann.

Im Bewußtsein existiert einmal Erlebtes dank mentalen Wiederkäuens.

Man geht unvorsichtig, sich ständig umdrehend, den Bürgersteig entlang und stößt sich den Kopf an einem aus einem Fenster ragenden Balken. Eine kurze, grellweiße Blindheit, die unmittelbar auf den Schlag folgt. Dann Wut: Wer läßt einen Balken so weit vorstehen? Scham: Wie konnte ich nur so blöd sein? Man blickt sich um: jemand was gesehen? Man geht weiter. Neben dem äußeren Schmerz glüht unter der Gesichtshaut Scham. Der Stoß nistet sich in vielerlei Gestalt im Bewußtsein ein, das jeden Aspekt davon stets von neuem beleuchtet.

Von allen denkbaren Vorfällen ist der Tod der schwerwiegendste, der einem widerfahren kann. Aber ... er ist das einzige Ereignis, das in sich selbst stockt. Für den, der dieses einmalige Ereignis erleidet, ist keine Reflexion darüber möglich. Wut, Scham, Schuldfrage, Kausalzusammenhang, Konsequenzen ... zu alldem kommt es nicht. Tot ist tot.

31

Ich hatte die Lektorin gebeten, zu mir zu kommen, um mit ihr zu überlegen, wie und wann (und ob) ich meine Arbeit wiederaufnehmen könnte. Ich suchte an erster Stelle nach einer Strategie, um nicht verrückt zu werden, um die Angst zu bannen: die Furcht vor einer Zukunft nicht nur ohne Nachkommen, sondern (als direkte oder indirekte Folge davon) auch ohne feste Beschäftigung.

»Das Störende, nein, das Lähmende ist«, sagte ich, »daß ich alle möglichen Schauplätze aus dem aktuellen Roman in den letzten Wochen besuchen mußte. Das Krankenhaus, das Polizeirevier ... Sogar das Auto, das im Buch eine entscheidende Rolle spielt, ist von derselben Marke und Farbe wie das Auto, das Tonio angefahren hat. Ein Suzuki Swift. Ein roter. Es ist nicht gerade anregend, wenn die Wirklichkeit meine sorgfältig erdachte Welt buchstäblich beiseite drückt.«

Es war wieder ein herrlicher Sommertag. Wir saßen auf unserer Veranda unter der ausladenden Krone des verblühten Goldregens, und ich erzählte ihr, daß Tonio hier mit seinem Fotomädchen eine Pause eingelegt hatte, ein paar Tage vor seinem Tod, in dem gleichen üppigen Sonnenlicht.

Die Lektorin schlug mir vor, erst über Tonio zu schreiben und später, wenn der Furor vorbei war, den Roman *Kwaadschiks* wiederaufzunehmen.

»Bei einem requiemartigen Buch stehen zwei Möglichkeiten offen«, sagte ich. »Ich kann es in zwei, drei Jahren schreiben ... oder in fünf ... und dann erhält es einen retrospektiven Charakter. Dann ist es ein Rückblick auf das, was damals, vor Jahren, an Schrecklichem passiert ist. Eine Neubewertung des Kummers, wie er im nachhinein empfunden wird. Eine Schilderung, wie sich das Leben der direkt Betroffenen verändert hat. Wenn ich es dagegen *jetzt* schreibe, schon in diesem Sommer, wird es ein Bericht von innen. Geschrieben aus der Situation heraus, die sich kurz zuvor ergeben hat … direkt aus der Gefühlsverwirrung heraus … Das Schreiben wird dann zu einem Teil des Ringens, und umgekehrt. Die ratlosen Eltern, die die letzten Tage und Stunden ihres Sohnes rekonstruieren … weil alles von Bedeutung ist … sie klammern sich an jedes Detail …«

Alles poetologisches Geschwätz. Es gibt keine Wahl. Ich kann nicht anders, als *jetzt* über ihn und für ihn zu schreiben, weil alles andere im Moment unwichtig ist. Schreiben über Tonio oder gar nicht schreiben – das ist keine Frage der Wahl. Ohne darüber nachgedacht zu haben, ohne mir einen Ruck dazu gegeben zu haben, *war* ich bereits dabei. Von dem Moment an, an dem es am Pfingstsonntag klingelte und ein Polizeibeamter die Worte »kritischer Zustand« benutzte, war ich dabei, mein Requiem aufzuführen – erst beschwörend, in der verzweifelten Hoffnung, ihn am Leben erhalten zu können, später am selben Tag ungläubig akzeptierend, in der verzweifelten Hoffnung, ihn mit Worten und Bildern in sein früheres Leben zurückzaubern zu können.

Selbst in meinen schrecklichsten Alpträumen hatte ich nicht vorhersehen können, daß ich meinem eigenen Sohn einmal ein Requiem würde widmen müssen.

32

»Wenn vom Fahrrad nur noch ein Stück Schrott übrig ist«, hatte ich zu Mirjam gesagt, »dann mach ein paar Fotos davon für unser Archiv. Frag die Polizei, ob sie es in den Sperrmüll tun können. Wenn du es hier in die Diele stellst … ich glaube nicht, daß ich den Anblick ertragen kann. Und die Fotos, leg die in einen geschlossenen Umschlag, bis ich soweit bin. Vergiß nicht, nach der Uhr zu fragen.«

Weil Mirjam zu nervös war, um selbst zu fahren, machte sie sich mit Nelleke in deren Auto auf den Weg zur Abteilung Schwere Verkehrsunfälle in der James Wattstraat beim Amstel-Bahnhof. Polizeibereich, das heißt: viele defekte Parkautomaten. Nachdem sie endlich ein Ticket (oder die Hälfte davon) aus einem dieser Automaten herausgefummelt hatten, rief Mirjam den Beamten Windig an, der zuvor am Telefon versprochen hatte, sie in Empfang zu nehmen. Am Apparat war sein Kollege Hendriks, der stellvertretend für ihn nach unten kam.

Mirjam und Nelleke erzählten später von einer labyrinthartigen Wanderung durch Flure, über Treppen, an Geländern, Stahltüren und Wänden mit aufgerollten Feuerwehrschläuchen und Löschapparaten vorbei. Auf einmal standen sie in einem hohen Raum, einem Mittelding zwischen Flugzeughangar und Parkgarage.

»Weil ich so nervös war«, sagte Mirjam, »sah ich nur diesen einen leeren PKW in einem riesigen Raum.«

Sie konnte nicht sagen, ob es ein roter Suzuki Swift war. Daneben gab es Ständer mit beschädigten Fahrrädern und Motorrollern, und schwitzend, wie von Radar geleitet, ging Mirjam sofort auf Jims Fahrrad zu – nicht, weil sie es erkannt hätte, sondern weil Tonios Schuhe, die Spitzen nach oben, in einer Plastiktüte am Lenker hingen.

»Nelleke, das Rad ... noch völlig intakt«, rief Mirjam. Ich konnte mir ihren verfehlten doppeldeutigen Triumph in etwa vorstellen. »So sieht doch kein Fahrrad nach einem tödlichen Unfall aus ...«

»Das nehmen wir mit«, sagte Nelleke entschieden. »Das kommt nicht zum Schrott.«

Getragene Schuhe nehmen immer etwas von der Seele des Besitzers an. Das ist an der leichten Verformung der Öffnung zu erkennen ... an den schiefgetretenen Absätzen ...

an den Grautonnuancen der x-förmigen Abdrücke, die die Schnürsenkel hinterlassen. Dieses Schuhporträt entdeckte Mirjam plötzlich, und sie brach zusammen.

Der Polizeibeamte Hendriks führte die beiden Frauen wieder durch das Labyrinth zum Ausgang. Hier landeten also die Besitztümer der nachts an einer Kreuzung Überraschten, der Hochgeschleuderten und zu Boden Gefallenen. Sachen, oft blut- oder schlammverschmiert, die auf den rechtmäßigen Eigentümer warteten, der manchmal von seinen beziehungsweise ihren Hinterbliebenen und Erben vertreten wurde.

Hendriks gab den Damen die Hand und versicherte Mirjam noch einmal, sie könne jederzeit anrufen. So gingen sie zum Auto – Nelleke eine Hand am Fahrradlenker, den anderen Arm um Mirjam gelegt. Bevor sie ins Auto stiegen, rief Mirjam mich an.

»Diese furchtbar leeren Schuhe, Adri … ohne seine Füße … ohne daß *er* darinsteckt. Sie gähnen mich mit so einer grauenhaften Leere an.«

»Und das Fahrrad?« wollte ich wissen.

»Dem fehlt nichts. Du kannst aufsteigen und losfahren. Keine Beule.«

Mirjam sagte, sie wolle mit Nelleke ins Gartenzentrum fahren, um ihr etwas für ihre Hilfe zu schenken. »Etwas kaufen, das hilft vielleicht, so wie früher im Hema.«

»Und die Uhr?« fragte ich.

»Die war nicht dabei«, sagte Mirjam. »Sie kann noch irgendwo bei ihm zu Hause …«

»Er hat sie immer getragen«, sagte ich. »Zumal wenn er ausging.«

»Vielleicht ist sie ihm beim Unfall vom Handgelenk gesprungen …«

Ich mußte an einen Vorfall aus meiner Jugend denken, den ich in *Fallende Eltern* ausgemalt hatte. Auf einem schmalen Radweg durch die Heide wurde meine Mutter von einem entgegenkommenden Radler angefahren und landete im Graben neben der Böschung. Ihr linkes Handgelenk blutete: dort, wo das Gliederarmband ihrer Uhr am Nippel der Fahrradklingel hängengeblieben und aufgegangen war. Die Uhr mußte im rostbraunen Grabenwasser liegen. Wir fuhren zu meinen Großeltern, die in der Nähe wohnten. Mein Vater kehrte, mit einer Schaumkelle bewaffnet, zurück – ich hinten auf dem Gepäckträger. Er wühlte so lange mit dem Küchengerät im Schlamm, bis die Sonne, blutorangenrot, tief über den Heideflächen stand. Die Uhr fand er nicht. Statt dessen einen schlanken Schraubenzieher, der noch jahrelang gute Dienste beim Auf- und wieder Zuschrauben defekter Stecker und Steckdosen leisten sollte.

Ich versuchte, mir Tonios Uhr in Erinnerung zu rufen. »Hatte sie ein elastisches Gliederarmband«, fragte ich, »oder eins aus Leder?«

»Das war so eine Art Bügelverschluß, den man zuklickte«, sagte Mirjam. »Ich weiß noch, daß die Uhr, die wirklich nicht für kleine Jungen gedacht war, ihm viel zu weit war. Sie haben dann beim Juwelier ein Stück herausgenommen. Später, als Tonio kräftigere Arme bekam, habe ich es wieder einsetzen lassen.«

»So ein Bügelverschluß«, sagte ich, »kann natürlich beim Aufprall aufgegangen sein. Dann ist die Uhr irgendwo auf der Straße liegengeblieben, und ein früher Spaziergänger hat sie gefunden.«

»Der ist dann aber eindeutig nicht mit reinem Gewissen nach Hause gegangen«, sagte Mirjam. »Die gesamte Kreuzung war mit gelber Farbe vollgemalt. Wenn dort eine Uhr liegt, ist es mit an Sicherheit grenzender Wahrscheinlichkeit die des Opfers.«

Sie redete schon ganz im Jargon der James Wattstraat.

»Und was haben sie bei der Polizei noch über das Unglück gesagt? War der Suzuki zu schnell gefahren?«

»Er fuhr etwas zu schnell, ja«, sagte Mirjam, »aber Tonio

459

hätte in dem Moment dort nicht einfach die Straße überqueren dürfen.«

»Und die Blutprobe?«

»Ja, er hatte ordentlich getrunken, ja.«

»Um diese Uhrzeit fahren ein paar tausend Studenten angetrunken durch die Stadt. Trotzdem muß man nicht unbedingt totgefahren werden.«

Das Fahrrad hatte kein Licht. In Tonios Taschen wurden kleine Lampen gefunden, die an der Kleidung oder an den Armen angebracht werden konnten. Sie waren nicht aufgeladen – vielleicht der Grund, weshalb er sie nicht angelegt hatte.

33

Ich liege in meinem naßgeschwitzten Bett und lese die Zeitung, die Balkontür geöffnet zur kühlen Morgenluft. Es ist mäßig sonnig. Ich lese, daß die Schauspielerin Patricia Neal gestorben ist. Gestern wurde bekannt, daß man ein Heft von Roald Dahl entdeckt hat mit dem Bericht über den Tod seiner siebenjährigen Tochter, Anfang der siebziger Jahre. Patricia Neal war die Mutter des Mädchens.

Als Mirjam das Frühstück bringt, wirkt sie leicht in Panik. Als ich sie darauf anspreche, ist sie höchst erstaunt. »Ich habe gerade wieder eine Pille genommen, aber sie wirkt wohl noch nicht.« (Sie nimmt in letzter Zeit ihre Valium erst am Nachmittag.) »Um halb zehn kommt Klaas ... um die Fotos von Jenny zu kopieren. Ich muß noch duschen.«

34

Um fünf Uhr eine Abordnung von Tonios Studienfreunden: drei Mädchen und ein Junge. Sie haben im Namen der gesamten Gruppe einen großen Blumenstrauß mitgebracht, in einer Vase, Ergebnis einer Geldsammlung – und eine große Karte mit allen Namen.

Eines der Mädchen erzählt, wie sie Tonio letztes Jahr im September kennengelernt haben, in einem Grand Café am Max Euweplein. Es war am Ende der Einführungstage, deren Beginn Tonio nicht mitgemacht hatte, weil er ganztags bei Dixons arbeitete. Endlich würden sie das noch fehlende Mitglied der Gruppe kennenlernen. (Auch darin stimmten unsere Geschichten überein. Als in Nimwegen die Einführungszeit begann, arbeitete ich bei Daf in Eindhoven, um mir die Einrichtung meiner Studentenbude zusammenzuverdienen. Am ersten Oktober 1970 traf ich an der Universität ein, gerade noch rechtzeitig, um an der ersten Arbeitsgruppensitzung teilzunehmen und festzustellen, daß alle Anwesenden in den vorangegangenen Wochen bereits beste Freunde geworden waren. Das ließ sich nicht mehr nachholen.)

Weil Tonio traditionsgemäß auch diesmal zu spät kam, überlegten die Kommilitonen während der Wartezeit, auf was für einen Typen sie bei all den Personen, die die Kneipe betraten, achten müßten. Sie trugen ihre Vorstellungen von dem Neuen zusammen und kamen zu einer Art Synthese – die, wie sich herausstellte, genau stimmte.

Die vier, vor allem die Mädchen, konnten Tonios Hilfsbereitschaft, nicht nur in Studienangelegenheiten, gar nicht genug rühmen.

»Er war wirklich *so* nett … *so* freundlich.«

Mit betrübtem Kopfschütteln gedachten sie seiner. Ich erkundigte mich nach dem sogenannten »Elternabend«, dem Essen, zu dem alle Mitglieder der Studiengruppe ihre Eltern eingeladen hatten. Jetzt wurde beschämt gestöhnt. Ja, da war etwas gründlich schiefgelaufen. Die Organisatoren hatten im letzten Moment entschieden, daß das Essen in einem anderen Lokal stattfinden sollte. Die diesbezügliche Mail hatte Tonio nie erreicht. »Obwohl«, sagte eines der Mädchen, »ich hab ihn an dem Abend später noch im Atriumcafé gesehen.«

Mirjam erzählte, wie der Abend für uns verlaufen war. »Schade, daß wir euch und eure Eltern verpaßt haben, aber für uns war es ein wunderbarer Abend. Im nachhinein ganz besonders. Es war das letzte Mal, daß wir so zu dritt an einem Tisch saßen ... ohne zu wissen ...«

Vielleicht wegen der Tränen in ihren Augen erhoben sich die Studienfreunde bald, nachdem sie einander ein Zeichen gegeben hatten. Ich wollte nicht, daß sie gingen. Der Junge, Jörgen, war der einzige, der ein Bier angenommen hatte. Ich versuchte, ihn mit einem zweiten zum Bleiben zu bewegen, doch er lehnte ab.

»Dann gehen wir jetzt mal«, sagte eines der Mädchen.

»Noch eine Frage«, sagte ich. »Habt ihr Tonio in der letzten Zeit von einer gewissen Jenny reden hören?«

»Jenny ...« Der Name wurde ein paarmal wiederholt. Sie sahen sich gegenseitig forschend an, mit zögerndem Kopfschütteln.

»Jenny ... nein«, sagte Jörgen. »Jedenfalls ist in der Gruppe keine, die so heißt.«

»Sie war, wie soll ich das sagen, *neu* in seinem Leben«, erläuterte ich. »Niemand in Tonios nächster Umgebung scheint sie zu kennen. Wir hatten, na ja, den Eindruck, daß in der letzten Woche seines Lebens zwischen Tonio und dieser Jenny etwas am Aufblühen war.«

Wie ärgerlich, daß ich jetzt kein Foto zeigen konnte.

»In der Woche vor Pfingsten«, sagte ein Mädchen, »haben wir Tonio nicht gesehen.«

Ich ähnelte allmählich einer alten Kupplerin, aber von einer speziellen Sorte – einer, die Tonio postum mit einer Frau zu verkuppeln versuchte. Tonios Kommilitonin Claire bot an, mit Hilfe von Facebook oder einem anderen Netzwerk mehr über Jenny herauszubekommen.

»Du mußt dir keine Mühe machen«, sagte Mirjam. »Ich habe inzwischen mit ihr telefoniert. Sie ist bereit, hierher zu kommen. Wir fragen nur so ein bißchen herum. Was für eine

Art Mädchen es ist. Und vor allem, na ja, wie ernst das mit Tonio war.«

Wir und unsere Nachforschungen. Manchmal sehe ich aus großer Entfernung, wie Mirjam und ich aufgeregt an Türen klopfen. Unsere Münder bewegen sich, und wir machen heftige Handbewegungen dazu. Ich weiß, daß wir Fragen zu Tonio in seinen letzten Tagen stellen, aber ohne Ton scheint es eher, als würden wir, von Haus zu Haus gehend, unseren Sohn persönlich einfordern. »Gib ihn zurück … wir wissen, daß er hier ist.«

Nachdem die Studenten gegangen waren, stürzten Mirjam und ich uns auf die Flaschen, was wir in Gegenwart der Limo trinkenden Mädchen nicht gewagt hatten.

»Ich bestelle gleich ein paar Pizzen«, sagte Mirjam.

Noch gieriger als getrunken wurde geredet. Jeden Tag, dreimal täglich, bildeten sich in unseren Köpfen Theorien über Tonios Verschwinden. Sie mußten alle geprüft werden.

»Hab ich dir schon von meiner Variante der verbrannten Erde erzählt, Minchen?«

»Das verheißt nichts Gutes.«

»Jeder begeht Fehler in seinem Leben. Es kommt nur darauf an, was man daraus macht …«

»Daraus lernen«, sagte Mirjam. »Das ist zumindest, was man immer hört.«

»Mir geht es jetzt darum, wie man auf diese Fehler zurückschaut. Auch wenn ich sie längst gutgemacht habe, kann ich mich bei der Erinnerung daran noch immer dafür schämen. Die ungeheure Blödheit. Sogar wenn ich ganz allein bin, kann ich dann knallrot werden, das kannst du mir glauben. Schon als Kind hatte ich die Neigung, bestimmte Riesendummheiten, die mir in Gesellschaft Erwachsener herausgerutscht waren, zwanghaft für mich zu wiederholen.

Einfach, um die Scham in mir zu schüren. Vielleicht hoffte ich, mich auf diese Weise selbst zu bestrafen ... mein Leben zu bessern.«

»Da kann ich ja beinahe Frieden mit all dem Blöden schließen, das du mir angetan hast.«

»Seit Tonios Tod ... wenn ich auf mein Leben zurückblicke, sehe ich *nichts als* Fehler, Schnitzer, Dummheiten. Sogar Dinge, mit denen ich damals nicht unzufrieden war und die von anderen gelobt wurden, finden inzwischen keine Gnade mehr vor meinen Augen. Und warum nicht? Weil alles, was ich je unternommen habe, auch lange vor Tonios Geburt, als Vorbereitung auf Tonios Tod gilt.«

»So streng darfst du nicht zu dir sein«, sagte Mirjam, jetzt ohne spöttischen Ton. »Das ist unmenschlich.«

»Ich kann nicht anders. So empfinde ich es. Der Tod meines Sohnes ist *der* Beweis dafür, daß ich immer alles falsch gemacht habe. Wenn ich auf meine Vergangenheit zurückblicke, stoße ich auf eine verkohlte Fläche. Mein Gedächtnis hat die Taktik der verbrannten Erde angewandt. Alle Segnungen, die, wie ich glaubte, mir je zuteil geworden waren, sind verbrannt. Sind unerreichbar für mich geworden.«

Mirjam protestierte nicht länger gegen diese schwarze Sicht der Dinge – vielleicht (was ich nicht hoffte) weil sie sie teilte. Ihr Blick schweifte immer häufiger zu der Stelle auf der Eckcouch, an der Tonio immer saß, wenn er auf ein Glas hereinschaute und um Tygo oder Tasja kurz zu streicheln. Ich wußte, sie würde jetzt bald zu weinen anfangen.

»Wenn ich daran denke ... wie er sich dort immer hingesetzt hat«, sagte sie, und nicht zum erstenmal. »Mit Tygo auf dem Schoß, der sich dann unter seinen Händen rekelte.« Schon weinte sie. »Die Vorstellung, daß er hier nie mehr unverhofft reinspaziert kommt ...« Sie stampfte auf und schrie: »Adri, es tut so *weh*. Hilf mir. Hilf mir doch bitte.«

Die Liste mit den Pizzen, auf der auch die Telefonnummer des Lieferanten stand, lag unten in der Diele. Mirjam verließ das Zimmer, um eine Bestellung aufzugeben. Ich saß betäubt vor Kummer, mehr noch über ihren als über meinen, da und starrte in mein fettiges Glas, als plötzlich die Wohnzimmertür aufsprang. Ich sah auf, wie so oft bei Tonios unerwarteten Kurzbesuchen. Erst war da die vage dunkle Spiegelung einer Gestalt auf dem weißen Lack der aufschwingenden Tür zu sehen, dann trat Tonio über die Schwelle. Dabei zeigte er noch immer das Kindergrinsen, wenn er sich, um seine Eltern zu necken, irgendwo versteckt hatte und auf einmal zum Vorschein kam.

(»Sag mal, hast du Tonio gesehen?«

»Nein, schon eine ganze Weile nicht mehr.«

»Ich mache mir langsam Sorgen.«

»Ich habe überall nachgesehen. Nichts. Nirgendwo.«

»Also, dann müssen wir jetzt vielleicht irgendwo anrufen.«

Das war unabänderlich der Moment, in dem er aus dem Wäschekorb sprang und schrie: »Ihr habt *echt* geglaubt, daß ich weg bin, stimmt's?«)

Mirjam hatte die Tür wieder einmal nicht richtig zugemacht, so daß eine der Katzen nur dagegenzuspringen brauchte, damit sie aufging. Ich wartete mit stockendem Atem auf den Arm, der die Tür weiter aufdrücken würde. Wieder nichts. Statt dessen kam unser roter Kater Tygo im Zickzack ins Zimmer spaziert.

Sommer 1990. Dem Kriegsgebiet in Loenen entflohen, versuchte ich, mein Buch in Gottes Namen dann eben im De Pauwhof abzuschließen, einer zum Untergang verurteilten Künstlerkolonie in Wassenaar, wo von einem erwartet wurde, Tee mit den Witwen am Alkohol zugrunde gegangener Bildhauer zu trinken. Mirjam und Tonio hatte ich in dem

Haus in der Veluwe zurückgelassen, wo sie den Launen des Vermieters und gleichzeitigen Nachbarn ausgeliefert waren, der manchmal ein ganzes Wochenende lang den Strom ausschaltete. Ich fürchtete so sehr, Tonio könne mich vergessen, daß ich jeden zweiten Tag in den einzigen Spielzeugladen Wassenaars ging, um ein Miniaturauto zu kaufen, das ich dann, zusammen mit einer Zeichnung oder Ansichtskarte, in einem luftgepolsterten Umschlag nach Loenen schickte.

Das kleine Geschäft hatte nur ein bescheidenes Sortiment. Nach wie vielen Sendungen hatte ich alle Modelle gekauft? Mirjam machte mich am Telefon diskret darauf aufmerksam, daß Tonio bereits zweimal die gleiche Stretchlimousine erhalten hatte: grau mit schwarzem Dach. Mir fiel nichts anderes ein, wie ich bei meinem Sohn die Erinnerung an mich lebendig erhalten konnte, als mit diesen Spielzeugautos.

Im De Pauwhof freundete ich mich mit dem Musikwissenschaftler Albert Dunning und der Vortragskünstlerin Maud Cossaar an. Als Mirjam mit Tonio für einen Tag nach Wassenaar kamen, hatte Dunnings Frau Jeanine ein Geschenk für den Kleinen gekauft – in ebendem Spielzeuggeschäft. Es war hübsch eingepackt, aber bereits beim Überreichen sagte Tonio leicht gelangweilt: »Oh … Auto.«

Leicht unlustig entfernte er das Geschenkpapier und stellte ein weiteres Mal nicht sonderlich begeistert fest: »Auto.«

Jeanine zeigte sich einigermaßen verdutzt, doch Albert mußte über das blasierte Verhalten des Kleinen Lords herzlich lachen. Von einem Balkon irgendwo über uns rief Maud Cossaar mit erhobenen Armen und der Diktion einer Diva aus der Zeit zwischen den Weltkriegen: »Was hast *du-uu* … für eine strahlende kleine Familie!«

Jeanine wußte nicht, daß Tonio dasselbe Automodell und sogar in derselben Farbe (gelb) bereits von seinem Vater erhalten hatte, in der gleichen Geschenkverpackung. Sigmund Freud zufolge haben Kinder die Neigung, ein Spielzeug aus ihrem Bett zu werfen, wenn ihre Mutter den Raum verläßt –

und zwar, um sich das Gefühl zu geben, sie selbst seien es, die ihre Mutter wegschicken. Vom Wegschicken des Vaters auf die gleiche Weise spricht Freud nicht. Dennoch schien Tonio genau das im Sinn zu haben, als er entschlossen und energisch das gelbe Auto in einen der Rhododendronbüsche am Rande der Pauwhof-Terrasse warf.

So sehr wir auch im dunklen Inneren der Sträucher suchten und dabei nicht wenige Blumen zertraten, das gelbe Auto war und blieb unauffindbar. Tonio sah unseren vergeblichen Bemühungen amüsiert zu.

37

Es ist Freitagnachmittag. Zusammen mit ihrer Freundin Josje bringt Mirjam Josjes Tochter Lola auf ein Fest. Um vier Uhr wird Jenny die Fotos für ihre Portfoliomappe abholen. Verabredet ist, daß Mirjam sie ihr übergibt: Ich möchte nicht dabeisein. Sicherheitshalber habe ich die Tür meines Arbeitszimmers zum Flur geöffnet – damit ich die Klingel höre, falls Jenny zu früh kommt und Mirjam noch nicht zurück ist. Sollte diese Situation eintreten, werde ich das Mädchen über die Wechselsprechanlage bitten, unten in der Diele auf Mirjam zu warten.

Vier Uhr, Viertel nach vier: keine Klingel, und auch sonst dringt, wenn ich auf den Flur gehe, um zu lauschen, kein Geräusch aus dem Treppenhaus herauf. Ich wähle Mirjams Nummer. Mailbox. Sie ruft kurz darauf zurück.

»Ich trinke gerade noch was mit Josje in der Beethovenstraat. Jenny hat abgesagt. Blasenentzündung, genau wie damals, an dem Nachmittag mit Tonio. Morgen fährt sie in Urlaub für drei Wochen. Danach kommt sie die Fotos abholen. Hat sie versprochen.«

Die Absage ärgert mich. Ich sage: »Mach dir nichts daraus, Minchen. Ich denke, Jenny kann es noch nicht verkraften. Jedes Foto, das sie zu sehen bekommt, spricht von einem

Tonio knapp außerhalb des Bildes. Alles Beweise für diesen gemeinsamen Nachmittag in unserem Haus.«

»Ich habe mich auch davor gegrault«, sagt Mirjam. »Ich bin erleichtert, daß sie abgesagt hat.«

Sie verspricht, vom Japaner Sushi mitzubringen, Häppchen zu einem kalten Glas. Ich ahne, daß es, was das Essen anbelangt, dabei bleiben wird. »Bis gleich.«

An jenem Freitagabend, auf der Veranda, fragten wir uns, was das alles nun gebracht hatte – die Gespräche mit Tonios Freunden, unser Herumstöbern, das ganze verzweifelte Suchen und Kombinieren.

In erster Linie Ablenkung von dem wirklich unlösbaren Problem. Und ja, wir wußten jetzt, daß er seinen letzten Abend und seine letzte Nacht in Gesellschaft von Dennis und Goscha verbracht hatte und nicht zusammen mit Jenny. Und daß er nicht aus dem Paradiso kam, sondern aus dem Club Trouw in der Wibautstraat und daß er sich danach allein mit dem Fahrrad auf den Weg zu seiner Wohnung in De Baarsjes gemacht hatte.

Warum aus der Verabredung mit Jenny nichts geworden war: unklar. Was Tonio zur Kreuzung Hobbemastraat/Ecke Stadhouderskade geführt hatte: Niemand hatte auch nur eine Ahnung. Ebenso ließ die Polizei noch vieles offen, was den genauen Hergang des Unfalls betraf.

Gut, wir hatten nach viel Sucherei die Ergebnisse des Fotoshootings aufgespürt, doch Jenny hatte sie nicht abgeholt. Jim und Dennis wollten eine kleine Ausstellung mit Tonios anderen Fotos einrichten, ließen aber nichts mehr von sich hören. Das abweisende Verhalten Jims gegenüber der Mutter seines verunglückten Freundes hatte uns noch tiefer ins Elend gestürzt.

Wir hatten Tonio in der wehrlosesten Position eines Verstorbenen bis zum äußersten verteidigen und beschützen wollen, hatten aber nicht mit dem lakonischen, alltäglichen

Verrat der Lebenden gerechnet. Und falls das bitter klingt – es *ist* bitter.

Die kartonierten Umschläge mit Tonios Aufnahmen von Jenny lagen zwischen uns. Sein letzter Auftrag auf Erden. Keiner von uns hatte den Mut, die Fotos zu betrachten, weil wir genauso gut wie Jenny wußten, daß auf jedem Abzug, auffällig unsichtbar, Tonio zugegen war. Sein spähender, abtastender Blick, durch das Hochglanzpapier hindurch. Was in den Umschlägen steckte, war eine Sammlung Momentaufnahmen von Tonios Netzhaut am Donnerstag, dem 20. Mai 2010 – einer Netzhaut, auf der es vor Jennys nur so wimmelte.

»Da sitzen wir jetzt«, sagte Mirjam. »Fotos aufgespürt, Model abgeschwirrt.«

»Wir zwei!«, sagte ich. »Zuviel Schiß, ein paar Fotos auszupacken. Und Jenny, was meinst du? Sie könnte sich keinen Abzug ansehen, ohne Tonios zusammengekniffenes Auge dazugeliefert zu bekommen ... seinen Scheitel, wenn er sich über die Hasselblad beugte ... Nein, sie hat sich dem nicht gewachsen gefühlt. Ich finde es eigentlich rührend, daß sie sich jetzt auf das gleiche gesundheitliche Problem beruft wie am Tag des Fotoshootings. Vielleicht hatte sie auch damals schon eine gewaltige Schwellenangst.«

»Dann wird sie wohl in drei Wochen genausowenig kommen.«

»Wir warten ab. Wenn es zu lange dauert, nehmen wir selbst Kontakt auf. Wir haben ein Recht darauf, ihre Seite der Sache zu hören.«

38

Seit dem Schwarzen Pfingstsonntag habe ich mich, noch viel mehr als früher, heiser geschimpft über die Banalität dessen, was Meinungsmacher mit *low culture* bezeichnen und in deren Erzeugnissen ich nichts entdecken kann, was meine gegenwärtige Situation auch nur ansatzweise widerspiegelt oder erhellt.

Ich habe mich getäuscht. Mirjams vor einiger Zeit geäußerte Ermunterung, mein Elend herauszuschreien, hat offenbar etwas in mir gelöst. Heute morgen kam im Radio das alte Lied *My son, my son* von Vera Lynn. Meine Mutter sang es früher gelegentlich, die englischen Worte vorsichtig ertastend. Es beginnt mit einem ziemlich altbacken klingenden kleinen Männerchor, aber dann ist auf einmal die Stimme von Vera Lynn da mit diesem anschwellenden Schluchzer.

Der Song traf mich wie ein Hieb in den Magen und erlöste mich von einem Krampf irgendwo zwischen Kopf und Herz. Mirjam hatte mich zwei Wochen zuvor zu einem trockenen Schrei verleitet, doch jetzt brach unter heftigem Schluchzen alle Nässe aus mir heraus, bis hin zu unaufhaltsam laufendem farblosen Rotz.

Es fühlte sich befreiend an, aber es befreite mich nicht. Das Lied ist nur kurz. Als es zu Ende war, kam die Katharsis nicht über ein feucht geflüstertes »So ist es … so ist es« hinaus.

> My son, my son
> You're everything to me
> My son, my son
> You're all I hoped you'd be
> My son, my son
> My only pride and joy
> God bless and keep you safe
> My own, my precious boy
>
> For all the care and heartache
> life has brought to me
> One precious gift has made it
> all worthwhile
> For heaven blessed and with

great joy rewarded me
For I can look and see
My own beloved son

My son, my son
Just do the best you can
Then in my heart I'm sure
You'll face life like a man
My pride and joy
My life, my boy
My son, my son

KAPITEL V

Eine zweite Brut

I

Daß er nicht mehr ist und nie mehr sein wird (aber unauslöschbar dagewesen ist), ist uns seit einigen Tagen bewußter als zu Beginn. Wohlmeinende Menschen suggerierten nach der Beerdigung, »es wird, wie auch immer, nachlassen, das Gefühl des Verlusts, der Kummer«. Das Unglück liegt jetzt sechs Wochen zurück. Das einzige, was nachgelassen hat, ist das unwirkliche Gefühl, das nach wie vor damit rechnet, der Alptraum werde ein Ende haben, heute oder morgen. Dieser unwillkommene Verschleißprozeß vollzieht sich zugunsten der Wirklichkeit, die, mit der harten Wahrheit als Rammbock, immer tiefer in uns eindringt.

Wenn es ein Alptraum wäre, hätte er längst zu Ende sein müssen. Ein Merkmal des Alptraums ist ja, daß der Träumende ruckartig wach wird. Ein Alptraum ist keine Soap, die sich um des »Fortsetzung folgt« willens endlos in die Länge ziehen läßt.

Der Schmerz. Es hat gerade erst begonnen.

»Es *scheint* manchmal etwas weniger schlimm als zu Anfang«, sagte Mirjam heute morgen. »Es fühlt sich nicht mehr wie eine schwere Gehirnerschütterung an, aber mein Gedächtnis ist noch immer wie ein Sieb. Vor allem was manche Namen und Wörter betrifft und die Reihenfolge von Dingsbums … Dingsbums, du weißt schon … von Daten. Von Ereignissen. Und Einkaufen, das ist nach wie vor eine Katastrophe. Im Geschäft weiß ich nicht, was ich kaufen will. Wenn ich zu Hause ein Papier schreibe ... ein, wie heißt das, einen Zettel, eine Liste ... dann bleibt es leer, weil ... was wollten wir gleich noch mal essen? Ich habe manchmal Angst, daß das so bleibt.«

»Denk doch bloß an das Ausfallen der anderen Funktionen, Minchen. Hoffen auf. Sich sehnen nach. Beten ... flehen. Es gibt sie noch, aber sie sind nicht länger verwendungsfähig. Wie Pfeile, mit denen man auf nichts mehr zielen kann. Es fehlt das Schwarze in der Schießscheibe. Du kannst auf Tonios Wiederkehr hoffen, soviel du willst ... an das Wunder seines Weiterexistierens glauben ... beten, flehen, drohen. Komm zurück! Her mit dir! Sonst setzt es was! Sinnlos. Diese Funktionen sind genauso überflüssig wie der Blinddarm, der Weisheitszahn, das Steißbein ...«

2

Das Ermüdende ist, daß wir jeden Morgen, aus dem schalen Rausch erwachend, ein neues Leben beginnen und am selben Abend wieder auf das alte zurückgreifen. Jeden Tag von neuem das gleiche Ritual der wiederaufgenommenen Schmerzbekämpfung.

Es ist Viertel vor sieben am frühen Abend. Mirjam hat ihren Vater mit dem Auto aus dem Beth Shalom abgeholt und in seine Wohnung in der Lomanstraat gebracht, wo sie ihm Augentropfen einträufelt. Fünf Minuten später ist sie zu Hause. Ich sitze in unberechenbarer Düsterkeit auf der Couch. Die Nachrichten und das Abendmagazin sind vorbei. Manchmal ertappt Mirjam mich im Wohnzimmer dabei, wie ich haßerfüllt *RTL Boulevard* gucke. Das unwirkliche Geplapper über die Eheschließungen, Scheidungen und Familienzuwächse der Tierart, die, wahrscheinlich wegen ihres geistigen Bastardstatus, mit Bekannte Niederländer bezeichnet wird. Einmal ist ein Polizeijournalist im Studio, der die Bilder von Joran van der Sloot in einem peruanischen Gefängnis kom-

473

mentiert. Mir fällt immer wieder auf, wie sehr der junge Mörder dem Frankensteinschen Monster gleicht, allerdings mit gut wegretuschierten Wundnähten.

Mirjam fragt, ob ich etwas trinken möchte. Ich reagiere knurrig.

»Wir wollten doch aufhören, oder? Heute morgen haben wir noch geschworen, uns *nicht* gegenseitig zu verleiten.«

»Wer redet von Alkohol? *Ich* nehme ein Glas Mineralwasser.«

»Dann bring mir auch eins.«

Kurz darauf sitzen wir da und nippen mit langen Zähnen an einem Glas Mineralwasser. Schweigend. Ohne zur Seite zu blicken, höre ich an Mirjams Atem, daß es ihr gleich zuviel wird. Ich frage: »Hast du deine Pille rechtzeitig genommen?«

»Gerade erst.« Sie weint schon. »Etwas zu spät.«

»Das hier ist auch nix.« Ich stelle das Wasserglas hart auf den Beistelltisch. »Gieß mir was ein. Ich schaffe es heute abend sonst nicht. Einen Gin Tonic, ja. Einen ordentlichen.«

Noch bevor der erste Schluck alles leichter macht, rutscht eine Last von uns. Mirjam geht weinend in die Küche, allerdings nicht gerade widerstrebend. Ich höre sie mit Gläsern, Flaschen, Kühlschrankschubladen hantieren. Eisbehälter knacken. Würfel klirren. Das muß aufhören, früher oder später muß das aufhören. Mirjam hat immer öfter Probleme mit einer brennenden Speiseröhre, weil sie den Wodka pur reinschüttet. Sie bekommt auch Sodbrennen davon, das sie mit Rennies bekämpft. Vorläufig überwiegt die Erleichterung: Wir haben es wieder einmal geschafft, die totale Abstinenz um einen Tag hinauszuschieben.

Mirjam kehrt mit einem Tablett zurück, auf dem auch eine Schale mit Pata-Negra-Schinken steht (oder Makrelenstücke oder Toast mit Paté). »Heute abend muß es noch mal sein.« Für sich selbst hat sie einen Wodka mit Orangensaft gemixt. Ich bekomme ein besonders großes Glas mit einem

474

doppelten Gin, verdünnt mit Tonic. Meine Lieblingsmarke: Bombay Sapphire.

Wenn Tonio hier wieder einmal unerwartet hereinschneite, würde er eines von beiden wählen, Gin Tonic oder Wodka Orange, und beließe es dann meist bei einem Glas. Mirjam und ich stoßen an. Sie trinkt sich über ihren Kloß im Hals hinweg und schüttelt den Kopf.

»Daß er hier nie wieder sitzen wird mit so einem hohen Glas ... es ist nicht zu fassen.«

3

Ein Motiv in dem Roman, an dem ich bis Pfingsten gearbeitet hatte, war das des von zwei Liebenden gemeinsam begangenen Selbstmords (in diesem Fall um einer grauenhaften Verlassensangst ein Ende zu machen).

Habe ich Mirjam je vorgeschlagen, gemeinsam abzutreten, um so dem Schmerz Einhalt zu gebieten? Nein. Der Gedanke war unausgesprochen zwischen uns da. Wir haben ihm nicht nachgegeben. Oder doch? Es existieren auch langsame Formen von Selbstmord, zum Beispiel indem man eine schleichende Selbstzerstörung ihr Werk tun läßt. Es ist noch zu früh für die Schlußfolgerung, ob wir dem beleidigenden Geschehen unwiderruflich erlegen sind oder nicht. Gut möglich, daß das, was wir für einen Überlebenskampf halten, die letzten Zuckungen des unvermeidlichen Untergangs sind.

Jemand schrieb: »Würde Tonio gewollt haben, daß ihr an seinem Tod zugrunde geht?«

Obwohl Tonio sich diese Frage wahrscheinlich nie gestellt hat, weil seine Lebenslust ihm die nicht erlaubte, habe ich dem Briefschreiber geantwortet: »Nein, das hätte Tonio niemals gewollt. Wir machen in seinem Sinn weiter.«

Andererseits: Was kann man als Eltern schon anderes tun, als an der Vernichtung eines solchen Jungen zugrunde zu

475

gehen? Wir wehren uns gegen den eigenen Untergang und machen uns weis, Tonio hätte uns durch seinen Tod niemals in seine Vernichtung mitreißen wollen, doch vielleicht gehen wir, ob wir uns nun wehren oder nicht, ganz selbstverständlich trotzdem daran zugrunde. Das würde bedeuten, daß unsere Liebe zu ihm stärker ist als unser Überlebensdrang, unser Selbsterhaltungstrieb.

Mirjam und ich befinden uns mitten in der Genesung, oder wir stecken bis zum Hals in der Selbstvergiftung. Spielt es eine Rolle? Die Alkoholflaschen in der Diele haben Medizin oder Gift enthalten – so oder so, sie sind leer.

Mit Selbsthilfemaßnahmen bekommen wir Tonio nicht zurück und mit unserem Untergang genausowenig. Für einen *lebenden* Tonio lohnte es sich, mit aller Kraft zu überleben. Gerade weil wir ihn so springlebendig erlebt haben, ist es verführerisch, an einem gestorbenen Tonio zu zerbrechen.

4

Wenn ein neuer Bombay Sapphire angebrochen werden muß, bringt Mirjam mir die Flasche, sie selbst kann sie nicht öffnen. Der einzige Nachteil dieser vorzüglichen Marke besteht darin, daß die Schraubkappe kein Relief hat, an dem die Finger Halt finden, und schon gar nicht, wenn sie feucht von den Eiswürfeln sind. Auch meine trockenen Finger schaffen es selten, ohne eine Blase zu bekommen. Ich glaube allmählich, daß die Designer dieser Flasche (viereckig, das Glas hellblau wie ein Frühlingshimmel) absichtlich einen glatten Deckel gewählt haben, um für den hörigen Konsumenten einen zusätzlichen Besinnungsmoment zu schaffen. Ich beiße die Zähne zusammen und drehe und wringe, während meine die Flasche umklammernde linke Hand bis ins Mark kalt wird. Und ich tendiere dazu (oder bin zumindest geneigt) zu denken: Was heißt da künstliche Entspannung, wenn sie eine solche Anstrengung erfordert.

An Tonios Vernichtung zugrunde zu gehen: Das bleibt in seiner ganzen verzweifelten Bitterkeit ein verlockender Gedanke. Im nächsten Augenblick wehre ich mich dagegen. Dieses eine, unersetzliche Leben muß zu Ende gelebt werden, bei bestmöglicher Entwicklung all meiner Kräfte und Fähigkeiten.

Aber ... wenn ich mich für letzteres entscheide, muß ich auch im Namen von Tonio leben, der es nicht mehr aus eigener Kraft kann. Ich muß, unter Einsatz all meiner Errungenschaften, zeigen, wie besonders sein Leben war und wie besonders dessen Bedeutung noch immer *ist*. Das wiederum heißt, daß ich über meine bestehenden Fähigkeiten hinaus neue Techniken entwickeln muß – um ihn nicht nur lebendig zu beschreiben, sondern ihn in seiner ganzen Lebendigkeit zurückzuholen.

5

Man kann die Welt aussperren, sosehr man will, es bleiben stets nicht abdichtbare Ritzen, Löcher, Lecks. So lassen Familienbande sich nicht ignorieren. Hinde hält sich auf Abruf bereit, drängt sich aber nicht auf. Ich verspüre ab und an Bedürfnis nach dem zuhörenden Ohr meines Bruders. Seit Mirjam ihm das einmal gesagt hat, ruft er regelmäßig an. Der bescheidene Natan wartet manchmal wochenlang auf einen Anruf von mir und ruft dann eben selbst an – immer kurz, aus Angst, zuviel von meiner Zeit mit Beschlag zu belegen. Und dann gibt es noch meine Schwiegermutter.

6

Das Verhältnis zwischen Mirjam und ihrer Mutter ist seit vierzig Jahren latent schlecht. Mit meinem Eintritt in ihr Leben vor dreißig Jahren wurde es nicht besser, doch durch meine (damals noch) versöhnliche Haltung trat die schlechte

Beziehung nicht zutage. Im nachhinein betrachtet, hätte ich den schwelenden Moorbrand lieber schüren sollen, das hätte, notfalls mit großem Geschrei, bei allen möglicherweise für größere Klarheit gesorgt.

Tonios Ankunft lenkte die Aufmerksamkeit der Mutter und der Tochter von viel unverarbeitetem Konfliktstoff ab (obwohl Mirjam behauptet, ihre Milch sei radikal versiegt, als sie sich in ihrem Elternhaus mit dem Baby in ihr ehemaliges Zimmer zurückzog, das so hellhörig war, daß sie als Kind ihre Eltern im angrenzenden Raum sich lieben und streiten hören konnte – nicht notwendigerweise in dieser Reihenfolge). Wir gaben Tonio oft in die Obhut seiner Großeltern. Erst ungefähr fünfzehn Jahre später, als Mirjam über ihre Kindheit und Jugend zu schreiben begann, lösten sich die Schlammströme. Sie versuchte, die Poesie ihrer Kinderjahre wiederzufinden, und hob viel giftmüllverseuchten Boden aus. Das Verhältnis verschlechterte sich rasch, nicht bloß unterschwellig. Wies bemühte sich, beispielsweise mir gegenüber, verzweifelt, die rabiaten Ausfälle ihrer Tochter als resolutes Auftreten zu deuten: »Mirjam kann manchmal hart sein, aber sie bekommt alles auf die Reihe.«

Einer der heftigsten Vorwürfe von Mirjam ihrer Mutter gegenüber lautete, sie habe immer genau gewußt, wann sie zusammenbrechen müsse: stets unmittelbar vor für Mann und Töchter wichtigen Ereignissen. Ich erinnere mich, daß ich für acht Wochen ein Hotel in Positano gebucht hatte, um dort an einem Buch zu arbeiten. Am Tag meiner Abreise hatte meine Schwiegermutter einen Nervenzusammenbruch: Natan kam, um uns, bleich wie Elfenbein und selbst beinahe kurz vor dem Zusammenbrechen, darüber zu informieren. Als sie im vergangenen Jahr erfuhr, daß Mirjam und ich für drei Monate ein Haus in Lugano gemietet hatten, mußte sie in die Valeriusklinik eingeliefert werden. Ich will damit nicht sagen, daß sie ihre mentale Verfassung vortäuschte, aber sie konnte sie offenbar in eine Richtung steuern, daß ihr Zusammenbruch die theatralischste Wirkung erzielte. Ihr Nervenkostüm machte sie, alles in allem, zu der Vollblutschauspielerin, die sie war, einer schrillen, händeringenden Tragödin.

Zwischen den historischen Zusammenbrüchen hielt sie ihre Nerven durch eine ganze Serie kleiner Kollapse im richtigen Reizzustand. Eigentlich benahm sie sich die meiste Zeit wie jemand, der jeden Moment von der Schwarzen Woge erfaßt werden kann. Jahrelang hat sie mich, wenn Mirjam und ich freitags abends bei ihnen aßen, über mein Tun ausgefragt und vor allem, was es materiell eintrug. Schließlich mußte ich ihre Tochter unterhalten und ihr ein möglichst gutes und angenehmes Leben bieten. Sie saß dann vorn auf der Sesselkante und unterzog mich gezielten Fragen, die sich gewaschen hatten. Das Lästige war nur, daß sie genau dann, wenn ich meine Antwort zu formulieren begann, aufsprang, um in der Küche das Gas unter der Hühnersuppe kleiner zu drehen oder den Latkes-Teig zu rühren, damit sich keine Klumpen bildeten.

Auch ihre Rückkehr auf die Sesselkante erfolgte nach einem festen Muster. Mit der rechten Hand machte sie eine schnelle Putzbewegung über ihre Nase, wie manche rührenden Nagetiere, die aber meist mit beiden Pfoten zugleich. Dieses nasenpolierende Streicheln war stets der Auftakt zu dem gleichen Ausruf: »Hört euch das an ...!«

Und dann folgten halb hysterische, warnende Ausführungen über die Ränke und Tücken des Lebens. Die Antwort, die sie von mir verlangt hatte, spielte dabei offensichtlich keinerlei Rolle. Durfte ich sie ganz ausnahmsweise doch aussprechen, um ihr klarzumachen, daß meine Anstrengungen durchaus zu einem gewissen Wohlstand führten, dann platzte sie jammernd mittendrin los: »Wenn das nur so bleibt ... wenn es bloß nicht wieder einbricht!«

Als ich ihr, Jahre später, mit meinem Einkommen zu imponieren versuchte, indem ich beiläufig mitteilte, zwei Drittel davon gingen an den Fiskus, jammerte sie, so einen Betrag könne ich doch nie aufbringen. Ohne ein Wort entgegnen zu können, wurde ich auf der Stelle von ihr für bankrott erklärt.

7

Seit Tonios Beerdigung will Mirjam ihre Mutter vorläufig nicht mehr sehen, und das liegt nur zu einem geringen Teil an der Art und Weise, wie sie beim anschließenden Beisammensein meinen Schwiegervater behandelte.

»Ich beschäftige mich mit Tonio und mit niemandem sonst«, sagt Mirjam. »Ich versuche zu überleben.«

Weil mir, bei allem Widerstreben, Wies doch leid tut, rufe ich sie von Zeit zu Zeit auf ihrem Handy an. Wenn sie nicht drangeht, hat es keinen Sinn, eine Nachricht zu hinterlassen, sie weiß nicht, wie man die Mailbox abhört. Geht sie dran, jammert sie sofort los, heulend, so daß ich sie kaum verstehe. Ihre Stimme quietscht und schnarrt und krächzt.

»Tonio, so ein guter Junge … warum? Warum?« Das verstehe ich jedesmal.

Ich gestehe, meine Gefühle sind widersprüchlich. Ich sehe die brutale Miene vor mir, mit der sie bei der Beerdigung ihren Ex-Mann ignorierte, und gleichzeitig denke ich: Tonio war ihr einziges Enkelkind, sie hat ihn versorgt, Tonio kümmerte sich (gegen Bezahlung) um ihren kleinen Garten, Tonio hat ihr das Handy eingerichtet.

Weil sie alles endlos wiederholt, verstehe ich mit der Zeit doch einiges. »Und du … du kannst jetzt bestimmt überhaupt nicht mehr schreiben, nicht?«

Ich versichere ihr, ich sei am Schreiben. Über Tonio.

»Ich hoffe doch so, daß du irgendwann wieder schreiben kannst. Und Mirjam, wie geht's der? Schafft ihr es gemeinsam? Mirjam ruft gar nicht mehr an …«

»Mirjam beschäftigt sich nur mit Tonio. Sie braucht ihre ganze Kraft, um mit dem Schrecklichen zurechtzukommen.«

»Das verstehe ich ... das verstehe ich ja. Aber *ein*mal wird sie noch zu mir kommen müssen. Wenn ich sterbe.«

Das wiederholt sie, fast triumphierend, in jedem Telefongespräch. Oft sagt sie: »Ich will nicht mehr ... ich will nicht mehr leben. Ich gehe zu Tonio.«

Vorgestern besuchte uns Hinde. Ihre Mutter hat beschlossen, aus dem Leben zu scheiden, und zwar bald. Sie versucht es durch Verweigerung. Keine Medikamente mehr, nur Morphium gegen die Schmerzen. Essen und Trinken lehnt sie ab.

Mirjam ist außer sich. »Sie benutzt Tonios Grab als letzte Bühne ... um sich noch einmal aufzuspielen. Keinen Moment lang denkt sie an mich ... zum Beispiel daß ich dabei bin, mit Tonios Tod zu Rande zu kommen. Sie bricht in diesen Trauerprozeß ein. Erpressung ist das, Erpressung. Ich nehme eine Zeitlang keinen Kontakt zu ihr auf, und jetzt will sie mich *zwingen*, zu ihr zu gehen. Was hat sie am Telefon gesagt? ›Aber *ein*mal wird Mirjam noch zu mir kommen müssen. Wenn ich sterbe.‹ Genau. Jetzt muß ich hin. Letzter Zusammenbruch. Zwischen Tonio und mir. Dann hat sie ihren Willen durchgesetzt.«

Auf einmal hat sich der Schwerpunkt verlagert. Gipfelgespräche zwischen den beiden Schwestern. Beratungen mit dem Psychiater meiner Schwiegermutter.

»So schafft sie es«, ruft Mirjam aus, »daß ich jetzt den ganzen Tag an *sie* denke. Statt an Tonio und daß ich ihn so fürchterlich vermisse.«

8

Weil Mirjam trotz der angekündigten Nahrungsverweigerung noch immer keinen Kontakt zu ihrer Mutter wünscht, rufe ich Wies etwas häufiger an, ungefähr einmal die Woche. Wenn sie nicht drangeht, bekomme ich nur ihre Mailbox, auf der sie sich lediglich mit ihrem Atemgeräusch meldet, das unverfälscht das ihre ist. So habe ich entdeckt, daß auch die menschliche Atmung einen unverwechselbaren Fingerabdruck besitzt.

Wenn sie drangeht und ich meinen Namen nenne, fängt sie sofort laut zu lamentieren an.

»Es gibt keine Minute, in der ich nicht an ihn denke … ich stehe auf damit und gehe damit zu Bett … Ich will nicht mehr leben. Ich will bei ihm sein. Ich hoffe, ich sterbe bald. Und ihr … *schafft* ihr es? Mirjam will gar keinen Kontakt mehr mit mir. Ich finde das ganz schlimm, aber ich verstehe es auch. Ich hoffe nur …«

Aufgrund ihres schlechten Allgemeinzustands hat sie eine Gürtelrose entwickelt.

»Gürtelrose wird auch Sankt Antoniusfeuer genannt«, sage ich, um überhaupt etwas zu sagen, und dann weint sie erst richtig.

»Der liebe Tonio … er ist da irgendwo. Er versteckt sich … er gibt mir alle möglichen Zeichen. Sankt Antoniusfeuer. Ich hoffe, daß ich bald bei ihm bin.«

9

Ich kenne niemanden, der seine Träume so ernst und oft so wörtlich nimmt wie Mirjam. Mißverständnisse am Tage lassen sich mit ihr ziemlich schnell beheben, aber nicht die nächtlichen. Heute morgen erzählte sie mir vorwurfsvoll, fast in Tränen, sie habe »ganz schlecht« von mir geträumt. Wenn sie so etwas sagt, in einem derartigen Ton, meint sie, daß *ich* ihr einen schlechten Traum verschafft habe.

»Ausgerechnet jetzt«, fauchte sie mich an. »Wie kannst du nur.«

»Was meinst du genau«, fragte ich. »Dann kann ich meine Missetat zugeben.«

»Du warst zu einer anderen Frau übergelaufen.«

Sie sah mich böse an. Für sie trug ich zweifellos die volle Verantwortung für mein Verhalten während ihrer REM-Phase.

»Such bei dir selbst«, sagte ich. »Es ist einfach die Angst, ich könnte ausgerechnet jetzt mit einer zweiten Brut anfangen. Ich finde das Wort scheußlich, aber so hat Flip es genannt, als ich ihm begegnete und er den Kinderwagen schob. ›Tja, zweite Brut, nicht wahr?‹«

»Es beschäftigt dich also. Eine zweite Brut. Meine Träume sagen mal wieder die Wahrheit.«

Ich sah Mirjam nach, wie sie mit kleinen, wütenden Schritten und schwingenden Brüsten (sie trug noch keinen BH) im Schlafzimmer auf und ab ging. Unsere Trinkerei jeden Abend mußte ein Ende haben, und zwar bald. Wir gingen beide auf. Ich hatte dieses Problem schon seit Jahren, aber auch bei Mirjam stülpten sich jetzt Bauch und Magen immer weiter vor. Ich mußte mit gutem Beispiel vorangehen und als erster das Glas stehenlassen.

»Minchen, wart doch mal.«

»Ich geh duschen. Ich muß gleich mit Hinde zu meiner Mutter, ja? Phantasier du in aller Ruhe weiter von deiner zweiten Brut.«

Meine Schwiegermutter lag inzwischen mit ihrer Gürtelrose im Krankenhaus. Man hatte sie eingeliefert, nachdem sie in ihrem Heim splitternackt auf dem Gang gefunden worden war. Völlig verwirrt. Ich wußte, daß es eine schwere Aufgabe für Mirjam war, die seit Tonios Tod eine richtige Phobie ihrer Mutter gegenüber entwickelt hatte. Früher zuviel passiert. Sie ging hauptsächlich mit, um ihre Schwester zu entlasten.

Nach dem Chaos widersprüchlicher Gefühle in den ersten Wochen nach Pfingsten hatte ich beschlossen, in meiner Selbsterforschung so gnadenlos wie möglich zu sein – eine Schonungslosigkeit, die mit der Zeit vielleicht Klarheit über meine gegenwärtige und zukünftige Situation würde schaffen können. Bei dieser Introspektion war die Frage nach einer zweiten Brut, wie bei Flip, noch nicht aufgetaucht. War mein Verlangen nach Nachkommenschaft, nun, da sie mir in der Person Tonios genommen worden war, so stark, daß ich mich an eine junge, fruchtbare Frau binden könnte? Offenbar brauchte ich die Träume meiner Ehefrau, um mir diese Frage zu stellen.

Mit dem Ohr folgte ich Mirjam von der Duschzelle zu Tonios Zimmer, wo sie sich ankleidete. Zehn Minuten später die laute Klingel: Hinde. Frauenstimmen, abgeschnitten vom Dröhnen der Haustür. Ich hatte gehofft, sie würde mir noch eben tschüs sagen, um mir zu zeigen, daß es auch für sie nur ein Spiel war, eine gespielte Entrüstung. Aber nein, mit ihren Träumen war nicht zu spaßen.

10

»Wie ging's deiner Mutter?«

»Sie war völlig verwirrt. Zumindest hatte es den Anschein. Sie starrte hauptsächlich vor sich hin. Mit diesen harten Augen. Ab und an gab sie irgendein deplaciertes Wort von sich. Die Ärzte sind der Meinung, sie sei zeitweise aphatisch. Ich hab da so meine Zweifel. Plötzlich schnauzte sie so was wie: ›Du bist dicker geworden ... bist du etwa schwanger?‹ Hart und gefühllos, aber an Deutlichkeit ließ es nichts zu wünschen übrig.«

»Das ist ja die Höhe«, sage ich. »Die fünfzigjährige Tochter trauert über den Verlust ihres einzigen Kindes, und dann ungerührt fragen, ob du schwanger bist. Eine Fehlinterpretation, aber mit Aphasie hat das nichts zu tun.«

Ich sehe mein liebes Minchen an, die mit der Rückseite ihrer Augen in unergründliche Gedanken starrt. Was sie sieht, würde ich gern mit Hilfe ihres Gesichtsausdrucks rekonstruieren, ohne danach zu fragen. Wenn sie so weit weg ist, kann sie nur bei Tonio sein. Ich stelle mir vor, daß sie auf die biologische Geschichte ihres Lebens blickt. Diese ganze physische Vorbereitung ... Die Veränderungen in einem Mädchenkörper. Die erste Periode und all die Male danach. Die sich unentwegt weiterdrehende Uhr der Ovulation. Die sexuelle Blüte. Die unerwiderten Verliebtheiten. Der Liebeskummer. Die erwiderten Verliebtheiten, und zum Schluß doch der Liebeskummer.

Die große Liebe.

Aller empfangene und durch Verhütung abgewehrte Samen. Und dann aller Samen, der *nicht* durch Empfängnisverhütung sabotiert wird. Die negativen Tests. Der eine positive Test.

Alle Stadien der Schwangerschaft, ein Dreivierteljahr lang. Die Sorge, es könnte eine Fehlgeburt werden. Das Einrichten eines Zimmers für das Neugeborene. Der Countdown. Die Wehen. Die Schmerzen. Die Freude. Die Angst.

Und das alles, um diesen *einen* in den Armen zu halten, später an der Hand zu führen und ihm zu helfen, heranzuwachsen. Und das alles, um diesen *einen* wieder zu verlieren, für immer, wodurch der ganze Prozeß von Natur und Geist nur dazu gedient hat, eine Illusion zu wecken und wieder zu zerstören.

Sie sieht auf, begegnet meinem prüfenden Blick. »Was ist?« »Woran hast du gedacht?«

»Na, was glaubst du?«

Ich bin in diesem Jahr einunddreißig Jahre mit Mirjam zusammen, davon dreiundzwanzig verheiratet. Ich kam mit ihr ins Gespräch auf der Fete zu ihrem zwanzigsten Geburtstag. Kommenden Herbst wird sie einundfünfzig. Ich habe sie in allen erdenklichen Stimmungen erlebt, ob sie nun menstruierte oder nicht, so wie sie all meine Launen hat ertragen müssen, ob ich verkatert war oder nicht. Wie oft fragt ein Mann im Laufe dreier Jahrzehnte seine Liebste beim Anblick ihres erbosten oder tränenüberströmten Gesichts, was ihr fehlt? »Du schaust so düster.« Wie oft hat sie das im Laufe all der

Jahre zu ihm gesagt? »Ich seh mir nicht wieder den ganzen Abend diese böse Miene an.«

Seit dem Schwarzen Pfingstsonntag brauche ich Mirjam diese Frage nicht mehr bei jeder Denkfalte zu stellen und sie mir auch nicht, wenn ich kurz die Mundwinkel hängen lasse. Das wird für unsere ganze gemeinsame Zukunft gelten: Wir wissen, was dem anderen fehlt. Gedankenlesen ist nicht so schwer, wenn der Gedanke für immer und ewig fixiert ist.

»Minchen, wir haben doch vor Jahren im Fernsehen eine Doku über einen italienischen Gynäkologieprofessor gesehen … weißt du noch? Er leitete eine Art Luxusklinik, in der er Frauen nach der Menopause zu einer Schwangerschaft verhalf. Bis sechzig, fünfundsechzig konnten sie zu ihm kommen. Er verpaßte ihnen eine Fruchtbarkeitsbehandlung. Er erntete viel Kritik von seiten der Medizinethik, aber aus der ganzen Welt kamen sie zu ihm. Frauen, die nach ihrer aufreibenden Karriere noch einen Kinderwunsch hatten … oder erst in späterem Alter der Liebe ihres Lebens begegnet waren …«

»Verstehe«, sagt Mirjam. »Dir tut meine Mutter so leid, daß sie sich mit diesem Schwangersein vergaloppiert hat … und jetzt willst du, daß ich mich in dieser italienischen Klinik behandeln lasse. Ich frage mich übrigens, ob das Ding noch existiert. Ich schau gleich mal im Internet nach.«

»Das ist nur ein Tagtraum, Minchen. Ich möchte, daß du eben mal mitträumst … was es uns bringen würde.«

»Viel Schönes und noch mehr Elend.«

»Ich könnte noch vor meinem achtzigsten Lebensjahr ein weiteres Mal erleben, daß mein Kind einundzwanzig wird«, sage ich. »Du bist dann erst Anfang siebzig. Versetz dich da mal rein.«

»Ich *versetze* mich rein. Wir könnten alle Stadien von Tonios Entwicklung noch einmal mitverfolgen. Wunderbar. Und danach? Tonios Zukunft konnten wir nicht erleben. Keinen Studienabschluß, keine berufliche Laufbahn, keine

Hochzeit, keine Enkelkinder, kein … gar nichts. Aber wenn wir demnächst hochbetagt sind, wieviel Zukunft von Tonios Nachfolger würden wir dann noch mitbekommen? Vielleicht genauso wenig. Besten Dank für das Angebot, Adri, aber lieber nicht.«

Hierauf fällt mir nicht gleich eine Antwort ein. Und dabei hat sie die unvermeidlichen Ängste noch nicht einmal genannt, die gleichfalls zu einem solch zweiten Fall von gefährlichem Heranwachsen gehören. Oh, es würde alles noch viel, viel schwerer werden als bei Tonio, denn unsere Ängste würden durch seinen verhängnisvollen Tod vollständig gerechtfertigt sein. Der Neue würde also doppelt zu leiden haben unter dem unbekannten Vorgänger, dem verschwundenen Bruder. Das Kind hätte kein Leben zwischen den beiden alten Bodyguards, die sich als seine Eltern ausgäben.

»Schön, daß du meinen Gedanken kurz gefolgt bist, Minchen. Den Termin mit Professor Antinori nehmen wir also nicht wahr.«

»Das heißt wohl, daß du dich für eine zweite Brut in einem anderen Nest entscheidest …«

»Jetzt hör endlich auf mit dieser zweiten Brut«, sage ich. »Dafür braucht es zwei. Oder nicht?«

»Wo ein Wille ist, da ist auch ein Weg.«

»Ich will diesen Weg nicht. Ich will nicht einmal diesen Willen. Hör zu, Minchen … daß Tonio so unwiderruflich verschwunden ist, verleiht das Gefühl einer totalen Entmannung. Durch seinen Tod habe ich unendlich viel verloren. Eine große Liebe, meinen besten Freund, das Herz meiner Zukunft. Sogar eine männliche Muse. Und ja, auch meine Nachkommenschaft. Die Aussicht auf ein Enkelkind, das ich vielleicht in den Armen hätte halten dürfen. Von apokryphen kleinen van der Heijdens, wo auch immer auf dieser Welt, ist mir zumindest nichts bekannt. Das einzige Resultat meiner männlichen Bemühungen auf dieser Erde war Tonio.«

»Weißt du noch, was du immer gesagt hast, in Tonios ersten Jahren, wenn wir gefragt wurden, ob wir noch mehr Kinder wollten? ›Nein‹, hast du dann gesagt, ›die Vaterrolle paßt nicht zu mir, aber ich mußte es *ein*mal ausprobieren. Ich könnte nie sterben, ohne *ein*mal Vater geworden zu sein.‹ Das hast du gesagt.«

»Ausprobieren … falls ich dieses Wort verwendet habe, dann besitzt es im nachhinein einen unheilvollen Klang. Als ob es ein einmaliges Experiment wäre, das gelingen oder scheitern könnte. Je nachdem. Gut, ich *habe* die Vaterschaft ausprobiert. Und mit welch glänzendem Resultat. Jetzt ist er weg. Der Junge, der Mann, der alles von mir übernehmen sollte. Er läßt mich ohne Erben zurück. Hier stehe ich, ein nachträglich sterilisierter Vater … Du brauchst übrigens nicht zu denken, daß ich mich immer nur als künftigen Großvater gesehen habe. Eigentlich selten. Durch Tonio, wie er sich mir gegenüber verhielt, konnte ich mich weiterhin jung fühlen …«

»Die zweite Brut«, sagt Mirjam. »Du redest darum herum.«

»Minchen, ein für allemal … ich besitze nicht den Instinkt eines Stammeshäuptlings, der seinem zu guter Letzt erstgeborenen Sohn drei, vier Ehen opfert … und der danach bei allem acht Generationen weiterdenkt. Ich werde mir wirklich kein neues Nest einrichten. Dafür könnte ich alle möglichen Gründe anführen. Daß ich damals, '88, mit meinen sechsunddreißig Jahren schon ein später Vater war, zum Beispiel. Oder daß ich für neue Nachkommen von Anfang an ein Opa wäre … Nein, der wahre Grund ist, daß ich bei dir bleiben will. Daß ich mit dir mein Leben beenden will. Unsere Namen werden demnächst auf Tonios Grabstein miteinander verbunden. Wir haben gemeinsam einen verstorbenen Sohn. Wir werden beide kinderlos sterben.«

»Ich habe solche Angst«, sagt Mirjam.

»Kinderlos … und auch wieder nicht. Daß wir fast zweiundzwanzig Jahre lang Tonios Eltern waren, ist unauslöschbar. Wir haben bis zu unserem Tod die Aufgabe – nein, nicht die Erinnerung an ihn lebendig zu erhalten, sondern *ihn selbst* warm und lebendig zu halten. Dafür brauche ich dich. Und du mich. Wir sind die Erben der Person, die er war. Die Testamentsvollstrecker seines Lebens, seiner Werke, seiner Worte ... Aber das Wichtigste ist, daß wir ihn für immer festhalten. Nur so läßt er sich nähren. Mit Liebe, mit Erinnerungen. Von wegen zweite Brut. Tonio bleibt unsere Nachkommenschaft.«

11

Ich rufe meine Schwiegermutter im Krankenhaus Onze Lieve Vrouwe an, die an diesem Tag fünfundachtzig wird. Wider Erwarten nimmt sie den Anruf entgegen, doch ihre Stimme ist kaum hörbar. Wenn ich die Teile in eine Folge bringe, die ich zu verstehen glaube, kommt heraus: »Ich bin alt. Für mich ist das alles nicht mehr nötig. Ihr seid noch jung ... ich hoffe so, daß ihr es schafft ... daß du eines Tages wieder schreiben kannst ...«

Nach der x-ten Wiederholung gleichlautender Satzfragmente sagt sie, auf einmal gut verständlich: »So, jetzt leg ich auf, ich hab nämlich Besuch ... und auf dem Gang steht auch noch jemand. Danke für die Blumen.«

Daß die Besucher sich bei ihr drängeln, ist nicht wirklich glaubhaft. Vielleicht ist es ihre Art, ihre Unzufriedenheit darüber zu äußern, daß wir nicht gekommen sind. Und die Nahrungsverweigerung: Hinde berichtete neulich, ihre Mutter habe gesagt, sie habe »doch wieder mal Appetit auf Pralinen«.

12

Zum Glück mußten wir nicht nach Jenny suchen und sie unter Druck setzen, damit sie ihre Geschichte erzählt. Genau einen Monat nach dem abgesagten Besuch und eine Woche nach ihrer Rückkehr aus dem Urlaub meldete sie sich telefonisch bei Mirjam. Sie verabredeten sich noch einmal.

»Ich werde dafür sorgen, daß die Fotos bereitliegen«, versprach Mirjam.

»Die Fotos sind für mich nicht das Wichtigste«, sagte Jenny.

13

Als ob aus diesem Anlaß der Sommer noch einmal aufflammte: An einem solchen Tag voll wirbelnden Sonnenlichts lernten wir Jenny persönlich kennen.

Trotz der Hitze, die unter dem Flachdach fast unerträglich war, hatte ich einen großen Teil des Tages in meinem Zimmer im dritten Stock an diesem Requiem gearbeitet. Es nahm immer mehr die Form einer krimiähnlichen Rekonstruktion an, obwohl kein *private eye* oder Kommissar Maigret am Werk war. Ein *whodunit* konnte man es schwerlich nennen. Ja, wenn sich das Schicksal am Schluß als der Täter herausstellen würde. Die ratlosen Eltern selbst hatten sich an die Aufdeckung der Ereignisse gemacht. Das *Was*, das *Wie*. In dieser Reihenfolge.

Ich hatte die Ungewißheit in den Stunden vor Tonios Tod beschrieben, das Sterben selbst, das Entsetzen, die Beerdigung, die Gespräche mit den Freunden, die ihn in seiner letzten Nacht erlebt hatten, die Erläuterungen der Polizei und des Unfallchirurgen. Ich hatte von der Suche nach seinem Fahrrad, seinen Kleidern, seiner Uhr, seinen Kameras, seinen Fotos berichtet. Alles war zur Sprache gekommen, außer dem Gespräch mit dem fotografierten Mädchen.

Ich schaltete den Ventilator aus, ich war es leid, ständig wegflatternde Manuskriptseiten einzusammeln. Ich hatte noch überlegt, Tonios Vitrine unten mit den vulkanischen und sonstigen Steinen zu plündern, um genügend Papierbeschwerer zu haben, fürchtete jedoch, beim Anblick all dieser von Tonio ausgestellten Mineralien und Halbedelsteine keinen Buchstaben mehr zu Papier zu bringen. Aus dem gleichen Grund hatte ich die Markise über dem Balkon nicht heruntergelassen: zu viele Assoziationen an das letzte Mal, als ich Tonio gesehen und gesprochen hatte.

Um fünf Uhr würden wir, wenn nichts dazwischenkam, Jenny endlich zu Gesicht bekommen. Kein Wunder, daß das Schreiben an diesem Nachmittag so mühsam ging. Ich konnte weiterhin der Hitze die Schuld geben, doch ich brauchte Jenny, um weiterzuschreiben. Wenn sie einige Fragen beantwortet hatte, die mich quälten, war ich vielleicht in der Lage, mein Requiem für Tonio abzuschließen, bevor ich daran zugrunde ging.

Gleichzeitig sah ich mit an Abscheu grenzendem Widerwillen der Begegnung und dem Gespräch entgegen. Wer garantierte mir, daß ich nicht gerade durch Jennys Enthüllungen zusammenbrechen würde?

Die Klavierklänge meines Handys. Mirjam. »Nicht zu heiß da oben?«

»Ich wollte gerade nach unten gehen.«

»Heute bringe ich meinen Vater etwas früher ins Beth Shalom. Ich bin dann rechtzeitig zurück, um das Mädchen in Empfang zu nehmen.«

»Ich finde es schwierig.«

»Was glaubst du — ich auch.«

Es war Viertel vor vier. Lange genug hier oben geschwitzt und gestunken. Unter der lauwarmen Dusche dachte ich an Tonio und die Mädchen. Daran, was Jim und Dennis darüber berichtet hatten: daß die Mädels Tonio vor allem in letzter Zeit sehr beschäftigten ... daß er sie, seine Freunde, um Rat gefragt hatte ... Wieder regte ich mich über Dinge auf, die ihn nichts mehr angingen. Probleme, die ihn nicht länger berührten.

An sexueller Aufklärung hatte es nicht gemangelt. Sonstige Schwierigkeiten, hatte ich ihn darauf genügend vorbereitet? Prüderie hatte es zwischen ihm und mir nie gegeben, wenngleich wir es nicht übertrieben und aus unserem Haus kein Nudistencamp machten. Wenn er mich als kleines Kind nackt sah, rannte er lachend durchs Haus und rief immer wieder hänselnd: »Boh, was für'n großer ... boh, was für'n großer.«

Er achtete allerdings darauf, daß es nie bewundernd klang. Der Ton war der einer eintönig heruntergeleierten Lektion, die nun eben mal von ihm erwartet wurde. »Boh, was für'n großer.«

Einmal, er muß ungefähr elf gewesen sein, kam Tonio, keuchend vom Treppenlaufen, in mein Arbeitszimmer gestürmt. Er stellte sich neben meinen Schreibtisch und ließ ohne Einleitung seine Hose und Unterhose fallen. Mit durchgedrücktem Rücken hielt er mir zwischen Daumen und Zeigefinger sein Geschlecht hin. Als Sohn einer jüdischen Mutter war er zwar Jude, aber nie beschnitten worden.

»Hier tut es so weh«, sagte er und zeigte auf die gerötete Vorhaut, die wie meine ziemlich lang war, aber anscheinend nicht sehr weit, sondern eher zu eng. »Mama hat gesagt, ich soll dir das zeigen.«

»Das scheint leicht entzündet zu sein«, sagte ich. »Du mußt den Zipfel da nicht nur außen waschen, sondern auch innen.«

»Das genau tut ja so *we-eh-eh.*« Er zitterte affektiert und imitierte dabei in Art eines Zeichentrickfilms jemanden, der einen Stromschlag abbekommt. »Das ist viel zu stramm.«

»Du mußt immer, wenn du dich wäschst, den Zipfel gründlich einseifen. Und dann probieren, ihn jedesmal etwas weiter zurückzuschieben. Bis es eines Tages nicht weiter geht. Viel Seife. Jede Menge Seife. Tüchtig üben. Du wirst sehen, mit der Zeit wird der Zipfel weiter und tut nicht mehr weh.«

»Ja, aber ... ja, aber«, sagte er mit gespielt kleiner Stimme,

»wenn meine Hand voll Seife ist, kann ich nichts mehr festhalten.«

»Herrgott noch mal, dann stell eben einen Eimer Sägemehl daneben.«

Mit dem ernstesten Gesicht der Welt zog er die Hose hoch. Bevor er sich umdrehte und ging, sah er mich noch einen Moment lang starr und ein wenig traurig an.

»Was machst du jetzt?« fragte ich.

Er konnte sich nicht länger beherrschen und prustete los. »Meinen Zipfel einseifen natürlich. Meinen Zipfel einseifen, was sonst.«

Und weg war er. Ich hörte ihn lachend die Treppe hinunterrennen. Zuerst dachte ich: Er erzählt das jetzt seiner Mutter. Doch er machte einen Stock tiefer vor dem Badezimmer halt, in dem gleich darauf Wasser rauschte. Zum erstenmal fragte ich mich, ob er nicht besser gleich nach der Geburt hätte beschnitten werden sollen. Wenn er tatsächlich auf genetischem Weg meine Vorhaut geerbt hatte, könnte er aufgrund einer falschen Art von Empfindlichkeit bei künftigen Bumsereien Ärger bekommen. Wenn der Schmerz stärker war als die Lust, lauerte Unvermögen.

Ich drehte die Hähne zu und trat aus der Dusche. Etwa ein halbes Jahr später hatte Mirjam mir leicht peinlich berührt, aber kichernd von einem Fernsehabend mit Tonio (inzwischen zwölf) und seinen Freundinnen, den Schwestern Merel (dreizehn) und Iris (vierzehn), berichtet. Mit Merel ging Tonio schon seit Jahren, doch in dieser Konstellation war die hochbegabte Iris unabdingbar: Sie war die Kreativste des Trios und riß die beiden anderen mit neuen Abenteuern und Spielen, die sie sich ausdachte, immer wieder aus ihrer Lethargie. An besagtem Abend sahen sie sich alle zusammen den Film *Türkische Früchte* an. Sie hatten den Anfang verpaßt und wurden sofort mit dem von seiner Frau verlassenen Rutger Hauer konfrontiert, der sein Heimweh mit an die Wand geklebten Fotos von ihr nährt.

»Mist, verdammter«, rief Rutger zitternd, »Mist ... dann leck ich dir den Scheiß vom Arsch.« (Oder so ähnlich.)

Tonio mußte laut darüber lachen, doch die Mädchen waren verdattert. »Was macht er jetzt?« fragte Merel.

»Sich einen runterholen natürlich«, sagte Tonio lachend. »Er holt sich einen runter.«

»Was ist das?« fragte Iris, die den beiden anderen sonst immer alles erklären mußte.

»Einen runterholen«, rief Tonio triumphierend. »Daß du das nicht *weißt*, Iris.«

Ich hatte eine Dusche genommen, die nur eine Spur wärmer war als kalt, aber ich konnte mich abtrocknen, soviel ich wollte, der Schweiß rann mir in Strömen über den Leib. Daran war wohl nicht nur die Hitze dieses Sommertags schuld. Ich hätte etwas darum gegeben, wenn ich mich einfach in weitem Hemd und Trainingshose auf die Veranda hätte setzen können, um mich, bei abgestellter Klingel, langsam dem Vergessen entgegenzutrinken. Ich schwitzte von all dem, was ich nicht wissen wollte.

O Gott, mach, daß Jenny diese Blasenentzündung noch einmal bekommt ... na ja, nicht zu schlimm, das arme Kind ... aber schlimm genug, damit sie im letzten Moment absagt ... es kann doch gut sein, daß die Antibiotika beim letztenmal nicht richtig angeschlagen haben ... sag ihr, daß wir ihr die Fotos schicken ...

Tonio war dreizehn. Es war ein normaler Schultag, doch er hatte zu einem ungewöhnlichen Zeitpunkt geduscht: mitten am Nachmittag. Weil ich selbst ins Badezimmer wollte, wartete ich, auf dem Bett liegend, bis seine schlecht abgetrockneten Füße mit einem klebrigen Sauggeräusch den Flur zur Tür mit dem Schild GENIUS AT WORK überquerten. Im Bad war es feucht und schwül. Es roch stark nach Kiefernnadelgel, ein Zeug, das ich selbst nicht benutzte. Ich mochte es nie, kurz nach jemand anderem zu duschen, aber, na, was soll's, es war Tonio. Ich schob den Nylonvorhang beiseite.

Ein klassisches Stilleben: auf einem kleinen Bett dunkler Haare, einem Vogelnest im Entstehen, das sich im Abfluß festgesetzt hatte, lag ein großer weißer Tropfen von Tonios frisch vergossenem Samen.

Prima, das ist also auch in Ordnung, dachte ich zufrieden: Mensch, Junge, ich hoffe, du hast es mit fürstlicher Verlegenheit genossen.

14

Bei allem, was mich an ihm ärgert, während im Wortsinn unbeobachteter Augenblicke, kann ich sofort auf eine Entsprechung aus meiner eigenen Studentenzeit verweisen. Die tollkühne Trinkerei, Radfahren ohne Licht, mangelnde Forschheit bei Mädchen, unrasiertes Äußeres, Vernachlässigung der Großeltern (außer wenn es um zusätzliches Taschengeld ging), Nicht-aus-dem-Bett-Kommen, nachts leben, Saustall im Haus, ewiger Geldmangel, ewiger Mangel an Studienstunden und Studienpunkten …

Ich kann auf nichts hindeuten und sagen: Das habe ich mit einundzwanzig besser gemacht. Vielleicht schlief ich etwas häufiger mit Mädchen, aber das war nur zum Teil das Verdienst meiner Eroberungstaktiken, die stark unter meiner angeborenen Schüchternheit litten. Es waren andere Zeiten. Von wegen sexuelle Revolution – schlicht und einfach die Pille. Man fragte ein Mädchen nicht, ob sie die Pille nahm: Sie warnte einen, wenn das, in seltenen Ausnahmen, nicht der Fall war. Filzläuse und Tripper bildeten in den siebziger Jahren eine fünfte Kolonne des Studentenlebens, aber Aids hatte noch nicht seinen Eroberungsfeldzug begonnen – das Vergnügen wurde selten durch den Talkumgeruch eines abgerollten Kondoms beeinträchtigt.

Anno 2010 ist Aids noch immer nicht restlos ausgerottet, und für die übrigen venerischen Krankheiten hat man sich einen Sammelnamen ausgedacht, so viel Übertragbares bedroht heutzutage das Liebesleben der jungen Leute. Es muß wieder verhandelt werden oder zumindest beratschlagt, und nie zuvor seit Herr Condom in durch Hitze verklebten Schafsdärmen Profit sah, wurde so viel mit Präsern gefummelt wie heutzutage.

Dies wird keine unautorisierte Biographie Tonios, sondern etwas Ähnliches wie ein unautorisiertes Requiem. Trage ich der Tatsache hinreichend Rechnung, daß Tonios Sicht mancher Ereignisse eine andere war, als meine es jetzt ist? Wäre es ihm lieber gewesen, ich hätte einige Dinge verschwiegen?

Er war zwei, oder kurz davor. Wir saßen zu dritt im Zug, vielleicht auf dem Weg zu meinen Eltern in Eindhoven. Tonio hatte ein Malbuch und Buntstifte dabei, doch er kritzelte nicht länger die Blätter voll, also amüsierte ich ihn mit der Anfertigung einfacher Zeichnungen. Intensiv an seinem Schnuller saugend, sah er mir mit schläfrigen Augen zu. Nach einer Katze in verschiedenen Positionen zeichnete ich ein Porträt von Tonio mit seinen langen Locken, dem Schnuller wie ein Clownsmund und dem Knuddeltuch, das er ans Ohr drückte. Ich zeigte es ihm. Sein Gesicht erhellte sich. Er lachte.

Gut, nächstes Porträt. Die großen Augen, die üppigen Locken. Ich faltete das Papier der Länge nach und riß dort, wo sich der Mund befand, einen kleinen Kreis heraus. Nachdem ich das Blatt wieder glattgestrichen hatte, nahm ich Tonio den Schnuller aus dem Mund und steckte ihn in die papierne Öffnung. Ich zeigte ihm das Porträt. Fast das gleiche wie eben, über das er so gelacht hatte, nur diesmal mit einem echten Schnuller. Aus *Näher zu Dir* zitierend, rief ich: »Ist das nach der Natur, oder ist das nicht nach der Natur?«

Tonio blickte ein paar Sekunden lang ernst auf sein Bildnis und begann dann hemmungslos zu weinen. Ich zog den Schnuller schnell aus dem Bild und gab ihn Tonio zurück. Er wollte ihn nicht mehr. Ich versuchte, ihm das Ding zwischen die Lippen zu stecken, doch er ließ es jedesmal absichtlich wieder aus dem Mund fallen. Für den Rest der Reise war er untröstlich.

Ich frage mich noch immer, was ihn damals so aus der Fassung gebracht hat. War der im Bild verarbeitete Schnuller *ein* realistisches Detail zuviel, wodurch es schien, als habe sich der kleine Junge Tonios Privilegs bemächtigt? Als Tonio fünfzehn, sechzehn war, erzählte ich ihm die kleine Geschichte. Ich fragte ihn, ob er sich vorstellen könne, was seinen großen Kummer verursacht habe. Schwierig dabei war, daß er in dem Alter jede Frage meinerseits als Klassenarbeit zu betrachten schien.

»Ich weiß echt *nichts* mehr aus der Zeit, als ich klein war«, sagte er, wobei er versuchte, einen Turm aus Münzen auf seinem hin und her schwingenden Knie zu balancieren. »Vielleicht fand ich einfach nur, daß die Zeichnung mir nicht ähnlich sah.«

15

Auf dem kleinen Schrank im Flur lag ein Stapel Post, dem ich schon von der halben Treppe aus ansah, daß es Kondolenzbriefe waren. Sogar unter den mörderischsten Umständen vermochte der Mensch offenbar noch neue Fähigkeiten zu erwerben, und sei es nur die, den Unterschied zwischen Umschlägen mit Beileidsbezeigungen und solchen mit einer Zahlungsaufforderung zu erkennen.

Ich ging mit der Post durch die Bibliothek, wo ich einen Brieföffner mitnahm, zur Veranda. Mirjam hatte die Kissen bereits auf den Sesseln verteilt. Auf dem runden Terrassentisch lag eine blitzsaubere Decke, mit Klammern befestigt. Genau, Jenny brauchte nicht zu sehen, daß wir hier jeden Abend, um ein Mäusehäppchen an fester Nahrung hinunterzuspülen, mit Rosé und Rotwein herumkleckerten.

Zehn nach vier. Ich hatte noch eine knappe Stunde für mich. Am liebsten würde ich die restliche Zeit meines Lebens für mich allein haben – für mich und für Mirjam. Meine Arbeit beenden, was immer sie wert war, und mit Mirjam über Tonio sprechen bis zu meinem letzten Atemzug – oder ihrem. Mehr wollte ich nicht.

Kinderstimmen, drei, vier Häuser weiter, verbreiteten sich über die Gärten. Frieden. Ich öffnete den ersten Umschlag. Zwei Freundinnen, Leserinnen, erinnerten an eine Lesung von mir im Schloß Rhoon, Anfang der neunziger Jahre. Sie hatten ein Foto beigelegt, auf dem Tonio, verlegen lachend, seinen Namen in ein Buch von mir kritzelt. Sein dunkles, glattes Haar (wenige Jahre zuvor noch helle Ringellocken) war zu einer Pagenfrisur geschnitten, deren Pony ihm über die Augenbrauen fiel. Den Fünfjährigen so wiederzusehen, während er als Einundzwanzigjähriger noch am Leben war, hätte das Herz schon kaum verkraftet. Jetzt hielt ich ein Foto in der Hand von einem Jungen, den es auf zweifache Weise nicht mehr gab.

Ich las Brief um Brief, besah Karte um Karte. Liebe, ohnmächtige Worte des Trostes. Mütter von Tonios Klassenkameraden an der Cornelis Vrij wärmten Erinnerungen an den Schulhof auf, wo sie so oft grüppchenweise gewartet hatten, bis ihre Sprößlinge mit Spielen fertig waren. Mancher Kollege oder Journalist, mit dem ich schon mal in Konflikt gelegen hatte, stieg über die Wirrnis des Zwists hinweg, um uns Kraft zu wünschen. Jetzt, da der Strom der Beileidsbezeigungen schon so viele Wochen anhielt, fiel mir auf, daß aus der Fernsehwelt kein einziges Wort kam. Gerade die Redakteure und Gastgeber von Talkshows und Literatursendungen stellten sich gerne als die besten Freunde dar und besangen deine Unersetzlichkeit bei gerade diesem Thema – jedenfalls so lange, wie die Mitwirkung noch nicht definitiv zugesagt war. Doch auch nach Ende der Sendung ließen sie es sich nie nehmen, einen mit dir trinken zu gehen und en passant deinen Beitrag zu loben.

Und dann stirbt der Sohn des geschätzten Gastes, und …

kein Wort. Vielleicht darf ich dem Fernsehvolk keinen Vorwurf machen. Die Gäste ihrer Shows bestehen von vornherein aus sich bewegendem Licht. Am Tisch mag eine Person aus Fleisch und Blut sitzen, doch worum es geht, ist seine Anwesenheit im Wohnzimmer: die Abbildung in Licht, von der die Fernsehmacher nur hoffen können, sie werde nicht vom Haustyrannen auf dem Sofa weggezappt. Mutatis mutandis gilt das auch für den Gastgeber der Talkshow: Er verdankt seine Existenz dem Fernsehlicht. Als Interviewer des Gastes ist er keine Person aus Fleisch und Blut, folglich braucht er außerhalb der Show auch nicht wie ein richtiger Mensch mit Mitgefühl zu reagieren.

16

Es klingelte. Wir hatten von der Firma Brom noch immer keinen freundlicheren Ton installieren lassen. Die Klingel klang unverändert wie am Pfingstsonntag und wirkte weniger auf das Gehör als vielmehr direkt auf die Nerven.

Das mußte Jenny sein. Fünf Uhr, schon? Ich hatte keine Uhr oder Armbanduhr zur Hand, doch meinem Gefühl nach war, seit ich begonnen hatte, die Post durchzusehen, noch keine halbe Stunde vergangen. Ich horchte, ob Mirjam öffnete: Sie konnte schon gut zwanzig Minuten aus dem Beth Shalom zurück sein.

Der Klingelton gellte im kahlen Marmorgang nach. Wenn Mirjam zur Haustür ging, klapperte sie mit der gläsernen Zwischentür, damit die Katzen nicht entwischten, doch auch dieses Geräusch blieb aus.

Es klingelte zum zweitenmal. Wenn Mirjam um fünf Uhr noch nicht vom Beth Shalom zurück war, obwohl sie Besuch erwartete, mußte unterwegs etwas passiert sein. Während ich durch die Bibliothek zum Flur ging, versuchte ich, die Vision von Mirjam und ihrem Vater zu unterdrücken, die mit abgeknickten Köpfen aneinandergelehnt in den Sicherheitsgurten

499

hingen. Die Katzen standen mit bösen Gesichtern, sämtliche Haare kritisch gesträubt, in der Treppenbiegung.

Vor der Tür das Mädchen, das ich von Tonios Polaroids wiedererkannte.

»Entschuldigung«, sagte sie. »Ich bin viel zu früh. Dumm von mir.« Sie streckte die Hand aus. »Jenny.«

Während ich ihre Hand (klein, schmal) drückte, sah ich hinter ihr, auf dem Parkstreifen, Mirjam aus dem Auto steigen. »Hab ich mich in der Zeit geirrt?« rief sie, fast in Panik. »Es ist Viertel vor fünf. Ich dachte, wir hatten fünf Uhr gesagt. Oh, mein Kopf ... ein Trümmerhaufen.«

Während ich zur Terrasse voranging, überboten sich die beiden Frauen hinter mir an gegenseitigen Entschuldigungen über ihre Schludrigkeit. Ich bot Jenny einen Sessel an, doch sie blieb stehen und blickte, die Hände auf das Verandageländer gelegt, in den Garten: Zum erstenmal sah sie den Ort wieder, an dem Tonio sie an jenem zwanzigsten Mai fotografiert hatte. Auch nachdem sie am runden Tisch saß, blickte sie regelmäßig, fast scheu, von der Seite her auf die kleine Laube mit der weißen Bank.

Mirjam fragte, was wir trinken wollten. Jenny bat um Mineralwasser, doch als sie hörte, daß ich einen Gin Tonic nahm, wollte sie auch einen, »mit nicht zu viel Gin«. Mirjam ging, um die Getränke zu holen.

Wir saßen uns etwas unbehaglich gegenüber. *Ein echtes Tonio-Mädchen.* Genau diese Worte bildeten sich in meinem Kopf, obwohl ich noch nie jemanden als »echtes Tonio-Mädchen« bezeichnet hatte, geschweige denn, daß ich gewußt hätte, welchen Anforderungen ein Tonio-Mädchen zu genügen hatte.

»War es dir unangenehm, hierher zu kommen?«

»Ja, ziemlich. Aber auch wieder nicht. Unterwegs dachte ich immer: O je, gleich weiß ich nicht, was ich sagen soll. Und dann?«

War es meine Verzweiflung, die unbedingt wollte, daß diese Jenny zu Tonio paßte ... gepaßt hätte? Auch die Verbformen spielten ihr Spiel von Leben und Tod. Mir gegenüber saß ein zartes Mädchen mit einem feinen Gesicht, dessen Ausdruck unter dem Einfluß einer peinlichen Nervosität ständig wechselte, die auch ihre Arme und Schultern ergriffen hatte. Sie warf schnell wieder einen kurzen Blick zur Seite auf die Zweierbank vor der rötlich verputzten Mauer. Es war sicherlich der Typ Mädchen, den ich selbst mit zwanzig hätte beschützen, umarmen, streicheln wollen. Sie trug dünne Kleider, die die Körperwärme voll durchließen: wunderbar für Tonio beim Tanzen. Oder war das Tonio-Mädchen meine eigene Schöpfung?

Na komm, ich hatte doch *gesehen*, daß sie es auch für Tonio war. Wie er mir mit verlegenem Stolz die Polaroids gezeigt hatte ... Seine relativierende Bemerkung: daß ich nicht nur anhand dieser Probefotos urteilen dürfe. Er würde mir bald bessere Abzüge zeigen.

Mirjam blieb lange weg. Ich hörte sie in der Küche im ersten Stock hantieren, deren Fenster offenstanden. Sicher bereitete sie auch etwas zum Essen vor. Ich sollte jetzt etwas sagen, egal was, sonst starb das Mädchen vor Nervosität.

»Ich habe natürlich jede Menge Fragen an dich«, sagte ich, »aber ich schlage vor, wir warten auf Mirjam. Sie will auch alles wissen.«

»Gut.«

Ja, sie war hübsch, aber sie besaß nicht die raffinierte Schönheit eines Models – wie ich Tonio gegenüber, zu seinem leichten Ärger, hatte durchblicken lassen. Schließlich ging es nur um den Versuch einer Studentin, sich über eine Modelagentur etwas dazuzuverdienen.

»Was studierst du?«

»Kunstgeschichte. Zweites Jahr.«

So ging es schon seit Wochen: Jedesmal, wenn ich etwas Schönes sah, versuchte ich, es mit Tonios Augen zu betrachten, weil es auf seiner Netzhaut für immer und ewig *schwarz* bleiben würde, wie das im Fernsehjargon hieß. Doch meine Bemühungen, die Schönheit des Beobachteten mit ihm zu teilen, waren immer öfter kontraproduktiv. Bei jedem Ding, jedem Phänomen, das, wie ich zu wissen glaubte, seinem Blick wohlgefällig gewesen wäre, ging ein entsprechender Teil *meines* Genusses verloren. Anstatt daß ich »für zwei genoß«, verringerte die Augenweide, die Tonio für immer versagt war, mein eigenes ästhetisches Erleben.

Anders gesagt: Ich konnte so lange meine Freude an etwas Schönem haben, bis die Erkenntnis voll zu mir durchdrang, daß Tonio sich in gleichem Maße daran erfreut *hätte*. Die Gewinn- und Verlustrechnung meiner visuellen Freuden ergab also exakt Null. Mit Jennys Schönheit erging es mir an diesem Nachmittag nicht anders.

Zum Glück, da war Mirjam mit dem Tablett.

»Hab ich viel verpaßt?« fragte sie, während sie die Gläser auf Korkuntersetzer stellte. »Der hier ist mit wenig Gin.«

In die Mitte des Tisches kam eine Platte mit kleinen Toasts: Lachs, Sardinen, Fleischsalat.

»Wir sind noch nicht weiter gekommen«, sagte ich, »als bis zu Jennys Fahrt auf dem Rad hierher. Sie hatte Angst, sie würde nicht wissen, was sie sagen sollte.«

Wir erhoben die Gläser. »Auf den großen Abwesenden«, sagte Mirjam. Wir nahmen alle einen Schluck.

»Komisch«, sagte Jenny, »vorhin wieder vor eurer Tür zu stehen. Und dazu noch an genau so einem schönen Tag wie damals im Mai. Alles schien für einen Moment gleich zu sein … und doch war alles anders, weil … na ja, ich wußte natürlich, daß er … daß Tonio nicht aufmachen würde. Er kam an die Tür in einem tollen Shirt … etwas Rotgestreiftes … und dann dieses breite Lächeln von ihm.«

Sie schüttelte den Kopf und führte schnell wieder ihr Glas an den Mund. Ich mußte an mein *blind date* mit Marike A. denken, das ihre Schwester im Frühjahr '69 arrangiert hatte. Wie ich vor dem Spiegel das richtige Lächeln geübt hatte, gefolgt von einem geeigneten Eröffnungssatz: »Wer hätte gedacht, daß es so was Charmantes sein würde ...« (»So was«, ging das überhaupt? Oder klang das zu sehr nach einem Gegenstand? Und dann »charmant« ... wollte ein fünfzehnjähriges Mädchen heutzutage noch als charmant bezeichnet werden? Nach endlosem Korrigieren kam ich nicht weiter als »so ein charmantes Etwas« – und so habe ich es, glaube ich, sogar gesagt. Das einstudierte Lächeln war da schon längst zu einem Grinsen geworden.)

»Sein Lieblingshemd«, sagte Mirjam. »Er hatte mich fast gezwungen, es zu waschen und zu bügeln. Nicht gerade ein Arbeitshemd. Er wird einen guten Grund gehabt haben, es anzuziehen. Jetzt ist er darin ...«

Sie schüttelte lächelnd den Kopf, ohne den Satz zu beenden, als schmälere die Mitteilung, Tonio liege in diesem Hemd im Sarg, das Kompliment, das er Jenny gemacht hatte, indem er es für die Fotosession anzog.

Jetzt war der Moment gekommen, Jenny nach Tonio zu fragen – woher sie sich kannten, wie das Fotoshooting verlaufen und warum aus ihrer Verabredung im Paradiso nichts geworden war. Vor Wochen, als wir mit so etwas Ähnlichem wie der Rekonstruktion von Tonios letzten Tagen begonnen hatten, hatte ich mir gesagt, ich dürfe kein einziges Detail ignorieren. Sonst habe alles keinen Sinn. Ich wunderte mich die ganze Zeit, wie kaltblütig ich trotz aller Verzweiflung den Fakten ins Auge zu blicken wagte. Merkwürdig: Jetzt, da ich endlich das fehlende Glied vor mir hatte, das ablehnende Mädchen Jenny, gelang es meiner alten Angst vor der Wahrheit, sich wieder einmal tüchtig aufzuspielen. Der Mann, der Postsendungen ungeöffnet ließ, weil sie schlechte Nachrichten (oder eine sonstwie unliebsame Mitteilung) enthalten könnten, war wieder voll da, gerade jetzt, da ich ihn am wenigsten gebrauchen konnte.

Das Problem, das ich gleich nach Tonios Tod erkannt hatte: Es waren, aus Jennys Mund, zwei Wahrheiten möglich, und ich wollte keine von beiden wissen. Erste Wahrheit: Jenny hatte Tonio als Fotografen für ihre Mappe gewählt, so daß in ihren Augen die ganze Session lediglich eine geschäftliche Transaktion war, die allenfalls einen freundschaftlichen Touch hatte. Zweite Wahrheit: Eine unausgesprochene gegenseitige Anziehungskraft hatte auf dem Wege über Bitte oder Angebot die Form eines ausgedehnten Fotoshootings angenommen, aus dem der Beginn einer Romanze entstanden war oder dabei war zu entstehen.

Wahrheit Nummer 1 bedeutete, daß Tonio Abschied vom Leben hatte nehmen müssen ohne eine letzte Romanze, was seinem Tod eine unwirtliche Kahlheit gab.

Wahrheit Nummer 2 würde uns für immer mit dem Nebengedanken quälen, »was hätte sein können, aber nicht sein durfte«.

Keine der beiden Wahrheiten verdiente Vorrang vor der anderen. Die Unmöglichkeit zu wählen machte alles noch schlimmer. Ich wollte es nicht hören.

»Dürfen wir erfahren, Jenny«, fragte ich, »wie du und Tonio euch kennengelernt habt?«

»Das ist kein Geheimnis«, sagte sie mit einem kurzen Lächeln.

17

Jennys Mutter hatte im Sommer 2009 eines Tages den Computerladen Dixons in der Kinkerstraat betreten, um sich über neue Fotoapparate zu informieren. Es bediente sie ein zuvorkommender junger Mann, der mühelos auf Englisch umschaltete, als er erfuhr, daß er eine Kanadierin vor sich hatte.

»Meine Mutter und ich«, erzählte Jenny, »teilen uns eine Wohnung in Amsterdam-West. An dem Nachmittag damals kam sie ziemlich aufgedreht nach Hause. ›Ich hab bei Dixons so einen netten Jungen getroffen‹, sagte sie. ›So freundlich und hilfsbereit. Und auch noch gutaussehend. Er hat mir al-

504

les sehr geduldig erklärt ... Kameras vorgeführt ... und alles, ohne mir etwas aufzudrängen.‹ Ihr müßt wissen, daß meine Mutter schnell von jungen Männern angetan ist. Ich weiß nicht, ob sie damals etwas gekauft hat, aber sie ging danach regelmäßig zu Dixons. Meist traf sie auf den Geschäftsführer, der heißt Kantorovitsj ... ich kann auch nichts dafür ...«

»Kantorovitsj«, sagte Mirjam, »ja, das war Tonios böser Genius bei Dixons. Daß er Tonio öfter mal telefonisch aus dem Bett scheuchte, wenn der wieder mal verschlafen hatte, ging ja noch. Aber er hat Tonio im Geschäft bis zum Geht-nichtmehr als Langschläfer oder Ausschläfer bezeichnet. Das hat dem armen Jungen dermaßen gestunken.«

»Meine Mutter fragte Kantorovitsj jedesmal, ob Tonio sie bedienen könne. Und dann hatte sie wieder hundert Fragen an Tonio, der alles geduldig erklärte. ›Du mußt mal mitkommen zu Dixons‹, sagte sie einmal. ›Dann kannst du ihn dir anschauen. Das ist wirklich ein sehr netter Junge.‹ Ich denke, da steckte wohl auch ein bißchen *matchmaking* dahinter. Na schön, eines Tages: ich mit zu Dixons. Und tatsächlich ... Tonio. Wir haben ein bißchen geredet und so. Ich über mein Studium. Er über seine große Leidenschaft, das Fotografieren. Ich bin noch ein paarmal im Geschäft gewesen. Auch ohne meine Mutter. Wir fanden uns, glaube ich, nett oder so. Aber es ist nie zu einem *date* gekommen.«

Nur wenn man wußte, daß ihre Mutter eine englischsprachige Kanadierin war, hörte man einen leichten englischen Akzent in Jennys Niederländisch heraus. Ich hätte Tonio am liebsten zugerufen: Los, lad sie ein, worauf wartest du ... sag, daß Kantorovitsj dich braucht, daß du aber gern nach Geschäftsschluß weiterreden würdest ...

»Warum nicht, was denkst du?« fragte ich.

»Eines Tages war er verschwunden«, sagte Jenny. »Einfach plötzlich nicht mehr bei Dixons. Das war letzten Herbst. Kantorovitsj sagte, Tonio habe gekündigt, weil er den Job nicht mehr mit seinem neuen Studium unter einen Hut bringen konnte. Ich wußte natürlich, daß er am ersten September mit Medien & Kultur angefangen hatte, aber ... na ja, er arbeitete wie gewohnt bei Dixons weiter. Bis weit in den Herbst hinein. Und dann ... er hatte mir nichts gesagt. Meine Mutter wußte auch von nichts. Ich hatte seine Nummer nicht, keine E-Mailadresse, ich wußte nicht mal, wo er wohnte. Bei Dixons konnten sie mir auch nicht weiterhelfen. So haben wir uns aus den Augen verloren.«

Verflixter Tonio. Sprang genauso leichtfertig mit seinen Chancen um wie sein Vater im selben Alter. (Die sonnenüberflutete St. Annastraat in Nimwegen. Die Blondine, die mich auf dem Fahrrad festhielt: »Tee? Kannst dann auch gleich mein neues Zimmer sehen.« Und ich Hornochse wußte nichts anderes zu sagen als: »Ich wollte gerade zu der Jobvermittlung dort drüben. Ich bin pleite.«)

Jenny trank von ihrem Gin Tonic. Sie nahm einen zu großen Schluck, der ihr offenbar schmerzhaft in der Speiseröhre steckenblieb und Tränen in die Augen trieb. Sie klopfte sich auf die Brust.

»Aber nicht für immer«, sagte Mirjam. »Ja, jetzt schon ... für immer, meine ich ... aber damals noch nicht.«

»In diesem Frühjahr«, sagte Jenny, wiederholt schluckend, »stieß ich bei Facebook auf Tonio. Ich war im zweiten Jahr, hatte Schulden und mußte dringend nebenher Geld verdienen. Ja, das klingt natürlich furchtbar eitel, aber ich spielte mit dem Gedanken, als Model zu arbeiten, als Statistin, oder so was. Was ich brauchte, war eine Mappe mit guten Fotos, mit denen ich die Castingbüros abklappern konnte. Als ich sah, daß Tonio eine Seite bei Facebook hatte, dachte ich gleich an seine begeisterten Geschichten übers Fotografieren. Ich nahm Kontakt auf. Er natürlich überrascht. Ein Fotoshooting, ja, darüber ließe sich reden. Ich bot an, ihm alle Unkosten zu erstatten und ihn für seine Arbeit zu bezahlen. Diese Entrüstung! Wenn ich von ihm fotografiert werden wolle, ja, dann bräuchte ich nur so anzufangen ... Eine Bezahlung, das komme gar nicht in Frage. Also – ja oder nein? Ja, gern natürlich. Den Rest kennt ihr. Wir hatten uns für den Donnerstag vor Pfingsten verabredet. Er wollte euch fragen, ob er das Fotoshooting hier im Haus machen dürfe. Ein Problem sah er dabei nicht. ›Es würde mich nicht wundern‹, sagte er, ›wenn sie für einen Tag außer Haus gehen. So sind sie schon.‹ Und so war es.«

Wenn ich ihre Version der Wahrheit nicht abwenden konnte, mußte ich Jenny jetzt fragen, ob sie die Fotomappe nicht hauptsächlich vorgeschoben hatte, um wieder in Kontakt mit Tonio zu kommen. Ich öffnete den Mund, aber Mirjam kam mir zuvor: »Erzähl mal, Jenny, wie war dieser Nachmittag?«

»Ich glaube«, sagte Jenny, »wir waren so ungefähr in allen Räumen im ganzen Haus. Im Wohnzimmer, in seinem ehemaligen Zimmer, in der Bibliothek hier … im Garten natürlich … Tonio hat mich sogar auf dem Dach fotografiert. Die Fotos gefielen ihm am wenigsten, und mir auch. Sah so kahl aus da oben. Mit der Aussicht konnte er nichts anfangen.«

»Moment mal«, sagte ich. »Wenn ihr auf dem Dach wart … das geht nur über die Feuerleiter im dritten Stock. Dafür muß man durch mein Arbeitszimmer.«

»Jetzt hab ich mich verplappert«, sagte Jenny. »Ja, ich weiß, dort durfte er nicht fotografieren, wegen der ganzen Papiere und so. Tonio hat sich strikt daran gehalten. Wir sind nur kurz durchgegangen auf dem Weg zum Balkon. Nein, das stimmt nicht ganz. Ich hab mich doch heimlich ein bißchen umgesehen. Auf dem langen Tisch lagen verschiedene Karten ausgebreitet … Stadtpläne von Amsterdam, Amstelveen, Valkenburg … Tonio sagte, die sind für einen Roman, den du gerade schreibst. Über den Mord an einer Amsterdamer, oder nein, einer Amstelveener Polizistin. Irgend so was. Was Valkenburg damit zu tun hatte, wußte er auch nicht.«

»Jetzt verstehe ich, warum die Markise oben war«, sagte ich zu Mirjam. »Wenn sie runtergelassen ist, kommt man nicht auf die Leiter.«

»Und darüber zerbrichst du dir wochenlang den Kopf«, sagte Mirjam.

»Wenn wir schon mal dabei sind, alle Rätsel aufzuklären«, wandte ich mich wieder an Jenny. »Der Vater der Hauptfigur war in den sechziger Jahren Staubsaugervertreter. Manchmal durfte sein Sohn mit. So kamen sie gemeinsam nach Valkenburg. Mit dem neuesten Modell die Reihenhäuser abgeklappert. Der Sohn spürt ganz genau, mit welchen Hausfrauen sein Vater ein besonderes Einvernehmen entwickelt hat. Über die Tasse Kaffee hinaus, sagen wir mal. Da siehst du's. Am Donnerstag erklärt dir Tonio kurz, wovon mein neuer Roman handelt, und drei Tage später wird das Buch durch sein Zutun vernichtet, und er zwingt mich, ein ganz anderes zu schreiben. Der Tyrann. Allerdings ein sanftmütiger.«

»Tonio hatte es plötzlich eilig«, sagte Jenny. »Diese Serie auf dem Dach, schade um die Zeit. Er wollte mich unbedingt noch im Garten fotografieren, bevor die Sonne ganz weg war. Ich hatte die ganze Zeit weiße Sachen angehabt. Jetzt wollte ich noch eine Serie in Schwarz. In seinem alten Zimmer hab ich mich schnell umgezogen. Schon was Besonderes, dieser Ort, an dem er seine ganze Kindheit verbracht hat ... war doch irgendwie ein besonderes Gefühl ...«

Wenn sie weiterhin so locker von diesem Fotonachmittag berichtete, würden wir weder mit der einen harten Wahrheit konfrontiert werden noch mit der anderen. Dann blieb die Wahrheit schön irgendwo in der Mitte. Nun, war das nicht eigentlich genau das, was ich wollte? Nein. Jetzt oder nie.

»Von seinem vierten bis zum zwanzigsten Lebensjahr«, sagte Mirjam. »Als er aus dem Haus ging, war er gerade noch neunzehn.«

»Und«, fragte ich, »warst du schnell genug in Schwarz, um das Licht noch auszunutzen?«

Wieder wandte Jenny den Kopf in Richtung der kleinen Laube, diesmal etwas weniger verstohlen. »Wir hatten sogar noch Zeit, auf der Bank in der Sonne zu sitzen. Tonio hatte

Eistee aus dem Kühlschrank geholt. Herrlich kalt aus dem Gefrierfach. Er sagte, er hoffe, das Wetter bliebe so schön … den ganzen Sommer lang … Das hat er immer wieder gesagt. Es war schön, da so zu sitzen, Gesicht in der Sonne, Augen zu. Und Tonio, der immer wieder sagte: ›Ich hoffe wirklich, daß es so bleibt.‹«

Ich mußte an den kalten Frühlingsabend '69 denken, als ich nach der Fete in Eindhoven Marike A., die ich erst ein paar Stunden kannte, zu dem vereinbarten Ort brachte, an dem ihr Vater uns mit dem Auto abholen wollte. Er war noch nicht da. Fröstelnd gingen wir auf dem Bürgersteig auf und ab, und ich wiederholte in einer Tour, weil ich dachte, das gehöre sich so, und wohl auch ein bißchen im Ernst: »Laß uns einen schönen Sommer draus machen.«

Das Mädchen sah mit blassem, ängstlichem Gesicht zu mir auf. Sie hatte große hellgraue Augen, ganz ungewöhnlich, aber voller Furcht. Nicht sehr lebenstauglich.

»Abgemacht?«

Erst da nickte sie. Exakt zehn Jahre später machte sie ihrem Leben ein Ende, aber das war wieder eine ganz andere Geschichte. Meine erste Requiemerfahrung.

»Tonio kannte dich offenbar noch nicht gut genug, um zu wissen, was du gern trinkst«, sagte Mirjam. »Der Kühlschrank war vollgestopft mit Eisteekartons und Obstsäften. Und Flaschen mit Erfrischungsgetränken. Sachen, die wir sonst nie im Haus haben. Das hat für Wochen gereicht.«

Jenny lachte. »Nur Eistee, das wäre okay gewesen.«

18

Als Junge guckte ich, wenn ich am Eßtisch meine Hausaufgaben machte, die Fernsehserie *The long hot summer*. Meine Eltern saßen mit dem Rücken zu mir, nicht ahnend, daß ich die verbotenen Verwicklungen genauestens verfolgte. Dabei geriet ich schon beim Titel ins Träumen. Einen *Long hot summer*, den wünschte ich mir auch für die Zeit nach den Klassenarbeiten. Mit Marike A., mit der ich mich noch immer traf.

Ich erkannte meinen Tagtraum in Tonios Worten wieder, die nun aus Jennys Mund kamen: wie er immer wieder, obwohl es erst Mai war, die Hoffnung auf einen richtig sommerlichen Sommer geäußert hatte. Ich hörte es ihn sagen.

Ich wußte jetzt, welche Form ein *Long hot summer* annehmen konnte: Tage mit tropischen Temperaturen, die halfen, Trauer und Kummer auszuschwitzen. Ein *Long hot summer*, das war vor allem ein ungerührter Sommer, der Tonio ausschloß und sich weigerte, ein Spiegel unserer Traurigkeit zu sein.

»Ich habe nur zwei Polaroids gesehen«, sagte ich, »aber die Fotos hier im Garten fand Tonio am gelungensten.«

»Für mich war es schwierig, das auf so einem winzigen Display zu beurteilen«, sagte Jenny. Sie verdrehte den Oberkörper, um etwas mehr vom Garten sehen zu können. Hier hatte Tonio sie einen Nachmittag lang verewigt. Sein konzentrierter Blick mußte für sie noch überall spürbar sein.

»Möchtest du sie sehen?« fragte Mirjam Jenny. »Es sind sehr viele. Meiner Meinung nach von sehr unterschiedlicher Qualität. Ich habe sicherheitshalber alle abziehen lassen. Du mußt dann für dich selbst eine Auswahl treffen.«

Das Mädchen wurde jetzt sehr nervös. »Lieber nachher«, sagte sie.

Ich verstand sie. Obwohl außerhalb des Bildes, sah Tonio sie aus jedem Foto direkt an.

»Nachher ist auch okay«, sagte Mirjam, die zweifellos an all die Mühe dachte, die es sie gekostet hatte, die Fotos aufzutreiben.

Das Gespräch verstummte. Jenny schaute jetzt fast ununterbrochen zu der kleinen Laube mit der weißen Bank. In der Hand hielt sie das leere Longdrinkglas, das sie von Zeit zu Zeit an die Lippen führte, doch mehr als einen sauren Tropfen aus dem Limonenspalt ergab das nicht.

»Jenny, noch einen Gin Tonic?« fragte Mirjam.

»Ich glaube felsenfest daran«, sagte das Mädchen unvermittelt, »daß die Toten nicht einfach weg sind. Sie lassen eine bestimmte Energie für uns zurück.«

19

Es war ein warmer Tag gewesen, aber es folgte kein schwüler Sommerabend. Mit der Dämmerung wurde es rasch frisch. Ohne daß man von einer Brise sprechen konnte, zog Kühle in Schwallen aus den Gärten herauf. Wir saßen eine ganze Weile da, ohne nach Jennys Worten über die zurückgelassene Energie der Toten noch viel zu sagen. Tonio war in unserer Mitte, ja, und jeder von uns trauerte um ihn, aber warum in Gottes Namen *zerbrachen* wir nicht? Warum ließen wir uns nicht schreiend vom Sessel auf den Bretterboden der Veranda fallen? Das Geschehene reichte dafür doch aus, oder? Was Jenny empfand, war mir nicht klar, aber Mirjam und ich – für wen oder was hielten wir uns tapfer?

»Jenny, wenn du den Gin Tonic noch willst«, sagte Mirjam, »dann schlage ich vor, daß wir im Wohnzimmer weiterreden. Es wird langsam ein bißchen kühl.«

»Aber mit ganz wenig Gin«, sagte Jenny. »Ich spür's jetzt schon.«

Wir gingen die Treppe hinauf in den ersten Stock. Mirjam verschwand in die Küche. Jenny setzte sich im Wohnzimmer (ich nahm an, ohne zu wissen, was sie tat) auf Tonios Stammplatz. Mir wurde bewußt, daß ich das Gespräch jetzt aufs Paradiso bringen mußte: die nicht eingehaltene Verabredung. Wieder sah ich mich gezwungen, mir die Frage zu stellen, ob ich wirklich wissen wollte, wie das Schicksal die veränderten Gegebenheiten genutzt hatte.

»Nach der Fotosession«, begann ich, als Mirjam mit dem Tablett hereinkam, »erzählte Tonio mir, daß er am Samstagabend zu einer Fete im Paradiso wollte. Mit dir. Du hättest ihn eingeladen. Ein italienischer Abend, sagte er. Italienische Tophits aus den achtziger Jahren. Eros Ramazzotti und so.«

»Ach, das.« Jenny machte eine wegwerfende Handbewegung. Es hatte etwas Beschämtes. Sie trank von dem Gin Tonic, der ihre Stirnhaut in Unordnung brachte. Ich war mir nicht so sicher, ob Mirjam sich an das »ganz wenig Gin« gehalten hatte. Ich kannte ihre Dosierungen.

»De facto«, fuhr ich fort, »ist Tonio an dem Abend gegen Mitternacht in die Discothek Trouw gegangen. In der Wibautstraat. Mit einem Freund und einer Freundin. Dennis und Goscha. Wir haben mit den beiden gesprochen. Sie waren den ganzen Abend mit ihm zusammen. Dennis schon vom Nachmittag an. In ihrem Bericht kommst du nicht vor. Sie kannten dich nicht. Ja, Tonio hatte von dir erzählt. Das schon. Von einer Verabredung im Paradiso wußten Dennis und Goscha nichts. Wenn du nicht darüber sprechen willst, Jenny … vollstes Verständnis. Aber wir wüßten so gern …«

»Natürlich«, sagte Jenny schnell. »Obwohl ich selbst nicht mehr genau weiß, was mit dieser Verabredung eigentlich schiefging. Tonio und ich haben an dem Samstagnachmittag noch in Facebook miteinander gechattet. Er schlug vor, anstatt ins Paradiso ins Trouw zu gehen. Ich erfuhr, daß das was Neues war, in einer ehemaligen Druckerei. Tanzen zu Techno. Ich erklärte, ich ginge lieber in eine ruhige Kneipe, wo man sich wenigstens verstehen kann. Ohne laute Musik. Tonio chattete zurück, er sei noch ziemlich fertig vom Abend davor. Fertig, ja, das Wort benutzte er. Er habe sehr lange mit Freunden im Terzijde gesessen, in der Kerkstraat, und davon sei er noch immer ganz fertig. Ich denke, er wollte sich dieses Fertigsein lieber im Trouw raustanzen, als wieder in einer Kneipe zu hocken.«

»Ich hör's schon«, sagte ich, grimmiger als beabsichtigt. »Eine ruhige Kneipe … Das hat ihn natürlich abgeschreckt, dann allein auf seine Unterhaltung angewiesen zu sein.«

»Das klingt so unumstößlich«, sagte Mirjam.

»Ich war in dem Alter selber so«, sagte ich. »Im Lärm der Disco, mit der ganzen Ablenkung durch die Tanzenden und so, dann, glaubte ich, würde ich es bei einem Mädchen schaffen, das ich noch nicht gut kannte. Ich habe nie *mehr* von mir in Tonio wiedererkannt als in den letzten zwei Monaten.«

»Wir haben uns nicht wirklich gestritten oder so«, erzählte Jenny weiter. »Nur ... wie wir diesen Samstagabend verbringen wollten, darüber konnten wir uns nicht einigen. Nach Pfingsten wollten wir wieder Kontakt aufnehmen. Er mit mir oder ich mit ihm. Auch wegen der Fotos.« Sie beugte sich vor, die Unterarme auf den Knien, und schaute nicht länger uns an, sondern das Glas vor ihr auf dem Sofatisch. »Das Problem war ... ich gehörte nicht zu Tonios Freundeskreis. Niemand kennt mich. Niemand hat mich benachrichtigt. Pfingstmontag und dann am Dienstag ... Tonio ging nicht an sein Handy. Mittwoch, noch immer nicht. Ich entdeckte, daß sich auf seiner Facebookseite schon seit Tagen nichts mehr getan hatte. Keinerlei Aktivität. Ich bekam schlechte Vorgefühle. Vielleicht sollte ich sagen: schlechte Nachgefühle. Dazu kam, daß meine Mutter die ganze Woche in Marokko war. Ich war allein zu Hause. Ich konnte nichts bei mir behalten. Alles kam wieder raus, und nicht nur oben. Ich hatte zwar telefonischen Kontakt mit meiner Mutter, aber ich konnte ihr nicht erklären, was genau los war. Ich wußte es selbst nicht. Als sie am Ende der Woche nach Hause kam und mich in diesem Zustand vorfand, hat sie sofort gegoogelt. Sie fand eine Seite, und darauf hatte jemand Fotos von Tonio gestellt. Zu einem Nachruf. Da hatten wir Gewißheit.«

Sie weinte nicht, aber als ich genauer hinschaute, sah ich ein Glitzern auf der unteren Wimpernreihe – als ob es da hingehörte, Teil ihres Make-ups. Das war es also: ein digitales Gekabbel auf Facebook hatte den Lauf der Dinge verändert, und zwar gründlich. Das Schicksal bediente sich heutzutage auch schon eines *social network*.

Jenny sog die letzten Tropfen aus ihrem Glas und stand auf.
»Ich bin schon viel zu lange hier. Ich muß jetzt wirklich gehen.«

»Du hast dir die Fotos noch nicht angesehen«, sagte Mirjam.

»Kann ich das ein andermal machen?« Es klang fast flehend. »Das wird mir jetzt zuviel.«

Mirjam hatte einen großen Pappumschlag in der Hand, der fast zum Bersten gefüllt war. »Du nimmst sie aber doch mit, oder ...«

»Darf ich sie hierlassen? Wenn es euch recht ist, komme ich noch mal vorbei. Ich denke, dann schaff ich es, sie mir anzusehen.«

»Ich weiß natürlich nicht«, sagte Mirjam, »wie schnell du die Modelagenturen damit abklappern willst ...«

»Ach, das.« Wieder diese Wegwerfbewegung. Jenny ging ein paar Schritte auf die Wohnzimmertür zu und drehte sich dann unsicher um. »Ist es euch recht, wenn ich ... ich würde so gern noch mal in Tonios Zimmer.«

»Dieses blödsinnige Dilemma, von dem ich immer gesprochen habe«, sagte ich zu Mirjam, »ich weiß erst jetzt, daß es kein Dilemma *war*. Ob etwas zwischen Tonio und dieser Jenny im Gange war oder nicht ... beide Möglichkeiten schienen mir gleich schlimm. Ich wollte keine der beiden Versionen hören. Heute nachmittag wäre ich beinahe abgehauen. Jetzt ist mir klargeworden, und zwar mehr aus dem unausgesprochen Gebliebenen, daß es eindeutig um mehr ging als um diese Fotografiererei. Und genau das, wird mir jetzt bewußt, genau *diese* Version hatte ich nicht hören wollen. Es gab gar kein Dilemma. Wenn Jenny uns deutlich gemacht hätte, daß

es, jedenfalls soweit es sie betraf, nur eine Art professioneller Transaktion war ... etwas zwischen Model und Fotograf
... dann hätte ich mich höchstens, stellvertretend für Tonio,
übergangen fühlen können. Keine letzte Romanze kurz vor
dem Abschied. Gut, das wäre schon einsam genug gewesen.
Aber *das*, was jetzt passiert ist ... das Abgeschnittensein von
einer offenen Möglichkeit ... das verkrafte ich nicht.«

Mirjam, neben mir auf der Couch, nickte. Nachdem Jenny
gegangen war, hatte Mirjam die Gläser nachgefüllt, aber wir
rührten sie nicht mehr an. Vor ein paar Tagen, kurz nach
Jennys Anruf, hatte ich noch gehofft, ungeachtet aller pechschwarzen Überlegungen würde mein Herz ganz kurz höher schlagen, wenn sich herausstellte, daß zumindest von
einer gewissen Verliebtheit die Rede sein konnte, und zwar
auf beiden Seiten. Eine Fehleinschätzung: Gerade hatte eine
leise, bescheidene Mädchenstimme den denkbar größten
Schrecken für uns formuliert.

Den Schrecken all dessen, was hätte sein können, und all
dessen, was für immer und ewig nicht hatte sein dürfen.

»Das ist so ein Moment«, flüsterte Mirjam, »wo mir *wirklich* bewußt wird, daß er nicht mehr da ist. Wir haben ihn
verloren.«

22

Am Morgen nach Jennys Besuch stieg ich die Treppe zu
meinem Arbeitszimmer hinauf, das ich jetzt mit Tonios und
Jennys Augen betrachtete, im Frühjahrslicht des zwanzigsten
Mai.

»Wir können auf dem Dach noch einen letzten Shoot machen«, hatte er möglicherweise gesagt. »Aber dahin geht es
nur über eine steile Leiter.«

Das fand sie spannend. Er ging die Treppe voran in den
dritten Stock. »Hier arbeitet mein Vater.«

Jenny hatte nach ihren eigenen Worten kurz herumgeschnüffelt. Auf dem langen Sortiertisch lagen Zeitungsaus-schnitte und noch nicht abgeschlossene Manuskripte. Sie hatte Tonio nach den Stadtplänen von Amsterdam und Am-stelveen und Valkenburg gefragt, die ausgebreitet nebenein-ander auf dem Tisch lagen. »Was haben die mit seiner Arbeit zu tun?«

Es gelang mir, ihre Stimmen in ihrer ganzen Klarheit her-aufzubeschwören.

»Soviel ich weiß«, sagte Tonio, »arbeitet er an einem Ro-man über den Mord an einer Polizistin. Den gab's wirklich, vor zwei Jahren in Amstelveen. Ich vermute, auf den Plänen tüftelt er an Routen oder so ... Da, die Leiter müssen wir rauf.«

Er zeigte Jenny eine Aluleiter, die an der Seitenwand des Balkons angebracht war und zum Flachdach hinaufführte.

»Dafür muß ich aber erst die Markise hochmachen.«

Mit dem Elektroschalter, links von der Balkontür, ließ To-nio die Verschattung hochsurren. »Ulkig.« Er nickte in Rich-tung eines Bretterstapels an der Balkonbrüstung. »Teile von meinem alten Stockbett.«

»Hast du in einem bemoosten Stockbett geschlafen?« frag-te Jenny.

»Als ich es zerlegt habe, weil ich endlich mal wieder in ei-nem richtigen Bett schlafen wollte, waren die Bretter noch blank. Und lackiert. Sieh dir an, wie sie jetzt aussehen. Total grün angelaufen vom Regen. Ich versteh nicht, warum mein Vater die Bretter hier ... So, jetzt können wir aufs Dach. Du als erste?«

»Nein, du. Die Sprossen sind gräßlich weit auseinander.«

Mit Apparaten behängt, kletterte Tonio die Leiter hinauf.

Die Fotoserie, die er auf dem Dach geschossen hatte, war die einzige, mit der er nicht zufrieden war. Jenny zufolge lieferten die Dächer ringsum mit einer Terrasse hier und da keinen brauchbaren Hintergrund. Sie waren ziemlich schnell wieder hinuntergegangen – zurück in Tonios ehemaliges Jungenszimmer, in dem das Stockbett mal gestanden hatte, manchmal mit Merel drin.

23

Ich konnte nicht aufhören. Wie am Pfingstmontag (jetzt aber mit mehr Wissen) ging ich immer wieder den Weg, den Tonio mit Jenny durchs Haus genommen haben mußte. Vom Garten ins Wohnzimmer im ersten Stock und von dort zu seinem ehemaligen Zimmer im zweiten Stock – und noch eine Treppe hinauf in meine Arbeitsetage.

Im Wohnzimmer bezeichnete der zurückgelassene Styroporaufhellschirm noch immer die Ecke, in der Tonio das Mädchen fotografiert hatte: in der Nähe der Vitrine mit seiner Steinsammlung. So intensiv ich auch schnupperte: Dort hing kein Geruch mehr nach ungeleerten Aschenbechern. Beim ersten Herumschnüffeln, an jenem Donnerstag nach unserer Rückkehr aus dem Amsterdamer Bos, hatte ich Mirjam gegenüber gefolgert: »Eindeutig eine Raucherin.«

Jetzt wußte ich, daß es Tonio gewesen war. Wieder bedauerte ich, ihn nicht dazu ermuntert zu haben, mit seinen Rauchgewohnheiten herauszurücken. Auch in seinem ehemaligen Zimmer hatte es an jenem Nachmittag nach Nikotin gerochen.

Zum x-tenmal ging ich um meinen Sortiertisch herum, wobei ich stumm Jennys Fragen und Tonios Antworten wiederholte.

»Ich sehe keinen Computer.«

»Ich will ja nichts sagen ... aber mein Vater ist dermaßen eigensinnig. Er hat drei von diesen altmodischen elektrischen Schreibmaschinen. Auf dem leeren Schreibtisch da drüben hat bestimmt zweimal ein super Apple gestanden ... mit allem Drum und Dran ... nie benutzt. Den ersten, damals wohnte ich noch zu Hause, hab ich nach und nach in mein

517

Zimmer geschleppt. Der zweite steht jetzt bei meiner Mutter. Siehst du das Gerät da? Ein altmodischer Fotokopierer. Wenn die Reihenfolge eines Textes auf einer DIN-A4-Seite ihm nicht gefällt, schneidet er das Blatt in Streifen. Die legt er in einer anderen Reihenfolge auf die Glasplatte des Kopierers, und ... umständlicher geht's fast nicht. Wie oft hab ich ihm erklärt, daß so was viel schneller auf dem Computer geht ... ohne Schere und Kopiergerät. Ich wollte ihm beibringen, wie man den Computer bedient. Er hat mir zweimal das gesamte Geld im voraus gegeben, das wir für den Unterricht ausgemacht hatten. Jedesmal gab er schon nach ein paar Anweisungen wieder auf. ›Ich hänge an meinen alten Sachen‹, hat er gesagt. ›Laß mich nur basteln.‹ Ein unmöglicher Mensch.«

»Und das Geld?« fragte Jenny.

»Das hab ich natürlich behalten«, sagte Tonio. »*Ich* war ja bereit.«

Die Balkontür. Ich ließ mit Hilfe des Elektroschalters die Sonnenmarkise herunter, einzig und allein, um sie wieder hochschnurren zu lassen und so die Aluleiter frei zu machen.

Das zerlegte Stockbett. Ich vermutete, daß dessen Geheimnis noch ein paar Tage in seinem Kopf herumgeisterte. (Er hatte mich an jenem Nachmittag nicht danach gefragt – zweifellos um zu verbergen, daß er in meinem Zimmer gewesen war.) Ein bemoostes Kinderbett. Hier stieg er, auf der Feuerleiter, über seine früheste Kindheit hinaus. Ein hübsches Mädchen folgte ihm. Er wollte sie auf dem Dach fotografieren. Durch die verschiedenen Kameraaugen konnte er sie ungestraft studieren.

Obwohl mein maroder Rücken das eigentlich nicht zuließ, kletterte ich die etwas zu weit auseinanderliegenden Sprossen hinauf. Ich stellte mir vor, daß Tonio hier, während Jenny mit gespielt ängstlichen Ausrufen auf dem Weg zu ihm war, mit professionellem Blick um sich geschaut hatte. In der Nähe stand das gläserne Treppenhaus von Nachbar Kluun, das zu seiner im Ausbau befindlichen Dachterrasse führte. Nein, das mußte aus dem Bild bleiben. Wenn er Jenny fotografierte, wollte er die Weite des städtischen Horizonts als Hintergrund haben.

Tonio trat an den Dachrand, so nah er sich traute. Die Obrechtkerk mit ihren beiden Türmen wie eine etwas plumpe Kathedrale könnte einen interessanten Hintergrund abgeben. Es gelang ihm nicht, Jenny mit Worten nahe genug an den Dachrand zu bekommen.

»Ich hab Höhenangst.« Zum erstenmal an jenem Nachmittag hatte ihre Stimme etwas Piepsiges.

Tonio blickte über das bizarre steinerne Labyrinth, dessen Gänge hier und da mit wolkigem Grün gefüllt waren. Er konnte das Rijksmuseum mit seiner roten Fassade zu diesem Zeitpunkt einfach als eine Kulisse für das Fotoshooting betrachten. Für mich war das Gebäude jetzt ein Signal, das anzeigte: *Hier, in meinem Schatten, an meinem Fuße, ist Tonio wenige Tage nach dieser Fotosession zugrunde gegangen.*

24

Ich stieg die Feuerleiter wieder hinunter, schloß die Balkontür, doch anstatt nach unten zu gehen, stapfte ich tatenlos durch mein Zimmer. Das Material für mein in Arbeit befindliches Buch stand, ordentlich auf Leitz-Ordner verteilt, oben auf den Archivschränken. Hier und da zog ich einen hervor. Ich schlug ihn auf, blätterte darin. Alles, was ich las, zerbröselte vor meinen Augen. Selbst einen solchen Ordner an seinen Platz zurückzustellen lohnte die Mühe eigentlich nicht mehr.

Als wir in dieses Haus zogen, hatte die dritte Etage aus drei Räumen bestanden: zwei Jungenzimmern (eines mit Eckbar) und einer mit Kork ausgekleideten Dienstbotenkammer. ʻ97 hatte ich alle Innenwände zugunsten eines großen L-förmigen Raums durchbrechen lassen. Nachdem der

Bautrupp fort war, stand ich sprachlos auf dem spiegelnden Parkett, während Tonio um mich herum trabte, die Arme zu Flugzeugflügeln ausgebreitet, und dabei fröhlich lachte und rief. Eine solche Arbeitsetage hatte ich mir immer erträumt, und das wußte er.

Ich inspizierte die zahllosen Schlösser der Schubladen- und Archivschränke. Die Schlüssel steckten darin, in ihren Augen Ringe, an denen die Reserveschlüssel hingen, sacht baumelnd im von Tonio verursachten Luftzug.

»Wie soll ich bloß die ganzen Schlüssel auseinanderhalten«, sagte ich mehr oder weniger zu mir selbst.

»Ich weiß, wie«, rief Tonio. Er rannte zwei Treppen hinunter, und dann wurde es still. Ich stand auf dem Flur und lauschte. Aus der Küche im ersten Stock ertönte auf einmal Flaschengeklirr. Kurz darauf schlug die Kühlschranktür zu. Tonio kam die Treppen wieder heraufgetrabt, in der Hand ein paar Blätter mit selbstklebenden Miniaturetiketten in verschiedenen Farben, die man, mit Datum versehen, auf Gefriergut klebt. Blitzschnell beklebte er damit Schlösser, Schlüssel und Reserveschlüssel der Büroschränke, nachdem er für jedes Schloß einen Zahlencode darauf notiert hatte. Gelb, grün, rot, blau ... Er verrichtete seine Arbeit lachend, mit einem Hauch von Hohn in den Untertönen, weil sein Vater nicht auf diese Idee gekommen war.

»Siehst du, Adri.« Schon war er fertig. »Total einfach.«

Jetzt, dreizehn Jahre später, klebten die Tiefkühletiketten, von seiner Hand numeriert, noch immer auf Schlössern und Schlüsseln. Vor allem wenn ich verreist war, hatte ich mich darüber gefreut – schließlich mußte nicht jeder während meiner Abwesenheit das Archiv einsehen. Ich ging an den Schränken entlang, tippte mit dem Zeigefinger an die herunterhängenden Reserveschlüssel und sagte mir grimmig, daß das Kennzeichnen der Schlösser durch Tonio die einzige sinnvolle Arbeit war, die seit dem Umbau in dieser Etage verrichtet worden war.

25

In dem Film *Hans, het leven voor de dood* (Hans, das Leben vor dem Tod) von Louis van Gasteren kommt die Mutter von Hans van Sweeden zu Wort. Als sie die Nachricht vom Selbstmord ihres Sohnes erhalten hatte, war, so erzählte sie, ihre erste Reaktion: »Mein Kind ist tot ... jetzt werden nie mehr Blumen blühen.«

Ich erkenne diesen Herzensschrei wieder. Bei mir wirkt die Düsternis jedoch auch in die Vergangenheit zurück. Wohin ich in dem Leben blicke, das hinter mir liegt, ich sehe nur Scheitern und Vergeblichkeit. Jeder Versuch, irgend etwas, egal, was, zustande zu bringen, kann im nachhinein meiner Mißbilligung und meines Abscheus gewiß sein. Alles, jede Handlung, war schließlich direkt oder indirekt eine Hinleitung zu meinem größten Versagen: dem Verunglücken meines Sohnes, ohne daß ich es verhindern konnte.

Ich blicke zurück auf meine Vergangenheit, und was ich sehe, ist nicht das unausweichliche Verstreichen der Zeit, nein, ich sehe nur unnötigen Zeitverlust. Fruchtloses Geschluder mit Tagen und Monaten und Jahren.

Ich vermute, daß ich den Gegnern meines Werks keinen größeren Gefallen tun kann, aber ich gestehe, daß seit dem Schwarzen Pfingstsonntag kein einziges von mir geschriebenes Buch Gnade vor meinen Augen findet (einschließlich des vorliegenden Buches). Früher habe ich alles wie ein Löwe verteidigt. Jetzt werfe ich alles den Löwen zum Fraß vor. Was immer ich gemacht und unternommen habe, es wird rückwirkend von dem Verlust angegriffen, der am Ende klafft. Tonio war einer der Hauptgründe zu schreiben, bereits viele Jahre vor seiner Geburt, weil ich mehr als eine Ahnung von ihm hatte. Ich wußte, er würde kommen und was er für mich bedeuten würde, und ich bereitete mich gründlich auf sein Kommen vor.

Er kam, und er verschwand wieder, und jetzt ist alles, mit

dem ich ihm ein vollwertiges Leben ermöglichen wollte, befleckt und angegriffen. Sein vorzeitiger Tod beweist, daß ich die Dinge falsch angepackt habe, mit zu wenig Einsatz, und daß ich Wichtiges übersehen habe. Für Harry Mulisch beweist ein Schriftsteller, der an der Straßenbahnhaltestelle der Linie 2 wartet und dort von einem Meteoriten getroffen wird, daß er kein Talent hat. Ich habe zugelassen, daß mein Sohn in einer ruhigen Nacht von einem ähnlichen Geschoß getroffen wurde – was ich durch all meine Schreibanstrengungen zu verhindern versucht hatte.

Kein Talent also.

26

Tonios Vater war Schriftsteller. Als Heranwachsender verstand er die unterschiedslose Ablehnung, ja, sogar den Haß, nicht, den das hervorrufen konnte. Bei einem Schulfest, für das er stolz seinen Jungensmoking angezogen hatte, grenzte man ihn bewußt aus. Ein paar der Mädchen, die er tapfer zum Tanzen aufforderte, sagten: »Mir dir tanz ich nicht, du Schmierfink.«

Es schien eine Absprache vorzuliegen. Eine kleine Verschwörung. Als er nach Hause kam, ließ er sich nichts anmerken: Natürlich war es schön gewesen. Doch sein Freund Alexander wußte: »Für Tonio war es nicht so schön. Niemand wollte mit ihm tanzen. Die Mädchen haben Schmierfink zu ihm gesagt.«

Da brach das Leid heraus. Ich stehe zu dem Klischee, wenn ich sage, mein Herz blutete beim Bild eines hübsch herausgeputzten Tonio, komplett mit weinroter Fliege, der mit den Worten abgewiesen wurde: »Nein, du Schmierfink, mit dir nicht.«

Auf Nachfrage stellte sich heraus, daß es wahrscheinlich mit einer kurz zuvor ausgestrahlten literarischen Diskussion zusammenhing, in der eine intellektuelle Dame, eine Roma-

522

nistin, das Urteil »durch und durch schweinisch« über mein jüngstes Werk verhängt hatte. Ich hatte mir die Sendung nicht einmal angesehen, doch das »durch und durch Schweinische«, das Tonios Vater anhaftete, hatte sich auf die eine oder andere Weise unter den Bekannten Niederländern und ihren Sprößlingen in der Cornelis Vrij Schule verbreitet.

Ein paar Jahre später, Ende August 2000, saß Tonio neben mir an einem Stand auf dem Büchermarkt an der Amstel. Nach dem Sommer sollte er aufs Gymnasium wechseln, doch ihm lag noch immer viel daran, sein eigenes Autogramm in die von seinem Vater signierten Bücher zu setzen. Er trug inzwischen eine Brille und hatte sich die Haare kürzer schneiden lassen, wodurch er jünger und wehrloser wirkte als ein paar Monate zuvor bei seinem Abschied von der Cornelis Vrij Schule. Er schien sich, zaghaft, des wichtigen Sprungs nach vorn bewußt, der von ihm erwartet wurde – wenngleich er den ganzen Nachmittag eine Beule in der Wange von den Lutschern hatte, mit denen die Verlegerin ihn regelmäßig versorgte.

Auf ihre Bitte hin hatte ich meinen Teil des Stands so eingerichtet, als wäre es eine Ecke meines Arbeitszimmers daheim. Mit Hilfe von Tonio hatte ich sogar aus meinen Vorräten an irreführend vergilbtem Fälscherpapier einige Mogelmanuskripte zusammengestellt, fest mit Bindfaden verschnürt und auf die Schutzblätter die Titel aus »Homo Duplex«, einem im Werden begriffenen Romanzyklus, gesetzt. Tonio hatte das noch mehr Spaß gemacht als mir. Am Stand stellte ich zwischen den achtlos hingelegten »Manuskripten« auch alte Tintenfässer und andere Schreibutensilien aus. Mir graute immer vor diesen Signiernachmittagen auf dem Büchermarkt: Schriftsteller auf einem Klappstuhl an einem Stand, auf den einen Kunden wartend. Egal, welche Miene man aufsetzte, man hatte immer das Gefühl, es war eine schmachtende.

Auf Blätter des vergilbten Papiers schrieb ich Aphorismen

aus dem im Entstehen begriffenen Werk und versah sie mit mysteriösen chinesischen Stempeln – tja, irgendwas mußte man tun. Tonio, wie immer gutgelaunt, half mir lachend beim Stempeln und reichte mir das Material.

Als es am späteren Nachmittag etwas ruhiger wurde, fiel mir eine kleine Gruppe junger Männer in der Nähe des Standes auf. Sie hielten sich dort schon länger auf, doch erst jetzt spürte ich ihre auf mich gerichteten, ausgesprochen haßerfüllten Blicke. Irgend etwas paßte ihnen eindeutig nicht. Plötzlich kam einer von ihnen auf den Stand zu. Er schob die Finger unter die Bindfäden, die die unbeschriebenen Manuskriptseiten zusammenhielten, und begann, die Papierpacken durch die Gegend zu schmeißen, ohne etwas zu sagen, aber mit unverändert heftiger Wut im Blick. Tonio erschrak so, daß er mitsamt seinem Stuhl zurückfuhr. Furchteinflößend waren vor allem die harten Schläge, mit denen der junge Mann die »Manuskripte« auf den Holztisch knallte, in Verbindung mit dieser stummen Raserei.

Heute denke ich: eine Gruppe Möchtegernschriftsteller, die mich demaskieren wollten, aber trotzdem zitterten Tonio die Beine.

»Warum hat er das *getan*?«

Es war vielleicht das letzte Mal, daß ich seine Unterlippe beben sah. Und sicher das letzte Mal, daß er mit mir signierte – aber das hing auch mit Schule und Alter zusammen.

27

Tonio, durch dich habe ich alles verloren. Mein Leben. Die Hoffnung, dich an meinem Sterbebett zu sehen. Irdische Güter waren für dich bestimmt. Da es keinen Grund gibt, länger nach ihnen zu streben, gebe ich sie verloren. (Ich werde versuchen, dieses Haus zu retten, weil deine Mutter so daran hängt. Schließlich ist sie in dieser Gegend geboren.)

Mein Streben, mein Werk, die Versuche, so etwas wie eine

Persönlichkeit zu entwickeln ... meine ganze Welt ist in dein Grab geronnen. Geschmolzener Schnee, und Tonio die Sonne.

Als ich gerade mit dem Schreiben angefangen hatte, gab ich vor, leichtsinnig über meine Verhältnisse zu leben, um am Rande eines Bankrotts vorbeizuschrammen und mich so zur Produktivität zu zwingen. *Het bankroet dat mijn goudmijn is* (Der Bankrott, der meine Goldmine ist) war der Titel eines bibliophilen Büchleins, das ich später veröffentlichte. Der Bankrott ist erst jetzt eingetreten, durch dein Verschwinden, und jetzt, wo er da ist, erweist er sich als dürr und unfruchtbar. Der Bankrott meine Goldmine? Ich *war* reich. Du warst das Kapital meines Daseins. Ich hatte nicht einmal eine Lebensversicherung für dich abgeschlossen, so sicher war ich, sie bräuchte nie eingelöst zu werden. Oder vielleicht ertrug mein Aberglaube die monatlichen Beiträge nicht ...

Das einzige, was mir von deinem Verschwinden geblieben ist, ist Freiheit – wenngleich eine von zweifelhafter Art. Ich bin jetzt frei von Verpflichtungen. Niemand braucht mich mehr an alte, noch einzulösende Versprechen zu erinnern. Am Schwarzen Pfingstsonntag sind sie ungültig geworden. Seit an jenem dreiundzwanzigsten Mai zwei Unheilsengel der Amsterdamer Polizei vor meiner Tür standen, lache ich über jeden Gerichtsvollzieher.

Ich fühle mich frei, das mir verbliebene Leben strikt nach meinem Gutdünken zu gestalten. Wenn ich mich nicht ganz dem Müßiggang hingebe, dann, weil ich auch künftig für deine Mutter sorgen will. Das ist die einzige Verpflichtung, die ich noch akzeptiere, auch im Namen ihres Sohnes.

28

Der Tod Tonios hat folglich die Nutzlosigkeit meines Lebens bewiesen. Indem er starb, hat er seinen Vater achtlos wie einen Mantel abgeworfen. Ich tauge nur noch für den

Versuch, mit Hilfe von rituellem und assoziativem Schreiben möglichst viel von seinem Leben zu erhalten. Fast zwanghaft komponiere ich mein Requiem für ihn, über ihn. Sein kurzes, schönes Leben darf nicht einfach ins Vergessen absinken, so wie sein schöner, geschundener Leib in die Erde gesunken ist.

Und danach? Tonio war, wie gesagt, bereits vor seiner Geburt mein Hauptgrund zu schreiben. Eine Muse männlichen Geschlechts. Vor allem in den letzten Jahren merkte ich, daß ich ihm zeigen wollte, was ich wert war, auch in der Hoffnung, er würde mir zeigen wollen, was *er* wert war.

Eines der letzten Dinge, die er zu mir sagte, wenige Tage vor seinem Tod, war, mit seinem einnehmenden, leicht spöttischen Lächeln: »Bist du schon bei deinen zehn Seiten pro Tag?«

Vor etwas längerer Zeit sagte er, er erinnere sich noch, als er zwölf war und zum erstenmal aufs Gymnasium ging, ich hätte vorhergesagt (versprochen, eher), *Homo Duplex* sei fertig, wenn er Abitur mache.

Ich habe ihm also noch einiges zu beweisen.

Im nächsten Moment fege ich diese Ambitionen wieder als überholt vom Tisch.

Ich bin jetzt sowohl Waise als auch kinderlos. Wie aus einem Gekabbel mit Mirjam deutlich wurde, bin ich nicht der Typ, der wie so viele meiner unzufriedenen Generationsgenossen eine zweite Brut in Angriff nimmt. Ich werde zu gegebener Zeit ohne noch lebende Nachkommen sterben müssen. Wenn man dann noch bedenkt, daß literarische Werke den Urheber immer weniger lange überleben, sofern es nicht überhaupt der Urheber ist, der sein eigenes Werk überlebt, darf man folgern: Auf mich wartet am Ende des Weges die Vergessenheit.

29

Der Verlust Tonios hat, bei Mirjam noch stärker als bei mir, eine ganze Reihe von Lebensfragen zugespitzt. Ich stelle bei ihr manchmal eine Absolutheit fest, die mich erschreckt.

Mirjam war ein Vaterkind. Wie gesagt, bereits als junges Mädchen hatte sie die größten Probleme mit ihrer Mutter, doch sie besaß in diesem Alter die Gabe der glückseligen Absonderung, woran die Kleinheit ihres Zimmers keinen Abbruch tat. Mehr noch als in ihr Kämmerchen zog sie sich in sich selbst zurück.

Wie schlecht das Verhältnis zu ihrer Mutter gewesen war, merkte ich erst, als ich den Bericht in Form einer Novelle las, den Mirjam über ihre Jugend geschrieben hatte. Ihre Mutter hatte immer schon unter psychischen Zusammenbrüchen gelitten und mit Selbstmord gedroht, doch erst als die Probleme offenkundig wurden und sie in der Valeriusklinik landete, geriet ihre jüngere Tochter in Rage. Es gelang Mirjam nicht mehr, ruhig zu bleiben, wenn sie sich mit ihrer Mutter im selben Raum aufhielt. Eine kurze gemeinsame Autofahrt wurde zu einem riskanten Unternehmen, sogar für die immer so sicher chauffierende Mirjam.

Jetzt, da sich nach Tonios Tod die familiären Beziehungen beschleunigt auflösten, versuchte ich, noch etwas zu retten, indem ich meine Schwiegermutter immer wieder im Sint-Vitus-Heim anrief, in das sie nach dem Krankenhausaufenthalt zurückgekehrt war – auch wenn ich wußte, daß ich dadurch selbst noch tiefer in ein schwarzes Loch geriet.

»Schafft ihr es … seid ihr euch gegenseitig eine Stütze? Nein, *schafft* ihr es … ich habe gefragt: *schafft* ihr es? Hauptsache, ihr seid euch gegenseitig eine Stütze.«

Ich sage dreimal, daß wir es mehr oder weniger schaffen und daß wir uns gegenseitig eine große Stütze sind, wir aber strikt zusehen müssen, zu zweit über den Tag zu kommen. Um Himmels willen keine weiteren Personen. Früher oder später kommt ihr bevorstehender, jedenfalls baldigst gewünschter Tod zur Sprache.

»Ich will nicht mehr leben. Ich hoffe, es ist bald zu Ende. Ich will zu Tonio … ich will bei Tonio sein.«

Wahrscheinlich will sie hören, daß ich sie zur Ordnung rufe und sage, daß wir sie brauchen, gerade jetzt. Ich kann es nicht über mich bringen und sage: »Ja, das verstehe ich.«

»Hier sagen sie, ich muß euretwegen am Leben bleiben. Ich habe schon gesagt … keine Medikamente mehr, kein Essen mehr, kein Trinken … aber das können sie nicht einfach so machen. Obwohl, ich will nicht mehr … ich will sterben. Ich will zu Tonio, dem lieben Tonio. Er ist hier. Ich spüre ihn. Ich spreche mit ihm.«

Sie tut mir leid. Ich zweifele nicht an der Aufrichtigkeit ihres Kummers um Tonio. Aber kannst du – bitte! bitte! – Rücksicht auf die Trauerzeit nehmen, Wies, durch die deine Tochter jetzt muß? Ist dir nicht klar, wie unerträglich deine Todesankündigungen für sie sind, weil sie noch lange nicht fertig ist mit der einen Todesankündigung vom Pfingstsonntag?

Ich bin zu feige und kaputt, ihr das zu sagen.

»Wie geht es denn Mirjam … ich verstehe gut, daß sie jetzt keinen Kontakt mit mir will. Das verstehe ich sehr gut. Aber ich hoffe doch *so*, daß ich euch wieder mal sehe. Später … später.«

Sie bittet mich, Mirjam von ihr zu grüßen, aber genau das ist das Problem. Sie geht davon aus, daß unser Gespräch ihre Tochter erreicht, aber dann muß ich Mirjam auch alle Todeswünsche ihrer Mutter übermitteln, und genau darauf ist sie nicht gerade erpicht.

»Könntest du mir deine Nummer geben?« fragt Wies zum Schluß, und nicht zum ersten Mal. »Nur für Notfälle. Ich werde sie nicht mißbrauchen.«

Ich verspreche ihr, auch zum soundsovielten Mal, eine Karte mit der Nummer zu schicken, in der Hoffnung, sie habe mein Versprechen und am besten auch die eigene Bitte beim nächsten Telefonat vergessen. In der Vergangenheit mußten wir schon mehrmals eine neue Nummer nehmen, wenn meine Schwiegermutter die Telefonitis hatte.

Gut, nur für Notfälle, ich glaube ihr, in Gottes Namen, es wäre herzlos, den Notausgang für sie verschlossen zu halten. Nach dem Gespräch schreibe ich meine Handynummer auf eine Karte, adressiert ans Sint Vitus.

Zwei Tage später geht es los. Zuerst erkenne ich ihre Nummer nicht auf meinem Display, also nehme ich das Gespräch nicht an, doch in der Mailbox ist unmißverständlich eine Nachricht meiner Schwiegermutter. Es ist die nahezu wörtliche Wiederholung aller Äußerungen während unserer früheren Telefongespräche. Mehrere auf die Mailbox gesprochene Stoßseufzer, Ratschläge und Ermahnungen folgen, alles mehr als hinlänglich bekannt. Ich rufe nicht zurück, und darum hat sie auch nicht gebeten.

Eines Montagmorgens, als ich mich gerade an die Arbeit gemacht habe, klingelt mein Handy. In der Mailbox die Stimme von Wies, herrisch wie in ihren besten Tagen: »Kannst du mich schnell mal zurückrufen ...« Ohne Fragezeichen. Als Auftrag. Es klingt nicht nach einem Notfall, eher nach selbstverständlichem Mißbrauch.

Auch Mirjams Mailbox füllt sich jetzt mit Nachrichten ihrer Mutter. Wies verfolgt ihre andere Tochter gleichfalls mit Anrufen, auf dem Handy sowie der Festnetznummer bei ihrer Arbeit. Ein paar Tage später haben wir alle drei eine andere Nummer. Ruhe.

30

An diesem Abend bin ich bei der Schmerzbekämpfung etwas zu rigoros vorgegangen. Um halb drei Uhr nachts wache ich auf der Wohnzimmercouch auf, sitzend, ein Whiskyglas voll Wodka umklammernd, in dem das Eis längst geschmolzen ist. Mirjam ist schon vor Stunden nach oben gegangen.

Ich schleppe mich die Treppe hinauf. Die Tür zu Tonios ehemaligem Zimmer steht ein Stück weit auf. Licht fällt heraus, eindeutig nicht von einer Glühbirne, dafür ist es zu weiß und zu kalt. Tonio hat 2008 seine (ursprünglich für Gäste bestimmte) Bettcouch darin gelassen, die seitdem von Mirjam benutzt wird, um meinem Schnarchen oder dem Zischen meines CPAP-Geräts zu entrinnen.

Ich stehe mit angehaltenem Atem auf dem Flur und lausche. Die Katzen kommen neugierig heraus. Sie bleiben vor der halb geöffneten Tür sitzen. Der Schein hinter ihnen gleicht frühem Tageslicht, das durch offene Vorhänge ins Zimmer flutet. Das kann es jedoch nicht sein, es ist erst kurz nach halb drei.

Ich drücke die Tür etwas weiter auf und schaue um die Ecke: Tonios demontiertes Zimmer, das Mirjam in Kürze als ihr Arbeitszimmer beziehen will, soweit wie möglich mit Tonios Sachen eingerichtet, die noch aus De Baarsjes hierher transportiert werden müssen. Auf einem Schreibtisch hat sie bereits ihren neuen Computer installiert. Der große Bildschirm taucht das ganze Zimmer in ein kaltes, alles entseelendes Licht. Im Bett liegt Mirjam, die Decke bis zum Nabel hochgezogen. Sie liegt da, wie sie es selten tut: auf dem Rücken, das üppige dunkle Haar auf dem Kopfkissen ausgebreitet.

Mein Blick kehrt zum Computerbildschirm zurück, auf dem ein blauer Block zu sehen ist, mit einem Text in weißen Buchstaben. Aus dieser Entfernung kann ich ihn nicht lesen. Rund um den blauen Block ist eine perlgraue Fläche, die dieses unheimliche Licht aussendet. Wörter drängen einander in meinem Kopf beiseite, bis dieses eine gespenstische hängenbleibt: *ABSCHIEDSBRIEF*.

Die Katzen haben sich wieder lautlos ins Zimmer geschlichen und stehen jetzt mit erhobenen Schwänzen in symmetrischer Aufstellung vor dem Bett, von wo sie mich gespannt anschauen. Ich gehe die paar Schritte auf den Flur zurück, wo ich eine Weile bebend auf die halb geöffnete Tür starre – bis das Licht im Zimmer von selbst erlischt. Ich suche mein eigenes Bett auf und tue für den Rest der Nacht kein Auge zu.

Wie jeden Morgen bringt Mirjam mir gegen halb neun das Frühstück. Ich erzähle ihr, daß ich um Viertel vor drei bei ihr Licht brennen sah.

»Oh? Nichts davon gemerkt. Ja, das machen die Katzen. Die spazieren nachts in aller Gemütsruhe über die Tastatur und aktivieren dann manchmal die Bildschirmbeleuchtung. Ich merke beim Schlafen nichts davon.«

Sophisterei! Schwarz ist Livrei der Hölle,
Des Kerkers Farbe, Schule finstrer Nacht.

Generationen von Gelehrten haben sich den Kopf über diese Zeilen aus Shakespeares *Liebes Leid und Lust* zerbrochen. Was mochte diese Schule finstrer Nacht sein? Ich bin kein Shakespeareforscher, doch aufgrund all der Nächte, die seit dem Schwarzen Pfingstsonntag vergangen sind, meine ich etwas davon zu begreifen. Was ich in den vergangenen Monaten in meiner nächtlichen Schule gelernt habe – ich wünschte, ich könnte in diesem Requiem auch nur einen Bruchteil davon wiedergeben.

31

Gestern hörte Hinde die Mailbox ihrer neuen Handynummer ab. Es gab eine Nachricht des Sint Vitus. Eine Mitarbeiterin teilte mit: »Ähm ... also, es ist so ... Ihre Mutter hat heute nachmittag versucht ... versucht, vor ein Auto zu springen, und sich so ... Passanten haben sie festhalten können. Sie haben sie zur Polizei gebracht, und ein paar Beamte haben sie dann bei uns abgeliefert. Wir erwägen, sie angesichts ihres Zustands wieder in die Valeriusklinik zu bringen. Können Sie zurückrufen, damit wir das besprechen können?«

Hinde war nicht nur entsetzt, sondern natürlich auch wütend: daß sie eine solch gräßliche Nachricht einfach in die Mailbox knallen, anstatt erst mal um Rückruf zu bitten, notfalls mit dem Zusatz »es ist dringend«.

Gestern abend kam Mirjam mit dem Handy am Ohr herein, während sie eine Nachricht abhörte. »Das war Hinde … ich soll zurückrufen. Also, sie klang ganz schön niedergeschlagen. Ich hoffe nicht, daß es etwas Schlimmes mit meiner Mutter ist.«

Mirjam rief ihre Schwester an. Ich achtete ganz genau auf ihre Miene, die bis zum äußersten angespannt war. »O nein«, rief sie, nachdem sie kurz zugehört hatte. Ich konnte Hindes unverstärkte Stimme zwar hören, aber nicht verstehen. Ich wußte, es ging um etwas Ernstes.

Am Abend zuvor war Mirjam kurz bei ihrem Vater in der Wohnung gewesen, nachdem sie ihn aus dem Beth Shalom abgeholt hatte. Er beklagte sich darüber, daß seine Ex-Frau ihn schon ein paarmal angerufen habe, was sie in den siebzehn Jahren seit der Scheidung nie getan hatte, allenfalls anonym. Sie bedrängte ihn (»ein Notfall«), ihr die neue Handynummer ihrer älteren Tochter zu geben, die sich gerade eine neue besorgt hatte, genau wie Mirjam und ich. Natan durchschaute ihre Ausrede nicht sofort und gab ihr erschrocken die Nummer.

Während Mirjam bei ihrem Vater im Wohnzimmer war, klingelte das Telefon wieder. »Laß mich mal«, sagte sie. Es war tatsächlich ihre Mutter, die höchst erstaunt war, mit ihrer jüngeren Tochter zu sprechen.

»Zu Papa gehst du also«, war ihre erste Reaktion, »aber du kommst nicht zu mir …«

»Woran das wohl liegt«, sagte Mirjam.

»Und du rufst mich auch nicht an?«

»Nein.«

»Dann will ich lieber sterben. Hörst du? Dann ist mir das lieber.«

»Du ... du wirfst mit Todeswünschen und Todesdrohungen um dich, als ob ... als ob es Pfeffernüsse vom Nikolaus sind. Kapier endlich, daß du damit auch deine Glaubwürdigkeit verschleuderst, Mensch. Jedesmal, wenn du mit Adri sprichst, willst du sterben ... lieber heute als morgen ... und das soll er mir dann ausrichten. Mitte August, Tonio ist noch keine drei Monate tot, und du verkündest, daß du an passive Sterbehilfe denkst. Nahrungsverweigerung, was weiß ich. Denkst du vielleicht auch mal an *mich*? Mein Sohn ist auf der Straße totgefahren worden, ja? Ich versuche, daran nicht selbst zugrunde zu gehen. Und du ... du tobst mit deinen üblen Todeswünschen mitten durch meine Trauer. Laß mich in Ruhe. Du hast dir nie was aus mir gemacht.«

Und schon lag der Hörer auf der Gabel des altmodischen Telefons.

Gestern nachmittag war meine Schwiegermutter also aus dem Sint Vitus geflüchtet. Sie war zu der nahe gelegenen Nassaukade geeilt, wo sie sich unter ein fahrendes Auto zu werfen versuchte. Passanten hatten sie zurückgehalten. Es war nicht bekannt, ob sie sich aus deren Griff hatte befreien wollen oder folgsam zum Polizeipräsidium mitgegangen war, das sich in der Nähe befindet. Hinde konnte nicht berichten, ob ein Protokoll erstellt worden war. Polizisten hatten Wies ins Heim zurückgebracht, mehr wußte sie nicht.

Nach dem Telefonat mit ihrer Schwester war Mirjam niedergeschlagen. Sie sagte nicht mehr viel. Ich merkte, daß ich wütend war. Tausende von Malen hatte Mirjam in den zurückliegenden Monaten den schrecklichen Zusammenprall von neuem erlebt, der Tonio das Leben gekostet hatte. Und jetzt hatte ihre Mutter beschlossen, denselben Weg zu gehen: sich vor die Räder eines Autos zu werfen, um so, wer weiß, den geheimen Durchgang zu Tonio zu finden. Hunderte von Malen hatte sie am Telefon ausgerufen, sie wolle nicht mehr leben, sie wolle sterben und so bei Tonio sein – und dennoch kam ihr Selbstmordversuch jetzt wie ein Messer in den Rücken.

»Wie eine Nachahmung«, sagte ich.

»So hoffte sie, mich zu bestrafen«, sagte Mirjam leise. »Sie weiß genau, wo sie mich am tiefsten treffen kann.«

32

Ich ging erst hinunter, nachdem ich den kleinen Umzugstransporter hatte wegfahren hören. Im zweiten Stock sah ich durch die offene Tür Tonios Möbel willkürlich in seinem ehemaligen Zimmer verteilt. Auf dem Flur im Parterre stapelten sich die Kartons mit den kleineren Sachen. Mirjam sah fix und fertig aus.

»Zum Glück weniger Kartons als erwartet«, sagte sie.

»Ist die Uhr aufgetaucht?« fragte ich.

Sie schüttelte den Kopf. Mir kam der Gedanke, daß er sie vielleicht verscherbelt oder ins Pfandhaus gebracht hatte. Ihm war schließlich zwei Wochen vor dem Unfall eine neue Uhr versprochen worden (die er bereits seit seinem Abitur bei uns guthatte, nebst Geld für den Führerschein). Tonio fehlte es ständig an Barem. Andererseits ... auch für ihn hatten Gegenstände, zumal wenn liebe Menschen sie ihm geschenkt hatten, einen sentimentalen Wert, den er nicht ohne weiteres zu Geld machen würde.

»Sagen wir einfach«, meinte ich, »sie ist beim Unfall verlorengegangen.«

Ich dachte voller Scham an die Langspielplatten, für die sich meine Mutter zur Nikolaus- und zur Weihnachtszeit die Hacken abgelaufen hatte und die ich weit unter Preis ver-

kauft hatte, weil ich der Meinung war, mein zu schwerer Ton-
arm habe ein störendes Rauschen eingegraben. War das kein
Verscherbeln gewesen?

In letzter Zeit hatte ich so viele Parallelen zwischen seiner
Studentenzeit und meiner vor fünfunddreißig, vierzig Jahren
entdeckt, daß es auf die Neigung, Dinge zu verhökern, auch
nicht mehr ankam.

33

Zu guter Letzt, bevor die Wohnung in der Nepveustraat wieder dem Schummler übertragen wurde, der der Hauptmieter
war, fand jemand Tonios Uhr auf der Trennwand zwischen
Dusche und WC. Der Bügelverschluß des Armbands war kaputt. Die Uhr zeigte noch die Winterzeit an. Ende März hatte
die Sommerzeit begonnen. In dem nach wie vor anhaltenden
Fieber unserer Rekonstruierungsbemühungen schlossen wir
daraus, daß der Verschluß mindestens zwei Monate vor Tonios Unfall entzweigegangen war. Daß ihm die Uhr lose am
Handgelenk hing, entdeckte er wahrscheinlich beim Gang
auf die Toilette oder beim Duschen, worauf er sie, um die
Hände frei zu haben, erst mal auf die Trennwand gelegt hatte. Dort hatte sie fünf Monate oder noch mehr unbenutzt die
Winterzeit verlängert.

»Die Vorstellung, daß er sie schlaftrunken oder angetrunken, was weiß ich, dort hingelegt hat …« sagte ich zu Mirjam,
»und dann nicht mehr gewußt hat, wo er sie gelassen hat …«

»Das wirft ein ganz anderes Licht auf die Anschaffung der
neuen Uhr«, sagte sie. »Weiß der Himmel, wie mies er sich
dabei gefühlt hat.«

»Eine neue Uhr, dazu ist es nicht gekommen.«

»Er hat sich zu *fertig* dafür gefühlt.«

Mirjam ließ die Uhr reparieren und den Bügelverschluß an
ihr eigenes Handgelenk anpassen, das bedeutend dünner ist
(war) als das ihres Sohnes. Seit sie sie beim Juwelier abholte,

trägt sie die Uhr, die mit all ihren Knöpfen neben dem dreh-
baren Zifferblatt besonders männlich wirkt, ununterbrochen
– Tag und Nacht.

KAPITEL VI

Nahrhafter Hunger

I

Kurz nachdem Mirjam Tonios Wohnung in De Baarsjes ge-
räumt hatte, richtete sie sein ehemaliges Zimmer in unserem
Haus wieder mit den ursprünglichen Sachen ein. Tagelang
wagte ich nicht, es zu betreten, doch als ich einmal gedanken-
verloren hineinging, fiel mir wieder auf, wieviel Geschmack
er hatte – nichts Luxuriöses, aber alles teuer.

Sogar die überdimensionale Bahnhofsuhr, über die er
selbst am lautesten hatte lachen müssen, war wieder da.

Zwei Wochen nach Pfingsten hatte Fotograf Klaas Koppe
einen Umschlag voller Vergrößerungen von Fotos gebracht,
auf denen Tonio zu sehen war, darunter einige vom letzten
Bücherball: Tonio mit seinen Eltern, Tonio mit Klaas' Tochter Iris. Mirjam hatte sie sofort eingerahmt und im Treppenhaus an die Wand gehängt, in einer viel benutzten Biegung.
Nicht lange danach berichtete sie mir mit verheultem Gesicht, sie habe die Fotos wieder weggetan und durch weniger
aktuelle ersetzt. Auf dem Flur fand ich später eine Papier-
tüte mit den gerahmten Fotos. Ich zog eines heraus (Tonio
und Iris) – und bekam einen Schlag in den Magen, der fast
ausgewrungen wurde. Seit seinem Besuch am Donnerstag,
dem zwanzigsten Mai, war Tonio nicht mehr so greifbar nahe
gewesen. Ich steckte den Rahmen rasch zurück in die Tüte –
die immer noch da steht, in derselben Ecke.

Mit Tonios vollständig wiederhergestelltem Jungenzim-
mer um sich gelingt es Mirjam offenbar, weiterzuatmen. Sie

sitzt dort ganze Tage an ihrem Computer, Tonios Laptop (im Grunde eine digitale Schiefertafel, auf der man mit dem Stift schreiben kann) in Reichweite. Wenn ich mit ihr sprechen möchte, habe ich die Neigung, auf dem Flur stehenzubleiben und die Unterhaltung durch die halboffene Tür zu führen.

2

Mirjam steht jeden Morgen um fünf Uhr auf, um sich in Tonios Zimmer an die Arbeit zu machen. Gegen neun, wenn ich im Nebenraum im Bett die Zeitung lese, bereitet sie das Frühstück zu. Wir essen und reden, aufrecht nebeneinander an die Kissen gelehnt. Radio 4 läuft.

Heute morgen betrat sie ohne Tablett das Schlafzimmer. Ich bekam einen Klaps auf die Beine zum Zeichen, ich solle beiseite rücken, damit sie sich auf die Bettkante setzen könne. Sie weinte nicht, aber ihre Miene war starr.

»Schon was tun können?« fragte ich.

»Ich hatte auf einmal so eine Angst, dich auch noch zu verlieren«, sagte sie böse. »Und daß ich dann ganz allein wäre in meinem Kummer um Tonio.«

Da waren die Tränen. Wenn ich keinen anderen Ausweg sah, nahm ich Zuflucht zur Literatur.

»Das Ende von *Der Prozeß* ... erinnerst du dich noch, Minchen? Wo Josef K. denkt, die Scham wird seinen Tod überleben? Mein Kummer um Tonio wird mich lange überleben. Ich weiß nicht, wie lange *du* glaubst, mich zu überleben, aber du wirst den Kummer immer mit mir teilen können ... bis zu deinem letzten Atemzug ... dafür ist er stark genug. Auch nach meinem Tod.«

»Ich wollte damit nicht sagen, daß ich denke, du stirbst bald.«

»Daß ich doch noch eine zweite Brut in Angriff nehme, wolltest du das sagen?«

»Nur so, die bloße Tatsache, daß ich allein übrigbleibe und dann die einzige bin, die ...«

»Minchen, an meinem großen Zeh hängt kein Schild von der Leichenhalle, aber auch kein Garantieschein für ein langes Leben. An deinem großen Zeh hängt auch nichts. Laß uns weiter versuchen, jeden Tag, der kommt, lebend zu überstehen. Gemeinsam. Laß uns einander soweit wie möglich vor Krankheiten schützen. Wenn das zu hoch gegriffen ist, laß uns dann auf jeden Fall versuchen, uns gegenseitig nicht krank zu *machen*. Und auch nicht verrückt.«

3

Als Rimbaud in seinem Elternhaus *Une saison en enfer* schrieb, nach der Hölle von Paris, lauschte seine Schwester an der Zimmertür, hinter der sie schmerzliches Schluchzen vernahm. Als Siebzehnjähriger mit Träumen vom Schreiben faszinierte mich das in hohem Maße: daß das Nachempfinden eigener Erfahrungen in Form von Poesie derart heftige Auswirkungen auf das Gemüt haben konnte. Fortan würde ich jedem Text von meiner Hand mißtrauen, dessen Schrift nicht fast unleserlich war vor Schmerz und seelischer Not.

Seit ich an diesem Requiem arbeite, beschwert sich Mirjam, deren Computer direkt unterhalb meines Schreibtisches steht, wegen des unvermittelten Lärms über ihrem Kopf. Nach ihren Worten stoße ich regelmäßig unter lautem Fluchen meinen Stuhl zurück, worauf heftig herumgestampft wird, manchmal unter unverständlichem Geschrei.

In meinem achtundfünfzigsten Lebensjahr werde ich mich besser nicht auf dichterische Qualen berufen, doch obgleich ich mir meiner gotteslästerlichen Arbeitsunterbrechungen nicht immer bewußt bin, weiß ich, sie hat recht. Als Tonio seine Hausaufgaben auf dem Platz machte, den Mirjam jetzt eingenommen hat, klagte er nie über von der Decke auf seine Tastatur rieselnden Kalkstaub. Bis auf das eine Mal, als er mir abends beim Essen stolz und lachend berichtete: »Heute nachmittag hab ich dich auf einmal wahnsinnig fluchen und mit Dingen schmeißen gehört.«

Ich gäbe etwas darum, wenn ich wüßte, was an jenem Nachmittag, meine kleine Familie noch ganz intakt, in mich gefahren war. Vielleicht stellte ich mir in einem unerträglich hellsichtigen Augenblick vor, wie verletzbar wir drei waren und daß unser Glück jäh zerbrechen könnte. Das hätte zu dem ohnmächtigen Wutausbruch führen können, dessen akustischer Zeuge Tonio ein Stockwerk tiefer wurde.

Ach nein, damit würde alles wieder zu glatt an die richtige Stelle fallen. Vermutlich zitterte ein Wort, das ich suchte, auf der Spitze meiner Feder und wurde plötzlich durch das Einschalten einer Maschine fortgeweht, die draußen auf der Straße den Herbstblätterbrei aus dem Rinnstein blasen sollte. Irgend so etwas.

4

»In Zukunft wird es immer ein *Davor* und ein *Danach* geben«, schrieb jemand. Mit dem Verstreichen der Monate wird mir jeden Tag von neuem bewußt, wie wahr diese Worte sind. Eine tiefe Narbe zieht sich mitten durch mein Leben. »Davor« war mein Dasein wertvoll, »danach« ist es wertlos geworden – einfacher läßt es sich nicht formulieren.

Ich werde wahrscheinlich weiterschreiben, und falls ich die Kraft dafür finde, werde ich mir das Äußerste abverlangen, denn sonst hat es überhaupt keinen Sinn mehr. Doch an das Handwerk zu *glauben* wie damals, als ich Tonios Beschützer und Ernährer war, das ist vorbei.

In meinen schwärzesten Augenblicken bin ich sogar imstande, zu denken, daß mit mehr professionellem Einsatz meinerseits Tonio hätte gerettet werden können – wenngleich mir sofort bewußt wird, daß eine größere Konzentration auf die Arbeit zu seinen Lebzeiten die ihm zuteil gewordene Beachtung durch mich geschmälert hätte. Das ist der dunkle Wellenschlag meines verengten Grübelns.

5

Der Personenschadenadvokat aus der Tesselschadestraat (das schreit nach einem Limerick) hatte inzwischen die Akte der Abteilung Schwere Verkehrsunfälle erhalten inklusive der CD mit den Bildern vom Unfall, die eine Überwachungskamera des Holland Casino aufgenommen hatte. Der mit dem Fall betraute Staatsanwalt bot uns ein Gespräch an.

Die Beamten der Abteilung hatten uns zuvor das Ergebnis der gerichtsmedizinischen Untersuchungen mitgeteilt, wonach der Fahrer des roten Suzuki »etwas zu schnell« gefahren sei und Tonio »ordentlich« getrunken habe. Aus der vom Anwalt angeforderten Akte ging nun hervor, daß der Suzuki an einer Stelle, an der maximal 50 km/h erlaubt waren, 67 bis 69 km/h gefahren war. Tonio hatte der Blutprobe zufolge 0,94 Promille Alkohol im Körper, was sechs bis sieben Gläsern Bier entsprach. (Einem Autofahrer waren 0,5 Promille erlaubt, also das Äquivalent von drei Gläsern Bier.)

»Sechs Pils«, sagte der Personenschadenanwalt. »Überraschend wenig. Damit fängt man den Abend an.«

Dieses Ergebnis überraschte mich. Ich hatte mir die ganze Zeit, widerstrebend, vorgehalten, Tonio sei ordentlich angetrunken gewesen. Schließlich war er bereits am Nachmittag mit Dennis auf einem Fest im Vondelpark gewesen, und danach hatten sie noch ein paar Dosen Bier bei Goscha getrunken. Gegen Mitternacht waren sie ins Trouw gezogen, wo Goscha zufolge die Runden »schnell« aufeinanderfolgten. Sie hatte sich in ihrer Erzählung über jenen Abend darüber beklagt, daß Tonio ihr immer zuvorgekommen sei und alle Getränke bezahlt habe. Nach Dennis' Worten hatte Tonio zwischendurch auch noch »einen Schuß Tequila« genommen. Wie konnte das alles in einem Promillegehalt resultieren, der sechs Gläsern Bier entsprach?

»Vergessen Sie nicht«, sagte der Anwalt. »Der Unfall ereignete sich vor vier Uhr vierzig am Morgen. Der Alkohol aus dem Bier vom Nachmittag und Abend ist dann längst abgebaut. Die Zahl der Runden in so einem Club wie Trouw darf man nicht überschätzen. Um die Zeit ist es dort proppenvoll, auch an der Theke, das heißt, mit diesen Runden geht es gar nicht so schnell. Wenn es sechs waren, alle sechs von Tonio geholt, dann hatte er damit reichlich zu tun. Sechs mal drei ist achtzehn ... rechnen Sie das mal zu Nachtclubpreisen aus. Ich verstehe gut, daß Goscha sich schuldig fühlte und daß Tonio am Ende der Nacht nur noch fünf Euro im Portemonnaie hatte. Lassen Sie uns davon ausgehen, daß er, nachdem sich das Bier vom Nachmittag und Abend längst verflüchtigt hatte, mit fünf, sechs Pils und diesem einen Tequila intus in die Nacht radelte. Dann kann er höchstens noch etwas angetrunken gewesen sein, aber bestimmt nicht betrunken.«

Mirjam begleitete den Anwalt zum Gericht am Parnassusweg. Dem zuständigen Staatsanwalt zufolge stand es uns frei, einen Prozeß gegen den Fahrer wegen fahrlässiger Tötung aufgrund überhöhter Geschwindigkeit anzustrengen. Der Mann würde ohnehin eine Geldbuße dafür erhalten – fast zwanzig Stundenkilometer über dem Limit. Mirjam, und damit sprach sie auch in meinem Namen, wollte keine Strafverfolgung. Sie sagte aber, sie wüßte gern, ob die Polizei dem Fahrer davon abgeraten habe, Kontakt mit uns aufzunehmen, oder ob sie ihm die Initiative (Kontakt aufzunehmen oder nicht aufzunehmen) überlassen habe.

Was die Unfallursache betraf, lag die Schuld dem Staatsanwalt zufolge auf beiden Seiten. Ein Radfahrer und ein Autofahrer, die beide im selben Moment nicht aufgepaßt hatten. Tonio hätte die Vorfahrt beachten müssen. Der Autofahrer hatte möglicherweise, redend, zu seinem Beifahrer geschaut.

Er kam von der Arbeit im Gaststättengewerbe, hatte aber nicht getrunken.

Ich hatte mir in den vergangenen Wochen oft gesagt, daß Tonio möglicherweise ein ungeschickter Radfahrer gewesen war: Ich hätte ihm, als er klein war, das Radfahren besser beibringen müssen. So war ich den ganzen Tag über und Tag für Tag damit beschäftigt, mein Schuldgefühl zu mästen. Daß Tonio nachlässig fuhr, widerlegte eine Erinnerung an ihn auf dem Rad vor ein oder zwei Jahren (er war gerade nach De Baarsjes gezogen). Ich saß auf der Terrasse des De Joffers in der Nähe der Kreuzung Willemsparkweg/Cornelis Schuytstraat. Auf einmal sah ich ihn auf seinem orangefarbenen Omamodell, aus dem Willemsparkweg kommend, in die Cornelis Schuyt einbiegen. Lässig zurückgelehnt, die kleinen Finger an den Handgriffen, mäanderte er in aller Gemütsruhe zwischen den im Stau stehenden, hupenden Autos hindurch – sehr anmutig eigentlich, als wäre der Stadtverkehr sein natürlichstes Element.

Schräg gegenüber dem De Joffers fuhr er, den Hintern beim Überqueren des Bordsteins leicht anhebend, auf den Bürgersteig. Ich glaubte deutlich gesehen zu haben, daß Tonio sein Rad vor dem Bistro van Dam abstellte und dann hineinging. Ich zahlte rasch und eilte über die Straße, um ihn sozusagen zu ertappen. Im Bistro: kein Tonio. Im Fahrradständer: kein orangerotes Rad.

Vielleicht war im van Dam kein Platz gewesen, so daß er zum elterlichen Haus weitergefahren war. An unserer Hauswand: kein orangerotes Rad, und Mirjam hatte ihn auch nicht gesehen.

War alles eine Sinnestäuschung gewesen? Nein, stellte sich heraus, als ich ihn das nächste Mal sprach. Verwegen in die Cornelis Schuyt gebogen, geschmeidig um die im Stau steckenden Autos herum? An dem und dem Tag? Das konnte stimmen, aber er war nicht im van Dam gewesen. »Was hätte ich da schon zu suchen?« Ach ja, natürlich, er hatte ganz schnell in der Buchhandlung Mulder neben dem van Dam eine Fotozeitschrift gekauft und war dann, um den Stau zu umgehen, auf dem Bürgersteig weitergefahren. Zu seinem Elternhaus hatte er nicht gewollt, sondern zu etwas ganz anderem, zu wem oder was, wußte er nicht mehr.

Ich schärfte mir ein, daß ich jedesmal, wenn ich an Tonio als ungeschickten Radfahrer dachte, versuchen mußte, ihn vor mir zu sehen wie damals in der Cornelis Schuyt, mit seinem elegant verwegenen Fahrstil. So, den Lenker nur locker umfassend, war er an jenem frühen Morgen (in jener späten Nacht) aus der Hobbemastraat geschossen, zielstrebig auf dem Weg zu – ja, wohin? Zu irgend etwas, das die Zielstrebigkeit zu dieser frühen oder späten Stunde lohnte.

6

Ich glaube nicht an eine Seele, die sich beim Eintritt des Todes aus dem Körper löst, um in irgendeiner ätherischen Form weiterzuexistieren. Es gibt Menschen, die nach einem einschneidenden Verlust erleuchtet werden und sich zu dieser oder jener Religion bekehren. So gern ich an die Anwesenheit, irgendwo, von Tonios Seele glauben würde, es reicht mir nicht: Ich will den Beweis dafür, daß seine Seele existiert, damit ich mich nicht an taube Ohren wende. Ich möchte ihn so leidenschaftlich gern von meiner Wut in Kenntnis setzen: darüber, daß er sein Leben nicht hat fortsetzen dürfen.

»Um dir die Wahrheit zu sagen, Tonio, ich bin wütend auf die ganze Welt. Für mich war es *eine* große Verschwörung gegen deine Zukunft. Meine Aufgebrachtheit ist allesdurchdringend. Der Zorn deiner Mutter ist wesentlich reiner. Sie gibt niemandem im besonderen schuld. Sie ist lediglich in deinem Namen wütend, weil du selbst keine Möglichkeit mehr hast, deine Empörung über den brutalen Diebstahl der Jahre zu äußern, die noch vor dir lagen.«

Beweise mir, daß seine Seele noch irgendwo ist, und ich

lege mein lebendes Herz vor ihm bloß: meine Scham wegen seines Todes, meine Mitschuld daran, meine Versäumnisse zu seinen Lebzeiten.

Seine Seele braucht auf meine Enthüllungen und Geständnisse nicht zu antworten, Hauptsache, ich weiß, daß er *da ist*, als zuhörende oder auf andere Weise registrierende Instanz, notfalls als kosmisches schwarzes Loch, aus dem nicht einmal ein schwaches Echo des ihm Anvertrauten zu mir zurückkehren wird.

»Die paarmal, die jemand in den vergangenen Wochen den Mut hatte, zu fragen, ob ich an irgend etwas arbeite, habe ich geantwortet: ›An einem Requiem über Tonio.‹ Richtig wäre gewesen: ›Für Tonio.‹ Ich schreibe es in erster Linie für dich. Nein, nicht für deine Seelenruhe. Ich hoffe vielmehr, die *Aufmerksamkeit* deiner Seele zu erlangen. Sie soll unruhig werden. Mit ihrer Hilfe möchte ich dich wissen lassen, daß die Schmerzen, die du einen halben Tag lang erduldet hast, von uns übernommen wurden. Für den Rest unseres Lebens. Von wegen ruhe sanft. In diesem Schmerz sind wir fortan vereint. Du, Mirjam und ich. Und sollte es die Seele geben, auch unsere, dann endet diese Vereinigung nicht mit unserem Tod.«

7

Sag ehrlich, Tonio, hat es dich nicht gewurmt, daß Goscha, anstatt mit dir nach De Baarsjes zurückzufahren, lieber Dennis in der Govert Flinck noch ein wenig Gesellschaft leistete? Du *hättest* nicht allein wegfahren müssen. Schließlich warst du auch eingeladen, bei Dennis noch etwas zu chillen. Du hast nicht schnell nein gesagt, wenn es um die Fortsetzung irgendeiner Festivität ging.

Oder glaubtest du, Dennis und Goscha wollten lieber für sich sein und drängten dich hauptsächlich aus Höflichkeit, mit von der Partie zu sein? Vielleicht hatte es in jener Nacht ja schon zu einem früheren Zeitpunkt Anzeichen dafür gegeben, daß die beiden sich mehr als nur freundschaftlich mochten ... Fühltest du dich ausgeschlossen? Wolltest du diskret sein und Goscha und Dennis den Rest der Nacht überlassen?

Jim zufolge, der zu diesem Zeitpunkt noch nicht im Bett war, hattest du versprochen, gegen vier zu Hause zu sein, damit er noch etwas Gesellschaft hätte. Dennis und Goscha berichteten uns sogar von einem Spielfilm, den du und Jim, noch so spät, gucken wolltet. Goscha, die von euch dreien am stärksten angeheitert war, war sich da nicht sicher: »Vielleicht war er einfach zu müde und wollte ins Bett. Wir hatten ziemlich viel getrunken.«

Goscha erzählte uns, sie sei in Dennis' Wohnung »fast auf der Stelle« eingeschlafen. Sie meinte, daß Dennis, vielleicht deswegen, hinterher böse auf sie war.

Vorläufig standet ihr noch, Fahrrad zwischen den Beinen, an der Ecke des Sarphatiparks in der Nähe der Kreuzung der Eerste und der Tweede van der Helststraat mit der Ceintuurbaan. In den sieben Jahren, die ich in der Van Ostadestraat wohnte, war ich fast täglich hier vorbeigegangen, alles in allem viele Hundert Male. Ich stelle mir vor, daß du an der Stelle standest, an der früher, als ich noch keinen eigenen Anschluß hatte, meine Stammtelefonzelle war, von der aus ich meine Angelegenheiten regelte und Verabredungen traf. Hier hatte ich an einem Samstag im Frühjahr '78 verzweifelt einen medizinischen Hilfsdienst nach dem anderen angerufen, wobei ich nur an Anrufbeantworter geriet, während die ersten Tropfen hellroten Bluts aus meinem Hosenbein auf den Terrazzofußboden spritzten: ein Fall von eingerissener und unstillbar blutender Vorhaut.

Worüber habt ihr gesprochen, die dröhnenden Beats vom Club Trouw noch in den Ohren? Ich höre dein Lachen über die stille Kreuzung schallen, kann aber nicht verstehen, was du sagst, außer einem quasi-entrüsteten: »Aber Dennis, hee, Mann ...«, gefolgt von weiterem Gelächter.

Von dort, wo du stehst, kannst du den Kirchturm an der Ecke Tweede van der Helst/Van Ostade in die Nacht aufragen sehen. Würdest du dort links abbiegen, wärst du mit wenigen Pedalumdrehungen bei der Häuserreihe (heute Neubauten), in der deine Geschichte, wenn auch noch nicht körperlich, begann. Dort, vor der Schule neben Haus Nummer 205, sind deine Mutter und ich uns zum erstenmal begegnet. Sie rollerte mit dem Fahrrad über den Bürgersteig und grüßte mich im Vorbeifahren. Sie trug einen abgelegten Regenmantel deines späteren Opas Natan – ein dermaßen schmutziges Kleidungsstück, völlig schwarz an den Aufschlägen und zwischen den Knöpfen, daß ich ihr in Gedanken sofort verbot, es je noch einmal anzuziehen. Ich hatte natürlich bereits bemerkt, welch dunkle Schönheit sich unter dieser alten, formlosen Hülle verbarg.

Rund dreißig Jahre ist das her, und dort, in dieser heruntergekommenen Straße aus der Zeit vor der Yuppie-Sanierung, nahm das Projekt Tonio Form an.

8

Gut, Goscha begleitet dich nicht nach De Baarsjes, und du gehst nicht mit in die Govert Flinck, um zu chillen. Nach den Worten Goschas, die ich ausdrücklich danach gefragt habe, fuhrst du nicht schlingernd von ihnen weg. Du fuhrst ganz normal, geradewegs auf die Ceintuurbaan. Ich stelle mir vor, daß du dich noch einmal winkend umgedreht hast: »Oi.« (Falls du nicht unterwegs noch jemandem etwas zugerufen hast, müßte das dein letztes Wort gewesen sein – eher ein Laut als ein Wort, als Abschiedsgruß: »Oi.«)

Ich folge dir auf deiner letzten Fahrt. Ein paar Dinge sind mir noch unklar. Vielleicht kann ich sie beim Mitfahren klären, wenn ich dich genau im Blick behalte.

Die Ceintuurbaan, die Schlagader meiner Jahre im Stadtviertel De Pijp. Die Kreuzung mit der Ferdinand Bol. Die im Bau befindliche U-Bahnstation. Solltest du es dir anders überlegt haben: Hier kannst du nicht nachträglich noch rechts abbiegen, um dich in der Govert Flinck wieder zu Dennis und Goscha zu gesellen.

Die Brücke über die Boerenwetering, und nach beiden Seiten die Hobbemakade mit den rot erleuchteten Schaufenstern der Huren. Hier ist die Nacht hoch und klar. Der Tag ist nicht mehr fern: Es wird ein herrliches Pfingstwochenende. Ich vermute, dir sind Huren genauso zuwider wie mir. Eine rettende Verzögerung ist von dieser Seite nicht zu erwarten.

Die Roelof Hartstraat. Die Ampeln vor dem Roelof Hartplein blinken. Eigenverantwortung. Es ist fast kein Verkehr. Ab und an ein Taxi. Rechts das College Hotel, wo diese Proleten von Betreibern die Bäume abgeholzt haben. Nach links geht der Platz in die Beethovenstraat über. An der einen Ecke die öffentliche Bibliothek, in der du dir früher mit Mirjam Bücher ausliehst. An der anderen Ecke Huize Lydia, in das du als kleines Kind mit deinen Großeltern gingst, als dort noch das Gemeindehaus untergebracht war (Opa Natan fungierte als dessen Schatzmeister).

Auch in der Van Baerlestraat sind bei der jüngsten »Neuprofilierung« Bäume gefallen. Städtische Sünden sind es jedoch nicht, die dich jetzt beschäftigen, während du auf Jims Fahrrad unter dem Laternenlicht weiterfährst. Noch ein ganzes Stück bis in die Nepveustraat. Du bist müde nach zwei Nächten ausgiebigen Feierns. Trotz aller Euphorie der vergangenen Tage, den Phantasien zu Jenny, den Visionen vom kommenden langen Wochenende, bist du mutterseelenallein auf dem Weg nach Hause – ein Gedanke, der eine matte Melancholie über alles legt.

Du fährst an der Kreuzung Van Baerle/Nicolaas Maes vorbei. Dort an der Ecke wohnt mein Kollege K. Schippers. (Ich habe dir seinen Roman über Fotografie geschenkt.) Einmal redete ich nach deinem Gefühl zu lange auf dem Gehweg vor seinem Haus mit ihm. In deiner Ungeduld oder um die Aufmerksamkeit auf dich zu ziehen, schlüpftest du unter den hinteren Schoß meines langen Regenmantels, der nicht zugeknöpft war. Wenn du ein bißchen zurückgingst, verwandelte ich mich in eine Variante des Zirkuspferds, eine Art ungeschlachten Zentauren. Die Vorstellung, die du da, zu meiner Verlegenheit, zum besten gabst, wußte Schippers als Liebhaber von Clowns und Stofftieren durchaus zu goutieren.

»Wenn du halb Mensch, halb Pferd bist, darfst du ungestraft auf der Straße pissen ...«

Fünfzehn Jahre ist das bestimmt her. Du näherst dich der Kreuzung vor dem Concertgebouw. Hinter den Gebäuden zu deiner Linken, zwei Häuserblocks tiefer in die De Lairessestraat hinein, verläuft die Jacob Obrecht. In dem großen Apartmentgebäude Huize Oldehoeck hast du die ersten eineinhalb Jahre deines Lebens verbracht – die kostbare Zeit, an die du keine Erinnerungen hast (ich um so mehr). Mir fällt auf, daß du auf deiner letzten Fahrradfahrt in der Nähe der Häuser deiner Kindheit bleibst. Du fährst, ein wenig schlingernd, zwischen den Bildern und Szenen deiner frühesten Jahre hindurch. Wirf mal einen Blick nach rechts, auf den Museumplein. Du weißt besser als ich, wo der Treffpunkt der Jugendlichen war, als die älteren Jungs dich zum erstenmal rauchen ließen. Du hoffst insgeheim, daß die niederländische Nationalelf im nächsten Monat weit kommt – nicht, weil du dir so viel aus Fußball machst, sondern wegen der zu erwartenden Festivitäten hier auf dem Platz.

9

Beim Concertgebouw, das weiß ich, mußt du immer kurz an deinen Jugendfreund Jakob denken, der vor zehn Jahren an der Ecke Van Baerle/De Lairesse von einem Lastwagen ohne Toter-Winkel-Spiegel überfahren wurde. Er war mit dem Fahrrad auf dem Weg ins Vossius: sein allererster Tag im Gymnasium. Der Junge überlebte knapp. Du gingst in derselben Woche zum erstenmal in ein anderes Gymnasium, das Ignatius, und dadurch erfuhrst du von dem, was Jakob zugestoßen war, nicht gleich, sondern erst auf Umwegen. Eines der wenigen Male, daß wir richtig mit dir schimpften: weil du uns viel zu spät und wie beiläufig davon unterrichtet hast. »Ach, wißt ihr, was ich gehört habe ... also, Jakob, der ist ...«

Heute denke ich, daß der Ernst der Situation, die tödliche Gefahr, dir damals noch nicht richtig bewußt war. Und außerdem, Jakob und die Grundschule, das war schon wieder so lange her, jetzt, wo das neue Leben vor dir lag. Trotzdem hast du dich immerzu, mit Tränen in den Augen, für deine Nachlässigkeit entschuldigt: So langsam ging dir ein Licht auf.

Die Ampel springt auf Grün. Jetzt werde ich dir ernsthaft ins Gewissen reden. Ich rate dir ... nein, ich flehe dich an ... hier links abzubiegen, in die De Lairessestraat. Ein Stück weiter, hinter der Kreuzung mit der Jacob Obrecht, rechts in die Banstraat. Dann schnell noch nach links – bis zu deinem Elternhaus in der Johannes Verhulst. Die ganze Hauswand ist frei, um dein Rad abzustellen.

Junge, du bist müde, du hast getrunken, du fällst mitsamt deinem Rad vor Schläfrigkeit schon um. Verzichte auf dieses ganze Ende nach De Baarsjes. Okay, Jim wird enttäuscht sein, aber er merkt es schon von allein und wird früher oder später ins Bett gehen. Erklär es ihm morgen.

Du *denkst* vielleicht, du wärst voll da, weil du über Jenny nachdenkst, aber im Grunde döst du nur träge-verliebt vor dich hin. Zugegeben, um diese Zeit gibt es kaum Verkehr, aber ... du mußt noch über die Kreuzung Eerste Constantijn Huygens/Overtoom ... nach links ... Vor allem die Taxis fahren dort nachts wie die Idioten.

Du hast den Hausschlüssel. (Er hängt, wenn ich mich nicht irre, am selben Ring wie dein Fahrradschlüssel.) Sonst schleichst du auch immer lautlos die Treppe hinauf. Du wirst uns nicht wach machen. Außerdem, ich sitze senkrecht im Bett, geweckt von einem rumorenden Magen als Folge von zuviel Knoblauch, wie eine Katze, die einen Haarball hinauswürgt. Es geht auf halb fünf zu, sehe ich auf meiner Uhr. Zwischen den Vorhängen noch kein Licht.

Leg dich im Wohnzimmer einfach auf die Couch. Die Wolldecke, unter der Mama gestern abend ferngesehen hat, liegt da noch irgendwo herum. Kissen gibt es mehr als genug. Du hast in diesem Haus sechzehn Jahre deines Lebens verbracht. Nach dem Abitur hattest du es nicht eilig auszuziehen – du bist noch zwei Jahre unter Mutterns Fittichen geblieben. Dann kommt es auf diese eine Nacht doch nicht an, oder? Tu's uns zuliebe. Ich sehe dich demnächst im September, wenn du aus der Nepveustraat rausmußt, sowieso wieder bei uns einziehen. Laut Angaben des Statistischen Amtes kehren immer mehr junge Leute, nachdem sie ein paar Jahre allein gewohnt haben, wieder ins Haus ihrer Eltern zurück. Die Demographen sprechen von Bumerangkindern. Einen Generationenkonflikt gibt es nicht mehr.

Ich meine ja nur: es ist keine Schande. Schlaf morgen früh so lange aus, wie du willst. Mama macht dir ein phantastisches Pfingstfrühstück.

10

Einen Moment lang scheint er zu schwanken, aber das liegt an seiner unsicheren Fahrweise. Er steht, den Hintern vom Sattel gehoben, nahezu still auf den Pedalen und fällt beinahe um. Auf der anderen Seite des Concertgebouw könnte er immer noch nach links abbiegen, vorbei am Welling, wo er als Kind sonntags nachmittags so viele Stammtischstunden mit seinem Vater verbracht hat.

Tonio fährt geradeaus weiter. Seine Route liegt fest. Van Baerle, vorbei am Stedelijk Museum, Vondelparküberführung, Eerste Constantijn Huygens. Links auf den Overtoom und dann weiter Richtung De Baarsjes und zum schlaflos wartenden Jim.

Auch an der nächsten Kreuzung kann er es sich noch anders überlegen. Nach links auf den Willemsparkweg, dann ist er im Nu zu Hause. Einen Augenblick scheint es, als wolle er nach rechts in die Paulus Potterstraat, aber er korrigiert sich rasch und kehrt mit einem flachen Bogen in die Van Baerle zurück, wo er am Konservatorium vorbeifährt, das jetzt zu einem Hotel umgebaut wird.

Als er, diesmal gezielt und entschlossen, in die Jan Luij-kenstraat biegt, weiß ich auf einmal, was ihn treibt.

Weißt du, Tonio, ich mache mir manchmal Sorgen über deine Eßgewohnheiten. Deinem Freund Jonas zufolge, selbst ein guter Esser, der nie ein Pfund zunimmt, hast du innerhalb von zwei Jahren viele Kilo abgenommen, indem du systematisch Mahlzeiten übersprungen und den Hunger durch Rauchen unterdrückt hast. Nimm den letzten Tag. Auf diesem nicht sehr gelungenen Fest im Vondelpark hast du am Nachmittag ein paar kleine Snacks stibitzt, und dabei ist es geblieben. Bei Goscha haben Dennis und du Bier ge-trunken, und später, im Club Trouw, waren, wie Goscha be-richtete, die Runden kaum mehr zu zählen. An Essen wurde nicht gedacht.

Vor Jahren machtest du in meinem Arbeitszimmer eine Runde an den Schreibtischen vorbei. Auf einem lag ein Ma-nuskript mit dem Titel *Voedzame honger* (Nahrhafter Hunger). Du fragtest: »Was ist das, Adri, nahrhafter Hunger? Das kann man doch nicht essen, oder? Wie kann Hunger nahrhaft sein?«

Ich erklärte dir, daß die Geschichte von Liebe handelt und daß Liebe Hunger gleicht, allerdings einem, mit dem man sich selbst und den Liebsten beziehungsweise die Liebste vollstopft. »Du kannst es auch so sehen ... Wenn du ganz doll verliebt bist, vergißt du zu essen. Bei Liebeskummer wird das noch schlimmer. Du zehrst von den Reserven, bis du überhaupt keinen Hunger mehr spürst. Das ist gemeint, wenn es heißt, jemand verzehrt sich vor Liebe. Es höhlt dich aus.«

Nach Mirjams Ansicht fehlt mir jedes didaktische Geschick, und mein kluger Vortrag wird dir auch heute nicht helfen. Ich weiß nicht, wie es dir mit deinen Gefühlen für Jenny geht, jedenfalls haben sie deinen Hunger nicht bis zu den ersten Tönen der Amseln unterdrücken können. Du stehst kurz vor dem, was wir vor vierzig Jahren einen »Freßkick« nannten. Der einzige dir bekannte Ort in Amsterdam, an dem er sich um diese Zeit befriedigen läßt, ist die Gegend um den Leidseplein mit all den Automaten und Shoarmabuden.

Ein Festmahl ist nicht mehr drin. Du hast noch einen Fünfeuroschein in deinem grauen Portemonnaie, dazu eine ordentliche Handvoll Münzen.

Die Eßlust könnte dich dazu bringen, doch noch kehrtzumachen, um bei uns den Kühlschrank zu plündern. Wie gesagt, mich kannst du damit nicht wecken, das hat mein rebellischer Magen bereits getan. Und deine Mutter, die schläft immer so tief, da muß dir schon ein Gurkenglas aus den Händen rutschen, wenn du sie wecken willst. Nur zu. Die Katzen werden dich beschnuppern und mit ihren dicken Schwänzen an deinen Waden entlangstreichen.

Jetzt verstehe ich, warum du beinahe in die Paulus Potterstraat gebogen wärst. Vorläufig führen hier alle Straßen in nordöstlicher Richtung zum Leidseplein und zu den Snacks. Aus sentimentalen Gründen entscheidest du dich für die nächste Straße: die Jan Luijken, in der deine ehemalige Schule liegt. Der große Schulhof der Cornelis Vrij, verlassen in der klaren Nacht. Spürst du nicht die Versuchung, den Fuß für einen Moment auf der Bordsteinkante abzustellen? Auf diesem mit Steinplatten belegten Hof hast du dich rennend und schreiend ausgetobt. Du siehst deine damaligen Grundschullehrerinnen vor dir ... die fröhliche Loes, die ein wenig geheimnisvolle Jeanine ... Sie waren vernarrt in dich. In dem jetzt dunklen, unnahbaren Gebäude hast du lesen, schreiben, rechnen gelernt. Du hast dort ein Wikingerschiff gebaut und, als Dorus verkleidet, »Er wonen twee motten« zu Gehör gebracht. Auf diesem Schulhof hat Nachmittag für Nachmittag ein marokkanischer Junge auf dich gewartet, der dir, zunächst mit schönen Worten, später durch schnelles Zupacken, dein erstes Handy wegnehmen wollte.

Etwas weiter die Straße hinunter hat Jakob gewohnt. Sein Vater lebt immer noch dort. Eines Nachmittags gab es ein Mißverständnis zwischen Mama und Oma Wies. Oma sollte dich an einem anderen Tag als sonst von der Schule abholen und dich zum Spielen zu sich in die Eemsstraat mitnehmen, denn sie war damals bereits aus der Lomanstraat ausgezogen, weg von Opa Natan. Eine von beiden mußte sich geirrt haben: Weder Mama noch Oma Wies erschienen. Jakobs Vater, der seinen Sohn abholen kam, hat noch eine ganze Weile mit dir gewartet.

»Wo wohnt denn deine Oma, Tonio?«

»In der Eenstraat, hab ich doch gesagt, zum Kuckuck.« Und immer heftiger: »In der Eenstraat, Joost, in der Eenstraat ...!« Erinnerst du dich noch, Tonio, wie das damals ausgegangen ist? Offenbar gut: Wir mußten keinen AMBER Alert auslösen, oder wie hieß so eine Suchmeldung damals?

Oh, du fährst weiter? Ich merke, daß ich noch immer versuche, etwas an dem Zeitplan zu verrücken. Eine Sekunde hier, eine Sekunde da. Du radelst jetzt am Haus von Joost und Jakob in der Jan Luijkenstraat vorbei. Nach der Theateraufführung zum Abschluß der Grundschule kam man hier noch einmal zusammen. Während die Eltern ein Glas im Wohnzimmer tranken, zogen sich Jakob und du und eure Klassenkameraden ins Souterrain zurück. Dort war es entgegen allen Erwartungen so ruhig, daß eine der Mütter, vielleicht die von Afra, nach einiger Zeit hinunterging, um die Lage zu sondieren: ob die ganze Bande nicht wegen Sauerstoffmangels in den letzten Zügen lag. Die Frau kam fassungslos zurück.

»Die sitzen da und heulen. Alle.«

Von diesem Moment an stieg regelmäßig ein Grüppchen Mütter hinunter. Sobald die Tür aufging, war das Geplärre über das Stimmengewirr der Erwachsenen hinweg zu hören, denn es wurde immer schamloser geflennt. Mirjam kehrte bleich aus dem Souterrain zurück.

»Unglaublich, dieses Geschluchze«, sagte sie. »Ich habe noch nie so viel Kinderkummer auf einem Haufen gesehen.«

»Tonio auch?« fragte ich.

»Ja, was dachtest du denn? Es ist ihnen klargeworden, daß sie sich vielleicht nie mehr wiedersehen. Ich weiß nicht, wer damit angefangen hat, jedenfalls haben sie sich jetzt alle gegenseitig angesteckt.«

Von Zeit zu Zeit trieb eine Mutter ihr großes Kind vor sich her ins Wohnzimmer, wo es sich mit rot verheultem Gesicht abkühlen sollte, bevor es sich erneut in die Heulorgie da unten stürzen durfte. Als Mirjam fand, es werde Zeit, mit Tonio nach Hause zu gehen, verabschiedete er sich mit einem vom langen Weinen erschlafften Gesicht von mir. Ein Lächeln brachte er nicht mehr zustande. Es war ernst.

11

Sitzt du jetzt grinsend auf dem Rad bei der Erinnerung an diese Heulorgie? Oder stimmt sie dich melancholisch, weil die Zeit seitdem euch mit eurem Kellergeschniefe so bitter recht gegeben hat? Das war der Abschied. Von diesem Souterrain schwärmtet ihr über die verschiedenen Lyzeen und Gymnasien der Stadt aus. Du bist im Laufe der letzten zehn Jahre gelegentlich einem Klassenkameraden von der Cornelis Vrij begegnet, aber das waren meist verlegene Konfrontationen. Die alte Vertrautheit war im Keller der Familie Nijsen zurückgeblieben.

Am Ende der Jan Luijken ragt zu deiner Rechten wuchtig und dunkelrot das Rijksmuseum in der Nacht auf. Es hat dich immer fasziniert, daß die größten und kostbarsten Schätze der Stadt dort ungesehen im Dunkel hängen, der Gnade eines seelenlosen Sicherheitssystems ausgeliefert.

Nach links in die Hobbemastraat. Die Fahrbahn glitzert von Glaskörnern, als wäre das Pflaster ein Spiegel des Sternenhimmels über dir, doch du bist zu müde, den Kopf zu heben und den Blick nach oben zu richten. Statt dessen siehst du für einen Moment die Stände vor dir, die hier beim Büchermarkt vor ungefähr zehn Jahren auf beiden Seiten der Straße aufgestellt waren. Du hast damals gemeinsam mit mir am Stand meines Verlags signiert.

»Wenn wir jetzt endlich mal Ernst machen mit *Reis in een boom* (Reise auf einem Baum), Tonio, dann können wir nächstes Jahr wirklich ein Buch von uns zusammen signieren.«

»Gut, du *Reis in een boom*. Ich *Rijst in een boom* (Reis auf einem Baum).«

Diese Diskussion führten wir nicht zum erstenmal. Du mußtest wieder laut darüber lachen, aber ich denke, wir dürfen die Tatsache, daß unser Projekt unvollendet blieb, inzwischen endgültig auf unsere langandauernde Uneinigkeit in bezug auf den richtigen Titel zurückführen. »Ja, aber Adri … wenn dieser Junge auf einem Baum reist, muß er doch auch *essen*.«

Dir steht der Kopf jetzt nicht danach, nicht einmal nach Reis, sondern du lechzt nach einem Döner-Kebab vom Türken. Als du bei Dixons gearbeitet hast, war das dein Lieblingsmittagessen – Shoarmabuden genug im Kinker-Viertel.

Zwischen den Straßenbahnschienen der 2 und der 5 fährst du schnurstracks auf dein Ziel zu. Du kommst an dem Ledergeschäft vorbei, wo wir gemeinsam das rotbraune Taschenset zu Mamas vierzigstem Geburtstag kauften. Mit deinem erlesenen Geschmack triebst du die Kosten gewaltig in die Höhe. Mehr noch als Geschenke zu erhalten liebtest du es, sie zu überreichen. »Mama möchte bestimmt auch so eine Toilettentasche ... nicht, Adri? Schau, das gleiche Leder. Und hier, dieses Köfferchen, auch das gleiche Leder.«

Nein, das Ledergeschäft löst heute nacht nichts bei dir aus. Deine Gedanken verengen sich auf Jenny und Döner-Kebab. Die Ampeln am Zebrastreifen an der Ecke des Parkhotels sind auf träges Blinzeln geschaltet. Ach, Jenny, wie sie sich auf deine Bitte hin um neunzig Grad drehte, um mehr von den aufgestellten Aufhellschirmen zu profitieren ... und du, über das Stativ gebeugt, den reflektierenden Regenschirm über dem Kopf, eher schon ein Sonnenschirm ... Vielleicht hast du noch die Geistesgegenwart, zwischen den gelben Blinksignalen einen abtastenden Blick nach rechts zu werfen. Ein Taxi fährt gerade über den Zebrastreifen. Ansonsten liegt die Stadhouderskade auf dieser Seite verlassen da.

Und links? Wenn du nicht zuerst nach links geschaut hast, kommt aus dieser Richtung denn auch gar kein Geräusch? Oder ist dein Gehör noch zu sehr betäubt durch die Beats von Technobeast Carl Craig?

Vielleicht ist dir ein wenig schwindlig von den Dips, als du mit Dennis getanzt hast.

12

Wir versorgten Tonio reichlich mit Spielzeug. Er hatte eine charmante Art, uns alles, was sein Herz begehrte, abzuschwatzen. Oma Wies hatte einmal gesagt: »Du setzt am Ende immer deinen Willen durch.« Sie hatte bei diesen Worten eine gespielt ergebene Miene aufgesetzt. Von dem Moment an schien Tonio es als seine Aufgabe zu betrachten, mit Hilfe einer verfeinerten Charmeoffensive seinen Willen – nein, nicht durchzusetzen, sondern einfach zu *bekommen*. Der richtige feuchte Augenaufschlag reichte oft schon aus.

Das Kostspielige daran war, daß ein Spielzeug ihn sehr schnell langweilte, sobald er erst einmal dessen Geheimnis enträtselt hatte. Er konnte eine Schachtel mit Lego Technic, dessen Zielgruppe weit über seiner Altersklasse lag, in großer Geschwindigkeit zusammensetzen, doch damit war die geheime Formel schon gleich erschöpfend geknackt. Im günstigsten Fall ließ sich so ein Teil um Zubehör und Anbauten erweitern, das drückte die Kosten. Meist jedoch fiel sein Blick auf eine völlig neue Herausforderung mit blinkenden Lämpchen, rotierenden Raupenketten und einem Transformator.

Aus K'NEX-Teilen fabrizierte er ein elektrisch angetriebenes Riesenrad, größer als er selbst, so daß er auf einen Küchentritt klettern mußte. Als ich ihn darauf hinwies, sagte er: »Das Riesenrad am Dam ist noch höher.«

Rollerskates. Der äußerst wendige silberfarbene Tretroller. Der funkgesteuerte Jeep mit den Rädern eines Traktors. Die Warhammer-Armeen inklusive einem halben Maleratelier, um die kleinen Soldaten und ihr Kriegsgerät anzumalen.

Computer, Laptops waren das Spielzeug des heranwachsenden Teenagers. Die dazugehörigen Spiele. Die Programme.

Nach seinem achtzehnten Lebensjahr erweiterte er sein Spielgelände um die Lokale, in denen man gesehen werden mußte. Club Trouw, in dem er seine letzte Nacht verbracht hatte, stellte der nicht, mit all seiner Technomusik, sein letztes Spielzeug dar? Die logische Folge einer ganzen Reihe von Spielzeugen? Dazu gehörte ein Fahrrad, um in höheren Sphären nach Hause zu fahren. Von Lego Technic über einen Kopf voll Technogedröhn auf dem Weg zum Medientechnologiestudium – dabei war er, an irgendeinem entscheidenden Punkt, erfaßt und zu Boden geworfen worden. Dann trafen Rettungswagen ein, und *er* wurde der Medizintechnologie unterworfen, mit der man ihn wieder zusammensetzen zu können hoffte.

Sogar Mord dient noch einem Ziel, wie pervers auch immer. Schließlich beabsichtigt der Mörder, seinem Opfer den Garaus zu machen. Selbst der Tod eines Soldaten auf dem Schlachtfeld scheint einen Sinn zu haben: Er tut es für sein Vaterland, ist Kanonenfutter im Dienste des endgültigen Siegs über das Böse.

Und die Opfer eines terroristischen Anschlags? Zumindest aus Sicht des Auftraggebers hat ihr Tod einen Sinn. Die Aktion gilt als um so erfolgreicher, je mehr Tote und Verletzte es gibt. Nicht nur die Selbstmordterroristen, auch ihre Opfer fallen für das eigene Vaterland, wenn wir den von hoher Hand organisierten Gedenkfeiern und in Auftrag gegebenen Ehrenmalen glauben dürfen.

In Tonios Tod kann ich keinerlei Ziel, keinerlei Sinn entdecken. Er war auf dem Weg nach Hause, wollte unterwegs etwas essen und stieß dabei auf eine ungewollte und unbeabsichtigte Kraft, die ihn tötete. Der Fahrer des tödlichen Geschosses wußte bis zu diesem Augenblick nicht, daß er ein tödliches Geschoß steuerte. Er kam von der Arbeit und fuhr mit einem Bekannten nach Hause. Stille Nacht, heilige Nacht.

Tonios Tod war die Folge des Aufeinandertreffens zweier Kräfte. Die Zerstörung, die sie dabei würden anrichten können, ließ sich vorweg mit physikalischer Wahrscheinlichkeit berechnen. Die Zerstörung, die sie letztendlich bewirkten, konnte im nachhinein mit physikalischer Gewißheit festgestellt werden.

Tonios Tod ließ sich, was Sinn und Ziel anbelangt, auf eine physikalische Formel reduzieren. Unser Entsetzen war um so größer, als sich herausstellte, daß die Sturzflut unserer Gefühle auf eine eiskalte Formel stieß, hart wie Stein. Es gibt keine Garantie dafür, daß Emotionen auf die Dauer nicht auch den härtesten Stein aushöhlen.

In *Asbestemming*, dem Requiem für meinen Vater, beschreibe ich die Skulptur eines heiligen Sebastian, der in einer Art Todessprung vom Pfeilregen getroffen wird. Es sind dicke, ganz aus Gußeisen angefertigte Pfeile, die den Rumpf des Heiligen in einem exakt geometrischen Muster treffen: als würden sie in ihrer Gesamtheit eine quadratische Egge bilden, die in ganzer Länge und Breite in den Brustkorb des Märtyrers gerammt wird.

Genau so, Tonio, wird für den Rest meiner Tage, immer wieder von neuem, dieser verhängnisvolle Unfall in mich einschlagen. Mein Gott, lieber Junge, warum mußte das geschehen? Warum mußte das dir und uns widerfahren? Warum, Herrgott noch mal, mußte alles zerstört werden – du, wir, die Zukunft, alles?

Manchmal nehme ich es dir einfach, schroff gesagt, übel. Etwas früher nach Hause, ein paar Pils weniger, Beleuchtung am Fahrrad, auch mal nach links schauen … und es wäre nicht passiert. Du kleines Arschloch. Du hattest Jenny an jenem Samstag über Facebook wissen lassen, du seiest noch »fertig« vom Abend zuvor. *Fertig* – dein Lieblingswort für verkatert. Fühltest du dich daraufhin nicht verpflichtet, dich mal richtig auszuruhen? Ihr wolltet »die Stadt unsicher machen«, wie Goscha erzählte. Kann man wohl sagen, die Stadt unsicher machen – aber doch vor allem für dich selbst, Blödmann.

Warum das? Warum dieser unwiderrufliche Tod, an dem sich nichts mehr korrigieren läßt? Herrgott noch mal, Tonio, ich wäre bereit gewesen, *jedem* Problem bei dir ins Auge zu sehen, mochte es noch so schrecklich sein. Deine allerschlimmste Misere wäre noch ein würdiger Gegner für mich gewesen. Bis zu meinem letzten Schweiß- und Blutstropfen hätte ich für eine Lösung gekämpft. Alles für dich.

Das Problem ist: Dein Tod *ist* kein Problem, denn eine Lösung ist nicht möglich – nicht einmal eine von vornherein aussichtslose.

Nein, *ich* nehme alle Schuld auf mich. In deinem grundwassertiefen, atemlosen Schlaf machst du mir keine Vorwürfe. Deine Reglosigkeit an sich ist *eine* große Beschuldigung an meine Adresse, auch ohne daß du das willst, denn du hast nichts mehr zu wollen. Dein Tod sagt die Wahrheit über mein Versagen. Dein Tod ist die Summe meiner Fahrlässigkeiten. Ich lasse die Möglichkeit offen, daß dein Tod die Folge dieser *einen* Fahrlässigkeit ist – keine Ahnung, welcher –, was alles noch schlimmer machen würde.

Eine Kindheit und Jugend lang habe ich dich mit kleinen und großen Aufmerksamkeiten, fürsorglichen Gesten, beruhigenden Worten bedacht. Es wiegt das alles durchdringende nachträgliche Empfinden von Schuld und Fahrlässigkeit nicht auf. Wenn es mir schon nicht gelungen ist, die Bedingungen für deine sichere nächtliche Fahrt von De Pijp nach De Baarsjes zu schaffen, dann hätte ich zumindest *dort* sein müssen, auf halber Strecke, um mich vor das feindliche Fahrzeug zu werfen und es so zum Stoppen zu zwingen. Ein rebellisch kollernder Magen allein bietet zu wenig Gegengewicht.

Ich erkenne meine Niederlage an, der ich bis in alle Ewigkeit nichts entgegenzusetzen habe.

Für Mirjam sind die Sonntage am schwersten. Der Schmerz macht sich dann am heftigsten bemerkbar – natürlich weil sich der große Verlust am Pfingstsonntag ereignete, aber auch weil Tonio, wenn er bei uns vorbeischaute, das meist am

Sonntag tat. Heute nachmittag, gut drei Monate nach dem Unglück, rief sie in Panik an.

»Da ist ein Rettungshubschrauber über der Hobbema-straat.«

Am Morgen um fünf Uhr aufgestanden, hatte sie bis halb zehn gearbeitet und war dann mit einem Buch in der Hand gegen Mittag im Bett tief eingeschlafen. Gerade wurde sie von pulsierenden Rotoren aus pechschwarzen Träumen geweckt.

Das Telefon ans Ohr gedrückt, öffnete ich auf der Straßenseite ein Fenster meines Arbeitszimmers. Wenn ich mich weit genug hinauslehnte, konnte ich im Nordosten tatsächlich einen gelben Hubschrauber mit rotblauen Streifen sehen: ungefähr über dem Rijksmuseum, dessen Lage durch das asymmetrische Kreuz eines hohen Krans angegeben wurde. Der Hubschrauber ging weder höher noch tiefer, flog auch nicht weg, sondern blieb hängen, wo er hing, wie ein rüttelnder Vogel am stahlblauen Himmel, allenfalls leicht schaukelnd.

»Wenn du Gesellschaft brauchst ...« sagte ich. Ein paar Sekunden später war sie oben. Ich hing noch aus dem Fenster. Der Helikopter flog jetzt in unsere Richtung, langsamer als ein Polizeiheli, machte einen ziemlich scharfen Schwenk Richtung Amsterdam-West und kehrte dann zu seiner Ausgangsposition über dem Rijksmuseum zurück, um dort von neuem eine Weile rüttelnd in der Luft zu stehen.

»Der ist da auf stand-by, denke ich. Er wartet auf Instruktionen. Dort unten wird wohl ein Rettungswagen sein.«

Ich tröstete Mirjam mit der Überlegung, daß Tonio auch durch den Einsatz eines Rettungshubschraubers, sofern dieser nachts hätte fliegen dürfen, nicht zu helfen gewesen wäre. »Er war in guten Händen. Ein zusätzlicher Rettungswagen mit einem Notfallteam war statt des Hubschraubers da. Der Junge hatte einfach nicht die leiseste Chance.«

Nein, darum gehe es nicht. Das Geräusch der Rotoren

habe sie geweckt, und dann habe sie den Rettungsheli dort in der Luft stehen sehen, genau über Dem Ort, als wolle ihr jemand einschärfen, daß der Alptraum nach dem Wachwerden nach wie vor da sei. »Es geht schon wieder.«

Als ich später unten ins Wohnzimmer kam, saß Mirjam unbequem auf der Couch, ein Bein hochgezogen und den Kopf nach hinten gekippt. Rotgeränderte Augen starrten ins Leere. »Ich vermisse ihn so«, flüsterte sie ein ums andere Mal. Ihr Kopf rollte langsam, in einer Art resignierter Leugnung, auf der Rückenlehne hin und her. »Ich vermisse ihn *so* schrecklich … es ist einfach unfaßbar …«

In solchen Augenblicken wußte ich keine andere Antwort, als ihre kalte Hand festzuhalten, bis sie warm wurde und sie die Hand zurückzog, weil ich zu fest drückte.

17

Meine Selbstbezichtigung beschränkt sich nicht auf Tonios grauenvolles Ende. Ich habe es auch Mirjam zugefügt. An ihrem zwanzigsten Geburtstag habe ich, eine Flasche Whisky unter dem Arm, begonnen, ihre Jugend zu stehlen. Später habe ich ihr ein Kind gemacht, und damit gehörten ihre Jugendjahre endgültig der Vergangenheit an.

Ich habe ihr nicht nur ein Kind gemacht, sondern ihr auch den Tod gebracht. Ich hatte ihr geschworen, daß ich das Kind mit meinem eigenen Leben, notfalls mit meinem toten Körper, beschützen würde. Ich habe meinen Eid nicht halten können. Der Junge ist mir aus den Händen geglitten.

Ihr Leben als Mädchen ist vorbei, und ihr Leben als Mutter ist vorbei. Es ist ein Wunder, daß sie ihr Leben als Frau an meiner Seite fortsetzen will.

Eine Nikolausfeier im Arti. Endlich, fast als letzter, wurdest du vom Nikolaus auf das Podium gerufen. Du standst noch nicht ganz vor ihm, da begannst du schon, auf dem roten Teppich im Kreis herumzuhüpfen, wobei du dem Heiligen den Rücken zukehrtest. Du tanztest komisch und steif, mit wedelnden Händen, die sich fast wie kleine Propeller drehten. Deine Augen suchten mich. Ich saß an der Bar.

»Ich muß kacken«, riefst du mir zu. Um die Situation noch irgendwie zu retten, zogst du die Miene eines Idioten. Nikolaus schaute sprachlos zu. Ich habe dich selten so geliebt wie in diesem Moment.

Ich bat Ria hinter der Bar um den an einem Stück Holz baumelnden Schlüssel und zog dich vom Podium.

Kein Zweifel, ich liebte ihn, vom ersten bis zum letzten Tag. Sooft ich es auch zu seiner Mutter sagte (»Wie ich diesen Jungen liebe«) oder insgeheim zu mir selbst, es war vor allem eine unausgesprochene, selbstevidente Liebe. Dafür mußte kein Beweis erbracht werden. (Ich hatte gelegentlich Visionen von einem Gott, der mir auftrug, Ihm meinen Sohn zu opfern. Ich war bereit, an einen solchen Gott zu glauben, aber nur, um Ihn zum Narren zu halten und so Tonio zu verschonen.)

Der legitime und überzeugende Beweis meiner Liebe zu Tonio wurde, ungefragt, durch seinen Tod erbracht. Das eiskalte schwarze Loch, in das sich meine Welt von einem Moment zum anderen verwandelte, bewies, wie sehr ich ihn liebte.

Seit Pfingsten sprechen Mirjam und ich über Tonio überraschend konsequent im Imperfekt und Plusquamperfekt. Nur das »Ich liebte ihn« bekomme ich nicht über die Lippen, und sogar meine Feder läßt sich kaum dazu zwingen. Ich kann die empörende Vergangenheitsform natürlich durch »… wie sehr ich ihn liebe« ersetzen, doch das bringt mich dann wieder in die Versuchung hinzuzufügen: »So wie er *war*.«

Meine Liebe zu ihm ist noch immer da, und zwingender als je zuvor. Sprachlich stimmt das hinten und vorn nicht. Wenn ich trotz allem sage: »Ich liebe ihn«, wer ist dieser *ihn* dann? Tonio gibt es nicht mehr als *er*. Es *hat* ihn gegeben, und ob, in dem, was jetzt Vergangenheit ist. Dennoch liebe ich ihn, wie ich ihn zuvor geliebt habe.

Meine Liebe ist echt und aufrichtig, muß jedoch ohne Objekt auskommen. Es ist eine Liebe, wie wahnsinnig auf der Suche nach dem unfindbaren Geliebten. Der Redakteur einer Talkshow riet seinen Mitredakteuren einmal ab, mich als Gast einzuladen: »Der macht sofort eine Dose alter Griechen auf.« Wo diese Dose schon mal offen ist: Die alten Griechen konnten sich wenigstens noch an den Mythos von Orpheus und Eurydike klammern. Das Wunder der ganz großen Ausnahme – dank der Gnade der Götter. Ich muß mich mit einer Liebe begnügen, die im Präsens umherirrt, vom Geliebten für immer im Imperfekt getrennt.

Wenn schon die Sprache sich so querlegt, was erwarten wir dann von dem Versuch, Tonio in Worten am Leben zu erhalten?

19

Von einer Geliebten verlassen zu werden, von *der* Frau deines Lebens, selbst dagegen hatte ich mich schon vor langer Zeit gewappnet. »Ohne Narben geht das nicht«, wie ein Kollege einmal sagte. Ich war auf die Scham eines solchen Verlassenwerdens vorbereitet. Alle Liebe zu jemandem, der einfach die Tür hinter sich zuschlug … Verschwendung von so viel Sehnen … Gut, das alles konnte verblassen. Die Zeit tat ihr Werk.

Gegen den Verlust meines Sohnes hatte ich mich allenfalls

dadurch gewappnet, daß ich die Angst ein Bündnis mit meiner Phantasie schließen ließ. Daß ich ihn *wirklich* verlieren könnte, damit hatte ich nie gerechnet. Ich hatte mein Vorstellungsvermögen, gespeist von Furcht, walten lassen – das Werk der Beschwörung.

Jemand hatte mich verlassen, mein eigener Sohn, ohne daß meine Liebe zu ihm verblassen *könnte*. Die Zeit würde mich lehren, was Sehnsucht war. Ein geliebter Mensch, der einen im Stich ließ, konnte Schmerz in Haß verkehren. Beim Verlust eines Kindes war das unmöglich. Ich lief umher wie ein bis ins Mark betrogener Liebhaber, in dem die Liebe immer noch wächst und wächst.

KAPITEL VII

Der Pantonionismus

I

In Brüssel war seine Liebe zu Steinen entstanden. Mitte der neunziger Jahre besuchte Mirjam mit Tonio ihre Freundin Lot in Brüssel, wo sich der Junge in ein Buch des Hausherrn über Mineralien und Halbedelsteine vertiefte. Daheim quengelte er nach einem Abonnement für eine Zeitschrift für Steinesammler. In jeder Stadt, in die wir kamen, schwatzte er uns eine Handvoll besonderer Gesteinsarten ab. Bald hatten sie keine Geheimnisse mehr für ihn. Er entwickelte ein untrügliches Gedächtnis für Arten, Farben, Namen.

Einmal hörte er, wie ich mit Mirjam über einen noch zu entwerfenden Buchumschlag sprach, für dessen Fond ich mir Nachtblau vorstellte, das ich unter den Mustern eines Farbengeschäfts aber nicht finden konnte, und auch sonst nirgendwo. Tonio verschwand in sein Zimmer, kam kurz darauf zurück und öffnete seine geballte Hand vor mir. »Meinst du vielleicht das?«

Mir leuchtete ein Stein vom schönsten Blau entgegen. Strenggenommen vielleicht kein Nachtblau, aber noch brauchbarer als das, was ich suchte. Ich nahm den Stein in die Hand.

»Was ist das?«

»Lapislazuli«, rief er lachend. »Lapislazuli natürlich. Nix sonst als Lapislazuli.«

Dazu tanzte er triumphierend herum. Er durfte mit in

den Verlag, wo er den Lapislazuli aus einem Staubtuch auswickelte. Er paßte mit strahlender Miene genau auf, welche Wirkung sein Zauberstein auf den Verleger und dessen Mitarbeiter hätte.

»Lapislazuli«, rief er lachend. »Für Adris Buch.«

Leider gelang es nicht, diese besondere Farbe als Buchumschlag drucken zu lassen. Bei jedem Probedruck, den ich erhielt, rückte Tonio mit seinem Stein an. Die Umschlagfarbe ähnelte ihm nicht entfernt.

»Weißt du, was«, sagte Tonio, »du mußt lauter Farbfotos davon machen, und dann schneidest du auf jedem Foto den Lapislazuli aus ... und dann klebst du die ganzen Lapislazulisse nebeneinander auf dein Buch. Ganz einfach.«

Bei einem Umbau des Wohnzimmers, '97, ließen wir zwei Vitrinen zu beiden Seiten des offenen Kamins einbauen: eine für Mirjams Sammlung venezianischer Masken, die andere für Tonios Steinsammlung. Die kleineren Stücke bewahrte er in Schaumstoffpuderquasten, die in durchsichtigen Hartkunststoffdosen untergebracht wurden. Dazwischen standen, auf Glasregalen, die großen Mineralbrocken. Er schleppte jeden Besucher zu *seinem* Schrank.

»Dieser bläuliche Stein da, Tonio, wie heißt der?«

»Der sieht nur aus wie blau. Durch das Licht. Er ist grau. Ein Labradorit.«

Und dann blickte er kopfschüttelnd zu Mirjam oder mir. Wie konnte man nur so unwissend sein.

In einer kleinen Stadt auf Sizilien fand Tonio (denn in bezug auf Steine schien er wie radargesteuert) einen vergessenen, staubigen kleinen Laden, in dem eine alte schwarzgekleidete Frau, runzlig wie ein vertrockneter Apfel, über eine Vitrine mit Mineralien und versteinerten Seepferdchen wachte. Während wir auf einer benachbarten Terrasse im Schatten eiskalten, fast roten Rosé tranken, stöberte Tonio in dem Laden herum. Jedesmal, wenn er mit seiner Neuanschaffung an unseren Tisch kam, setzte er seine jämmerlichste Miene auf: »Die haben da auch noch einen Achat. Einen einzigen. Gar nicht so furchtbar teuer.«

Wenn ich ihm dann noch etwas Geld gab, stieß er einen höhnischen Triumphschrei aus. Er betrachtete jedes Geschenk als Sieg über die Zurückhaltung seiner Eltern aus erzieherischen Gründen. Die übrigen Gäste hatten allmählich ihre helle Freude an ihm, wie er uns auftrug, auf die herbeigeschleppte Beute aufzupassen, um dann mit einer Handvoll frisch abgeschwatzten Geldes wieder in den kleinen Laden zu rennen, als habe er Angst, andere Käufer, die von Steinen natürlich nicht den blassesten Schimmer hatten, könnten ihm zuvorkommen.

Nach zehn Minuten war er wieder da. Die alte Frau hatte den Achat eingepackt und ein blaues Band darumgeschlungen, wie die sizilianischen Bäcker es bei Gebäck machten. Tonio riß das Papier fingerfertig auf. »Schaut mal, wie schön dieser Manganabdruck ist …« Er sprach wie ein Artikel in seiner Lieblingszeitschrift, mit tiefer Stimme. »Die Nerven da … und das hier, das ist ein Dendrit. Wie ein kleiner Weihnachtsbaum, nicht, Mama?« Und nach einer kurzen Pause, mich in schuldbewußter Verzweiflung ansehend: »Die alte Frau hat mir auch noch ein paar Jaspisse gezeigt. Es sind die letzten. Rote und grüne. Die sind, glaub ich, nicht ganz so billig.«

»Das Geld ist alle.«

»Ja, das *versteh* ich ja, aber …«

Heute gehen Mirjam und ich selbst in ein Geschäft, um einen Stein für Tonio zu kaufen. Den letzten für seine Sammlung, mit Inschrift.

2

Zwei Uhr nachmittags. Ein ständiger Wechsel von Sonne und windgetriebenen Wolken macht mich schon mein ganzes Leben lang nervös (die gleiche Witterung wie an dem Samstag, als mein Vater mit seinem Moped in einen Graben fuhr und vom Rettungswagen zu Hause abgeliefert wurde, unerkennbar durch eine Maske aus geronnenem Blut), aber heute ist es schlimmer denn je. Um fünf sollen wir beim Steinmetz sein. Ich ziehe die Vorhänge zu als Schutz gegen das Streiflicht der Sonne und reiße sie wieder auf, wenn es kurzfristig dunkel wird.

Von Arbeiten kann keine Rede sein. Um drei Uhr beschließe ich, mich schon mal zu duschen und zu rasieren, alles ganz sorgfältig und in Ruhe, dann stehe ich nachher wie aus dem Ei gepellt bereit, wenn Mirjam mich holt. Beim Anblick meines Bettes, auf dem Weg zum Bad, merke ich, wie müde ich bin. Um zu Kräften zu kommen, lege ich mich hin und greife zum erstbesten Buch, das ich auf der Bettumrandung finde: ein kleines Werk über Shakespeare. Es weiß unter anderem zu vermelden, daß im Œuvre des großen Barden fast sechzehntausend Fragezeichen vorkommen. Als ich mich, einen Zeigefinger zwischen den Seiten, dösend frage, ob das viel oder wenig ist bei knapp vierzig Theaterstücken, streckt Mirjam den Kopf um die Tür.

»Ich möchte spätestens um Viertel nach vier los«, sagt sie gehetzt. »Stell dir vor, wir geraten in den Freitagnachmittagsstau.«

Duschen, Haarewaschen, Rasieren – der Gedanke erfüllt mich mit Widerwillen. Ich bleibe bis kurz nach vier im Bett liegen, nicht einmal lesend und ohne eine Antwort auf das Problem der sechzehntausend Fragezeichen zu finden. Als ich aufstehe, reicht die Zeit gerade noch, mir irgendwas überzuziehen. Ich trage nach wie vor jeden Tag zu Hause, was ich am Morgen des Pfingstsonntag überwarf: eine Trainingshose und ein Holzfällerhemd, na ja, nicht immer genau *die*, schließlich muß ab und zu etwas in die Wäsche. Das störende Flutlicht ist den langsam dahinsegelnden Wolken endgültig gewichen, denn der schlimmste Wind hat sich gelegt.

Als ich die Straße zum Auto überquere, merke ich erst, daß die Gicht in meinen linken Fuß zurückgekehrt ist. Ich gehe so wenig, außerhalb des Hauses schon gar nicht, daß der Schmerz mir bisher nicht aufgefallen war. Daß Podagra durch den Genuß von rotem Fleisch und rotem Portwein verursacht wird, wurde vor kurzem in einer Wissenschaftsbeilage ins Reich der Fabel verwiesen. Mit rotem Fleisch und rotem Portwein kann man mich ohnehin nicht locken, mit farblosen Getränken dagegen schon, und die scheinen tatsächlich eine Rolle bei der Bildung schmerzhafter Kristalle in den Gelenken zu spielen. Wage ich mich nach Wochen endlich mal vor die Tür, sehen alle Nachbarn mich zum Auto humpeln.

»Du hinkst ja«, sagt Mirjam, die schon hinter dem Lenkrad sitzt.

»Ich verlern das Laufen, das ist es.«

Die Cornelis Schuytstraat. Der Willemsparkweg. Der Koninginneweg ... Die Straßen sind tatsächlich mehr als voll vom Freitagsverkehr, aber es kommt zu keinem Stau. Nur vor der großen Kreuzung mit dem Amstelveenseweg müssen wir uns wegen der sich nur langsam vorwärtsschiebenden Autoschlange vor uns vier Grünphasen lang in Geduld fassen.

Am Ende der Zeilstraat fahren wir auf eine hochstehende Zugbrücke zu. Darüber tummeln sich so viele durcheinanderflatternde Möwen, daß man meinen könnte, sie wären gerade aus einem großen Karton entwischt, von dem noch eine Seitenklappe hochsteht. Es dauert lange, bis sich die Fahrbahn wieder senkt.

»Ich bin gespannt«, sagt Mirjam, »wie weit sie sind. Ich habe sie gebeten, mit den Buchstaben noch ein bißchen zu warten. Im Computer sah es gut aus, aber wir müssen es doch mal mit eigenen Augen sehen.«

»Hast du auf den Bindestrich geachtet?«

»Es sollte doch gerade *ohne* Bindestrich sein ...«

»Ohne Bindestrich, ja. Aber hast du es auch kontrolliert?«

»Jetzt wo du's sagst. In meinem Kopf ist immer noch so ein Durcheinander. Ich frag mich, ob das je wieder in Ordnung kommt.«

»Macht nichts.«

Die Schranke hebt sich ruckend. Wir fahren über die Schinkel auf den Hoofddorpplein zu. Als wir unter der A 10 durchfahren, nach Slotervaart hinein, sagt Mirjam: »Das ist dieselbe Strecke wie am Tag von Tonios Geburt, in dem kleinen Auto der Hebamme. Achtung ... hier links, das Antoni van Leeuwen ... dahinter das Slotervaart-Krankenhaus. Dort ist er geboren.«

Ich bin seit dem fünfzehnten Juni 1988 nicht mehr hiergewesen, erkenne das Gebäude aber sofort wieder. Mirjam hatte sich an jenem Morgen so auf ihre Wehen konzentriert, weshalb sie erst in der Eingangshalle merkte, daß sie nicht im Krankenhaus ihrer Wahl (dem VU) war. Tonio wurde nie müde, sich diese Geschichte anzuhören.

»Tut mir leid, Mädel, tut mir leid«, rief die Hebamme in einer Tour. »Meine Schuld. Blöd. Tut mir leid.«

Es war klar, Tonio, daß von Umkehren keine Rede mehr sein konnte. Die Hebamme schob den Rollstuhl mit der stöhnenden Mirjam durch die Halle zum Aufzug. Dein Vater ging leicht schwankend mit, eine Hand im Nacken deiner Mutter. Das falsche Krankenhaus. Mirjam ein schlaffes Wrack im Rollstuhl. Das konnte nicht gutgehen.

»Aber es ging *doch* gut«, jauchzte er dann. »Sieh mich bloß an.«

3

Von der Plesmanlaan nach rechts in die charakterlose Einförmigkeit Osdorps.

»Die Jan Rebelstraat«, sagt Mirjam. »Schau mal auf die Karte. Ich bin einmal mit Nelleke dort gewesen, aber das war

wie Schlafwandeln. Es ist in der Nähe vom Friedhof West-
gaarde.«

In einem nordwestlichen Zipfel von Osdorp finde ich die
Jan Rebelstraat, tatsächlich nicht weit vom Friedhof entfernt.

»Hier nach links.« Ich bin wieder so nervös wie mittags
im hektischen Streiflicht des herbstlichen Sommerhimmels.
»Da ist es.«

Mirjam hält vor etwas, was wie eine normale Schaufenster-
scheibe aussieht. GEBR. LIEFTINK STEINMETZE SEIT 1913.

»Wart mal.« Mirjam dreht den Zündschlüssel herum und
schließt die Augen. »Hilf mir, ein bißchen Mut zu sammeln.«

Ich schnalle ihren Sicherheitsgurt los und ziehe sie an
mich. »Denk an das vorige Mal, Minchen, als du mit Nelleke
hier warst. Da hast du dir vorgestellt, du wärst im Gartenzentrum ... um etwas für unsere Veranda auszusuchen. Ein
Schnäppchen. Etwas Günstiges im Ausverkauf.«

»Die Zeiten haben sich schon wieder geändert«, flüstert
sie. »Es ist jetzt schwieriger.«

Auch die mit einer Glocke versehene Tür erinnert an
die eines altmodischen Feinkostladens. Im linken Teil des
Geschäfts scheint in wahrer Größe eine Ecke eines Friedhofs nachgebaut zu sein, wie das vielleicht an einem Film-
set geschehen würde. Was daran nicht stimmt, ist, daß aller Marmor, rosa geflammt und perlgrau-schwarz gestreift,
so glänzend und unversehrt aussieht. Nirgends ein bißchen Moos oder ein Grashalm im Kies, der die Gräber
bedeckt.

Aufrecht stehende Grabplatten. Liegende. Kombina-
tionen aus beiden. Ich frage mich, ob die eingemeißelten,
teilweise vergoldeten Namen ausgedachte sind. Falls ja, wie
verhält es sich dann mit den in den Marmor eingelassenen
Fotoporträts, oder sind das Computerkompositionen? Eine
nette Spielecke für einen Romanschriftsteller.

Rechts eine Auslage mit Herzen aus rosafarbenem und
Kuscheltieren (Bären, Kaninchen) aus hellgrauem Marmor.

Dahinter zwei Schreibtische mit Computern. An der Wand große Tafeln mit Buchstabenmustern.

Ein etwa vierzigjähriger Mann erhebt sich hinter seinem Schreibtisch. Mirjam entschuldigt sich, daß wir zu früh gekommen sind. Es werden Hände geschüttelt, was wir im Gartenzentrum für gewöhnlich nicht tun. Eigentlich müßte er unsere Namen vom Stein her kennen.

»Macht gar nichts«, sagt der Mann.

Zu früh. Er führt uns in die Werkstatt hinter dem Showroom, wo ein zweiter Mann, in eine vage Staubwolke gehüllt, arbeitet. Vielleicht sind es Brüder, dann allerdings nicht die von 1913. Plötzlich, ehe wir darauf gefaßt sind, blicken wir auf einen aufgebockten, auf dem Rücken liegenden Grabstein – mit unseren Nachnamen.

»Ich hole mal eben die Unterlagen«, sagt der Mann, der uns begrüßt hat. Er geht in den Laden zurück.

TONIO
ROTENSTREICH-
VAN DER HEIJDEN

Ich mache Mirjam auf den Bindestrich aufmerksam. »Siehst du, daß das ganz automatisch geht? So ist es, als wäre Tonio, Mädchenname van der Heijden, mit einem Herrn Rotenstreich verheiratet. Ein kleiner Strich, und er liegt mit einer anderen Identität im Grab. Sogar mit verändertem Geschlecht.«

»Etwas für einen Thriller«, sagt Mirjam. »Identitätsschwindel, dieser Begriff von Alfred Kossmann, damit hat doch alles angefangen, oder? Ohne die Arbeit, die ich darüber geschrieben habe, hätten wir nie an den Namen Tonio gedacht.«

»Gut, der Thriller beginnt mit einer Exhumierung«, sage ich. »Anlaß: ein irrtümlich eingemeißelter Bindestrich, wodurch die begrabene Person eine falsche Identität bekommt.

574

Den Rest darfst du dir ausdenken. Schließlich ist es dein Nachname, der ...«

»Der?«

»... hier nicht hingehört.«

»Du kannst ihn entfernen lassen.«

»Nie im Leben. Jetzt, wo ich endlich mein altes Versprechen einlösen kann.«

Die drei Namen und die Jahreszahlen von Tonios Leben stehen gedruckt auf einem Blatt Papier, das mit Klebeband am Stein befestigt ist. Es kann noch alles mögliche daran verändert und verschoben werden. Der Mann kehrt mit seinen Formularen zurück. »Kontrollieren Sie bitte mit ... Die Platte ist aus Belgisch Granit ... hundert Zentimeter hoch, achtzig breit und acht tief. Wie wollen Sie das Foto?«

Der Stein mit Tonios Selbstporträt als Oscar Wilde liegt, sehe ich erst jetzt, lose auf der Platte. »Welche Möglichkeiten gibt es?« frage ich.

»Es geht alles«, sagt der Mann. »Von erhaben bis eingelassen. Mir erscheint am schönsten: halb im Stein, so daß doch noch ein wenig Relief entsteht.«

Ich sehe Mirjam an. Sie nickt. Der Mann hat verstanden und notiert etwas. Ich mache ihn auf den überflüssigen Bindestrich aufmerksam. Ihm mehr dazu zu erklären ist nicht nötig, er kennt die Geschichte. Wie der Strich sich dann trotzdem in den Entwurf geschlichen hat, versteht er nicht, aber in der endgültigen Inschrift wird er nicht mehr zu sehen sein.

»Andernfalls übernehmen wir die zusätzlichen Kosten«, sagt er.

Drinnen suchen wir auf der Mustertafel den definitiven Schrifttyp aus. Wir entscheiden uns für Albertus Halbfett. Wir sehen zu, wie der Mann auf dem Computer die Typographie der Inschrift ändert.

Ich weise ihn auf den etwas groß geratenen Abstand zwischen den Datumsbestandteilen hin. Er wird verkleinert. Er druckt den endgültigen Text aus, inklusive der Stelle, an die das Foto kommt. Ich mache ihn darauf aufmerksam, daß der Bindestrich noch immer seinen irreführenden Platz einnimmt. Schweigend entfernt er ihn auf dem Schirm, als wäre es ein Schmutzteilchen, und ich erhalte einen neuen Ausdruck.

Ich muß an die junge Frau am Computer im Einwohnermeldeamt denken, der ich vor lauter Nervosität Tonios geplanten Zwischennamen anzugeben vergaß. Ein Weg von rund zweiundzwanzig Jahren ist zurückgelegt, um Tonio seinen vollständigen Namen zu geben. Ich habe so lange damit gewartet, bis er in Stein gemeißelt werden mußte. Die Scham, die ich jetzt empfinde, ist ungleich größer als damals, am 16. Juni 1988, als ich mit einer unvollständigen Geburtsurkunde vor dem Einwohnermeldeamt auf der Straße stand. (»Wie sage ich es meiner Frau?«)

»Der Stein«, erklärt der Mann, »kann schon in der kommenden Woche bearbeitet werden. Wir stellen ihn dann vierzehn Tage später auf. Dieser Belgisch Granit, ich wiederhole es noch einmal, wird mit der Zeit etwas verwittern ... und das soll er auch. Das macht sich gut. Der Kies wird nach vier Jahren ausgewechselt.«

Er bedeutet uns, einen Moment zu warten, und geht zu seinem Kollegen in die Werkstatt. Nach kurzer Rücksprache mit ihm kehrt er zu uns zurück. »Wir fangen nicht vor kommendem Montag an. Das heißt ... sollten Sie es sich noch anders überlegen, was das Foto oder den Schrifttyp betrifft, dann können Sie uns bis spätestens Montag früh Bescheid geben. Wenn wir nichts von Ihnen hören, gehen wir davon aus, daß es so in Ordnung ist.«

Mirjam will schon gehen, doch ich bleibe im Durchgang zwischen Geschäft und Werkstatt stehen, bis der Mann sein eigenes Exemplar des neuen Computerausdrucks (den ohne den Bindestrich) auf den Grabstein von Tonio Rotenstreich van der Heijden geklebt hat.

Meine Füße fühlen sich unbehaglich an auf dem Beton-fußboden. Hier hätten irgendwann Tonios Füße stehen müs-sen, in Schuhen, die nach zwanzig, dreißig Jahren durch das schlaffer und dicker werdende Fleisch eine Nummer größer ausfielen. Ich würde ihn hier am liebsten als Vierziger stehen sehen, dann wäre ich der mit rund achtzig Jahren Verstorbe-ne, für den er einen Grabstein aussuchen müßte. »Belgisch Granit.« Vielleicht würde er auf die Idee kommen, eines der Fotos, die er im Laufe der Jahre von seinem Vater gemacht hat, auf Stein drucken und in das Grabmal einarbeiten zu lassen.

Ich stellte mir vor, wie er hier ungeduldig herumginge, vielleicht mit seiner Mutter, um ein notwendiges Übel zu er-ledigen. Ein Grabstein für seinen Vater. Auch wenn ich das entsprechende Alter hatte, wäre es, wenn er mich noch liebte, eine Niederlage für ihn gewesen.

Das hier, ich in *seinen* Schuhen, war erst die wirkliche Nie-derlage. Für ihn und für mich. Mein Gott, Junge, hätten wir das nur überspringen können, um mit einem Riesensatz im Jahr, sagen wir mal: 2034 zu landen. Ich in gesegnetem Alter gestorben, du auf ein solches Alter hin lebend.

4

Seit ich mit diesem Requiem begonnen habe, versuche ich, Halt bei Schriftstellern zu finden, die ein Kind verloren ha-ben.

Shakespeares Sohn Hamnet, die männliche Hälfte seiner Zwillinge, starb mit elf Jahren. Falls sich Spuren davon in seinem Werk finden, dann nur indirekte. Der Kindermord in *Macbeth* vielleicht. »*Give sorrow words* ...« Möglicherweise gestaltete Shakespeare mit dem jungen Helden aus *Hamlet* eine Idealisierung seines eigenen Sohnes und verkleidete sich selbst als voyeuristischen Geist.

Ben Jonson verlor seinen ersten Sohn, als dieser sieben

war. »*My sin was too much hope of thee, loved boy,/Seven years thou wert lent to me, and I thee pay,/Exacted by thy fate, on the just day.*«

Descartes kam nie über den Tod seiner kleinen Tochter hinweg, doch ob ihr Sterben seine Philosophie geprägt hat, weiß ich nicht. Klaus Mann, der älteste Sohn von Thomas Mann, beging Selbstmord. In Tagebuchaufzeichnungen aus der Zeit, als der Junge zwölf war, hatte der Vater sich gefragt, ob er sich in seinen in einen Matrosenanzug gesteckten Sohn verlieben könnte. Bei der Beerdigung von Klaus in Cannes mußte auf die weihevolle Anwesenheit von Thomas verzichtet werden, der sich auf Lesereise durch Skandinavien befand.

Anna Enquist verlor ihre Tochter Margit bei einem Verkehrsunfall auf dem Dam. Wie diese gesungen und gespielt und gestrahlt hatte beim fünfundzwanzigjährigen Jubiläum der Literaturzeitschrift *De Revisor*! Die kleine Tochter von P. F. Thomése wurde ein Schattenkind. Mauringh, der älteste Sohn von Jean-Paul Franssens, sprang vor den Zug (der Vater starb ein Jahr später). Ein Sohn von Jan Cremer wurde ermordet. Ein Sohn von Jeroen Brouwers starb an einer Krankheit. Nicht lange danach saß ich dem Vater am Tisch eines Restaurants gegenüber und konnte den Schmerz in seinen müden Augen ganz aus der Nähe sehen.

Die Liste ist lang. Schriftsteller werden nicht verschont. Vielleicht ziehen sie Tragödien eher an, weil sie sich berufshalber so intensiv damit beschäftigen. Nachdem Simenon *Die verschwundene Tochter* veröffentlicht hatte, verschwand seine eigene Tochter: Später stellte sich heraus, daß sie Selbstmord begangen hatte. Simenon verfaßte seine tausend Seiten umfassenden Memoiren in Form eines Briefes an sie.

Ich habe aus dem Leid meiner Kollegen keinen Trost schöpfen können. Geteiltes Leid halbiert nichts. Es vermehrt.

Rückweg durch den umgekippten Baukasten, der Osdorp ist. Auf der Plesmanlaan in Richtung beseelte Welt. Mirjam zeigt noch einmal auf den Turm des Slotervaart-Krankenhauses.

»Eben mal hin?« Und als ich das als Scherz aufzufassen scheine: »Ich meine es ernst. Für dein Buch.«

»Ein andermal. Die Steinmetzwerkstatt muß ja auch schon in mein Buch.«

Während wir am Krankenhaus vorbeifahren, lasse ich den Turm nicht aus den Augen. Dort irgendwo, auf einer hochgelegenen Etage, habe ich gesehen, wie er geboren wurde. Aus einer solchen Höhe auf Amsterdam zu blicken und währenddessen Vater zu werden, oh, was für ein majestätisches Gefühl das war. Die Anfechtung, mit dem noch ungewaschenen Wurm ans Fenster zu treten, um ihm die Welt (ihn der Welt) zu zeigen ... Ich traute mich nicht.

Ich habe gerade seinen Grabstein gesehen. Direkt unter die abgerundete Oberseite kommt sein Porträt. So schaut er bald aus noch nicht einmal einem Meter Höhe auf ein Kiesbeet seiner Körperlänge.

»Ich weiß nicht genau, wie ich das ausdrücken soll«, sagt Mirjam, »aber ich habe immer mehr das Gefühl, daß Tonio, na ja, in mir wohnt. Permanent.«

»In uns beiden«, sage ich. »Und wir, mit Tonio in uns, wohnen seit Pfingsten permanent in einer anderen Welt. Sind die Adreßänderungskarten noch nicht verschickt? Es ist eine Welt, von deren Existenz wir nichts ahnten. Zum Beispiel diese Steinmetzwerkstatt ... Da einfach hinzufahren und hineinzugehen ... das hätten wir uns vor zwei Monaten nicht vorstellen können. Andere Welt, andere Türen, andere Einrichtung. Das Eigenartige ist, wir benehmen uns, als wäre es die normalste Sache der Welt ... dort herumzugehen, Einkaufskorb am Arm ... Gegenstände für Tonios Grab auszusuchen ... wie in einem Supermarkt. Der Rückweg in die

Welt von vor Pfingsten ist für immer versperrt. So kommt man auch mal woanders hin.«

Wir sind am Slotervaart-Krankenhaus vorbei. Ich drehe mich noch einmal nach dem häßlichen Turm um. Ein oder zwei Tage nach Tonios Geburt: Ich stehe mit meiner Mutter vor der Glaswand, hinter der Mirjam im Nachthemd aufgetaucht ist, das Baby in den Armen, müdes Gesicht, aber breit lachend.

»Ja ... ja, wirklich, das hast du gut gemacht.« Sie schlägt sich die Hand vor den Mund. »Oh, was sag ich da bloß?«

6

Vorige Woche erhielt Mirjam einen Anruf der Gebr. Lieftink: Der Stein sei aufgestellt. Es fehle nur etwas Kies, um das Beet aufzufüllen. Das werde so bald wie möglich in Ordnung gebracht.

Mirjam begann sofort, in der Familie herumzutelefonieren: um ein allen passendes Datum für einen gemeinsamen Grabbesuch festzulegen, denn von einer Enthüllung des Grabmals konnte keine Rede mehr sein. Natan fand es merkwürdig, daß der Stein nicht in Anwesenheit der Hinterbliebenen aufgestellt worden war. Er war der Meinung, das sei eine allgemeingültige Tradition. Aber natürlich wollte er gern mit uns zum Grab, auch um seinen eigenen, vom Aussterben bedrohten Namen in Stein gemeißelt zu sehen.

Mein Schwiegervater, meine Schwester, mein Bruder mit Frau und Kind: Alle konnten am Montag, dem zwölften Juli, dem Tag nach dem Endspiel. Meine Schwiegermutter, die am Tag der Beerdigung so heftig kundgetan hatte, sie wolle ihrem ehemaligen Ehemann nicht einmal die Hand geben, mußte eben ein andermal nach Buitenveldert. Selbst dann war es die Frage, ob sie die Anwesenheit des Namens ROTENSTREICH auf dem Stein nicht in allen Tonarten beanstanden würde. Im Umgang mit ihr war unablässige Diplomatie gefordert, die aber meist versagte.

Bevor das Endspiel begann, servierte Mirjam fritierte Tintenfischringe zum Drink.

»Der Mann auf dem Albert Cuyp Markt hat gesagt, es sei einer von Pauls Armen. Du weißt schon, dieser deutsche Tintenfisch, der die Resultate bei der Weltmeisterschaft vorhersagt. Indem er ... wie war das gleich noch mal ... indem er sich eine Muschel aus einem bestimmten Gefäß holt, oder so ähnlich.«

»Und du wirfst einen Arm des Orakels einfach ins heiße Fritieröl? Das heißt die Götter versuchen.«

»Ach wo. Tintenfisch. Paul hat vorhergesagt, daß Spanien gewinnt. Jetzt ist er unschädlich gemacht worden. Auf dem Albert Cuyp haben sie ihm die falsche Muschel rausgeschnitten und an die Möwen verfüttert. Spanien verliert.«

»Die Ringe knirschen aber alarmierend zwischen den Zähnen.«

»Weil ich grobes Meersalz draufgestreut habe.«

Ich bin froh um jeden Moment, in dem ich dank irgendeiner Ablenkung nicht zu denken brauche: *Mein Leben ist für immer zerstört.* Gleichzeitig bin ich nach einem solchen Augenblick der Zerstreuung davon überzeugt, daß ich den Gedanken an mein verwüstetes Leben keinen Moment loslassen darf. Das müßte meine permanente Ehrenerweisung für Tonio sein. Tonios Leben für immer abgeschnitten, seine Zukunft für alle Zeiten verriegelt? Dann muß ich ununterbrochen mit der Zerstörung meines eigenen Daseins konfrontiert werden. Meine Aufmerksamkeit darf nicht erlahmen.

In dieser ambivalenten Stimmung setzte ich mich vor den Fernseher.

Ich konnte mir zwar in einem fort einreden, der Ausgang des Endspiels lasse mich kalt, doch spürte ich die matte Stimmung, die sich als Antwort auf die Antiklimax im Wohnzimmer eingestellt hatte. Ich hatte erwartet, daß der Museumplein sich unter lautem Protestgejohle als Auftakt zu diversen Bränden in der Stadt leeren würde, beispielsweise beim spanischen Konsulat und bei verschiedenen iberischen Reisebüros. Ich spitzte die Ohren, doch von der Straße unten erklang kein Murren von vorbeiströmenden Scharen. Die Vuvuzelas schwiegen.

Mir drängte sich das Bild von einer Meute auf, die vielköpfig, reglos und stumm vor Fassungslosigkeit auf dem Museumplein verharrte.

»Ich geh mal kurz raus.«

Durch die stillen Straßen von Amsterdam-Zuid eilten ganze Herden von Oranjevieh nach Hause: stumm, niedergeschlagen, auf flüsternden oder schluffenden Schuhsohlen. In diesem anonymen Dunkel, das unsere nationale Identität ausgelöscht hatte, traute ich mich unbekümmert umherzugehen. Ich schlenderte dem Strom entgegen bis zum Ende der Straße. Im Welling, wo der Fernseher inzwischen ausgeschaltet war, herrschte eine derart gedämpfte Stimmung, daß man an den Ausklang nach der Beerdigung eines Stammgastes hätte denken können. Draußen saß eine kleine Gruppe von Rauchern.

Der Museumplein erinnerte noch am ehesten an eine dieser Müllkippen in einem Drittweltland, auf denen die Armen ihre Sprößlinge nach brauchbaren Abfällen wühlen lassen. Nur wurden solche Misthaufen nachts in der Regel nicht von Scheinwerfern und Riesenschirmen, die kein Bild mehr zeigten, erhellt. Der große Platz lag fast ganz verlassen da. Ein bizarrer, schimmernder Abfallteppich (Bierdosen, Wasserflaschen, sehr viel hellblaues Plastik, Kisten, orangefarbene Kleidungsstücke) bedeckte die zertrampelte Grasfläche. Wie von selbst ging der Blick nach oben, um am Himmel nach Aasgeiern zu spähen. Nur Möwen im Sturzflug.

Zwei ungefähr zehnjährige Amateurstrandräuber waren dabei, weggeworfene Vuvuzelas einzusammeln, vielleicht in der Hoffnung, als Vorbereitung zu der Siegerehrung übermorgen noch ein Geschäft zu machen. Immerhin waren sie so schlau, sie erst, fremder Spucke trotzend, auszuprobieren: ob sich dieses schauerliche Tuten noch herauspressen ließ.

Das Geräusch des von Fußsohlen zertretenen Blechs und splitternden Kunststoffs war noch nicht ganz verklungen: Hier und da verließen kleine Fangruppen das Gelände, mit gesenkten Köpfen. Die Niederlage wog schwer, obwohl sich in vier Jahren die Gelegenheit zur Revanche bot. Mich berührte es nicht. Was mir jedoch zusetzte, war die *Kulisse* des Abgangs: Die beschwor, mit diesen zehnjährigen Strandräubern mittendrin, meinen eigenen Verlust. Das Gefühl, Tonio verloren zu haben, ließ sich offenbar auf unzählige Arten und mit unzähligen Attributen verstärken.

9

Heute, am zwölften Juli, machten wir uns auf den Weg, um Tonios Steinsammlung das neue Exemplar hinzuzufügen. Nicht in seiner Vitrine in unserem Wohnzimmer, dafür war es zu groß. Dieses Exemplar von Belgisch Granit wurde unter freiem Himmel ausgestellt, auf dem Friedhof Buitenveldert. Ich hatte ein kleines Stück Lapislazuli, Tonios Lieblingsstein, darin verarbeiten lassen wollen, doch das stellte die Steinmetzwerkstatt vor Probleme, also sahen wir davon ab.

Die Stadtreinigung hatte bereits in der Nacht begonnen, die Müllkippe auf dem Museumplein abzutragen. Als ich in der Frühe scheu meinen Morgenspaziergang machte, waren die Arbeiten noch immer im Gang – alles, um der Siegerehrung am nächsten Tag einen gesäuberten Untergrund zu bieten, damit aufs neue ein Abfallteppich darüber ausgebreitet werden konnte. Niederlage hin oder her, das Gebrüll mußte weitergehen. Die Stadt hatte sogar entschieden, daß es auch die Grachtenrundfahrt geben sollte. So hoffte man, mit Hilfe eines alchimistischen Tricks Niederlage in Sieg zu verwandeln. Man lasse eine Million orangefarben ausstaffierter Provinzler per Bahn in die Hauptstadt kommen. Man lasse sie von Brücke zu Brücke, von Grachtufer zu Grachtufer das Boot mit den Spielern umdrängen. Unter Getute und orangeroter Rauchentwicklung verwandelt sich dann mit einem Knall die Blamage von selbst in Triumph. Der neue Bürgermeister schlug Kapital daraus: Seine Amtseinführung wurde im Laufe einer Woche mit zwei Oranjefesten bekräftigt. Wenn Vandalismus sich in Rot-Weiß-Blau hüllte, war alles in Ordnung.

10

»Angenommen, deine Frau oder dein Sohn wird dir genommen, schreibst du dann einfach weiter?«

Jemand, der mir diese Frage vor Pfingsten 2010 gestellt hätte, hätte folgende Antwort erhalten: »Natürlich nicht. Sie sind beide meine Musen. Tonio eine männliche. Ich mache es in erster Linie für die beiden. Abgesehen von der Frage, ob Schreiben noch einen Sinn hätte, ich *könnte* es gar nicht mehr.«

Seit Ende Mai ist es jedoch Tonio, der mich weiterschreiben läßt. Tag für Tag, von halb elf Uhr vormittags bis fünf Uhr nachmittags, ohne Mittagspause. Es ist eher ein zwanghaftes Ritual als eine freiwillige Ausübung meines Berufs. Für und über ihn zu schreiben ist *die* Art und Weise, ihm möglichst nahezukommen, demjenigen, der er war, und dem Abwesenden, der er jetzt ist, und mit ihm zu reden und zu schweigen. So halte ich ihn am Leben, und wenn die Arbeit

demnächst beendet ist, kann das Requiem ihn, im Zwiege-
spräch mit dem Leser, hoffentlich noch eine Zeitlang lebendig erhalten.

Doch wie soll es danach weitergehen? Ich kann natürlich
sagen: Es ist mein Broterwerb, und da wir beschlossen haben, am Leben zu bleiben ... Es kann natürlich niemals nur
um das Verdienen des Lebensunterhalts gehen, sonst hätte
ich mir einen anderen Beruf ausgesucht, einen, der unmittel-
barere Resultate am Ende eines Arbeitstags liefert.

Die Frage lautet vor allem: *Was* soll ich danach noch schrei-
ben? Mein gegenwärtiges Thema ist eine Art pechschwarzes
Wunder, das meinen Weg gekreuzt hat. Etwas Einmaliges, da
Gott sei Dank nicht noch mehr Kinder von meinem Fleisch
und Blut dem Tod geopfert werden können. Es scheint alle
Themen, die sich künftig anbieten, in den Schatten zu stellen.

Vielleicht muß ich einfach abwarten, was geschieht. Die
unfruchtbare Leere oder ...

Eine andere Antwort auf den schrecklichen Verlust, als
über ihn zu schreiben, habe ich nicht – um nach einer gewissen Zeit zu entdecken, daß auch Schreiben keine Antwort
sein kann, denn es wurde keine Frage gestellt. Das macht den
Verlust noch grauenerregender: daß er keine Frage enthält,
sondern nur ein Ausrufezeichen wie ein messerscharfer Eis-
zapfen.

Man kann die Sache auch umdrehen und den Verlust befragen, doch auch von ihm kommt keine Antwort.

11

Um zehn Uhr ging ich in mein Arbeitszimmer im dritten
Stock, um mir meine Notizen vorzunehmen. Es war stickig.
Ich öffnete das Fenster neben meinem Schreibtisch weit.
Viel Sinn hatte das nicht, da es draußen windstill war – und
jetzt stand die Luft dick und bewegungslos zwischen den
Häusern, nicht einmal als zähflüssig zu bezeichnen, hätte das

doch eine Art Strömen suggeriert. Gerade wenn man dachte: so schwarz ist ein Himmel tagsüber noch nie gewesen, zeigte sich, daß er noch um eine Nuance dunkler werden konnte. Alles, damit der Blitz voll zur Geltung kam. Beim umflorten Grollen des Donners mußte ich an die mit schwarzem Tuch bedeckten Trommeln in einem neapolitanischen Trauerzug denken, den ich 1980 gesehen hatte, als ich Mirjam allein gelassen hatte, um in Positano »mein Glück aus der Entfernung zu betrachten«. Kurz und gut, wir hatten einen perfekten Tag ausgesucht, um Tonios Grabstein einzuweihen.

In dem Moment, als ich dachte, es würde keine Entladung mehr geben, hörte ich, noch bevor ich den Regen fallen sah, ein gemeines Trommeln auf dem Flachdach über mir. Ich schloß das Fenster, denn die Tropfen spritzten schon vom Rahmen auf meine Papiere.

Die Ereignisse der zurückliegenden sieben Wochen waren bis auf einen in passivem Kummer ertrunkenen Tag hier und da minuziös im Telegrammstil festgehalten: Material, das als Grundierung für das Requiem dienen konnte. Wie aber damit wirklich beginnen? Sollte ich ihm, gerade wegen der Kapricen des tatsächlich Geschehenen, eine strenge Struktur geben? Oder durfte ich mich auf den chaotischen Strudel der Gefühle und Erfahrungen berufen, in den wir hineingesogen wurden, so daß auch der Bericht von unserer Trauer in alle Richtungen schlingern konnte?

Mein Herz war wie ein Nadelkissen, so viele kurze Stiche spürte ich, wenn ich an unsere Mission am Nachmittag dachte. Es war so ähnlich wie die *needles and pins*, die man in einem eingeschlafenen Fuß spüren konnte, nun aber in der Herzgegend.

Um halb zwei traf Hinde auf dem Fahrrad ein. Sie sollte mit uns im Auto fahren, zog es jedoch auf einmal vor, nach Buitenveldert zu radeln. Mirjam und ich fuhren in die Lomanstraat. Natans Arm erschien langsam winkend über den halben Scheibengardinen zum Zeichen, daß er uns gesehen hatte. Es würde noch eine ganze Weile dauern, wie wir wußten, bis die Haustür aufging.

Siebenundneunzig. Er war alt und zusammengeschrumpft. Sein freundliches Gesicht sah sehr blaß aus, mit feuchten rosa Halbmonden unter den Augen. Ich half ihm über die Straße, mit kleinen Schritten wie er, um mich seinem Tempo anzupassen. In den zurückliegenden zwei Monaten war er um Jahre gealtert. Deutlich über hundert war er jetzt.

12

Wir trafen gleichzeitig mit Hinde auf dem Friedhof ein. Meine Schwester wartete auf einer Bank hinter dem Tor, einen Blumenstrauß auf dem Schoß, kurzatmig allein schon vom Sitzen. Sie trug noch immer eine Perücke, weil ihre Haare durch die Chemo ausgefallen waren. Sie hatte eine kleine Wunde am Kinn, die blutete. Ich umarmte sie.

»Gefallen ... gestoßen?«

»Ich wollte mir ein Härchen auszupfen«, sagte sie, »und da ist mir die Pinzette ausgerutscht.«

Ich mußte fast lachen, so war sie. Ein Motto, das ihr Leben perfekt zusammenfaßte: ein Härchen aus dem Kinn zupfen und dann das Gesicht mit einer ausrutschenden Pinzette verletzen. Ich erkundigte mich nach der Therapie.

»Na ja, ich bin so ungefähr austherapiert.«

Ich erschrak, aber sie meinte damit, sie habe die Chemo jetzt »so ungefähr« hinter sich. »Der Tumor ist noch da, aber er ist zur Ruhe gekommen. Ja, am liebsten wäre ich ihn ganz los, aber sie sagen, *das* kann noch drei Jahre dauern. Neulich habe ich auch noch eine Lungenentzündung bekommen. Deswegen kriege ich jetzt so schlecht Luft. Ich habe nur noch fünfzig Prozent der normalen Lungenkapazität.«

»Hängt das nicht eher mit dem Emphysem zusammen?«
Wieder ertappte ich mich dabei, daß ich mir über Tonios

587

heimliches Rauchen Sorgen machte – bis in meinem Kopf so etwas wie ein Röntgenfoto seiner verwüsteten Lungen erschien.

»Ja, auch.«

Da erschienen Frans und Mariska mit ihrem kleinen Sohn Daniël, jetzt sechzehn Monate alt. Sie waren mit der Straßenbahn gekommen oder mit einer Kombination aus Bus und Straßenbahn. Wir standen alle um Daniëls Buggy herum, bis das arme Kerlchen wegen der übergroßen Aufmerksamkeit zu weinen begann. (»So groß geworden.«)

Wir gingen zusammen zum Grab, langsam, Natan bestimmte das Tempo. Und wieder zeigte Buitenveldert sich als bescheidenes Labyrinth, in dem man stets den falschen Weg einschlug. Alles war noch naß von dem Gewitterguß um die Mittagszeit, doch der Friedhof hatte sich nicht in eine Schlammfläche verwandelt. Es war auch nicht so, daß jetzt alles bereits ausdorrte, denn die Sonne hielt sich hinter tiefhängenden Wolken verborgen. An den Hecken funkelten Regentropfen, doch die Kaninchen tummelten sich schon wieder darunter.

Meist verirrten wir uns, weil Mirjam sich unbedingt auf den Plan verlassen wollte. Heute trottete jeder irgendwie hinter den anderen her, dabei ungefähr dem Weg folgend, an den wir uns von der Beerdigung erinnerten.

Wir näherten uns dem Grab schließlich von zwei Seiten, in zwei Gruppen: Natan, umringt von den Frauen, hatte einen früheren Durchgang in der Hecke benutzt als Frans und ich, und trotzdem kamen wir alle gleichzeitig bei dem neuen Stein an. Frans schob den leeren Buggy vor sich her (Daniël hing in den Armen seiner Mutter) und stellte ihn an einem anderen Grab ab. An Tonios Grab war noch das alte, provisorische Schild, das auch die Nummer trug: 1-376-B. Wir bildeten einen Halbkreis um das Kiesbeet.

TONIO
ROTENSTREICH
VAN DER HEIJDEN
15. JUNI 1988 · 23. MAI 2010

Erst jetzt, als ich mit eigenen Augen sah, daß der Bindestrich in der Gravur fehlte, war ich beruhigt. Ich legte die Hand auf den Arm meines Schwiegervaters. »Na, Natan, macht sich dein Name nicht gut darauf?«

Sein betrübtes Gesicht verzog sich zu einem unsicheren Lachen. Ich war nicht ganz sicher, ob die Feuchtigkeit auf den rosa Halbmonden seiner unteren Augenlider nur von den Windstößen zwischen den Hecken stammte.

»Ja, gut«, sagte er leise. »Sehr gut.«

Er hatte einen langen Weg hinter sich. Drei Nationalitäten hatte er, noch bevor er sich von der Stelle gerührt hatte, um wirklich die Reise durch Europa zu unternehmen. 1912 in der ehemaligen Donaumonarchie geboren, wurde er nach dem Ersten Weltkrieg Pole. Nach dem Hitler-Stalin-Pakt '39, als Natans Teil der Ukraine (Lemberg) der Sowjetunion zufiel, mußte er als Russe zu den Waffen in der Roten Armee. Dort begann sein langer Marsch in die Niederlande und schließlich zu diesem Friedhof in Buitenveldert. In der Roten Armee fungierte er als Dolmetscher: Er beherrschte seine Sprachen, auch Russisch. Er half, Berlin zu zerbomben, und kehrte nach der deutschen Kapitulation nach Polen zurück – nur um festzustellen, daß der Judenhaß dort nach der Besatzung noch rabiater geworden war. Er meldete sich als Betreuer jüdischer Kriegswaisen, von denen einige Hundert in die Niederlande begleitet werden mußten, wo sie in Pflegefamilien untergebracht werden sollten.

In den Niederlanden lernte er Wies kennen, eine jüdische Krankenschwester, die während des Krieges bei einer Gärtnerfamilie in Sint Pancras versteckt worden war, wo sie regelmäßig viele Stunden in einem Erdloch verbringen mußte. Sie heirateten und bekamen in den fünfziger Jahren zwei Töchter.

Ich habe nie herausgefunden, wie Natan zu diesem falschen Geburtsjahr (1916) in seinem Paß gekommen ist. War bei seiner Ankunft in den Niederlanden ein Fehler gemacht worden, wodurch sein Alter um vier Jahre gesenkt wurde, oder hatte er dieser mangelnden Sorgfalt selbst Vorschub geleistet, um so leichter eine Aufenthaltserlaubnis zu ergattern? Auch vor seiner Frau und den Kindern hielt er als Geburtsjahr an 1916 fest.

Bei ihrem Geburtstagsfest 1979 brach Mirjam, als ich sie nach dem Alter ihres Vaters fragte, in Tränen aus.

»Er wird im nächsten Monat schon dreiundsechzig. Er wird wohl nicht mehr lange leben.«

Sie, gerade zwanzig geworden, schien sich für »so einen alten Vater« ein wenig zu schämen, fürchtete aber vor allem, ihn aus Altersgründen zu verlieren. Mitte der neunziger Jahre enthüllte Natan, als seine Frau ihn bereits verlassen hatte, daß sein Geburtsjahr nicht 1916, sondern 1912 sei, wodurch wir auf einmal gezwungen wurden, zu seinen vor kurzem erreichten achtzig Jahren weitere vier hinzuzuzählen. Das traf seine Töchter hart. *Auf einmal* hatten sie einen Vater von »weit in den Achtzigern«. Wie um zu beweisen, daß es nicht so kommen mußte wie befürchtet, hatte er es mittlerweile auf siebenundneunzig Jahre gebracht. Er lebte allein und sorgte gut für sich. Vier Tage die Woche, montags bis einschließlich donnerstags, brachte Mirjam ihn mit dem Auto in den Speisesaal des Beth Shalom, wo sie ihn eineinhalb Stunden später wieder abholte.

Der tragische Nachteil seines hohen, gesegneten Alters war, daß er, der einzige Überlebende seiner Familie (Eltern und Schwestern wurden von den Nazis ermordet), noch miterleben mußte, daß er seinen einzigen Enkel überlebte. Natan war rund ein dreiviertel Jahrhundert älter als Tonio. Bei Natans Geburt war das Jahrhundert gerade mal zwölf

Jahre alt, bei Tonios Geburt fehlten noch zwölf Jahre bis zu seinem Ende. Zwischen diesen beiden Geburten lagen drei Weltkriege, zwei heiße und ein kalter, und alle anderen Übel des zwanzigsten Jahrhunderts. Es sagt vielleicht etwas über meine Entschlossenheit, daß ich diesen Namen erst jetzt, rund zweiundzwanzig Jahre nach meinem Besuch im Amsterdamer Einwohnermeldeamt, mit dem Namen seines einzigen Enkels verbunden hatte – auf dessen Grabstein.

Bei aller Freundlichkeit war Natan ein unerforschlicher Mann. Ich konnte nicht ergründen, was er wirklich davon hielt, seinen Nachnamen in einer so unbehaglichen Position, zwischen »Tonio« und »van der Heijden«, auf dem Stein zu sehen. Vielleicht machten wir damit ja etwas Illegales. Rotenstreich war nicht als zweiter Vorname registriert und auch nicht als Verdoppelung des Familiennamens, denn dafür war die Zustimmung der Behörden erforderlich, und es kostete eine bestimmte Summe.

13

Der Himmel verdunkelte sich bereits wieder, wie zuvor an diesem Tag, aber er sandte nicht die gleiche Gewitterdrohung aus.

Es kann am späten Abend geschehen, nach dem Genuß von Alkohol, frühmorgens im Halbschlaf oder infolge plötzlicher Müdigkeit nach einem Arbeitstag: Wenn ich mich in irgendeinem Dämmerzustand befinde, neigt Tonios Rolle in meinem Leben dazu, sich aufzulösen. Er scheint dann nicht mehr voll und ganz mein Sohn zu sein, sondern jemand, der unregelmäßig in meinem Dasein aufgetreten ist ... der von Zeit zu Zeit vorbeigeschaut hat ... ein etwas unsteter Hausfreund. Je verwirrender der Dämmerzustand, um so stärker sehe ich Tonios Anwesenheit in meiner Vergangenheit schrumpfen.

Es ist nicht so, daß er weniger wichtig für mich wird, im

Gegenteil, aber er scheint auf einmal ungreifbarer. Es ist, als hätte ich längst nicht so viel Zeit mit ihm verbracht, wie ich es gern getan hätte. Solche Gedanken treiben mich zur Verzweiflung, denn so wird sein perfekt zusammenhängendes Leben ausgehöhlt.

Es ist nicht verwunderlich, daß ein solcher Prozeß das Produkt eines erschöpften Gehirns ist. Unbewußt ist es meine Antwort auf Tonios Verschwinden, auf die unbegreifliche Auflösung, die sich in seinem Grab an ihm vollzieht. Irgendwo in der Tiefe meines Geistes möchte ich seine Vergangenheit, so wie sie mit der meinen verschlungen ist, rückwirkend der Auflösung ausgesetzt sehen.

Arbeitet mein Gehirn erneut auf vollen Touren, dann weiß ich es besser. Tonio füllt mein Leben dann wieder völlig aus: das jetzige *und* das frühere.

Jetzt nicht an seinen verwesenden Körper dort unter dem Kies denken. Sein beweglicher Leib war hier bei mir, in mir, beseelt und angetrieben von meinem Wissen um jeden Aspekt davon. Seine Motorik saß in meinen Muskeln.

Gleich gab es vielleicht noch ein Gewitter. Aber ich brauchte nicht, wie Frankenstein, den Blitz, um meinen Jungen zum Leben zu erwecken. Meine Wissenschaft war eine andere als die Frankensteins. Meine Kenntnis Tonios war selbst der lebenbringende Blitzeinschlag.

Die Töpfe mit den von den Kaninchen angeknabberten Pflanzen standen diesmal auf der Steineinfassung des Grabs. Dazwischen die Bierdose, die ein Freund hier kurz nach der Beerdigung hingestellt hatte, zusammen mit einem Päckchen Zigaretten, nun schwer vom Regen. Ich betrachtete die Unterseite der Dose: noch lange nicht über das Mindesthaltbarkeitsdatum hinaus. Ich steckte sie in die Tasche meines Regenmantels, in der Absicht, sie eines Abends in Tonios Namen zu leeren.

Der grobe Kies auf Tonios Grab brachte mich zurück an einen kleinen griechischen Kieselstrand auf der Halbinsel Pilion.

Im Frühjahr '95 durfte Tonio mit seiner Oma mütterlicherseits auf den Jahrmarkt am Dam. Er war noch nicht ganz sieben, und die Anweisungen waren klar: keine Autoscooter. Sie aus der Nähe zu beobachten, wie sie zusammenknallten und sich ineinander verkeilten, war nicht verboten, und das tat er, indem er auf dem Randstreifen hin und her rannte, der die Bahn umschloß. Die Knäuel, in denen die Scooter am heftigsten aufeinanderprallten, an die wollte er ganz nah dran. Und so stolperte er irgendwann über den Rand. Er stürzte bös und brach sich das Handgelenk.

Die erschrockene Großmutter brachte ihn mit dem Taxi in die Ambulanz, wo sein Arm einen Gipsverband bekam – oder, besser gesagt, eine Art Panzer mit Waffelmuster, auf dem sich so schlecht Autogramme sammeln ließen. Uns kam der Unfall sehr ungelegen, waren wir doch, zu Beginn von Tonios Maiferien, gerade im Begriff, nach Griechenland zu fliegen, wo wir zwei Wochen bei meiner deutschen Übersetzerin und ihrem Mann verbringen wollten, in dem kleinen Küstenort Horto. Damit er dort schwimmen konnte, hatte Tonio vom Krankenhaus einen Plastiküberzug mitbekommen, der sich wasserdicht um seinen Oberarm schloß.

»Ja, diese Autoscooter, Tonio … da weiß man doch schon vorher, was man riskiert«, sagte ich.

Böse: »Ich *durfte* ja nicht mal damit fahren.«

Im Falle großer Empörung verschränkte er immer die Arme vor der Brust, wobei die Handrücken wie Buckel hochstanden – aber das ging jetzt nicht. Als wir in Horto ankamen, hatte er sich bereits mit seinem Handicap abgefunden. Er konnte es gar nicht erwarten, ins Wasser zu gehen. Es war ein rührender Anblick, wie Tonio sich in die blaugrün gefleckte Bucht wagte. Sie war flach, so daß seine Füße, trübe Wölkchen aufwirbelnd, Halt auf dem Grund fanden. Um seiner Fortbewegung den Anschein des Schwimmens zu geben, machte Tonio mit seinem heilen linken Arm auf gut Glück ein paar Kraulschläge, während sich um den eingegipsten rechten Arm die viel zu weite Schutzhülle, mit Luft gefüllt, wie ein Segel blähte.

Mirjam und ich standen auf dem kleinen Kieselstrand zwischen den Felsen und schauten ihm zu. Der Frühlingswind knitterte die glatte Oberfläche der Bucht wie Silberpapier. Von Zeit zu Zeit richtete sich Tonio im Wasser auf, das ihm bis zur Brust ging, um uns zuzuwinken, worauf er sich wieder in Schwimmhaltung fallen ließ.

Wenn diese geblähte Hülle mit ihrer unverständlichen Beschriftung so lächerlich war, weshalb griff Mirjam, neben mir, dann nach meiner Hand und drückte sie kurz? Als ich zur Seite schaute, sah ich, daß ihre Wimpern naß waren von der Gischt, die ihr ins Gesicht geweht war – obwohl der Wind äußerst mild war und die Wellen, sofern sie diese Bezeichnung überhaupt verdienten, keinen Schaum trugen. Als ich wieder vor mich schaute, zum ungelenk dahinsegelnden Tonio, verriet die sanfte Brise mir, daß auch mein Gesicht nicht ganz trocken war.

Bei der Erinnerung daran, wie die Strandkiesel unter unseren Füßen knirschten, hätte ich fast einen Schritt nach vorn getan, über die Steineinfassung von Tonios Grab hinweg, um den frisch aufgeschütteten Kies unter meinen Schuhsohlen zu spüren.

»Ach ja, stimmt«, sagte Mirjam und ließ den Arm ihres Vaters los, um sich an meine Seite zu stellen. »Der Steinmetz hat angerufen. Als sie die Platte aufgestellt haben, hatten sie nicht genug Kies dabei. Da kommt demnächst noch eine Schicht drüber.«

15

In Horto bewohnten wir einen Bungalow in einer Ferienanlage, in der in dieser ersten Maihälfte, noch außerhalb der Saison, niemand außer uns war. Etwas mehr als einen Steinwurf entfernt hatte Helga, meine Übersetzerin, ein Haus, das ihr Mann Wolfgang, ein Architekt, gebaut hatte. Man hatte von dort oben einen guten Ausblick aufs Meer.

Außer ihren alten Eltern hatte Helga auch ihre kleine Nichte Inki zu Besuch. Inki und Tonio waren ungefähr im gleichen Alter. Sie sprachen die Sprache des anderen nicht, doch Tonio versuchte dem Mädchen ohne Worte dadurch zu imponieren, daß er immer wieder auf einen der Olivenbäume auf Helgas und Wolfgangs Grundstück kletterte. Wenn man bedachte, daß er nur seinen linken Arm benutzen konnte, entwickelte Tonio eine erstaunliche Schnelligkeit beim Klettern. Nachdem er den höchsten dicken Ast erreicht hatte, spähte er, lässig von Inki wegschauend, zum Meereshorizont, als erwarte er dort ein Schiff.

Als Tonio starb, waren Helga und Wolfgang in Horto. Noch unter dem Schock der schlimmen Nachricht haben sie Tonio zum Gedenken einen Olivenschößling gepflanzt, nicht weit von dem Baum, auf den er damals immer geklettert war. Per E-Mail erhielten wir ein Farbfoto des jungen Baums. Wenn ich sage, daß wir gerührt waren, ist das vielleicht die beste neutrale Beschreibung dafür, welche Empfindungen von Schmerz, Glück und Verwirrung uns beim Betrachten des Bilds krampfartig durchzuckten. Helga und Wolfgang pflegen den Sproß, und eines Tages hoffen wir wieder reisefähig zu sein, um ihm selbst Wasser zu geben.

In der zweiten Woche unseres Aufenthalts fuhren wir eines Tages in Wolfgangs Segelboot aufs Meer hinaus: er und Helga, Mirjam und ich, Inki und Tonio. Delphine schwammen in einiger Entfernung neben dem Boot her, zum großen Entzücken der Kinder. Wie die Tiere, fünf oder sechs an der Zahl, sich geschmeidig gekrümmt über die Wasseroberfläche erhoben und dann wieder, beim Untertauchen, ganze Milchstraßensysteme an silbernen Bläschen im tiefblauen Wasser aufleuchten ließen … Tonio sah, an den Mast gelehnt, hingerissen zu … backbord, steuerbord … wohin als erstes schauen? Ein komplettes, grenzenloses Delphinarium, und wir segelten mitten hindurch.

Wolfgang, bei komplizierteren Manövern von Helga assistiert, legte an einer kleinen, unbewohnten Insel an, die von einer teilweise eingestürzten Kapelle mit einer nur aus Vögeln bestehenden Gemeinde beherrscht wurde. Ein vergessener Set aus Hitchcocks Film *Die Vögel*: Sie hausten in jeder Nische, auf jedem Fenstersims und versammelten sich lauthals auf dem Altar. Als wir uns näherten, trippelten sie unruhig, Schulter an Schulter, hin und her, aber sie flogen nicht auf, um sich zu ihren Artgenossen zu gesellen, die hoch über dem zertrümmerten Dach kreisten, als bewachten sie so die Wohnstätte ihrer Kolonie. Tonio und Inki waren beeindruckt, allerdings auf etwas ängstliche Weise, vielleicht weil die Vögel dasaßen und im Chor murmelten, als wären sie alle zusammen in ein inbrünstiges Gebet versunken.

Auf der Rückfahrt durfte Tonio am Ruder stehen. Kapitän Wolfgang zeigte ihm, wie er sich breitbeinig hinstellen sollte, damit er bei einem plötzlichen Schlingern des Boots nicht umfiele. Weil Tonio nur mit dem einen Arm steuern konnte, blieb Wolfgang hinter ihm stehen, freilich so unauffällig, daß Tonio die Illusion behielt, er habe das Segelboot voll im Griff. Da wir vorher nicht gewußt hatten, wieviel Spritzwasser wir an Bord abbekommen würden, hatte Mirjam die Plastikhülle über Tonios Gips gezogen, die schaurig im Wind raschelte. Irgendwie war es uns nicht gelungen, beim Umlegen die Luft herauszudrücken, so daß ich mich langsam fragte, ob der heftig hin und her schlagende Ballon der Heilung von Tonios Handgelenk wohl förderlich war.

Natürlich rührte es mich, meinen kleinen Bootsmann da so eisern und ernst, sich seiner Verantwortung bewußt, am Ruder stehen zu sehen, einarmig wie Käpt'n Hook ... aber gleichzeitig ...

»Du denkst schon an dein neues Buch«, sagte Helga, als sie sich neben mich setzte. »Ich seh es dir an.«

»Ah, du vermißt wohl das Übersetzen?«

Sie hatte mich durchschaut. Hier, umgeben von allen möglichen Blautönen, die von weißen Möwen und silbernen Delphinen durchbrochen wurden, brauchte ich nichts weiter zu tun, als mich an dem Glück in meiner unmittelbaren Nähe zu weiden. Mirjam, die, das Gesicht in der Sonne, auf dem Vordeck saß ... Tonio, der mit seiner kleinen Faust, um die sich dann und wann Wolfgangs große Männerhand schloß, das Boot durch die griechischen Gewässer steuerte ... und neben mir die erfindungsreiche Übersetzerin meines Romans *Der Anwalt der Hähne*, der nach dem Sommer bei Suhrkamp erscheinen würde ...

Und ich, der ich, anstatt mir meiner Segnungen bewußt zu sein, mit nach innen gerichtetem Blick an Fragmenten des neuen Manuskripts feilte und tüftelte ... sie hin und her schob ... dies hierhin, das dahin, und dazwischen einstweilen eine leere Seite ... Ich wähnte mich schon wieder in meinem Arbeitszimmer, dem Schiff, auf dem ich Kapitän, Steuermann und Smutje in einer Person war.

17

Jetzt stand ich an Tonios Grab und fragte mich, weshalb ich die griechische Idylle jener Tage nicht einfach hatte andauern lassen. Das teure Haus in Amsterdam verkaufen und bescheiden in einem Dorf wie Horto wohnen ... Tonio in die Schule der kleinen Nachbarstadt schicken ... Um schreiben zu können, brauchte ich wirklich nicht, wie in Amsterdam, achtzig Quadratmeter Bürolandschaft mit üppiger technischer Ausstattung. Ein Kajalstift und eine Rolle Klopapier reichten auch.

Nach dem Start in Thessaloniki gab es kein Zurück mehr. Ich hatte mich definitiv für die Verkrampftheit des Schreibtisches und die falsche Entspannung der städtischen Kneipen entschieden. Seit dem Schwarzen Pfingstsonntag ist noch eine Strafe hinzugekommen, die für den Rest meiner Tage gültig sein wird: aufschauen von meiner Arbeit und dann den fast siebenjährigen Tonio am Ruder eines Segelboots stehen sehen, das die tiefblauen griechischen Gewässer durchschneidet ... unsicher lachend, aber es glückt ... ja, es glückt ... das Schiff gehorcht ihm.

18

Seit dem Sommer 1972 betrachte ich mich als Schriftsteller, so mißlungen mein erster Roman auch war. Veröffentlichen tue ich seit dem Herbst 1978. Schreiben ist mir zur zweiten Natur geworden. Nach dem Schwarzen Pfingstsonntag war ich offenbar nicht so gebrochen, daß ich keine Notizen mehr über die üble Art machen konnte, in der das Schicksal uns mitgespielt hatte. Ich schreibe jetzt dieses Requiem. Angenommen, ich kann nach Erfüllung dieser Pflicht gegenüber Tonio, denn so sehe ich dieses Unterfangen, meinen Beruf auf die eine oder andere Weise fortsetzen und es gelingt mir, verschiedene Projekte zu beenden, egal, wie gut – dann werde ich trotzdem für den Rest meines Lebens, zumindest in meinen eigenen Augen, *gescheitert* sein.

Ich zitiere noch einmal aus dem Gedicht, das Ben Jonson anläßlich des Todes seines siebenjährigen Sohnes schrieb:

> Rest in soft peace, and, asked, say here doth lie
> Ben Jonson his best piece of poetry.

So habe auch ich das Gefühl, daß mein bestes Stück Prosa hinter mir liegt und daß es tot und begraben ist und niemals zu übertreffen.

Jetzt, als ich das auf Stein gedruckte Foto von Tonio als Oscar Wilde wiedersah, enttäuschte mich die Qualität etwas: zu fleckig. Vielleicht lag es daran, weil da noch immer eine größere Ausführung des Porträts, in wasserdichtem Rahmen, stand. (Die Männer, die den Grabstein aufgestellt hatten, hatten den Fotorahmen fest in den Kies gepflanzt.) Ein wenig Feuchtigkeit war durchgeschlagen, denn der untere Teil des Fotos hatte sich violett verfärbt, doch ansonsten gab es Tonio mit klarem Blick wieder.

Hier lag er also die ganze Zeit, ohne Publikum, ohne irgend jemanden. Der Junge war den ganzen Tag um mich, in jeder Erscheinungsform zwischen null und einundzwanzig, ich lebte mit ihm, sprach mit ihm, schrieb über ihn – und doch schlich der Verrat sich wieder in meine Seele: daß ich ihn all die Wochen hier mutter- und vaterseelenallein in seiner allmählichen Verwesung hatte liegenlassen.

Frans bewegte sich hinter uns und machte Fotos von der Gesellschaft. Er beugte sich auch ein paarmal über das Grab und verrenkte sich richtig, um die Inschrift lesbar fotografieren zu können.

Natan stand reglos da, in Gedanken versunken. Vielleicht sah er Tonio vor sich, in all seiner Lebendigkeit, wie er jenes letzte Mal, am Mittwoch vor Pfingsten, seinen Großvater besucht hatte. Genau wie uns später am selben Nachmittag wird er Natan von seinen Zukunftsplänen erzählt haben: Vorlesungen in Leiden und Den Haag, um schließlich seinen Master in Medientechnologie zu machen. Sein Besuch wird vermutlich nicht ganz uneigennützig gewesen sein. Ein langes Pfingstwochenende stand vor der Tür, und er wollte mit Jenny ausgehen. Schließlich hatte er Opas Geld mit Goscha und Dennis verpraßt. Mit Goscha hatte er in jener Nacht im Trouw (wie sie Mirjam und mir erzählt hatte) noch über das

Schuldgefühl gegenüber den Großeltern philosophiert: daß er sie vernachlässigte und dann bei einem sporadischen Besuch trotzdem eine nette Summe einstrich und diese in der Kneipe verjubelte.

Ich blickte zu Natan und fing ein Bild von ihm auf, wie er 1993 gewesen war, im Catharina-Krankenhaus in Eindhoven, wo er zusammen mit Wies meinen sterbenden Vater besucht hatte. Zwei Männer aus so völlig unterschiedlichen Welten, der eine siebenundsechzig und beinahe tot, der andere achtzig und noch lange am Leben ... der eine mit für den anderen manchmal schwer zu verstehendem Brabanter Dialekt, der andere mit für den einen manchmal nicht ganz zu verstehendem osteuropäischen Akzent. Nach dem (endgültigen) Abschied hatte mein Vater Mirjams Vater mit seinem versagenden Atem noch etwas nachgerufen.

»Natan ...!«

Natan hatte sich ein letztes Mal umgedreht.

»Wir haben *so* einen Enkel, Natan!«

Dabei hatte mein Vater, vor Anstrengung nach Luft ringend, mit schwankendem Arm den Daumen hochgestreckt.

»Ja-ah ... ja-ah«, war das einzige, was Natan, gerührt und verlegen, hervorbrachte. Auch er hatte den Daumen in die Höhe gestreckt, obwohl das nicht zu seinen Gesten gehörte.

Daniël hatte für Tonio ein Bild gemalt, das Frans aufgerollt und mit einem Band versehen hatte. Der kleine Junge fand es ganz selbstverständlich, daß sein Werk auf dem Grab blieb, doch zuvor mußte das Band abgenommen werden. Das auseinandergerollte Bild wurde mit einem großen Kieselstein beschwert. Viel rotes und blaues Gekritzel und in Frans' Handschrift das Wort »miau«.

»Als ich Daniël fragte, was das sein sollte«, erläuterte Frans, »sagte er, ohne zu zögern, ›miau‹. Seine Bezeichnung für eine Katze. Es muß also eine Katze sein.«

Wie ich in meiner kurzen Ansprache bei der Beerdigung erklärt hatte, erlaubte sich Tonio keinen Streit mit seinen Eltern. Sogar bei jenem einen Mal, als eine Auseinandersetzung zwischen ihm und mir wegen seines vermeintlich mangelnden Ehrgeizes drohte, eskalierte die Situation nicht zu einem richtigen Konflikt. Er bat einfach um Zeit, um mir zeigen zu können, was er taugte, so daß ich nichts anderes mehr herausbrachte als: »Ich verlasse mich auf dich.«

Er nahm einen Job an (bei Dixons) und schrieb sich an der Universität von Amsterdam für Medien & Kultur ein. Ich hatte keinen Grund, meine Bedenken zu wiederholen.

In den letzten Tagen ertappe ich mich dabei, daß ich mir in Tagträumen die schlimmsten Konflikte mit Tonio ausmale. Das passiert immer in Anfällen von Müdigkeit und geistiger Umneblung, wenn die Wahrheit bezüglich seines Todes an Kontur verliert. Ein heftiger Zusammenstoß, gefolgt von einem Patt, hätte Vater und Sohn auseinandertreiben können. Doch so schrecklich der Konflikt auch gewesen wäre, notfalls über viele Jahre hinweg, die Möglichkeit zu einer Versöhnung wäre offengeblieben.

So stolz ich stets auf unser gutes Verhältnis gewesen war, so maßlos gebärdete sich meine Phantasie jetzt beim Ausmalen von Konflikten zwischen Tonio und mir. Sie konnten mir nicht erbittert genug sein. Wichtig in der Vision war, daß der Sohn, der sich von mir abgekehrt hatte, *lebte* – wie unerreichbar auch immer. Eines Tages würden wir den Konflikt beilegen. Dessen Ernst färbte die Versöhnung. Es wunderte uns beide, daß nach einem jahrelangen erschöpfenden Kampf unsere Umarmung noch immer so kräftig war.

In meinem grauenhaftesten Tagtraum focht ich einen Streit mit Tonio aus … über seinen Tod. Wir überschütteten uns gegenseitig mit den schrecklichsten Vorwürfen der Fahrlässigkeit. Danach erschöpften wir uns in Selbstvorwürfen.

»Es lag an mir, Tonio.«

»Hör auf. Ich war selbst schuld.«

»Wenn ich nicht ...«

»Laß das. Es war meine eigene blöde Schuld.«

Es endete damit, daß wir uns gegenseitig unsere Selbstvorwürfe vorwarfen und uns so daran hinderten, den anderen zu beschuldigen. Als sich der Nebel des Tagtraums gelichtet hatte, gab es keinen lebenbringenden Konflikt mehr. Tonio war tot. Nur eine Hyäne, die sich mit einem Kadaver abschleppt, macht sich selbst weis, sie kämpfe mit ihrer Beute.

20

Auf dem Rückweg zum Ausgang streiften wir noch eine Weile über den Friedhof auf der Suche nach dem Grab des Musikers Hub. Mathijsen. Er hatte im Resistentie Orkest oft eine Geige gespielt, auf die ein alter Grammophonschalltrichter montiert war. Das erzeugte einen traurigen Klang, der mir jetzt, hier, nicht unangenehm gewesen wäre.

Wenn man nur lange genug auf dem kleinen Friedhof umherging, fand man von selbst jedes Grab. Hub., das hatte ich vergessen, lag neben seinem Bruder Joost, dem Pianisten, mit dem er so viel musiziert hatte. Von der Witwe wußte ich, daß Hub. auf dem einen Ohr taub war: Sie hatte ihn liebevoll mit dem guten Ohr zu seinem Bruder gebettet.

21

Die ganze Gesellschaft kam mit zu uns nach Hause, für einen Imbiß und ein paar Drinks. Wenn Mariska Daniël auf den Schoß nahm, paßten sie und Frans und Natan eben noch nebeneinander auf die Rückbank unseres Autos. Der Buggy konnte zusammengeklappt in den Kofferraum.

Auf halber Strecke begann sich der Innenraum mit einem Fäulnisgeruch zu füllen – nein, keine Windeln und auch

602

keine mit Hundekacke zugespachtelten Profilsohlen. Verrottung.

Beim Aussteigen hielt Mirjam die Tonschale in der Hand, die, gefüllt mit Moos, schleimiger Nässe und den Tabakkrümeln des vom Regen aufgeweichten Zigarettenpäckchens, wochenlang auf Tonios Grab gestanden hatte. Das alles mußte eine Verbindung mit der halb abgerollten Filmrolle eingegangen sein, die jemand Tonio auf dem Weg in die Ewigkeit hatte mitgeben wollen.

»Dieser Fauleeiergeruch«, sagte sie, »der kam davon.«

Sie stellte die stinkende Schale in den Rinnstein, überlegte dann aber, daß sie nichts, was mit Tonio zu tun hatte, wegwerfen durfte, und stellte sie wieder auf die Fußmatte im Auto. »Soll es eben verrotten.« Wegen dieses Blicks verzweifelter Verlegenheit hätte ich sie in diesem Moment am liebsten für mich allein gehabt.

Alle waren bereits auf dem Weg nach oben, als Mirjam aus der Bibliothek kam. »Ich habe gerade die Veranda getestet. Da ist es herrlich. Die Sonne kommt wieder.«

Kurz darauf saß die gesamte Gesellschaft auf der Terrasse unter dem verblühten Goldregen, aus dem beim leisesten Windhauch braune Blütenreste wehten. Frans deutete auf den Efeu, der noch immer, einen Meter dick, die gesamte Seitenmauer des Häuserblocks in der Banstraat bedeckte. »Ich will ja nicht nerven«, sagte er, »aber du mußt jetzt wirklich mal ans Zurückschneiden denken. Sonst …«

»Jetzt nicht«, sagte ich.

Es wurde gegessen und getrunken. So still alle am Grab gewesen waren, so ausgelassen plauderte jetzt jeder, mit Ausnahme von Natan. Weil er eine Weile mit den Händen vor den Augen dasaß, fragte Hinde, ob es ihm gutgehe.

»Ich denke nach«, sagte er in seinem üblichen, leicht singenden Tonfall. Kurz darauf ließ er sich von Mirjam nach Hause bringen.

Ich unterhielt mich hauptsächlich mit meinem Bruder, der neben mir saß. Er konnte sich nicht an das Telefongespräch erinnern, das wir am Abend zuvor nach dem Endspiel geführt hatten. Seine Erklärung lautete, er sei durch die unerwartete Niederlage plötzlich doppelt so betrunken gewesen.

Daniël hangelte sich wie ein Äffchen von Stuhl zu Stuhl, ohne einen Moment innezuhalten. Mit seinen blonden Haaren erinnerte er mich an Tonio im gleichen Alter, obwohl er sich in puncto Effekthascherei von ihm unterschied. O Schreck ... dieser kleine Junge war in allem Tonios Nachfolger und Stellvertreter. Ich hoffte, daß ich ihn, unabhängig von jedem Gedanken an meinen eigenen Sohn, auch in Zukunft so würde lieben können, wie ich es jetzt tat.

Unbemerkt war der Himmel wieder pechschwarz geworden. Ich schlug vor, das Beisammensein im Wohnzimmer im ersten Stock fortzusetzen, und begann, die Markisen einzufahren.

Oben war der Fernseher eingeschaltet: Es war fast sechs. In den Nachrichten kamen Bilder vom Unwetter im Osten des Landes. Entwurzelte Bäume und weggewehte Festzelte, denn überall wurde gefeiert. Ansonsten waren die Nachrichten zu einem guten Teil Der Trauer Über Die Niederlage gewidmet. Ein niedergeschlagener Museumplein, den ich am Abend zuvor bereits mit eigenen Augen gesehen hatte. Ankunft der Boeing mit der niederländischen Mannschaft, eskortiert von zwei F-16.

»Eine zweifelhafte Ehre«, sagte Frans. »So wird normalerweise ein gekapertes Flugzeug zur Landung gezwungen. Der Nationalfeind auf den Boden gezwungen. Platz! Leg dich hin, Hund!«

»Der Stein ist aufgestellt«, sagte ich, nachdem sich der Besuch verabschiedet hatte. »Fest im Boden verankert. *Sein* Stück Erde.«

»Und was das Wichtigste ist«, sagte Mirjam, »sein zweiter Name steht drauf. Oder wie du das nennst ... sein Zwischenname. Ach, mein liebes, altes Väterchen ... er war richtig ergriffen.«

Wie unterscheiden sich Tränen der Rührung von Tränen des Kummers? Sie fließen aus denselben Drüsen. Es muß die Mimik sein. Es war lange her, daß ich sie einfach gerührt gesehen hatte anstatt todtraurig.

»Mal schauen«, sagte ich und zählte an meinen Fingern ab: »Wir haben das Fahrrad gefunden, seine Uhr, die Fotos ... Jenny ist aufgespürt, und sie hat jetzt ihre Mappe ... der Stein ist aufgestellt, der Name komplett ... Jetzt müssen wir nur noch zum Unfallort.«

»Müssen wir?«

»Ja. Das sind wir Tonio schuldig. An der Stelle hat er zum letztenmal an uns gedacht. An dich und an mich. Wahrscheinlich schossen ihm die Worte ›So was Blödes!‹ durch den Kopf, und die enthielten alles. Auch daß er *uns* etwas Blödes antat. So muß es gewesen sein. ›So was Blödes!‹ Für ihn selbst, für uns. Dort, auf der Kreuzung, verlor er für immer das Bewußtsein.«

»Gut, wir schaffen jetzt alles. Wann?«

Heute, fast zwei Monate nach Pfingstsonntag, ist zu mir durchgedrungen, daß Tonio tot ist. Vorher waren es nur Vermutungen, gefolgt von Leugnungen. Hinweise, die sich als Wahrheit ausgeben wollten. Es herrschte Ungläubigkeit.

Jetzt ist alles anders geworden.

Ein befreundetes Ehepaar hatte uns in den letzten Wochen mehrmals einen Ausflug auf ihrem Motorboot angeboten, damit wir auf andere Gedanken kämen, doch wir hatten bisher keinen Gebrauch davon gemacht. Am Morgen der Siegesfeier rief die Frau erneut an. Sie hatten vor, am Nachmittag mit ihrem Boot auf dem IJ der Flotte der niederländischen Nationalmannschaft entgegenzufahren und sie, falls möglich, durch den Grachtengürtel zum Museumplein zu eskortieren. Ob wir … angesichts des historischen Charakters des Ereignisses …

Mirjam versprach zurückzurufen, nachdem sie mit mir gesprochen habe. Wir hatten bereits abgemacht, das ganze Affentheater mit einem halben Auge live im Fernsehen zu verfolgen, dem Bildschirm unseren Hohn nicht zu ersparen und den Geschmack der nationalen Doppelzüngigkeit hinterher mit einem Glas Hochprozentigem hinunterzuspülen. Ich sah auf einmal eine Möglichkeit, das gußeiserne Band, das die Trauer um unser Haus gelegt hatte, zu sprengen und endlich in die Stadt zu ziehen, um den Ort, an dem unser Junge verunglückt war, zu besuchen.

Unter dem Deckmantel eines fragwürdigen Festes. Verborgen in der falsch jubelnden Menge. Von allen unbeobachtet. Genau, was wir brauchten.

»Sag ihnen, daß wir mitfahren.«

Mirjam verabredete mit dem Ehepaar, daß wir im Laufe des Vormittags mit dem Auto zu ihnen kämen. Sie wohnten auf der KNSM-Insel, wo auch ihr Boot lag. Dort würden wir uns im Fernsehen den Empfang der Elf bei der Königin im Palast Noordeinde anschauen, und dann würden wir schon von selbst merken, wann die Spieler für die Bootsfahrt nach Amsterdam zurückflogen.

Ich rief einen Bekannten in unserer Straße an, der, wie ich wußte, keine Minute der Sendung verpasste. Ob er den ganzen Quatsch für uns aufnehmen könne – Noordeinde, IJ, Herengracht, Museumplein, alles. So erstaunt er auch über meine plötzliche Oranje-Gesinnung war, er versprach, eine DVD mitlaufen zu lassen.

24

Es sind die unbewachten Momente, die die Wahrheit gepachtet haben. Das Gehirn ist noch im Banne des Halbschlafs oder eines Tagtraums oder eines Anfalls von Müdigkeit. In solchen Augenblicken der Duseligkeit oder Unachtsamkeit zeigt sich, daß ich nach wie vor oder mehr denn je mit Tonios Rückkehr rechne. Der unbewachte Moment verleiht Zugang zu einer tieferen und primitiveren Seelenschicht, in der die Hoffnung genährt wird, daß wir unserem Sohn irgendwann wiederbegegnen. Diese schlummernde Erwartung brauchen wir offenbar, um den Verlust überleben zu können.

In hellwachem Zustand scheinen wir, wenn auch mit selbstzerstörerischem Widerstreben, die harten Fakten zu akzeptieren, die auf die Unumkehrbarkeit von Tonios Schicksal hindeuten, und es hat allen Anschein, daß wir damit unser eigenes Fatum annehmen. Doch in der Tiefe unseres Herzens herrscht die kreatürliche Ungläubigkeit, daß er für immer aus unserem Leben verschwunden ist.

Auch dieses Requiem, falls es eines ist, kennt seine unbewachten Momente. Dann verliert die Rekonstruktion von Tonios letzten Tagen und Stunden ihre vorausgesetzte Vergeblichkeit und wird zu einer Suche nach dem verschwundenen und aufgegebenen Jungen selbst.

»Er ist nicht tot, er ist aus dem Traum des Lebens erwacht.«

Was wir rekonstruieren, ist nichts anderes als das letzte Stück dieses Traums – aus dem Tonio, dem Dichter zufolge, entwischt ist. Diesen entwischten Tonio suchen wir. Das vorliegende Requiem dient keinem anderen Zweck als dem, ihn aufzuspüren und wiederzufinden.

Bevor wir ins Auto stiegen, las ich *de Volkskrant*, die, wie gestern, voll von der Oranje-Blamage war. Erzvater Cruijff fand kein gutes Wort für das Spiel seiner Urenkel. Beschämend sei es. In Uganda war während des Endspiels ein Blutbad unter den sündigen Fernsehzuschauern in einer Bar angerichtet worden. Der abgetrennte Kopf des Selbstmordattentäters rollte noch ein Stück zwischen den Dutzenden von zerfetzten Leichen – was etwas anderes war als das für die Niederlande verheerende Verhalten des Balls auf dem Fernsehschirm. Da sage noch einer, Fußball lasse niemanden kalt.

Nun gut, in Kürze würden unsere Jungs, die, um verlieren zu können, immerhin ins Finale hatten kommen müssen, trotzdem bejubelt und nicht ausgebuht werden. Das war der Wille des Volkes. Der Triumph hatte sich längst landesweit im Bewußtsein eines jeden eingenistet: Es war der Funke, der jeden Hohlkopf von innen erleuchtete wie die Kerze in der ausgehöhlten Futterrübe zu Fastnacht.

Um elf kam Mirjam und sagte, es sei Zeit zu gehen. »Ich weiß nicht, ob wir überhaupt durchkommen mit dem Auto. Die Leute strömen von überall her in die Stadt, höre ich, und eindeutig nicht alle mit dem Zug.«

Sie trug ein neues Sommerkleid, grellfarben und mit einem afrikanischen Muster bedruckt. Es war lang und weit und verbarg schön ihre durch unsere abendliche Schmerzbekämpfung auseinandergegangene Taille. Auf ihrem lieben Gesicht hinterließ der Alkohol, anders als bei mir, keine Spuren. Der Fingerabdruck des Kummers in ihren Zügen, das war wieder eine andere Geschichte.

25

Die Fußballer und ihre Bonzen waren noch in Palast Noordeinde zum Tee bei der Königin. Grölendes Oranjevieh rüttelte an den goldgekrönten Gittern. Ein Hubschrauber der Rundfunk- und Fernsehanstalt NOS registrierte den

auf der Rückseite des Palasts bereitstehenden Mannschaftsbus. Zuvor noch die Freitreppenszene. Die in ihrer Schmalheit immer wieder piefig wirkenden Türen gingen auf, und
die Verlierer strömten heraus, um sich draußen auf der Treppe rings um ihre Königin aufzustellen. Verlegenes Hin- und
Hergetapse.

»Die Regierungsbildung ist abgeschlossen«, sagte unser
Gastgeber, um für ein bißchen Stimmung zu sorgen. »Wieder
eine Sorge weniger.«

»Die einzige, die lacht, ist die Königin«, sagte die Gastgeberin.

»Logisch«, wußte ihr Mann. »Sie hat gerade wieder die Bestätigung dafür bekommen, daß die Farbe ihrer Familie von
dreiundzwanzig Paar muskulösen Männerbeinen gestützt
wird.«

Die Spieler und ihre Trainer standen blaß und bedeppert
da. Kein einziger lachte. Vielleicht hatten sie alle einen Kater. Die Niederlage war vergangene Nacht bis zum frühen
Morgen in Huis ter Duin in Noordwijk gefeiert worden, wo
die andere nationale Losermannschaft, De Toppers, ihnen
zugesungen hatte.

Nach und nach erschien hier und da doch ein verstohlenes
Grinsen, und so standen sie sich dann gegenüber: die Königin mit ihrem beschämten Fußballkabinett auf der einen
Seite des Gitters, die triumphierend brüllende Viehherde auf
der anderen.

Dann folgten alle der Königin wieder hinein. Später bekamen wir aus der Vogelperspektive zu sehen, wie die Spieler
und ihre Begleiter auf der Waalsdorpervlakte in zwei Helis
stiegen – für den halbstündigen Flug nach Amsterdam. Unser Gastgeber schaltete den Apparat aus und schlug vor, zum
Bootssteg zu gehen.

26

Auf dem IJ reihten wir uns in eine bunt zusammengewür-
felte Flotte aus kleinen und großen Begleitfahrzeugen ein,
Motorbooten und Speedbooten bis hin zu hochseetaugli-
chen Yachten, die von der Flußpolizei in gehörigem Abstand
zu den bereitliegenden Spieler- und Bonzenbooten gehalten
wurden. Das Fernglas unseres Kapitäns mußte zu Hilfe genommen werden, um am Steg der Marinebasis das Museumsboot auszumachen, reich geschmückt mit orangeroten
Blumenarrangements und bewacht von Polizisten auf einer
Art Superwasserfahrräder mit Hilfsmotor.

Immer wieder wurde der Himmel nach den Hubschrau-
bern mit der Nationalmannschaft abgesucht, doch seit ihrem
Abflug von der Waalsdorpervlakte war bestimmt eine Stunde
vergangen, das heißt, die Jungs mußten längst auf der Marinebasis sein.

Abends würden Mirjam und ich alles auf dem Bildschirm
noch einmal sehen. Die Spieler hatten sich umgezogen, die
Blazer gegen Trainingskluft vertauscht – Blau mit orange-
farbener Paspelierung, damit sie nicht mit ihren einfarbig
ausstaffierten Fans verwechselt werden konnten. In lockerer, fast unordentlicher Formation marschierten sie über den
Steg, um, sich gegenseitig schubsend wie auf einem Klassen-
ausflug, an Bord des Museumsboots zu gehen.

»Na so was, *der* auch noch«, sagte unser Gastgeber und
reichte mir das Fernglas. »Der frischgebackene Bürgermeister *himself*.«

Ich erkannte mit einiger Mühe den frisch angetrete-
nen van der Laan, der, mit seiner Amtskette behängt, alle
mit leicht sorgenumwölkter Miene begrüßte. Später, in der
Wiederholung, sollten wir die Details erkennen. Alle diese
durchtrainierten Fußballmaschinen stürzten sich sofort gierig auf das Bier, mit dem der Sponsor Heineken sie in grünen Schlürfflaschen, normalen Gläsern und Pokalen von der

Größe des Weltcups versorgte. So wappneten sie sich gegen den schmählichen Triumphzug.

Als die beiden Boote, umdrängt von den Wasserscootern der Flußpolizei, in geraumer Entfernung die Fanflotte passierten, gab es kein Halten mehr. Es war wie bei der Sail, wenn alles, was schwimmen und treiben konnte, auf dem IJ ein einlaufendes russisches Ausbildungsschiff begrüßte. Unser Boot gelangte jetzt trotz der Polizei ziemlich nahe an das Spielerboot. Die gesamte chaotische Armada nahm Kurs auf De Eilanden.

An der Reling erschien der Torwart und setzte ein überdimensionales Worldcupglas voll Bier an die Lippen. Dirk, Robin, Wesley … was für kleine Jungs waren das, wenn man sie so an Deck rangeln sah. Sie wurden bereits etwas übermütiger. Der Bürgermeister stand ein wenig verloren daneben, Wasserspritzer auf dem Anzug. Kein Fußballer wollte offenbar mit ihm reden.

Ich kauerte vorn im Boot. Ich sah mich um nach Mirjam, die neben unserer Freundin auf einer Bank saß und sich an der Reling festhielt. Ihr Gesicht war naß, aber das konnte genausogut von dem Wasser herrühren, das ein Fahrzeug in unserer Nähe aufspritzen ließ. Andererseits … auf dieser offenen Lichtfläche voll schaukelnder Boote, die alle in dieselbe Richtung, auf eine lange Brücke zueilten, war es unmöglich, *nicht* an Tonio zu denken. Sie wußte wie ich: Wir begaben uns mit dem größtmöglichen Umweg zu dem Ort, den wir seit Pfingsten nicht aufzusuchen gewagt hatten. Am Tag selbst hatten wir an seinem Sterbebett gestanden und ihn für ewig zum Abschied geküßt, doch eine Konfrontation mit der Kreuzung, an der er an jenem Morgen in aller Frühe endgültig das Bewußtsein verlor, hatten wir uns all die Wochen nicht zugetraut. Es blieb abzuwarten, ob es uns heute gelingen würde.

Wir schaukelten jetzt links vom Spielerboot. In dem Kordon der Flußpolizei entstand eine Lücke, und die mißbrauchte ein schwimmendes Kamerateam von *RTL Boulevard* dazu, längsseits zu gehen, so daß sich beide Fahrzeuge fast berührten. Das Fernsehteam der Glamoursendung tat seine Arbeit, bis Wesley Sneijder das Gesicht des Moderators erkannte und den Inhalt eines Zehnliterstiefels voll Bier in seine Richtung schüttete. Damit war die tendenziöse Berichterstattung über Wesleys künftige Braut vorläufig gerächt.

Die Armada fuhr an einer der Hafeninseln vorbei.

27

Beim ersten Erwachen, am frühen Morgen, hatte ich gemerkt, daß ich meine Apnoe-Maske trug. Wenn ich einigermaßen alkoholisiert ins Bett ging, und das war gestern abend nach dem Grabbesuch sicher der Fall gewesen, versäumte ich meist, das Ding anzulegen, manchmal aus Vergeßlichkeit, häufiger noch weil ich gleich nach dem Hinlegen in einen tiefen Schlaf fiel. Letzte Nacht hatte ich offenbar daran gedacht, wenngleich ich mich nicht daran erinnern konnte.

Ich hatte von Tonio geträumt. Während ich so im Halbschlaf dem ruhigen Rauschen des CPAP-Apparats lauschte, versuchte ich, mich an den Traum zu erinnern. Tonio hatte zum Schluß geweint – nein, weinte immer noch. Es war kaum lauter als das Geräusch des Geräts, aber doch unverkennbar. Er weinte nicht wie ein erwachsener junger Mann, sondern wie das zwei-, dreijährige Kind, das er einmal gewesen war. Er weinte leise und untröstlich traurig, wie er es gelegentlich an den Donnerstagabenden unserer Leidsegracht-Zeit getan hatte, wenn Mirjam mit einer Freundin ausging. Ich paßte dann auf Tonio auf, und manchmal wachte er auf, vielleicht weil er wußte (oder spürte), daß seine Mutter nicht da war, und weinte dann. Wenn ich nachsah, stand er in seinem Bett, das gerade so eben in das Kämmerchen unter dem Spitzdach paßte. Beim Anblick seines Vaters sagte er mit einem Schluchzer und zittriger Stimme: »Ich will Mama.«

Mama konnte ich ihm nicht bieten, die saß mit Lot in einem Restaurant oder hinterher bei einem Glas im Schiller. »Ich will Mama.« Sein melodiöses Weinen machte mich um so nervöser, als donnerstags abends jedesmal ein- oder zweimal ein anonymer Anruf kam. Wenn ich abnahm, blieb es am anderen Ende still. Manchmal glaubte ich unbestimmte Kneipengeräusche im Hintergrund zu hören. Ich gestehe, daß ich anfangs Mirjam im Verdacht hatte: sie wolle durch diese Anrufe kontrollieren, ob ich wirklich zu Hause war, beim Kleinen. Unsere Beziehung war in jener Zeit nun mal nicht die beste (obwohl Our Man In Africa noch nicht in Sicht war). Als ich ihr gegenüber etwas Derartiges äußerte, geriet sie in Rage. Nie, niemals würde sie so etwas tun. Ob ich vergessen hätte, daß sie vor zehn Jahren, als wir in De Pijp wohnten, selbst das Opfer anonymen Telefonterrors gewesen sei. Wenn sie abnahm, hörte sie ein deutsches Marschlied oder das Horst-Wessel-Lied. Später fanden wir heraus, daß der damalige Anrufer ein Neonazi aus der Nachbarschaft war, der Gemeinschaftskunde an der Schule unterrichtete, an der meine Schwester Englisch gab. Ein Antisemit aus Nostalgie.

Wir gelangten schließlich zu der Meinung, daß der Donnerstagabendanrufer Stammgast im Schiller war, der mich auf diesem Wege wissen lassen wollte, daß er meine Frau gesichtet hatte, oder der andeuten wollte, er selbst befinde sich in ihrer Gesellschaft, kurz und gut, daß er mich in seiner Macht habe. Doch diese Vermutung machte aus mir noch keinen entspannt babysittenden Vater, und das spürte Tonio jedesmal, so daß er, fast entschuldigend zurückhaltend, weinte, denn ein hingebungsvoller Brüllanfall, das war nicht sein Stil. »Ich will Ma-ma.«

Währenddessen weinte er an jenem Morgen des dreizehnten Juli in Fortsetzung meines bereits vergessenen Traums schmerzlich weiter, wie es nur ein ganz ausnahmsweise untröstlicher Tonio konnte. Ich dachte erst, es handele sich um das jüngste Kind der Nachbarn, dessen Heulen ich frühmorgens öfter durch das offene Fenster gehört hatte. Aber nein, die Nachbarn waren in Urlaub. Und außerdem, es war unverkennbar das Weinen des dreijährigen Tonio – so wirklich, so nah, daß ich Angst bekam. Das Geräusch wurde vom Rauschen des CPAP-Apparats verfälscht. Ich wollte Gewißheit. Ich wollte Tonio in seinem ganzen reinen Kummer weinen hören, damit ich wußte, was er brauchte …

Ohne den Plastikverschluß zu öffnen, riß ich mir die Apnoe-Maske herunter. Ich zog die elastischen Bänder über den Kopf und warf das Ding mitsamt dem Schlauch auf den Boden. Der Apparat gab noch einige Sekunden lang sein lautes Saugen und Schlürfen von sich, und dann … Stille. Auch das leise Kinderweinen war verschwunden.

Im Schlummerzustand mußte mein Gehirn das melodische Säuseln des CPAP zu Tonios längst vergangenem kleinen Kummer umgeformt haben. Ich wollte ihn wiederhaben. Ich wollte ihm endlos lauschen. Ich griff im Dunkeln neben mein Bett, fand den Schlauch und zog mir die elastischen Bänder über den Kopf. Das Gerät nahm automatisch das sanfte Pumpen von Luft in die Maske wieder auf, mit dem ein Atemstillstand verhindert wurde. Das Blasen klang wie zuvor, doch es war kein Weinen mehr darin auszumachen. Ich hatte es gestört.

Den ganzen Tag bereits versuchte ich, das lebensechte Weinen in meinem Kopf aufzurufen. Ich bin kein großer Anhänger übernatürlicher Phänomene, konnte mich aber des Eindrucks nicht erwehren, daß Tonio mir über meinen CPAP-Apparat etwas hatte übermitteln wollen. Vielleicht die schreckliche, in Worten nicht auszudrückende Wahrheit über sein Ende. Was er, auf den Asphalt geschmettert, erlitten haben mußte, oder danach im Rettungswagen oder auf dem OP-Tisch. Oder, für hirntot erklärt, auf seinem Sterbebett, als ihm nur noch über einen Schlauch Luft zugeführt wurde. Vielleicht hatte er da die Anwesenheit seiner Eltern gespürt, ihre Küsse und ihr Streicheln, und ihre erstickten Abschiedsworte gehört. Heute morgen hatte Tonio etwas erwidern wollen. Nichts Tröstliches. Nur, wie schlimm es war. Die Schmerzen. Der Abschied. Und dazu hatte er sich seiner schmerzlichsten Kinderstimme bedient. Ihrer traurigen Melodie. Ohne Worte.

28

Sosehr sich die wendigen Scooter der Flußpolizei auch bemühten, die heranrückende Fanflotte auf Distanz zu halten, unser Motorboot fuhr nach wie vor in den vordersten Reihen. Stockend drangen wir in das Labyrinth der Stadt ein. Schon die ersten Grachtenbrücken waren vollgepackt mit in abgöttischer Not blökendem Oranjevieh. Im Vergleich zu Juni '88, als das Grau der Freizeitlumpen noch durch das Rot-Weiß-Blau schimmerte, waren die Fans jetzt üppiger in den Farben ihrer Religion ausstaffiert. Viele von ihnen trugen formlose Perücken aus orangerotem Engelshaar, manche mit einem Durchmesser von bis zu eineinhalb Metern. Der *Art Director* des Films *Amadeus* wäre neidisch gewesen.

Aus der Distanz betrachtet, gingen die gelockten Perükkenenden nahtlos in einen pulvrigen orangefarbenen Nebel über, den Spraydosen erzeugten. Wenn der Rauch das Ventil zischend verließ, war er von einem klaren Orange, doch wenn er sich über das Wasser ausbreitete, bekamen die Nebelbänke bald etwas Unreines. Es erinnerte mich an die Wachsmalkreide, mit der ich als Kind ein mit Bleistift vorgezeichnetes Ziegeldach ausmalte. Die Kreide nahm immer ein wenig von dem Graphit an, wodurch das Orange schmuddelig wurde – ganz realistisch, würde man sagen, doch mich bekümmerte es.

Als wir in die Brouwersgracht bogen, stupste Mirjam mich in den Rücken. Ich sollte zu unserem Gastgeber kommen, der hinten beim Motor am Ruder saß. Er gab mir schreiend zu verstehen, daß er an der Herengracht vorbeifahren wollte, um dann zu versuchen, über die Prinsengracht und die Spiegelgracht möglichst nahe an den Museumplein heranzukommen. Das würde uns einen Vorsprung verschaffen.

Ich nickte und überlegte, ob ich von dort zur Kreuzung Hobbemastraat/Stadhouderskade gelangen könnte, ohne auf Absperrungen zu stoßen. Wir hatten dem befreundeten Ehepaar nicht erzählt, daß dort für uns das eigentliche Ziel dieser Fahrt lag.

Die Melkmeisjesbrug war in ihrer ganzen Rankheit ein lebender Triumphbogen, der sich aus einem dicken, unirdisch orangen Nebel erhob. Das Rot-Weiß-Blau, das darauf wimmelte, hatte tausend Beine und wedelnde Tentakel, und es johlte wortlos aus tausend Kehlen.

Das Spielerboot, gefolgt vom Fahrzeug der Offiziellen, bog gleich hinter der Melkmeisjesbrug in die Herengracht. Unser Kapitän drehte auf. Der Bootsbug hob sich ein wenig und durchschnitt das Wasser der Brouwersgracht. Stracks voraus. Ich konnte gerade noch einen Blick nach links werfen. Die Herengracht war, soweit das Auge reichte, mit ihrem von Bäumen gebildeten Kuppeldach ein langer Tunnel, ein einziges Gewusel aus sich bewegenden Armen, die alle Flaggen, Fahnen und Wimpel schwenkten.

Wer es nicht besser wußte, konnte das eintönige Gejubel genausogut als Verzweiflungsschrei aus Tausenden von Kehlen deuten. Die Brücken über die Herengracht schienen wie überwuchert von jener besonderen Moosart, in der ein rostiges Orange vorherrscht, allerdings wimmelnd, als hielten es Maden in wogender Bewegung. Und dann dieser dicht über die Gracht dahintreibende rotbraune Nebel, wie der Dampf über hochkontaminiertem Spülwasser aus einer Giftfabrik. In Kürze würde das Spielerboot nicht mehr zu sehen sein.

Ich mußte an das idyllische Loenen in der Veluwe denken, wo in jenem Winter bei dichtem Nebel die Jauche ausgebracht wurde. Im Laufe des Vormittags färbten sich die tieferen Schichten schmutziggelb wie Londoner Smog über einem Industriegelände. Armer Tonio, den ich in dem unberührten ländlichen Gebiet vor dem Schmutz der Stadt hatte schützen wollen. Die Fenster seines Kinderzimmers mußten gegen den Gestank des flüssigen Mists hermetisch geschlossen bleiben, der, im Bodennebel gefangen, nur horizontal aus den Äckern entweichen konnte ... über die Straße ... in die Gärten rings um die Häuser ...

Wir fuhren am West-Indisch Huis vorbei, das am Herenmarkt rechts von der Brouwersgracht lag. Dort hatten wir am 24. Dezember 1987 geheiratet, während Tonio in Mirjam bereits Form annahm. Hier war mein Vater an jenem unfreundlichen Wintermorgen infolge plötzlicher Atemnot um ein Haar ins eiskalte Wasser gefallen. Nach der Eheschließung wankte er röchelnd und nach Luft ringend an der Gracht entlang, um blutigen Auswurf darin zu versenken. Ich sah im letzten Moment an seinen sich verdrehenden Augen, daß ein Schwindelanfall ihn fast aus dem Gleichgewicht brachte, und konnte ihn gerade noch rechtzeitig vor einem Sturz bewahren. Lungenemphysem. Er war erst zweiundsechzig, hatte aber ein halbes Jahrhundert lang Kette geraucht. Er hatte nie damit aufgehört. Geheime chemische Stoffe in der Zigarette sorgten dafür, daß seine von glasigem Schleim durchwucherten Lungen sich öffneten – bis zur nächsten Zigarette.

Vorgesehen war, Champagner im Sonesta Hotel nahe der Koepelkerk zu trinken, aber es lief darauf hinaus, daß ich am Empfangstresen die Reservierung absagte, während draußen der Rest der Familie meinem halbtoten Vater in ein Taxi half. Ich wollte ihn hinterher nicht auch noch als böse Fee in Männerkleidung hinstellen, doch daß auf dieser Hochzeit, die den Fötus legitimieren sollte, kein Segen ruhte, war deutlich.

Der neue Grabstein hatte nichts zugedeckt. Stärker als an jedem der vorangegangenen Tage zwischen dem 23. Mai und jetzt stand der heutige Tag, der dreizehnte Juli, im Zeichen des *Pantonionismus.* Das lag natürlich auch daran, daß wir das Haus für mehr als einen Besuch des Ziegenhofs oder des Friedhofs Buitenveldert verlassen hatten und zum erstenmal seit dem Essen in der Staalstraat wieder wirklich in der Stadt waren. Tonio war überall. Alles atmete Tonio. Jeder noch so geringe Gegenstand, jedes noch so unbedeutende Ereignis zeigte ein winziges Stück seiner Seele.

30

»Wenn das so weitergeht«, rief mir Mirjam ins Ohr, »wird mir schlecht.«

Das Motorboot drosselte in der schäumenden Biegung in die Prinsengracht kaum die Geschwindigkeit, wodurch es stark krängte, ohne seine japanischen Verbeugungen zu unterbrechen. Mirjam klammerte sich an mir fest und sagte: »Ich muß gleich kotzen.«

Als wir unter der Brücke durch waren und wieder geradeaus fuhren, richtete ich mich etwas auf, um unserem Freund am Ruder ein Zeichen zur Mäßigung zu geben. Vielleicht verstand er es erst beim Anblick der würgenden Mirjam.

Juli 1994. Die Bootsfahrt von unserem Küstendorf auf Ibiza nach Ibiza-Stadt sollte eine gute Stunde dauern. Unterwegs würden wir uns dem Prospekt zufolge am Anblick der vorbeigleitenden Felsenküste erfreuen können. Eine glatte, tiefblaue See ... weiße Schaumlassos um die aus ruhigen Wogen aufragenden Megalithen ... kalte Getränke an Bord im Preis inbegriffen ...

Der spanische Schiffer jagte das kleine Boot in weniger als einer halben Stunde nach Ibiza-Stadt, während der Mann, der die Getränke hätte verteilen sollen, bereits mit dem Feuerwehrschlauch bereitstand, um die Galle der innerhalb von zehn Minuten seekrank gewordenen Passagiere von Deck zu spülen. Der Bug schlug dermaßen hart auf die Wasseroberfläche, daß ein Walfischschwanz es ihm nicht hätte nachmachen können. Mirjam war die erste, die sich übergeben mußte, sofort gefolgt von Tonio (der aus Solidarität zu seiner Mutter ebenfalls erbrach). Grinsend, mit teuflischer Routine, säuberte der Steward breitbeinig das Deck. Es schaukelte so stark, daß Mirjam und Tonio nicht von sich weg zielen konnten und sich so selbst beschmutzten.

Als wir später, uns war noch immer kotzübel, den Kai entlanggingen, sahen wir die Besatzung, auf Ankertrossen sitzend, gemütlich essen, sich sichtlich über die zusätzliche halbe Stunde freuend, die sie dem Touristenpack abgeluchst hatten.

Der sechsjährige Tonio fand es so abscheulich, seine eigene Mutter erbrechen zu sehen, daß er bei dem Gedanken, am Ende des Nachmittags wieder aufs Boot zu müssen, in Panik geriet.

»Ich will nicht, daß Mama spucken muß.«

Schließlich waren wir im Taxi zu dem gemieteten Häuschen zurückgekehrt – eine Fahrt von gut eineinhalb Stunden über kurvige Landstraßen, rätselhafte Verkehrsstaus mitgerechnet. Der Fahrer rümpfte zunächst nur mißbilligend die Nase, bis er sich unumwunden, in einer Art Monolog, über die sauer riechenden Kleider seiner Fahrgäste beklagte.

Zu Hause waren die Entbehrungen rasch vergessen. Vor dem Essen dachten Tonio und ich uns noch schnell ein Kapitel für unser Buch *Reise auf einem Baum* aus. Der Junge war auf die Kastanie hinter seinem Haus geklettert und weigerte sich trotz der flehentlichen Bitten seines Vaters und seiner Mutter, wieder herunterzukommen. Ja, nachts, wenn seine Eltern schliefen, dann kletterte er hinunter – um aus dem Schuppen Bretter und Werkzeug zu holen, mit denen er eine

Baumhütte baute. Er zimmerte tagsüber, wobei er mit Hammer und Nagel, soweit es ging, das Geräusch eines Spechts imitierte.

»... um seine Eltern in die Irre zu führen.«

»Oh, aber was ist ein Specht?«

»Ein Woody Woodpecker.«

»Ach so.«

»Wenn die Baumhütte fertig ist ... eine Art Kajüte ... dann kann die Reise beginnen.«

»Ja, aber Adri ... ein Baum ... wie kann man darauf reisen? Ein Baum hat keine Räder. Ein Baum hat Wurzeln ... die stecken ganz tief in der Erde.«

»Das ist ja gerade das Geheimnis unserer Geschichte. Ein Geheimnis, das nur du und ich kennen. Wenn jeder das Geheimnis kennen würde ... dann könnten ja Hinz und Kunz so eine Geschichte schreiben. Das wäre ja noch schöner! Nein, das ist *unsere* Geschichte. Deine und meine.«

»Kommt mein Name auch auf das Buch?«

»Natürlich, der Name des Autors steht immer auf dem Einband. Und auf der Titelseite. Da kommen dann also zwei Namen hin. Deiner und meiner.«

Wenn ich für meinen Beruf taugte, dann hätte ich jetzt imstande sein müssen, Tonios Gesichtsausdruck zu beschreiben bei dem Gedanken, daß er ein Buch machen würde. Mit mir. Sein Blick verdunkelte sich ein wenig, vielleicht im Bewußtsein aller Schwierigkeiten, die noch zu überwinden waren.

»Ja, aber Adri ... ich kenne das Geheimnis von diesem Baum doch selber noch nicht. Macht er ein Schiff daraus?«

»Nein, der Baum bleibt mit seinen Wurzeln fest in der Erde. Und trotzdem geht der Junge damit auf die Reise.«

»Was ist dann das Geheimnis?«

»Wenn du in einen Zug oder auf ein Boot steigst und gehst damit auf die Reise, was fällt dir dann als erstes auf?«

»Daß man fährt.«

»Genau. Man kommt voran, und das bedeutet, daß sich die Umgebung verändert. Zuerst fährt der Zug noch zwischen den Häusern, danach an Äckern und Wiesen vorbei. Das Geheimnis unseres Baumes ist, daß er selbst nicht von der Stelle kommt, daß sich die Umgebung aber trotzdem ständig ändert. Und dann ist es doch so, als ob der Junge auf seinem Baum durch die Welt reist. Und von seiner Hütte aus immer wieder etwas Neues sieht.«

31

Was suchte ich hier, im Zentrum der Hysterie? Fortsetzung und Abschluß meines nicht beendeten Wegs am 26. Juni 1988 vielleicht, als ich so plötzlich kehrtgemacht hatte, weil ich das Nest mit dem Neugeborenen nicht länger allein zu lassen wagte.

Meine Intuition hatte nicht getrogen. Ich kam nach Hause und fand Mirjam in Panik. Die Wochenpflegerin hatte Tonio gebadet, wobei sich der Verband um ihren Finger gelöst hatte. Sie zeigte Mirjam die Schnittwunde, die im warmen Wasser wieder aufgegangen war und ordentlich blutete. Ganz nebenbei erwähnte das Gör, sie habe monatelang einen Aidspatienten im Endstadium gepflegt. Nach meinem Anruf bei der zuständigen Stelle wurde sie zurückgerufen und fristlos entlassen. Uns wurde zu verstehen gegeben, die Wochenpflegerin sei eine große Phantastin, die niemals bei uns hätte arbeiten dürfen, doch das vergrößerte die Panik bei Mirjam (und mir) nur noch. Ich hätte an jenem Nachmittag niemals zu der Siegesfeier gehen dürfen.

32

In geduckter Haltung, mich an der Reling gut festhaltend, bewegte ich mich auf dem Boot nach achtern. Unterwegs mußte ich über zwei Sitzbänke steigen. Unser Gastgeber und

Kapitän zeigte einladend auf den Handgriff des Ruders, offenbar in der Annahme, ich wolle jetzt steuern.

»Da hinten ist der Steg vom Pulitzer«, sagte ich. »Wenn du uns dort absetzen könntest … Mirjam und ich wollen noch ein Stück zu Fuß durch die Stadt.«

Er machte ein enttäuschtes Gesicht, nickte aber und tippte an seinen Mützenschirm. Am Pulitzer half ich Mirjam aus dem Boot. Wir bedankten uns für die schöne Tour und sahen dem Fahrzeug nach, das das khakifarbene Wasser wie ein Messer durchschnitt. Mir fiel ein, daß die Kreuzung mit der Leidsegracht wahrscheinlich gesperrt sein würde, da sie auf der Route des Mannschaftsboots lag, doch es war zu spät, unseren Freunden eine Warnung nachzurufen.

Über zwei Querstraßen und die Brücke über die Keizersgracht gingen wir zur Herengracht, so schnell es die unvermindert herbeiströmenden Fanscharen zuließen. Wir hätten uns nicht so zu beeilen brauchen, denn das Museumsboot der Reederei Lovers mußte noch mehrere Hundert Meter zurücklegen, bevor es an der vollgepackten Brücke war, auf der wir einen Platz zu finden versuchten. Es wimmelte dort von silberweißen Perücken, die durch den Einsatz von Spraydosen in eine wolkige Ausführung der niederländischen Fahne umgestaltet worden waren. Darunter schreiende Gesichter, gespachtelt mit orangerotem Cremepuder, auf Wangen und Stirn eine Minifahne in Rot-Weiß-Blau.

Der Aufstand der Clowns. Sie hingen in Trauben an den Laternenpfählen. An meinem Gesicht kitzelte etwas: eine orangefarbene Perücke, gespickt mit der Art von Spießchen, die man beim Heringsverkäufer bekommt, kleine Holzstäbchen mit einem Fähnchen. Da tauchte das Mannschaftsboot unter der nächsten Brücke auf. Das tierische Heulen, von dem man dachte, es hätte bereits die maximale Lautstärke, schwoll an. Wieder fiel mir auf, daß nichts Triumphierendes darin zu hören war. Man brauchte nur den Kopf kurz zu schütteln, und es klang auf einmal wie der gewaltige Schrei

einer Menge in Not, die dabei war, sich gegenseitig totzu-
drücken.

Das Boot war jetzt unter der Brücke durch, und alle Gestalten in Trainingsblau richteten sich wieder auf, Glas oder
Flasche in der emporgereckten Hand. Die motorisierten
Wasserfahrräder der Flußpolizei beeilten sich erneut, sich zu
einem Kordon zu formieren. Von den Uferrändern sprangen oder fielen Menschen in die Gracht, was an Schwarz-
weißbilder einer alten Kinowochenschau erinnerte: The
Beatles auf Grachtenrundfahrt durch Amsterdam. Schon
damals dachte ich, daß die Leute lauthals aus Protest schrien,
weil ein falscher Beatle mit Rattenkopf als blinder Passagier
mitfuhr.

Die drei jungen Männer, die genau vor uns ins Wasser
sprangen, trugen orangefarbene Schwimmwesten, von einem Selbstmordversuch aus verzweifelter Idolatrie konnte
also keine Rede sein. Das Boot glitt näher, und offensichtlich
vermochte sich das Jubelgeschrei noch zu steigern. Oranje
labte sich an Oranje, doch das Gejohle deutete auf Unersätt-
lichkeit.

Mirjam stand, den Rücken an mich gelehnt, vor mir, und
ich hielt sie fest umschlungen. Soweit die Perückenköpfe vor
uns es zuließen, blickten wir jetzt genau ins Boot. Das alberne Hütchen von van Bommel. Ein schwarzer Fußballer,
dessen Namen ich nicht kannte, trug einen goldfarbenen rö-
mischen Siegeshelm, möglicherweise um die letzten Zweifel
auszuräumen. Ein anderer Spieler wurde bei laufender Kamera interviewt.

Je näher das Boot der Brücke kam, um so dichter wurde
der orangefarbene Nebel aus den Spraydosen. Jetzt wurden
Wolken von orangerotem Konfetti über das Deck geschüttet.

»Köpfe runter …!« rief der Zeremonienmeister. Die Spieler hockten sich, brav gehorchend, sicherheitshalber hin —
was schade war, denn nach ihren Fouls im Spiel gegen Spani-
en hätte ich ihnen, einem wie dem anderen, einen Kopfstoß

gegönnt. Das Boot glitt unter der Brücke durch. Ich nahm Mirjam bei der Hand und zog sie hinter mir her.

»Was machst du?« rief sie.

»Sie fahren gleich durch die Leidsegracht.«

Trotz der vielen Menschen, mit denen wir zusammenstießen, gelang es uns, dem Boot mit der niederländischen Elf ein gutes Stück vorauszubleiben. An der Leidsegracht fanden wir eine erstaunlich spärlich bevölkerte Stelle gegenüber der Hausnummer 22, wo wir von November 1990 bis Juli 1992 gewohnt hatten. Als hätte ich nicht absichtlich hier angehalten, machte Mirjam mich auf das Haus gegenüber aufmerksam, den Finger auf den zweiten Stock gerichtet. Ich schaute sie an. Es war das erste Mal an diesem Tag, daß ich Tränen bei ihr sah.

An den Ufern der Leidsegracht, wo es bisher relativ ruhig gewesen war, erhob sich hysterischer Jubel. Unter dem Brückenbogen erschien im Gefolge zweier Fahrzeuge der Flußpolizei unser nationaler Stolz.

33

Jedesmal, wenn ein Sightseeingboot von der Herengracht in die Leidsegracht bog, tutete es laut. Mirjam und mich machte es mit der Zeit wahnsinnig, doch Tonio rannte bei jedem Tuten aufgeregt ans Fenster.

»Boot ... Boot!«

Und dann sah er zufrieden zu, wie sich unten das flache Fahrzeug zwischen den Kaimauern durchschob und die Köpfe der Passagiere sich auf Anweisung einer Stewardeß von links nach rechts drehten.

An einem schönen Tag in jenem ersten Frühling an der Leidsegracht standen die Schiebefenster offen. Ich kniete mich vor der niedrigen Fensterbank hin, um zu schauen, ob Mirjam und Tonio von der Krippe zurückkamen. Da standen sie, am Fuße der Steintreppe, die zur Haustür führte. Ein seltener Anblick: Tonio weinte. Er trat böse gegen die unterste Stufe, während Mirjam versöhnlich auf ihn einredete.

»Nein ... ich will zu Bibelebons.«

Es war kein Quengeln. Sein Weinen klang herzzerreißend ehrlich durch den stillen Frühlingsnachmittag. »Ich will wieder zu Bibelebons ... zu Bibelebons will ich. Nicht nach Hause.«

Er setzte sich auf die unterste Treppenstufe und weigerte sich, mit seiner Mutter ins Haus zu gehen. Schließlich setzte sie sich neben ihn und nahm ihn in den Arm. Ich konnte sie jetzt nicht mehr verstehen, aber das Schluchzen hielt an, leiser.

Lieber Junge. Er war der einzige von uns dreien, der Heimweh nach der Veluwe hatte. Ein Sightseeingboot ließ seine Schiffstute ertönen. Tonio interessierte es nicht. Er schüttelte heftig den Kopf. Bibelebons, seine Veluwer Kinderkrippe, in der es ihm so gut gefallen hatte. Und wir hatten ihn dort einfach herausgerissen, ohne ihn zu fragen, ob er damit einverstanden sei.

34

Seit er sprechen konnte, nannte Tonio mich beim Vornamen. Wenn er deutlich machen wollte, in welcher familiären Beziehung wir zueinander standen, sagte er: »Das ist mein Adri. Das ist *mein* Adri, ja.«

Dabei zog er mich fest am Ärmel.

Ich sitze im kleinen Wohnzimmer an der Leidsegracht 22, die Glaszwischentür zum kurzen Flur geöffnet, von dem eine Treppe in die Eßetage führt. Auf dem Sofa lesend, sehe ich Tonio vorbeitrotten, eine große Rolle Sabbeltücher schleppend. Die gesamte Wohnung ist mit weichem, hochflorigem grauem Teppichboden ausgestattet, auch die Treppe – für Tonio ist es ein Genuß, auf nackten Knien die Stufen hochzukrabbeln. Hinter seinem Schnuller bringt er eine

Mischung aus Summen, Murmeln und leisem Stöhnen hervor, während er die Treppe nach oben bezwingt. Als er fast an der Biegung und außer Sicht ist, hört das Getrommel seiner Gliedmaßen auf, ebenso das Geräusch aus Mund und Nase. Ich blättere eine Seite in meinem Buch um und beobachte aus den Augenwinkeln, wie er reglos an den Stufen lehnt, den Schnuller jetzt in der freien Hand. Er schaut zu mir. Ich halte den Blick starr auf die Seite gerichtet, habe aber aufgehört zu lesen. Beide bewegungslos wie Heuschrecken, belauern wir uns gegenseitig: er direkt, ich indirekt.

Ich halte es nicht länger aus, drehe den Kopf in seine Richtung und sehe in seine weit geöffneten Augen, die vor neckender Vorfreude leuchten.

»Adri, du bist doch mein Vaaa-a-ater?«

»Ob dir das gefällt oder nicht, ja, ich bin dein Vater.«

Noch bevor ich meinen Satz beendet habe, steckt er sich den Schnuller wieder in den Mund, um die Treppe weiter hinaufzupoltern. Sein keuchendes Lachen hat etwas Triumphierendes: als hätte er mich demaskiert oder mir zumindest ein Geständnis abgerungen.

Ich sitze noch eine ganze Weile da und starre reglos in mein Buch, ohne zu lesen.

35

Als das Boot mit den Spielern vorbei war und sich die Fußballer bereits vor der nächsten Brücke duckten, blieben wir noch kurz stehen und schauten auf den Halsgiebel unseres früheren Hauses. Ganz oben, zum Garten hin, hatte Tonio sein kleines Dachzimmer gehabt, das er mit unermüdlichem Stolz jedem neuen Besucher zeigte. »Das ist *mein* Häuschen.«

Ich deutete auf die breite grachtengrüne Tür, die wie ein Spiegel glänzte. Neben dem Pfosten hing eine Laterne, die sich an der Fassade des Nachtclubs Yab Yum nicht schlecht gemacht hätte. »Ob das Zylinderschloß der Firma Krikkrak immer noch drin ist?«

Mirjam verstand erst nicht, worauf ich hinauswollte.

»Weißt du noch, damals, als du mich ausgesperrt hattest … und dich drinnen verschanzt mit *Our Man In Africa*?«

»Ach, das. Ich wollte nur einen potentiellen Dieb aussperren. Nicht dich.«

»Vielleicht war ich ja der Dieb.«

Weil ich dem ungesunden orangefarbenen, mit Treibgasen gesättigten Nebel entrinnen wollte, schlug ich Mirjam vor, einen Teil der Strecke abzukürzen und über die Leidsestraat zum Leidsebosje zu gehen, um dort wieder auf die Flotte zu warten. Wir bogen nach links in die Keizersgracht. In der Leidsestraat und auf dem Leidseplein war weniger los als sonst an einem Sommernachmittag. Als wir uns dem Platz näherten, ertappte ich mich dabei, in den Seitenstraßen nach einem der Shoarmaläden Ausschau zu halten, die Tonios Ziel in jener Pfingstnacht gewesen sein mochten, um seinen vom Bier ausgehöhlten Magen zu stopfen.

In der Korte Leidsedwarsstraat konnte ich mich nicht länger beherrschen. Ich ging zur Tür eines kleinen türkischen Lokals und studierte die Farbfotos der Gerichte. Ja, sie hatten auch Döner Kebab, Tonios Lieblingsimbiß für den späteren Abend. War dies das Bild, das ihm vor Augen gestanden und von dem er sich in die falsche Richtung hatte locken lassen – weg von der Van Baerle, der Jan Luijken und schließlich in die Hobbemastraat?

Ja, so wenig heroisch konnte man auf sein Ende zusteuern. Neulich fand ich eine alte Ansichtskarte, im Sommer 1978 von Jolanda geschickt, die mit einer Freundin auf Terschelling Urlaub machte. »Ich vermisse dich + Shoarmabrötchen.« Wochenlang war ich mit ihr herumgezogen, beide so verliebt, daß wir zu essen, wenn auch nicht zu trinken vergaßen. Spätnachts, ich wohnte in De Pijp, landeten wir dann in der Shoarmabude am Ferdinand Bolplein. Die Straßen waren damals frühmorgens genauso verlassen wie jetzt. Ich habe diese spätnächtlichen Mahlzeiten nie als lebensbedrohlich empfunden.

36

Wir gingen am neuen Springbrunnen des American vorbei. Aus dem plötzlichen Jubel hinter der Ecke des Hotels schlossen wir, daß das Boot mit den Spielern die Singelgracht erreicht hatte. Für das Volk auf der Brücke mußte das Fahrzeug noch eine Biegung nehmen, so daß das Gejohle dort erst ein klein wenig später aufbrandete.

Mirjam und ich fanden einen Platz ganz am Ende des Brückengeländers. Das Sonnenlicht fiel voll auf das Schiffsdeck und auf die Fußballer, von denen einige interviewt wurden. Direkt über dem Leidseplein schwebte der Fernsehhelikopter: Die Bilder aus der Vogelperspektive würden wir nachher, zu Hause, erneut sehen.

Das Boot war noch nicht ganz unter der breiten Brücke verschwunden, da trabten alle Fans schon quer über die Straßenbahngleise zum Geländer auf der anderen Seite – um zu sehen, wie ihre Helden wieder zum Vorschein kamen. Es glich dem Rennen vor dreißig Jahren, der kichrigen Panik, wenn Scharen von Hausbesetzern und ihre Sympathisanten von der Bereitschaftspolizei gejagt wurden. Das Tränengas war jetzt orangefarben, und die Tränen waren nicht chemisch verursacht, sondern resultierten aus dieser verwirrenden Mischung von Triumph und Niederlage.

Ich ging mit Mirjam gleich weiter zum Leidsebosje. Wir näherten uns Dem Ort, beeilten uns aber nicht, ihn zu betreten. Am liebsten wäre es mir gewesen, von den Clownshorden, die jetzt auf uns zukamen, dorthin getrieben oder geschwemmt zu werden. Hunderte schwärmten weiter hinten über die schräge Uferbefestigung der Singelgracht aus, um gleich dem Boot so nahe wie möglich zu kommen, das gerade aus dem Dunkel unter der Brücke hervorglitt. Es fuhr an dem kurzen Stück Leidsekade vorbei, wo Harry Mulisch wohnte. Ich konnte von meiner Position aus nicht erkennen, ob er am Fenster seines Arbeitszimmers stand und zuschaute: Die Scheibe spiegelte. Es war nicht auszuschließen, daß er dort war. Normalerweise wäre er jetzt in seinem Lieblingshotel am Lido von Venedig, aber das war wegen Umbauarbeiten geschlossen. Am Tag nach dem Unglück war er an Dem Ort vorbeispaziert und hatte sich über die grellgelben Linien und Zeichen erschreckt, die die Kräfte des Dramas wiedergaben, ohne zu wissen, um wen es sich handelte.

In dem Spieler, der gerade an Deck interviewt wurde, erkannte ich Robin van Persie. Ich machte Mirjam darauf aufmerksam, die betrübt nickte. Ohne darüber sprechen zu müssen, sahen wir beide den sechsjährigen Robin vor uns, wie er, an die Mauer des Schulhauses in Marsalès gelehnt, mürrisch zugeschaut hatte, wie seine beiden Schwestern dem einjährigen Tonio das Laufen beibrachten. Nicht einmal das plattbödige Flaggschiff der niederländischen Fußballkunst entkam heute dem Pantonionismus.

Auch auf der Fußgängerbrücke zwischen dem Max Euweplein und der Stadhouderskade (die Brücke, der ich eine so entscheidende Rolle bei Tonios Ende zugedacht hatte) drängte sich das johlende Volk, das bereits mit vollen Händen orangefarbenes Konfetti herabrieseln ließ, obwohl das Boot erst auf Höhe des ehemaligen Lido fuhr. Ich ließ meinen Blick über die Fassade des Holland Casino gleiten und versuchte, die Überwachungskameras auszumachen, die Tonios letzte Tat auf dieser Welt festgehalten hatten. Ich konnte sie nicht auf Anhieb entdecken. Für den, der das Kasino überfallen wollte, durfte das Überwachungssystem ja auch nicht zu auffällig sein.

An der anderen Ecke des Eingangs zum Max Euweplein lag das Grand Café, in dem Tonio vor noch nicht einmal einem Jahr zum erstenmal mit seinen künftigen Kommilitonen zusammengetroffen war. Die kleine Abordnung, die uns Anfang Juni Blumen gebracht hatte, hatte erzählt, wie das vor sich gegangen war. August 2009. Tonio arbeitete bei Dixons und konnte dadurch erst spät an den Einführungen teilnehmen. Als er sich endlich mit seiner »Gruppe« verabredet hatte, erschien er viel zu spät. Um die Zeit totzuschlagen, versuchten die Studienkameraden im Grand Café, die Tonio noch nicht kennengelernt und noch nicht einmal ein Foto von ihm gesehen hatten, sich ein Bild von ihm zu machen, einzig und allein aufgrund seines Namens und seines Geburtsdatums. Es wurde immer mehr zu einem seriösen Spiel. Aus den spärlichen Fakten setzten sie, rein vom Gefühl her, ein Porträt von ihm zusammen, eine Art intuitives Phantombild. Äußere Merkmale wie Haartracht und Körpergröße wurden genannt und wieder verworfen. Eine knappe Mehrheit kam zu dem Schluß, er könne nicht größer als eins fünfundsiebzig sein. Eine andere knappe Mehrheit bedachte ihn mit langem, dunklem Haar und dicken Augenbrauen, die über der Nasenwurzel ein wenig aufeinander zu wuchsen. Zum Schluß waren alle sich mehr oder weniger einig: So und nicht anders mußte die fehlende Person aussehen.

Ungefähr in dem Augenblick betrat Tonio, in der Gewißheit seiner Anonymität, das Grand Café. Er suchte die Tische nach dem ab, was seine Gruppe sein könnte. Es war brechend voll. Wie sollte er seine Kommilitonen, die er noch nie gesehen hatte, erkennen? Plötzlich gingen zehn Arme winkend in die Höhe, und er hörte aus zehn Kehlen zugleich: »Huhu, Tonio … hierher!«

Sie hatten sich, ganz demokratisch, genau die richtige Vorstellung von ihm gemacht. Wenn ich mir sein Erstaunen in dem Moment vorstellte, sein verlegenes Grinsen (das irgendwo zwischen den Schulterblättern begann), kamen mir die Tränen. Keine neun Monate später sollte er, einen kleinen

Steinwurf vom Grand Café entfernt, auf der anderen Seite des Ringkanals von einem Auto auf den Asphalt geschleudert werden.

In Gedanken sah ich ihn auf den Tisch seiner Kommilitonen zugehen. »He, was ist das? Was gibt das?«

Lachend, leicht ungelenk, beginnt er, Hände zu schütteln. »Shit, woher wußtet ihr …«

37

Das Spielerboot näherte sich Dem Ort, dort, wo die Singelgracht eine Biegung nach links macht, Richtung Rijksmuseum. Noch immer bewegten sich Fans, geduckt oder rücklings über die bewachsene Uferböschung rutschend, zum Wasser, als wären sie bereit, zum Boot zu waten, notfalls bis zum Hals im braunen Matsch.

»Komm.« An einer wogenden Mauer aus orangefarbenen Rücken und Perücken entlang zog ich Mirjam hinter mir her. Die Kreuzung Hobbemastraat/Stadhouderskade lag verlassen da. Hoch darüber schwebte ein Helikopter, freilich nicht, um Den Ort zu bewachen. Die Menschen kehrten ihm frenetisch jubelnd den Rücken zu. Von gelben Linien auf der Fahrbahn, vor denen die Beamten des Polizeireviers James Wattstraat uns gewarnt hatten, keine Spur mehr – weggewischt von Autos, die *keinen* Radfahrer vor die Stoßstange bekommen hatten.

Ich zeigte Mirjam die Stelle. »Dort ungefähr.«

Hier war er aus dem Leben gestoßen worden. Das Leben noch nicht ganz aus ihm, doch der Rest war vor allem *ein* großer Versuch gewesen, zu retten, was nicht mehr zu retten war.

Die Boote fuhren unter großem Gejohle durch die Kanalbiegung. Vuvuzelas produzierten ihr schauerliches Geräusch. Ganze Horden setzten sich jetzt Richtung Rijksmuseum in Bewegung, um noch möglichst lange den Anblick der Spieler genießen zu können oder um rechtzeitig auf dem Museumplein zur eigentlichen Siegesfeier zu sein.

Mirjam schüttelte unhörbar weinend den Kopf. »Einfach so ... hier auf der Straße«, glaubte ich zu verstehen.

Mich traf einmal mehr die *Einsamkeit* dessen, was sich hier zugetragen hatte. Nach der Fahrt ganz allein ... vom blinden Schicksal auf die Hörner genommen ... in die Luft geschleudert und aufs Pflaster geknallt. Wie lange hatte er da so gelegen? Hatte er noch gestöhnt, oder waren seine zerschmetterten Lungen schon nicht mehr imstande gewesen, die für das Stöhnen erforderliche Luft zu liefern?

Ich sah mir die Umgebung genau an. Die Biegung, die die Stadhouderskade hier machte, die Einmündung der Hobbemastraat, der Zebrastreifen vom Parkhotel zur Singelgracht ... alles wirkte tatsächlich so, wie Dick es mir geschildert hatte, weiträumig und übersichtlich. Mit seinen verbundenen Augen hatte das Schicksal alle Hände voll damit zu tun gehabt, um Auto und Radfahrer hier zusammenzubringen. Präzisionsarbeit im frühmorgendlichen Dunkel.

In meiner Vorstellung war Der Ort in den zurückliegenden Wochen offenbar geschrumpft – bis zu einer Art schmalem, unbeleuchtetem Einbahntunnel, in dem Fahrrad und Suzuki schicksalhaft aufeinandertreffen *mußten*.

38

Tonio, das Schönste, was du mir geschenkt hast, ist Selbstwertgefühl. Bevor du in mein Leben tratest, mußte ich jede Form von Selbstwertgefühl stets *vortäuschen*, so eine geringe Meinung hatte ich insgeheim von mir. Als ich dich in voller Entwicklung sah, wuchs bei mir der Stolz – auf dich natürlich, aber auch auf mich selbst. Ich steckte zu einem nicht unbeträchtlichen Teil in dir. Wer dazu beigetragen hatte, ein so großartiges Wesen hervorzubringen, mußte selbst wohl ebenfalls einige Qualität besitzen.

Jetzt, da ich dich so frühzeitig habe loslassen müssen, ist es um mein Selbstwertgefühl miserabel bestellt, als wäre es, aus dir hervorgegangen, auch wieder in dir verschwunden. Ich habe dich hervorgebracht, aber nicht halten können. Ich bin keinen Pfifferling mehr wert.

39

Es ist eine Nacht
die man sonst nur in Filmen sieht

Eine Nacht war offenbar ein Ding, ein Gegenstand, der gewöhnlich nur kinematographisch sichtbar gemacht werden konnte, sich aber in Ausnahmefällen in der Wirklichkeit zeigte – in der des Brabanter Volkssängers Guus Meeuwis zum Beispiel. Auf der Bühne des Museumplein war er dabei, seinen Auftritt vor der Oranjemeute abzurunden. Danach sollte die Nationalmannschaft gefeiert werden, deren Mitglieder ungefähr jetzt am Anlegesteg gegenüber dem Rijksmuseum das Boot verließen, um sich erneut mit ihren Geliebten zu vereinigen.

Am Boden liegt eine leere Flasche Wein
und Kleidungsstücke, können von dir oder mir sein

Mein Niederländischlehrer wäre, denke ich, weniger über das »Kleidungsstücke liegt« gestolpert als über die »leere Flasche Wein«. Gerard van der Vleuten war nicht mehr in diesem Leben, doch über die Jahre hinweg hörte ich seine entschiedene Stimme: »Eine Flasche Wein, Guus, ist eine Flasche voll Wein. Wenn die Flasche leer ist, Guus, ist der Wein alle, und wir behalten eine leere Weinflasche übrig. Eine leere Flasche Wein, Guus, ist so etwas wie die Ecke eines runden Tisches: eine Contradictio in terminis. Ja? Guus …?«
Sympathisch an Guus hätte van der Vleuten die völlige

633

Unbefangenheit gegenüber der gleichgeschlechtlichen Liebe gefunden. Wenn die um das Bett herumliegenden Kleidungsstücke »von dir oder mir« sein konnten, wäre wahrscheinlich kein BH, Rock, keine Strumpfhose und kein Damenslip darunter, denn die würde Guus in seiner dem Film abgerungenen Nacht bestimmt nicht als die seinigen erkannt haben – es sei denn, hier wurden, noch unbefangener, die düsteren Grenzen des Transvestismus erkundet. Wahrscheinlicher war, daß sich in dem Bett, gestärkt von der leeren Flasche Wein, zwei verschlungene Männerkörper befanden, deren auf den Boden geworfene Kleidungsstücke vollkommen austauschbar geworden waren. Fürwahr, ein extrem emanzipatorischer Text dieses Naturtalents unter der heutigen Generation niederländischer *singer-songwriters*.

Meeuwis schloß mit dem stumpfsinnigsten Stück, das die niederländische Liedkunst je hervorgebracht hat: »Kedeng, kedeng«, der Titel eine Onomatopöie für das Geräusch eines Zugs der Niederländischen Eisenbahn auf den Gleisen. Das Publikum brüllte den Refrain frenetisch mit und reicherte ihn an mit einem improvisierten Arrangement für einige Tausend Vuvuzelas. Hier ließ ein Verlierer die Herzen der Verlierer hüpfen, und das war wohl auch nötig.

Danach durften die Spieler auf die Bühne. Van Bronckhorst, der Kapitän, kündigte seine Männer nacheinander an, alle zweiundzwanzig. Der Jubel von unten entrückte die Fußballer noch weiter ihrer Blamage. Volkesstimme hatte das letzte Wort.

Der neue Bürgermeister, nicht darauf erpicht, schon jetzt ausgebuht zu werden, beschränkte sein Dankwort auf einige Phrasen, die kundtun sollten, daß es für ihn ein tolles Fest war. Danach trat er rasch einen Schritt zurück. Und dann kam auf einmal aus dem Jenseits die mächtige Stimme André Hazes': »Blut, Schweiß und Tränen.«

40

Der Nachbar, der die lange Live-Übertragung für uns aufgenommen hatte, meinte warnend, die Kamera- und Tonqualität sei »zum Heulen«.

»Als ob man es mit einem Haufen Verbrecher zu tun hat, die zwar interviewt, aber nicht erkannt werden wollen. Verpixelte Gesichter ... verknautschte Köpfe. Als ob Picasso in seiner kubistischen Periode die Kamera geführt hätte. Von den Interviews sind große Teile auch nicht zu verstehen, weil der Wind so einen Krach macht.«

Von oben gefilmt, glich das Oranjevieh noch mehr zusammengetriebenen Herden. Wenn sie nur fest genug gegen die Brückengeländer gedrückt wurden, preßten sie das Geblöke von allein heraus. Dieses massenweise Zurschaustellen von Freude über gar nichts, das konnte doch nicht der Sinn des Lebens, der Kultur, von Tonios Tod sein. Es war nicht so sehr, daß die Menschen die Leere suchten – sie suchten eine *dröhnende* Leere, um sich weniger allein zu fühlen. Das Nichts mußte ein Echobrunnen sein. Man warf Wesel hinein und erntete Esel, ohne mehr dafür tun zu müssen, als aus Leibeskräften zu brüllen.

Unterdessen passierte alles mögliche in der besungenen Leere. Auch ungewollt Komisches, denn Bild und Ton waren in der Tat zum Heulen. Wie der Nachbar angekündigt hatte, verrutschte das Bild regelmäßig in hin und her springende kleine Vierecke. Van Bommels Hütchen tanzte hölzern von seinem Kopf und wieder zurück, während der obere und der untere Teil seines Gesichts kurzfristig voneinander getrennt wurden. Er wurde interviewt, aber ganze Teile des Gesprächs verflüchtigten sich durch heftige Windstöße. Der Zuschauer wartete vergeblich auf eine Kommentarstimme des Senders, die sich für die schlechte Qualität entschuldigte.

Die Boote fuhren von der Leidsegracht unter der breiten Fahrbahn der Marnixstraat durch. Sie blieben so lange unter der Brücke, als hätten sie sich dort irgendwo im Dunkel aufgelöst. Die Kamera im Helikopter zeichnete nur noch Fans auf, die ratlos vom einen Brückengeländer zum anderen rannten: als könnten sie es einfach nicht glauben, daß ihre Helden nie wieder zum Vorschein kommen würden.

Dennoch kehrte das Spielerboot ins volle Sonnenlicht zurück, nach links durch die Singelgracht Richtung Leidseplein und American Hotel gleitend. Bevor das Fahrzeug ins Dunkel unter der Fahrbahn beim Hotel tauchen würde, war zu sehen, wie Robin van Persie in eine günstige Position gerückt wurde, um seinerseits interviewt zu werden. Wieder filmte der Helikopter, wie die Herde über die Brücke zur anderen Seite galoppierte. Ich wußte, daß auch wir dort die Straße überquert hatten – nicht zum Brückengeländer, sondern zum Leidsebosje. Ich konnte uns nicht entdecken: aus zu großer Höhe aufgenommen.

Nun wurde wieder zu der Kamera an Bord umgeschaltet, die das Interview mit van Persie aufzeichnete. Sein hübsches Gesicht wurde, wie der Nachbar gesagt hatte, kubistisch verzerrt, und sein Ohr lief in eine Reihe bunter Würfel aus.

»Wie erlebst du das jetzt?«

»Ja, Wahnsinn, phantastisch. Die vielen Leute. Dieses orange Meer. Ich glaube langsam, daß wir doch Weltmeister geworden sind.«

Das Boot fuhr am Holland Casino vorbei, unter der Fußgängerbrücke durch. Der Helikopter nahm kurz die Kasinokuppel von oben auf. Eines von Armandos Themen war die »schuldige Landschaft«. Nun, dies hier war schuldiges Stadtgebiet. Sicherheitskameras, dazu vorgesehen, die Knete zu bewachen, hatten die letzten Augenblicke von Tonios bewußtem Leben aufgezeichnet. Die Scheibe mit den Bildern lag im Laufwerk von Mirjams Computer. Ich würde nachher versuchen müssen, sie, und mich, davon zu überzeugen, uns die Aufnahmen gemeinsam anzusehen: daß wir auch das Tonio schuldig waren.

»Und, Robin, macht das die Niederlage erträglicher?« versuchte der Interviewer es noch einmal.

»Ich glaube schon nicht mehr an eine Niederlage«, antwortete van Persie. »Die Leute an den Grachten, auf den Brükken, die haben das letzte Wort. Wenn die sich benehmen, als hätten wir gewonnen, dann *haben* wir auch gewonnen.«

»Mit anderen Worten«, sagte ich zu Mirjam, »die niederländische Elf ist vom Oranjevieh demokratisch zum Weltmeister ausgerufen worden. Wenn dem Plebs nach Feiern zumute ist, dann murkst er einfach als Masse so lange an den Tatsachen herum, bis es einen Grund zum Feiern gibt.«

Mirjam zuckte mit den Achseln. Der Interviewer murmelte etwas von einem zweiten Platz.

»So«, sagte Robin, »ist es überhaupt nicht schlimm, Zweiter zu werden.«

Die Bootsparade näherte sich dem Unheilsort.

»Als Zweiter ist man der erste unter den Verlierern«, sagte ich. »Eine amerikanische Sportlerweisheit. In den Niederlanden wird sie so ausgelegt: Erster der Verlierer, dann ist man noch immer der Erste. Versuch das mal zu entkräften.«

Mirjam zuckte wieder mit den Achseln und schüttelte außerdem den Kopf, während sie den Bildschirm nicht aus den Augen ließ. Wo die Singelgracht der Biegung der Stadhouderskade folgte, setzte das Spielerboot zur Kehre nach links an.

»Geht es dir nicht auch so, Minchen, daß du am liebsten rufen würdest: Stoppt hier mal eben … legt hier kurz an … aus Respekt … werft ein paar Blumen ans Ufer … tut was … soll doch jemand was sagen … notfalls nur, daß sie einen Moment lang still sein sollen …«

»Bei einer Stadt voller Dam-Schreier?« sagte Mirjam. »Wenig Chancen.«

Das Interview mit van Persie war beendet. Die Kamera erlaubte sich noch einmal einen Jux mit seinem wohlgeformten Kopf, indem sie ihn in der Nahaufnahme von seinem

Rumpf hüpfen und sich zu einem Muster aus braunen und rosafarbenen Würfeln auflösen ließ, eine Art *Victory Boogie Woogie* der Porträtkunst. Auf einmal ging mir auf, daß die Bilder von Tonios Unfall gleich ähnlich springen würden, allerdings nicht wegen schlampiger Kameraführung, sondern aus Gründen der Sparsamkeit. Wie bei all diesen Überwachungsfilmen in der Sendung *Aktenzeichen XY … ungelöst.* Ich wußte nicht, ob die zerschnippelten Bewegungen seiner letzten Tat auf Erden es mir leichter oder schwerer machen würden, die Aufnahmen anzusehen.

Auf dem Bildschirm wurde jetzt zum Helikopter umgeschaltet, den wir am Nachmittag vom Boden aus in der Luft hatten stehen sehen, in der festen Gewißheit, an der Stelle gefilmt zu werden, an der Tonio vor sieben Wochen verunglückt war. Diese Pünktchen, die sich aus der Menge gelöst hatten, waren wir das? Mirjam und ich saßen beide, gespannt vorgebeugt, auf der Sofakante, als rechneten wir mit einer Wiederauferstehung Tonios, gefilmt aus der Vogelperspektive.

»Siehst du uns?« fragte Mirjam.

»Zu hoch, der Helikopter«, sagte ich.

Die gelben Rekonstruktionszeichen auf dem Pflaster, der gekalkte Umriß von Tonios Körper, das wäre aus einer solchen Höhe noch sichtbar gewesen, aber es war längst gelöscht worden: vom Regen, von Autoreifen oder vielleicht auch von so einem Hochdruckreiniger mit einer dampfenden chemischen Lösung, mit dem man in der Kalverstraat plattgetretenen Kaugummi von den Pflastersteinen entfernte.

Mirjam und ich waren nicht zu erkennen. Die Kamera schwenkte zurück zur Singelgracht, wo das Spielerboot, umschwärmt von den motorisierten Wasserfahrrädern der Polizei, durch die Biegung glitt.

»Denk mal zurück an das Schulhaus in Marsalès, '89«, sagte ich zu Mirjam. »Die beiden kleinen Jungen da bei uns auf dem Grundstück. Tonio, der hinter seinem Buggy laufen lernte … und Robin, der sich alles mit böser Miene ansah. Jetzt, siehst du, berühren sich ihre Geschichten. In dieser Biegung.«

Die Kamera zeigte uns die Rückseite des Paradiso. Wenn Tonio an jenem Samstagabend mit Jenny dorthin gegangen wäre, hätte er noch gelebt, doch wie eine Menge wohlwollender und wohlmeinender Leute sagen, »darf man so nicht denken«. Und wenn ich nicht anders kann, als so zu denken? Auch das Denken kennt verschiedene Staatsformen. In manchen Gebieten herrscht das Regime der Freiheit, in anderen wird Zwang ausgeübt. Der Untertan hat zu gehorchen.

41

Ich dachte an den Tag, in ebendem Sommer '89, als Robin plötzlich von unserem Grundstück verschwunden war, während die Aufmerksamkeit seiner Schwestern völlig durch Tonios Gehversuche gefesselt wurde. Obwohl Robin als Wildfang galt, oder gerade deswegen, nahmen die Mädchen es ziemlich leicht, doch weil Mirjam und ich beunruhigt waren, schien es ihnen doch besser, ihren kleinen Bruder zu suchen.

Robin sah ich erst am Nachmittag wieder, während der Happy hour auf der Terrasse des Campingplatzes, wo es Heineken vom Faß gab, damit die niederländischen Gäste sich noch mehr zu Hause fühlten. Ich saß am Tisch bei Robins Mutter und deren Freundin, ebenfalls eine geschiedene Dame aus Rotterdam, mit einer kleinen Tochter. Die ehemalige Frau van Persie war ein besonderer Mensch, nicht ausgesprochen hübsch, aber von einem Aussehen, das in der Erinnerung haftete oder, besser gesagt: das einen Abdruck im Gehirn hinterließ wie ein Siegel im Lack, unauslöschlich.

Lily und Kiki spielten mit Tonio im Gras. Sein Buggy stand leer neben mir. Mit ihrem wundervollen Rotterdamer

Akzent erzählte Frau van Persie mir von ihrer Arbeit, ihrem Leben, ihrer Familie. Von den drei Kindern hatte Robin die Scheidung am schlechtesten verarbeitet. Auch wenn sie über ernste Dinge sprach, wurden ihre Worte immer wieder von einem kurzen melodischen Kichern unterbrochen oder dem Ansatz dazu – eine Art Interpunktion der Unterhaltung.

Ihr Ex war bildender Künstler. Er nahm seinen Beruf auf destruktive Weise ernst. Zusammen mit einem seiner besten Freunde, »dem Joop von Gerard Reve«, ebenfalls bildender Künstler, hatte er eine Lebenseinstellung entwickelt, bei der das künstlerische Handwerk sich optimal entfalten konnte. In allem (Koks, Alkohol und so weiter) nicht nur bis zum äußersten gehen, sondern über die Grenze dessen hinaus, dann kam es mit der Kunst in Ordnung. Sich selbst mit allen Mitteln ausschöpfen, bis auf den Grund, und was dann von einem übrigblieb, das konnte nur die Wahrheit sein.

Ich sagte, dieses Verfahren erinnere mich an Rimbauds *dérèglement de tous les sens*, aber sie konnte sich nicht erinnern, daß dieser Begriff und dieser Name gefallen wären. Ich glaubte jedoch zu verstehen, die skizzierte Lebenseinstellung habe das Auseinanderbrechen der Ehe beschleunigt.

Währenddessen bildete sich rund um die Waschräume, ein Stück weiter, ein Auflauf von Kindern. Lily setzte Tonio in seinen Buggy zurück und rannte mit Kiki hin. Meine Aufmerksamkeit wurde durch die kleine Tochter von Frau van Persies Freundin abgelenkt. Das ungefähr zehnjährige Mädchen wollte mir eine einstudierte Gesangsnummer zu Gehör bringen, wobei sie als Mikrofon eine am Ende eines Besenstiels befestigte Erfrischungsgetränkdose benutzte. Sie verformte ihre Stimme zu etwas Kehligem, das entfernt an die Laute Louis Armstrongs erinnerte, allerdings in einer federleichten Version. Ihr Auftritt wurde von den Rufen der beiden Schwestern gestört, die voller Panik von den Waschräumen und der dort entstandenen Ansammlung zurückgerannt kamen. Heulend.

»Mama! Mama!« riefen sie durcheinander. »Robin! Wieder mal! Er blutet! Er ist in den Stacheldraht gefallen!«

»So also«, schloß Frau van Persie ihre Schilderung des destruktiven Künstlerverfahrens ab. Ihre Töchter hüpften wie ängstliche Hündchen um sie herum. »Komm mit, Mama! Robin! Er blutet wie verrückt!«

Die Mutter erhob sich langsam und würdevoll. »Robin natürlich wieder.« Nicht zum erstenmal, in der Tat. Der Winkelriß vor einiger Zeit in seiner Kopfhaut war etwas Besonderes, aber ansonsten gab es jeden Tag eine kleinere oder etwas größere Wunde zu verbinden oder zu verpflastern.

Wie um das richtige, lebensrettende Tempo vorzumachen, rannten die Mädchen, sich ängstlich umblickend, vor ihrer Mutter her – die kerzengerade, und ohne sich zu beeilen, zu den Waschräumen ging. Ich mußte auf Tonio aufpassen, blieb daher am Tisch sitzen, der außerdem mit den Siebensachen der Familie van Persie übersät war. Ich blickte der Frau nach. Die Kinderhorde wich auseinander, und der Radau verringerte sich. Kurz darauf führte sie ihren Sohn, indem sie ihn sanft vor sich her schob, an der Terrasse vorbei zu ihrem Zelt. Sie grüßte mit einer Gebärde, die sagen wollte: So ist es nun mal. Robin hielt den verletzten Arm gestreckt von sich, leicht nach unten, so daß sich das Blutrinnsal, das in der Nähe seiner Achsel oder Schulter entsprang, in Richtung Handgelenk wand. Er machte ein genauso mürrisches Gesicht wie an diesem Morgen bei uns, weinte aber nicht.

42

Im Frühherbst '89 hatten uns die van Persie-Schwestern noch einmal mit ihrer Mutter (aber ohne Robin, der inzwischen bei seinem Vater lebte) in Amsterdam besucht. Erwachsene, die einander im Urlaub kennengelernt haben, sollten die Bekanntschaft nach dem Sommer, wenn jeder wieder im alltäglichen Kleinkram untergetaucht ist, eigentlich nicht auffrischen. Scham und Unbehaglichkeit machen sich breit. Für Kiki und Lily galt das alles nicht. Ihr Bedürfnis, Tonio zu knuddeln, hatte nicht nachgelassen.

Und doch hatte sich etwas geändert. Tonio, zwei Monate älter, ging und rannte durchs Haus, als hätte er nie etwas anderes gemacht. Ich weiß nicht mehr, ob wir ihm vom Kommen der Mädchen erzählt hatten, und falls ja, ob er verstand, welche Mädchen. Auf das Stimmengewirr hin kam er aus seinem Zimmer. Da stand er, in der Türöffnung zwischen dem Schlaf- und dem Wohnteil unserer Wohnung, unter dem Arm den blauen Baumwollelefanten. Ich mag das Klischee der strahlenden Bräute, strahlenden Gesichter und strahlenden Mittelpunkte nicht sonderlich, doch dieses eine Mal traf es zu: Bei Lilys und Kikis Anblick strahlte er eine fast leuchtende Freude aus. Vor purer Wonne sammelte sich auf seiner heruntergeklappten Unterlippe der sauberste Sabber, der schon bald in einem zitternden Faden bis halb zum Boden reichte. Tonio hatte nicht nur ihre Gesichter wiedererkannt, sondern auch ihre Körperwärme, ihre gierigen und Halt bietenden Arme, ihren Geruch.

Mit lauten Schreien stürzten sich die Schwestern auf den kleinen Jungen. »Tonio, dürfen wir dein Zimmer sehen?« Stolz trippelte er vor ihnen her den Gang entlang zu seinem eigenen Reich. Mirjam brachte ihnen von Zeit zu Zeit etwas zum Naschen, aber sonst sahen wir die drei den ganzen Nachmittag nicht. Als ich kurz zur Tür hineinschaute, lag Lily mit Tonio in seinem Bett, während sie ihm etwas vorsang. Er lachte, lauschte und lachte wieder – als enthalte jede Strophe eine komische Pointe, die ihm, das wollte er zeigen, nicht entgangen sei. Währenddessen baute Kiki an einem Turm aus Tonios farbechten, sabberbeständigen Bauklötzen weiter.

Wenn ich an diese und andere, spätere Situationen zurückdenke, erstaunt mich, wie oft er, als Einzelkind, von Mädchen umgeben war. Isoude, Femke, Merel, Iris, Alma, Pareltje, Jayo, Lola … Tonio liebte Frauen, kleine wie große, und Frauen liebten ihn seit der Zeit, als er klein war. Unbegreiflich, daß so ein Junge je gezwungen sein sollte, sich wegen Mädchen Gedanken zu machen.

Nicht die Frau, die Liebe war problematisch.

43

Hier, in der Kurve, die gerade gezeigt wurde, war Tonio verunglückt. »Wie ein Hund auf der Straße überfahren«, hatte ich einmal in größter Wut ausgerufen. Zwei Meter unterhalb der Straße fuhr, derselben Biegung folgend, das Mannschaftsboot mit Fußballstar Robin vorbei – auf dem Weg zu der Siegesfeier auf dem Museumplein. Meine Erinnerung an die beiden kleinen Jungen beim Schulhaus in Marsalès nahm Tonios Tod oder Robins Triumph nichts weg und fügte ihnen auch nichts hinzu. Es war, was es war.

Eine beim Anlegesteg gegenüber den »Pfeffer- und Salzstreuer« genannten Zwillingsgebäuden postierte Kamera zeigte die wartenden Spielerfrauen, einige mit Kindern. Ein dick geschminktes Gesicht löste sich vom Modigliani-Hals, zerfiel in Würfel und wurde aus denselben Würfeln, die gleichsam implodierten, auch wieder zusammengesetzt.

»Und dafür hat sie sich so schön gemacht«, sagte Mirjam.

»Ich denke, Minchen, nach dem Genuß dieser sprunghaften Kameraführung schaffe ich es jetzt, mir die Bilder vom Holland Casino anzusehen. Und du?«

Mirjam schaltete den Apparat aus. »Ich weiß es nicht. Als der Beamte von der Abwicklungsabteilung am Telefon erzählte, was darauf so in etwa zu sehen ist, war mir tagelang schlecht.«

»Na komm, die Scheibe liegt schon viel zu lange in deinem Computer.«

»Ich glaube nicht, daß ich es mir ansehen kann. Später vielleicht. Irgendwann.«

»Weißt du noch, wie wir mit Tonio in *The Lion King* gingen, im De Uitkijk? Als die Büffel in Panik gerieten und über die Löwen rasten, konnte er es nicht mehr mit ansehen. Er warf sich vor seinem Stuhl auf die Knie, legte das Gesicht auf den Sitz und hielt sich die Ohren zu. Das darfst du auch alles machen, wenn es zu schlimm wird. Aber du mußt dich neben mich setzen.«

»Ich habe Angst, daß ich mich nicht mal traue, die Augen zuzumachen.«

»Hör zu, Minchen. Wir haben ihn damals, im AMC, ganz aus der Nähe sterben sehen. Dann schaffen wir das jetzt auch.«

44

Über den Zebrastreifen zwischen der Brücke am Max Euweplein und dem Eingang zum Vondelpark tanzten mit ulkigen, hölzernen Sprüngen zwei kleine Gestalten – offenbar um einem aus westlicher Richtung heranrückenden Fahrzeug auszuweichen. Ich verstehe nichts von Autos, aber aus dem Recherchematerial für meinen Roman erkannte ich dieses als einen Suzuki Swift. Vielleicht hatte der Wagen wegen der die Straße überquerenden Fußgänger das Tempo etwas verringert und erhöhte die Geschwindigkeit nach dem Passieren des Zebrastreifens wieder: Aus den hüpfenden Bildern ließ sich das nicht eindeutig ableiten. Der Suzuki ruckte durch die weite Kurve der Stadhouderskade auf den nächsten Zebrastreifen zu. Gleichzeitig näherte sich aus der Hobbemastraat, also mehr oder weniger aus südlicher Richtung, ein Radfahrer demselben Punkt. Wie es aussah, waren die Ampeln an der Kreuzung nicht eingeschaltet.

Die Kollision zwischen Auto und Fahrrad ereignete sich genau zwischen zwei aufeinanderfolgenden Bildern – als hätte jemand den Zusammenstoß zwecks Zensur oder aus einem anderen Grund herausgeschnitten. Also fehlte die Ursache, nicht aber die Wirkung. Die Aufnahmen zeigten einen stehenden Suzuki Swift, davor, liegend, ein Fahrrad und dahinter eine mehr oder weniger ausgestreckte, leicht zusammengekrümmte Gestalt. Dem Auto entstieg der Fahrer, ungelenk wie eine Gliederpuppe.

Weil Mirjam hinter dem Bürostuhl über mich gebeugt stand, ihr Busen in meinem Nacken, spürte ich, wie ihr Atem stockte. Ihre Finger, die sie locker auf meine Oberarme gelegt hatte, gruben sich jetzt in mein Fleisch. Der Fahrer bewegte sich mit einem Sprung – und dann wurde das Bild schwarz. Ich spulte die Aufnahme zurück auf null und spielte sie noch einmal ab.

»Nein, nicht noch mal«, sagte Mirjam weinend. Sie verbarg ihr Gesicht an meinem Hals, und ich spürte die warme Nässe ihrer Tränen.

»Doch, jetzt will ich alles wissen.«

Der quasi-diskret weggelassene *moment suprême*. Der fein säuberlich in Fahrrad und Fahrer aufgeteilte Kontrahent, verteilt auf vordere und hintere Stoßstange. Kopf und Schultern des ausgestiegenen Beifahrers. Merkwürdig: Der kurze Film lief jetzt, beim erneuten Abspielen, länger weiter. Der Sprung des Fahrers führte zum Opfer. Mit dem gleichen Sprung war er wieder an der Tür.

Ich hielt das Bild an. Der Fahrer hatte eine Hand am Ohr. Im Gerichtsmedizinischen Institut würden sie durch eine riesige Vergrößerung der Bilder vielleicht sichtbar machen können, welche Nummer der Mann gewählt hatte. Ich wußte es auch so: 1-1-2.

Wieder wurde der Bildschirm schwarz. Ich spulte zurück. Es schien, als erwartete ich, der eigentliche Zusammenstoß würde früher oder später doch zu sehen sein.

»Hier, Minchen, die rennenden Fußgänger ... die könnten durchaus Tonios Aufmerksamkeit abgelenkt haben. Straße frei für sie? Dann auch für ihn, ein kleines Stück weiter. Also weiter.«

Mirjam schaute schon lange nicht mehr hin. Sie hing

schwer auf mir. Einige Male spielte ich den Film von neuem ab. Gieriger, so schien es fast, je mehr ich mich an ihn gewöhnte. Als hätte ich eine Methode gefunden, die Unfallbilder durch Überfütterung aus meinem Gedächtnis zu löschen. Mit der Zeit wirkte die Wiederholung tatsächlich abstumpfend. Die Aufnahme begann, mit den verspringenden kleinen Gestalten und allem anderen, den ersten Videospielen zu gleichen, die Tonio mit seinen geschickten Fingern gespielt hatte. Nur ließ sich an diesem Spiel nichts zum Guten hin manipulieren. Sooft ich auch von vorn begann, das Auto siegte jedesmal über das Fahrrad.

»Adri, hör jetzt auf, bitte.«

»Schau, da ist noch mehr drauf.«

Nachdem ich den Film, schwarz, etwas länger hatte weiterlaufen lassen, waren auf einmal, mit ständig stockendem Flackern, vier Blinklichter zu sehen: zwei von Streifenwagen, zwei von Rettungswagen. Weil das Bild so hüpfte, sah es aus, als würde das Opfer mitsamt Trage in Richtung eines der Krankenwagen geschmissen.

Mirjam hatte ihren Kopf wieder von meiner Schulter gehoben und sah sich leise schluchzend die letzten Bilder an. »Unser lieber Tonio … warum muß das nur geschehen?« (Ich bin mir so gut wie sicher, daß sie das Präsens gebrauchte und »muß« sagte: Es geschah ja im selben Moment vor ihren Augen.)

Der Rettungswagen, und darin Tonio, setzte sich sprunghaft in Bewegung und hinterließ einen Flohzirkus ununterbrochen hin und her hüpfender Minigestalten. Mit einem Mittelding zwischen Schluchzer und Seufzer schmiegte Mirjam ihren Kopf wieder in meine Halsbeuge und murmelte die Worte, die sie seit jenem ersten Abend immer wieder benutzt hatte, wenn alle übrigen Äußerungen von Kummer aufgebraucht schienen: »Unser kleiner Junge.«

Den Arm nach hinten um ihren Nacken gelegt, blickte ich weiter auf den Bildschirm. Die weiterlaufende Zeitangabe unten im Bild zeigte 05:09:14 an. War das Holland Casino um diese Zeit noch geöffnet? Ich stellte mir vor, daß hinter der hohen Außenmauer, an der die Überwachungskameras montiert waren, die Roulettekugeln weiterrollten. Ein müder Croupier harkte ein Vermögen an Jetons zusammen. Der mysteriöse Kunde mit den gelben Augen wagte endlich, den Knoten seiner Krawatte etwas zu lockern.

Die Sonnenfinsternis

Je beißender das Wegsein,
je ratloser verfallen,
bis zum einst zu vollendenden,
seine Spuren dem Gefehlten.

Jeweils sobald ein Zittern fährt
durch den blütenumrankten Stiel,
der sein Wurfbeil noch im Zaum hält,

beschlägt äußerst kurz, aber doch,
die kleine Mondscheibe hinter seinem Herzen,
auf der jede Sekunde jeder Schlafende
seine Blutschuld versucht zu begleichen
in gegenläufig stockender Spiegelschrift.

Hans Faverey, *Das Gefehlte*

Der August geht dem Ende zu. Morgen ist der erste September, der Beginn des meteorologischen Herbstes. Heute morgen schrieb der Hausphilosoph der *Volkskrant* einen kurzen Artikel über die Hoffnung. Ich zitiere: »Hoffnung ist out, Angst ist in. Hoffnung und Angst sind Zwillingsbrüder, geboren aus der Unkenntnis der Zukunft. Wir hoffen das Beste, aber fürchten das Schlimmste.«

Mag Hoffnung auch eine Form von Selbstbetrug sein, wir kommen ohne sie nicht aus, selbst wenn wir oft auf Teufel komm raus hoffen. »Hoffnung ist ein Reflex.« Doch wenn es so ist, daß der dem Tode Geweihte weiter auf Genesung hofft und der zum Tode verurteilte Verbrecher auf Gnade, was bleibt dann, Reflex hin oder her, für Mirjam und mich zu hoffen übrig? »Der Mensch kann seiner Angst nicht entrinnen, seiner Hoffnung jedoch genausowenig.«

Die Hoffnung, daß Tonio je wieder zu uns zurückkehrt, ist zerstört. Die Angst, diese grauenhafte Wahrheit werde immer tiefer und obszöner in uns eindringen, nimmt nur noch zu. Was sollen wir hoffen? Daß das Gefühl des Verlusts früher oder später abnehmen wird? Eine hinfällige Hoffnung, denn der Verlust wird, samt Beweis, immer dasein.

Wir entrinnen der Hoffnung nicht. Die Hoffnung entrinnt uns.

Es scheint, als wären wir in eine Dimension der Wirklichkeit geraten, in der andere physikalische Gesetze gelten als für die Menschen um uns herum. Wenn ich allen gutgemeinten

Prognosen glauben darf, sehen die meisten das Datum des verhängnisvollen Unfalls als Punkt in der Zeit, von dem wir uns über Bezugspunkte auf dem Kalender (ein Monat jetzt, schon drei Monate, bald vier, demnächst ein halbes Jahr) entfernen, während Verlust und Kummer einen organischen Verschleißprozeß durchmachen.

Mirjam und ich erleben (mit jeweils leichten Varianten) die Situation völlig anders. Wenn wir, kurz zu Atem kommend, zurückblicken, sehen wir das Ereignis des dreiundzwanzigsten Mai in unberechenbarem (und nicht zu berechnendem) Tempo auf uns zu rasen. Anstatt sich, in der Zeit stillstehend, von uns zu entfernen, kommt das Datum und das, wofür es steht, immer näher – doch ohne uns einzuholen. Wir sind wie ein angeschossenes Wild, verfolgt von einer Hyäne oder einem anderen Aasfresser. Bei jedem Blick über die Schulter scheint sie näher herangekommen zu sein, hält sich aber noch zurück und wartet ab, und außerdem sorgt ihr Schatten für eine optische Täuschung.

So werden wir für den Rest unseres Lebens von einem Schreckensbild gejagt, das bereits Fleisch geworden ist – das tote Fleisch Tonios. Von wegen Nachlassen des Schmerzes und des Kummers. Was nachläßt, ist nicht, was hinter uns liegt, sondern was sich, schrumpfend, vor uns erstreckt: die übriggebliebene Lebenszeit.

3

Zum erstenmal seit Pfingsten bin ich, in einem halbherzigen Versuch, etwas für meine Kondition zu tun, wieder auf den Hometrainer gestiegen. Ich habe das Ding aus einer dunklen Ecke des Schlafzimmers auf einen Platz bei der Balkontür geschleppt, so daß ich genügend Tageslicht habe, um während des Strampelns die Zeitung zu lesen. Das Gerät ist auf höchsten Widerstand eingestellt. Beim letztenmal, im Mai, als ich darauf saß, empfand ich das als ziemlich leicht. Jetzt scheinen die Pedale eingerostet und schwerer zu bewegen zu sein. Es sind die Gelenke, die nach meinem monatelangen reglosen Brüten krachend zu versteifen drohen.

Um nicht auf die Anzeige schauen zu müssen, lege ich die Zeitung über den Lenker. Ich konzentriere mich auf meine unwilligen Beine. Jede Umdrehung der Pedale ist eine – auf dem Weg zur Genesung. Demnächst die Trockenlegung in Angriff nehmen. Mein Gehirn ist längst immun geworden gegen die schmerzstillende Wirkung des Alkohols. Alkohol ist wieder das, was er immer war: ein lähmender Rauscherzeuger. Mit dem Unterschied, daß sein Konsum den Schmerz über den Verlust manchmal sogar noch heftiger macht. Die Kummervariante des bösen Rausches.

Flächenmäßig gesehen, braucht kein großes Gebiet trockengelegt zu werden: die beiden großen Sitzkissen der durchgesessenen Wohnzimmercouch und die Platte (40 x 40 cm) des Beistelltischs, die durch eine Spezialkonstruktion so herangeschoben werden kann, daß sie den Couchplatz teilt. Wenn ich das Trinken aufgebe, dann in erster Linie, um Mirjam nicht länger mitzuziehen. Sie klagt immer häufiger über ein Brennen in der Speiseröhre nach dem Genuß ihres Lieblingskräuterwodkas. Zwei Gläser, mit Orangensaft verdünnt, das geht, doch danach schmeckt der Saft selbst der süßesten Apfelsine bitter. Dann lieber wieder pur, mit höchstens einem Eiswürfel.

Im übrigen mag ich diesen Beistelltisch, so praktisch er nach dem Kauf schien, allmählich nicht mehr. Das Furnier, das der Platte den Anschein von massiver Eiche gegeben hatte, löst sich und zerbröselt langsam unter den Ringen von verschüttetem Hochprozentigem, doch das schlimmste ist, daß es durch diese Spezialfunktion einen störenden Puffer zwischen Mirjams Kummer und meinem Trost sowie meinem Kummer und ihrem Trost bildet. Wenn wir trotzdem in einer ohnmächtigen Geste der Unterstützung die Hand zum anderen ausstrecken, droht jedesmal eine Flasche oder ein Glas umzukippen.

Weg also mit diesem Servierwagen ohne Räder, diesem klirrenden Zeugen unseres tiefsten Todesekels – und in einem Aufwasch auch gleich mit allen Flaschen.

In meinen strampelnden Beinen entwickeln sich schon bald Muskelschmerzen, die einen Tag nach stundenlangem Laufen eher am Platz wären. Außerdem drängt sich, fast lähmend, das Bild Tonios auf ebendiesem Hometrainer auf. Er hat unten eine Tasche mit schmutziger Wäsche hingestellt und will die Gelegenheit nutzen, mal richtig zu duschen. (Die Dusche in der Nepveustraat liefert nicht mehr als »einen schlappen Strahl«.) Auf der Suche nach seinen Eltern macht er alle Türen auf. Mirjam ist nicht da, und mich findet er schließlich im Schlafzimmer, lesend im Bett. Er ist fröhlich, voller Energie.

»Hi. Ruhetag? Willst du noch duschen?«

»Gleich.«

»Ist's okay, wenn ich zuerst gehe?«

»Dann lern aber endlich mal, den Waschlappen nicht pitschnaß auf den Badewannenrand zu klatschen. Ich habe keine Lust, deine benutzten Waschlappen auszuwringen.«

Er grinst und steigt auf den Hometrainer. Ich weiß nicht, wie das Gespräch auf die Coen-Brüder kommt, seine Lieblingsregisseure, doch während er locker in die Pedale tritt, hält er mir eine kleine Vorlesung über Coen-Kino. »So was von Verarschung.« Er hat gerade den neuesten Coen gesehen, *Burn after reading*, und stöhnt bei der Erinnerung an die Rollen von Pitt und Clooney. »Echt arme Schweine, die beiden.«

Brad Pitt, höre ich, spielt einen mit Babytalkum bepuderten Fitneßstudiobetreiber. Und Clooney … zu schade zum Nacherzählen: »Was läßt der sich vorführen.«

»Meinst du die Rolle, die sie spielen, oder die Schauspieler selbst?«

»Beides. Das ist ja das Gemeine an den Coen Brothers. Indem sie den beiden so eine Rolle geben, stellen sie sie genau so dar, wie sie in Wirklichkeit sind. Superdoof.«

»Nimm's mir nicht übel, Tonio, aber du erinnerst mich ein bißchen an einen Theaterbesucher aus primitiven Zeiten. So jemanden, der dem Schurken des Stücks beim Künstlerausgang auflauert, um ihm für seine Missetaten eine Tracht Prügel zu verpassen.«

Tonio hörte auf zu strampeln und sah mich kopfschüttelnd an. Ich hatte wieder mal nichts begriffen. »Warum, glaubst du, bieten die Coen Brothers solchen Superstars eine Rolle in ihren Filmen an?«

Mit einem Blick, der sagte: »Denk mal drüber nach«, stieg er vom Hometrainer. Er zog ein Duschhandtuch und einen Waschlappen aus dem Schrank und verschwand ins Bad – wo ich später nicht auf dem Wannen-, sondern auf dem Waschbeckenrand den nassen Lappen, gesättigt mit schäumendem Duschgel, finden sollte. Ich blieb mit der Frage im Bett liegen, ob ich in Zukunft jeden Coen-Film als eine Art Müllzerstampfer oder Papiershredder für die Vernichtung von Mainstream-Starreputationen betrachten mußte.

Ich hatte an diesem Morgen auf dem Hometrainer schon längere Zeit Tonios imaginären Platz eingenommen, als Mirjam ins Schlafzimmer kam. Es war zu erkennen, daß sie geweint hatte – nicht heftig, nicht lange, aber doch merkbar, wenngleich ich schwer hätte sagen können, woran. Ich war seit gut dreißig Jahren mit ihr zusammen, und in diesen drei Jahrzehnten hatten wir innerhäuslich reichlich Tränen vergossen, ich weniger als sie, nie jedoch mehr als in den letzten drei Monaten. Ich könnte allmählich eine kleine Enzyklopädie aller Formen des Weinens inklusive Intensitätsabstufungen zusammenstellen, zu denen der Tod eines Kindes führen kann. Auch mein eigenes inneres Weinen ließ sich wieder unterteilen, zumindest in rinnend und strömend.

»Ich mußte gerade daran denken … mein Vater ist jetzt siebenundneunzig«, sagte sie, und ihre Augen schimmerten schon wieder. »Ich bin fünfzig. Ich ähnele ihm. Angenommen, ich werde auch siebenundneunzig oder sogar noch etwas älter … dann muß ich noch siebenundvierzig Jahre ohne Tonio weiterleben. Ein halbes Jahrhundert. Das ist doch ein unerträglicher Gedanke, oder?«

Meine Beine waren zum Stillstand gekommen, aber ich blieb auf dem Gerät sitzen. Ich legte meine Hand seitlich an ihr Gesicht. »Minchen, was hatten wir denn beschlossen? Uns *nicht* gegen den Kummer um Tonio zu wehren. Mehr noch, wir wollten den Nerv blank und den Schmerz am liebsten noch schlimmer werden lassen, weil er unsere letzte Verbindung zu Tonio ist. Wenn wir ihn nur so, über diesen schneidenden Schmerz, am Leben erhalten können, dann müssen wir alle Anstrengungen unternehmen, möglichst alt zu werden. Wir dürfen nicht zu früh durch den Tod von unserem Schmerz abgeschnitten werden, denn damit ist Tonios Fortbestehen nicht gedient. Sterben betäubt, weißt du, und zwar für immer. Betrachte den Schmerz als die ewige Flamme auf Tonios Grab. Irgendwann wird sie bestimmt ausgeblasen werden. In einem halben Jahrhundert, das ist immer noch früh genug. Abgemacht?«

Mirjam nickte, lächelte, trocknete sich das Gesicht.

»Dann müssen wir aber wie der Blitz mit dem Saufen aufhören«, sagte sie. »Was hältst du von einem offiziell letzten Glas heute abend? Wirklich so, daß wir beim Zubettgehen sagen können … ähm … fertig, aus, das reicht. Es schmeckt mir übrigens gar nicht mehr.«

»Gut, ein letzter Trunk … auf unsere Lebenserwartung.«

»Auf die Lebenserwartung von uns dreien.«

4

(Tagebuchnotiz von Mittwoch, dem 19. Mai 1999)

20:00 Tonio zu Hause. Betrachte ihn verstohlen, wie er, in seinem armeegrünen Outfit auf dem Boden kniend, spielt: strotzend vor Gesundheit. Er geht mit mir um 20:30 in den dritten Stock hoch und liest noch auf meinem Sofa. Später steht er leise auf, um mich nicht zu stören. Aus den Augenwinkeln sehe ich ihn um den langen Sortiertisch herumgehen. Er inspiziert die nebeneinanderliegenden Kapitel des Manuskripts. Hier und da liest er die Zusammenfassung auf dem obersten Blatt.

»Hier steht: ›Movo im Brandwundenzentrum.‹ Warum ist Movo im Brandwundenzentrum?«

»Er hat seinen Kopf in einen Topf mit glühendheißem Fritierfett gesteckt.«

»Oh. Warum?«

»Um sich selbst zu bestrafen.«

»Oh. Wofür?«

»Für die schrecklichen Dinge, die er getan hat.«

»Ja, aber hier steht, daß er zwölf Jahre Gefängnis bekommt.« (Lacht.) »Dann braucht man sich doch nicht mehr selbst zu bestrafen …«

»Er bestraft sich für andere Dinge als der Richter.«

»Oh. Warum kommt er nach acht Jahren schon wieder frei? Das steht hier.«

»So ist das in den Niederlanden. Bei guter Führung muß man nur zwei Drittel der Strafe absitzen.«

»Oh.« Er küßt mich dreimal, geht dann ins Bett. »Arbeite brav, hörst du?«

Ich habe lange nach einer Erinnerung an Tonio gesucht, mit der ich dieses Requiem abschließen könnte.

In einem Werk der Fiktion können einige Rückblicke auf die Vergangenheit der Hauptfigur, sofern gut gewählt, genügen, um deren gesamte Kindheit und Jugend heraufzubeschwören. Diese Tonio gewidmete Schrift wäre erst vollständig, wenn ich in ihr *alle* meine Erinnerungen an ihn festhalten könnte, die mir lieben wie die unliebsamen, und möglichst auch noch die Dritter, die ich dazu befragt habe. Der Verlust macht unersättlich. Um das unmögliche Verlangen nach Vollständigkeit zu bekämpfen, habe ich dem Gedächtnis assoziativ freien Lauf gelassen. Das auf diese Weise zusammengetragene Material habe ich in einer Struktur untergebracht, die in etwa der eines Romans gleicht, in der Hoffnung, Tonio möge trotz der Lücken so vielseitig wie möglich daraus erstehen.

Ich stieß auf eine Tagebuchnotiz vom Sommer '99, als wir drei zum drittenmal (für Mirjam und Tonio war es das vierte Mal) in Marsalès Urlaub machten. Das Datum: Mittwoch, 11. August 1999. Ich übernehme die Passage hier nicht wortwörtlich aus meinem Tagebuch, sondern erweitere sie, um möglichst tief in die beschriebene Situation einzutauchen.

Am vergangenen Wochenende haben wir in der Corrèze Verleger Dick Gubbels und seine Frau Elly besucht, und nach unserer Rückkehr nach Marsalès begann unsere letzte Urlaubswoche. Am Morgen des elften August sitzen wir drei draußen vor dem gemieteten Haus, das wir nur dazu benutzen, darin zu schlafen und ab und an Unterschlupf vor den beängstigenden Gewittern der Dordogne zu suchen. Das Grundstück ist von einer hohen Hecke umgeben, doch die Sonne ist längst über sie hinweggestiegen. Mirjam und Tonio liegen auf Plastikgartenliegen, während ich am stählernen

Bürotisch sitze, der von der Vermieterin eigens für mich dort hingestellt wurde: ein Rahmen in absplitterndem Armeegrün und die Platte mit grauem Linoleum belegt, in dem so viel mit Federmessern herumgeschnitten worden ist, daß es, mit Druckerschwärze bestrichen und auf ein ebenso großes Blatt Papier gepreßt, zweifellos einen barocken Linoldruck ergeben würde. Ich schreibe auf einer tragbaren elektrischen Schreibmaschine, die über ein langes, als Schutz gegen Nagetiere extra dickes Kabel aus dem Haus gespeist wird. Da sich meine zwanghaften Angewohnheiten auch während des Urlaubs nicht einschränken lassen, mache ich Notizen für eines meiner Bücher in Arbeit. Hauptfigur Movo wird im Brandwundenzentrum Beverwijk gepflegt, in das er eingeliefert wurde, nachdem er bei einem Selbstverstümmelungsversuch sein Gesicht in einen Topf mit glühendem Fritierfett getaucht hat. Auch da ist es der Morgen des elften August 1999, und es geht auf elf Uhr zu. Im Krankenhausgarten sitzt Movo, bewacht von einer Schwester, und wartet auf die Sonnenfinsternis. Um ihn herum sitzen die Opfer eines Feuers, das vor kurzem die Amsterdamer Discothek Roxy in Schutt und Asche legte. Nach der Beerdigung des Feuerkünstlers Peter Giele war das Gebäude durch das Abbrennen eines Feuerwerks in lichterlohen Flammen aufgegangen. Movo, der bereits seit Ende April in Beverwijk ist und sich einer Gesichtsoperation nach der anderen unterzieht, erinnert sich an die tumultuarische Ankunft der Rettungswagen aus Amsterdam.

Mein Arbeitstisch steht im Schatten einer dichten Baumkrone. Mirjams und Tonios Liegestühle befinden sich in der vollen Sonne, die jetzt, kurz vor elf, gerade noch erträglich ist. Mirjam liest ein Buch von Patricia Highsmith. Ich kann von hier aus den Umschlag nicht sehen, vermute aber, daß es sich um einen Band aus der Ripley-Serie handelt. Tonio sitzt unbeweglich, mit hochgezogenen Knien, an die Rückenlehne der Liege gelehnt. Von Zeit zu Zeit setzt er die aus Karton angefertigte Sonnenfinsternisbrille auf, die er im Campingladen gekauft hat. Die Gläser sind aus grünem Glimmer oder einfach aus Plastik. Er schaut kurz in die Sonne und setzt die Brille dann wieder ab. Sein Gesicht verrät keine Ungeduld. Es ist eher gelassen.

Die Roxy-Opfer rings um Movo tragen alle eine Sonnenfinsternisbrille. Bei manchen steckt ein Bügel in dem Verbandsmull, mit dem ihr Kopf bandagiert ist. Die Krankenschwester fragt Movo, ob sie ihm am Kiosk in der Eingangshalle nicht auch so eine Brille kaufen soll.

»Was gibt es an meinen Augen denn noch zu schützen? Ich bin so gut wie blind. Na ja, zu drei Vierteln. So werde ich, und zwar ohne so eine alberne Brille, die Sonnenfinsternis um so besser wahrnehmen können.«

In *de Volkskrant* (ebenfalls im Campingladen erhältlich) vom sechsten August stand eine Zeittabelle, derzufolge der Beginn der Sonnenfinsternis in den Niederlanden, von Ort zu Ort leicht variierend, gegen zehn nach elf zu sehen sein wird. Was das auf Südfrankreich übertragen bedeutet, weiß ich nicht. Es ist noch nicht elf. Tonio kann völlig lautlos sein: Auf einmal steht er neben mir.

»Adri, hast du schon mal eine totale Sonnenfinsternis erlebt?«

»Ich weiß nicht, ob es eine totale war, aber irgendwann Anfang der sechziger Jahre … damals war ich so alt wie du jetzt … darum gab es einen Mordsaufstand. Wenn es soweit wäre, würde die Welt untergehen, glaube ich. Ein Stück Sonne, das plötzlich weg war, das ist alles, woran ich mich erinnere.«

»Gab es da schon Sonnenfinsternisbrillen?«

»Wir behalfen uns mit dem Deckel des Schokostreuselglases. Das war aus Hartplastik und dunkelbraun. Wenn ich nicht blind geworden bin, dann ist das den Punkten zu verdanken, mit denen man sich so ein Schokostreuselglas zusammensparen konnte.«

»Ich schau jetzt noch mal.«

Movo versucht, die Krankenschwester willentlich und wissentlich zu täuschen. Sein Tauchbad in dem Fritierfett sollte zu völliger Blindheit führen. Das hat nicht ganz geklappt. Jetzt versucht er es erneut. Zwölf Sekunden lang in das verdunkelte Sonnenlicht zu schauen genügt bereits, damit die Hornhaut zusätzlich beschädigt wird. Die Krankenschwester weiß nicht, daß Movos operativ angenähte Augenlider nur wenig bis gar kein Reaktionsvermögen zeigen ...

So ist es, und es ist nie anders gewesen: Ich mache jede Idylle kaputt, indem ich sie auf der Stelle zu Material für Romane zermahle. Möge ich dafür ewig in einer Hölle schmoren, die zu weit entfernt liegt, als daß man mich im Rettungswagen nach Beverwijk bringen könnte.

»Es fängt an«, ruft Tonio vom Liegestuhl aus. Er setzt sich noch aufrechter hin.

Ich schaue auf die Uhr neben meiner Schreibmaschine. Gerade erst elf Uhr vorbei.

»Jetzt schon?« fragt Mirjam. Sie schiebt die Sonnenbrille hoch und blickt zu Tonio, nicht in die Sonne (glücklicherweise).

»Schau selbst.« Tonio bringt seiner Mutter die Schutzbrille.

»Ein ganz kleines Stück fehlt«, sagt sie. Tonio zieht ihr die Brille wieder von der Nase, wirft einen flüchtigen Blick hindurch und bringt mir dann das Ding. Ein kleines, aber unverkennbares Stück.

6

Als Tonio wieder mit der Pappbrille vor den Augen auf dem Liegestuhl sitzt, gelingt es mir kaum mehr weiterzuarbeiten. Immer wieder muß ich zu meinem hübschen Jungen schau en, der dort so voller Hingabe, mit angespanntem Körper, das seltene Phänomen verfolgt, das er mir am Tag zuvor so gut erklärt hat. Meinerseits überraschte ich ihn mit der Mitteilung (die ich auch nur aus der Zeitung hatte), daß die nächste totale Sonnenfinsternis, zumindest in den Niederlanden, am siebten Oktober 2135 stattfindet.

»In 136 Jahren«, sagte ich. »Das erlebe ich nicht mehr.«

»Und ich?« Er fragte es lachend.

»Die Wissenschaftler behaupten, daß der Mensch in naher Zukunft leicht hundertfünfzig werden kann. Du bist jetzt elf.«

»Das schaff ich gerade noch«, jubelte er. »Und mir bleiben noch drei Jahre.«

»Ja, dann kannst du noch drei Jahre lang über diese Sonnenfinsternis vom siebten Oktober nachdenken … und über die vor 136 Jahren, als du mit deinen Eltern in Frankreich warst.«

Er sah mich strahlend an, wollte etwas sagen, aber ich konnte sehen, daß die Gedanken und Bilder, die hinter seinen Augen übereinanderpurzelten, ihn ganz in Beschlag nahmen.

Etwas Bequemes hat es ja, findet Movo: daß man die Sonne, die einen beim ersten Anblick immer die Augen niederschlagen ließ, jetzt direkt anschauen kann.

Von Zeit zu Zeit stehe ich auf, um neben Tonio in die Hocke zu gehen. Er reicht mir von sich aus die Brille. Der schwarze Bissen, den der Mond aus der Sonne genommen hat, wird größer und größer. Dann und wann bringt Tonio die Brille zu seiner Mutter. »Schau du ruhig für mich, Schatz«, sagt sie.

»Mußt du selber wissen«, sagt Tonio. »Die nächste Sonnenfinsternis ist in hundertsechsunddreißig Jahren und zwei Monaten.«

»Wenn es soweit ist, schaust du auch einfach für mich.«

Gegen zwölf fällt es auf, daß die zur Unzeit eintretende

Dämmerung ein seelenloses Licht über alles gelegt hat. Die Sonne, oder was von ihr übrig ist, sorgt zwar noch für einen samtenen Schatten, fühlt sich auf entblößten Körperteilen aber nicht mehr warm an. Stille senkt sich auf das Land, die nur von bellenden Hunden bei einem Bauernhof und blechernen Kinderstimmen auf dem Campingplatz gestört wird. Dann beginnen, zunächst zögernd und fragend, die Vögel zu flöten, ein paar Stunden nachdem die frühe Hitze sie hat verstummen lassen. Sie singen, wie sie es bei Einbruch der Dämmerung gewohnt sind – melancholischer, ergebener, weniger schrill als bei Sonnenaufgang.

»Gleich, mein Schatz«, sagt Mirjam, als Tonio ihr die Brille noch einmal anbietet. »Lieber gleich, wenn sie ganz dunkel ist.«

»Hier im Süden«, sage ich, »werden es nur achtzig Prozent.«

»Schrei nicht so«, sagt Mirjam so leise, daß ich es fast nicht verstehe. »Ich möchte diese besondere Stille hören.«

Ich schreie nicht, rede noch nicht einmal mit erhobener Stimme, aber die Stimmung ist jetzt so fragil und intim und einsam, daß jedes menschliche Geräusch zu laut klingt. Durch die Schutzbrille ist ein sternenloser Nachthimmel zu sehen mit einem abnehmenden Mond.

»Das finde ich so schön an einer Finsternis«, flüstere ich Tonio zu, als ich ihm die Brille zurückgebe, »daß die Sonne sich für diese Gelegenheit als Mondsichel verkleidet. Willkommen beim Maskenball der Himmelskörper. Dem Karneval des Sonnensystems.«

Tonio setzt seine gelangweilte Miene auf und gibt mir die Standardantwort, mit der er seine Mutter plagiiert: »Bestimmt gut gearbeitet heute.«

Abgesehen von ein paar dünnen Bänken knapp oberhalb des Horizonts, ist der Himmel unbewölkt, aber er wirkt trotzdem nicht blau, sondern eher farblos: ein körniges Hellgrau wie das von Natureis, bedeckt mit einer dünnen Schicht

Pulverschnee. Bei den frischen Kondensstreifen neben der zum größten Teil verfinsterten Sonne frage ich mich, ob sie nicht eigens zu dieser Stunde von ein paar eitlen Düsenjägerpiloten an den Himmel gemalt wurden. Ganz Frankreich schaut jetzt hinauf, und Narrenhände beschmieren Tisch und Wände. Die Initialen in einen Pyramidenquader zu kratzen ist dauerhafter, doch heute erzielt das Schreiben mit Dampf am Himmel mehr Effekt. Schon seit ich als Kind den Kopf in den Nacken legen konnte, um zum Himmel hinaufzuschauen, versuche ich, die Schrift der Kondensstreifen zu entziffern. Manchmal bilde ich mir ein, daß die Botschaft angekommen ist. Heute werde ich aus den durch die verfinsterte Sonne blaß gewordenen Schriftzeichen nicht schlau.

Die Stille wird plötzlich von einem Auto durchbrochen, das, für uns unsichtbar, über den befestigten Sandweg an unserem Garten vorbeirast. Hochfliegende Steinchen springen in die Hecke und fallen raschelnd durch die trockenen Blätter zu Boden.

»Menschenskind«, sagt Mirjam. »Der hat bestimmt versprochen, vor dem Dunkelwerden zu Hause zu sein.«

Die Sonnenfinsternis nähert sich ihrem französischen Maximum von achtzig Prozent. Auf unserem Grundstück wird es jetzt definitiv Abend, allerdings ohne das Kontrastlicht, das Äste wie aus schwarzem Papier ausgeschnitten wirken läßt. Anders als bei einer normalen Abenddämmerung in der Dordogne ist diese atmosphärisch beklemmend und seelenlos. Tonio reicht mir die Pappbrille.

»Ich glaube«, sagt er, »weiter geht es nicht mehr.«

Ich setze die Brille auf. Von der Sonne ist immer noch ein kräftiger Zehennagel übrig. Ich schaue ihn lange an, in der Hoffnung, den Lichtbogen noch schmaler werden zu sehen. Der Prozeß scheint zum Stillstand gekommen zu sein. Tonio grabscht sich die Brille von meiner Nase und setzt sie sich selbst auf. Er steht auf dem Liegestuhl.

»Es ist vorbei«, sagt er schon nach wenigen Sekunden.

»Da, behalt sie.« Er wirft mir lässig die Brille zu. »So, und jetzt will ich nichts mehr damit zu tun haben.«

Er rennt die kurze Steintreppe zur Haustür hinauf und verschwindet im dunklen Haus.

»Was ist mit Tonio?« fragt Mirjam. Sie liest noch immer, allerdings mit der Sonnenbrille auf der Stirn und dem Buch dicht vor den Augen.

»Für ihn war's das.«

Typisch Tonio. Wenn er die Funktionsweise von irgend etwas, sei es eine Maschine oder ein Naturphänomen, erst mal ergründet hat, verliert er die Geduld. Es gibt noch mehr auf der Welt, das seine Aufmerksamkeit erfordert.

Wie es weiterging, weiß ich aus meinem Tagebuch. Auf dem Höhepunkt der Finsternis schweigen die Vögel. Wenn das Licht wiederkehrt, beginnt einer nach dem anderen erneut zu singen, jetzt vorsichtig entzückt, wie beim Morgengrauen. Es ist Viertel nach eins. Tonio taucht nicht mehr auf. Ganz langsam nimmt der Himmel eine Blautönung an. Als ich mein Gesicht in die Sonne halte, spüre ich ihre Wärme noch nicht richtig. Mirjam bietet an, die beiden von gestern übriggebliebenen Wachteln für mich aufzuwärmen.

Wenn ich die Schutzbrille noch ein paarmal aufsetze, dann nur um zu sehen, wie weit die Rückkehr des Lichts vorangekommen ist, als wollte ich, wie Tonio, jetzt möglichst schnell von der ganzen Sache erlöst sein.

»Er hockt da im Halbdunklen und liest«, sagt Mirjam, als sie mit dem Essen aus der Küche kommt. »Unter einer kleinen Bettlampe, der Spinner.«

Ich lasse mir die Wachteln schmecken, aber es verleiht der Mahlzeit etwas Unbehagliches, sie in diesem seelenlosen Licht zu verzehren. Es fühlt sich befreiend an, als die Sonnenfinsternis um Viertel vor zwei zu Ende ist.

Das läßt sich alles, nebst einem Bericht vom Rest des Tages, in meinen Aufzeichnungen nachlesen. Doch seit dem Schwarzen Pfingstsonntag fast elf Jahre später bleibt meine

Erinnerung an die Sonnenfinsternis in dem Moment stecken, als Tonio sich ausklinkt. »So, und jetzt will ich nichts mehr damit zu tun haben.« In Momenten, in denen sein Tod wirklich zu mir durchdringt und sich mein Herz vor Kälte und Schreck verkrampft, liegt wieder dieser seelenlose Schein der Sonnenfinsternis über der Welt, die, wie damals, den Atem und alles Vogelgezwitscher anhält. Alles andere (der helle Tagesanbruch, die stechende Sonne an einem gleichmäßig blauen Himmel, die kontrastreiche Abenddämmerung) ist Illusion, eine Erinnerung daran, wie es möglicherweise einmal war. Es ist ein Schatten darüber gefallen – nicht der vitale Schatten, der von Kraft und Beweglichkeit der Sonne zeugt, sondern der falsche, giftige Schatten der Sonnenfinsternis, alles durchdringend und alles verseuchend.

7

Nach den Wachteln gehe ich ins Haus. Draußen ist das Tageslicht wieder so grell, daß hier, im Halbdunkel, die Sonnenflecken vor mir tanzen. Die Tür zu Tonios Schlafzimmer steht weit offen. Er hockt im Schneidersitz auf der unteren Matratze des Stockbetts (schlafen tut er oben). Über seinen Oberschenkeln liegt eine aufgeschlagene Zeitschrift. Die Fensterläden in seinem Zimmer sind geschlossen. Tonio liest beim spärlichen Licht einer tannenzapfenförmigen Lampe, die an einem Bettpfosten befestigt ist. Seine Augen bewegen sich rasend schnell über die Seite und dann über die nächste. Vor ihm auf dem Fußboden ein hoher Stapel *Donald-Duck*-Hefte, die Mirjam in kompletten alten Jahrgängen bei Lambiek in der Kerkstraat für ihn gekauft hat. Aus der Geschwindigkeit, mit der er die Seiten umblättert, könnte man schließen, daß er sich nur die Bilder anschaut, aber als ich ihn einmal auf die Probe stellte und ihn eine Geschichte »abhörte«, zeigte sich, daß er die Sprechblasen keineswegs übersprungen hatte. (Zum Glück liest er auch die Fortsetzungsgeschichten aus dem Mittelteil der alten *Donalds*, rund um die rostigen Heftklammern, mit den Zeichnungen von Hans G. Kresse.)

Von Zeit zu Zeit ein kurzes Schnauben: seine Art zu lachen, wenn er sich unbeobachtet wähnt, während er in unserer Gegenwart mit seiner Fröhlichkeit alles andere als geizt. Einfach ein elfjähriger Junge, der einen Comic verschlingt, als wäre es ein Hamburger oder ein Marsriegel. Er hat meine Anwesenheit noch immer nicht bemerkt, und falls doch, so verbirgt er das gut. Ich betrachte ihn gerührt. Wenn ich an mich zurückdenke, wie ich ihn damals beobachtete, preise ich mich glücklich, daß ich in dem Moment nicht wußte, was ich jetzt weiß: daß er da, mit elf Jahren, die Hälfte der ihm zugemessenen Jahre erreicht hatte. Etwas mehr als die Hälfte.

8

Manchmal will ich ihn ganz nah bei mir haben. Dieser Gedanke stellt sich meist ein, wenn ich im Bett liege und lese und urplötzlich das Buch beiseite lege. Komm nur, sage ich dann lautlos. Komm nur, Tonio, unter die Decke. Ich werde dich warm halten.

Sein Körper ist willenlos, schlaff, aber nicht kalt. Es ist der Tonio, der nach der Kollision auf dem Pflaster gelegen hat, zwölf Stunden vor seinem Tod. Die Insassen des roten Suzuki Swift sind ausgestiegen und trauen sich nicht, zu dem ein Stück weiter weggeschleuderten Körper zu schauen. Die Sirenen von Polizei und Rettungswagen sind noch nicht zu hören. Das Geflacker des Blaulichts ist noch nicht zu sehen. Das ist der Moment, in dem ich ihn aufhebe und zu meinem Bett trage, worauf ich die Decke zurückschlage.

Komm nur. Ganz nah an mich heran. Das wird dich warm halten. Sie kommen gleich, um dir zu helfen.

9

Ich denke, Mirjam wird einverstanden sein, wenn ich Jenny hier das letzte Wort lasse.

Jenny hatte gefragt, ob sie, bevor sie nach Hause ging, kurz Tonios Zimmer sehen dürfe. »Natürlich, geh nur.« Ich verstand es. Dort hatte sich der größte Teil der Fotosession abgespielt. Mirjam bot an, mitzugehen, aber Jenny wollte lieber allein sein.

»Ich kenne den Weg.«

Wir hörten, wie sie mit leisen Schritten die Treppe in den zweiten Stock hinaufstieg – und dann wurde es still. Keine knarrenden Schritte auf dem Parkett über unserem Kopf, wie wir es bis vor zwei Jahren von Tonio gewöhnt gewesen waren. Nein, nachdrückliche Stille, sonst nichts.

Jenny blieb lange weg. Mirjam und ich hatten einander schon ein paarmal angesehen, ohne etwas zu sagen. Wir dachten dasselbe. Lieber Gott, erst das Mädchen aus dem Haus, dann konnten wir uns ungehemmt unseren Tränen hingeben. Es war uns nicht ausreichend bewußt gewesen: So ein kurzer Einblick in eine frische Romanze war das Schrecklichste, was uns passieren konnte, gerade weil bis in alle Ewigkeit keine Weiterentwicklung möglich war.

Jenny kam nicht zurück und machte oben auch keinerlei Geräusch.

»Vielleicht ist sie schon leise gegangen«, sagte Mirjam. »Hast du die Zwischentür unten gehört? Die schließt nicht mehr richtig in letzter Zeit. Wenn die Haustür zufällt, klappert sie.«

»Ich habe nichts gehört«, sagte ich. »Sie muß noch oben sein.«

Wir flüsterten.

»Soll ich mal nachschauen?« fragte Mirjam.

»Ich horch mal an der Treppe.«

Mit angehaltenem Atem ging ich auf den Flur. Ich lauschte. Nichts zu hören. Selbst wenn ich mich auf eine der unteren Stufen stellte, konnte ich wegen der Biegung der Treppe nicht sehen, was auf dem Flur im zweiten Stock vor sich ging. Im schwachen Licht einer Wandlampe dort oben bewegte sich nichts, nicht einmal ein Schatten. Aus Angst, etwas ganz Persönliches zu stören, wagte ich nicht, weiter hinaufzugehen. Gleichzeitig machte ich mir Sorgen.

Ich ging leise die andere Treppe nach unten, in die Diele, wo die Katzen ihre Balgerei auf dem Marmorfußboden einstellten und mich neugierig ansahen. Damit sie nicht entwischten, schloß ich die Glaszwischentür so sorgfältig wie möglich. So war ich früher unbemerkt ins Welling geschlichen, doch das war nicht mehr nötig. Ich drehte das Schloß in eine Position, daß die Haustür nicht zufallen konnte, und ging zwischen den parkenden Autos rückwärts ein Stück auf die Straße, weit genug, um Tonios Zimmer sehen zu können.

Die Vorhänge waren offen. Es brannte kein Licht. Nur von rechts, wo sich die Tür zum Flur befand, fiel ein äußerst schwacher Schein ins Zimmer. Ich wartete darauf, eine Bewegung zu bemerken. Ein paarmal mußte ich wieder einige Schritte nach vorn tun, zu den Parkflächen hin, damit die Autos vorbeifahren konnten. Gleich würde das Concertgebouw seine Türen öffnen, weshalb viele Fahrzeuge hier auf der Suche nach einem Parkplatz ihre Runden drehten.

Oben passierte nichts, also ging ich wieder hinein. Die Katzen hatten es sich in der Treppenbiegung gemütlich gemacht, als ob sie hier auf mich warteten: Gleich darauf rannten sie vor mir her ins Wohnzimmer, wo Mirjam auf der Couch gegen einen Weinkrampf kämpfte.

»Oben brennt kein Licht«, sagte ich.

Wir saßen schweigend nebeneinander und harrten ergeben der Dinge, die da kommen würden. Die Gläser waren leer, aber ich bat nicht um mehr. Es dauerte noch eine ganze Weile, ehe leise Schritte auf der Treppe zu hören waren, und das nur, weil ich die Wohnzimmertür nicht ganz geschlossen hatte. Es klopfte zögernd.

»Ja, Jenny?«

»Ich wollte mich noch schnell verabschieden.«

Jenny umarmte Mirjam und danach mich. Sie hatte kein rot verheultes Gesicht, aber die unteren Wimpern klebten feucht zusammen.

»Hast du den Lichtschalter gefunden?« fragte ich, nur um etwas zu sagen.

»Oh, ich war gar nicht drin.« Sie sagte es leicht erschrokken, als fürchte sie, ich würde sie der Entweihung verdächtigen. »Die Tür war auf. Ich habe eine ganze Weile vor der Schwelle zu seinem Zimmer gestanden. So habe ich Abschied von ihm genommen.« Und als sie uns schon fast den Rücken zugekehrt hatte: »Ja, ich glaube wirklich, daß die Toten eine bestimmte Energie für uns zurücklassen.«

Amsterdam, Juni 2010 - März 2011

Nachbemerkung

Dieses Requiem basiert zum Teil auf meinen Tagebuchaufzeichnungen, von denen einige in ihrer ursprünglichen Form in *Engelsdreck* (2006) und *Hier viel Van Gogh flauw* (2004) (Hier fiel van Gogh in Ohnmacht) veröffentlicht wurden. Die Sache mit dem ausgetauschten Türschloß wurde, in abweichender Form, bereits in der Novelle *Sabberita* (1998) und dem Erzählungsband *Gentse lente* (2008) (Genter Frühling) angetippt.

Winter 2011   A. F. Th. v. d. H.

INHALT